내 아버지의
아들을 찾아서

내 아버지의
아들을 찾아서 3

안경원숭이 장편소설

초판 1쇄 찍은 날 | 2019년 11월 22일
초판 1쇄 펴낸 날 | 2019년 11월 29일

지은이 | 안경원숭이
펴낸이 | 권태완 우천제

편집책임 | 박은정
편집 | 박가연 유안진 손혜진

펴낸곳 | (주)케이더블유북스
등록번호 | 제25100-2015-43호
등록일자 | 2015. 5. 4
WFN | 제3-055호

주소 | 서울특별시 구로구 디지털로31길 38-9 에이스테크노타워 1차 401호
전화 | 02-867-4626 팩스 | 02-866-4627
E-mail | cl_production@kwbooks.co.kr

ⓒ안경원숭이, 2019

ISBN 979-11-293-4127-3 04810
      979-11-293-4124-2 (set)

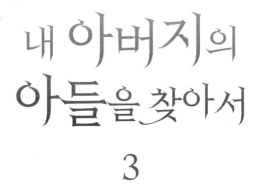

내 아버지의
아들을 찾아서

3

안경원숭이 장편소설

위치북

Contents

21장
초대 (2)

제리코는 귀족가 정원에서 키우는 장미에 무지했던 스스로를 반성하고자 정원사가 설치해 둔 팻말을 열심히 읽었다. 장미마다 품종명과 특징이 적혀 있었다. 팻말 속 정보로는 장미의 가격을 알기 어렵지만 적어도 품종명을 기억해 뒀다가 주위 사람들에게 가격을 물어보는 건 가능했다.

-'영웅'은 없는데?

'그러게.'

-황궁의 정원에도 없는 걸 끓여 먹었다 이거지…….

'으앙.'

후회해 봐야 무엇 하나. 이미 다 먹고 없는 것을. '영웅'은 피가 되고 살이 되어 제리코의 몸을 구성할 것이다.

-주인을 생각해서 명명한 품종명인데 그런 생각 하니까 느낌이 묘하네.

'그러게.'

인간 영웅이든 꽃 영웅이든 제리코의 신체를 구성하는 데 한몫했다. 묘한 인연이었다.

계절은 오월이라 장미가 한창이다. 장미와 안 좋은 추억을 만들어 꺼려졌지만 또 막상 꽃 사이를 노닐고 있자니 기분이 썩 괜찮았다. 기다리는 사람만 없다면 계속 여기서 시간을 보내도 좋을 것 같았다.

'그럴 수 없어서 슬프네.'

제리코는 그늘에서 우중충하게 모자를 꾹 눌러쓰고 있는 청년을 잊지 않았다. 잊으려야 잊을 수가 없지. 그녀는 장미 정원을 대충 둘러보고는 자신을 기다리는 청년에게 잰걸음으로 돌아갔다.

"다 봤어요! 이제 어디로 가요, 선배?"

"보는 이가 없을 땐 그러지 않아도 됩니다."

"저는 태세 전환이 재빠르지 못해서 하려면 계속해야 하거든요!"

제리코가 주먹을 불끈 쥐고 황궁에서 계속 놀려먹겠단 다짐을 밝혔다. 마그노 황자의 눈가에 미약한 짜증이 비쳤다.

"내가 봤을 땐 충분히 재빠릅니다."

"칭찬 정말 감사해요."

마그노 황자가 뭐 이런 뻔뻔한 사람이 다 있냐는 눈빛을 쏘아 보냈다. 제리코는 뻔뻔한 게 맞기 때문에 뻔뻔하게 흘려 넘겼다. 제리코는 머리카락을 정돈하고 새침하게 물었다.

"우리 이제 어디 가요?"

뻔뻔한 소녀를 또 꽃이 만발한 정원으로 데려갈까 무서워 제리코가 선수 쳤다.

"정원은 싫어요."

"안심하세요, 실내입니다."

그 말에 안심했던 제리코는 마그노 황자가 안내한 목적지에 도달하자 표정 관리에 실패했다. 여길 봐도 책, 저길 봐도 책. 온통 책뿐이었다.

"선배님, 여기는?"

"내 서재입니다."

황자의 개인 서재에 기척도 없이 불쑥 출입하는 사람은 없을 것이다. 마그노 황자가 친절한 선배의 가면을 벗고 서가 쪽으로 사라졌다. 혼자 덜렁 남은 제리코는 황당한 나머지 입을 벌리고 다시 주위를 살폈다. 설마 책만 있는 장소에 방치하랴 싶어서 책 말고 다른 게 있나 찾아볼 심산이었다.

－개인 서재치곤 규모가 큰데?

서재를 어떻게 사용하느냐는 주인의 마음이지만 보통 귀족의 서재는 집무실로 이용되는 경우가 많다. 다독가라도 서재엔 좋아하는 책과 즐겨 읽는 책만 구비해 두고 나머지는 서고에 배치한다.

그러나 마그노 황자의 서재는 그런 것 없이 책만 즐비했다. 과연 이 책을 모두 읽었는지 궁금해질 정도로 많았다. 제리코는 책의 양에 압도당해 입을 벌리고 멍해져 있다가 정신을 차렸다. 이대로 멍하니 있을 수만은 없다. 그녀는 마그노 황자가 사라진 방향으로 이동했다.

마그노 황자는 좋아하는 책 몇 권을 골라내고 있었다. 온 김에 기숙사로 가져갈 생각인 듯했다. 아니면 지금 읽거나.

'지금 읽진 않겠지. 아닐 거야.'

마그노 황자는 제리코의 바람을 무시하고 고른 책을 갖고 책상 쪽으로 이동했다. 황자가 자연스럽게 의자를 빼더니 책을 펼쳤다.

"저하~ 저하~? 저하~!"

제리코는 억양을 바꿔 마그노 황자를 연달아 불렀다. 마그노 황자가 책에서 눈을 떼고 제리코를 보았다. 그의 전신에서 귀찮음이 뚝뚝 떨어졌다.

"왜 부르십니까?"

"여기가 저하가 제일 좋아하는 장소인가요?"

"네."

"도서관이?"

"서재입니다."

다시 봐도 서재보단 도서관에 가까웠다. 열람용으로 쓰이는 공용 책상이 있는 것만 보아도 확실했다. 마그노 황자가 서재의 내력을 간략하게 설명했다.

"본래 장서실이었는데 내가 자주 사용해서 서재로 바꿨습니다."

"여기서도 고정석을 쓰셨군요."

"네."

장서실에서 마그노 황자의 개인 서재로 용도가 변경되면서 황자의 개인 책걸상이 비치되었다. 그런데도 마그노 황자는 군이 공용 책상에 앉았다. 그 자리가 황자의 고정석이었다. 황궁 안내를 해준다더니 도서관에 데려왔다. 제리코는 이것이 마그노 황자의 심술인가 고민했는데 검이 부정했다.

-네가 좋아하는 장소라고 말 안 했으면 여기로 안 왔겠지.

'어떻게 서재가 제일 좋아하는 장소일 수 있어?'

-그건 네 생각이고.

그렇게 말하면 할 말이 없다. 그렇지만 그냥 서재가 좋아하는 장소라고 말하기엔 뭔가 부족했다. 황궁은 넓고 장서실은 많다. 그런데 꼭 이곳이어야 하는 이유가 있을까? 서가에 비치된 도서 목록이야 마그노 황자의 개인 서재가 되면서 물갈이되었다 치더라도 말이다.

제리코는 찬찬히 서재 내부를 살폈다. 일단 마그노 황자가 앉은 곳 주위를 살폈다. 그러자 뭔가가 보였다.

-뭔데?

'여기 대도서관 3층이랑 분위기가 비슷해.'

건조하고 서늘한 실내 공기는 책을 보존하기 위한 기본 조건이니 넘어가자. 그 외에도 이곳은 창이 크고 밖이 보이지만 밖에 큰 나무가 있어서 창을 통해 빛이 들어오지 않았다. 그러니까 마그노 황자는 적당히 그늘지면서 시원하고 조용하고 혼자 있을 수 있는 이런 장소를 선호한다는 의미였다.

'낮잠 잘 곳 찾는 고양이도 아니고.'

차라리 고양이면 귀엽기라도 하다. 제리코는 고양이의 턱 밑을 긁듯이 검집을 긁었다. 창밖엔 수령이 오래된 나무가 가지와 잎을 늘어뜨려 빛을 가렸다. 제리코는 나무의 형태와 잎으로 대충 수종을 짐작했지만 일부러 모르는 척 질문했다.

"이 나무는 무슨 나문가요?"

"목련입니다."

"와."

나무의 크기가 커서 봄에 꽃이 피면 장관일 것 같았다. 목련은 특히나 꽃이 크고, 잎이 나지 않을 때 꽃이 먼저 피어서 보는 맛이 있었다.

"무슨 색이에요?"

"백목련입니다."

"봄이면 장관이겠네요. 그래서 좋아하시나요?"

"목련은 싫어합니다."

"아……."

하여간 이놈의 황자, 웬일로 따박따박 대답해 준다 했다.

"그럼 옮겨 심지 그러셨어요?"

나무가 커서 고생 좀 하겠지만 어차피 옮기는 이는 정원사 아니겠는가. 마그노 황자는 무성한 꽃잎 대신 무성한 이파리를 자랑하는 목련 나무를 물끄러미 응시했다.

"공주님이 좋아하십니다."

어느 공주일까. 제리코가 물어보기 전 마그노 황자가 덧붙였다.

"릴리에 공주님이."

마그노 황자가 재차 자신의 어머니를 공주라 칭했다. 제리코는 왜 그렇게 부르는지 묻고 싶었지만 입을 꾹 다물었다. 이걸 물었다간 제리코는 영영 돌이킬 수 없는 강을 건너게 된다. 마그노 황자는 최선을 다해 제리코를 무시할 것이다.

로젠은 쉬운 남자였다. 알기 쉬운 남자, 만나기 쉬운 남자, 대화하기 쉬운 남자, 쉽게 웃는 남자, 좋은 남자. 그에 반해 마그노 황자는 너무나 어려운 남자다. 알기 어려운 남자, 만나기 어려운 남자, 대화하기 어려운 남자, 여간해선 웃지 않는 남자, 나쁜 남자는 아닌가? 어쨌든 어려운 남자.

그의 속은 어렵고 복잡해 제리코는 쉽게 마그노 황자의 속내를 짐작할 수 없었다. 불가능했다. 어머니를 어머니라 부르지 않으면서 어머니의 말엔 곧이곧대로 따르고, 나뭇가지가 휠 정도로 가득하게 피는 흰 꽃을 싫어하면서 어머니가 좋아하기 때문에 옮기지 않는다.

목련을 싫어하는 이유 정도는 질문해도 되지 않을까? 그렇게 생각했지만 입술은 쉽게 떨어지지 않았다.

제리코는 도서관에서 그러하듯 마그노 황자의 맞은편에 앉았다. 책상이 대도서관의 것보다 크기가 작아 황자와 거리가 가까웠다.

마그노 황자는 여전히 글씨는 작고 두꺼운 책을 읽었다. 제리코는 황자가 펼쳐 든 책과 옆에 쌓아둔 책의 제목을 읽어가다가 눈을 감았다.

"흐익."

곤히 자던 제리코는 지레 놀라 잠에서 깼다. 마그노 황자가 기가 막힌다는 표정으로 그녀를 보고 있었다. 제리코는 혹시나 싶어 입가를 훔쳤다. 다행히 침은 흘리지 않았다. 제리코는 볼을 비벼 흐물흐물해진 얼굴 근육을 긴장시켰다.

'나 얼마나 잤어?'

-두 시간.

제리코는 기지개를 켰다. 솔직히 내내 긴장하고 있다가 밥을 먹고, 볕 쐬면서 산책한 다음 조용한 곳에 왔으니 안 졸고 버티겠는가? 제리코는 마그노 황자도 책 읽는 척하면서 슬쩍 졸았을 것이라 확신했다.

-안 졸았어.

'네가 어떻게 알아.'

-책장 넘어가는 게 보이잖아.

마그노 황자의 시선은 여전히 제리코에게 고정되어 있었다. 그가 느리게 눈을 감았다 뜰 때마다 하얀색 속눈썹이 나풀거렸다.

"나를 믿어주는 건 고마운 일이나 이성과 단둘이 있는 밀실에서 쉽게 잠드는 게 아닙니다."

제리코야 마그노 황자가 에라프의 아들일 수도 있다는 생각 때문에 엄한 생각은 엄두도 못 내지만 마그노 황자는 그런 사실을 모른다. 과거, 제리코를 유혹한 적 있는 황자 입장에서 봤을 때, 제리코는 지나치게 경계심이 없었다. 옳은 말인데 마그노 황자에게 들으니 괜히 반항심이 생겼다. 제리코는 자신의 만능 검을 가리켰다.

"제가 믿은 건 얘예요. 진동 기능이 있거든요."

부웅.

드래곤 슬레이어 소드가 검신을 떨었다. 졸고 있는 사람을 깨우기 충분한 진동이었다. 제리코는 보란 듯이 자랑했다.

"얘가 절 얼마나 아껴주는데요."

"그렇다 해도 안 일합니다."

제리코가 소형 돼지를 번쩍 드는 소녀 장사라도, 사람 몸에 닿으면 화르르 불이 붙는 연쇄 방화 살인 검을 갖고 있더라도, 잠든 사이에 갑자기 덮쳐오는 사람을 어떻게 당해내겠는가. 마그노 황자는 정론을 펼쳤다.

'진짜 안전한데.'

드래곤 슬레이어 소드가 검을 못 든다 뿐이지 의자와 책은 얼마든지 들 수 있다. 만약 잠든 제리코에게 나쁜 짓을 하려는 새끼가 있으면 검이 하드커버 모서리로 정수리를 찍든가 의자를 휘둘러 뼈를 부숴놓을 터.

-제리, 너 자는 동안 건드리는 놈 있으면 죽여도 되지? 정당방위지?

피를 갈구하는 검이 날을 바짝 세우고 24시간 대기 중이다. 하지만 마그노 황자는 그 사실을 모르니 제리코는 혼자 답답했다. 황자가 하는 말이 틀린 말이 아니니, 네 알겠습니다, 앞으로 조심하겠습니다, 뭐 이런 말을 하면 끝나는 걸 아는데 이상하게 계속 반발심이 싹텄다.

'내가 이렇게 반항심 강한 아이였나?'

제리코는 요나와 존의 믿음직스러운 맏딸로서 마을에서도 인기가 좋은 선량한 소녀였는데.

-네가 당한 게 워낙 많잖아. 마그노 황자가 너를 찍었듯, 황자도 네게 찍힌 거지.

'그런가?'

"앞으로 주의하겠습니다."

마그노 황자가 괜히 잔소리하려고 억지를 부리는 게 아니다. 일단은 걱정을 담아 조언한 것이니 제리코는 반쯤 진심을 담아 고개를 숙였다.

'심심하네.'

제리코는 입을 가리고 작게 하품했다. 부모님 명령이라면 끔찍이 여기는 저이의 성정을 보건대 그에게 맡겼으면 여기저기 황궁의 좋은 장소를 구경시켜 주었을 것이다. 그런 것을 괜히 마그노 황자가 좋아하는 곳을 가보고 싶다 말하는 바람에 본전도 못 찾게 생겼다.

'서재가 뭐야.'

마그노 황자가 독서하는 모습이나 지켜보고 있자니 참으로 심심하고 다시 졸음이 몰려왔다. 서재야 다시 둘러봐도 서재인 것을. 제리코는 마그노 황자가 읽는 책 제목을 확인했다. 오늘의 책은 〈빈민을 위한 토끼 사육 지원에 대한 고찰〉이었다.

-토끼를 닮은 황자가 토끼 책을 읽네.

'토끼는 얼룩덜룩한데 무슨 소리야?'

-그림책 속 토끼는 전부 털이 하얗고 빨갛잖아.

직접 토끼를 키워 용돈벌이를 한 경험이 있는 제리코에겐 먹히지 않는 얘기였다. 마그노 황자가 토끼겠는가. 토끼처럼 생긴 마물이지. 심심해하는 제리코를 위해 드래곤 슬레이어 소드가 몇 마디 더 했으나 모두 재미없었다. 결국 제리코는 얌전히 독서하는 황자를 방해했다.

"저하께선 기숙사장용 독실을 쓰시잖아요."

"네."

마그노 황자는 책에서 눈을 떼지 않고 대답했다.

"그 전엔 일반 기숙사를 쓰셨다고 들었는데 아카데미에서 괜찮다고 했나요? 아니면 저하께서 그렇게 하시겠다고 우기신 거예요?"

소공작에겐 경비 딸린 독채를 주면서 황자는 일반 기숙사에 집어넣는다니. 이상했다. 제리코가 사용하고 있는 백합관이 여학생 기숙사와 가까워서 사용하지 않더라도 비슷하게 독채를 사용하는 게 맞지 않겠는가. 제리코가 알아본 바론 남는 건물도 있고 말이다.

"놀랍군요."

마그노 황자는 제리코의 질문에 동문서답했다. 제리코가 마그노 황자가 시력만이 아니라 청력도 좋지 않은지 묻는 무례를 저지르기 전, 하얀 황자가 자신의 소감을 밝혔다.

"내가 이렇게 대화할 의사가 없음을 밝히는데도 말을 걸다니."

그 황자 참 까다롭다. 까다롭다 못해 까칠하고, 까칠한 와중에 냉기까지 흘러넘쳤다. 제리코는 굴하지 않았다. 사이좋은 선후배 관계를 제안한 건 마그노 황자였다. 제리코에겐 아쉬울 게 없었다.

"제 근성을 인정하신다고 했잖아요."

"네, 인정해 드리겠습니다."

불굴의 근성과 의지는 자라나는 소년, 소녀에게 권장되는 덕목이다. 그 덕목을 충실히 실천하는 소녀에게 악담이나 불평을 할 수는 없는 노릇. 마그노 황자는 미약한 한숨을 내쉬었다.

"기숙사는 내가 고집했습니다. 나는 소공작처럼 암살 위협에 시달리지 않으니 아카데미 측 허가도 쉽게 얻어냈죠."

황자의 고집 때문에 황자 저하와 함께 기숙사를 쓰게 된 동기들은 무슨 죄란 말인가. 제리코의 얼굴에 그들에 대한 연민이 머물렀다. 마그노 황자는 속이 빤히 들여다보이는 소녀를 지켜보다 결국 추가로 해명했다.

"룸메이트는 사전에 대화를 마쳤고 2학년이 되면 기숙사장을 할 생각이었습니다. 일반 기숙사를 쓰는 건 1년이니 동기들에게도 큰 폐는 아니었다고 생각합니다."

"그렇다면야······."

기숙사를 함께 쓰는 1년. 무지하게 힘들고 신경 쓰였겠지만 나중엔 아카데미라서 가능했던 좋은 추억으로 남을지도 모른다. 뭐가 되었든 생각하기 나름이었다. 제리코는 황자의 해명 중 다른 부분에 주목했다.

룸메이트와 사전에 대화를 마쳤다. 이 말인즉슨, 오딜론과 마그노 황자가 아카데미 입학 전부터 친구였다는 이야기가 아닌가. 생활부에서 공평하게 추첨으로 뽑는 룸메이트를 사전에 선정했다는 부분은 공정성에 위배되지만 괜히 심약한 사람이 황자와 1년간 같은 방을 쓰니 사전에 협의를 끝낸 사람이 같은 방을 쓰는 게 나았다.

"오딜론 선배랑은 이전부터 친하셨군요!"

이렇게 비비 꼬인 위인이라도 친한 친구가 있다. 얼마나 다행스러운 일인가.

마그노 황자는 친구와 보낸 1년의 시간을 떠올렸는지 피식 웃었다. 비웃는 것처럼 보이지만 제리코는 자기가 마그노 황자를 비뚤게 보아 그렇게 느껴지는 거라고 마음을 진정시켰다.

'그래. 내가 좀 실수해서 그렇지 모두에게 까칠한 황자님은 아니야. 좋게 생각하자.'

마그노 황자가 옳은 말만 하는데도 제리코가 불쑥 반발심이 치솟는 것처럼, 마그노 황자도 제리코만 보면 혈압이 치솟을지도 모르지.

황제는 저녁 식사에 참석하지 않았다. 그래서 황후, 코리달 공주, 세 명의 황자와 릴리에 공주가 만찬에 참석한 전부였다. 재밌고 신나는 모험담은 낮에 모두 쏟아냈기 때문에 만찬 때는 할 얘기가 적었다. 기숙사에 갇힌 학생이 사교계 일을 얼마나 알겠는가.

제리코는 황후와 황자들이 나누는 대화를 경청했다. 대부분 알아듣기 힘든 남의 얘기였지만 가끔 재밌는 얘기가 나왔다.

"백작 부인의 고양이가 새끼를 열두 마리나 낳았지. 다행히 열두 마리 모두 건강해."

"대단하네요."

"귀엽겠다……."

"샤를이 알레르기만 없었어도……."

"너무 그러지 마세요, 폐하. 샤를이 동물을 얼마나 좋아하는데요. 좋아하는데 만지지 못하니 더 괴로울 거예요."

"고모님 말씀이 옳지만 모피 숄 하나 마음대로 못 걸치니 제국의 황후로서 가끔 자괴감이 들 때가 있습니다."

2황자의 알레르기 때문에 황후는 기르던 개와 고양이를 모두 제도 근교의 농장에 보내야 했단다. 비극적인 일이었다. 샤를 황자는 얼른 결혼해서 독립해 가족들이 모두 좋아하는 동물을 실컷 키울 수 있도록 하겠다고 선언했다.

만찬은 술자리를 겸해 오찬보다 길게 이어졌다. 제리코를 제외하면 모두 성인이었기 때문에 저녁 식사 자리가 고스란히 술자리로 변경되는 것에 거부감이 적었다. 릴리에 공주만이 한 잔을 비우고 이만 가보겠다고 의사를 밝혔다.

황후는 그 즉시 마그노 황자를 불렀다.

"마그노 황자."

"네, 어머니."

"릴리에 공주님을 침궁까지 모셔다드려요."

"혼자 갈 수 있습니다, 폐하."

"안 돼요. 우리 공주님은 너무 아름다워서 달의 요정이 보고 납치할지도 몰라요."

과하다 싶은 농담을 하면서까지 모자가 단둘이 있을 시간을 내려는 황후의 노력이 돋보였다. 제리코는 황후의 농담에 묘하게 납득했다.

'모자가 나란히 납치당하겠다. 그지?'

-훌륭한 전설이 될 거야.

전설로 길이 남을 미모의 모자가 떠났다. 황후는 둘이 나가자 한숨을 쉬었다.

"가는 동안 서로 입만 다물고 있진 않겠지?"

"걱정하시는 것처럼 둘이 대화가 부족하진 않아요. 심려치 마세요."

메렐 교수는 황후를 안심시킨 후 자신도 슬슬 물러나겠다고 말했다. 황후가 같이 일어났다. 두 황자는 적당히 마시다 돌아가겠다고 말했고 제리코는 귀빈용 객실로 돌아가 쉴까 했으나 네롤 황자가 입을 벙긋거리는 걸 보고 의자에 엉덩이를 붙였다.

"미베어 소공작과 긴히 나눌 대화가 있으니 나가라."

네롤 황자가 시종들을 물렀다. 제리코는 다른 사람 없이 각기 애인과 약혼자가 있는 외간 남성들과 함께 있는 것이 꺼려져 얼른 용건만 듣기로 했다.

"저어…… 귀하신 두 분 저하께서 무슨 용무이신지…….""

제리코와 두 황자는 접점이 거의 없었다. 에라프의 장례식 때 만난 것이 첫 만남인데, 제리코는 그 당시 영혼이 가출 중이었기 때문에 머릿속에 남은 기억이 별로 없었다. 그나마 기억에 남은 것은 황족 특유의 짙은 금발과 두 황자를 구분하는 기준 정도일까. 눈 색으로 구분하면 되니 참 편하다고 생각했던 것 같다.

지난번 만찬 때는 하도 긴장하여 기억하는 일이 없고 1황자를 다시 본 것이 입학식 때인데 그때도 뭐, 접점이랄 것이 전무했다.

"그리 대단한 이야기는 아닙니다."

"차세대끼리 친분이나 쌓자는 이야기를 해볼까 했는데…… 시간과 장소가 적절하지 않네요."

제리코의 마음이 바로 그거였다. 제리코는 저도 모르게 고개를 끄덕였다.

"소공작께 부탁드릴 것이 있습니다."

"아마 들으시면 놀랄 것이고 이런 걸 부탁하는 이유를 궁금해하실 수 있겠는데."

서두가 길었다. 제리코가 받아들이기 곤란한 부탁이란 뜻이었다. 제리코는 제국의 1황자와 2황자가 자신에게 부탁할 게 도대체 뭐가 있나 생각했다.

'결혼해 달라고? 아냐, 둘 다 진지하게 만나는 사람이 있잖아. 충성 맹세? 서약? 뭐 그런 걸 바라나?'

광룡을 무찌르고 인류를 구원한 용사 에라프. 그런 용사의 유일한 자손이자 드래곤 슬레이어 소드를 쥘 수 있는 제리코가 지닌 가치는 어마어마했다. 아마 제리코가 마음만 먹으면 황제의 침실을 강탈해 대자로 뻗어 자는 일도 가능할 것이다. 좀 더 뺑을 보태 황제에게 반말하는 것도 가능했다. 제리코 본인에게 실행할 담력이 없어서 그렇지.

과연 어떤 부탁일까. 제리코가 긴장한 나머지 마른침을 삼켰다. 드래곤 슬레이어 소드 또한 긴장했다. 오랜만에 검과 임시 주인의 감정이 하나로 일치했다.

"부디 마그노와 친구가 되어주십시오."

제리코는 긴장이 과한 나머지 자신이 헛소리를 들었다고 생각했다.

제리코는 양해를 구한 뒤 귀를 후볐다. 그리고 다시 물었다.

"네?"

"황당하게 여기시는 것 압니다. 마그노와 친구가 되어주십시오."

제리코는 상냥하게 검을 두드렸다. 아무래도 귀가 맛이 간 것 같으니 검의 감각을 빌릴 생각이었다.

'방금 1황자님이 뭐래?'

—마그노 황자와 친구가 되어달래.

'내 귀는 정상이구나.'

—지극히 정상이야.

제리코가 다시 한번 물을 기세이자 샤를 황자가 진지한 얼굴로 부탁했다.

"진지하게 부탁드립니다."

"힘드시겠지만 부탁드립니다."

'아하.'

제리코의 귀가 아니라 두 황자의 머리에 문제가 발생한 듯하다. 제리코는 어떤 표정을 지어야 할지 몰라 웃으려 했는데, 그 미소조차 잘 나오지 않았다. 형제끼리 우애가 깊은 건 좋으나 도가 지나쳤다. 십 대 소녀를 불러놓고 올해 성인이 된 동생과 친구가 되어달라 부탁하다니?

제리코라면 끔찍이 아끼는 막내 오리온을 위해서라고 해도 안 할 짓이었다. 하느니 혀 깨물고 죽고 말지.

과장 하나도 안 보태고 소름 끼쳤다.

"마그노 저하는 벗이 많……. 교우 관계가 원만하세요."

두 황자가 어째서 이런 이야기를 꺼냈는지 제리코는 알 것 같았다. 메렐 교수가 그러했듯 둘의 눈에도 마그노 황자가 귀엽고 어리게만 보이는 거겠지. 두 황자가 마그노 황자더러 '상냥하고 속이 깊은 아이' 운운하는 것을 들었다간 제리코가 닭이 되어 승천할 예정이기에 그녀는 빠르게 그 말을 원천 봉쇄했다.

"마그노 황자님은요, 다른 기숙사장 선배들이랑 사이좋고요. 오딜론 선배랑 특히 친해요. 진짜 친해요! 제가 봤어요! 그리고 친구가 많지 않은 건 황자님이 벗을 신중히 사귀시기 때문이에요. 못 사귀는 게 아니에요! 정말이에요! 진짜! 마그노 황자님이 얼마나 관대하신데요! 아부나 빈말이 아니에요!"

사교성이 부족하니 친구 해달라고 부탁해야 하는 건 샌시나 <이만보> 회원에게나 해당되는 이야기다. 마그노 황자는 얼마든지 친구를 사귈 수 있었다. 본인이 까칠하여 다양한 계층과 두루 어울리지 않을 뿐이다.

그리고 솔직히 두루 어울리는 황자님이 계시면 까칠한 황자님도 계셔야 균형이 잘 맞아 보기 좋았다. 적어도 제리코는 그렇게 믿었다.

"그리고 부탁 안 하셔도 되는 거였는데! 왜냐면 저랑 황자님이랑 이미 친구거든요! 선후배 사이에 가깝지만 그래도 친구죠! 아카데미 지나가는 사람 아무나 붙잡고 물어보세요. 우리 친한 거 다 알아요!"

제국의 하얀 황자님과 붉은 소공작. 얼마나 눈에 띄는 조합인가. 다들 황족에 대한 이야기는 칭찬이라도 하지 않으려 들지만 황자와 소공작이 사이가 좋다는 소문은 알게 모르게 떠돌게 마련이었다.

"비싼 장미잼 소문 못 들으셨어요? 저희 정말 친해요."

제리코는 슬픈 과거를 반추하여 못을 박았다. 땅땅땅. 제리코가 박은 못은 어째 두 황자에게는 통하지 않고 제리코 가슴에만 박혔다.

"정말입니까?"

네롤 황자가 상냥하게 물었다. 미소도 어투도 상냥한데 제리코의 말을 신뢰하는 기색은 아니었다. 쫄 것 없다. 이것은 선의의 거짓말이다. 제리코는 눈동자 한 번 떨지 않고 대답했다.

"정말이고말고요."

"정말이라니 다행입니다."

이것 보아라. 제리코가 선의의 거짓말을 했음에도 불구하고 여전히 의심하는 기색이 역력했다. 여기에서 더 강조하면 거짓말임을 증명하는 꼴이라 제리코는 가능한 순진무구해 보이도록 웃었다.

"미베어 소공작께선 만이라 들었습니다."

"네! 동생이 네 명이에요! 여자아이가 둘, 남자아이가 둘입니다!"

사랑하는 동생들 얘기가 나오자 제리코의 입이 반사적으로 벌어졌다. 제리코는 동생들이 보낸 편지 내용을 떠올리며 까르륵 웃었다. 동생이 원수 같다는 사람도 있는 모양이지만 제리코에겐 해당되지 않는 얘기였다.

"다 같은 가족이지만 부모와 자식과 형제자매는 다르잖아요?"

"다르죠."

"부모님은 모르는 비밀을 형제는 눈치챈다든가."

"네네."

"부모님이 속은 거짓말을 형제는 알아챈다든가."

"그쵸. 눈에 다 보이는데 왜 속는지 모르겠다니까요."

"부모님 걱정 안 시키려고 친하지도 않은 친구와 친하다고 거짓말을 하기도 하죠."

이야기가 다시 원점으로 돌아왔다. 제리코는 앉은 자리에서 펄쩍 뛰었다.

"저희 친한데요!"

"미베어 소공작 얘기가 아닙니다."

그럼 누구 얘기란 말인가. 드래곤 슬레이어 소드가 후보를 짚었다.

-오딜론 기숙사장 얘기하는 거 아니야?

'오딜론 선배? 마그노 황자님이랑 진짜 친하잖아.'

-나도 그렇게 생각하는데 형들 눈엔 아닌 것 같나 보지.

'걱정이 좀 과한 거 아니야?'

아무리 그래도 사람이 우정을 위장할까. 제리코는 위장 결혼 얘기는 여럿 들었지만 위장 친구 얘기는 살면서 들어본 역사가 없었다. 아마 다른 사람에게 물어도 비슷한 대답이 나올 것이다. 이쯤 되면 두 황자가 마그노 황자를 걱정하는 게 아니라 무조건 친구를 못 사귄다고 단정 짓는 게 아닌가 싶다. 그런 생각이 제리코의 얼굴에 고스란히 드러났다.

네롤 황자가 샤를 황자의 머리를 거칠게 쓰다듬었다.

"죄송합니다. 그 아이가 생각이 너무 많다 보니 걱정이 걱정을 불러와서…… 막내가 둘째처럼 아무 생각이 없으면 얼마나 좋을까."

"형도 생각 없잖아."

"너보단 많지."

두 황자는 형제 중에서 가장 생각이 많은 이는 막내라는 결론을 내렸다. 샤를 황자는 형과 말장난하느라 얼굴에 지은 장난기를 싹 지우고 제리코를 응시했다. 제리코는 앞서 한 선의의 거짓말 때문에 지레 찔려 눈동자의 초점을 흐렸다.

"우리의 기우였다니 다행입니다."

"그, 그렇죠."

"아마 또래 남자도 아닌데 왜 이런 부탁을 내게 하나, 그런 의문을 품으셨을 겁니다."

상식적으로 동생과 친구가 되어달라 부탁할 것이면 또래의 동성에게 부탁하는 게 정상이다. 그런데 이성에게 부탁하는 건 무슨 경우인지 모르겠다. 마그노 황자와 결혼해 달라는 걸 빙 돌려 말하는 것도 아니고. 그 생각을 하니 혹시 이 두 황자도 마그노 황자와 자신의 관계를 지지하는 게 아닌가 싶어 제리코의 표정이 샐쭉해졌다.

제리코는 마그노 황자의 화법을 빌려 써서 두 황자에게 자신의 마음을 전했다.

"네."

제리코가 평소에 네를 잘 쓰긴 하지만 마그노 황자의 네와는 느낌이 달랐다. 마그노 황자의 네가 짧고 단호하게 끝을 맺어 여지를 남기지 않는다면 제리코의 네는 네에네에에 가까워 여지를 얼마든지 남겨두곤 했다. 제리코가 처음으로 보인 단호한 단답에 두 황자가 당황했다.

당황하느니 빨리 해명하는 게 낫다. 샤를 황자가 빠르게 해명했다.

"마그노가 소공작을 서재로 안내했다고 들었습니다."

"넵."

형제가 서로의 얼굴을 마주 보았다. 그러더니 씨익 웃었다. 마그노 황자에게선 참 보기 힘든 미소를 두 황자는 늘 달고 살았다.

"축하드립니다. 소공작께선 마그노가 서재로 초대한 첫 손님이십니다."

"이러니 우리가 소공작께 부탁을 안 드릴 수가 없네요."

'친구가 몇 없으니 첫 손님이지.'

제리코가 무례한 생각을 한 그때, 샤를 황자가 덧붙였다.

"오딜론도 몇 번 황궁에 초대받아 놀러 왔지만 한 번도 서재에 들어간 적이 없죠."

'그야 친구 집에 놀러 가 재미없는 서재에 들어가는 사람은 없으니까.'

그리 생각하는 건 제리코뿐이었다. 드래곤 슬레이어 소드는 두 황자의 의견에 동의했다.

─마그노 황자가 네게 예외를 둔 건 맞는 것 같다.

'나 이유 알아.'

─뭔데?

'내가 대도서관을 끈질기게 들락거리려 근성을 인정받았잖아. 적당히 먹고 떨어지라고 내버려 두는 게 나한테 더 잘 먹힌다는 판단을 한 거야.'

드래곤 슬레이어 소드는 별다른 반응을 보이지 않았다. 긍정도, 부정도 없었다.

제리코는 다른 사람이 몰라주는 검과의 대화 대신 두 황자와의 대화에 신경을 집중했다. 두 황자가 한 부탁이 워낙 엉뚱한 탓에 대화가 꽤 길어졌다. 제리코는 이만 약혼자 있는 남자, 여자 친구 있는 남자와 함께하는 술자리에서 탈출하고 싶었다.

이럴 땐 역시 양심에 찔리지만 대충 승낙하고 몸을 빼야 한다. 솔직히 말해, 제리코는 근심 걱정 많은 두 황자에게 부탁받기 전에도 마그노 황자와 친구가 되기 위해 애썼다. 그걸 뻥 차버린 것은 마그노 황자였다.

제리코가 마그노 황자의 심기를 두 번이나 상하게 만들긴 했으나 제리코의 노력이 의미 없었다고는 말할 수 없을 것이다. 옆에서 지켜본 드래곤 슬레이어 소드가 증인, 아니지, 증검(?)이었다.

"그…… 저…… 네, 알겠습니다. 앞으로도 마그노 황자 저하와 좋은 교우 관계를 이어가겠습니다."

이만하면 할 만큼 했다고 제리코는 자부했다. 두 황자도 그걸 알았는지 잘 부탁드린다는 형식상의 인사를 주고받았다.

시종이 제리코를 귀빈실까지 안내했다. 제리코는 달이 희게 내리쬐는 밤하늘을 보니 달의 요정에게 납치당해 전설의 주인공이 될 법한 황자의 얼굴이 떠올랐다.

마그노 황자가 가족들을 생각하듯, 황자의 가족들도 마그노 황자를 끔찍이 아꼈다. 조금 이상한 가족이긴 하지만 황자의 일방적인 짝사랑이 아니니 어쩐지 안심이 되었다.

'좀 많이 이상한 건 맞지만.'

도대체 무엇이 고귀한 피가 흐르는 가정과 아름다운 젊은이에게 이런 문제를 심어놓은 걸까. 도대체 무엇이 원인인가.

제리코는 보는 사람 없는 걸 확인하고 인상을 팍팍 썼다. 그러다 한숨과 함께 주름을 폈다. 고민해서 무엇 할까. 어차피 남의 집 가정사인 것을. 두 번이나 참견해 피를 보았으니 세 번 같은 실수는 범하지 않아야 했다. 사람에겐 학습 능력이 있으니까.

시종이 안내한 방은 제리코가 이전에 묵은 방과 동일했다. 제리코는 침실에 들어가자마자 이불장을 벌컥 열었다. 비어 있을 걸 알지만 그래도 괜히 확인해 보고 싶었다.

그녀의 예상대로 이불장 안엔 아무도 없었다. 제리코는 머쓱해져 볼을 긁었다.

"아무도 없네."

-샌시가 있을 줄 알았어?

"그때 내가 얼마나 놀랐는지 알아?"

루나 아카데미는 방학 중에도 기숙사를 운영하지만 그 기숙사도 문을 닫는 기간이 몇 주 존재한다.

샌시는 그럴 때 집이나 마탑으로 돌아가지 않고 황궁 귀빈실 옷장 같은 곳에서 숨어 살았다. 샌시가 정한 장소의 공통점은 마탑주가 예의상 찾아오지 않을 곳이다.

지금은 학기 중이라 샌시가 숨어들 리 만무하건만 워낙 충격적이었던지라 이불장을 열어보게 되었다.

제리코는 거대한 침대에 큰대자로 누워 사지를 늘어뜨렸다. 푹신한 침구가 불편해서 베개를 마구마구 때리던 과거가 새록새록 떠올랐다. 검이 말을 걸질 않나, 이불장 안에선 사람이 자고 있질 않나.

하여간 놀라움의 연속이었다.

그럭저럭 힘이 센 걸 제외하면 평범하게 살 것이라 예상한 그녀의 인생에 많은 일이 벌어졌다. 많은 걸 보았고 접했다. 제리코의 세계가 커졌고 생각도 바뀌었다. 이젠 전처럼 황족과 귀족이 무섭지도 않았다. 이대로 미베어 공작이 되는 것도 나쁘지 않단 생각을 품게 되었다.

이것저것 발전한 것들을 떠올리던 제리코가 쩝 하고 입맛을 다셨다.

"연애 사정은 발전이 없네."

남자 친구라도 한 명 사귀면 황제나 황후에게서 마그노 황자가 어떻냐는 얘기를 안 들어도 될 텐데.

-졸업할 때까지 생각 없다며?

"그게 마음대로 조절되면 사랑이니?"

제리코는 심장이 없는 무생물을 놀렸다. 드래곤 슬레이어 소드는 심장이 있는 생물의 고견을 받아들였다.

-네 말대로라면 마자리스는 정말 네게 호감이 없는 거구나.

"으앙."

제리코는 과장되게 우는 시늉을 하며 베개를 끌어안았다. 자신은 샌시가 인정한 매력적인 미소녀인데 마자리스는 왜 관심이 없는 걸까. 실로 미스터리한 일이다.

베개를 퍽퍽 치는 제리코에게 드래곤 슬레이어 소드가 일침을 놓았다.

-사실은 그렇게 좋은 것도 아니면서.

귀신은 속여도 검은 못 속인다. 제리코는 멋대로 감정을 읽는 검을 흘겨보았다. 사실 제리코도 타국까지 와 일과 학업을 병행하는 성실한 사람을 백마 탄 왕자님에 대입해 꺄악꺄악하는 게 약간 양심에 찔리긴 했다.

제리코는 다시 베개에 얼굴을 묻었다.

"뭐라고 하지…… 마자리스가 없을 땐 그냥 잘생겼구나~ 좋구나~ 이런 느낌인데 막상 그가 앞에 있으면 세상의 중심이 그인 것 같은 기분? 그래서 진짜 반했구나~ 생각했는데 또 눈앞에서 사라지면 그냥 좋구나~ 싶은 거야. 얼굴이 참 무서워."

얼굴이 무서운 또 한 사람이 떠올랐지만 제리코는 그 사람을 얼른 지웠다. 메렐 교수에 1황자, 2황자까지. 무려 세 명에게 동일한 부탁을 받아버렸다. 하지만 불가능했다. 마그노 황자의 빙벽은 너무 높고 미끄럽고 두꺼워 깨지지 않는데 가시까지 잔뜩 달렸다.

"난 최선을 다했어."

그러니까 소거법!

-좀 더 시도해 보는 것도 좋을 것 같지만 네가 그렇다면야.

마그노 황자와 오딜론의 대련을 본 후 황자에게 미련이 생긴 검의 말에 제리코는 혀를 찼다. 하여간 지조 없는 검이었다.

다음 날 아침. 일찍 차려진 아침 식사는 조찬이라 부르기엔 조금 부족한 평범한 아침 식사였다. 황제와 황후는 아직 기말고사도 멀었는데 제리코의 방학 일정을 궁금해했다. 제리코는 가족들과 시간을 보내지 않겠느냐고 에둘러 답변했다.

아침 식사에 마그노 황자와 릴리에 공주는 참석하지 않았다. 듣기로, 둘은 따로 모여 아침 식사를 한다는 듯했다.

마그노 황자가 릴리에 공주와 보내는 시간이 길어져 제리코는 황자 없이 루나 아카데미로 돌아가는 마차에 올랐다. 초대받을 때와 마찬가지로 돌아가는 길 역시 메렐 교수와 동행했다.

"좀 더 놀다 가도 좋을 텐데."

"과제가 있어서요!"

"네롤과 샤를과는 무슨 대화를 나누었나요?"

"그냥 마그노 황자 저하랑 친하게 지내줘서 고맙다, 뭐 이런 얘기를 나눴어요."

"내가 하고 싶은 말을. 호호호."

존경하는 교수님께 거짓말을 하니 제리코의 양심이 벌에 쏘인 말처럼 발작했다. 제리코는 쿵쾅거리는 심장을 열심히 진정시켰다.

하루 외박하고 돌아온 주인을 백합관의 모두가 환영했다. 제리코는 침대에 누워 뒹굴거릴 생각에 후다닥 계단을 뛰어올랐다.

"소공작님!"

아래층에서 하녀와 경비원이 놀라 제리코를 책망했다. 제리코는 2층 에서부턴 뛰지 않고 잰걸음으로 계단을 올랐다.

침대 옆 협탁 위엔 제리코가 황궁에서 날아온 초대장에 충격을 받아다 보지 않은 편지가 쌓여 있었다. 제리코는 동생들이 보낸 편지를 추리다 루나 아카데미 인장이 박힌 편지 봉투를 발견했다.

"학교 거네?"

어차피 기숙사에서 사는 학생인데 편지를 보낼 필요가 있나? 제리코는 고개를 갸웃거리며 봉투를 뜯었다.

발송인은 학생 생활과였고 본문엔 제리코가 이전에 신고한 반지의 주인을 찾았다는 내용이 적혀 있었다.

"오, 다행이다."

반지의 주인은 아카데미 식구였다. 그것도 검술학부 교수였다. 제리코는 민망한 마음에 두 다리를 흔들었다.

검술학부 교수라면 로젠이 계속 갖고 있다가 금방 주인을 찾아주었을 텐데 괜히 제리코가 오지랖을 부려 생활과로 넘기는 바람에 주인을 찾는 데 시간이 오래 걸려 버렸다.

-호의가 꼭 좋은 결과를 내놓는 건 아니라는 교훈이네.

"그러게."

좋은 마음에 움직였더니 결과적으로 시간과 수고가 배로 들었다. 제리코는 이 또한 대자연의 위대하신 뜻임을 마음 깊이 새기고 편지와 동봉된 쪽지를 읽었다. 반지의 주인이 사례하고 싶다고 교수실 위치와 공강 시간을 적어 보낸 것이다.

사례는 필요 없지만 어른이 오라 했으니 가는 게 예의.

한 주의 시작인 월요일. 제리코는 검술원 수업이 없음에도 불구하고 머나먼 검술원 건물까지 귀한 검을 업고 갔다. 그렇게 찾은 반지 주인은 여자가 아니고 남자였다.

"이, 이게 바로 드래곤 슬레이어 소드!"

반지 주인인 윌리 교수는 제리코보다 등에 업힌 검을 더 반겼다. 반지를 찾아준 사례를 하겠단 핑계로 드래곤 슬레이어 소드를 보고 싶은 게 아니었나 의심이 들 정도였다.

월리 교수는 검술학부 교수답게 풍채가 좋은 중년 남성이었다. 젊어서 고생을 했는지, 유전인지, 아니면 본인이 관리하지 않았는지, 그도 아니면 햇볕을 많이 쬐었는지 본래 나이보다 외모가 중후했다.

제리코는 얼굴만 보고 교수의 나이를 사촌 오빠 또래로 생각했다가 실제 나이를 듣고 깜짝 놀랐다. 월리 교수는 제리코의 친아버지인 에라프와 동갑이었다.

제리코가 본 에라프의 얼굴은 초상화 속 젊은 시절이 전부다. 제리코는 저도 모르게 나이 든 에라프의 얼굴을 상상했다.

'얼굴 주름을 월리 교수님 정도로 잡으면 되나?'

─주인은 동안이었을 거야. 소드 마스터니까.

'응. 에라프 님은 그랬을 거라 믿어.'

유일하게 썩지 않았던 안구의 환자 상태를 고려해 보았을 때 에라프는 분명 동안이었을 것이다.

"반지가 여자 손가락 크기라 여자 교수님인 줄 알았어요."

"맞아요. 부인 반지거든요. 보고 싶을 때마다 이걸로 대신하라고 해서 갖고 다녔는데 망할 놈의 까마귀가!"

"채갔구나~ 어쩜."

숲속에 위치한 학교 건물 때문에 힘겹게 출퇴근하길 포기하고 학기 중에만 가족과 별거하는 교수진이 있는데 월리 교수도 그런 경우였다. 월리 교수가 반지를 만지작거렸다.

"결혼하기 전 교제할 때 선물한 반지입니다. 부인도 루나 아카데미 검술학부 출신이죠."

"오오."

월리 교수가 연신 반지를 만지작거리더니 고개를 푹 숙이고 수줍어했다.

"그리고……."

"네?"

"에, 에라프 님과도 동기였습니다. 하하하하하하."

"우와, 정말요?"

그 말 하는 게 뭐 그리 어렵다고 중년의 교수님이 얼굴을 붉혔는지. 윌리 교수는 고개를 들고 헛기침했다. 교수가 된 후 새로 수업을 맡을 때마다 용사와 동기인 것을 자랑했는데 막상 용사의 딸이 입학하니 그 앞에서 말하기가 어려웠다.

다행히 용사의 딸은 그가 수업을 맡은 학생들과 동일한 반응을 보였다. 눈을 반짝이며 외친 것이다.

"에라프 님 얘기 해주세요!"

모두가 아는 영웅 에라프가 아닌 혈기왕성한 소년, 또는 청년 에라프의 일화를 들을 수 있는 좋은 기회였다.

제리코는 에라프 얘기를 아는 대로 해달라고 요청했다. 그간 루나 아카데미에서 노교수와 오래 근속한 직원에게 에라프 얘기를 많이 들었지만 검술학부 동기는 처음이었다.

부모는 모르는 이야기를 형제자매는 알고 있다. 교수와 직원은 모르는 이야기를 동기와 친구는 알고 있었다. 제리코는 윌리 교수의 이야기에 흠뻑 빠졌다. 처음엔 괴로워하던 드래곤 슬레이어 소드도 곧 집중해서 주인의 과거를 들었다.

노교수의 회상 속에서 태양처럼 빛나던 청년은 동기의 추억 속에선 손을 뻗어 어깨동무할 수 있는 좋은 놈이었다. 물론 항상 좋은 놈은 아니었다. 세상에 모두에게 좋은 놈은 존재할 수 없기 때문이다.

"여자 동기에게 그렇게 인기가 좋……."

신이 나서 얘기하던 윌리 교수가 입을 다물고 제리코 눈치를 살폈다. 제리코는 어서 마저 얘기하라고 눈짓했다.

"괜찮아요. 비슷한 얘기 많이 들었어요."

"우리 부인도 은근 마음이 있었다고 하지."

'에라프 님의 동기면 친구네요! 친구 딸에게 존댓말 쓰실 거예요?'라는 제리코의 제안으로 윌리 교수는 사석에선 제리코에게 말을 놓기로 했다. 윌리 교수는 몇 없던 여자 동기들의 얼굴을 떠올렸다.

"대부분의 여학생은 에라프를 좋아했어. 에라프가 학교에선 공부만 하고 싶다고 해서 누군가와 정식으로 사귀는 일은 없었지만."

-역시 우리 주인이 최고다! 로젠은 전 여친끼리 같은 수업 듣는 것 때문에 고생한 후로 학교에서 연애 안 했다던데!

드래곤 슬레이어 소드가 로젠보다 뛰어난 주인의 선견지명을 듣고 좋아했다.

'하여간 주인바라기라니까.'

제리코는 변덕은 죽 끓듯 하지만 에라프에 대한 마음 하나는 진짜인 검을 보고 피식 웃었다.

"짧게 릴리에 공주님과 교제한 적이 있지만 진짜 짧아서 에라프에게 직접 얘기를 들은 사람 말곤 그런 일이 있었는지도 모를 거야. 에라프가 내게 자랑한 적이 있어서 나는 알고 있지만."

제도는 엄청난 이야기를 아무렇지 않게 사담 속에 흘려보내는 것이 유행인가, 아니면 그것이 도회지 사람들의 말버릇이기라도 한 건가. 어째서 이 중요한 얘기를 이리 대수롭지 않게 해주는 것일까.

그건 셋, 이제는 둘이지. 둘 중 하나가 에라프의 아들임을 알고 있는 제리코가 아니라면 중요하지 않은 정보이기 때문이다. 하지만 계속 비슷한 패턴에 당하는 제리코로선 당황스럽다 못해 화가 났다.

제리코는 침과 공기를 동시에 삼켜 목구멍에서 끔찍한 통증을 느꼈다. 통증에 몸부림치기 전에 사실 확인을 해야 하는 현실이 서글펐다.

"교, 교수님. 뭐라고요?"

"아, 놀랐겠구나. 그런데 정말 사귄다고도 말하기 어려운 짧은 기간이었어. 일주일? 그 정도? 에라프가 공주님을 하도 쫓아다녀서 공주님이 제대로 차려고 사귄 게 아니냐는 얘기를 아는 애들끼리 나누기도 했지."

"그 이야기를 좀 더 자세히."

"자세히? 이게 다란다."

에라프의 동기인 윌리 교수가 알려준 충격적인 진실 앞에 제리코와 드래곤 슬레이어 소드는 말을 잃었다.

단순히 같은 학교를 같은 시기에 다닌 것이 에라프와 릴리에 공주의 접점의 전부라고 여겼는데 실은 둘이 사귄 적이 있다니.

'이건……'

-예상 밖의 접점인데?

붉은 머리에 훌륭한 검의 재능. 생긴 걸 제외하면 에라프를 똑 닮은 로젠 스타즈가 에라프의 아들로 의심받지 않는 이유는 에라프와 플라티나 사이에 공식적인 접점이 없기 때문이다. 하지만 실은 둘 사이엔 용병과 고용주라는 접점이 있었고, 에라프는 그걸 기억해 로젠을 아들일지도 모른다고 추측했다.

세간에 알려진 에라프와 릴리에 공주의 접점은 루나 아카데미 재학 시기가 겹친다가 전부였다. 그래서 에라프가 선황제에게 광룡 토벌 명령을 받은 후 찾아온 릴리에 공주와 잠을 잤다는 이야기는 표절 의혹을 샀다.

그런데 둘이 사귄 적이 있다고?

'잠깐만, 나 지금 얘기 처음 들어. 에라프 님이 너한테 얘기해 준 적 없어?'

-어, 없어.

'까먹은 건 아니고?'

-내가 주인이 해준 얘기를 잊어버릴 리 없잖아!

에라프는 제리코의 모친 요나와의 이야기 또한 검에게 말하지 않았지만 그야 광룡과의 전투를 앞두고 있어서 긴장한 나머지 까먹을 수 있는 일. 하지만 릴리에 공주와 잠깐이라도 교제했던 사실을 잊는다는 건 쉬운 일이 아니었다. 아예 불가능했다.

제리코가 추측한 에라프의 성격이라면 제국 제일의 미녀와 잠시라도 사귀었다는 얘기를 숨길 리가 없었다. 터지기 직전의 풍선처럼 잔뜩 부풀리면 모를까.

-일부러 말 안 한 거 아닐까? 짧게 사건 거니까!

'그래도……'

둘이 잠깐이라도 사건 적이 있다면 에라프를 몰래 찾아온 릴리에 공주 이야기의 신빙성이 높아진다.

실제로 제리코 내부의 오빠일 가능성 막대그래프에서 10퍼센트 언저리 붙박이였던 마그노 황자 막대가 30퍼센트까지 자랐다. 비 오고 난 다음 날의 죽순처럼 굉장한 성장세였다.

이후에도 월리 교수가 에라프에 대한 이야기를 했지만 모두 제리코의 귓바퀴에서 튕겨 나가 귓구멍에 안착하지 못했다.

제리코는 반사적으로 맞장구치다 월리 교수가 다음 수업 준비를 해야겠다는 이야기에 자리에서 일어나 연구실을 나왔다. 문을 닫자마자 제리코는 벽에 기대 한숨을 쉬었다.

"나 머리가 텅 빈 기분이야."

-나도 그래.

머리가 없는 검이 이런 말을 했으니 얼마나 충격이 크다는 소리겠는가. 이대로 멍 때리면 연구실에서 나오는 월리 교수와 마주칠 게 분명하기 때문에 제리코는 장소를 옮겼다. 사람이 별로 없고, 조용하고, 마음 놓고 멍하니 있을 장소가 마침 근처에 있었다.

제리코는 로젠의 개인 수련장에 도착하자마자 털썩 주저앉았다. 그리고 드래곤 슬레이어 소드를 앞에 내려놓았다.

"어떻게 생각해?"

-알아봐야지. 사귀었댔잖아!

"아는 사람이 극소수일 정도로 잠깐 사귀었댔지. 이건 어찌 보면 안 사귀니만 못한 그런 관계일 수도 있어."

제리코는 말을 꺼내다 말고 침묵했다. 그녀가 하고 싶은 말을 쉽게 꺼내지 못하자 검이 재촉했다. 제리코는 슬슬 검에게 생각을 읽히지 않는 방법을 알 것 같다 여기며 혀를 윗니에 긁었다. 하고 싶은 말을 참았더니 혀가 간지러웠다.

"그러니까."

-왜 그렇게 뜸을 들여.

"뭐라고 해야 할까, 솔직히 릴리에 공주님과 에라프 님의 하룻밤은 소설 표절이었잖아. 설마 하던 그 일이 실제로 벌어졌다는 것도 인생의 묘미지만 실제로는 어땠을까……."

-설마 주인이 릴리에 공주와 하룻밤 관계를 맺은 걸 거짓말했다고 의심하는 거야?

"아니, 아니, 그게 아니라."

제리코가 의심하는 쪽은 하룻밤 관계의 진위 여부가 아니라 하룻밤 관계가 성립한 원인이었다.

'설마 에라프 님이 광룡 잡는 걸 빌미로 릴리에 공주님을 협박해서…… 아냐, 너무 나갔어. 에라프 님이 그럴 리 없지.'

제리코는 마른침을 꿀꺽 삼켰다. 방금 한 생각은 무덤까지 가져갈 나쁜 생각이었다. 특히 주인바라기인 검에게 들키면 실체화해서 제리코를 쥐어 팰지도 모른다.

'에라프 님, 죄송해요.'

제리코는 흙바닥에서 벌떡 일어나 흙을 털었다. 방진이 완벽한 로브는 손이 닿을 때마다 흙먼지가 깔끔하게 털렸다.

"이대로 있을 순 없어! 물어봐야겠어!"

-누구에게…… 아!

에라프 얘기면 몰라도 릴리에 공주 얘기는 황족이라 묻고 다니기가 곤란하다. 다들 황족에 대해선 언급을 꺼리기 때문이다. 하지만 루나 아카데미엔 릴리에 공주와 에라프, 두 사람 모두와 접점을 가진 인물이 있었다.

-메렐 교수에게 가려고?

"응!"

가만히 앉아서 멍 때리느니 메렐 교수에게 물어봐 뭐라도 정보를 얻는 게 나았다. 제리코는 잰걸음으로 가능한 빠르게 걸었다. 뛰지 않는 건 에라프의 딸이란 자각을 잊지 않았기 때문이다.

로젠의 개인 수련장과 검술원을 잇는 작은 오솔길을 빠르게 지나가던 제리코는 반대편에서 오는 붉은 덩어리를 발견했다. 다시 볼 것도 없이 로젠이었다. 제리코를 발견한 로젠이 활짝 웃었다. 가히 태양에 비견할 만한 웃음이었다.

"어? 제리코! 나 보러 온 거야?"

"나 지금 바빠! 나중에 보자!"

로젠의 얼굴에서 미소가 사라지기도 전에 제리코는 그를 쌩하니 지나쳤다. 미안하지만 어쩔 수 없었다. 지금 급한 일은 따로 있었다. 대신 제리코는 훗날을 기약했다.

"나중에 보자! 또 놀러 올게!"

"뭔지 모르지만 너무 서두르지 마! 그러다 다칠라!"

로젠은 제리코가 시야에서 사라질 때까지 미소를 유지했으나 소녀는 순식간에 그의 시선이 닿지 않는 곳으로 사라졌다. 혼자 남은 청년은 순식간에 들떴다 가라앉은 기분을 진정시키며 본분을 상기했다.

"수련하자, 수련."

제리코는 검술원에서 본관까지 걸리는 시간을 대폭 단축시켰다. 그 대가로 호흡이 거칠어졌다. 본래는 비지땀도 흘려야 할 것을 샌시가 빌려준 로브 덕분에 땀은 한 방울도 나지 않았다. 제리코는 점점 로브를 돌려주기 싫어졌다.

'영원히 내 것이었으면.'

-네 걸로 하나 만들어달라 그래 봐. 아니지, 그런 일이 있었으니 만들고 있을지도 모르겠다.

'빨리 제작 완성되었으면.'

숨을 헐떡이며 교수를 만날 수는 없다. 제리코는 문 앞에서 숨을 골랐다. 대충 호흡이 진정되자 곧바로 메렐 교수의 연구실 문을 두드렸다. 조교가 자리를 비웠는지 메렐 교수가 직접 방문객의 신원을 확인했다.

"누구죠?"

"안녕하세요, 교수님! 저 제리코예요! 약속도 없이 갑자기 찾아와서 죄송해요! 여쭤보고 싶은 게 있는데 시간 있으신가요?"

"들어와요."

메렐 교수는 선선히 제리코에게 들어오라는 허락을 내렸다. 제리코는 문을 열고 들어가 메렐 교수에게 인사했다.

"무슨 일인가요, 제리코 양?"

우물쭈물 말을 돌리는 건 제리코의 성미에 안 맞는다. 게다가 지금 당장 궁금증을 해결하지 않으면 제리코는 물론이고 검도 함께 폭발할 것 같았다.

제리코는 문이 잘 닫힌 걸 확인했다. 메렐 교수는 손님에게 차를 내주기 위해 찻주전자가 있는 쪽으로 이동했다.

"에라프 님과 릴리에 공주님이 사귀었다는 게 사실인가요?"

"어머나."

뜻밖의 질문에 메렐 교수가 주전자에 찻잎을 넣던 동작을 멈췄다. 메렐 교수는 찻잎을 마저 넣고 찻주전자 뚜껑을 닫았다. 덕분에 제리코 위치에선 그녀가 어떤 표정을 짓는지 알 수 없었다.

잠시 후 돌아선 메렐 교수는 평상시처럼 온화하고 기품 있는 귀부인의 미소를 짓고 있었다. 메렐 교수는 제리코에게 의자를 권한 뒤 맞은편에 앉았다.

"아는 사람이 별로 없을 텐데 어디서 들었나요?"

'진짜였어?'

제리코가 경악하고 검도 경악했다. 말을 잇지 못하는 제리코 대신 찻주전자가 물이 다 끓었다고 삐익 소리를 냈다. 메렐 교수는 손수 주전자와 컵을 꺼내 제리코에게 차를 대접했다.

"어…… 윌리 교수님이……."

"윌리 교수가. 그래, 미베어 공작과 그는 검술학부 동기였죠."

공주와 용사가 사귀었는데 어떻게 얘기가 한 번도 안 나왔을까? 제리코가 물어보자 메렐 교수가 가볍게 고개를 저었다.

"오래 사귀지 않았거든요. 며칠? 사흘인가 사귀었을 거예요. 요즘 젊은이들은 고백도 빠르고 관계도 빨리하더니 헤어지는 것도 참 빠르구나, 이러면서 감탄했던 게 생각나네요. 그땐 정말…… 아카데미에 커플이 많았어요. 시대가 시대다 보니…… 다들 무서웠던 게 아닐까……."

제도는 결계로 인해 마물이 침입하지 못해 안전하지만 제도 밖은 광기에 물든 마물이 생명체를 습격하던 시대였다.

전염병처럼 확산되어 가는 광기와 그로 인해 대피하는 사람들까지. 당시의 제도는 언제 떨어져 깨질지 모르는 절벽 위의 유리 세공품 같았다.

온통 회색빛으로 물든 암울한 시대였지만 그 안에서도 사랑은 꽃폈다. 메렐 교수는 광룡이 죽기 전까지 아카데미엔 커플이 참 많았노라고 회상했다.

당초엔 오빠인 황제의 부탁으로 교편을 잡았던 메렐 교수가 릴리에 공주가 졸업한 후에도 교직을 이어간 것은 힘든 상황에서 젊고 어린 커플을 보며 기운을 얻은 것이 가장 큰 이유였다.

코리달 공주가 회색빛과 장밋빛이 공존했던 과거를 회상하며 애수에 잠겼다. 제리코는 일주일에서 사흘로 줄어든 연애 기간을 듣고 애수에 잠겼다.

'에라프 님…… 릴리에 공주님에게 그냥 차였는데? 저건 사귀었다고 말하기도 힘든데?'

제리코가 아는 에라프는 언제나 인기 만점의 미남자였다. 그런 그의 매력도 릴리에 공주에겐 통용되지 않았던 모양이다.

세상 모든 여성이 주인을 좋아한다고 믿고, 만약 좋아하지 않는 여성이 있다면 그건 에라프를 보지 못한 사람이거나 가족일 것이라 믿고 있던 검은 충격을 받았다. 얼마나 충격을 받았는지 그 괘씸한 생각을 제리코가 읽게 내버려 두었다. 제리코는 인상을 슬쩍 쓰고 검을 쥐어박았다.

'얘도 참. 에라프 님이 무슨 만능 인간인 줄 알아.'

"그럼 에라프 님이 릴리에 공주님을 쫓아다녔다는 건……."

"사실이에요."

"오호라."

궁금증이 모두 풀렸다.

한 명이 호랑이를 보았다고 하면 아무도 믿지 않고 두 명이 보았다고 말하면 신빙성이 생기며 세 명이 말하면 없던 호랑이도 생긴다. 이 놀라운 이야기를 완전히 믿기엔 아직 1명이 부족했지만 얘기를 꺼낸 사람이 교수요, 그렇다고 긍정한 사람이 또 교수다. 두 사람의 직업이 교수이니 증언의 신뢰도가 높았다. 제리코는 부족한 한 사람 분의 신뢰도를 직업에 대한 믿음으로 보충했다.

'에라프 님…… 오는 여자 안 막고 안 오는 여자에겐 관심 없는 줄 알았더니 안 오는 여자는 따라다녔구나!'

-이상하게 해석하지 마! 주인은 그러지 않아!

궁금증이 풀렸지만 덕분에 제리코는 방금 품은 나쁜 생각을 재차 떠올렸다. 아무리 생각해도 에라프와 협박은 어울리지 않지만 사랑은 사람을 바꾸는 최고의 마약이니까.

"에라프 님이! 릴리에 공주님을 많이 따라다녔나요?"

만약에 에라프가 광룡을 빌미로 릴리에 공주를 겁박해 관계를 맺었다면, 그렇게 태어난 아이가 마그노 황자라 릴리에 공주가 황자의 친부를 밝히지 않는다면?

제리코는 드래곤 슬레이어 소드에게 생각을 읽히지 않기 위해 노력했다. 덕분에 검은 제리코가 어떤 악질적인 의문을 품고 있는지 모른 채 에라프는 그러지 않는다고 외치기만 했다.

"혹시 스토킹은 아니었나 의심하는 건가요? 그렇지는 않아요. 이런 말 하면 그 아이가 싫어하지만."

메렐 교수의 눈이 다시 지나간 추억을 되새겼다.

"나는 일방적인 감정은 아니었다고 생각하거든요."

"그러시군요."

일방적인 짝사랑이 아니었다니. 바싹 긴장하고 있던 제리코의 신경이 느슨해졌다.

"그럼 왜 차셨을까요?"

메렐 교수는 새삼 안타까운 듯 쓸쓸한 미소를 지었다.

"나도 살면서 깨달은 거지만 사랑엔 시기가 중요해요. 서로를 아무리 사랑해도 때가 어긋나면 소용없죠."

둘이 정말 잘 어울렸는데.

메렐 교수가 작게 말했다. 제리코에게 말했다기보단 작게 읊조리는 혼잣말에 가까웠다.

아름다운 공주와 광룡을 무찌른 용사. 용사가 광룡을 무찌르기 전이었어도 잘 어울리는 한 쌍이었을 것이다.

제리코는 그제야 에라프에게 품은 나쁜 의혹을 완벽하게 버렸다. 메렐 교수가 저런 반응을 보일 정도면 에라프가 릴리에를 사랑한 마음은 순수했을 것이다. 아무럼, 조카에게 나쁜 마음을 품었던 총각을 회상하며 저런 표정을 지을 수 있겠는가.

제리코가 안도의 한숨을 내쉬자 검과 노부인이 동시에 의문을 품었다. 옛 추억에 잠겨 있던 메렐 교수는 이내 현실을 직시했다.

"제리코 양이 태어나기 전의 일이에요. 방금 말했듯이 사랑엔 때가 중요하죠. 릴리에가 에라프와 헤어졌기 때문에 에라프가 제리코 양의 어머니를 만나 사랑을 싹틔우지 않았겠어요?"

메렐 교수는 갑자기 아버지의 연애사를 묻는 제리코의 의도를 오해했다.

"둘은 분명 서로를 깊게 사랑했을 거예요. 제리코 양은 사랑의 결과물이죠."

오해도 이런 오해가 없었다. 메렐 교수는 제리코가 요나와 에라프 사이의 감정이 진지하지 못했나 걱정한 나머지 에라프의 연애사를 궁금해한다고 착각하고 있었다.

헛다리도 너무 과한 헛다리인지라 제리코는 소리 내 웃을 뻔했다.

'와, 메렐 교수님도 공주님은 공주님이었구나. 그런 순진한(?) 생각을 하시다니.'

순진한(?) 귀족은 자기는 평민과 잠깐 놀지만 평민에겐 자신이 영원히 잊히지 않는 사랑일 것이라 믿는다. 놀라운 착각이었다. 자매품으로 아이가 생기면 반드시 자신을 찾아올 것이라 믿는 귀족도 있다. 이 또한 놀라운 착각이었다.

'평민도 귀하신 귀족님과 즐거운 시간 보낸 추억에서 끝날 수 있다 이거지.'

귀족이 반드시 돌아올 것이라 믿으며 결혼하지 않고 기다리는 평민은 드물었다. 아주 드물었다. 사생아보다 더 찾기 힘들었다.

귀족들은 똑똑하지만 이상한 부분에서 순진하다는 것이 제리코가 나고 자란 마을 사람들의 견해다. 그리고 제리코도 그들의 의견에 동의했다.

제리코는 나이 들었지만 여전히 공주님인 메렐 교수의 순수(?)를 지켜주기 위해 고개를 끄덕였다.

"네. 저도 그렇게 믿어요."

용무를 마친 제리코는 황급히 차를 비운 후 연구실을 나왔다. 용무만 해결하고 바로 나가는 건 무례한 짓이지만 어쩔 수 없었다. 지금의 제리코는 여유가 많이 부족했다.

'드슬아. 에라프 님이 셋 중에 아들이 반드시 있다고 말씀하셨댔지?'

-그래. 셋 중에 한 명은 친자일 거라고 했어.

'그거 말이야. 혹시 친자 여부에 관계없이 사랑하는 사람이 낳은 아이는 내 아들, 뭐 이런 생각에서 말씀하신 거 아닐까?'

은혜도 모르고 사기를 치러 온 사기꾼의 목숨도 소중히 여긴 용사님이었다. 에라프라면 저런 사고도 충분히 가능했다.

제리코는 에라프와 가장 많은 대화를 나눈 검의 견해를 기다렸다. 무슨 생각을 하는지 검은 오랫동안 침묵했다. 침묵 끝에 드래곤 슬레이어 소드가 말하기를.

-제리, 주인은 분명히 네 어머니를 사랑했을 거야.

"그거 아니라니까!"

용사의 검이 공주님의 순진함을 배우면 어쩌자는 건가!

-아냐! 정말로! 네 어머니 얘기를 꺼내지 않은 건 분명 주인이 네 어머니를 정말 사랑해서 둘 사이에 있었던 일화를 혼자 고이 간직하고 싶었기 때문일 거야! 난 그렇게 생각해!

"그런 거 아니라니까!"

자라는 내내 사랑받았으면 됐지 탄생의 경위까지 사랑이 가득할 필요가 뭐 있담. 제리코는 그렇게 욕심 많은 사람이 아니었다.

제리코는 답답한 말을 지껄이는 검에게 수차례 윽박질렀으나 검은 요지부동이었다. 말하는 제리코만 답답했다. 뚫린 귓구멍이 없는지라 몇 번을 말해도 알아먹질 못하니 설득할 자신감만 사라졌다.

"됐어. 아무래도 좋아."

제리코는 말귀 못 알아먹는 검을 두고 주먹을 불끈 쥐었다.

그녀가 사랑하는 아버지 존 한슨이 말하기를, 가끔 못이 안 박히는 자리가 있다고 한다. 그때 힘으로 못을 박아 넣으면 나무가 쪼개지거나 못이 휘는 불상사가 발생했다. 그래서 존은 기준을 두었다.

세 번.

세 번 망치로 두드려 아닌 것 같으면 자리를 바꿔라.

제리코는 두 번 시도해 포기했다. 기회는 아직 한 번 남아 있었다.

-그 말은!

"그래!"

그리하여 소녀는 도서관의 황자님에게 마지막 도전을 하게 된 것이다.

22장
도서관의 황자님. 마지막 도전

-어떻게 할 거야? 이제 도서관은 못 가잖아.

또 도서관에 가 황자를 방해하면 기본 예의도 없는 후배로 찍혀 소문이 날 처지다. 하지만 그때가 아니면 마그노 황자를 만날 시간이 마땅치 않았다. 기숙사장에 조기 졸업까지 병행하느라 늘 바쁜 황자 아닌가.

사실 마그노 황자가 제리코에게 한 말은 모두 사실이었다. 독서가 그의 취미라면 도서관 3층에서 보내는 시간이 그의 유일한 휴식 시간이었다. 그런 귀중한 시간을 마음에 안 드는 후배에게 방해받는 건 싫겠지.

-나라도 싫겠다.

"응, 사실은 나도 싫어."

내가 싫은 일은 남에게도 하지 마라. 그렇지만 살다 보면 부득불 그 말을 어기게 되는 때도 있는 법.

"내가 말이야."

제리코는 거울을 보며 볼을 토닥였다.

-응.

"낯짝이 좀 두껍거든. 이거 좋은 거야, 주름이 잘 안 생긴대."

-그러니까…… 그냥 쳐들어가겠다고?

"그렇지."

-아니야, 제리. 그러지는 말자.

검이 다급하게 임시 주인을 말렸다.

-마그노 황자 성격상 그건 역효과야. 미움만 산다고.

"이미 미운털 단단히 박혔는걸."

-그래도 불구대천의 원수는 아니잖아. 잘 들어봐, 제리. 넌 미운털 단단히 박힌 상태에서 황자에게 근성을 인정받았잖아.

"응."

-너의 장점 중 다른 걸 보여주며 인식을 바꾸고 호감을 쌓는 건 어때?

"내 다른 장점이라."

제리코는 참모의 조언을 토대로 자신의 장점을 떠올렸다. 사교성은 황자가 질색하니 안 되고, 활발한 성격도 지금 상황에선 황자에게 그리 먹힐 만한 장점이 아니다. 좌우로 데굴데굴 구르던 파란 눈동자가 거울에 박혔다.

제리코는 거울 속 미소녀에게 윙크했다.

"미모?"

-…….

제리코는 입술을 삐죽였다. 침묵하면 뭐 하나. 감정이 전달되는데. 한심하다는 감정이 팍팍 전해져 제리코의 자존심에 미세한 금이 생겼다. 기분 좋게 농담해 놓고 본전도 못 찾은 꼴이다.

"너 자꾸 내 농담 안 받아주는데, 내가 에라프 님과 똑같이 생겼다는 걸 잊지 마."

-아냐. 주인은 너랑 닮았지만 더 잘생겼어. 네 상위 호환이라고. 너도 동의하잖아.

제리코의 입이 오리 입이 되었다. 이상도 하여라. 똑같이 생겼는데 왜 에라프가 더 잘생긴 것처럼 느껴지는 것일까. 에라프가 원본이기 때문에 자식인 제리코는 그 미모를 뛰어넘지 못하는 것일까?

'마그노 황자님도 릴리에 공주님이랑 똑같이 생겼지만 공주님처럼 사람 홀리는 마성은 느껴지지 않지……. 자식은 부모의 그림자를 벗어나지 못하는 걸까?'

-무슨 헛소리야. 그냥 네가 주인보다 못생긴 거야.

어쨌든 검이 하고 싶은 말은 마그노 황자에겐 미인계가 안 통한다는 것이다. 물론 무생물인 검보다 제리코가 더 잘 알았다.

제리코는 주섬주섬 짐을 챙겼다. 어찌 되었든 마그노 황자가 한가한 시간에 고정적으로 출몰하는 장소는 도서관으로 정해져 있다. 마그노 황자가 거주하는 기숙사 앞이나 강의를 듣는 교실 앞에서 기다리지 않는 한 그곳이 가장 적절한 만남의 장소였다.

"일단 층을 올라서 황자님 얼굴을 살펴본 다음에."

-다음에?

"표정이 구리다 싶으면 4층 구경을 하고 안 구리면 접근해야지."

제리코의 말에 검은 깨달았다. 그때까지 제리코는 대도서관 3층 위로는 발도 들어본 적 없다는 놀라운 사실을!

-그냥 오늘은 포기하고 도서관 위층이나 더 둘러보자.

제리코는 검의 제안을 상큼하게 무시하고 도서관에 진입했다. 참모의 조언을 무시하고 전장에 돌입하는 장수로 인해 검은 크게 한탄하였다고 한다.

1층, 아무 이상 없음. 2층, 아무 이상 없음. 문제의 3층 계단 앞에 선 제리코가 천천히 숨을 골랐다.

제리코가 3층 계단에서 빼꼼 고개만 내밀자 3층 사서가 마그노 황자가 있다는 사실을 손짓으로 알려주었다. 제리코는 가볍게 묵례해 감사

인사를 하고 벽에 붙어 마그노 황자의 고정석 쪽을 관찰했다. 여차하면 4층으로 내뺄 생각이었다.

제리코의 시선은 어지간히 둔한 사람도 눈치챌 정도로 집요했다. 제리코는 들켜도 괜찮다고 생각했다. 마그노 황자가 그녀를 무시한 게 한두 번이어야지. 밥 먹듯 무시하시는 황자 저하는 멀리서 관찰하는 정도론 눈썹 하나 까딱하지 않으신다.

그걸 믿고 빤히 본 것인데 이게 웬걸. 웬일인지 황자가 제리코 쪽으로 고개를 돌렸다. 갑자기 빨간 눈과 눈이 마주치는 바람에 제리코는 마물이라도 본 듯 놀라 얼어붙었다.

제리코는 마그노 황자가 자신을 무시하거나 화를 내거나 인상을 찌푸리거나 얼음보다 차가운 시선으로 노려볼 줄 알았다. 그런데 마그노 황자는 제리코의 예상과 정반대로 행동했다. 그는 책을 덮고 의자에서 일어난 뒤 제리코에게 다가왔다. 제리코의 심장 박동이 빨라졌다.

-직접 와서 욕하려나 봐. 4층으로 가자.

'아냐, 일단 무슨 욕인지 들어보고.'

제리코는 아직 계단을 벗어나지 않았다. 그러니까 마그노 황자가 직접적으로 추궁하면 4층으로 올라가는 길이었다고 변명할 거리가 남아 있었다. 그리 빤히 쳐다봐 놓고서 그딴 것도 변명이냐 싶겠지만 뭐 어떤가.

쿵쿵. 놀란 심장을 억지로 진정시키며 제리코는 침을 꿀꺽 삼켰다. 마그노 황자가 어떤 욕을 하든, 어떤 개무시를 하든 도주로가 있으니 든든했다. 그랬는데.

'그랬는데!'

"내게 볼일이 있으십니까, 소공작? 다리가 아플 텐데 여기서 이러지 마시고 자리로 가시죠."

마그노 황자가 꿀이 뚝뚝 떨어질 만큼 달콤한 미소를 지으며 제리코의 손을 잡았다. 제리코는 공포를 느끼고 뒤로 물러났다. 얼결에 마그노 황자의 손을 뿌리쳤음을 깨달은 그녀는 사색이 되었다.

마그노 황자는 내쳐진 손을 신경 쓰지 않는 듯 제리코가 물러난 만큼 불쑥 다가왔다.

"내가 갑자기 손을 잡아 소공작을 놀라게 해드렸군요. 죄송합니다. 부디 내게 에스코트할 영광을 주시겠습니까?"

"저 4층 가고 있었어요!"

꿰엑! 제리코는 멱 따인 돼지의 단말마 비슷한 것을 내지르고 4층으로 후퇴했다. 4층에 올라가자마자 제리코는 벽에 붙어 심장을 부여잡았다. 무서운 나머지 심장이 널뛰었다. 혈관 때문에 멀리 가지도 못할 텐데 골반뼈에서 목뼈까지 심장이 오르내리는 듯한 느낌이 들었다.

똑같은 귀신이면 예쁜 귀신이 더 무섭다고 한 말, 이해를 못 했는데 직접 당하니 이해됐다.

4층엔 이용자가 제법 있었다. 그들은 갑자기 튀어 올라와 벽에 붙어 헐떡이는 제리코를 보고 눈을 동그랗게 뜨다가 곧 자기 일에 집중했다. 그러나 모두가 그런 것은 아니었다. 제리코가 괴성과 함께 4층으로 올라와 숨을 헐떡이고 있으니 걱정되어 다가오는 이도 있었다.

"제리코? 괜찮아? 거미라도 봤어?"

"뒤에서 누가 쫓아오나요?"

친절하고 상냥한 몇몇이 제리코에게 다가오다가 그녀의 뒤에서 접근해 오는 하얀 인물을 보더니 바로 흩어졌다. 제리코는 뒤에서 느껴지는 한기에 감히 뒤돌아볼 용기를 내지 못하고 전방위 탐지가 가능한 검에게 물었다.

'지금 뒤에 황자님 서 계시니?'

―놀랍게도 응.

제리코의 목이 경첩이 녹슨 문처럼 삐걱거리며 돌아갔다. 그녀의 뒤엔 하얀 귀신이 서 있었다. 공포감을 조성하기 위해서인지 여전히 웃는 얼굴이었다.

"4층에 볼일이 있으시군요. 4층엔 내 전공서가 있어 자주 오는 편입니다. 안내해 드리겠습니다."

"아, 아뇨. 저는 그러니까."

"부담 갖지 마세요."

'부담되는데요!'

뭘 잘못 먹었나, 마그노 황자가 이상했다. 입가에선 미소를 지우지 않았고 제리코와 눈이 마주칠 때마다 눈꼬리를 접으며 녹을 듯한 웃음을 보여줬다. 말씨는 어찌나 사근사근하고 상냥한지. 제리코가 여러 번 마그노 황자의 신경을 긁어먹지 않았더라면 지금의 이 모습이 진심일 것이라 오해할 정도로 완벽했다.

"재무학에 관심 있으시다면 도와드릴 수 있습니다."

"아, 아뇨 그러니까."

"혹시 3층 이후의 도서관 탐방을 하시겠다면 그 또한 도와드리죠."

"황자 저하 휴식 시간인데 제가 어떻게 방, 방해를 하겠어요. 혼자서도 잘 돌아볼 수 있, 있어요!"

"혼자보단 둘이 좋죠. 소공작께서 늘 하시던 말씀 아닙니까."

평소의 마그노 황자였다면 묘하게 비꼬는 어투였을 것이다. 그런데 오늘의 마그노 황자는 진심으로 그리 생각한다는 듯 진지했다. 그의 미성이 목을 타고 입 밖으로 흘러나와 제리코의 귀를 울리고 고막을 흔들고 뇌를 진탕시켰다.

-이대로는 너만 끌려다닐 뿐이야! 후퇴해!

"저는 바빠서 이만!"

참모가 작전상 후퇴를 외쳤다. 장수는 바로 실행에 옮겨 줄행랑쳤다. 도서관에서 한참 떨어진 장소에 도달하고 나서야 그녀는 숨 고를 기회를 얻었다.

제리코는 빨갛게 잘 익은 홍옥 같은 볼을 손으로 감쌌다. 얼굴이 불 쬐던 사람처럼 뜨끈뜨끈했다.

'안 쫓아왔지?'

–응.

"다행이다."

제리코는 그 자리에 쭈그리고 앉았다. 하프 산맥에서 마물에게 쫓길 때보다 더한 공포가 그녀를 짓눌렀다. 영문을 알 수 없는 일이 벌어졌 다. 제리코는 머리를 싸맸다.

"뭐지. 뭐가 잘못된 거지. 신종 구박법인가?"

–그런 것치곤 황자가 신경을 많이 쓰던데.

"어쨌든 진심은 아니었어! 내가 그분 성격을 몰랐다면 속았겠지만 지 금은 아닌 게 보여!"

마그노 황자가 보인 상냥함은 로젠이나 마자리스의 상냥함에 필적했 다. 제리코는 그 사실이 무서워 견딜 수가 없었다.

"뭐지? 도대체 뭐야? 무시나 냉소는 각오했지만 이런 건 상상 못 했단 말이야!"

–진정해, 제리. 넌 이미 답을 알고 있어.

흥분했던 제리코는 검의 말에 흥분을 식혔다. 그렇다. 드래곤 슬레이 어 소드의 말대로 제리코는 이미 답을 알고 있었다. 제리코는 마그노 황 자에게 콕 찍혔다. 제대로 찍힌 나머지 황자는 제리코에게 꽁해 있었다. 그런 황자가 갑자기 친절해졌다면 답은 하나다.

"이번엔 누가 나한테 상냥하게 대하라고 말한 거냐!"

접근하는 자를 꽁꽁 얼려 버리는 빙벽을 두른 황자님. 황자님이 빙벽 을 녹이는 상대는 오직 가족뿐이다. 황자님은 가족의 말이라면 본인의 사고와 가치관, 의지를 포기해서라도 받아들였다.

그러니 이번 일도 황족 중 누군가가 제리코에게 잘해주라는 말을 해서 벌어진 것일 터.

거기에 제리코가 마음에 들지 않는 황자의 불만이 더해져 오늘과 같이 무서운 결과가 나왔으리라.

제리코는 고개를 절레절레 저었다.

"너무 무서웠어. 당분간 도서관 쪽으론 안 갈래. 마그노 황자님에게 접근하는 것도 가라앉을 때까지 포기를……."

그러자니 황자의 졸업 전까지 남은 기간이 촉박했다. 소거법을 적용하기엔 황자가 너무 유력한 후보로 부상해 버렸다. 제리코는 다시 머리를 싸맸다.

"이걸 어쩐다. 꾹 참고 접근해? 아니, 아니야. 소름 돋아서 견딜 수가 없는걸."

가장 무서운 건 마그노 황자의 미소에 홀라당 넘어갈 것 같은 자신이었다. 제리코는 본인이 생각하기에도 사람에게 금방 정을 내줬다. 제리코를 활활 태워 죽일 뻔한 아리보 소공작에게 상당히 정을 붙인 것만 보아도 알 수 있다.

마그노 황자가 지금의 상냥한 황자님을 계속 연기한다면 제리코는 금방 과거의 황자를 잊고 지금의 황자에게 정을 붙일 것이다. 그게 물 보듯, 불 보듯 뻔하고 뻔해서 제리코는 자괴감이 들었다.

"나는 왜 이렇게 쉬운 여자일까!"

마그노 황자가 좀만 더 못생겼어도 이러지는 않을 텐데! 조금만 덜 신경 쓰여도 이러지는 않을 텐데! 제리코는 천하절색인 어머니의 미모를 물려받은 황자를 원망했다. 그리고 황자에게 그런 미모를 물려준 릴리에 공주도 원망했다.

릴리에 공주님, 왜 그러셨어요. 어차피 아들을 낳을 거 조금만 못생기게 낳아줘도 됐잖아요. 그렇게 아름답게 낳아줄 필요가 있던가요. 덤으로 성격도 그렇게 까칠할 필요는 없잖아요. 아름다운 장미엔 가시가 있다지만 황자님은 가시가 너무 크고 뾰족하다고요!

─이대로는 네가 못 버텨. 이제부터 마그노 황자의 그런 모습도 염두에 두고 대비를 한 다음 찾아가자.

"응. 그래야겠어."

제리코는 눈가를 문질렀다. 얼마나 무서웠으면 눈물이 찔끔 나왔겠냐 이 말이다. 제리코는 마음의 대비를 할 때까지 도서관 쪽엔 얼씬도 하지 않겠다고 다짐, 또 다짐했다.

제리코의 다짐은 빛을 보지 못했다. 도서관의 황자님이 안락한 도서관을 박차고 나와 교정을 거닐기 시작했기 때문이다.

"안녕하십니까, 소공작."

"히익!"

제리코는 수업이 끝난 후 강의실을 나가다가 자신에게 인사하는 황자 때문에 깜짝 놀랐다. 그녀는 제자리에서 펄쩍 뛰었다.

"같이 식사하죠."

"꺄악!"

제리코는 학생 식당에 줄을 섰다가 갑자기 말을 걸고 합석을 권유하는 황자 때문에 화들짝 놀랐다. 결국 그녀는 울며 겨자 먹기로 황자와 같은 식탁에서 밥을 먹었다.

"검술 연습을 봐드릴까요?"

"끼엑!"

여긴 오지 않겠지. 마그노 황자의 행동반경에 검술원이 없기에 안심한 그녀였으나, 그는 그렇게 호락호락한 위인이 아니었다.

숲에서 곰과 마주쳤을 때와 도시 한복판에서 곰을 만났을 때, 사람은 후자에 더 놀란다. 제리코가 그랬다. 제리코는 예상치 못한 공간에서 마주친 황자로 인해 대경실색했다.

마그노 황자가 제리코를 찾아다녔다. 수업이 빽빽하고 원체 분주한 이여서 그나마 망정이지, 어디 사는 붉은 머리 소녀처럼 한가해서 항시 따라다녔다면 제리코는 3년 가뭄의 쭉정이처럼 바싹 말라붙었을 것이다.

이런 이유로, 즐거운 주말 아침. 제리코는 백합관에 콕 틀어박혀 주말을 보내기로 결심했다.

"내가 절대 돌아다니다 황자님 마주칠까 봐 이러는 게 아니야."

-일주일이나 당했으면 적응할 때 됐잖아?

"그게 말처럼 쉬운 줄 알아?"

-어떤 의미에선 자업자득이지. 네가 황자에게 한 짓 고대로 당하고 있잖아.

"으으."

그것과 이것은 다르다라고 주장하기엔 양심이 걸렸다. 어쨌든 제리코는 주말 내내 백합관에서 주간에 쌓인 정신적 피로를 풀겠다고 다짐했다.

제리코가 드래곤 슬레이어 소드에게 고양이로 실체화해 달라 애원하던 중 하녀가 문을 두드렸다.

"소공작님, 손님이 방문하셨습니다."

"누구예요?"

제리코가 반색하여 고개를 쳐들었다. 백합관에 찾아올 인물이라면 떠오르는 몇몇이 있었다. 로젠, 샌시, 스텔라, 그 외 제리코와 친해진 사람들. 건물 밖으로 나가지 않으려 다짐한 와중 손님이 찾아왔다니. 퍽 반가운 일이었다. 사람 좋아하는 소녀는 기분이 좋아서 헤실헤실 웃었다.

"마그노 황자 저하이십니다."

제리코의 느슨해진 얼굴 근육에 힘이 꽉 들어갔다. 제리코는 귀를 후빈 다음 다시 물었다.

"누구요?"

"3황자 저하이십니다, 소공작님."

손님의 신분을 밝힌 하녀가 주인의 손님맞이를 위해 다가왔다. 옷차림이야 로브를 입고 있어서 그럭저럭 가려지지만 침대에서 뒹구느라 머리가 헝클어져 손님 앞에 나서기 민망했기 때문이다.

하녀가 앞치마에서 빗을 꺼내 제리코의 머리를 잽싸게 빗었다. 제리코는 전신의 피가 머리카락을 통해 빠져나가는 듯한 착각에 시달렸다.

"황자 저하가요?"

"네."

"크흡."

제리코는 어금니는 물론이고 앞니까지 꽉 깨물고서 천천히 계단을 내려갔다. 그녀의 조신한 걸음걸이에 하녀가 만족하여 활짝 웃었다. 황자를 기다리게 하는 건 불충이나 휴일에 미리 연락하지 않은 건 황자의 잘못이니 서로의 잘못이 상쇄되어 괜찮았다.

마그노 황자는 황자 저하시라 다른 손님과 대우가 달랐다. 이제껏 백합관을 방문한 다른 손님들이 현관 앞에서 머물러야 했다면 마그노 황자는 현관을 지나 로비에서 주인을 기다렸다.

덕분에 제리코는 계단을 내려오자마자 하얀 황자와 마주쳤다. 남들 보기엔 아름답고 아름다우신 황자 저하지만 제리코에겐 하얀 악마가 따로 없었다.

"좋은 아침입니다, 미베어 소공작."

"안녕하세요, 황자 저하."

"소공작과 담소를 나누고 싶어 방문했습니다."

"아하하, 그러시군요. 아하하하하."

둘 사이에 할 얘기가 얼마나 있다고. 얘기가 있다 한들 그걸 담소라 부를 수 있을까. 얼굴 근육이 굳어 제리코의 미소는 조금 어색했다. 마그노 황자는 능숙하게 상냥한 미소를 지었다.

-웃을 거면 너도 좀 더 노력해.

'노력하고 있거든.'

얼굴 근육에 힘이 너무 많이 들어가서 표정 연기가 그럴싸하지 못했다. 다행히 하녀나 경비원은 마그노 황자에 집중하느라 제리코의 어색한 미소를 이상하게 여기지 않는 듯했다. 제리코는 이에 안도하고 슬쩍 고개를 숙여 긴장을 풀었다.

"서 계시지 마시고 이리 들어오세요."

"사양하지 않겠습니다."

마그노 황자는 응접실로 올라가는 도중 연신 고개를 돌려 백합관 내부를 구경했다.

"꽤 많이 고쳤군요."

백합관은 본래 마그노 황자의 친모인 릴리에 공주가 거주했던 공간이다. 마그노 황자는 내부 수리를 하기 전의 백합관을 둘러본 경험이 있었다. 제리코는 지레 쫄았다.

"너, 너무 많이 고쳐서 상심하셨나요?"

"그렇지 않습니다. 백합관은 학교의 재산. 내부 수리 또한 학교의 재량입니다."

'그럼 고친 데가 많다고 말을 말든가.'

마그노 황자를 만날 일 없겠다고 안심한 주말, 제리코의 쉼터라 믿어 의심치 않은 공간에 황자가 침입했다. 그러다 보니 제리코답지 않게 황자가 하는 말을 비비 꼬아서 들었다.

하녀가 공손히 응접실 문을 열었다. 손님인 마그노 황자가 제리코에게 순서를 양보했다.

제리코가 먼저 응접실로 들어가고 마그노 황자가 뒤따랐다. 마그노 황자는 한술 더 떠, 제리코를 위해 의자를 빼냈다.

"앉으십시오, 소공작."

"……감사합니다."

'이제 무슨 얘길 해야 하나.'

황자는 어떤 용무로 자신을 찾아온 것일까? 만약 정말 담소가 목적이라면 어떤 얘기를 해야 할까? 손님을 즐겁게 해주는 건 주인의 의무다. 제리코가 어떤 얘길 꺼낼까 전전긍긍하는데 마그노 황자가 불쑥 근황을 물었다.

"요즘 어떠십니까?"

"아, 아주 좋습니다."

"그것 참 다행이군요. 소공작께서 무탈하시다니 나도 기쁩니다."

이어 마그노 황자는 날씨, 성적 등과 같은 무난한 주제를 연달아 꺼냈다. 대화 자체야 평범한 내용의 연속이지만 마그노 황자가 계속 화제를 꺼내다 보니 제리코의 머리는 몽롱해졌다.

'내가 지금 꿈을 꾸나?'

타고난 미성과 미모를 겸비한 황자가 사근사근한 목소리로 상냥히 웃으며 제리코에게 관심을 보낸다. 진심이 아닌 걸 알지만 겉만 보아선 한없이 진심인 듯하여 제리코는 혼란스러웠다.

'대화의 주도권을 뺏겨서 정신이 혼미한 거야. 내가 주도해야겠다.'

제리코는 근래에 벌어진 일 중에 모두가 재밌게 들었던 얘기를 꺼냈다.

"저하, 혹시 제가 전에 얘기했던 까마귀 반지 사건을 기억하세요?"

"기억하고 있습니다. 아주 흥미로운 얘기였죠."

보석, 동물, 미인(남자지만)이 모두 등장하는 자극적인 얘기인데 마그노 황자가 일말의 흥미도 내보이지 않았던 것을 제리코는 똑똑히 기억하고 있었다. 어쨌든 재밌는 일화였기 때문에 제리코는 그 사건의 후일담을 얘기했다.

"저번에 까마귀가 떨어뜨린 반지 주인을 찾았거든요. 아, 글쎄! 제가 괜한 수고를 했지 뭐예요! 반지를 잃어버린 분이 윌리 교수님이라고 검술학부 교수님이셨던 거 있죠? 제가 괜히 본관에 반지를 맡긴 바람에 반지가 주인을 찾는 데 시간이 더 걸리게 된 거죠."

제리코가 얘기하는 내내 마그노 황자는 이전과 다른 반응을 보였다. 그의 투명한 붉은 눈엔 흥미로움이 깃들어 있었다.

제리코가 하는 얘기를 재밌어하는 것이 티가 났다. 제리코는 이것이 그의 진심인지 연기인지 알 수 없어졌다.

'황자님이 정말 친절해지신 건가?'

—정신 차려! 미인계에 당하면 어쩌자는 거야!

'아니, 이건 미인계가 아니라.'

—정신 차려!

검이 버럭 소리를 질렀다. 어찌나 크게 질렀는지 제리코는 현기증이 일어 관자놀이를 꾹꾹 눌러 머릿속을 진정시켜야 했다.

"두통이 있으십니까?"

"아, 아니요. 그런 건 아니고 그냥 요즘 과제를 하느라……."

"과제가 어렵다면 도와드리겠습니다."

"괜찮습니다! 과제는 혼자 해야죠! 열심히 하겠습니다!"

과제 좀 대신 해달라고 검을 붙잡고 운 것이 어제의 일이다. 제리코는 과거는 깔끔하게 잊고 새 아침의 새 제리코가 되었다. 숙제는 혼자 힘으로 해내야 의미가 있었다.

"어쨌든 그 까마귀가 검술원에서 은근 유명하더라고요. 피해자가 더 있대요. 다들 둥지 위치를 몰라서 물건을 못 찾고 있는데 저랑 로젠은 위치를 알거든요. 새끼 까마귀가 독립하고 나면 둥지를 털어서 주인을 찾아줄까 생각 중이에요."

그놈의 새끼 까마귀. 솜털이 빠져서 어른 까마귀가 되기 전에 귀여운 얼굴을 봐야 할 텐데 말이다.

"유명합니까?"

"검술학부 학생이 반지나 귀걸이 같은 걸 빼두면 잽싸게 채간대요."

"그렇군요."

마그노 황자는 제리코가 하는 얘기에 제대로 맞장구를 치거나 반응했다. 연기인 걸 알아도 홀딱 속을 정도였다.

제리코는 묘한 감상에 빠졌다.

'처음부터…….'

마그노 황자가 처음부터 지금과 같은 연기를 펼쳤다면 제리코는 속수무책으로 빠져들었을 것이다. 그러나 황자는 완벽한 연기를 펼치는 대신 제리코에게 정정당당한 거래를 제안했다.

사랑하는 연인을 연기할 테니 결혼해 주세요.

그깟 연기 얼마나 대단하다고 그리 자신했나 싶었는데 직접 겪어보니 왜 자신만만했는지 알 것 같았다. 최선을 다해 연기하겠다던 마그노 황자의 말은 허언이 아니었다.

'도대체 누구에게 얘길 들었길래…….'

제리코는 찻잔을 만지작거렸다. 긴장 때문에 목이 타서 찻잔의 절반을 비운 그녀와 다르게 마그노 황자의 찻잔은 한 모금도 줄지 않은 상태였다.

마그노 황자는 제리코는 물론이고 제리코의 하녀가 내온 음식물도 먹지 않았다. 그것이 지금의 태도가 연기라는 증거였다.

"저하."

"왜 그러십니까, 소공작?"

"이번엔 어느 귀한 분께서 제게 친절히 대하라 당부하셨나요?"

"그것이 어째서 궁금하십니까?"

"저하께서 저를 꺼리시는 걸 알고 있는데 그 마음을 억누르고 이리 다정하시니 궁금할 수밖에요."

마그노 황자의 얼굴에선 미소가 떨어지지 않았으나 까마귀 얘기를 할 때보단 연기인 티가 났다. 그래도 황자의 본래 성격을 모르는 사람이 보면 전혀 눈치채지 못할 것이다.

마그노 황자가 선명한 붉은 눈을 반만 떴다. 그가 처음으로 불쾌한 기분을 드러냈다.

"미베어 소공작은 대하기 어려운 분이군요. 이런 걸 바란 게 아니었습니까? 친구가 되고 싶다고 했잖습니까."

"친구가 되고 싶어요. 친해지고 싶어요. 그렇지만 진짜가 아니잖아요."

"설마 내게 진실한 우정을 기대하십니까?"

"진실한 우정도 좋고 얄팍한 우정도 좋아요. 그렇지만 연기는 싫어요."

"거짓이든 진실이든 주위에서 우리 둘의 사이를 좋게 보면 그로 좋지 않습니까? 나는 그렇게 생각합니다."

"주위 사람을…… 속이는 게 기분 좋으세요?"

"제국의 황자와 소공작이 앙숙인 것보단 사이좋은 편이 모두를 행복하게 할 겁니다."

마그노 황자가 하는 말 마디마디마다 뾰족한 가시가 돋아 있고 시퍼런 날이 서 있었다. 모두의 행복을 바라는 것치곤 참 삐뚤어진 사고방식이었다.

위악인가 위선인가. 미로보다 비비 꼬인 황자의 속내를 단순한 걸 사랑하는 제리코가 어찌 알랴. 다만 제리코가 황자와의 대화를 통해 알아낸 사실이 있다면, 마그노 황자는 제리코를 감쪽같이 속여 넘길 재주가 있음에도 불구하고 그녀에게 사실을 밝히고 거래를 제안했다는 것이다.

'어쩌면 그게 사람들이 말한 관심이고 호의일까?'

메렐 교수부터 두 황자에 이르기까지. 마그노 황자를 아끼고 사랑하는 이들이 말한 정체불명의 호감. 마그노 황자가 제리코에게 본래의 목적을 밝히고 거래를 제안한 것이 호감의 증명이었던 것은 아니었을까.

마그노 황자는 거짓말을 싫어한다고 말했다. 거짓을 싫어하는 것치고 주위 사람들을 너무 쉽게 속이려 들지 않는가? 제리코가 보았을 때

마그노 황자는 모순 그 자체였다.

"내가 이상하다고 생각하고 계시군요. 하지만 소공작, 내가 봤을 땐 소공작이야말로 모순 그 자체입니다."

"저는."

"소공작의 접근 목적이 우정만을 위해서입니까? 분명 다른 목적도 뒤섞여 있겠죠. 소공작은 내게 목적을 가지고 접근해도 되지만 나는 그렇게 하면 안 되는 겁니까? 소공작이 내 비위를 맞춘 것은 친해지기 위한 순수한 마음이자 선의이고 내가 소공작에게 잘해주는 것은 가식이고 연기에 불과합니까?"

"그런 게."

"소공작의 말대로입니다. 나는 경애하는 분께 소공작과 친하게 지내라는 당부를 들었습니다. 그래서 그분이 만족하시도록 소공작과 친해지려 합니다. 그러면 안 되는 겁니까?"

황자의 얼굴엔 웃는 가면이 찰싹 달라붙어 있었으나 제리코는 그가 화났음을 깨달았다. 그의 분노는 목적지가 불분명했다. 앞에 앉은 제리코에게 향하는 듯했으나 그녀를 투과해 어딘가로 가는 듯하고, 벽에 부딪혀 자기 자신에게 향하는 듯하기도 하는 등 갈피를 잡지 못했다.

"저는요."

구구절절 마그노 황자의 말이 옳았다. 제리코는 그의 휴식 시간을 방해하면서까지 그에게 접근하고 귀찮게 굴었다. 친해지기 위한 노력이라고 좋게 포장했지만 당하는 마그노 황자 입장에선 실로 불쾌한 경험이었을 것이다.

제리코 자신은 마그노 황자가 쫓아다니는 일주일이 괴로워 백합관에서 은신하려 했다. 마그노 황자를 몇 달 동안 졸졸 따라다녀 놓고 적반하장도 이런 적반하장이 없다.

친해지려는 이유 또한 얼마나 이기적인가. 배다른 오빠를 찾는다는 것이 그 목적이니. 본인이 모르고 모친이 알려주지 않았다면 이유가 있을 것인데 그런 건 신경 쓰지 않고 무작정 정보를 캐내겠다고 들이댔다.

제리코가 나빴다. 제리코가 잘못했다.

그렇지만, 그럼에도, 그걸 알지만.

"맞아요. 전요, 사심 가득하게 저하에게 접근했고요, 목적이 있어서 친해지려고 했어요. 거기에 더해 메렐 교수님과 두 황자 저하께 저하와 친구가 되어달라는 부탁도 받았죠. 그렇지만 그 부탁보단 제 목적 때문에 더 접근했거든요. 네, 맞아요. 저하를 이용하려는 다른 사람들과 목적이나 의도가 다르다고 볼 수 없고요, 비슷한 인간인 거 맞아요. 제가 그들과 차이가 있다면 너무나 잘난 아버지를 두어서 저하가 저를 무시할 수 없는 거죠. 네, 알아요. 제가 먼저 잘못한 거. 제가 먼저 실례한 거."

말하다 보니 코끝이 찡했다. 제리코는 잘못한 사람이 우는 걸 싫어하기 때문에 눈물과 콧물을 꾹 참았다.

"거기다 제가 저하께 무례도 저질렀죠. 저하는 그것 때문에 제가 싫어지셨고요. 싫으면 싫다, 좋으면 좋다, 확실하게 말하지 않고 가족분들을 챙기는 것 또한 저하의 삶의 방식인데 제가 멋대로 재단하고 나쁜 거라고 말했죠. 크흡, 제멋대로 나는 이렇게 사과했는데 저하는 용서해 주지 않는다. 그러니까 저하가 나빠. 나는 불쌍해, 그런 생각을 하기도 했고요. 말은 안 했지만 저하도 느끼셨겠죠."

마그노 황자는 아무 말도 하지 않고 제리코가 하는 얘기에 집중했다.

"저하는 거짓말이 싫다고 하셨지만 남을 속이는 데 능숙하세요. 그럼에도 불구하고 저와 온실에서 만나 결혼을 제의하셨을 때 솔직하게 속내를 밝히셨죠. 그때는 황당하다고 생각했는데 이제 와서 생각해 보니까 그건 그러니까…… 저하 나름대로의 호감 표현이었어요. 제게 보이는 관심과 호의, 기대였죠. 제가 제 주장만 옳다고 우겨서 저하는 제게 크게 실망하셨죠. 넵. 이젠 조금 알 것 같아요. 저하는 실망하는 게 싫어서 기대하지 않는 분이신데 어쩐 일로 제게 기대를 품으셨죠. 그리고 두 분 폐하와 두 황자 저하, 메렐 교수님은 저하의 그런 마음을 알아채고 제게 친하게 지내라 부탁하신 거고요."

에라프의 일이 아니었다면 제리코는 마그노 황자 근처로는 얼씬도 하지 않았을 것이다. 그와 친구가 된다니. 상상만으로도 무시무시한 일이라며 펄쩍 뛰고 도망 다녔을 것이다.

그런 것을 멋대로 쫓아다니고 황자를 괴롭히고 주위 사람들에게 황자 걱정을 듣고 나니 제리코에게 진심이 싹텄다.

정말 이 사람과 친해지고 싶다.

단순한 오기와 승부 근성이 아닌 순수한 친애. 제리코는 마그노나 샌시, 그 외 친한 친구들과 마찬가지로 마그노 황자와 시간과 감정, 기억을 공유하고 싶어졌다. 그걸 생각하니 제리코의 눈가가 새빨갛게 달아올랐다.

"제가 분명 잘못했지만 전 정말 저하와 친하게 지내고 싶어요. 가식이나 연기가 아닌 정말 친한 사이. 오딜론 선배처럼 친하지 않아도 좋으니까."

"아하하하하!"

제리코의 길고 긴 이야기를 한 번도 끊지 않고 경청하던 마그노 황자가 느닷없이 웃었다. 어찌나 소리가 큰지 제리코가 깜짝 놀라 어깨를 움찔거렸다. 그가 이토록 크게 웃는 건 처음이었다. 제리코는 눈을 동그랗게 떴다.

마그노 황자는 감정을 숨기지 않았다. 그는 웃고, 웃고, 또 웃다가 고개를 들었다. 제리코는 뒤늦게 웃음의 의미를 알아챘다.

비웃음이었다.

"오딜론이라. 소공작이 협력한다면 그 정도 친분은 얼마든지 유지해 드리겠습니다."

마그노 황자가 자리에서 일어나 대화의 종결을 선언했다. 제리코는 갑자기 변한 황자의 날 선 태도에 입만 뻐끔거렸다.

"저, 저하?"

"이름으로 부르렴, 제리코."

마그노 황자가 만면에 미소를 머금었다. 화사한 미소는 대부분의 사람에게 미소 그 자체로 받아들여지겠으나 제리코에겐 아니었다. 제리코는 미소 뒤에 감춰진 분노와 비웃음, 깊은 실망을 읽었다.

'화났어.'

마그노 황자는 제리코에게 화가 났다. 제리코가 금기인 가족 얘기를 꺼냈을 때와 필적하게 분노했다.

"저하."

"오늘은 이만 갈게. 현관까지 나오지 않아도 돼."

그 분노가 어찌나 매서운지 제리코는 따라갈 엄두도 내지 못하고 의자에 달라붙었다. 마그노 황자가 응접실 문을 열고 나갔다. 제리코는 뭐에 홀린 듯 황자가 열고 나간 문만 응시했다.

"나한테 화났어. 내게 기대했어. 내게 또 뭔가를 기대했는데 내가 그걸 충족시켜 주지 못했어. 그래서 화났어."

-그, 그런 거야?

마그노 황자는 심성이 지나치게 비비 꼬여 무생물인 드래곤 슬레이어 소드는 간신히 겉으로 드러난 분노만 읽어내는 게 다였다. 제리코는 천장을 올려다보고 얼굴을 가렸다. 잠시 후, 그녀가 사지를 퍼덕였다.

"아니, 나한테 왜 그래!"

멋대로 기대하고 멋대로 실망하여 멋대로 분노하다니. 길 가다 모르는 사람에게 뺨 맞은 것보다 속이 답답하고 황당했다. 몹시 부당한 일이라 이리저리 하소연하고 싶어도 그럴 수 없으니 더욱 답답했다. 제리코는 울화병을 예방하기 위해 소리 질렀다.

"끄아아아악!"

경비원과 하녀가 놀라서 달려왔다. 제리코는 건강에 좋은 기합이라

거짓말하고 다시 외쳤다.

"끄아아아아아아악!"

"흐윽흐윽."

제리코는 인적이 드문 구석에 쭈그리고 앉아 울었다. 마그노 황자가 단단히 삐진 다음부터 그녀의 눈에선 눈물이 그치는 날이 없었고 항시 건강했던 위장이 난생처음으로 적신호를 보냈다.

마그노 황자는 이전처럼 제리코를 따라다니거나 기다리지 않았다. 대신 제리코의 행동반경과 동선을 파악해 우연을 가장하여 마주쳤다.

마주칠 때마다 황자는 제리코에게 친한 척을 했다. 누가 보면 오딜론에 이은 황자의 새로운 절친 탄생으로 여길 것이다. 연기가 얼마나 훌륭한지 알아채는 사람은 하나도 없고 전부 황자와 친해져서 좋겠다는 말만 날렸다. 제리코로선 미치고 환장할 노릇이었다.

마그노 황자가 부당하게 제리코에게 화가 난 이상 제리코는 황자의 화가 식을 때까지 그를 상대할 생각이 없었다. 어떻게든 피해 다니고 싶을 따름이었다. 그러나 뛰어봤자 마그노 황자 손바닥 안이었다. 제리코는 눈에 띄었고 찾고자 한다면 찾기 쉬운 유명인이었다. 용사의 검을 매고 교정을 폴짝폴짝 뛰어가는 붉은 머리 소녀. 못 찾는 게 불가능했다.

"흐윽, 흐윽."

다른 시간대야 어떻게든 마그노 황자를 피할 수 있지만 점심시간은 불가능했다. 시간표를 빡빡하게 짜놓은 마그노 황자라도 점심시간은 비워놓았으니까.

제리코는 황자를 피해 식당 대신 매점을 이용하기도 했지만 그것도 한계가 있었다. 황자 또한 식당 대신 매점을 이용하면 그만이기 때문이다.

제리코가 밥을 먹고 있으면 마그노 황자가 같이 수업을 듣는 학생, 기숙사장, 오딜론 등을 대동하고 나타나 합석했다. 그 일이 몇 번 반복되다 보니 사람들은 아예 한가한 제리코가 미리 자리를 잡아놓고 마그노 황자를 기다린다고 생각했다. 제리코로선 눈물을 흩뿌리며 그게 아니라고 외칠 착각이었다.

제리코의 위장이 뒤틀렸다. 특히 스트레스에 취약한 내장 기관인 위가 격렬하게 항의했다. 제리코는 태어나서 처음으로 위통과 소화불량에 시달렸다.

"이대로 가면 난 말라 죽을 거야."

아름다운 황자 저하께서 온화한 미소로 제리코를 말려 죽일 것이다. 사람들은 제리코가 왜 죽었는지도 모르고 슬퍼하겠지.

반짝반짝 빛이 난다고 그게 다 빛이고 태양인 건 아니다. 차가운 얼음도 반짝반짝 빛이 난단 말이다.

제리코는 그렇게 신세를 한탄하며 구슬피 울었다. 곧 있으면 점심시간이었다. 오늘은 어떻게든 편하게 밥을 먹고 싶었다.

-그냥 백합관으로 돌아가.

"거기도 찾아올까 봐 무서워."

-그러진 않을 것 같은데.

"설마가 사람 잡으면 얼마나 무섭고 배신감 느끼는지 알아? 그리고 백합관도 안전지대가 아니야."

마그노 황자가 제리코에게 단단히 삐진 장소가 백합관의 응접실이다. 마그노 황자의 분노가 한계치를 넘어섰으니 백합관에 몸소 행차하진 않을 것 같지만 제리코는 거주 공간의 안전을 확보하고 싶었다.

"어디 조용하게 밥 먹을 데 없나…… 황자 저하가 오지 않을 장소…….'

-여자 화장실?

"밥 먹는 데가 아니잖아!"

협조를 하진 못할망정 제 일 아니라고 농담이나 하다니. 제리코는 무능한 검을 노려보고 조용히 타일렀다.

"네 보관 장소를 화장실로 바꾸는 수가 있어."

거기에 더해 화장실이 막혔을 경우 무엇이든 베어내는 검으로 막힌 곳을 뚫는 수가 있다. 조용한 협박에 검이 바닥에 바싹 엎드렸다.

-〈이만보〉는 어때?

제리코의 귀가 쫑긋했다. 꽤 적절한 장소 선정이었다. 〈이만보〉는 학구적인 동아리이나 학구적인 분위기를 인정받는 것은 학술지에 기재되거나 상을 받을 때 잠깐뿐이다. 평상시엔 수상하고 이상한 동아리라는 평이 지배적이다. 확실한 목적이 없는 사람은 〈이만보〉가 있는 수국관 지하론 얼씬도 하지 않았다.

마그노 황자와 〈이만보〉라니. 그렇게 어울리지 않는 조합은 처음이었다. 제리코는 〈이만보〉 부실에 멀뚱히 서 있는 마그노 황자를 상상하고는 웃음을 터뜨렸다. 울다가 웃으면 엉덩이에 뭐가 난다지만 웃긴 걸 어쩌랴.

그리하여 제리코는 보무당당하게 〈이만보〉를 찾았다. 근 일주일 만에 찾아온 〈이만보〉는 여전히 장례식장 분위기였다. 제리코는 눈가가 퀭한 회원을 붙잡았다.

"송사리는 좀 괜찮아요?"

"네, 위기는 넘겼어요."

대답하는 회원이 눈가가 퀭한 것도 모자라 피골이 상접해 보였기에 제리코는 매점에서 산 샌드위치를 나눠 줬다. 회원이 괜찮다고 샌드위치를 거절했다.

"밥은 먹었습니다. 마력이 부족한 거라…… 시간이 약이에요."

1층과 2층 여기저기에 마력 부족을 호소하는 회원들이 널브러져 있었다. 제리코는 그들이 쉴 수 있도록 발걸음 소리를 줄여 3층으로 내려갔다. 3층에선 샌시와 후안이 수조 옆을 지키고 있었다. 제리코는 일부러 소리 내 3층 문을 두드렸다.

"똑똑. 나 들어가도 돼?"

"어? 미베어 소공작, 어서 오십시오."

"안녕, 제리코."

"안녕, 샌시."

"송사리는 어때?"

제리코는 대답을 듣기에 앞서 수조 안을 살폈다. 거대한 수조 안에선 제리코의 새끼손가락보다 작은 송사리가 헤엄치고 있었다.

제리코가 가까이 다가가자 송사리가 수조 벽으로 헤엄쳐 왔다. 제리코는 송사리에게 인사했다.

"안녕?"

"안녕."

"우와! 전보다 발음이 좋아졌어!"

호문쿨루스 송사리는 〈이만보〉 전원의 마력과 체력, 시간과 정신력을 빨아먹고 다시 건강해졌다!

제리코는 히죽히죽 웃으며 송사리에게 이것저것 말을 따라 하게 시켰다. 송사리는 발음이 특이하거나 쉬운 단어 몇 개를 따라 해 제리코에게 웃음을 선사했다.

그걸 지켜보던 샌시가 좌절했다. 송사리는 샌시의 말은 따라 하지 않았다.

제리코는 송사리 앞에 매점에서 사 온 꾸러미를 풀었다. 샌시는 당당하게 샌드위치를 집어 들었고 후안은 제리코의 같이 먹자는 청에 기꺼이 응했다.

"듣자 하니, 고귀한 분과 연이 깊어지셨다죠?"

"아니요."

"나쁜 일이 아니니까 무조건 숨길 필요는 없는데요."

"진짜 아닌데요."

후안은 높으신 분들끼리 친하다는데 왜 숨기려는지 모르겠다는 표정을 지었다. 제리코는 이걸 어떻게 설명해야 하나 궁리하다 그냥 입 다물고 샌드위치만 씹었다. 후안이 제리코에게 은밀히 속삭였다.

"회장이 요즘 집중을 못 하고 가끔 멍해지는데."

"샌시는 원래 가끔 멍하잖아요."

"연구할 땐 안 그러거든요. 어쨌든 그게 전부 소공작님 생각 때문에 그런 것 같습니다. 가끔씩 지금처럼 챙겨주시면 감사하겠어요."

'내가 언젠 안 챙겼다고.'

아카데미 입학 후 제리코의 용돈 중 4분의 1가량은 샌시를 먹이는 데 쓰였을 것이다. 샌시는 묵묵히 샌드위치 하나를 해치우고 새 샌드위치를 씹어 먹고 있었다.

최근 위장이 안 좋아져 먹는 양이 줄어든 제리코는 잘 먹는 샌시를 보고 뿌듯함을 느꼈다. 대리 만족이었다.

'하여간 샌시는 먹이는 보람이 있어.'

볼 때마다 굶고 있으니 내가 먹을 것을 주지 않으면 굶어 죽을 것이란 책임감에 더불어 잘 먹으니까 뿌듯함도 같이 느낄 수 있었다.

요즘 들어 산만하다는 후안의 말이 거짓인 양 샌시의 노란 눈이 제리코를 직시했다. 뭔가 할 말이 있는 듯 그가 입을 벌리는데 누군가 계단을 뛰어 내려와 외쳤다.

"부회장! 큰일 났어!"

"무슨 일이야?"

"손님! 대어!"

1층에 널브러져 있던 회원 한 명이 두 팔을 퍼덕이며 거대한 물고기가 왔다고 외쳤다. 제리코는 저게 도대체 뭔 말인가 싶어 인상을 찌푸렸다. 그런데 대어 소리를 들은 후안이 먹던 샌드위치를 버리고 벌떡 일어났다. 그는 거울을 보고 얼굴을 확인하더니 쏜살같이 계단으로 달려갔다.

졸지에 3층엔 제리코와 샌시, 검 한 자루, 호문쿨루스 하나만 남았다. 제리코는 혹시 〈이만보〉가 낚시도 병행하나 싶어 회장인 샌시에게 질문했다.

"샌시, 대어가 뭐야?"

"너 같은 사람."

"미소녀?"

드래곤 슬레이어 소드는 질색했지만 샌시는 질색하지 않았다. 제리코는 히죽 웃었다. 이래서 샌시가 좋았다.

"투자자나 후원자가 될 만한 사람."

"샌시는 안 올라가도 돼?"

"난 돈 많……."

태평하게 대꾸하던 샌시가 말끝을 흐렸다. 그는 손가락으로 작게 셈을 해보더니 혀를 찼다.

"돈 없네."

"돈 없어? 돈 많다며!"

돈 얘기를 할 때 샌시는 언제나 자신만만했다. 그런 샌시가 갑자기 태도를 바꾸다니.

샌시는 쯧, 하고 혀를 찼다. 하프 산맥에서 마법을 못 쓰던 때와 비슷하게 자존심 상한 눈치였다.

"친자 검사랑 피 검사랑 마력 폭주 회복 약에, 이번에 '그녀'를 안정시키면서 들인 재료가 많아. 방학 동안 번 거 다 썼어."

─친자 검사랑 마력 폭주는 네 책임인데?

'그, 그러게.'

샌시에게 진 빚을 갚기 위해서라도 후안이 원하는 대어가 되어줘야 할지도 모르겠다. 샌시는 돈 없다는 얘기를 꺼낸 뒤로도 올라갈 생각을 하지 않았다. 돈 없다는 사람치고 투자자와 후원자를 유치하려는 적극성이 부족했다.

'이래서 후안이 더 극성인지도.'

계단에서 여러 사람이 내려오는 소리가 들렸다. 가장 앞서 들려온 목소리의 주인은 후안이었다. 대어에게 〈이만보〉에서 가장 최근에 내놓은 결과물인 호문쿨루스를 보여주려는 듯했다.

제리코는 대어가 미끼를 물기 좋은 환경을 위해 우선 펼쳐놓은 먹거리를 쓸어 담아 꾸러미를 동여맸다. 그리고 태평하게 샌드위치를 씹는 샌시를 구석으로 옮겼다.

'4층에 옮겨놓을까?'

-입가나 털어줘.

"저희 〈이만보〉에서 생성한 호문쿨루스가 이번 정규 학회에서 큰 반향을 불러 모을 예정입니다. 보시면 아주 놀라실 겁니다. 기존의 호문쿨루스에 대한 인식을 깨부순 혁명이거든요! 그 사랑스러움에 반한 미베어 소공작이 귀엽고 깜찍한 별명도 붙였죠! 송사리라고!"

'별명이 아니라 그냥 송사리잖아!'

후안은 제리코가 〈이만보〉를 방문한 첫날처럼 다소 과장된 어투로 떠들었다.

'도대체 얼마나 대언데 저래?'

제리코는 호기심 가득한 눈으로 3층 문을 응시했다. 먼저 손님의 발이 보였고 이어 손님의 상체가 드러났다. 제리코는 하얀 머리카락을 보자마자 얼음이 되었다.

"잘 오셨습니다! 미베어 소공작도 여기 와 있거든요! 사전에 약속을 하셨나 봅니다! 하하하!"

"비슷합니다."

마그노 황자가 제리코를 보자마자 생긋 웃었다. 세상 모든 여심을 녹일 만큼 아름다운 미소였으나 그걸 독차지한 제리코는 기쁘지 않았다. 마그노 황자의 뒤에서 오딜론이 주위를 두리번거리며 따라왔다.

"와! 저게 호문쿨루스예요, 후안 선배?"

그가 수조를 가리켰지만 오딜론은 대어에 해당하지 않았는지 후안은 그의 질문을 무시했다. 후안이 샌시를 불렀다.

"회장! 마그노 황자 저하께서 방문하셨어요!"

"와, 선배. 이러깁니까?"

오딜론은 후안의 무시에 너무하다고 투덜거리고는 바닥에 그어진 선을 준수하여 수조 안을 관찰했다. 호문쿨루스에 흥미가 생긴 듯했다. 반면 마그노 황자는 친구와 다르게 예의상 수조에 눈길을 주었을 뿐, 수조 쪽으론 고개를 돌리지 않았다.

샌시는 평소처럼 미적거리는 대신 예의 바르게 마그노 황자에게 인사했다.

"탑의 마법사 샌시입니다. 만나 뵙게 되어 영광이옵니다, 저하."

"너무 과한 예는 생략하죠. 오늘은 같은 아카데미를 다니는 학생으로서 호문쿨루스를 구경하러 온 겁니다, 선배."

"제가 설명해 드리죠."

샌시는 계산속이 빠르다. 황족에게 잘 보여 나쁠 것 없다는 판단이 섰는지 수조 옆에 서서 송사리가 특별한 이유를 열거하기 시작했다. 그러나 곧 후안에게 밀려났다. 후안은 웃는 얼굴로 자연스럽게 샌시를 뒤에 세우고선 입술에 침을 발랐다.

"인간과 동일한 지능을 지닌, 이성과 감성을 겸비한 호문쿨루스를 만드는 것이 이 동아리의 설립 목표입니다."

대놓고 침 바른 소리에 오딜론이 동아리명과 연계해 의문을 제기했다.

"이상형을 만드는 게 아니고?"

"물론 목적은 그…… 읍!"

솔직하게 말하는 샌시의 입을 후안이 틀어막았다. 그가 진실을 밝힌 오딜론을 쩨려보았다.

"하하하, 동아리명은 그냥 재미로 지은 겁니다. 재미! 이상형을 만들어보자! 이러면 많은 분이 도대체 무슨 내용인가 싶어 관심을 갖게 됩니다. 회장은 그걸 노렸습니다."

모두가 알고 있는 진실을 묻어버리고 거짓을 진실로 내세우려는 후안의 노력이 가상했다. 덕분에 얼음이 되어 그 광경을 지켜보던 제리코는 해동을 완료했다.

"제리코에게 듣기로 아주 학술적인 동아리 같더군요."

"하하하, 저희 동아리는 교내에 설립된 동아리 중에서 학회 출장 1위, 연합 논문의 학술지 등재 1위의 기록을 갖추고 있으며 현재 프로로 활동하고 있는 마법사 못지않은 전문가들이 졸업을 미루고 동아리 활동에 전념하고 있습니다."

덕분에 동아리 평균 연령도 1위다.

'끄앙.'

제리코는 좌절하고 또 좌절했다. 마그노 황자가 기어이 〈이만보〉까지 쳐들어왔다. 그냥 쳐들어온 것도 모자라 제리코와의 친분을 과시했다. 〈이만보〉 회원들은 제리코와 친하다는 마그노 황자의 말을 의심하지 않았다.

후안은 역시 대어는 대어끼리 노는구나란 표정을 지었다. 샌시는 제리코와 마그노 황자가 친하든 말든 상관없다는 태도를 보였다. 오히려 샌시는 나날이 미모가 빛을 발하는 마그노 황자를 가까이에서 지켜볼 수 있게 된 게 만족스러운 눈치였다.

믿었던 〈이만보〉가 털렸다. 제리코는 충격을 받아 자신을 안쓰럽다는 듯 응시하는 오딜론의 시선을 눈치채지 못했다.

행한 대로 돌려받는다. 아니지. 되로 주고 말로 받는 것 같기도 하다.
제리코는 헤어날 수 없는 마그노 황자의 공포로 인해 수업에 집중하지
못했다. 로젠이 바람과 같이 달려와 제리코를 혼냈다.

"제리코 양, 정신을 어디에 팔고 온 겁니까!"

로젠은 친절하나 단호하고 냉정해야 할 때를 구분할 줄 아는 남자다.
그는 수업 시간에 멍 때리고 있는 제리코를 봐주지 않았다.

"무기를 들고 있으면서 어떻게 검이 아닌 다른 것에 집중할 수 있습니
까? 피곤하다면 휴강을 하십시오!"

"죄송합니다!"

드래곤 슬레이어 소드를 검집에서 뽑지 않은 채 들고 있기 때문에 주
위 사람이 베이거나 제리코가 다칠 염려는 없다. 다만 검이 검이다 보니
제리코 주위는 텅 비어 있었다. 검집에 닿아서 불타 죽기 싫었기 때문이
다. 로젠도 그걸 염려했는지 평소보다 매섭게 꾸짖었다.

-감히 나를 들고 딴생각을 하다니. 혼나 마땅하다.

호가호위라고, 자부심 강한 검 또한 기회를 놓치지 않고 한 소리 늘
어놓았다.

'으으'

이렇게 집중을 못 하면 같이 수업을 듣는 모두에게 민폐였다. 제리코
는 결국 검을 수습하고 운동장 구석으로 이동했다.

〈교양 검술〉은 교양 과목답게 제국에서 가장 널리 알려진 기초 검술(원
래 이름은 거창한데 아무도 그렇게 안 부른다)의 형식을 모두 외우는 것이
수업 목표이다. 제리코는 책에 있는 글자 암기는 잘 못 해도 몸으로 하는

건 금방 외웠다. 자세며 힘이며 몸의 중심이며 모두 완벽하다는 칭찬을 들은 지 오래. 이렇게 쉬면서 구경해도 수업에서 뒤처질 일은 없었다.

─〈교양 검술〉만.

'응. 〈교양 검술〉만.'

용사의 피는 위대하여서 제리코에게 외모와 더불어 검사의 재능까지 내려주었다. 검술학부 교수들은 제리코에게 여름방학과 겨울방학 동안 집중 훈련을 받은 후 내년에 검술학부로 전과하자고 꼬드겼다. 모든 일이 그렇게 술술 풀리면 얼마나 좋을까? 제리코는 수업이 끝날 때까지 풀을 쥐어뜯었다.

"감사합니다!"

"안녕히 계세요!"

"주말 잘 보내세요, 선생님!"

수업이 끝나고 학생들이 빠르게 흩어졌다. 점점 더워지는 날씨 때문에 그늘이 없는 운동장에 남고 싶지 않았던 것이다.

'나는 이제 어디로 가나. 황자님이 주말에 또 백합관을 방문하는 건 아니겠지?'

생각하면 할수록 울적하고 한숨만 나왔다. 그렇다고 다른 사람에게 하소연할 수도 없는 노릇. 황족 얘기를 입에 담기도 좀 그렇고, 모르는 사람들이 보기엔 제리코 혼자 과민 반응을 보이는 것이다. 괜한 오해를 사느니 입을 꾹 다무는 게 현명했다.

수심이란 그늘을 드리운 제리코 위로 진짜 그늘이 드리워졌다. 제리코가 고개를 들어 올리자 붉은 태양을 닮은 남자가 그녀 앞에 서 있었다. 뜨거워지는 태양 아래에서 농땡이 부리지 않고 성실히 학생들을 가르친 남자는 땀투성이가 되었다.

로젠의 이마에 맺힌 땀방울이 조금씩 커지다 주르륵 흘러내려 턱 끝에 맺혔다. 땀에 젖은 남자는 묘한 매력이 있다. 드래곤 슬레이어 소드가 제리코를 안타깝게 여겼다. 평소라면 심박수가 급증하여 넋을 놓고 로젠을 구경할 제리코가 진짜 넋을 놓은 사람처럼 아무 반응도 보이지 않았다.

"몸이 안 좋니?"

"아니야. 괜찮아."

"수업 중에 집중도 못 하고 기운도 없어 보이고. 조금 수척해진 것 같은데."

스트레스로 인한 위통에 소화불량이 겹쳐 수척한 건 맞았다. 제리코가 아무 대답도 하지 않자 로젠이 걱정스럽다는 듯 말했다.

"혹시 다이어트하는 거야? 제리코 너는 활동량이 많고 근육이 잡히는 중이라 지금보다 많이 먹어도 괜찮아. 수업이 없는 날에도 검술 훈련하고 있잖아."

로젠이 조심스럽게 운을 뗐다.

"혹시 걱정이 있다면⋯⋯."

"아냐, 괜찮아."

제리코는 도리질하고 애써 밝게 웃었다. 로젠은 더 물으려 했지만 얌전히 입을 다물었다. 그는 제리코가 직접 말해줄 때까지 기다리기로 했다. 대신 로젠은 이전에 거절당했던 제안을 되풀이했다.

"까마귀 보러 갈래? 아주 귀여워."

"응! 갈래!"

로젠의 얘기가 끝나기 무섭게 제리코의 얼굴에 억지가 아닌 진심에서 우러나온 미소가 떠올랐다. 귀엽고 깜찍한 새끼 까마귀를 볼 생각에 들뜬 것이 아니다. 새끼 까마귀가 있는 장소는? 까마귀 둥지! 까마귀 둥지가 있는 곳은? 로젠의 개인 수련장이다. 그 위치를 아는 사람이 극히 적으니 수련장은 마그노 황자 청정 지역이었다.

'거기서 하루 종일 버티면 오늘은 황자님 안 만나고 지나갈 수 있어!'

-열심히 수련하는 로젠 방해할 생각은 말고.

'적당히 버틸 거거든?'

로젠의 개인 수련장으로 가는 숲속의 오솔길. 로젠과 두런두런 이야기를 나누던 제리코가 평소 그녀라면 절대 꺼내지 않을 화제를 꺼집어냈다.

"요즘 수련은 잘되어가?"

나날이 심화하는 로젠의 자격지심을 알고 있기 때문에 제리코는 수련 얘기를 꺼내고 싶지 않았다. 그런데 드래곤 슬레이어 소드가 계속 제리코를 보챘다. 직접 말을 걸어보라고 했더니 그러면 주종 관계를 유지하고 있는 게 들키기 때문에 안 된다나 뭐라나.

"수련?"

"웅. 로젠은 항상 실전 경험이 부족한 걸 신경 썼잖아. 하프 산맥에서 마물을 상대한 경험이 도움되지 않느냐고 드슬이가 계속 물어보네."

"하프 산맥에서의 경험 말이지."

로젠은 딱 그 말만 하고는 입을 다물었다. 제리코는 그가 또 자격지심에 시달리나 싶어 뜨끔해졌다.

'어쩔 거야. 너 때문에 로젠이 상심했잖아.'

-그렇게 예민한 질문이야?

'로젠은 심각하단 말이야.'

태어나니 엄마가 플라티나 스타즈. 심지어 황금의 요정에게 축복을 받아 일평생 금화길만 걸을 남자 로젠 스타즈. 심지어 검술에 재능이 넘쳐 어린 시절부터 천재 소리를 들었고 지금도 소드 마스터가 될 유력 후보로 꼽힌다. 고작 몇 년의 정체기에 상심했다 말하면 배가 불렀다는 평이 일반적일 것이다.

하지만 로젠은 정말 심각했다. 그리고 제리코는 그런 로젠을 이해했다. 제리코 자신만 해도 갑자기 굴러온 호박 넝쿨에 깨액 하고 비명을 지르고 도망 다녔으니까.

'그러니까 내가 물어보기 싫댔잖아!'

-궁금한 걸 어떡해!

제리코가 무심한 검을 구박하는 사이 둘은 수련장에 도착했다. 로젠은 수련장 한가운데로 성큼성큼 걸어가더니 제리코를 향해 몸을 돌렸다.

"미안해. 직접 보여주는 게 설명이 빠를 것 같아서."

제리코는 수련장에 들어가지 않고 바른 자세로 로젠을 응시했다. 로젠이 하프 산맥에서 조난당한 경험을 살려 무언가 성취를 얻은 것이 분명했다. 그러니까 보여주겠다는 말이 나오지. 로젠의 성취에 대한 얘기가 흘러나오지 않으니 제리코가 성취의 첫 목격자일 가능성이 컸다.

로젠은 긴장한 듯 어깨와 팔근육을 풀었다. 그는 깊게 심호흡하고 눈을 감았다. 그의 손에 들린 검이 조금씩 떨리기 시작했다. 미세하게 진동하던 검은 곧 맑은 음색을 내뿜었다.

-검명.

은방울 굴러가듯 맑은 소리가 점점 커지다가 한순간에 고요해졌다. 로젠의 집중이 흐트러진 게 아니었다. 맑고 푸른빛이 검을 감쌌다. 빛이 나는 작은 연기가 검끝에서 아지랑이처럼 피어났다.

-저것은!

제리코는 자신의 눈을 의심했다. 제리코가 제대로 알고 있다면 저것은, 검을 감싼 저 현상의 정체는 바로.

"검기잖아!"

-검기다!

드래곤 슬레이어 소드가 몸을 떨며 전율했다. 제리코의 몸에도 소름이 돋았다. 제리코의 고민은 새로운 소드 마스터의 탄생 앞에서 바람 앞 촛불처럼 날아갔다.

"후우."

로젠이 심호흡하자 검에서 푸른빛이 사라졌다. 1분을 넘기지 않은

30여 초에 불과한 짧은 시간이었으나 검기를 만든 로젠의 전신을 땀이 흠뻑 적셨다. 로젠 주위에만 비가 내린 것처럼 바닥이 젖었다. 모두 로젠의 땀이었다.

"세상에 로젠! 소드 마스터가 된 거야? 거야요? 겁니까? 되셨군요!"

"그런 건 아니야. 그렇다면 얼마나 좋겠어."

로젠은 소드 마스터가 되려면 아직 멀었다고 고개를 저었다.

"검기를 만드는 데 성공했다고 소드 마스터는 아니야. 검기를 자유자재로 끌어낼 수 있어야 해. 나는 이제 간신히 검기를 성공한 수준이야. 아직 한참 멀었어."

"그래도 검기를 내뿜은 거잖아! 정말, 정말 대단해!"

"오랜 기간 집중해 몇 초 성공하는 게 고작이야. 그래도……."

거대한 벽에 가로막히길 몇 년. 쉬지 않고 부딪치고 뛰어오른 덕분에 로젠은 벽 너머의 세계를 엿보는 데 성공했다. 있는 힘껏 뛰어올라 간신히 보는 것이 고작이나 그에겐 무엇보다 값진, 크나큰 도약이었다.

"원래 난 지금처럼 안정적인 상태에서만 검명을 유지했어. 실전에서 검명이라니, 꿈도 못 꿨지."

로젠이 씁쓸하게 웃었다. 본래 그는 상황이 급박하게 돌아가는 실전에선 검의 소리를 듣지 못했다. 사람들은 검의 소리를 내는 것이 어디냐며 그를 천재로 추켜세우고 실전 경험을 쌓으면 더 나아질 것이라 말했으나 모두 와닿지 않았다.

천재 아닌 수재. 수재 아닌 노력가. 본인은 범재를 약간 벗어났을 뿐이며 주위 환경이 우월해 남들보다 빠른 성장을 보였을 뿐, 이제 한계가 찾아온 것은 아닐까 고뇌하던 로젠이었다.

그렇게 자존감이 떨어져 있던 상태에서 하프 산맥에 조난당하고 지킬 사람이 생겼다. 로젠은 마물 따위 두렵지 않다는 듯 허세를 부릴 수밖에 없었다.

"늑대형 마물에게 둘러싸였을 때 검을 울린 것도 실은 간신히 성공했어. 그런데 너와 샌시가 뒤에 있다고 생각하니까."

로젠은 가슴 위에 손을 얹고 눈을 감았다. 그는 당시의 마음을 떠올렸다.

"마음이 울리고 나아가 검이 울렸어."

"로젠……."

제리코는 손으로 입을 막고 울먹였다. 급박했던 당시, 제리코에겐 로젠이 태산처럼 커 보였다. 천재 검사 천재 검사, 말을 그렇게 하더니 정말 믿음직스러웠다.

로젠이 있어서 죽지는 않으리라 믿었고 로젠이 있어서 최악의 상황이 오더라도 도망은 갈 수 있겠거니 생각했다. 로젠이 어떻게든 해줄 것이라 은근슬쩍 마음을 놓았다. 그런데 로젠은 어떠했는가.

로젠이 태산처럼 큰 게 아니었다. 제리코의 그런 마음이 태산처럼 그를 짓눌렀던 것이다.

"몸 상태에 따라 검기를 성공할 때도 있고 실패할 때도 있거든. 오늘은 성공해서 다행이다. 사실 거의 실패해. 집중해야 하는데 요즘 집중력이 흐트러져서……."

로젠은 검을 검집에 넣고 목덜미를 긁었다.

"그래도 전처럼 조급해하진 않으려고. 일단 검기를 내는 데 성공했고 마음가짐이 중요하다는 걸 다시 한번 확인했으니까."

로젠이 사람 좋게 웃었다. 마음의 짐을 일부 덜어 표정이 밝았다. 그는 검지를 입가로 가져갔다.

"다른 사람에겐 비밀이야? 제리코 외엔 보여준 사람도 없어."

"내, 내가 처음이요?"

"말투가 왜 그래. 제리코 네 덕분에 성공했으니까 네게 제일 먼저 보여주고 싶었어."

로젠이 어깨를 으쓱였다.

"새끼 까마귀는 실패했을 때를 대비한 연막."

하프 산맥에서 귀환한 후 새끼 까마귀 보러 오라는 소리를 종종 하더니 실은 이런 속뜻이 있었다. 제리코는 멋쩍은 마음에 머리를 긁었다.

"내가 한 게 뭐가 있다고……."

"아니야. 내 뒤에 있어줬잖아. 그걸로 충분해."

로젠이 다시 한번 사람 좋게 웃었다. 건실하고 아름다운 미소를 앞에 두고 또 무슨 얘기를 할 수 있겠는가. 제리코는 입을 다물고 검기를 목격한 감동과 여운을 곱씹으며 침묵을 즐겼다.

"로젠에 비하면 난 정말 애구나. 으음. 집에선 맏딸이라 이런 기분 안 들었는데."

"제리코는 제 나이 또래에 맞다고 생각하는데?"

"실은 요즘 약간 고민하는 게 있었는데 검기를 보니까 내가 얼마나 사소한 걸로 근심, 걱정하고 있었는지 깨달았어."

"이유가 얼마나 사소하든 네가 힘들었다면 네 걱정은 사소하고 하찮은 게 아니야. 알지?"

"이것 봐. 로젠은 엄~ 청 어른스럽잖아. 그런데 나는 까마귀 볼 생각이나 하고 있고."

"새끼 까마귀는 진짜 있어."

로젠이 손을 들어 까마귀 둥지를 가리켰다. 그는 둥지 옆 나무에 오르면 둥지 속을 볼 수 있다고 얘기했다.

"내가 도와줄게."

"괜찮아, 나 나무 잘 타."

나무를 타는 데 필요한 건 힘과 요령이다. 제리코는 힘과 요령을 모두 갖춘 훌륭한 인재였다. 나무에 오르기에 앞서 제리코는 양손에 침을 뱉으려다 로젠의 시선을 의식하고 그만뒀다.

"괜찮겠어? 손 다칠 것 같은데."

"괜찮아, 괜찮아."

제리코는 드래곤 슬레이어 소드를 등에 업고 너끈히 나무에 올랐다. 로젠은 내민 손이 어색하여 손으로 애꿎은 허공만 휘저었다. 둥지 속 새끼 까마귀를 발견한 제리코가 작게 소리를 질렀다. 꺄악꺄악 까마귀 울음소리를 흉내 내어 웃는 소녀를 보고 있자니 로젠의 입꼬리가 저도 모르게 올라갔다.

로젠은 제리코를 백합관까지 바래다주겠다고 했지만 제리코가 극구 사양했다.

"중요한 시기잖아. 집중해야지. 앞으로 방해 안 할게."

"중요하다면 중요한 시기긴 한데…… 어차피 요즘 집중력이 부족해서 괜찮아."

"아니야! 드슬이가 그러는데 그 시기에 빡세게 마음을 다잡아야 한대!"

"그, 그래?"

─꽉 잡아야지! 반절짜리 소드 마스터가 되느냐 진짜배기 소드 마스터가 되느냐의 기로에 섰다고! 제리! 얼른 헤어져!

"응! 까마귀도 봤으니까 앞으로 방해 안 할게! 로젠! 힘내!"

로젠은 그새 자기 마음이 해이해졌나 싶어 당황하고 제리코는 두 주먹을 불끈 쥐어 로젠을 응원했다.

제리코는 로젠이 혼자 있을 수 있도록 냅다 달렸다. 오솔길의 절반을 뛰어서, 나머지 절반을 걸어서 이동했다. 둘이 걸었던 오솔길을 혼자 걸으면 허전하단 생각이 들 법도 하지만 다행히 제리코의 등엔 또 다른 친구가 있었다. 같이 걷진 못해도 등에 업혀 시끄럽게 잔소리하는 묵직한 친구가.

'이 시기가 그렇게 중요해?'

─주인은 검기 발현에 성공한 다음 아무도 만나지 않고 능숙해질 때까지 수련했다고 했어.

그리고 얘기해 주는 수련법이 가관이었다. 폭포 아래에서 명상, 곰과 맨손 격투, 100인 쓰러뜨리기 등등. 영웅 설화에서 나올 법한 온갖 수련법이 튀어나왔다.

'뭔가 좀 허세 같은데…….'

-주인을 못 믿는 거야?

'아니, 그건 아니고.'

드래곤 슬레이어 소드의 이야기 속 에라프는 너무 완벽해서 비인간적 면모가 강했다. 검이 주인의 좋았던 점만 기억하고 부각하는 게 아니라면 에라프의 허세가 상당히 섞여 있을 것이다.

어쩌면 영웅 에라프는 꽤 재밌는 성격이었을지도 모르겠다. 제리코는 에라프와 대화를 나누지 못한 점을 안타깝게 여기다 현실의 젊은이 쪽으로 생각을 돌렸다.

"에휴. 한동안 로젠 수련장에 있을 생각이었는데…… 그럼 안 되겠네."

-당연하지. 얼씬도 하지 마. 그게 로젠을 위한 길이야.

드래곤 슬레이어 소드는 로젠을 좋아한다. 좋아하기만 하면 괜찮은데 편애를 했다. 로젠은 알지 못하는 편애라 고생하는 건 제리코였다.

제리코는 한숨을 쉬었다. 중요한 시기라니 혼자 집중할 수 있도록 배려해 주는 게 친한 동생으로서의 도리였다.

"그럼 나는 어디로 도망친담."

-네 걱정은 사소해서 하찮게 느껴졌다며?

"로젠이 하찮지 않다잖아."

마그노 황자로 인한 위통과 소화불량, 스트레스. 요 며칠 제리코를 괴롭힌 고민거리였다. 검기를 보고 났더니 너무 사치스러운 고민이었나 싶었는데 로젠의 얘기를 들으니 다시금 귓바퀴가 흔들렸다.

-대놓고 귀가 얇아.

"다른 사람의 얘기를 귀담아듣는 거라고 말해줄래?"

제자리걸음을 반복하며 괴로워하던 로젠은 각고의 노력 끝에 한 발짝 걷는 데 성공했다. 제리코는 그를 본받아 작금의 상황을 벗어날 방도는 없는지 궁리했다.

-매일 새벽에 찾아가 무릎 꿇고 비는 건 어때?

'그 정도로 풀 성격이었으면 옛날에 풀었지.'

-아니면 너도 그냥 같이 친한 척해 버려. 다 포기하고 막 나가는 거야.

'그게…… 그게 마음처럼 쉽지가 않다. 그게 되면 내 속도 덜 쓰릴 텐데.'

친한 척의 시작은 이쪽에서 해놓고 막상 저쪽에서 똑같이 구니 괴로워하는 것. 염치없는 생각임을 잘 안다. 어떤 의미에선 이자를 살짝 얹은 인과응보였다. 제리코는 행한 대로 돌려받으니 괴로워할 자격이 없었다. 다 알고 있는데, 그래도 괴로웠다.

괴로워하는 소녀를 누군가가 불러 세웠다.

"제리코! 이리 와볼래?"

제리코는 목소리의 주인을 바로 떠올리지 못했다. 대신 최근 자주 들은 목소리였음을 떠올렸다.

'누구지?'

한 번 더 들으면 알 것 같은데 목소리는 처음 한 번으로 끝이었다. 제리코가 대충 방향만 잡고 주위를 두리번거리자 드슬이가 정확한 방향을 제시했다. 이리저리 두리번거리던 제리코의 시야에 오딜론이 잡혔다. 그녀를 부른 이는 마그노 황자의 친구이자 기숙사장인 오딜론이었다.

제리코의 목덜미에 솜털이 쭈뼛 섰다. 오딜론이 여기에 있다는 말은 근처에서 마그노 황자가 등장할 가능성이 높다는 이야기!

오딜론이 다급하게 제리코를 향해 손을 휘둘렀다. 빨리 이쪽으로 오라는 손짓으로 보여 제리코는 오딜론에게 뛰어갔다.

"무슨 일이에요, 선배?"

"쉿. 마그노가 이 근처에 있어."

"히익."

"따라와."

마그노 황자가 제리코를 부르는 소리를 듣지 않도록 한 번만 부른 것 하며, 다급한 손짓 하며. 오딜론은 제리코와 마그노 황자가 마주치지 않도록 도와줄 생각인 듯했다. 제리코는 잠시 망설이다 오딜론의 뒤를 따랐다. 믿어서 나쁠 건 없으니까.

자신을 노리는 범죄자가 있는 걸 아는 상황에서 남자를 쫄래쫄래 따라가도 되냐 싶지만 오딜론은 마그노 황자의 친구인 데다 기숙사장을 맡고 있는 모범생이었다. 신뢰해도 될 것 같았다.

오딜론이 제리코를 데리고 간 곳은 근처의 개인 수련장이었다. 오딜론은 제리코를 먼저 수련장 안에 집어넣고 문을 닫았다. 얼마 지나지 않아 나직한 미성이 벽을 타고 흘러들어 왔다. 제리코는 개울 앞에 선 고양이처럼 몸을 굳혔다. 마그노 황자의 목소리였다.

"어디 갔다 와?"

"난 여기서 몸 풀게. 너랑 같이하면 자존심 상해서 안 되겠어."

"마음대로 해."

"그런데 넌 왜 그렇게 주위를 두리번거려? 숨겨놓은 꿀 찾아?"

"그런 거 아니야."

"아니면 제리코라도 찾아? 요즘 사이좋잖아. 오늘 제리코가 검술원 수업이 있지? 검술원에 아직 남아 있을지도 모르겠네."

오딜론의 말에 즉각 대답하던 마그노 황자인데 답변하는 목소리가 들리지 않았다. 제리코는 벽에 기대어 작은 소리라도 놓치지 않도록 집중했다.

"그런 거 아니야."

고작 그 한마디를 위해 이리도 오래 뜸을 들였단 말인가! 벽 뒤에서 둘의 얘기를 훔쳐 듣던 제리코가 분노했다. 숨어 있으니 들킬까 봐 티는 못 내고, 대신 그녀의 콧구멍이 벌렁거렸다. 잠시 후 오딜론이 문을 열고 들어왔다.

"마그노는 저쪽 구석에 있는 수련장에 들어갔어. 이제 괜찮아."

"오딜론 선배……."

뒤풀이 날 마그노 황자에게 말을 거는 제리코를 중간에서 차단한 것 때문에 나쁜 사람이라고 생각했는데 사실은 좋은 사람이었다. 무엇보다 그는 제리코가 마그노 황자의 접근을 부담스러워하고 있다는 사실을 알아챈 유일한 인물이었다.

"오딜론 선배 용케 눈치채셨네요. 다들 저랑 저하랑 사이좋아 보이니까 좋다고 싱글벙글 웃기만 하던데."

"눈치 없으면 걔 옆에서 못 버텨."

"선배 멋있다."

괜히 성질머리 더러운 마그노 황자의 절친한 벗이 아니었다. 오딜론이 머리를 쓸어 올렸다.

"그래서 후배님?"

"넵."

"귀한 후배님, 제리코 미베어 소공작님. 무슨 일을 벌이셨는데 황자 저하에게 깊은 원한을 사셨는지요?"

"저는 억……."

나는 억울하다. 제리코는 반사적으로 이리 대답할 뻔했다. 중간에 입을 틀어막은 게 다행이지 하마터면 헛소리를 뱉을 뻔했다. 제리코는 마음을 가라앉혔다. 그녀 내부에 자리 잡은 양심이 제리코를 칭찬했다.

─그래. 억울하진 않지. 어느 면에선 자업자득, 인과응보니까. 잘못을 알고 있으니 다행이다.

'내 양심은 너 아니거든.'

제리코의 양심은 내장형이지 외부 돌출형이 아니다. 제리코는 검을 콩콩 두드려 화를 냈다. 오딜론은 제리코가 바로 대답하지 못하자 조금

기다리다 다시 입을 열었다.

"후배님, 사실 난 후배님이 무슨 생각을 하는지 모르겠어. 마그노에게 듣기로 후배님은 마그노와 결혼하고 싶은 것도 아니고 마그노의 외모에 혹해 신체를 노리는 것도 아니라던데. 맞아?"

"넵. 맞아요."

"부와 권력이야 후배님이 마그노를 뛰어넘으니 그걸 노리지는 않을 테고."

"헉, 제가 마그노 황자님보다 부자예요?"

"……뭐, 중요하지 않은 건 넘기고. 후배님은 마그노와 어떤 사이가 되고 싶은 거야?"

"저는 그러니까, 마그노 황자님과 친구가 되고 싶어요."

"그럭저럭 성공했잖아. 마그노랑 친한 선후배 사이도 되었고. 그런데 갑자기 태도가 바뀌었단 말이지. 황궁에서 돌아온 후에 기분이 안 좋아 보이긴 했지만 요즘처럼 이상한 행동을 보일 정도는 아니었어."

차라리 좋은 선후배 사이일 때 제리코가 싸가지 밥 말아먹은 후배가 되어 계속 덤볐으면 이렇게까지 악화되진 않았을 것이다. 오딜론은 마그노 황자의 심기가 상한 이유가 하나가 아니라는 견해를 보였다.

"황궁에서 뭔가 있었고, 백합관에 방문하고 뭔가 있었어."

"황궁은 저 아니에요."

"백합관은 너 맞잖아."

오딜론이 한숨을 쉬었다.

"딱히 후배님을 탓하려는 게 아니야. 다들 속고 있지만 마그노는 성격이 좀……."

"비뚤어졌죠."

"그래. 좀 많이 비뚤어졌어. 그래도 사람에게 관심을 두지 않아서인지 어지간한 일은 담아두지 않고 털어내거든. 그런데 이번엔 좀…… 많이 화가 난 것 같아. 도대체 무슨 일이 있었는지 궁금해."

오딜론이 가슴을 치며 답답하다고 말했다. 친구가 계속 화를 내니 답답할 수밖에. 그런데 제리코도 답답했다. 제리코는 백합관에서 마그노 황자와 나눴던 대화를 떠올렸다. 제리코는 그냥, 마그노 황자와 친해지고 싶다고 말한 게 전부였다.

"전 정말 마그노 황자님에게 친해지고 싶다고만 말했어요. 연기는 싫다. 진짜가 좋다. 오딜론 선배처럼 황자님과 친하게 지내고 싶다고, 그렇게."

과장된 얼굴로 답답함을 호소하던 오딜론이 얼굴에서 표정을 지웠다. 그가 작게 입을 벌렸다. 난제 앞에서 끙끙거리다 답을 찾아낸 사람의 눈빛이었다. 오딜론이 턱과 입가를 매만졌다.

"그래…… 그래서 그렇게 화를 냈구나……."

진지하게 같은 말을 반복적으로 중얼거리던 오딜론이 숨을 뱉고 웃었다. 즐거워서 웃는 게 아니라 제리코는 오딜론을 걱정했다.

"선배? 왜 그래요?"

"허탈해서."

"그…… 엄청 쉬운 건데 제가 눈치가 없어서 모르는 건가요?"

"아니야! 넌 잘못한 게 맞긴 한데 잘못하진 않았어."

잘못한 게 없는데 잘못했다니. 그게 무슨 모순인가. 제리코가 머뭇거리는 동안 오딜론은 혼자서 인간의 모든 감정을 표출했다. 웃었다가, 화냈다가, 진지한 얼굴로 입술만 달싹이다, 제풀에 지쳐 다시 웃었다.

제리코는 오딜론을 잘 모르지만, 그가 항상 경쾌한 미소를 지으며 사람을 즐겁게 하는 사교적인 사람이라고 생각했다. 지금의 오딜론은 낯설었다.

오딜론은 쭈그리고 앉아 손가락으로 땅바닥에 뭔가를 끄적였다. 그는 가장 위에 자신의 이름을 쓰더니 손으로 문대 지워 버리고 마그노 황자의 이름과 제리코의 이름을 썼다.

"후배님, 마그노가 화난 이유를 알려줄 테니까 내 부탁 하나만 들어줄래?"

오딜론이 바닥에 쓴 제리코의 이름을 콕콕 찌르며 말했다. 제리코는 이게 뭐 하자는 건가 싶어 눈살을 찌푸렸다.

"그…… 선배님? 그냥 알려주심 안 되나요? 아니면 제가 직접 알아낼 수 있게 힌트라도?"

"내가 장담하는데 마그노가 화난 이유를 정확하게 아는 건 나뿐이야. 힌트를 줘도 넌 맞추지 못할 거야."

"그럼 그냥 알려주세요. 부탁드립니다."

제리코가 꾸벅 고개를 숙였다. 오딜론이 장난스럽게 웃었다.

"그러지 말고 들어줘. 많이 어려운데 후배님이면 할 수 있을 거야."

"어려운 거면 더 하기 싫은데요."

"그래도 부탁해. 넌 할 수 있어."

-그냥 해줘. 주인이면 해줬을 거야.

'에라프 님이 호구였니? 부탁받으면 다 들어주게?'

제리코는 속으로 혀를 끌끌 찼다. 어쨌든 급한 건 자신이니 자신이 먼저 고개를 숙여야 했다.

"들어봐서 너무 어려울 것 같으면 거절해도 돼요?"

"응."

"그럼 들어보고 결정할래요. 황자님이 왜 화났는지 알려주세요."

제리코는 오딜론 옆에 쭈그리고 앉았다. 오딜론이 바닥에 쓴 마그노 황자의 이름을 손가락으로 짚었다.

"잘 들어, 후배님."

"넵."

"사실은 후배님이 잘못했어. 그런데 후배님 잘못은 아니야."

"제가 어휘력이 달리는 걸까요, 아니면 선배가 피곤해서 말이 헛나오는 걸까요."

오딜론이 싱긋 웃으며 마그노 황자의 이름을 콕콕 찍었다. 입에 담지는 않았지만 이쪽이 비비 꼬여서 생긴 문제라는 얘기 같았다.

"마그노에게 나처럼 친한 사이가 되고 싶다는 얘기를 했어?"

"네, 선배는 어떻게 황자님이랑 친해졌어요? 정말 대단해요. 인간 승리."

제리코가 엄지손가락을 치켜들자 오딜론의 미소가 일그러졌다. 그는 쓴웃음을 짓고 고개를 돌렸다.

"그게 잘못이야."

제리코는 귀를 의심했다. 친한 친구처럼 친해지고 싶다는 게 잘못이라니? 제리코의 눈과 머리가 동시에 굴러갔다. 데굴데굴 머리를 굴린 제리코가 우정의 여러 종류에 대해 떠올렸다.

"마그노 황자님과 선배의 우정은 유일해서 다른 사람이 끼어들 수 없는 그런 우정이라 화가 난 걸까요? 너 같은 게 오딜론과 같은 친구가 될 리 없지. 이렇게."

"하하, 그런 거 아닌데."

"그럼 어째서?"

"마그노가 제리코 네게 청혼했다고 들었는데. 그때 뭐라고 말했는지 기억나?"

"그야 당연하죠. 세상에 그렇게 충격적인 청혼이 어딨겠어요. 한 문장 한 문장 똑똑히 기…… 억……."

제리코는 말을 끝내지 못하고 오딜론을 보았다. 제리코가 눈빛으로 묻자 오딜론이 살짝 고개를 끄덕였다. 그녀가 생각하는 것이 정답이란 의미였다.

"원하시는 남편상을 알려주십시오. 그에 맞추겠습니다. 타고난 성정이 이 모양이라 다정하거나 살갑게 대해 드리진 못해도 바라시는 게 있다면 모쪼록."

오딜론이 입을 어물거리다 웃었다. 제리코가 본 것 중에 가장 씁쓸한 미소였다.

"후배님과 다르게 내가 맞춰주는 쪽이지만 말이야."

"오, 세상에, 맙소사."

다리에 힘이 풀린 제리코가 바닥에 엉덩방아를 찧었다. 제리코는 손에 힘을 줘 뒤로 넘어가려는 상체를 지탱했다.

"나쁜 얘긴 아니야. 나는 황자의 친구라는 사회적 지위와 출세를 보장받고 마그노는 남들보다 각별한 친구를 한 명 두어 주위의 걱정을 덜 수 있거든. 친구가 없고 사교성이 부족해도 마음을 털어놓을 수 있는 친구가 하나라도 있다면 부모님은 안심하게 마련이지."

오딜론은 자신이 1차 서류 선발, 2차 면접을 통과해 뽑힌 우수한 인재라는 농담을 던졌다.

"3차 심층 면접 때도 별생각 없었어. 그렇잖아. 친구 연기를 한답시고 어울리다 보면 친해지는 게 사람이야. 정이 붙거든. 나는 그렇게 편히 생각했는데…… 마그노는 아니더라고……."

오딜론 크렉. 크렉 자작가의 3남. 그는 형이 많다. 누나도 많다. 남동생과 여동생도 있다. 4남 3녀 중 3남으로 태어난 오딜론은 생존을 위해 사교성을 갈고닦았다.

오딜론은 솔라 아카데미의 학비가 아까웠기 때문에 루나 아카데미를 선택했다. 아카데미 시험을 치고 합격한 것에 기뻐하던 그에게 익명의 편지가 날아왔다.

"종이와 잉크가 고급스럽다는 걸 빼면 보낸 이를 알 수 없는 편지였지. 귀하신 분이 나를 보고 싶다나?"

발신인 불명의 편지가 오딜론의 손에 오기까지 아무도 발견하지 못했다니? 오딜론은 집안의 누군가 장난을 쳤다고 생각했다. 그래서 별 고민 없이 약속 장소에 나갔다. 형이나 누나, 혹은 동생들이 입학을 축하하는 깜짝 파티라도 열었겠거니. 그렇게 생각하고 나간 약속 장소엔 눈과 입술을 제외한 모든 것이 희고 흰 황자님이 계셨다.

긴장한 오딜론에게 마그노 황자가 한 말은 제리코가 들은 것과 비슷했다.

제리코는 볼을 찰싹찰싹 두드렸다. 너무 놀라서 오딜론이 하는 얘기가 귀에 잘 들어오지 않았다.

"용케 받아들였네요."

오딜론은 황자의 친구라는 지위와 마그노 황자가 보장해 줄 출세 때문에 거래를 받아들였다고 말했다. 하지만 정말 그것 때문이라면 제리코에게 사실을 밝히지 않았을 테지.

"말했잖아. 정이 붙을 줄 알았어. 보통은 그렇거든. 어지간히 싫지 않은 이상 시간과 경험을 공유하다 보면 정이 쌓이지."

마그노 황자가 거래를 제안했을 당시 오딜론은 그리 믿었다. 그는 아카데미 입학을 앞둔 소년이었고 갈고닦은 사회성으로 친구가 많았다. 싫은 놈은 있지만 불구대천의 원수는 없었다. 그래서 오딜론은 마그노 황자와도 금방 친구가 되리라 생각했다. 친구가 되는 계기가 약간 남다를 뿐, 결과는 같으리라 여겼다.

오딜론은 자신 있었다. 마그노 황자는 둘이 있을 때도 친구 가면을 벗지 않았다. 그래서 처음 반년은 진짜 친구가 되었다고 믿었다. 정말 친해졌다고 생각했는데…….

"아니더라."

오딜론이 두 번째로 씁쓸한 미소를 지었다. 제리코는 그의 미소를 어디서 본 듯하여 기억을 헤집다 1황자와 2황자를 떠올렸다. 마그노 황자에게 친한 친구가 있으니 걱정하지 말라던 제리코의 말에 두 황자가 오딜론과 똑같은 미소를 지었다.

-알고 있었군.

'그러게.'

두 황자는 마그노 황자와 오딜론의 관계를 알고 있었거나 짐작하고 있었던 것이 확실했다.

'부모는 모르지만 형제 눈에 보이는 거짓말이 이거였을까?'

-마그노 황자의 학교 생활 전부일 수도 있지.

오딜론이 밝힌 진실은 충격적이었다. 제리코는 하늘을 올려다보았다가 눈을 찡그렸다. 여름이 다가오고 있어서 그런지 태양을 바로 보기 힘들었다.

"근데요, 선배. 충격적이긴 한데 그 얘기랑 황자님이 저에게 화난 이유는 연관성이 부족하지 않아요?"

"아주 깊은 관계가 있지."

제리코는 마그노 황자에게 오딜론처럼 친한 사이가 되고 싶다고 말했다. 하지만 사실 마그노 황자와 오딜론은 친구가 아니다. 그래서 마그노 황자는 제리코에게 화가 났다.

"인과관계가 너무 이상해요. 제가 오딜론 선배와 마그노 황자님 사이를 아는 것도 아닌데. 물론 사이를 알았다면 화가 날 수도 있죠. 그런데 전 정말 몰랐거든요. 설마 저하는 제가 알고 있는데 모르는 척 조롱했다고 생각하신 걸까요?"

"아니야, 후배님. 네가 모르는 걸 알고 있는데 화가 난 거야."

제리코는 오딜론이 한 말을 이해하지 못했다. 제리코는 자신보다 지능이 높은 검에게 물어봤는데, 검도 이해하지 못한 건 매한가지였다.

-지금 쟤가 뭐라는 거야?

'몰라.'

"마그노는 후배님과 진짜 친해지고 싶은 거야. 나 같은 가짜 친구가 아닌 진짜 친구 사이가 되고 싶은 거지. 그런데 거기서 후배님이 내 얘길 꺼냈잖아. 가식과 연기를 알아보지 못하고 그런 사이가 되고 싶다고 하니까 화가 난 거지."

제리코의 말문이 콱 막혔다. 입을 열면 욕이 바로 튀어나올 것 같아서 제리코는 눈짓으로 의사를 표현했다.

정말?

오딜론의 눈치는 사교성과 정비례했다. 그가 눈짓으로 대답했다.

정말.

제리코의 손에 힘이 들어갔다. 소녀 장사의 두 주먹이 소리 없이 울었다.

"그거…… 엄청 제멋대로네요."

"그렇지?"

"무지 부당한 거 알아요?"

"알지."

"아니, 마그노 황자 저하가 세 살 어린애도 아니고 그런 말도 안 되는!"

"생떼 쓰는 거 맞아."

오딜론은 제리코가 화내는 족족 고개를 끄덕이며 동의했다. 그러더니 이렇게 말했다.

"그러니까 후배님, 마그노와 친구가 되어줄래? 이게 내 부탁이야."

세 번째 부탁이었다. 세 번이나 같은 부탁을 들었는데 부탁을 한 사람은 모두 달랐다. 이쯤 되니 제리코는 진심으로 궁금해졌다.

"혹시 마그노 황자님 친구 없으면 죽는 저주라도 걸렸어요?"

"그런 저주는 금시초문인데?"

"그런데 왜 다들 제게 친구가 되어달라고 부탁해요?"

마그노 황자가 제리코에게 특별한 관심을 보인 게 맞다 치자. 그러나 그가 제리코를 특별히 여기든 말든 제리코와는 관계가 없었다.

특별한 호의라도 보였으면 모를까, 첫 만남과 두 번째 만남의 중간을 제외하고 마그노 황자는 줄곧 일관된 태도를 보였다. 제리코 때문에 마음이 상했고, 제리코를 용서하지 않았다. 제리코는 마그노 황자와 친해지기 위해서 노력하고 그에게 솔직하게 잘못을 빌었다. 용서를 구한 것이 도대체 몇 번이었나?

마그노 황자가 화난 이유를 듣고 나니 제리코의 마음이 꽉 상해 버렸다. 제리코도 배알이 있고 자존심이 있었다. 제리코가 미베어 소공작이 아닌 그냥 제리코 한슨이었어도 이쯤 당하고 나면 정이 확 떨어져서 마그노 황자가 있는 방향으론 침도 안 뱉을 것이다.

"너무 어렵고 하기 싫네요. 못 들어드릴 것 같아요."

"그러지 말고, 어떻게 안 될까?"

"안 돼요."

"마그노가 너한테 화를 냈잖아."

"저도 화낼 줄 알거든요."

"실망하는 게 싫어서 기대 안 한다는 황자 저하가 너한텐 계속 기대하고 실망하고 있잖아."

"저도 자존심이 있거든요."

"그래도 후배님, 내가 아무리 노력해도 벽을 세우던 마그노가 네겐 벽을 열 생각을 하고 있었어. 나는 불가능하지만 넌 노력하면 할 수 있어. 조금만 더, 마지막으로 시도해 주면 안 될까?"

제리코는 오지랖이 심하고 다른 사람을 도울 수 있는 일이라면 발 벗고 나서는 편이다. 하지만 이건 아니었다.

"싫어요. 제가 황자 저하 비위 맞추기 위해 사는 것도 아니잖아요."

객관적으로 보았을 땐 마그노 황자가 제리코의 비위를 맞춰야 했다. 제리코는 노력했다. 분명 제리코가 잘못한 부분이 있고 노력의 방향이 잘못된 부분도 있다. 그건 인정한다. 하지만 그런 노력에도 불구하고 마그노 황자는 줄기차게 제리코를 밀어내고 가시를 보였다.

말마따나 세 살짜리 어린애가 그러면 귀엽기라도 하지. 아직 어려서 뭘 모르는구나, 하고 봐주기라도 하지. 마그노 황자는 제리코보다 두 살이 많았다. 두 살이!

오딜론이 진지하게 말했다.

"그래도 예쁘잖아."

"예쁘기야 예쁘죠."

제리코도 세상에서 제일 진지하게 동의했다. 동시에 속으로 탄식했다. 예쁘면 뭐 하나. 쓸데가 없는데. 마그노가 세상에서 제일 비비 꼬인 성격을 인내할 정도로 예뻐도 그는 에라프의 아들 후보였다. 다르게 말해 제리코의 오빠 후보라 이 말이다.

'오빠.'

제리코는 아랫입술을 살짝 깨물었다가 혀로 핥아 침을 발랐다. 입술을 위아래로 삐죽이다가 고심 끝에 고개를 끄덕였다.

"할게요. 이번이 마지막! 진짜 마지막! 이걸로 끝! 끝! 끝!"

"정말?"

"황자님이 예뻐서 하는 거 아니에요!"

오딜론은 믿는 눈치가 아니었다. 제리코는 구태여 변명하지 않았다. 마그노 황자는 제리코의 오빠 후보다. 오빠는 가족이다. 그러니까 마그노 황자는 제리코의 가족일지도 모르는, 그런 사람이었다.

그렇게 생각하니 제리코는 마지막으로 시도해 보고 싶어졌다. 비비 꼬이고 뒤틀린 마그노 황자의 속내를 탈탈 털어버리고 싶어졌다. 그러면 무시당하고 마그노 황자의 심술에 휘말려도 여한이 없을 것이다.

제리코는 쇠뿔을 단김에 빼는 성미다. 제리코는 오딜론에게 마그노 황자가 들어간 수련장 번호를 알아냈다.

결전에 앞서, 제리코는 몸 상태와 장비를 점검했다. 우선 빗과 거울을 꺼내 머리를 빗었다. 바닥에 쭈그리고 앉느라 구겨진 옷을 펴고, 입가 근육을 주물렀다.

제리코는 거울을 보고 생긋 웃었다. 거울 속 붉은 머리 미소녀가 따라서 생긋 웃었다. 미소가 어색하지는 않은지, 경련이 일지는 않는지 확인한 다음에야 그녀는 거울과 빗을 가방에 넣었다.

'웃는 귀신이 제일 무섭댔어.'

귀신 중에선 웃는 귀신이 제일 무섭다고 했다. 귀신이 무언가. 죽은 사람이다. 죽은 사람도 웃는 게 가장 무서운데 산 사람이 웃는 건 얼마나 무섭겠는가.

제리코는 마그노 황자가 입실한 개인 수련실 나무 문을 두드렸다. 혹시 수련에 집중해 소리를 듣지 못할까 봐 힘껏.

"계세요!"

푸드덕. 수련실의 뚫린 천장으로 새 몇 마리가 홰를 치고 날아갔다.

'새?'

―마그노 황자 먼저 가버렸나 본데?

사람이 있는 수련실에 새가 있을 리가 있나. 제리코가 이놈의 황자를 어디서부터 찾아야 하나 고민하는데 문이 삐걱하고 열렸다. 문을 연 마그노 황자가 가라앉은 시선으로 제리코를 응시했다.

"무슨 일이니, 제리코?"

용건을 묻는 말투는 사근사근하고 친절하나 눈은 웃고 있지 않았다. 주위에 사람이 없으니 말투만으로 충분하다고 생각하는 듯했다.

제리코는 사람이 없을 거란 생각에 방심하고 있다가 황자가 갑자기 등장해서 깜짝 놀랐다. 마그노 황자를 상대하기 위해 지었던 미소가 사라진 건 덤이다.

―쫄지 마! 기선 제압해야지!

제리코는 기선 제압에 실패했다. 예의 바른 노크와 질문으로 자신의 존재를 알렸으면서 상대의 존재를 알지 못한 건 큰 실책이었다. 제리코는 이게 다 무능한 검 때문이라 생각했다. 무능한 검에게 투시 능력만 있었어도 안에 마그노 황자가 있는지 없는지 확실하게 알았을 테니까.

제리코는 표정을 가다듬고 마른침을 삼켰다. 그녀는 활짝 웃었다. 방금 포르르 날아간 새들처럼 귀엽고 사랑스럽게!

"와, 새가 있어서 안에 아무도 없다고 생각했어요! 근데 선배가 나와서 깜짝 놀랐어요!"

마그노 황자가 친한 척을 시작한 이후 끊어졌던 제리코의 친한 척이 부활했다. 제리코의 심경 변화를 직감한 마그노 황자의 눈썹이 작게 꿈틀거렸다.

"마그노 선배! 진지하게 할 얘기가 있는데 시간 있어요?"

"물론이지. 제리코 부탁이면 없는 시간도 만들어내야겠는걸."

"와아, 신난다."

제리코가 두 팔을 벌리고 폴짝폴짝 뛰기를 시전했다. 마그노 황자가 그걸 보고 흐뭇하게 웃기를 시전했다. 얼굴이 없어서 연기할 수 없는 검이 냉정한 평가단을 자처했다.

-둘 다 발연기야.

훌륭한 연기력을 갖추었으나 일부러 겸손하게 속내를 비치며 여배우가 제안했다.

"마그노 선배, 우리 둘이서만 얘기할 수 있는 조용한 곳으로 가지 않을래요?"

제리코가 아버지에게 하듯 애교를 부렸기 때문에 모르는 사람이 보면 고백이라도 하기 위해 장소를 옮기자고 제안하는 줄 알았을 것이다.

물론 제리코는 속내를 드러냈고 마그노 황자는 제리코의 말투만으로 상황 파악을 끝냈다.

훌륭한 연기력으로 며칠간 여배우를 물 먹인 남배우가 제안했다.

"그럼 내 방으로 가자."

대화만 보면 대놓고 유혹이었다. 제리코는 아주 잠깐 자신에게 청혼했던 남자의 방에 단둘만 남는 게 괜찮은가 고민했다. 또한 마그노는 기숙사장이라 개인실을 사용하나 결국 남자 기숙사에 있다. 여학생인 자신이 남자 기숙사에 들어가는 게 괜찮은지도 고민 중 하나였다.

첫 번째 고민은 금방 풀렸다. 마그노 황자가 싫다는 제리코를 강제할 리 없으며, 드래곤 슬레이어 소드가 있으니 단둘도 아니었다. 하지만 후자의 고민은 풀리지 않았다.

"남자 기숙사에 들어가도 괜찮은가요? 타 기숙사엔 들어가면 안 되는 걸로 아는데."

"기숙사 1층의 로비와 기숙사장의 독실은 기숙사장의 허가가 있으면 입장할 수 있어. 있지만…… 보는 눈이 많지. 숲속으로 들어가자."

남녀가 결백하다 한들 그 모습을 지켜본 사람들이 수상하다고 하면 괜한 소문이 날 수 있다. 마그노 황자는 밀폐된 공간을 포기하고 인적이 드문 숲을 택했다. 제리코는 고개를 끄덕이고 개인 수련장을 나섰다.

숲속을 제안한 이는 마그노 황자지만 제리코가 앞장서서 걸었다. 성큼성큼 직선으로 걸어 학교에서 어느 정도 멀어지자 인간이 만든 길이 사라졌다. 제리코는 직선으로 계속 걸었다.

'어때?'

그녀는 검에게 근처에 인간이 있는지 물었다. 드래곤 슬레이어 소드는 마력을 소비해 탐지 반경을 넓혔다.

-괜찮을 것 같아.

'누가 오면 알려줘.'

-알겠어.

나무가 울창하다 보니 길이 나지 않은 숲속은 어두웠다. 그렇지만 대화 주제가 진지하니 적당히 어두운 것도 나쁘지 않았다. 제리코는 검으로 빛을 만들지 않고 지금의 어둠을 유지했다.

"그래서, 하고 싶은 말이 뭐지?"

"일단 죄송해요."

마그노 황자의 눈썹이 치켜졌다. '무엇을 잘못했는지 모르면서 무조건 미안하다고만 말하면 다야? 미안으로 끝나면 세상에 범죄자는 하나도 없겠네?'라는 긴 문장이 눈썹을 올린 행위 한 번으로 끝났다.

-엄청난 확대해석이군.

'아냐, 그거 맞아.'

검이 제리코의 피해망상일 가능성을 지적했으나 제리코는 망상이 아니라 진짜라고 확신했다. 마그노 황자는 그러고도 남을 위인이었다.

"오딜론 선배에게 저하가 화난 이유를 들었어요. 음…… 설마 오딜론 선배와 그런, 그런 관계일 줄은 몰랐어요. 죄송해요."

"나와 오디가 어떤 관계인데?"

"계약서로 맺은 우정이요. 이건 확실히 짚고 넘어갈게요. 전 정말 오딜론 선배와 저하가 스스럼없는 벗이라 생각했고, 그래서 저하와 그렇게 친한 친구가 되고 싶었어요. 정말, 정말로 둘의 사이를 눈치채고서 비꼬려는 의도는 없었어요. 정말로요. 만약에 저하께서 그렇게 생각하셔서 화난 거라면 오해였다고 말씀드리고 싶어요."

제리코는 내심 마그노 황자의 착각이길 바랐다. 그러면 이야기가 쉽게 끝나니까.

하지만 마그노 황자는 비비 꼬인 사람이고, 그가 대화 상대인 이상 이 이야기는 쉽게 끝날 수 없다. 비비 꼬이고 꼬여서 엉킨 실타래가 되었다. 너무 엉킨 데다가 꼬인 부분을 잘못 집어서 잡아당기는 바람에 꽉 묶여 버렸다. 가위나 칼로 자르면 풀어낼 수 있지만 대신 실은 조각이 나서 제 기능을 상실할 것이다.

인간관계가 단절된다는 의미다. 관계에 따라선 그렇게 박살 내는 게 나은 경우도 있긴 하다. 하지만 제리코는 마그노 황자와의 관계를 어떻게든 유지하고 싶었다.

"……"

제리코는 꽤 길게 말한 다음 마그노 황자의 반응을 기다렸다. 마그노 황자는 초반에 눈썹을 치켜세운 이후 아무 반응도 보이지 않았다.

이번에도 내가 일방적으로 떠들어야 하는가.

제리코는 약간 실망하는 동시에 마그노 황자가 자신이 하는 얘기를 들어주길 소망했다. 실컷 속내를 털어놓았는데 상대가 내내 한 귀로 듣고 한 귀로 흘린 뒤 떠나 버리면 울화통이 터질 것 같으니까.

-확 찔러 버리고 도망가자.

'고려해 보겠어.'

마그노 황자가 생각보다 고수라서 찌르기를 실패하고 사형 엔딩을 맞이할 것 같긴 하지만 말이다. 제리코는 심호흡을 통해 숨을 돌리고 입술을 핥았다.

"그리고 착각하지 않으시고 그냥 화가 나셨다면, 정말로 부당한 처사라고 항의할래요. 이건 정말 부당해요. 아시죠? 모르시지 않죠?"

마그노 황자의 고개가 살짝 옆으로 기울었다. 표정은 똑같지만 고개의 각도가 살짝 바뀌었다. 작은 반응이지만 제리코의 얘기를 듣고 있었다. 제리코는 용기를 내어 계속 말했다.

"저하가 제게 많은 관심을 보이셨다는 얘기, 오딜론 선배에게 또 들었어요. 똑같은 얘기를 셋도 아니고 네 명에게 들었네요. 사람이 셋이면 호랑이를 만드는데 네 명이니까 호랑이가 뭐예요. 용도 만들고 남겠네."

제리코는 단도직입적으로 말했다.

"저하는 제게 화가 나셨어요."

"네, 그렇습니다."

제리코의 눈이 왕밤만 해졌다. 마그노 황자가 다시 존댓말을 시작했다! 그가 지금의 대화를 긍정적으로 여기고 있거나 진지하게 임하고 있다는 증거였다.

긴장해서 그런지 입안이 바싹 말랐다. 제리코는 혀로 마른 입술을 핥았다.

"저하는 기대했다 실망하는 게 싫다고 하셨어요. 그리고 보란 듯이 제게 기대했다 실망하셨고요."

"네, 그렇습니다."

"그건 아주 부당해요."

중요하니까 두 번 말한다.

"멋대로 기대하고 멋대로 실망하시면 제가 어떻게 되나요? 정말 부당해요."

나무 그늘 아래 붉은 눈동자가 빛났다.

"그럼 안 됩니까?"

"네?"

"내가 그런 것까지 신경 써야 합니까?"

"네?"

"내가 왜 그래야 하는데요?"

마그노 황자의 뻔뻔한 대답에 제리코는 당황했다. 적반하장으로 화를 낼 수는 있다고 생각했는데 아예 뻔뻔하게 나설 줄은 생각도 못 한 것이다.

'낯짝도 두껍지.'

이에 드래곤 슬레이어 소드가 책에서 새로 얻은 지식을 알렸다.

-원래 남자 피부가 여자보다 두껍대.

'크윽.'

제리코는 부당함을 느끼고 거세게 항의했다.

"이기적이에요! 그러면 안 돼요! 지금 얘기랑 관계없잖아요! 저는 저하 때문에 화가 나고 불쾌하고 마음이 상했어요! 그러시면 안 돼요!"

"그럼 소공작도 마음대로 하십시오."

'글렀어.'

마그노 황자가 내세운 빙벽은 단단했다. 제리코는 도저히 그의 본심에 접근할 수 없었다. 접근 자체가 불가능했다.

난공불락의 황자 앞에서 제리코의 의지가 조금씩 꺾였다.

'꼬여도 너무 꼬였어. 어떻게 돌파구가 보이지 않아.'

"제발요. 거짓말이 싫다고 하셨잖아요. 두 분 폐하를 안심시킬 친구가 필요하신 거잖아요. 친구 되겠다는데 왜 거절하시는 거예요!"

"진실한 친구가 필요하지 않기 때문입니다."

마그노 황자가 냉정하게 제리코와 그 사이에 선을 그었다. 제리코가 입술을 깨물고 울먹이기 시작하자 황자는 특유의 무표정으로 제리코를 응시했다. 그의 신장이 제리코보다 크다 보니 자연스럽게 내려다보게 되었고, 실제로도 그렇게 보는 듯했다.

"친구가 꼭 필요하다는 게 세간의 인식입니다. 내겐 필요 없으나 존경하는 두 분 폐하와 형님들이 걱정하신다면 걱정을 덜어드리기 위해 만들 수 있습니다. 하지만 진짜 교류는 하고 싶지 않습니다. 도리어 나는 소공작에게 궁금한 게 생겼습니다. 소공작이 나와 친구가 되고 싶다는 건 친구가 있으면 좋다는 세간의 상식에 기인한 것이겠죠. 소공작 나름의 호의임은 알고 있습니다."

마그노 황자의 싸늘한 시선이 제리코에게 내리꽂혔다.

"내가 친구가 생겨 불행하다면 그것 또한 호의입니까? 친구가 없는 상태로 행복한 나를 존중할 생각은 없습니까?"

마그노 황자의 말대로 그가 친구를 원하지 않는데 억지로 우정을 강요한다면 그것은 그를 배려하지 않는 나쁜 짓이다. 하지만 제리코에겐 제리코 나름대로 황자가 교류와 우정을 거부하지 않는다는 믿음이 있었다.

마그노 황자는 교류와 우정을 거부하는 게 아니라 자신이 원하는 사람을 고르는 것이다. 그 증거로 그는 줄곧 누군가를 찾고 있었다.

마그노 황자는 제리코가 그 누군가가 될지도 모른다는 기대를 품었다. 그리고 제리코가 기대에 어긋나자 실망하고 화를 냈다. 제리코로선 매우 부당하여 불쾌히 여기고 항의할 일이다.

그렇지만 이 정도는 사는 세계가 달랐던 사람끼리 교류하다가 발생할 수 있는 소란 중 하나다.

"전 저하께서 친구를 바란다고 생각해요."

"그 이유가 궁금하군요."

"저하는…… 한가하실 땐 대도서관 3층 열람실에서 독서를 하시죠."

"네, 그렇습니다."

"왜 꼭 그 자리여야 하셨어요? 다른 데도 장소가 많잖아요. 개인용 열람실이 있는데 저하는 꼭 그 자리를 고수하셨죠. 사람이 드나들고, 언제든 저하에게 접근할 수 있는 그 자리. 저하께 다가올 누군가를 찾기 위해 거길 고수하시는 거라고 생가……."

"뭔가 착각하는 것 같습니다."

마그노 황자가 제리코의 말을 끊었다. 그가 미간을 좁혔다. 그의 입가가 비죽이 올라갔다가 내려왔다.

'오딜론 선배 때랑 비슷해.'

오딜론의 얘기를 꺼냈을 당시처럼 박장대소하진 않았으나 이번에도 제리코가 잘못 짚은 것일까? 하지만 제리코는 보이는 그대로, 생각한 것을 얘기했을 뿐이다. 애초에 제리코는 오지랖이 넓은 평범한 소녀에 불과하다. 평생 다른 환경에서 살아온 이성의 생각을 어떻게 짐작하냐 이 말이다.

뭐 알려주기나 하고서 비웃지. 왜 사람이 열심히 생각하고 하는 말을 틀렸다는 이유로 비웃을까. 왜 또다시 그 일로 실망하고 화내는 걸까.

제리코는 어금니를 악물었다. 이렇게 참지 않으면 냅다 욕을 외치든 마그노 황자 멱살을 잡든 나설 것 같았다. 그녀는 인내했다. 마그노 황자에게 인정받은 용사의 인내가 제리코의 분을 잠재웠다.

제리코가 내부의 불씨를 열심히 꺼뜨리고 있다는 사실을 모르는 마그노 황자는 실소를 머금었다. 그가 그대로 돌아섰다면 제국의 남부 방언이 섞인 시원한 비속어를 듣는 진귀한 경험을 얻었을 것이다.

하지만 마그노 황자는 친절히 자신이 고정석을 차지한 이유를 설명했다. 친절에서 우러나온 설명이 아닌, 비웃음의 연장이었다.

"단단히 착각했습니다, 미베어 소공작. 내가 도서관 열람실을 고집하는 건 보여주기 위해서입니다."

"보여주기?"

"네. 보여주기."

마그노 황자의 말은 이러했다. 사람들은 황족에 대한 이야기를 입에 담기 꺼리나 시선은 결국 황족에게 집중된다. 성인이 되지 못했거나 십 대의 치기를 벗지 못한 학생들이 또래의 황족에게 관심을 보이는 건 당연한 일이다.

사람들의 이목이 집중되는 것이야 모친의 태를 벗어난 순간부터 겪어온 일이니 익숙하다. 그리고 결국 자신에 대한 이야기가 사람들의 입에서 화제로 전전하리라는 것 또한 예견된 일이었다.

황족이 아카데미에 재학하는 것도 이목이 집중되는데 그 황족의 출생 또한 남다르다. 마그노 황자는 소문의 별 아래에서 태어났다고 해도 과언이 아니다. 그런 그가 수업과 사교 생활을 제외한 모든 시간에 개인실에 처박혀 있다면?

보이지 않기에 사람들은 더욱 하얀 황자를 찾아 나서고 궁금해할 것이다. 그 황자, 시간이 날 때마다 도서관에 처박혀 있다더라. 공부를 열심히 하는 건 좋은 것 아니냐. 개인실에서 나오지 않는데 안에서 뭘 하는지 어떻게 알겠느냐.

모두가 사용하는 개방된 열람실을 이용하면 저 모든 소문을 일축할 수 있다. 독서를 하는 건 똑같은데 사람들의 눈에 들어가는 것만으로 소문을 잠재울 수 있고, 소문으로 아들을 염려할 두 명을 안심시킬 수 있었다.

똑같이 책을 읽어도 장소가 어디냐에 따라 음침한 사람에서 규칙적인 독서가로 변모한다.

"그게 아니라면 기숙사에서 나오지 않았을 겁니다."

그런 점에서 도서관 열람실은 보여주기에 적합한 장소였다. 아카데미 재학생과 교수진이라면 누구나 한 번쯤 대도서관에 들르고 도서관 내는 정숙이 기본이니까.

소문이 아니었다면 기숙사 방에서 나오지 않았을 거라는 얘기를 듣고 무슨 말을 할 수 있을까. 제리코의 입술이 찰싹 달라붙어 꽉 막혔다. 이런 사람이 있으면 저런 사람도 있는 법이지. 타인과의 교류 자체가 싫다는데 제리코가 뭘 어쩌겠는가. 그간의 실례를 사과하는 수밖에.

멀지 않은 곳에서 까마귀가 울었다. 까악까악 소리가 이야기의 끝을 알리는 신호라도 되는 양 마그노 황자가 고개를 까딱였다. 제리코는 마찬가지로 말없이 무릎을 굽혔다가 폈다.

하얀 황자님은 숲의 그림자 속으로 사라졌다. 제리코는 숲속에 남았다. 마그노 황자가 시야에서 사라지고 나서야 제리코의 숨이 가빠졌다.

─제리, 소~ 거~ 법~

"그런 거 필요 없어. 인생은 삼세판인데 세 번 다 졌으니 이젠 끝이지. 끝."

드래곤 슬레이어 소드는 제리코가 숲이 떠나가라 소리를 지를 거라 예상했다. 검의 예상과 다르게 제리코는 침착하게 숨을 골랐다. 파괴적이거나 거창하게 스트레스를 발산하지 않았다.

현명한 검은 방심하지 않았다. 제리코의 감정이 태풍 부는 날의 파도처럼 검에게 쏟아지고 있었다. 검을 삼키면 영영 지상에 내보내지 않을 검푸른 파도보다 격동하는 소녀의 분노. 드래곤 슬레이어 소드는 실재하는 파도보다 소녀의 분노가, 그리 분노했음에도 평소처럼 겉으로 드러내지 않는 소녀의 태도가 더 무서웠다.

"사람이! 나랑 똑같은 사람인데 어떻게 저렇게 비비 꼬였지?"

기어이 제리코는 마그노 황자의 종족을 의심하기 시작했다. 그 이상은 황족 모독이기 때문에 검이 막았다.

─진정해, 제리.

"나 지금 굉장히 진정하고 있어. 화 안 내고, 소리 안 지르고, 막 씩씩 거리지도 않잖아."

-지금 내가 공유하는 감정은 그렇지 않은데? 심호흡을 해봐.

"했잖아."

제리코는 보란 듯이 크게 심호흡하고서 그 자리에 쭈그리고 앉았다. 그녀는 숨바꼭질의 술래가 되었을 때처럼 눈을 감고 얼굴을 무릎 사이에 묻었다.

"이쯤 되면 뭐라고 해야 하나……."

화조차 나지 않는다. 분노가 임계점을 돌파하고 아예 하늘로 승천해 버렸다. 분노가 몸을 떠났으니 텅 빈 공허가 그녀에게 남은 전부였다.

"메렐 교수님이랑 두 저하, 오딜론 선배의 사람 보는 눈을 의심하진 않아. 마그노 황자님은 분명 좋은 분이겠지."

제리코에게만 안 그럴 뿐.

"알고 보면 좋은 사람인데 나랑은! 나랑 좀 안 맞고 그런 거겠지라고 긍정적 생각을 해도 황당하네."

승천했던 분노가 추진력이 부족해 낙하했다. 수직으로 승천했으니 낙하할 때도 수직이었다. 공허에 분노가 안착했다.

제리코는 평소와 다른 방식으로 분노를 표출했다. 화낼 상대는 자리에 없는데 허공에 대고 따지기 시작한 것이다.

"왜 저렇게 꼬인 거야? 뭐가 문제야? 솔직히 마그노 황자님보다, 그래, 이런 말 하기 뭣하지만 샌시가 저랬으면 내가 이해를 하겠어. 그런데 마그노 황자님은 뭐가 문제야? 왜 사람이 저렇게 꼬였어? 사람은 다양하니까 이리 꼬일 수 있고 저리 꼬일 수 있지만 마그노 황자님은 왜 유독 꼬였어? 그리고 왜 나한테만 그래? 어디가 속이 깊고 다정한 황자 저하냐고! 메렐 교수님에 두 저하, 오딜론 선배까지 모두 나한테 거짓말했어!"

나무를 쪼는 딱따구리처럼 격렬하게, 생존을 위한 벌새의 날갯짓처럼 빠르게 제리코의 입술과 혀가 움직였다. 말이 어찌나 빠른지 중간에 혀를 씹거나 발음이 뭉개지지 않은 게 신기했다.

드래곤 슬레이어 소드는 제리코에게 웅변가의 재능이 있음을 알게 되었다.

"도대체 뭐가 문제야!"

숨이 막힐 때까지 튀어나오던 말은 하늘을 향한 삿대질로 끝났다. 위대한 대자연은 실로 대자대비하시어 괜한 화풀이를 관대히 용서할 것을 검이 믿고 소녀가 믿었다.

"뭐가 문제야, 뭐가 문제야. 사람이 저렇게 비비 뒤틀렸는데 주위 사람들이 모르는 게 말이 돼? 주위에서 너무 받아주는 거 아니야? 마그노 황자님의 어디가 알고 보면 속이 깊고 다정하고 자비로운 거야!"

제리코가 발을 구르며 본격적으로 화풀이를 시작했다. 숲 한복판에서 사지를 흔드는 그녀 덕분에 근처에서 쉬던 새와 벌레가 도망갔다.

기초 체력이 좋은 그녀는 전신의 기운이 빠질 때까지 이대로 몇 시간이고 계속 한풀이를 할 것 같았다. 결국 보다 못한 드래곤 슬레이어 소드가 제리코를 불렀다.

-제리, 가능하면 네가 몰랐으면 좋겠다는 생각에 알려주지 않았지만.

"뭔가 아는 게 있어?"

제리코의 눈이 번뜩였다. 살기가 어린 눈빛은 빠른 대답을 종용했으나 드래곤 슬레이어 소드는 선뜻 대답하지 않았다.

제리코는 검을 짤짤 흔들었다. 생각을 읽으려고 해도 너무 흥분해서 그런지 잘 되지 않았다. 검은 내적 갈등만 전달했다. 알려줄까 말까 고민하고 있었다.

"왜 고민하는 건데! 알고 있다면 말해줘. 설마 제도 사람은 다 알고 있는데 나만 모르는 그런 건 아니지?"

-내 추측이지만 마그노 황자가 저렇게 비비 꼬인 건 아마도.

"아마도!"

─아버지 때문일 거야.

"황제 폐하?"

제리코는 무심코 황제를 거론했으나 금방 오답임을 깨달았다. 제국의 3황자는 릴리에 공주 소생으로, 현 황제의 양아들이다. 그는 제리코와 마찬가지로 아버지가 둘이었다. 법적인 아버지와 피를 이은 아버지. 그리고 그가 세상에 태어나기 위해 씨를 제공한 아버지의 정체는 아무도 몰랐다.

─네겐 정말 알려주고 싶지 않았는데…….

"그러니까 그게 뭔데!"

얘기를 꺼내놓고 자꾸 뜸을 들이니 괜히 불안해졌다. 제리코가 차라리 안 듣겠다고 해버릴까 고민하는데 검이 또 뜸을 들였다.

─마그노 황자에겐 절대 출생 얘기를 꺼내선 안 된다. 모두가 아는 금기지.

"응."

그냥 본론부터 말해주면 안 되는 걸까. 어째서 이 검은 이리도 뜸을 들이는 것일까. 제리코의 생각을 읽은 드래곤 슬레이어 소드가 이게 다 너를 위해서라며 계속 본론 대신 주변 얘기를 늘어놓았다.

그리고 마침내 검이 본론을 꺼내자, 제리코는 마음의 준비를 할 수 있게 시간을 준 검에게 감사의 마음을 품었다.

─마그노 황자가 태어나고 얼마 지나지 않아 친부가 황제라는 소문이 돌았어.

제리코가 아는 황제는 둘이다. 현 황제와 선황제. 현 황제는 릴리에 공주의 오빠요, 선황제는 릴리에 공주의 아버지다. 어느 황제든 근친상간이었다. 제리코의 입이 한계까지 벌어졌다.

"어째서 그런 소문이?"

─릴리에 공주는 어린 시절부터 미모로 유명세를 치렀고 구애하는 사람이 많았지만 누구와도 사귀지 않았어. 그녀 주위에 남자가 없었는데

갑자기 임신하고 아이를 낳은 거지. 그리고 친부가 누군지 밝히지 않고서 키우겠다고 나섰지.

"그렇다고 그런 말도 안 되는 소문이 돌아?"

남동생을 둔 입장에서 제리코는 치를 떨었다. 어디서 시작된 소문인지 모르겠으나 정말 악질이었다.

─제국의 황가는 위로 올라가면 마법사의 가계야. 마법사가 어떻게 탄생하는지 모르는 고대엔 마법사의 핏줄을 보전하겠답시고 황가와 귀족가에 근친혼이 횡행했지. 그리고 과거 제국의 황가엔 그런 근친혼의 결과로 가끔 알비노가 태어났거든.

과거 황실에 등장했던 알비노는 대부분 근친혼의 결과물이었다. 먼 과거의 일이라 평민들은 모르지만 핏줄과 기록에 집착하는 귀족은 그 사실을 기억하고 있다. 그래서 오랜만에 등장한 알비노 황자를 보고 많은 이가 그릇된 관계를 의심했다.

소문은 입에서 입으로 퍼진다. 그런 의미에서 보자면 마그노 황자의 친부와 관련된 일은 소문이 아닌 의혹이었다. 입에서 입으로 퍼진 적이 없으니까.

몇몇 귀족이 의혹을 품었지만 입 밖으로 내지 않았다. 다만 의혹을 품은 귀족의 수가 조금 많았다. 입에서 입 대신 눈에서 눈으로. 사람들은 각자가 품은 의혹을 공유했다.

─결론부터 말하자면 말도 안 되는 헛소문이야. 대놓고 부인할 가치도 없는 추잡한 의심이었지. 문제는 그걸 4살의 마그노 황자가 알아버렸다는 거지.

누가 알려준 것은 아니다. 다만 인간은 동물만은 못해도 직감이 살아 있는 이성의 동물이었다. 어린아이는 자신을 곧 터질 종기처럼 대하는 사람들 틈바구니에서 필사적으로 눈치를 살폈다.

남들과 다른 생김새, 남들과 다른 태생. 예민한 성정의 아이가 어른들이 자신을 보는 눈빛에 담긴 의혹을 알아챈 후, 비슷한 생김새였던 조상의 특징을 알아내는 데는 그리 오랜 시간이 걸리지 않았다.

당시 마그노 황자는 선황의 명령 때문에 반강제적으로 릴리에 공주와 떨어져 현 황제 부부의 양아들로 입양된 상태였다.

갑자기 엄마와 떨어진 네 살 아이가 친아버지에 대한 소문을 접하고 어떤 반응을 보였을지, 제리코는 상상하고 싶지 않아서 눈을 질끈 감았다.

-마그노 황자가 황제와 황후, 황자들에게 완벽한 모습을 보이려 하는 건 그 때문일 거야. 자기 때문에 그런 추잡한 의혹이 잠시라도 황실에 머물렀다는 걸 견딜 수 없다는 거겠지.

제리코가 궁금해했던 대부분의 의혹이 풀렸다. 마그노 황자가 가족들에게 쩔쩔매는 이유, 그가 사람을 꺼리는 이유까지 모두 다. 제리코는 그것도 모르고 마그노 황자 앞에서 가족 얘기로 충고를 늘어놓았고 말이다.

"왜…… 왜 미리 알려주지 않았어?"

제리코는 배신감에 치를 떨었다. 제도 사람이 모두 알고 있는 얘기를 그녀 혼자 모른 게 어제오늘 일은 아니다. 너무 당연한 얘기라 까먹고 얘기 못 해줄 수도 있다. 하지만 이번 건은 얘기가 달랐다. 드래곤 슬레이어 소드가 말할 수 있는데 일부러 얘기하지 않은 것이 분명했다. 제리코의 손이 파들파들 떨렸다.

-세상엔 모르는 게 약일 때도 있는 법이야. 그리고 진실이 아니잖아.

"알았다면 황자님 앞에서 그런 얘기 안 꺼냈을 거야!"

-그래서야.

"뭐?"

-마그노 황자를 터지기 직전의 화산처럼 보지 않길 바랐어. 그건 사실이 아니니까.

대다수의 평민은 모르고 대다수의 귀족은 알고 있는 과거의 의혹. 사실이 아닌 것으로 밝혀졌으나 황자는 이미 상처받았고 내용이 워낙 자극적이다 보니 쉽게 잊히지 않았다.

황족은 평범하게 산다면 일생 평민을 만날 일이 없다. 마그노 황자는 의혹을 알고 있는 사람 틈바구니에서 자랐다. 마그노 황자는 상처를 숨기기 위해 얼음벽을 세우고 미로를 만들었다. 아무도 접근하지 못하도록 가시를 세웠다. 숨긴 상처는 어른이 되어도 낫지 않았다.

그런 그의 세계에 제리코 미베어가 등장했다. 그와 마찬가지로 복잡한 태생에, 그와 마찬가지로 친부가 누구인지 몰랐던 이가. 무지하기 때문에 누구보다 태연하게 숨긴 상처를 헤집을 수 있는 그녀가.

제리코의 표정이 오묘해졌다.

"그렇게 말하니까 엄청 있어 보이네."

-사실이잖아.

사실을 있는 그대로 말했는데 어째서 거창하게 느껴지는 것일까. 제리코는 얼굴을 가렸던 손을 그대로 머리로 옮겨 두피 전체를 긁었다. 손가락 끝에 힘을 주고 거세게 문지르니 머리 전체가 시원해지면서 혈액 순환이 잘되는 듯한 착각이 일었다.

"으아아아아아."

제리코는 에라프의 딸이지만 에라프가 아니다. 용사의 딸이니 황자님을 구할 의무도, 필요도 없다. 언젠가 하얀 황자가 품은 마음의 상처를 알고 그걸 치유해 주어야 할 것 같단 말을 했으나 그 또한 농담에 가까웠다. 제리코가 마그노 황자에게 책임감이나 의무를 질 필요는 없었다.

하지만.

"으아아아아악."

제리코의 손이 붉은 머리를 부산하게 헤집었다. 인생은 삼세판이고 제리코는 세 번 모두 패배했다. 하지만 삼세판 외에 또 다른 말이 있었으니.

"인생은 칠전팔기."

-여덟 번째에서 실패하면 열 번 찍어 안 넘어가는 나무가 나오겠군.

"황자님은 나무가 아니잖아. 칠전팔기! 정말 그걸로 끝!"

'여덟 번은 너무 많은가?'

제리코는 생각을 바꿨다. 그녀에게 마그노 황자를 부탁한 인물의 수가 총 넷이다.

메렐 교수, 1황자와 2황자, 오딜론 크렌.

마그노 황자를 소중히 여기는 넷이 한 명씩 개별로 부탁했을 경우 제리코는 총 네 번의 기회를 얻는다. 세 번은 실패했으니 이제 마지막 한 번이 남았다. 제리코는 이 마지막 한 번에 모든 걸 걸었다.

"이번에도 까이면 진짜로 끝이야!"

기왕 황자에게 인정받은 인내와 근성이다. 제리코는 새하얀 재만 남을 때까지 활활 불태울 것을 결의했다.

그리하여 다음 날, 제리코는 대도서관 3층에 올랐다. 힘찬 박수 세례를 받아 마땅한 용기와 끈기였다.

'어제는 기선 제압에서 졌어. 오늘은 계속 당당하게 있자.'

그놈의 새 때문에 마그노 황자가 없다고 생각했다가 갑자기 마주치는 바람에 대화의 시작부터 어긋났다. 이번엔 달랐다. 대도서관 3층 사서는 제리코의 아군이었으니까.

계단을 오르는 제리코를 발견한 사서가 작은 손짓으로 마그노 황자의 존재를 알렸다. 제리코는 결연히 고개를 끄덕였다.

대도서관 3층 계단을 올라 벽을 지나면 마그노 황자가 보인다. 황자는 변함이 없었다. 언제나 같은 장소에서 같은 자세로 책을 읽었다. 그래서 벽을 지날 때마다 제리코는 과거를 재생하는 기분이 들었다.

오늘은 평소와 달랐다. 자신에게 다가오는 인기척을 느낀 마그노 황자가 고개를 돌렸다. 푹신한 카펫을 누르는 묵직한 발걸음은 소녀만이 가진 특징이었다.

'다시 올 줄은 몰랐는데.'

마그노는 작게 감탄했다. 미련인지 과신인지는 모르나 미베어 소공작의 끈기 하나는 인정해야 했다. 하나…….

'매몰 비용을 아까워하는 건 어리석은 짓이다.'

마그노가 미베어 소공작이었다면 좋지 않게 끝난 첫 만남 이후 관심을 끊었을 것이다. 마그노는 약간의 지겨움을 담아 붉은 머리 소녀를 응시했다. 생기 있는 푸른 눈동자가 한 치의 흔들림 없이 그에게 향했다.

"잠시 대화를 할 수 있을까요, 저하?"

미베어 소공작의 말투는 사이좋은 선후배를 연기하기 이전으로 돌아가 있었다. 그래서 마그노는 그녀의 말투에 맞췄다.

"아직 용건이 남았습니까?"

그녀가 용을 잡고 남을 끈기를 보여도 마그노가 내줄 건 냉소와 비소, 무시가 전부였다. 도가 지나치면 경멸이 추가되리라. 남다른 성적 기호가 있다면 모를까, 나서서 경멸을 사려 하는 이는 드물었다.

마그노는 지겨움에 한심을 더했다. 그걸 알아차렸는지 소녀는 어깨를 살짝 움츠렸다. 그러나 마그노를 향한 시선을 거두진 않았다.

"시간을 주세요."

"나는 용건이 없습니다."

"시간을 주세요."

일전에 마그노 황자는 '시험 기간입니다'를 앵무새처럼 반복했다. 이젠 제리코의 차례였다. 마그노 황자는 상대할 가치가 없다는 듯 책으로 고개를 돌려 버렸다. 제리코는 그 옆을 지키고 서서 끈질기게 말했다.

"시간을 주세요."

마그노 황자의 앞이나 옆에 앉는 짓은 하지 않았다. 괜히 서가에 가서 관심 없는 책을 가져오는 일은 그만두기로 했다.

이미 세 번의 시도가 실패로 끝났다. 이번이 마지막이니, 체면이나 주위 시선을 신경 쓸 수 없었다. 할 수 있는 모든 걸 해보고, 전력으로 몸을 부딪쳐야 한다. 그렇게 해도 안 된다면 깔끔하게 포기할 생각이다.

"시간을 주세요."

마그노 황자의 성격대로라면 제리코를 계속 무시할 가능성이 크다. 하지만 그는 가족을 사랑하기 때문에 제리코를 무시할 수 없을 것이다.

본인 입으로 이런 말 하기 뭐하지만 제리코는 제국의 새로운 권력자다. 그녀가 연쇄살인이나 반역이라도 저지르지 않는 한, 사람들이 광룡이 일으킨 비극을 기억하고 용사 에라프를 추앙하는 한, 제리코는 언제까지나 모두에게 사랑받는 용사의 따님이었다. 냉정하게 말했을 때 마그노 황자보다 지닌 가치가 높았다.

그리고 황실은 미베어 공작가에 호의적이다. 제리코가 이대로 계속 서 있으면 3층을 드나드는 학생들이 이 광경을 목격할 것이다. 그리고 마그노 황자가 소공작을 지나치게 냉대한다는 소문이 퍼지겠지. 마그노 황자가 그렇게 되도록 내버려 둘까?

제리코가 한 시간을 서 있으면서 같은 말을 반복하자 사서와 근로 학생이 발을 동동 구르기 시작했다. 마그노 황자는 결국 짜증 섞인 목소리로 짧게 말했다.

"앉으십시오."

"시간을 주세요. 대화를 해요. 이번이 마지막이니까 다시는 저하를 귀찮게 하지 않을게요."

"지금 그러고 있습니다."

"이번이 마지막이에요. 저하가 허락 안 하시면 계속 서 있을 거예요."

"지금 나를 협박하는 겁니까?"

"네."

싫다는 사람 억지로 붙잡아 친해지자고 들러붙고 있는데 협박이 대수겠는가. 어차피 마음 상할 대로 상한 사이, 제리코는 배짱을 부렸다. 미베어 소공작이 마그노 황자에게 홀딱 반해 졸졸 따라다닌다는 소문이 돌게 되면 조금 슬프겠지만 각오를 다졌다.

"어쩔 수 없군요. 이번이 마지막입니다."

'성공했다.'

결국 마그노 황자가 먼저 백기를 들었다. 미베어 소공작이 황자에게 홀딱 반해 쫓아다닌다는 소문 자체는 나쁠 게 없으나, 황자가 냉정하게 그녀를 계속 세워둔다는 소문이 나는 건 막아야 했다.

제리코는 마그노 황자를 백합관에 초대했다. 집과 같은 기숙사로 돌아가는 길에 제리코는 현관문을 열다가 돌아서서 말했다.

"축하드려요, 황자 저하. 제가 백합관에 초대한 첫 남성이 되셨어요."

초대받지 않고 찾아온 남자 중에선 다섯 번째다. 진지한 대화를 나누기 전에 긴장을 풀려는 의도에서 한 말인데 마그노 황자는 아무 반응도 보이지 않았다. 말한 제리코가 무안해질 정도였다.

─어쩌면 네 입만 아프게 떠들고 끝날 수도 있겠다. 그럼 어떻게 할 거야?

'진짜 끝이지 뭐.'

남들은 삼세판에서 끝내는데 제리코는 무려 네 번째로 도전했다. 그녀는 할 만큼 했고 성의를 보였으니 그걸로 끝. 아무것도 남지 않을 것이다.

제리코는 하녀와 경비원에게 앞으로의 진로에 대해 황자님과 심도 있는 대화를 나눌 것이라는 거짓말을 했다.

"그러니까 자리를 피해주세요. 제 성적 같은 부끄러운 얘기도 나올 예정이거든요."

"네, 알겠습니다."

성적이 부끄럽든 자랑스럽든 미베어 소공작인 그녀의 진로엔 영향을 끼치지 못한다. 어쨌든 제리코는 핑계를 대어 응접실 쪽에 오지 말 것을 당부했고 하녀와 경비원은 고개를 끄덕였다.

"그럼 다과는 어떻게 할까요?"

"바로 내올 수 있는 것만 주세요. 시원한 물도 부탁해요."

'말하다 보면 속 터져서 냉수를 찾고 싶어질 테니까.'

제리코는 저도 모르게 부정적으로 생각했다가 놀라서 고개를 저었다. 본격적인 대화를 시작하기 전에 미리 패배를 점치는 건 좋지 않았다.

하녀가 응접실 문을 열자 마그노 황자와 제리코가 안으로 들어갔다. 다른 하녀가 다과를 내려놓고 나갔다. 문이 닫히고 하녀들이 어느 정도 응접실과 멀어졌을 만한 시간이 지나자 마그노 황자가 입을 열었다.

"뭡니까."

마그노 황자는 짧은 문장으로 본인의 심기를 드러내는 데 탁월한 재주를 갖고 있었다. 아무나 갖지 못한 귀한 재주였다. 제리코는 황자의 싸늘한 눈빛을 견디며 침착하게 할 말을 골랐다.

"숲에서 저하와 이야기를 나눈 후 곰곰이 생각했어요. 내가 저하의 의사와 관계없이 내 의견만 앞세우고 있었구나. 내가 잘못했다. 그런 생각을 했죠. 이걸 먼저 사과드릴게요."

"고작 사과나 하려고 날 초대했습니까?"

"그리고 또 생각해 봤어요. 저하께서 두 분 폐하를 위해 이런 연기를 하시는 거라면 그건 선의의 거짓말이 아닌 기만이라고요."

"지금."

제리코가 또다시 금기를 건드렸다. 마그노 황자가 화를 내기 전 제리코가 빠르게 입을 열어 황자의 말을 막았다.

"두 분께서 정말 저하가 이렇게 살길 바라실까요? 용의 얘기와 마찬가지로 저하의 독자적인 판단은 아닌가요? 두 분 폐하께서, 정말로 자신의 소중한 아들이 자신들을 안심시키기 위해 거짓 친구를 사귀는 걸 기쁘게 여기실까요?"

"아무것도 모르면 닥치십시오!"

"말할 거예요!"

동물에겐 학습 능력이 있다. 같은 실수를 반복하지 않기 위해서다. 그런데 제리코는 사전에 경고받고 이후 여러 번 같은 금기를 범했으면서도 다시 한번 황자가 정한 금을 밟았다. 재범이라 더욱 질이 나빴다. 그러니 마그노 황자가 분노하는 건 당연하다. 제리코는 황자가 무어라 외치기 위해 입을 벌리자 먼저 외쳤다.

"그래요! 지금처럼!"

마그노 황자가 분노로 얼굴을 일그러뜨렸다. 유독 흰 그의 목덜미와 얼굴이 흥분으로 인해 붉게 상기되었다. 그로서는 드물게 감정을 숨기지 않고 전신으로 표현했다.

제리코는 그가 다른 사람 앞에서, 특히 그가 사랑하는 가족들 앞에서 그러하길 바랐다. 진심으로.

"친구를 사귀기 싫으면 싫다고 말씀하시면 돼요! 친구를 사귀는 건 성격에 맞지 않다, 나는 사람과 어울리기보다 혼자인 게 좋다! 저를 노려보듯이 그분들에게도 제가 잘못해서 친해지기 싫다고 말씀하시면 돼요!"

"그게 말처럼 쉬우면 진작 그렇게 했을 겁니다."

"왜 제겐 하시면서 가족분껜 못 하시는데요?"

"말이 안 통하는군요."

응접실이 떠나가라 외치려던 것이 조금 전이면서 마그노 황자는 도로 입을 다물었다. 그는 격정을 삼키고 짓밟은 뒤 외면했다.

마그노 황자가 더는 대화를 이어가지 않겠다는 듯 벌떡 일어났다. 제리코도 따라 일어나 그의 앞을 가로막았다.

"비키십시오."

"대화 중이잖아요."

"대화는 할 가치가 있을 때 성립하는 법입니다."

마그노 황자의 눈빛이 영하를 뛰어넘어 절대영도에 가까워졌다. 제리코는 이를 악물고 냉정한 시선을 맞받아쳤다.

"아직 본론을 말하지 못했어요."

"비키십시오."

"지금 당장 폐하께 진실을 고백하실 거라면 비킬게요."

마그노 황자의 입술과 눈썹이 분노로 인해 꿈틀거렸다. 그러다 이내 평정을 되찾았다. 아니, 속으론 분노했으면서 겉으론 평정을 되찾은 듯 굴었다.

분노하면 분노할수록 황자의 붉은 눈동자는 깊이를 더했다. 마그노 황자는 속이 너무 깊어 아무도 바닥을 모르는 우물에 감정을 버렸다. 분노는 물보다 무거워 뜨지 않고 가라앉을 테니까.

"소공작과 상관없는 일입니다. 비키십시오."

"제 얘기를 마저 들어주세요."

"내가 손을 대기 전에 비키십시오."

"손대서도 안 비킬 거예요."

제리코가 고집스럽게 마그노 황자를 올려다보았다.

"상관없는 게 맞지만 상관할래요. 제가 그러고 싶으니까요."

바닥을 모르는 우물에서 부글부글하고 물거품이 솟아 올라왔다. 마그노 황자는 치밀어 오르는 짜증을 우물에 버렸으나 우물은 한계를 돌파해 그가 앞서 넣은 분노를 토했다.

마그노 황자가 주먹을 휘둘렀다. 주먹은 제리코의 얼굴 옆을 지나 응접실 문에 꽂혔다.

콰앙!

묵직한 문이 삐걱이는 잡음을 내며 신음했다. 얼굴 옆에 주먹이 꽂혔음에도 불구하고 제리코는 눈 하나 깜빡이지 않았다.

"내가 어떻게 살든 무슨 상관이야! 마음대로 하라고 말했지만 이런 게 아닌 걸 모르진 않을 텐데? 이건 오만이고 쓸데없는 참견이다! 네가 뭔데 내 삶에 끼어들려 해!"

우물이 짜증을 토하고, 분노를 토하고, 종국엔 폭발했다. 마그노 황자가 제리코에게 얼굴을 들이밀고 진심을 토했다.

각오했던 일이나 실제로 보니 더욱 무서웠다. 제리코는 이를 악물고 황자에게 뒤질세라 버럭 외쳤다.

"네! 몰라요! 모르니까 이러죠! 아무것도 몰라요! 아는 게 없어요! 그러니까! 알고 싶다고요! 알려달라고요!"

제리코는 두 손으로 마그노 황자의 멱살을 잡았다. 설마 멱살을 잡힐 줄 몰랐던 마그노 황자가 놀라 뒤로 물러났다.

제리코는 황자가 뒷걸음질 치는 걸 놓치지 않고 뒤로 밀었다. 마그노 황자가 거칠게 일어나느라 의자는 문을 향해 놓여 있었다. 제리코는 의자로 황자를 밀었고 황자는 다리에 의자가 부딪치자 저도 모르게 앉고 말았다. 제리코는 그제야 잡고 있던 멱살을 풀었다.

의자에 앉은 마그노 황자의 표정은 용에게 잡힌 공주님 같았다. 세상에 이런 일이 벌어질 줄 몰랐다는 놀란 얼굴이라 제리코는 흥! 하고 숨을 몰아쉬었다.

마그노 황자가 쭈글쭈글해진 옷깃을 만지며 서서히 평정을 찾았다.

"이게 무슨 짓인가!"

"저하는 제게 기대하고 제게 실망하셨죠! 그건 너무 부당한 일이에요! 저하는 제게 저하에 대해 하나도 알려주지 않으셨어요! 그런데 저하 멋대로 제 행동과 반응을 정하고 그에 따르지 않는다고 실망하시다니. 사람이 투정도 정도껏 부려야지. 그건, 그런 건 세 살짜리 어린애도 부리지 않을 유치한 투정이라고요!"

의자에 앉은 마그노 황자와 그 앞에 선 제리코.

마그노 황자는 제리코를 보기 위해 고개를 위로 들어 올려야 했고 제리코는 당당하게 황자를 내려다보았다. 그녀가 세 살짜리 어린아이를 언급해서일까. 마그노 황자는 순간적으로 꾸중을 듣는 어린아이가 된 기분에 휩싸였다.

마그노 황자가 무례하다 외치려는 찰나 제리코가 무릎을 굽혀 시선을 낮췄다. 이젠 마그노 황자의 시선이 명백히 그녀보다 위였다. 그게 마그노 황자를 더 당황하게 했다.

"아무것도 모르니까 알고 싶어요! 제가 알아야 할 게 뭔지, 모르는 게 뭔지, 저하께서 뭘 감추고 어떤 걸 알려주고 싶어 하시는지. 친구 싫으면 하지 마세요. 그냥 알려달라는 거예요. 저하를 알고 싶어요."

여러 번 언급한 적 있지만 제리코는 성실한 지식의 구도자이며 그녀의 지식욕은 언제나 적절한 상대를 향한 질문으로 충족되었다.

어떤 사람을 알고 싶을 때 가장 적절한 질문 대상은 누구인가? 제리코는 정답을 알고 있다.

본인이다.

"전 머리가 좋은 편이 아니지만 그래도 열심히 생각해 봤어요. 저하는 제게 처음 만났을 때부터 거래를 제안하셨죠."

"결혼할 사람에 대한 예의였습니다."

"오딜론 선배에게도 제안하셨죠."

"말을 맞추는 게 연기하기 편하기 때문입니다."

"거래를 제안한 사람을 다른 사람보다 더 편하게 생각하시죠. 그건 사실이잖아요."

마그노 황자는 가족을 무엇보다 우선시한다. 소중하고 걱정시키고 싶지 않기 때문에 그는 가족들에게조차 진심을 보여주지 않았다. 다르게 말하자면 그는 진실을 보여주고 싶은 상대에게만 거래를 제안했다는 이야기가 된다.

마그노 황자가 속내를 보여줄 수 있는 사람. 거래를 제안할 정도로 신뢰할 수 있는, 신뢰하고 싶은 사람.

"제가 봤을 때, 저하의 거래 제안은 교류하고 싶은 사람을 향한 저하의 관심으로 보여요."

"쓸데없는 소리."

마그노 황자가 인상을 찌푸리고 고개를 돌렸다. 제리코는 몸을 움직여 황자의 시선을 따라갔다. 마그노 황자가 이를 부득 갈더니 다시 외쳤다.

"아무것도 모르면서!"

"몰라요! 그러니까 알고 싶다는 거예요! 만약에 제가 저하의 기대를 충족시켰다면 저하는 저와 어떤 얘기를 나눴을까요! 어떤 시간과 경험을 공유했을까요? 다 모르니까 알고 싶다고요! 알고 싶다는 게 잘못된 건가요? 나쁜 건가요?"

제리코는 굽힌 무릎을 바닥에 붙였다. 완벽하게 무릎 꿇은 자세가 되자 마그노 황자는 그녀에게 분노하는 것과 별개로 제리코를 일으켜 세우려 했다.

제리코는 자신에게 내밀어진 황자의 손을 잡았다. 서늘했다.

"저하의 기대에 응하지 못해서 죄송해요. 저하가 기대한 그런 사람이 아니라서 죄송해요. 동시에, 하나도 죄송하지 않아요."

마그노 황자는 잡힌 손을 빼내려 했다. 제리코는 손을 놓지 않고 꼭 잡았다.

제리코는 마그노 황자의 손을 입가로 가져갔다. 그녀가 말할 때마다 나오는 숨결이 황자의 손을 따뜻하게 만드는 데 일조하길 바랐다.

"저하가 저와 공유하고 싶었던 것, 말하고 싶었던 것. 어떤 것이든 좋아요. 제가 놓친 걸 조금만 알려주실 수 없을까요? 그럼 다시는 저하를 귀찮게 하지 않을게요."

마그노 황자의 눈꺼풀이 느릿하게 움직였다. 긴 속눈썹은 머리와 마찬가지로 하얀색이라 보기에 익숙하지 않았다. 추운 겨울, 누군가 밤새

울다 밖으로 나가 속눈썹이 머금은 눈물이 하얀 얼음이 된 듯 보였다.

하얀 속눈썹 사이로 드러난 붉은 눈동자는 어떠한가. 세상에 붉은 것이 많고 많아도 저보다 아름다운 것은 없을 터. 마그노 황자의 투명한 눈에 제리코가 비쳤다. 한참 동안 말이 없던 황자가 힘으로 손을 빼냈다.

"내가 나쁜 사람 같군요."

"제겐 나쁜 사람 맞아요."

하아. 마그노 황자가 작게 한숨을 쉬더니 기껏 빼낸 손을 다시 내밀었다.

제리코는 얼싸 좋구나 하고 손을 잡았다. 마그노 황자는 힘으로 제리코를 들어 올렸다. 제리코는 얼결에 발로 바닥을 밟았다.

마그노 황자는 거기서 그치지 않고 의자에서 일어나 제리코를 그녀의 자리까지 인도했다. 의자에 앉힌다는 건 대화를 할 용의가 있다는 뜻. 제리코는 황자에게 꽂은 시선을 유지하면서 의자에 앉았다.

마그노 황자는 의자에 바로 앉지 않고 응접실 내를 서성였다. 그는 천천히 응접실을 돌아다니다 창가에 서서 움직이지 않았다.

제리코는 창 안으로 쏟아지는 햇빛이 걱정되었으나 아무 말도 하지 않았다.

"언제였습니까?"

"네?"

"미베어 소공작이 출생의 기이함을 안 건 언제였습니까?"

갑작스러운 질문이지만 이게 마그노 황자가 제리코와 공유하고 싶은 경험의 시작일 터.

제리코는 가능한 진솔하게 대답하고자 기억을 되짚었다. 제리코 한슨이 존 한슨의 친딸이 아니라는 걸 알게 된 게 언제부터인가.

대놓고 말한 사람은 없었다. 제리코가 누군가에게 물어본 적도 없었다. 그저 태어나서 조금씩 조금씩 성장했을 뿐인데 어느새 자연스럽게 알게 되었다. 그 시작이 언제였는지는 명확하지 않았다.

"그냥, 조금 자라고 나니까 알고 있었어요. 일단 제가 살던 마을엔 빨간 머리가 저 말고 아무도 없었거든요."

아이는 부모를 닮는다. 제리코는 어머니인 요나를 닮지 않았고 아버지인 존도 닮지 않은 아이였다. 손아래 동생인 캐리는 요나를 상당 부분 닮았으며 에릭 또한 눈가는 요나를 닮고 나머지는 존을 닮았다. 아래의 메이와 오리온은 말할 것도 없이 부부의 합작품이다.

강아지는 개를, 송아지는 소를, 망아지는 말을, 노새는 말과 당나귀를 닮았다.

하지만 병아리는 닭을 닮지 않았다. 제리코는 자신이 병아리라고 생각했다. 유독 선명한 붉은 머리가 병아리의 샛노란 털과 같다고 여겼다. 병아리가 노란 솜털을 벗고 닭이 되듯, 제리코 자신도 붉은 머리털을 벗고 부모를 닮아갈 것이라 믿었다.

캐리가 태어나고 제리코의 믿음이 깨졌다. 캐리는 태어날 때부터 병아리가 아닌 닭을 닮았기 때문이다.

"동생이 태어난 게 계기일까요? 어쨌든 그냥 저절로 알게 되었어요. 누가 알려주지 않았는데 느낌이라는 게 있잖아요. 아, 나는 우리 아빠 친딸이 아니구나, 그런 거요."

"저절로 알게 되었다라. 그건 나와 같군요."

마그노 황자가 돌아섰다. 창밖을 응시하는 동안 그는 평정을 되찾았나 보다. 혹은 평정을 가장하거나.

마그노 황자가 제리코의 말에 공감했으나 제리코는 상황이 똑같다고 좋아하지 못했다. 이것은 그러니까.

'가정환경 복잡한 사람만 할 수 있는 공감이네.'

사생아만 가능한 공감대 형성이었다. 제리코는 마음을 다잡았다. 애초에 마그노 황자가 그녀에게 기대를 품은 건 제리코가 용사의 사생아였기 때문이다.

사생아지만 누구보다 귀한 신분. 황자인 그와 당당히 마주할 수 있는 특이함이 마그노 황자가 제리코에게 흥미를 갖게 된 원인이었을 터다. 고귀한 신분의 사생아란 어울리지 않는 조합에서 마그노 황자는 동질 감을 느꼈다. 그러니 앞으로 나올 이야기를 대충 예상할 수 있었다.

"샤를 형님에게 들은 이야기인데, 아이라면 누구나 한 번쯤 자신이 부모님의 친자식이 아니라는 공상을 한다고 합니다. 사실 나의 친부모는 따로 있고 언젠가 그들이 자길 데리러 올 것이라 상상을 한다죠."

제리코도 아는 이야기였다. 멀리 갈 것 없이, 제리코 아래에 딸린 동생들만 하여도 어릴 때 그런 상상을 하곤 했다. 그럴 때마다 제리코는 너는 사실 다리 밑에서 주워 왔다거나 산파가 너를 받는 걸 내가 옆에서 구경했다고 놀려서 상상을 부추기거나 깨부수었다.

동네 아이들도 마찬가지였다. 아이의 성격마다 다르겠지만 대중적인 공상이긴 하다.

"샤를 저하도 그런 생각을 하셨대요?"

보통 그런 상상을 할 때 평민 아이는 부유한 부모, 귀족 부모, 왕족 부모를 상상한다. 사실은 내가 이 나라의 숨겨진 왕자나 공주일 것이라 망상하며 상상의 나래를 펼치는 게 보통이었다. 제리코는 진짜 황족은 어떤 상상을 하나 궁금했다.

"형님은 털 알레르기가 있는 친부모가 따로 있을 거라 믿었다고 합니다."

"저런."

"네롤 형님은 제국 남부의 밭에서 주워 왔다는 얘기를 7살까지 진지하게 믿었고."

두 황자의 귀여움에 제리코의 얼굴에 미소가 번졌다. 하여간 아이는 계급을 막론하고 다 귀여웠다.

"미베어 소공작은 어떻습니까."

자신 주위 아이의 얘기를 끝낸 마그노 황자가 제리코에게 물었다. 제리코는 미소를 지우지 않은 채 고개를 저었다. 당연한 얘기겠지만 제리코는 한 번도 그런 공상을 한 적이 없었다.

그리고 마그노 황자 또한.

"나는 한 번도 그런 적이 없습니다."

친부모가 따로 있다는 공상은 친부모 밑에서 자라는 아이만 누릴 수 있는 특권이다. 실제로 친부모가 따로 있는 아이에게 언젠가 자신을 찾아올 '진짜 부모'에 대한 공상은 어린아이의 순수한 상상력보다 간절한 소망에 가까웠다.

"난 내게 진짜 부모가 따로 있길 바랐습니다."

"그건……."

마그노 황자가 릴리에 공주를 어머니라 부르지 않는다고 하여 모자의 사이가 나쁜 것은 아니다. 사교계에 거의 얼굴을 비치지 않는 3황자가 사교 활동에 모습을 드러내는 건 릴리에 공주의 파트너로 동석할 때뿐이었으니까.

황후가 걱정하듯 둘 사이에 교류가 적은 듯하고, 마그노 황자가 어머니를 공주님이라 부르고 있긴 하지만 서로 대면하여 낯을 찌푸릴 정도로 나빠지는 않았다.

마그노 황자가 끔찍이도 아끼는 가족엔 릴리에 공주도 포함되어 있을 것이다. 그러니 마그노 황자가 다른 부모가 있길 소망했다 말한 것은 제리코로선 뜻밖이었다.

제리코는 괜히 왜냐고 묻는 대신 황자의 이어질 말을 기다렸다.

"사실 나는 사정이 있어 공주님께 맡겨진 아이이고 내 친부모는 따로 있을 것이란 상상을 매일매일 했습니다."

마그노 황자가 제 배를 갈라 쓸개를 씹어 먹듯 고백했다. 한 자 한 자에서 쓰디쓴 쓸개즙이 튀어나왔다.

"아버지가 누구일지 상상하는 건 지긋지긋했으니까요."

마그노 황자의 친아버지는 누구인가. 릴리에 공주 외엔 아무도 모르는 비밀. 공주는 침묵했고 그녀에게 그런 예민한 질문을 할 만한 사람은 몇 존재하지 않았다. 마그노 황자가 예상 가는 사람이 있느냐 질문을 할 만한 사람 또한 세상엔 존재하지 않았다.

그래서 마그노는 지긋지긋했다.

"미베어 소공작은 아버지가 누군지 궁금한 적 없습니까?"

"네…… 없네요."

"나는 궁금했습니다. 언제나 의문을 가졌죠. 어떤 남자일까. 어떤 사람일까. 누구기에 나타나지 않는 걸까."

마그노 황자가 가진 모든 문제의 시발점인 존재. 황자의 친부. 마그노 황자는 그에 대한 원망을 아낌없이 토해냈다.

"비천한 신분? 가정이 있는 남자? 이미 죽은 사람? 장애인? 아주 못생겼을까? 성격이 나쁠까? 범죄자일까? 도대체 어떤 사정이 있기에 제국의 공주가 아버지 없는 아이를 낳아 기르게 된 걸까!"

스무 해를 살아오며 꾹꾹 억누른 울분이 터졌다. 마그노 황자의 입에서 나오는 건 단순한 말이나 감정이 아니었다. 그가 쌓아온, 고이고 썩은 피였다. 눈부시게 하얀 황자님이 토한 새까만 피가 제리코의 앞에 펼쳐졌다.

흥분으로 인해 마그노 황자가 거칠게 숨을 쉬었다. 어깨가 들썩이는 것이 눈에 보였다. 제리코는 황자의 어깨를 가만히 감싸주고 싶은 연민에 사로잡혔다.

'친부가 누구든 황자님은 아버지를 원망할 거야.'

-그러게.

'만약에 황자님의 아버지가 에라프 님이면 황자님은 더 원망할 거야.'

-그러게.

광룡에게서 대륙을 구한 미혼 용사. 공주와 결혼하기에 빠질 것 없는 남자가 친아버지라면 마그노 황자는 기뻐하지 않을 것이다. 오히려 에라프의 조건이 좋기 때문에 더욱 분노하겠지.

"소공작은 미베어 공작님이 친부인 걸 알고 기분이 어땠습니까?"

제리코가 친아버지를 찾기 시작한 후 한 번도 듣지 못한 질문이었다. 제리코는 솔직하게 감상을 밝히려다 머뭇거렸다. 처음엔 그저 놀라고 당황스러웠다. 에라프를 만나고 난 다음엔 안쓰러움만 남아버렸고, 에라프가 죽은 뒤에는 그의 뒤를 이어야 한다는 것에 놀라 원망을 조금 했다.

조금.

아주 조금.

아주아주 조금.

-거짓말.

'어허.'

제리코는 언제 어디서나 딴지 거는 검에게 엄중한 경고를 남기고 솔직하게 당시의 심정을 전하기 위해 노력했다.

"사실 알고 난 직후엔 별다른 생각이 들지 않았어요. 제겐 귀족과 제도 자체가 낯설었고 무엇보다 당시 에라프 님은."

"미베어 공작님을 아버지라 부르지 않으시는군요."

마그노 황자가 진실로 의외라는 듯 놀랐다. 제리코는 아차 싶어 입술을 오므렸다. 다른 사람도 아니고 황족 앞에서 치명적인 실수였다.

"아직 입에 안 붙어서……."

"소공작과 어머니를 찾지 않은 미베어 공작을 원망하는 겁니까?"

"아니에요! 그럴 리가요!"

마그노 황자가 말도 안 되는 얘기를 꺼내는 바람에 제리코는 질겁했다. 벽에 걸려 같이 듣던 검도 깜짝 놀라 검신을 부르르 떨었다. 제리코의 목소리가 커서 묻혔지만.

"사실을 말해도 됩니다. 미베어 소공작에게 품은 마음과 별개로 평생 비밀로 하겠습니다."

"진짜 아니에요! 원망이라뇨! 애초에 에라, 아버지는 우릴 찾아올 처지가 아니셨고 또 저나 어머니는 에브브, 아버지가 찾아오리라고 생각하지 않았는걸요!"

"직접 찾아오지 못하더라도 사람을 시켜 부르거나 재정적 지원을 해주는 건 가능했을 겁니다. 미베어 공작께선 아무것도 하지 않으셨죠. 원망하는 마음, 충분히 이해합니다."

마그노 황자는 자꾸 제리코가 에라프를 원망하고 있다는 식의 결론을 냈다. 제리코는 앉은 자리에서 펄쩍 뛰었다. 요나가 에라프를 원망한다니. 직장에서 일하고 있는 존이 콧방귀를 내뿜을 일이었다.

"아닌데요!"

"돌아가신 모친께서 소공작을 임신 중에 결혼하셨다고 들었습니다."

"네."

틀린 얘기는 아니라 제리코는 일단 긍정했다. 긍정은 하는데 무슨 말이 튀어나올지 몰라 은근히 불안했다. 제리코의 불안은 적중했다.

"미베어 공작께서 지원을 해주었다면 그런 일도 없었을 테죠."

"음…… 저하?"

"이후의 삶이 평탄하셨던 것 같아 다행입니다만 미베어 공작을 원망하는 것도 어쩔 수 없는 일일 겁니다."

"저…… 하……?"

마그노 황자를 부르는 제리코의 목소리가 파르르 떨렸다. 자신이 하는 말이 모두 진실이고 사실인 양 덤덤히 얘기하는 마그노 황자와 대비되었다. 제리코는 떨리는 마음을 다잡았다.

아니, 뭐, 귀족에게 농락(?)당한 평민 여성이 임신한 몸으로 다른 남자와 결혼했으니까. 객관적으로 봤을 때 불쌍하거나 안타깝게 여겨질 수있다. 그러하다. 하지만 요나는 제리코를 임신한 후 막막하지 않았고 존을 진심으로 사랑했다. 두 부부의 금실이 어찌나 좋았는지 동네 할머니가 살면서 본 부부 중 가장 잉꼬부부라고 입에 침이 마르도록 칭찬했다.

"하하하. 저희 어머니랑 아버지는 사랑해서 결혼하셨어요."

"살면서 정이 들었다니 다행입니다."

"정말로 사랑해서, 끝내주게 사랑하셨다고 들었거든요. 증인도 마을에 잔뜩 있거든요."

"계부의 인품이 훌륭하다는 이야기도 들었습니다."

제리코의 눈이 확장되고 콧구멍 평수가 넓어졌다. 그와 반대로 흥분으로 혈관이 좁아져 혈압이 치솟았다. 제리코의 관자놀이에 비죽이 힘줄이 튀어나왔다. 제리코는 흥분을 삭이고자 이를 악물었다.

"진짜…… 사랑하셨거든요……."

마그노 황자는 별다른 말을 하지 않았다. 딱하다는 시선을 보냈을 뿐이다. 제리코는 어금니 건강이 염려될 정도로 이를 악물었다.

여자 혼자 아이 낳고 살기 힘들었겠지.

제리코가 처음 듣는 이야기는 아니었다. 슬레이 아리보도 동일한 말을 한 적이 있었다. 그때엔 그 말을 들어도 그리 화가 나지 않았다. 왜냐하면 슬레이는 제삼자의 시선으로 요나의 행보를 평했기 때문이다. 거기엔 요나와 제리코, 존을 향한 슬레이의 개인적인 견해와 감정이 배제되어 있었다.

마그노 황자는 어떠한가. 황자의 말엔 요나의 불행이 전제로 깔려 있었다. 똑같은 말인데 마그노 황자의 얘기를 들어보면 요나가 불행한 상태에서 불행을 벗어나기 위해 존을 선택했다는 인상이 강하게 느껴졌다.

마그노 황자의 이야기 속 요나는 불행한 여자였다. 그게 고인에게 얼마나 무례한 짓인지는 제리코의 치솟는 혈압으로 알 수 있을 것이다.

'이렇게 화나는 건 오랜만이네.'

제리코는 냉정하게 자신의 감정을 파악했다. 얼떨결에 하프 산맥에 떨어졌을 때도 이렇게 분노하지는 않았다.

사람은 결국 이기적이라 얼굴을 모르는 타인에게 닥쳤을 위기보단 돌아가신 어머니의 진심을 무시하는 데 더 발끈하기 때문이다. 다른 사람은 어떨지 몰라도 적어도 제리코는 그랬다.

'에라프 님이 뭐 어때서. 대화할 틈이나 있었던 줄 알아? 그러는 자기는 어머니를 공주님이라고 부르면서. 돌아가시지 않아 언제든 대화할 수 있으면서.'

제리코가 정말 열 받는 건 마그노 황자가 가식이 아닌 진심으로 요나가 불행했으리라 생각하고 고인에게 연민을 품는다는 부분이었다. 제리코가 위대한 대자연이 아닌데 어찌 황자의 본심을 알겠느냐만, 어쩐지 느낌이 그랬다. 제리코는 에라프에게 물려받은 자신의 육감을 믿기로 했다.

여기서 다시 문제. 마그노 황자는 어째서 요나가 불행했다고 믿는 걸까? 제리코는 답을 알았다.

본인이 불행하니 비슷한 처지의 다른 사람들도 불행하리라 믿는 것이다. 제리코에게 자신을, 요나에게 릴리에 공주를 투영한 것이다.

본인이 불행하기에 제리코를 동정하고, 릴리에 공주가 불행하다 생각하기에 요나를 연민한다.

그래, 불행. 마그노 황자가 제리코에게 보인 온갖 뻔뻔하고 부당한 일의 원인이 바로 그 불행이었다. 마그노 황자는 본인이 불행하다고 생각한다. 사람이 익사할 만큼 깊고 지독한 자기 연민에 빠져 있었다. 본인이 불행하니 비슷한 처지인 타인의 행복을 믿지 않았다.

내가 불행하면 타인 또한 불행할 것이라 믿는 물귀신 심보가 아주 얄미웠다. 신분이 고귀하면 뭐 하나. 심보가 메뚜기 창자보다 작은데.

황자의 말대로다. 제리코는 그에 대해 하나도 몰랐다. 냉기 풀풀 날리는 황자님이 이렇게 뻔뻔한 사람일 줄 어떻게 알았겠는가? 가족을 끔찍이 여기는 황자님이 자기 연민에 젖어 있을 줄 누가 알았겠는가?

처지가 비슷한 제리코에게 기대를 품었다고 말했다. 제리코 또한 자신처럼 불행하길 바란 것일까? 만일 그렇다면 사람에겐 당연히 친구가 있는 게 좋다고 믿은 제리코 못지않은 오만이었다.

제리코는 확신을 기하기 위해 입을 열었다.

"저하께선 본인이 불행하다고 생각하시나요?"

"아닙니다."

대답과 다르게 마그노 황자는 불행과 자기 연민에 푹 젖어 있었다. 그의 전신에서 오랜 기간 농축한 불행이 뚝뚝 떨어졌다. 말해놓고 본인도 아니다 싶었는지 황자가 말을 바꿨다.

"아니, 그럴지도 모르겠습니다."

"제가 불행하다고 생각하시죠?"

"아닙니까?"

내가 불행하니 당연히 너도 불행하다. 네가 불행하지 않다면 그건 불행조차 감지하지 못하는 네 어리석은 머리 때문이겠지. '아닙니까?'란 한마디에 참 많은 의미가 담겨 있었다.

제리코는 마그노 황자에게 크게 실망했다. 별다른 기대를 하지 않았는데 이 이상 실망할 수 없을 만큼 실망했다. 제리코 안에서 황자에 대한 평가가 바닥을 쳤다. 마그노 황자는 제리코가 얼굴을 알고 대화를 나눈 사람 중에서 최악의 평가를 받는 영광을 누렸다.

'고작 이런 거였어?'

불행한 사생아끼리 공감대를 형성하고 마음의 상처나 위로해 주고자 제리코에게 기대를 품었다니. 비슷한 처지의 사람끼리 상처를 위로하는 건 좋은 일이지만 이건 아니었다. 불행하려면 혼자 불행하라지. 아프려면 혼자 아프라지.

'아…… 정말 힘들다.'

제리코는 무릎까지 꿇으며 대화를 하고 싶다 말한 자신을 후회했다. 그녀는 숨을 짧고 빠르게 쉬면서 흥분을 가라앉히려고 노력했다.

'아니, 아니야. 나는 운이 좋아서 행복하지만 황자님은 나랑 같지 않잖아. 그리고 섬세한 분이잖아. 본인 감정도 잘 내비치지 않고. 내가 별거 아니라고 생각하는 게 황자님에게 심각한 일인 거야. 그런 거야. 내가 여기서 화내면 안 되는 거야.'

그래.

제리코는 각고의 노력 끝에 간신히 마음을 다스리는 데 성공했다.

"전 행복해요. 항상 행복할 순 없지만 그래도 이만하면 행복한걸요."

바로 이게 그녀가 답할 수 있는 진실이고 진심이다.

"에라프 님을 원망하지 않았다면 거짓말이겠죠. 실은 좀 원망했어요. 하지만요, 사람이잖아요. 살면서 다른 사람에게 실수하고 폐를 끼칠 일이 얼마나 많은데요. 가족이면 더 그렇잖아요. 그리고 그걸 이해하고 덮어주고, 원망함과 동시에 사랑하는 게 가족이니까요."

그러니까 마그노 황자도 당당하게 가족들에게 자신의 진심을 밝힐 수 있기를. 지금처럼 일방적으로 가족에게 맞춰주는 형태로 사랑을 표현하는 것을 그만두고 가족에게 진솔해지면 참 좋겠다. 그게 제리코의 바람이었다.

안타깝지만 제리코의 진심은 마그노 황자에게 전달되지 않았다. 마그노 황자는 다시 한번 딱하다는 어조로 말했다.

"미베어 공작께서 소공작을 챙겨 적절한 교육을 받았다면 소공작이 처한 현실을 제대로 볼 수 있었을 텐데요."

뚜둑.

제리코의 머릿속에서 거대하고 굵은 신경 줄이 뚝 끊어지는 소리가 들렸다. 드래곤 슬레이어 소드는 해일처럼 밀려오는 감정의 격류에 기함했다.

제리코는 웃었다. 미소 짓는 게 힘들 줄 알았는데 입꼬리가 부드럽게 올라갔다. 눈꼬리는 자연스럽게 아래로 접혔다.

"어쩜 저하의 말씀이 다 맞아요. 전 불쌍하고 불행한 사람이에요. 사실은 엄청 불행해요. 저보다 불행한 사람은 없는 것 같아요. 현실을 보니까 엄청 불행하네요."

마그노 황자가 한 말을 그대로 긍정했을 뿐인데 황자의 표정이 묘해졌다. 제리코는 확신에 차 외쳤다.

"그러게요! 저 정말 불행해요! 사실은 엄청 불행해요! 이보다 더 불행할 수 없어요! 저하도 한 불행 하시지만 제가 더 불행한 거 같아요! 불행의 질, 양 모두 제가 더 높네요! 우와! 제가 이겼어요!"

"미베어 소공작?"

"불행 자랑하는 거잖아요. 제가 이겼어요. 작년에 제 인생 최대가 될지 모르는 불행을 연달아 겪었거든요. 어머니가 돌아가시고, 이어서 아버지가 돌아가셨죠. 자, 이제 저하 차례예요."

갑자기 태도가 돌변한 제리코 때문에 마그노 황자가 당황했다. 그가 당황하든 말든 제리코는 제 할 말을 마치고 고개를 치켜들었다. 이길 수 있으면 이겨보라지. 부모 잃은 불행을 뛰어넘을 불행이 뭔지 들어보자.

제리코의 말은 폭언과 비아냥으로 점철되어 있었다. 당연히 마그노 황자는 크게 분노했다. 내내 창가를 떠나지 않던 그가 제리코의 앞까지 걸어왔다. 제리코는 올려다보고, 황자는 내려다보았다.

"뭐라고 말했습니까?"

"불행 자랑이요! 네! 저하가 불행하신 건 맞아요! 하지만요! 불행에 취하셔서 주위가 안 보이시나 본데 저하 주위에 저하를 걱정하고 사랑하는 사람들 마음은 생각해 보셨어요?"

제리코는 침을 꿀꺽 삼키고 이어 말했다.

"물론 저하가 힘드니까, 당사자가 아니면 이런 말을 하면 안 되는 걸 알아요. 그렇지만요. 제가 봤을 때 저하는 스스로를 불행으로 몰아넣고 있어요. 그러면서 내가 왜 불행하냐고, 내가 이렇게 불행하다고 탓하는 건 이상하지 않아요?"

"나에 대해 뭘 알면서 그딴 말을 지껄여!"

"하나도 몰라요! 아, 이거 하난 아네요."

제리코는 마그노 황자가 제게 한 말을 고스란히 돌려줬다.

"마그노 황자님도 어머니를 어머니라 부르지 않으시죠."

그 말을 뱉은 순간, 제리코는 황자에게 제게 친절히 대할 것을 요구한 귀하신 분이 누군지 깨달았다.

릴리에 공주. 바로 그 사람이다.

마그노 황자는 어째서 어머니의 부탁에 분노해 정반대의 반응을 보였을까? 이 의문은 차차 풀어가기로 하고 제리코는 지금에 충실했다.

마그노 황자가 제리코가 앉은 의자의 팔걸이를 붙잡고 고개를 숙였다. 코앞까지 다가온 그는 제리코를 향해 독이 섞인 침을 흘리던 늑대형 마물보다 무서웠다. 당장에라도 제리코를 물어뜯을 듯이 신음하던 마그노가 간신히 말했다.

"아무것도 모르면서."

오늘 하루 이 말을 몇 번 들었을까. 제리코는 마그노 황자의 숨결을 느끼며 대답했다.

"먼저 청해놓고 이런 말 하는 게 죄송한데, 모르는 게 나았어요."

한 대 맞을 각오도 했으나 마그노 황자는 팔걸이를 더욱 세게 쥐었다. 그는 감정을 삭이려고 애쓰는 듯했지만 잘 되지 않는 것처럼 보였다. 그러다 어느 순간, 마그노 황자의 얼굴에서 분노가 사라졌다. 대신 자리를 차지한 건 원인을 알 수 없는 고통이었다. 고통은 제리코가 그게 뭔지 인식하기 전에 사라져 버리고 이내 공허만 남았다.

제리코와 황자의 코끝이 스치고, 이내 황자가 팔걸이를 놓고 허리를 곧게 폈다. 바르게 선 황자는 제리코를 보지 않았다. 그는 갈 곳 없는 시선을 바닥에 고정하더니 이내 문을 보았다.

"할 말은 이게 끝입니까?"

"……네."

"이제 가도 됩니까?"

"……네."

한 대 맞을 각오를 한 것이 싱겁게도 마그노 황자는 빠르게 감정을 추슬렀다. 그에게 실망하고 분노한 주제에 황자가 안쓰러워 보인다면 오만한 것일까. 제리코는 본인의 변덕이 마음에 들지 않아 미간을 찌푸렸다.

마그노 황자가 빠르게 문 쪽으로 걸어갔다. 바로 문을 열고 나갈 것 같던 그는 문 앞에서 서서 움직이지 않았다. 손을 내밀어 손잡이를 돌리면 바로 나갈 수 있음에도 불구하고 마그노 황자는 제리코에게서 등 돌린 채 문 앞을 떠나지 않았다.

혹시 누가 문을 열어줘야 하는 것인가 제리코가 생각하던 와중, 황자가 고개를 돌려 제리코를 보았다.

"내게 실망했습니까?"

무슨 의미로 던진 질문일까? 하얗고 빨간 그는 무표정하여 여전히 무슨 생각을 하는지 알 수 없었다. 제리코는 잠시 망설이다 작게 고개를 끄덕였다. 마그노 황자는 곧바로 고개를 돌렸다. 그리고 그와 동시에 문 손잡이를 돌리고 응접실을 나갔다. 홀로 남은 제리코는 돌조각이라도 되는 듯 움직이지 않았다.

-3황자와 철천지원수가 된 걸 환영해. 만약 네가 암살당하면 범인 목록에 마그노 황자를 추가하라고 내가 꼭 알려줄게.

무거운 분위기를 이기지 못한 검이 농담을 던졌다. 엄청 재미가 없어서 제리코의 고개가 푹 꺾였다. 제리코는 문을 열고 나간 황자의 뒷모습을 곱씹었다. 그녀의 무언의 대답이 아름다운 황자에게 새로운 불행을 더한 듯하여 마음이 안 좋았다.

잠시 무언가를 생각하던 제리코가 의자를 박차고 일어섰다. 그녀에게서 흘러오는 감정을 해석하기 바쁘던 검이 깜짝 놀랐다.

-제리?

제리코는 검에게 대답하지 않고 응접실 밖으로 후다닥 뛰쳐나갔다. 그녀는 뛰어서 계단을 내려갔다. 마그노 황자를 배웅하느라 백합관 밖으로 나갔다가 현관으로 들어오던 하녀와 경비원이 깊은 유감을 표했다. 제리코는 손짓으로 사과한 다음 열린 현관문을 통해 뛰쳐나갔다.

그 황자 걸음도 빠르지. 제리코는 벌써 저만치 멀어진 마그노 황자를 향해 달려갔다. 그리고 목소리가 닿겠다 싶은 거리에 도달하자 외쳤다.

"황자님! 제게 솔직해지라 하셨죠! 그 말 그대로 돌려드릴게요!"

들렸을까, 들리지 않았을까. 만약 들렸다면 무시할까, 무시하지 않을까. 제리코가 생각한 것 외에도 많고 많은 경우의 수가 있었을 테지만 마그노 황자는 들었고, 제자리에 멈췄다. 하지만 돌아보진 않았다.

"좀 더 솔직해지셔도 괜찮아요! 제게 저하를 부탁한 분 모두 저하를 좋아해요! 불행을 원해도 괜찮아요! 사람마다 취향은 다르잖아요! 그래도 행복한 사람이 되고 싶다면 도와달라고 해주세요! 도와드릴게요! 저하는 행복해질 수 있어요! 저하가 원하시는 만큼! 얼마든지!"

제리코는 숨이 턱 끝까지 차도록 고래고래 외쳤다. 하고 싶은 말을 마친 뒤 가쁜 숨을 쉬면서도 하얀 황자에게서 눈을 떼지 않았다. 제리코가 외치는 내내 가만히 서 있던 황자가 다시 걸음을 옮겼다.

그가 제리코의 말을 비웃든 말든 상관없다. 그녀의 얘기를 끝까지 들어주었으니까. 제리코는 마그노 황자가 시야에서 사라질 때까지 그를 지켜보다 몸을 돌려 백합관으로 돌아갔다. 기운이 쏙 빠져서 그대로 침대에 눕고 싶었다.

제리코는 침대가 기다리는 침실 대신 응접실로 가 드래곤 슬레이어 소드를 챙겼다. 묵직한 검을 들고 침실로 이동하자 제리코를 기다리는 건 장렬한 반성과 후회였다.

"내가 왜 그랬을까악!"

-하고 싶은 말 다 했으니 속이 시원하겠네.

"아니! 오히려 더 답답해!"

제리코는 베개를 쥐어뜯었다.

"내가 왜 그랬을까, 내가 왜 그랬을까, 내가 왜 그랬을까."

고장 난 오르골 인형처럼 같은 말을 반복하는 모습을 보다 못한 검이 고양이로 실체화했다. 제리코는 고양이를 끌어안고 보드라운 털에 얼굴을 묻었다.

"내가 왜 그랬을까."

-아냐, 잘했어. 네 어머니랑 주인을 낮잡아 봤잖아. 자기한테 하는 말은 참아도 부모님 얘기는 안 참는 거야. 제리, 넌 잘못하지 않았어.

후회하며 괴로워하느니 스스로의 행동을 정당화하라. 드래곤 슬레이어 소드가 부드럽게 제리코를 달랬다. 제리코는 눈물을 몇 방울 떨구었다.

"마음의 상처가 있다느니, 내가 치유해 줘야 한다느니. 나 그런 건방진 소리 하지 않았었어? 치유는 무슨! 내가 새로 잔뜩 만들고 헤집었지 않아?"

-쏟은 물은 마법으로 다시 담을 수 있지만 뱉은 말은 주워 담을 수 없지. 이미 말한 걸 어쩌겠어. 오히려 좋은 일이야. 마그노 황자가 네가 사는 방향으론 침도 안 뱉을 거야.

누가 날이 잘 선 검 아니랄까 봐. 드래곤 슬레이어 소드가 하는 한마디, 한마디가 뾰족한 송곳이 되어 제리코를 푹푹 찔렀다.

제리코는 베개에 얼굴을 묻고 고개를 들지 않았다. 패배자에겐 고개를 들 자격이 없었다.

도서관의 황자님 공략은 제리코 인생 최대의 실패로 막을 내렸다.

23장
선물

인간관계 하나가 작살나도 세상은 뒤집어지지 않는다. 제리코는 쉽게 감기지 않는 눈꺼풀을 억지로 감으며 밤새 뒤척거렸다. 살아온 생 내내 불면의 밤을 보냈고, 앞으로도 무수히 많은 불면의 밤을 보낼 검은 그런 소녀를 모른 척했다. 쏟아지는 감정이 너무 다양해 하나로 상대하기 어려웠다.

제리코는 붉게 충혈된 눈을 비비고 창밖으로 새 모이를 뿌렸다.

"마그노 황자님은 무서운 남자야."

-왜?

"날 잠 못 이루게 하다니."

날 잠 못 들게 한 사람은 네가 처음이야. 제리코는 어디서 많이 본 대사를 중얼거렸다. 드래곤 슬레이어 소드가 냉정하게 사실을 정정했다.

-아냐, 제리. 널 처음으로 잠 못 들게 한 남자는 주인이야.

"에라프 님은 아버지잖아."

-그래도 남자잖아.

그런 식으로 치면 최초의 남자는 잠투정이 심했던 에릭이요, 두 번째 남자는 오리온이다. 제리코는 시답잖은 일로 말을 섞기 싫어서 대충 인정해 버렸다.

"네네, 알겠습니다. 황자님은 두 번째로 할게."

이른 아침 쏟아지는 먹이에 익숙해진 새들이 부지런히 부리로 모이를 쪼았다. 제리코는 위아래로 까딱이는 작고 동그란 새대가리를 보며 술렁이는 마음을 가라앉히려 애썼다. 화창한 아침 공기를 마시며 창가에 턱을 괴고 새들을 보고 있자니 공주님이라도 된 듯한 기분이 들었다.

제리코는 작게 키득거리다가 다시 멍한 눈이 되었다. 흐려진 초점은 새, 구름, 먼 곳의 숲 어디에도 닿지 않고 뜬구름 잡듯 마음속을 헤맸다.

"내가 어째야 했을까?"

-글쎄.

"좀 더 잘 말할 수 있지 않았을까?"

-글쎄.

"아니면 그냥 꾹 참는 게 나았을지도 몰라. 나는 왜 이렇게 참을성이 부족하지? 마그노 황자님 앞에선 유독 심한 거 같아. 아니, 마그노 황자님과 나는 안 맞는 느낌이야. 사람이 그냥 주는 거 없이 잘 맞고 좋은 사람이 있으면 이상하게 엇갈리는 사람도 있잖아. 나한텐 마그노 황자님이 딱 그렇거든."

-마그노 황자가 싫어?

"싫은 건 아니야."

-그럼?

제리코가 미간을 좁혔다. 그녀는 팔짱까지 끼며 골똘히 생각하더니 이렇게 말했다.

"으이그, 인간아. 이런 느낌. 뭔지 알겠어?"

드래곤 슬레이어 소드는 검이라서 '으이그, 이 검아'는 알아도 인간에 대해선 짚이는 바가 없었다. 당연지사, 검은 황당해서 말했다.

―뭐야, 그게.

"근데 정말 그런 느낌이거든. 달리 설명할 방법이 없다."

―네가 주인 닮아서 사람을 좋아해서 그래.

자신을 죽이려고 했던 슬레이도 미워하거나 원한을 품기는커녕 은근 슬쩍 친척 아저씨로 여기는 제리코 아닌가. 드슬이가 제리코 혼자 사람이 좋아봐야 소용없다는 현실을 일깨웠다.

―너 혼자 안 미워하면 뭐 해. 마그노 황자는 너를 척살 목록 1호에 올려놓았을 거야.

"으음…… 황가에 악영향이 가니까 그러지는 않으시겠지."

마그노 황자는 황실을 자기 생명과 행복보다 아끼니 제리코를 건드릴 수 없다. 미베어 공작가의 위명에 흠이 잡히지 않는 선에서 제리코를 괴롭힐 순 있겠으나 끽해야 요 몇 주 그랬던 것처럼 따라다니는 수준이 고작이다.

따라다니고 친한 척하는 일은 제리코만이 아니라 마그노 황자에게도 적잖은 스트레스를 선사했을 터. 제리코야 마음가짐을 바꾸면 그만이니 마그노 황자 혼자 손해였다.

무엇보다 마그노 황자는 조기 졸업 신청자였다. 그가 아카데미에서 제리코와 마주칠 수 있는 날은 얼마 남지 않았다.

마그노 황자는 릴리에 공주를 에스코트할 때를 제외하면 사교계에 발을 들이지 않는다. 제리코가 일부러 그를 찾아 황성을 방문하지 않는 이상, 아카데미를 졸업하면 황자와 제리코의 접점은 완벽하게 끊어지는 것이나 마찬가지다.

이대로 헤어지면 다시는 안 볼 사람. 완벽하게 남이 될 사람. 검과 말을 주고받으며 가라앉았던 제리코의 마음이 다시 허공으로 들썩였다.

"다시는 안 볼 수 있다고 생각하니까…… 기분이 묘해."

―네가 이대로 미베어 공작이 되면 공식 석상에선 만나겠지.

작은 시골 마을에서 평화롭게 살던 제리코의 인간관계에서 절교는 죽음과 동일했다. 관계를 끊을 만큼 누군가를 미워할 일도, 서로 원한을 쌓을 일도 없는 작은 세계였으니까.

어느 한쪽이 죽지 않았는데 관계가 끊어지다니, 그게 가능할까 싶었다. 놀랍게도 가능했다. 마그노 황자는 제리코의 첫 절교 상대가 되었다. 그는 멀쩡히, 아주 건강하게 살아 있는데 말이다. 그뿐인가? 오빠 후보이기도 한데.

제리코는 아름다우신 황자 저하의 미모를 떠올리다가 이내 작게 중얼거렸다.

"엄마 보고 싶다……."

제리코는 은근히 드래곤 슬레이어 소드의 참견을 기다렸으나 수다쟁이 검은 없는 주둥이를 조개처럼 다물고 한마디도 하지 않았다.

수업이 끝났다. 학생 몇은 교수에게 수업 중 미처 이해하지 못한 것을 질문하기 위해 교단 쪽으로 이동하고 몇은 다음 수업을 위해 문 쪽으로 이동했다.

제리코는 옆자리에 앉았던 친구들과 반갑게 인사하며 사람이 어느 정도 빠져나가길 기다렸다. 제리코는 혼잡했던 문가에 인적이 뜸해지자 의자에서 일어났다.

'설마 있진 않겠지?'

마그노 황자가 제리코를 기다리고 있다면 만면에 미소를 머금고 웃어 줄 생각이었다. 그러기 위해선 황자의 등장에 놀라지 않아야 한다.

제리코는 문을 통해 지나가는 사람들이 면면을 관찰했다. 마그노 황자를 목격했다면 정중하게 인사하거나 깜짝 놀라는 표정을 지을 것이다. 다행히 문으로 들어오는 학생이나 나가는 학생 모두 표정이 평온했다.

-없나 봐.

'그러게.'

제리코가 안심하는 그때, 복도 한편이 시끌벅적해졌다. 인기 많은 학생이라도 등장한 듯싶었다. 마그노 황자는 분위기를 얼리고 사람들을 조용하게 만드는 인물이기 때문에 제아무리 인기 있는 사람이 등장해도 마그노 황자가 함께라면 저리 시끄러울 수 없다. 이에 제리코는 안심하고 강의실 밖으로 나갔다.

"어, 여기 있었네."

후배 및 친구와 잡담을 나누던 오딜론이 제리코에게 손을 흔들었다. 제리코는 마그노 황자가 없는 걸 알고 있음에도 불구하고 눈으로 오딜론의 주위를 빠르게 훑었다. 소란스러운 복도가 알려주듯 마그노 황자는 근처에 없었다.

"오딜론 선배, 그 소문 사실이에요? 저 방금 들었거든요?"

"오디, 내가 믿지 못할 얘길 들었는데 진짜야?"

"아하하, 사람이 살다 보면 이럴 수도 있고 저럴 수도 있는 거지, 뭐 그런 걸 갖고."

사교성 좋고 모범생에 기숙사장인 오딜론은 마그노 황자가 없을 땐 주위에 사람이 많았다. 그런데 오늘은 유독 심했다. 덕분에 제리코에게 인사한 그가 제리코에게 다가오는 길이 가깝고 험했다.

"나 귀하신 후배님에게 볼일이 있어서, 나중에 얘기하자. 나한테 묻지 말고 교수님에게 여쭤봐. 사실이니까. 괜히 말 퍼뜨리지 말고. 걔도 사람이야."

오딜론이 웃는 낯으로 질문하는 사람 한 명 한 명에게 대답해 주고 인간 장애물을 빠져나왔다. 오딜론이 자리를 옮기자고 눈짓했다. 제리코는 마그노 황자를 따라다니느라 덩달아 알게 된 그의 수업 일정을 떠올렸다.

'선배 이 시간에 여기 있으면 다음 수업 못 들어가는데? 무슨 일이지?'

조기 졸업하는 마그노 황자만큼은 아니나 오딜론도 꽤 바쁜 사람 중한 명이다. 또한 마그노 황자가 마음에 들어 할 만큼 성실했다. 그런 그가 수업에 지각하거나 빠질 것을 알면서 제리코를 찾아왔다니. 보통 일이 아니었다.

사람이 드문 장소를 찾다 보니 어영부영 건물 옥상까지 올라왔다. 안전 문제로 건물 옥상으로 출입하는 문은 잠겨 있으나 제리코가 만능 검으로 해결했다. 오딜론은 자물쇠도 슥슥 자르는 용사의 검에 감탄하고 이어 절단된 자물쇠에 슬퍼했다.

"나중에 꼭 고쳐달라고 해야겠네."

"선배 바쁘니까 제가 알릴게요."

자물쇠를 자른 제리코가 이실직고해야지 누가 하겠는가. 제리코는 중요하지 않은 자물쇠를 치워 버리고 오딜론이 꺼낼 얘기를 기다렸다. 오딜론의 표정이 심각했다. 긴장으로 제리코의 입안이 바싹 타들어갔다. 제리코는 마른침을 꿀꺽 삼켰다.

"마그노가 오늘 수업을 모두 결석했어."

제리코의 눈이 휘둥그레졌다. 사람이 사정이 생기면 결석할 수 있지만 마그노 황자에겐 해당하지 않는 얘기다. 남다른 색조로 인해 타인보다 병약하고 결백하며 순수하단 인상을 주는 황자님은 아카데미에 입학한 이후 한 번도 지각과 자체 휴강을 하지 않은 성실의 화신 그 자체였다.

그런 마그노 황자가 수업 하나가 아닌 하루 수업을 모두 빠졌다니? 해가 서쪽에서 떴다는 얘기만큼 놀라웠다. 사람만이 아니라 무생물도 놀라서 몸을 부르르 떨었다.

"진짜요?"

"진짜. 하루 종일 방에서 두문불출하더니 식사도 하지 않아. 방에 먹거리야 있지만 식당에 나오지 않는 것도 처음이야. 너도 이제 알겠지만 마그노는 이목을 신경 써서 외부 활동에 철저하잖아."

"그렇죠."

마그노 황자가 신경 쓰는 세상의 이목엔 식사 여부도 포함되어 있었다. 모두가 식당이나 매점 신세를 지는 기숙사다 보니 누구 한 명이 식사를 거르면 몇몇은 알아차리게 마련이다. 그 때문에 마그노 황자는 세끼 모두 정해진 시간에 식당에 출몰해 해결했다.

누구보다 타인의 시선을 신경 쓰던 황자가 수업을 빼먹고 식사도 걸렀다니. 보통 일이 아니었다. 그가 갑자기 왜 그러는지 당사자 말고는 확실하게 모른다. 다만 오딜론이 제리코를 찾아온 부분에서 오딜론이 생각하는 원인 제공자가 제리코임은 알 수 있었다.

"무슨 일이 있었어?"

"저 때문이라고 생각하세요?"

규칙적인 생활을 하고 주위의 모두와 담을 쌓고 사는 황자님에게 벌어진 사건이 더 있겠는가. 마그노 황자가 백합관을 떠나 기숙사로 돌아가는 길에 누군가에게 얻어맞지 않았다면 제리코가 유일한 가능성이었다.

"너 외엔 달리 떠오르는 사건이 없으니까."

추궁하는 어조는 아니었다. 오딜론은 마그노 황자의 일탈 행동을 긍정적으로 보고 있었다.

제리코도 동의하는 바이나 혹시나 싶어 일단 부정했다.

"그래도 저란 사람, 황자님에게 그렇게 큰 의미가 아닌데요."

"후배님은 아닐 수 있지만 나눈 대화는 의미가 컸을 수도 있지. 어떤 얘기를 했어?"

"일단."

제리코는 잠시 망설이다 대답했다.

"일단 보신 바와 같이 친구 되기는 실패했고요, 제가 저하의 척살 목록 1위에서 10위 사이에 이름을 올렸을 가능성이 커요."

제리코는 의뢰 실패와 동시에 상태가 악화했을 가능성을 보고했다.

뜻밖에, 오딜론은 제리코의 말을 즉각 부정했다.

"그렇지는 않을 거야."

"선배가 어제 대화를 모르셔서 그러는데……."

"무슨 말을 했는지는 모르지만 어제 자기 전에 마그노 상태는 확인했어. 척살 목록에 이름이 등재되진 않았을 테니까 안심해."

"저하가 어떠셨어요?"

제리코가 그러하듯 마그노 황자 또한 불면의 밤을 보냈을까. 그래서 피곤하여 오늘 수업을 모두 포기했을지도 모른다.

"꽤 피곤해 보였고."

"그리고요?"

"이상한 질문을 하더라."

"어떤?"

"실망했냐고 묻던데?"

마그노 황자가 제리코에게 던진 마지막 질문과 동일했다. 제리코는 저도 모르게 주먹을 꽉 쥐었다. 오딜론이 무어라 대답했는지 궁금했다.

"뭐라고 대답하셨어요?"

긴장한 기색이 역력한 제리코와 다르게 오딜론은 가볍게 어깨를 으쓱였다.

"내 주제에 황자 저하께 실망할 게 있냐고 말했지."

그 말을 듣자 제리코의 전신에서 기운이 쭉 빠졌다. 자기 일도 아닌데 심하게 감정이입을 한 것 같아 제리코는 빠진 기운을 끌어모으는 데 힘썼다. 이에 검이 의문을 품었다.

-저 말에 마그노 황자가 실망한다고?

마그노 황자가 오딜론에게 기대하지 않았는데 어째서 저 말에 실망한단 말인가. 검의 의문은 이성적으로 판단했을 때 타당했으나 세상사는, 특히 사람의 마음은 이성만으로 판단해선 안 됐다. 가장 이성적인 사람도 감정을 가졌기 때문이다.

어째서일까. 오딜론의 말만 들었지만 제리코는 계약 친구의 말을 듣고 크게 상심한 마그노 황자의 모습이 훤히 떠올랐다.

-그런 식으로 치자면 오늘 황자가 방 밖에 나오지 않는 건 오딜론 때문이잖아.

'얘기가 그렇게 되나?'

하지만 제리코는 오딜론을 믿었다. 눈치 빠르고 성격 좋은 선배는 계약서로 시작한 우정이라 해도 마그노 황자와 진정한 벗이 되고자 하는 이였다. 그런 오딜론이 마그노 황자가 상처받은 걸 알면서 일부러 저 말만 했을 리는 없다.

"그렇게만 말했어요?"

제리코는 오딜론에게 기대를 품었고 오딜론은 그녀를 실망시키지 않았다.

"주제넘게 실망해도 된다면 실망했지만 계속 기대할 거라고 말했어."

그러자 마그노 황자는 입꼬리를 슬쩍 올리고는 방으로 들어가 버렸다.

이게 어제 있었던 일이다.

오늘 아침, 오딜론은 아침 식사를 하기 위해 식당에 갔는데 마그노 황자가 보이지 않았다. 또 미베어 소공작을 괴롭히러 갔나 대수롭지 않게 여겼건만 그는 수업에도 들어오지 않았다. 놀란 오딜론은 마그노 황자의 방으로 찾아가 문을 두드렸다. 마그노 황자는 오늘 하루 쉬고 싶다는 이야기를 끝으로 침묵했다. 오딜론은 도대체 무슨 일인가 싶어 놀라서 제리코를 찾아온 것이다.

제리코는 민망해서 볼을 긁었다.

"저는 그냥, 실망했다고만 말해 버렸어요."

"그 외에는?"

"선배에게 말하지 못하는 막말을 했다는 것만 알아주세요."

-사생아만 할 수 있는 발언이었지.

실로 위험천만한 말을 일방적으로 쏟아부었다. 제리코가 반성하는 기색을 보이자 오딜론의 눈에 이채가 서렸다. 제리코를 탓하기보단 마그노 황자에게 막말을 한 기개를 높이 사는 눈빛이었다.

"그래, 그랬구나. 혹시 시간 나면 같이 찾아가 볼래?"

제리코는 놀라서 펄쩍 뛰었다. 누구를 찾아가겠냐는 부분이 빠졌으나 정황상 마그노 황자일 확률이 99.99999999%였다.

"제가요? 난리 날걸요!"

"아냐, 괜찮아. 괜찮을 거야. 내 예상으론 정말 괜찮을 거야."

오딜론이 함께 가자고 두 손을 모아 부탁했다. 제리코의 마음이 바람 부는 갈대밭의 갈대처럼 휘청휘청 흔들렸다.

"제가 가봐야 화만 내실 테고…… 그, 그래요! 남자 기숙사잖아요!"

"나랑 같이 들어가니까 괜찮아. 이상하게 여기는 사람도 없을 거야."

"그…… 저는……."

칭찬에 약한 제리코는 부탁에도 약했다. 어려운 부탁이면 딱 부러지게 거절할 수 있는데 몸이 안 좋은(?) 사람을 같이 보러 가자는 부탁이니 거절하기가 좀 그랬다. 기억력이 별로 좋지 않아 갈등하는 임시 주인을 위해 드슬이가 나섰다.

-가긴 뭘 가. 얼굴 안 마주치기로 결심한 게 오늘 아침이야.

'그, 그래도.'

전달되는 감정으로 선택의 추가 어디로 기울었는지 알고 있어 일부러 한마디 했건만, 드래곤 슬레이어 소드가 나선 보람 없이 제리코는 오딜론에게 고개를 끄덕였다.

검집에서 미약하게 검은 연기가 피어올랐다. 드래곤 슬레이어 소드가 불만을 품다 못해 마력을 방출한 것이다. 제리코는 다급하게 검집을 두드려 검을 안정시켰다.

'왜 그래.'

─사서 고생하는 게 한심해서.

검은 임시 주인에게 집중될 이목을 걱정해 마력 방출은 그만뒀으나 진동을 유지했다. 제리코는 손끝에서 느껴지는 진동에 쓴웃음을 짓고 검 손잡이를 쓰다듬는 일을 그만두지 않았다.

루나 아카데미엔 여러 기숙사가 있고, 각 기숙사의 규칙은 조금씩 상이할 뿐 대부분 동일하다. 가장 대표적인 규칙 중 하나가 타 기숙사생은 사감 또는 기숙사장의 허가 없이 출입 불가였다.

그 규칙에서 예외인 유일한 학생이 기숙사장이었다. 기숙사장의 독실은 예외를 두지 않고 무조건 각 기숙사의 1층에 존재하며 기숙사장의 허락이 있을 경우 타 기숙사생도 출입이 가능하다. 자신이 속한 기숙사장이나 사감에게 말하기 어려운 이야기가 있을 경우 타 기숙사장이 대신해야 하기 때문이다.

여자인 제리코가 남자 기숙사에 발을 들이자 현관과 로비 쪽에 있던 남학생들의 눈이 커졌다. 그들은 제리코와 같이 들어온 오딜론을 보고 납득했다. 미베어 소공작이 기숙사장 자리를 노린다는 소문이 재차 점화될 예정이었는데 사실이 아니기 때문에 제리코는 무시했고 오딜론도 무시했다.

마그노 황자가 사용하는 독실 앞은 주인의 성품을 닮았다. 조용하고 서늘했다. 제리코가 머뭇거리든 말든 오딜론은 다짜고짜 문부터 두드렸다.

"마그노! 살아 있냐?"

문 안쪽은 고요했다. 오전 동안 오딜론과 대화를 마친 마그노 황자가 오딜론을 무시하고 있는 게 분명했다. 오딜론은 문을 더욱 세게 두드리며 추가 인원의 존재를 밝혔다.

"미베어 소공작이 오셨는데! 네가 결석하신 것 때문에 걱정되신단다!"

제리코는 서슴없이 문을 두드리고 초인종을 누르는 오딜론의 뒤에서 눈동자만 데굴데굴 굴렀다. 마그노 황자가 그녀가 왔다는 얘기를 듣고 반응을 할지 의문이었다. 만약 반응을 보인다 하더라도 그게 부정적인 반응이라면 어떻게 대처해야 할까?

마그노 황자를 보자마자 활짝 웃어주리라던 아침의 각오는 온데간데 없이 사라졌다. 제리코는 스스로의 근성이 부족함을 깨닫고 마음을 다잡기 위해 애썼다.

내부는 여전히 조용했다. 오딜론이 문을 두드리던 손을 내렸다.

"대답이 없는데요. 외출하신 거 아닐까요?"

"그럼 들어올 때 누가 알려줬을 거야."

오딜론은 로비에서 놀고 있던 기숙사생에게 마그노 황자가 외출하는지 살펴봐 달라고 당부했다. 마그노 황자가 외출했다면 그 학생이 알려줬을 노릇. 오딜론은 약간 실망하여 빨개진 손을 비볐다.

"내 목소리가 작았나."

'황자님이 무시하는 거겠지.'

제리코가 몸을 들이밀자 오딜론이 비켜섰다. 제리코는 오딜론이 한 것처럼 문을 두드렸다. 긴장한 바람에 몸이 굳어서 힘이 좀 강하게 들어가 버렸다.

쾅!

옆에 서 있던 오딜론이 깜짝 놀랐다. 문짝을 부술 기세로 두드린 바람에 로비에 있던 학생 몇도 무슨 일이 생겼나 하여 구경 왔다가 사라졌다.

-빚 독촉하러 왔어?

'긴장해서 그런 거거든.'

제리코는 힘의 강약을 조절한 후 오딜론이 두드린 것보다 조금 강하게 문을 두드렸다. 주먹에서 실패했기에 목소리는 미리 가다듬어 크기를 조절했다.

"마그노 황자님! 계세요? 저 제리콘데요!"

딱 열 번만 두드리고 기적이 없으면 포기할 것이다. 제리코가 그렇게 횟수를 정하고 일정한 간격으로 외치고 두드리길 반복했다. 그러자 8번째에 문고리가 돌아갔다.

소녀 장사에게 얻어맞은 문이 열리고 하얀 청년이 모습을 드러냈다. 남들보다 색이 부족하여 아프지 않을 때도 병약해 보이는 걸 아는데, 오늘은 정말 피곤하고 지쳐 보였다. 마그노 황자의 투명한 붉은 눈동자가 제리코에 이어 오딜론을 훑었다.

그는 인상을 쓰거나 미간을 좁히지 않았다. 얼음을 닮은 투명한 분노나 무시, 경멸을 내비치지도 않았다. 다만 계약으로 사귄 벗과 한동안 얼굴을 마주하기 싫은 소녀를 번갈아 보고 슬쩍 웃었다.

그의 표정에 미약하게나마 호의가 담겨 있었다. 이에 오딜론은 제리코를 데려온 게 정답이었음을 확신했고 제리코는 어색하게 마주 웃는 용기를 내게 되었다.

"안녕하십니까, 미베어 소공작."

"안녕하세요, 황자 저하."

마그노 황자가 축객령을 내리거나 문을 닫기 전 제리코가 빠르게 입을 열었다.

"수업을 모두 빠지시고 식사도 거르셨다고 해서 걱정되어 와봤……어요."

마그노 황자가 수업을 빠지고 식사를 거른 원인이 본인일 가능성이 농후하기에 제리코는 절로 황자의 눈치를 살폈다. 마그노 황자는 분노하거나 짜증을 내는 기색 없이 부드럽게 고개를 기울였다.

"한동안 생각할 일이 있어 그동안은 외출을 삼갈 예정입니다. 오딜론,

교수님껜 내가 나중에 말씀드릴 테니 찾아오지 않아도 돼."

사실을 말할 뿐 오딜론을 책망하는 어투는 아니었다.

"그리고 식사는 거르지 않습니다. 어느 정도 식재는 늘 비축해 둡니다."

무릇 생물은 생존을 위해 보금자리에 식량을 비축해 두게 마련. 마그노 황자는 본인 또한 생물임을 피력했다. 그 외에 기숙사장 일은 한동안 부기숙사장이 대행할 것이고, 혹시 별다른 일이 생기면 오딜론이 도와줬으면 한다는 얘기가 오갔다.

오딜론과 대화를 마친 마그노 황자의 눈이 제리코에게 향했다. 제리코는 어깨를 움츠리고 마그노 황자가 어떤 말을 할지 기다렸다.

황자의 눈은 제리코가 생각하기에, 그리고 객관적으로 보아도 꽤 오랜 시간 그녀 위에 머무르다 아무 얘기 없이 떠났다.

마그노 황자가 그대로 문을 닫았다. 제리코의 움츠린 어깨는 펴지지 않았다.

'뭐지?'

무슨 생각을 하는지 알기 어려운 무표정으로 오랫동안 사람을 보다가 일언반구 없이 문을 닫다니. 제리코는 약간 의기소침해졌다. 그런 제리코의 어깨를 오딜론이 친근하게 두드렸다.

"생각한 것보다 상태가 좋네. 안심했어. 그래, 사람이 살다 보면 혼자 있고 싶을 때도 있지. 쟤는 좀 늦돼."

오딜론이 마그노 황자가 어른스러운 것 같지만 은근히 어린아이 같다는 의사를 피력하던 그때, 인기척이 느껴지더니 문이 다시 열렸다. 오딜론이 뒤로 물러났다.

"네 흉 안 봤어!"

갑자기 문을 열고 재등장한 마그노 황자는 오딜론이 꿍얼거린 소리의 끝마디를 들었을 것이 분명함에도 그를 책하지 않았다. 대신 무심한 시선으로 계약 우정을 나누는 벗을 힐끗 보았다가 소녀에게 시선을 돌렸다.

문을 연 마그노 황자의 손엔 검은 상자 하나가 들려 있었다. 마그노 황자가 검은 상자를 제리코에게 내밀었다.

"여기까지 찾아와 주셨는데 드릴 것이 마땅치 않습니다. 일전에 주신 장미잼의 답례입니다. 받아주십시오."

"가, 감사해요."

제리코는 얼떨결에 마그노 황자가 내민 상자를 받았다. 나무 재질에 검은 칠을 해서 겉이 반들반들 윤이 났다. 선물까지 받았는데 여전히 마그노 황자가 무슨 생각을 하는지 알 수 없었다.

"부디 마음에 드셨으면 합니다."

마그노 황자는 꼭 뇌물을 바치는 사람이나 할 법한 대사를 남기고 문을 닫았다. 제리코가 멍하게 기다렸지만 문은 다시 열리지 않았다.

검은색 목함을 든 제리코의 손이 덜덜 떨렸다.

'나 지금 떨고 있니?'

-응. 그냥 선물 받은 건데 왜 그렇게 떨어.

'마그노 황자님이 선물을 주셨잖아! 무슨 생각이시지?'

-보통 선물은 잘 보이고 싶어서 주는 건데.

'어떻게? 어떤 의미로?'

차라리 무시만 했으면 '아, 저분이 내게 화가 나셨구나' 할 텐데 느닷없이 선물을 받아 제리코는 더욱 혼란스러웠다. 얼떨떨해서 괜히 손을 부들부들 떠는 그녀와 다르게 오딜론은 심히 만족했다. 오딜론이 제리코에게 꾸벅 고개를 숙였다.

"후배님에게 부탁하길 잘했어."

"저 실패했는데요?"

"내가 봤을 땐 성공했는데?"

의뢰인 오딜론이 크게 만족하여 박수를 쳤다. 제리코는 얼떨결에 '도서관의 황자님' 의뢰를 완수했다. 제리코 본인은 실패했다고 생각하는

데 의뢰를 한 사람이 만족하니 기분이 실로 오묘했다.

제리코는 미묘한 표정을 짓고 목함에 뭐가 들었는지 확인하려고 했다. 다짜고짜 흔들어보려는 그녀를 오딜론이 말렸다. 오딜론은 목함에 든 물품이 무엇인지 알고 있는 눈치였다.

"후배님, 그거 흔들면 후회할 거야. 휘두르거나 흔들지 말고 곱게 가져가."

흔들면 파손되는 물건이 들어 있다는 소리다. 제리코는 혹시 모를 사고에 대비해 목함을 로브 주머니에 집어넣었다.

제리코는 이해하기 어렵지만 어쨌든 오딜론은 크게 만족했다. 그는 마그노 황자가 보인 돌발 행위를 긍정적으로 평가했다. 오딜론은 제리코에게 거듭 고맙다는 말을 한 뒤 수업을 들으러 가버렸다.

제리코는 백합관으로 돌아가 마그노 황자가 준 검은 목함을 주머니에서 꺼냈다. 목함의 겉엔 백합이 새겨져 있었다.

-검은색 백합은 상대를 저주한다는 의미라던데.

"쓧. 불길하게시리."

가만히 있으면 중간은 가는데 드래곤 슬레이어 소드는 꼭 재미없는 농담을 하거나 불길한 분위기나 전투적인 분위기를 조성했다. 분란과 피, 살육과 분쟁, 파괴를 좋아하는 건 무기이기 때문이고 동시에 광룡의 피를 흡수한 영향이기도 하다.

제리코는 드래곤 슬레이어 소드가 꽃과 평화를 사랑하는 불살 검이 되길 소망했다. 드래곤 슬레이어 소드가 퉁명스럽게 말했다.

-꽃과 평화를 사랑하는 검은 이상하잖아.

"말하는 검도 이상하거든."

제리코가 함을 열어보기 위해 손을 뻗자 함에 얹힌 제리코의 손과 동일한 크기, 모양새의 손이 제리코의 손목을 붙잡았다.

검은 머리, 검은 눈동자의 미소녀는 제리코를 보더니 고개를 가로

저었다.

"안에 뭐가 들었을 줄 알고. 내가 열어볼게."

"알겠어."

그 검 참 의심 많다. 아무렴 대낮에 목격자가 보는 앞에서 받은 선물에 함정이 설치되어 있을까.

'주인보다 먼저 선물 상자를 개봉하고 싶은 걸지도.'

제리코의 의심은 검에게 고스란히 전달되었다. 검은 쯧쯧 혀를 차더니 냉큼 함을 열었다.

함 안엔 주전자와 작은 단지가 들어 있다. 주전자는 속이 투명하게 비쳤다. 제리코는 눈을 비비고 주전자를 재차 확인했다. 주전자가 투명했다.

"유, 유리야?"

만약에 이게 유리로 만든 주전자라면 그 가격이 도대체 얼마나 되는 걸까? 제리코가 덜덜 떨며 투명한 유리로 주전자를 만들 수 있는 솜씨에 혀를 내둘렀다. 겁이 나서 못 만지는 제리코 대신 드래곤 슬레이어 소드가 주전자의 재질을 확인했다.

"크리스털이야."

"유리보다 비싸?"

"당연하지."

주전자만이 아니다. 주전자 옆엔 찻잔 두 개도 같이 있었다. 제리코는 기가 팍 죽어 소심해져 있는데 드래곤 슬레이어 소드는 주전자를 들고 요모조모 살폈다.

"야, 막 돌리지 마. 그러다 떨어뜨리면 어떡해."

"역시 황족이 쓰는 물건이다 싶네. 쫄지 좀 마라. 미베어 공작가에 가서 뒤져보면 이 정도 물건 나올 거야. 없으면 주문 제작 의뢰하면 되고."

드슬이는 입술을 삐죽였다. 제리코가 하는 걸 보고 흉내 내서 그런지 아주 똑같았다.

"그리고 내가 더 비싸고 귀한 몸이거든?"

"이젠 하다못해 찻주전자까지 질투하냐."

"네가 가진 물건 중에 내가 제일 귀하니까 귀하게 취급해 달란 말이야. 당연한 요구지."

"그럼. 우리 드슬이가 제일 귀하고말고."

제리코가 드래곤 슬레이어 소드를 두 손으로 들고 둥개둥개 해주는 동안 드슬이는 밀봉된 단지를 개봉했다. 안에는 말린 꽃봉오리가 들어 있었다. 마른 꽃봉오리의 크기가 성인 검지만 했기 때문에 제리코는 바로 꽃의 정체를 알았다.

"목련이네."

드슬이는 말린 꽃봉오리를 들고 냄새를 맡았다.

"독은 없겠지?"

"아무렴 황자 저하께서 날 독살하시겠니."

"설사약은 탔을 수도 있어."

"그건 좀 걱정된다."

드슬이가 말린 꽃봉오리 냄새를 맡고 끝을 질겅질겅 씹어 맛을 보아봐야 드슬이는 어차피 무생물. 임시 주인을 위해 기미를 보는 건 불가능했다. 애초에 독 운운은 농담에 가까웠지만 말이다.

제리코는 단지와 주전자를 다시 집어넣고 함을 닫았다.

"지금 안 마셔?"

"개수가 적잖아. 가능한 많은 사람이랑 같이 마시고 싶어."

꽃차의 경우 뜨거운 물을 부어 꽃봉오리를 우리면 물속에서 꽃이 활짝 피는 경우가 있다. 마그노 황자가 투명해서 속이 보이는 주전자를 함께 선물한 것을 보면 이 목련차도 맛보단 눈으로 보고 즐기는 차인 듯했다.

내일 친구라도 불러 다과회를 즐길까 생각한 제리코였으나, 그녀의 예상보다 빠르게 개시할 기회가 생겼다.

"으악."

〈이만보〉의 부회장 후안은 우편물을 확인하러 수국관 옥상에 들렀다가 봉변을 당했다. 난데없이 우편물에 얻어맞은 것이다. 후안에게 우편물을 내던진 건 마법사들이 사용하는 연락용 골렘이었다.

하늘을 나는 골렘은 총 여섯 개체. 둘은 목적을 완수하자 파괴되었고 하나는 발신인에게 돌아가기 위해 날갯짓을 했다. 나머지 셋은 후안이 잘 아는 형태였다.

"오, 우리 동아리에서 만든 골렘이잖아?"

정확하겐 〈이만보〉에서 설계도면과 제조법을 판매한 골렘이다. 설계도가 동일해도 제작한 환경과 재료, 제작자가 다르다 보니 전문가가 아니면 공통점을 찾기 어려웠다.

후안은 쪼그려 앉아 골렘이 투척하고 간 우편물의 수신인을 확인했다.

"샌시, 샌시, 이것도 샌시. 다 회장 거잖아?"

수신인은 같은데 발신인은 모두 달랐다. 마탑이 세 건, 그 외 마법 기관이 세 건. 약혼녀가 보낸 편지를 기대했던 후안은 크게 실망했다.

"슬슬 편지 올 때가 되었는데."

본래 루나 아카데미 학생이 외부에서 온 편지를 받으려면 학생 생활과를 거쳐야 한다. 학생의 안전을 지키자는 취지이나 미베어 소공작, 마그노 황자와 같은 특별한 경우가 아니면 편지가 주인 손에 들어가기까지 약간의 시간이 걸린다는 단점이 있다.

교칙을 밥 먹듯 어기는 〈이만보〉 회원은 수국관 옥상을 우편물 수령처로 지정해 놓고서 독점했다. 어차피 골렘이나 물질 이동 마법을 사용해 편지를 주고받는 건 마법사로 한정된다. 때문에 지하실을 독점했을 때와 건물 벽을 부쉈을 때에 비해 반발은 없었다.

"회장님, 선물 왔습니다."

자기에게 온 편지가 아니니 못 본 척해도 되지만 그걸 못 하는 것이 후안의 성실함을 증명한다. 후안은 여섯 통의 편지를 샌시에게 넘겼다. 샌시는 편지를 받더니 후안에게 초상화 두 장을 건넸다.

"어떻게 보여?"

"잘 그렸네요."

하얀 종이에 연필로만 그린 흑백 초상화는 묘사력이 좋았다. 후안은 두 장을 번갈아 보고서 샌시에게 넘겼다.

"똑같은 사람에 똑같은 포즈로 왜 두 장이나 그렸어요? 다른 그림 찾기?"

샌시는 후안의 말에 그림을 들어 보았다. 자신은 분명 다른 사람을 그렸는데 그림을 본 이마다 한 사람이라 주장했다. 샌시는 색연필로 그림에 색을 입혔다. 한 장엔 붉은빛이 감도는 금발에 푸른 눈동자를 선사하고 다른 한 장엔 색조가 다른 금발에 금색 눈동자를 입혔다. 후안은 눈살을 찌푸렸다. 입힌 색이 다르면 뭐 하나. 같은 사람인데.

"똑같은데요?"

"다른 사람인데."

"직접 보면 차이를 알겠지만 그림으론 힘들죠. 진짜 화가라서 사람의 분위기를 그림에 반영할 수 있으면 모를까, 회장 그림은 그런 쪽은 반영을 안 하니까요."

후안의 말대로다. 샌시는 마법사로서 그림을 배웠고 그리기 때문에 그림의 모델이 갖는 개성이나 분위기를 살리는 부분이 부족했다.

하지만 샌시는 사람들이 초상화 속 두 인물을 헷갈리는 게 자신의 그림 실력이 부족해서는 아니라고 생각했다. 둘 다 눈앞에서 목도하면 눈을 뗄 수 없는 자들이니 유별난 존재감 때문에 다른 점을 떠올릴 수 없는 것일지도 모른다.

"그림 그리는 건 좋지만 요즘 너무 연구에 소홀한 거 아닙니까?"

후안이 최근 샌시의 불성실함을 탓했다. 샌시는 여전히 침묵했다. 사실 그림 속에서 정면을 보고 있는 미인이야말로 샌시가 불성실해진 원흉이었다. 하나는 죽었고 하나는 멀쩡히 살아서 제도에 있다.

바로 그게 문제다.

멀쩡히 살아 제도에 있는 것.

샌시는 그것 때문에 하프 산맥에서 돌아온 이후 내내 정서불안 증세를 보였다. 오죽하면 마녀를 찾아가 질문했을까. 마녀는 불안을 잠재울 만한 답변을 했으나 샌시의 마음속에선 의심과 불안이 불씨를 키웠다.

샌시는 학기 초부터 시작된 찜찜한 기분이 지긋지긋해 그냥 기관을 믿기로 했다. '그녀'의 상태는 여전히 좋지 않고 돈이 떨어졌으니 부업도 시작해야 한다. 할 일이 태산 같은데 마냥 의심과 불안을 끌어안고 전전긍긍할 수도 없는 노릇 아닌가. 성격에도 안 맞고.

'이만하면 할 만큼 했어.'

의뢰 비용이 만만치 않았다. 쪼들려 가는 샌시의 재산에 결정타를 가했으니까. 답지 않게 그를 괴롭힌 불안 증세는 오늘로 끝을 고할 것이다. 의뢰한 기관에서 답변이 왔다.

샌시가 의뢰한 기관은 총 다섯 곳. 신중을 기하기 위해 마탑 소속 기관에 하나, 마탑에 하나, 그 외 검증된 검사 기관 세 곳에 동일한 의뢰를 넣었다. 동일한 날짜에 의뢰해서 그런지 답변도 비슷한 시기에 도착했다.

샌시는 수신인이 아니면 개봉할 수 없는 마법이 걸린 겉봉을 거칠게 뜯어 안에 든 검사 보고서를 읽었다. 다섯 개 기관에서 보낸 각기 다른 보고서가 모두 동일한 답변을 했다.

"하아."

샌시는 안도의 한숨을 내쉬었다. 그가 신뢰하는 기관 다섯 곳이 동일한 결론을 도출했다. 그렇다면 이번 일은 위대한 대자연이 선사한 우연의 일치이며 샌시의 근심은 기우에 불과하다.

샌시의 입꼬리가 올라갔다. 꽤 오랫동안 달고 살았던 근심거리가 치워지니 기분이 좋았다. 슬픔은 나누면 절반이 되고 기쁨은 나누면 배가 된다고 했던가. 샌시는 이유 없이 들썩이는 어깨를 누구와 공유할까 고민했다. 바로 앞에 있는 후안? 후안은 잡생각 말고 얼른 연구나 하라고 잔소리하거나 시장에 판매할 골렘 설계도를 제작하자고 꼬드길 것이 분명하다. 일 얘기가 아니면 약혼자 자랑이나 하겠지.

멀리 갈 것 없다. 선명한 붉은 머리칼이 샌시의 머릿속에서 아른거렸다. 샌시는 기쁨을 공유하기 적절한 상대를 금방 떠올렸다.

마그노 황자는 오늘도 모든 수업을 결석했다. 황자의 기행에 학생은 물론이고 교수까지 놀랐는데 제일 친하다는 오딜론은 천하태평이었다. 제리코가 걱정한 메렐 교수의 반응 또한 암전했다.

사람이 살다 보면 혼자 있고 싶을 수도 있지. 하지만 수업은 듣고 남는 시간에 고독을 씹어야 하는 게 아닐까? 고작 이틀 자체 휴강했을 뿐인데 아카데미 전체가 마그노 황자 얘기로 떠들썩했다.

'평판에 신경 쓰던 사람이 갑자기 결석이나 하고. 폐하들이 놀라서 아카데미 오시는 거 아니야?'

양부모에게 걱정을 끼치는 건 마그노 황자가 제일 싫어하는 일인데 말이다.

—남 걱정하지 말고 과제에 집중하는 건 어때?

하얀 건 종이요, 까만 건 글씨라. 제리코는 백지에 가까운 종이 위에 철푸덕 엎어졌다.

"히잉. 대신 해주라."

-어허. 무생물은 공부 같은 거 하지 않아.

과제는 잘했든 못했든 직접 하는 데 의의가 있는 법이다. 검은 단호하게 임시 주인을 채찍질했다. 공부해라, 공부해! 배워서 남 줘라! 까마귀가 날카로운 부리로 제리코의 뒷머리를 쪼았다. 제리코는 머리를 헤집으며 상체를 세웠다.

검은 소녀 형체를 선호하지만 둘이서 신나게 대화하는 것을 하녀가 의아하게 생각하기 시작했다. 결국 드슬이는 까마귀 형체에 정착했다. 사람 말소리가 들리면 변명하기 제일 적당하다는 이유다. 까마귀에 정착하고 나서는 아예 까마귀답게 행동하기로 작정했는지 툭하면 제리코의 머리 위에 올라앉거나 부리로 머리를 쪼았다. 제리코는 쪼인 자리를 긁다가 다시 엎어졌다.

"히잉."

과제하기 싫은 주인의 마음을 알아챘는가, 하녀가 문을 두드렸다.

"소공작님, 손님입니다."

"누군데요?"

제리코는 반색하여 벌떡 일어났다. 까악. 드슬이가 그런 제리코의 머리 위에 앉아 자세를 잡았다.

"데이지 소공작입니다."

"샌시가요?"

제리코가 활짝 웃으며 현관으로 나가려 하자 하녀가 만류했다. 첫 방문 땐 뛰쳐나가는 소공작을 말리지 못했지만 이젠 요령이 생긴 것이다.

"응접실로 가 계시면 제가 손님을 안내하겠습니다."

"그, 그래도."

샌시는 제리코와 같은 소공작이니 제리코가 응접실에서 기다리는 건 조금 건방진 태도다. 샌시의 가문과 어머니를 알고 있는 하녀가 저런 말을 꺼낸 이유가 있을 터. 제리코는 자세를 바르게 하고 느릿하게 말했다.

"계단에서 안 뛸게요."

자세를 얌전하게 하자 하녀가 문에서 물러났다. 제리코는 머리 위에 자세를 잡은 까마귀를 쓰다듬었다.

'계속 이렇게 있을 거야?'

ㅡ응. 응접실 벽에 걸려 있는 것도 좀 싫더라. 해보고 괜찮으면 앞으로도 계속 이럴래.

'하긴.'

까마귀 흉내를 내야 하긴 하지만 어느 정도 자유로운 행동이 가능하니 이쪽이 더 마음에 들 것이다. 제리코는 우아하게 계단을 내려간 다음 샌시에게 인사했다.

"안녕, 샌시. 기분 좋아 보이네!"

"안녕, 제리코. 오늘도 예쁘구나."

"오호호호호호호. 샌시는 솔직해서 탈이야."

제리코의 기분 좋아 보인다는 말은 오늘도 예쁘다는 말처럼 단순한 인사치레가 아니었다. 응접실로 가는 내내 샌시의 얼굴에 들뜬 기색이 역력했다. 솔직한 샌시는 목련차를 개시하기 좋은 상대다. 제리코는 응접실 책상 서랍에 넣어둔 목함을 꺼냈다.

물을 끓이는 동안 하녀가 과자를 가져왔다. 제리코는 추가로 끼니가 될 만한 간식을 부탁했다. 샌시가 마법사다 보니 까마귀로 현신한 드슬이의 정체를 들키지 않을까 걱정했는데 샌시는 까마귀에 눈길 한 번 주지 않았다. 안심한 검은 임시 주인의 머리 위에서 깃털을 골랐다.

"무슨 일인지 모르지만 정말 잘 왔어. 내가 귀한 분께 선물받은 차가 있거든. 언제 개시할까 고민했는데 샌시가 이렇게 와줬네."

"나도 선물로 줄 게 있어."

"선물? 나한테?"

제리코는 깜짝 놀라 두 손을 모았다. 샌시와 선물이라니. 뜻밖의 조합이었다. 뜻밖이긴 해도 어울리지 않는 조합은 아니었다. 제리코의 심장이 기대에 차 콩닥였다. 샌시는 품에서 봉투 몇 장을 꺼냈다.

"이거야."

어떤 선물이기에 꺼내는 게 봉투일까? 제리코가 의아해하며 맨 위에 있는 봉투의 내용물을 확인하려는데 밀봉되어 있었다.

-제리, 그거 밀봉…… 이런.

생각보다 행동이 잽싼 소녀의 손가락은 이미 봉투를 뜯은 뒤였다. 까마귀가 설레설레 고개를 젓고 제리코는 입술을 삐죽이고 변명했다.

'나한테 준 거니까 내 거겠지.'

그리 변명하고 보았는데 제리코에게 와선 안 되는 편지였다. 제리코는 편지의 첫 장을 읽다가 고이 접어 봉투에 넣고 샌시에게 반납했다.

발신인은 카모마, 수신인은 샌시. 무려 카모마가 샌시에게 친부임을 고백하는 편지였다. 세상이 멸망해도 제리코가 선물받을 만한 편지가 아니었다.

"샌시…… 이건 잘못 준 거 같은데. 너한테 온 거야."

"응? 오늘 같이 온 편지인가?"

샌시는 편지 겉봉에 쓰인 발신인을 확인하고 봉투를 벌려 편지를 꺼냈다. 제리코는 말리고 싶었지만 샌시의 아름다운 손가락은 순식간에 접힌 편지지를 펼쳤고, 마법사의 눈은 순식간에 편지 전문을 완독했다.

노란색 눈동자가 지진 난 듯 흔들렸다. 눈이 아니라 전신을 떠는 통에 제리코는 정말 지진이 났는지 의심했다. 제리코는 아까와는 다른 의미에서 심장을 콩닥이며 샌시의 반응을 기다렸다.

물이 다 끓은 지 오래나 가지러 갈 엄두를 내지 못했다. 제리코가 조마조마한 마음으로 입술을 물어뜯고 있길 몇 분. 샌시는 주머니에 편지를 쑤셔 넣고는 고개를 푹 숙였다. 심히 상심한 눈치였다.

"어디까지 읽었어?"

"그으……."

"내 친부가 카모마라는 것까지 봤어?"

"그으……."

서론이 길면 샌시가 편지를 완독하지 않으리라는 판단이었을까. 카모마는 편지 첫 장, 첫 문장에 자신이 친부임을 고백했다. 이후는 친자 감별 마법을 사용한 시기와 횟수에 대한 설명이 이어졌고 그 뒷장엔 보나마나 법에 대한 이야기가 적혀 있을 것이다.

"이렇게 중요한 이야기를 직접 만나지 않고 편지로 쓰다니. 카, 카모마 씨가 나빴네!"

"귀찮게 만나자고 하더라니."

–샌시가 나빴네.

제아무리 중요한 고백이라도 상대가 만나주지 않으면 방법이 없다. 드슬이가 깍깍깍 소리 내어 웃었다.

제리코는 허공을 쥐어짜다가 샌시처럼 고개를 푹 숙였다. 이건 위로를 해줘야 할지 축하를 해줘야 할지 감이 잡히지 않았다. 평범한 사람이라면 아버지를 찾아서 잘되었다고 축하를 해주겠지만 샌시는 제리코의 주변인 중에서 평범과 가장 멀리 떨어진 사람 아닌가.

부모는 적을수록 좋다던 샌시의 발언이 뇌리에 생생했다. 차라리 둘의 관계를 제리코가 몰랐더라면 놀라기라도 했을 텐데 하필 카모마에게 먼저 들어버리는 바람에 더 곤란했다.

"샌시, 그러니까…… 저기……."

"……거지?"

제리코가 힘겹게 입을 연 것과 샌시가 말한 타이밍이 일치했다. 때문에 제리코는 샌시가 한 말의 앞부분을 거의 듣지 못했다.

"미안, 다시 말해줄래?"

고양이를 닮은 노란 눈동자가 제리코를 응시했다.

"계속 사촌 시켜줄 거지?"

"샌시?"

아무래도 샌시에게 친부의 정체는 중요한 문제가 아니었던 모양이다. 그것보단 친부가 확정되면서 제리코가 자신에게서 관심을 거둘까 봐, 그것이 걱정인 듯했다. 샌시는 불안한 심정을 감추지 않고 무릎에 손바닥을 비볐다.

"원래 가능성은 낮았고, 카모마가 친부여도 우리 사이완 관계없는 거잖아. 그렇지?"

친부가 에라프일 가능성이 한없이 0에 수렴할 때라도 확률이 0은 아니었으니 제리코에게 비벼볼 건더기가 있었는데 친부가 카모마로 확정되면서 비빌 건더기가 0이 된 것은 아닌가. 샌시는 그 부분을 걱정했다. 이전에도 비슷한 대화를 나눈 적 있기에 제리코는 그의 걱정이 새삼스럽다 여겼다.

"샌시…… 우린 이미 친하잖아. 괜한 걱정 할 필요 없어."

"그렇지?"

"물론이지."

그제야 샌시의 얼굴에서 긴장과 불안이 사라졌다. 제리코가 손을 내밀자 샌시는 주저하다가 이내 자신의 손을 얹었다. 제리코는 식은땀이 배어나 축축한 샌시의 손을 꽉 잡았다. 친부의 정체야 어떻든 제리코와의 관계를 더 소중히 생각해 주다니. 부담될 정도로 고마운 애정이었다.

제리코는 좀 더 샌시를 달래주고 싶었지만 샌시는 얼른 봉투 속 내용물을 제리코가 확인하길 바랐다. 또 섞인 편지가 없나 겉봉을 확인한 끝에 제리코는 어려운 말이 가득한 종이를 모두 확인했다.

하얀 건 종이요, 까만 건 글씨. 백지에 가까웠던 제리코의 과제와 달리 샌시의 선물은 정체불명의 도식과 어려운 글자, 이해할 수 없는 전문용어가 가득했다. 샌시의 얼굴엔 들뜬 기색이 역력했고 어려운 문자를 마주한 제리코의 기분은 한없이 가라앉았다.

"이게 뭐야?"

"검사지."

"어떤 검산데?"

제리코는 지식의 구도자이나 이렇게 어려운 지식은 별로 알고 싶지 않았다. 하지만 선물이라고 하니 정체를 알아둬야 할 것 같아 샌시에게 연신 질문을 퍼부었다.

"혈액 검사지야."

"혹시 에라프 님 아들 후보를 검사한 거야?"

피라고 하니 퍼뜩 떠오르는 게 에라프의 아들 후보였다. 제리코가 꼬부랑 글씨가 가득한 종이를 다시 째려보는데 샌시가 고개를 저어 부정했다.

"하루에도 수십 번 널 생각했어."

"응?"

뜬금없는 말에 바라본 얼굴은 자못 진지했다. 샌시의 시선이 제리코의 볼과 이마, 눈가에 닿았다. 그러자 제리코는 숨이 턱 막혔다.

제리코는 저도 모르게 무게중심을 바꿔 등받이에 몸을 기댔다. 숨이 막혀, 샌시와 거리를 벌려야 할 것 같았다. 그래 봐야 거리는 크게 늘지 않아 제리코는 샌시의 시선에서 도망칠 수 없었다.

샌시의 눈에 담긴 건 제리코가 유일했다. 제리코와 대화 중이니 당연한 건데, 제리코의 심장이 요동쳤다.

"수십 번, 수백 번, 수천 번. 아니. 셀 수 없어. 깨어 있는 동안 내내 널 생각했어. 네 생각이 머릿속에서 떠나지 않았어. 네 생각을 하느라 아무것도 집중할 수 없었어. 오직 너만 생각했어."

빈말이 아니라 사실이었다. 언젠가 완성할 이상형에 걸고 맹세하건대 샌시가 살아오면서 이상형 제작 외의 일로 이토록 근심한 건 처음이었다.

기쁨을 공유하기 위해 누군가를 찾아가겠다 생각한 것도 처음이었다.

온통 처음이었다. 처음인 것투성이였다. 개중엔 샌시가 이상형과 하겠다고 다짐한 것이 몇 있었으나 샌시는 알아채지 못했다. 그걸 알아챌 눈치가 있었다면 제리코의 얼굴에 차오르는 기대를 알았을 것이다.

그렇다. 기대. 제리코는 벅차오르는 기대로 인해 숨을 제대로 쉬지 못했다. 마자리스를 앞에 두었을 때와는 다른 박자로 심장이 쿵쿵 뛰었다. 요동치는 맥박에 전신의 핏줄이 어디 박혀 있는지 느껴졌다.

제리코의 눈이 열망과 기대에 젖어 흐릿해졌다.

"연구와 '그녀'에 집중할 수 없었어. 이런 건, 이런 감정은 처음이야. 그러니까 제리코."

"어머, 샌시."

샌시가 기쁨을 담아 말했다.

"검사지를 보아 알겠지만 마자리스는 인간이야. 안심해."

"정말 기쁘…… 마자리스가 왜 나와?"

깍깍깍깍깍. 드래곤 슬레이어 소드가 터지는 웃음을 참지 못하고 신명나게 웃었다. 귓전에서 울리는 까마귀 소리에 제리코는 정신이 퍼뜩 들었다. 제리코는 이성적 판단을 위해서 검사지를 살폈다. 해독 불가능한 문서를 보니 정신이 몽롱해졌다. 제리코는 검사지를 가능한 멀리 치웠다.

"샌시, 마자리스 씨가 왜 튀어나와?"

"마자리스는 인간이야. 안심해."

"마자리스 씨야 당연히 인간이지! 내가 궁금한 건 여기서, 방금 그 분위기에서 마자리스 씨가 왜 튀어나오냐고!"

제리코가 허공에 손을 휘저었다. 방금 전의 그 분위기, 그 시선 처리, 그 대사는 누가 보아도 고백이었다. 그런데 왜 마자리스의 종족이 튀어나온담? 심장은 아직도 제 본분에 충실해서 열심히 뛰고 있고 두 볼은 발갛게 달아올랐는데, 고백을 들으면 고개를 끄덕이고 갈비뼈 부러질 기세로 껴안을 준비도 되어 있었는데 갑자기 왜 마자리스?

"인간이 아니라고 생각했어."

"마자리스 씨가 잘생기긴 했지! 그렇다고 종족을 의심하다니!"

제리코는 희망의 끈을 놓지 못했다.

"호, 혹시 내가 마자리스 씨 좋다고 꺅꺅거리니까 질투한 거야? 질투한 거구나! 그렇지? 그런 거지? 잘 들어봐, 샌시. 내가 마자리스 씨 좋다고 꺅꺅거리는 건 좀 강 건너 불구경 비슷한 거거든! 사이에 건널 수 없는 강이 있고 다리를 놓거나 나룻배로 건너갈 수 있어도 갈까 말까 갈등할 정도거든! 그렇지만 샌시는 나한테 뭐랄까."

제리코가 두 볼을 붉히며 샌시와 자신의 관계는 얼마든 더 진전될 수 있음을 밝히려 했다. 샌시가 제리코보다 먼저 단호하게 말했다.

"사촌 오누이처럼 가까운 관계지."

"으윽."

그 말을 하는 샌시가 아주 행복해 보였기 때문에 제리코는 그의 행복을 망칠 수 없었다. 양껏 젖을 빨고 트림을 한 갓난아기처럼 순진무구한 얼굴을 보고 있자니 그의 미소를 망치는 일이 나쁜 짓처럼 느껴졌기 때문이다. 다른 때라면 어떻게든 반박했겠지만 하필 방금 전 샌시가 불안해하는 걸 봤기 때문에 더더욱.

깍깍깍깍깍. 드래곤 슬레이어 소드는 아예 뒤집어져서 웃다가 제리코의 머리 위에서 굴러떨어졌다. 까마귀가 바닥을 구르며 웃는 진풍경이 벌어졌지만 샌시는 관심을 보이지 않았다. 그의 눈은 여전히 제리코만 담고 있었다.

"마력 수치는 미약하고 종족도 인간이 맞아. 안심해, 제리코. 아, 몸 상태는 안 좋은 거 같네. 수치가 꽤 안 좋은데."

"일하면서 공부하느라 건강 못 챙기나 보네. 샌시는 마자리스 씨 종족을 왜 의심했어?"

기대한 만큼 실망이 크다. 소녀는 잔뜩 풀이 죽어 바닥을 구르는 까마귀를 내버려 두고 의자에 앉았다. 비웃는 감정이 고스란히 전해져서 아주 괘씸했다.

"처음 만났을 때 피 냄새가 났어."

"그땐 마자리스 씨가 피를 만졌잖아. 그리고 코피도 흘렸고. 흘린 건 나중이지만 이미 콧속에 핏덩어리가 있었을 거야."

"용이거나 마물이거나 마법사라고 생각했어. 진짜 용이나 마물, 마법사도 피검사는 못 속이니까 이젠 의심 안 해. 인간 맞아. 평범한 인간이야. 평범하진 않네. 아픈 인간."

샌시가 허황된 말을 했다. 제리코는 도대체 무엇을 근거로 그런 허황된 의심을 했나 궁금했지만 샌시는 의심이 풀렸으니 되었다며 얘기하지 않았다.

"그래서 피를 잔뜩 뽑았던 거야? 검사하려고?"

"응."

애초에 제도엔 용과 마물이 들어올 수 없다. 제도 주위엔 마물의 침입을 막는 결계가 쳐져 있고 하프 산맥 주위엔 용의 외출을 알리는 마법진이 설치되어 있으니까.

모두 샌시가 제리코에게 알려준 정보였다. 본인이 그 얘기를 해놓고 사람의 종족을 의심하다니. 제리코는 재차 이유를 캐물었지만 샌시는 고개를 가로저었다. 제리코를 한숨을 쉬고 포기했다.

"멀쩡한 사람더러 용이니, 마물이니. 의심 풀렸으니까 꼭 찾아가서 사과해. 혼자 가기 싫으면 같이 가줄게."

"인간인 건 확실해졌지만 여전히 수상해. 그에게 접근하지 마."

샌시가 단호하게 말했다가 초조하게 손가락을 비볐다.

"사촌 오빠면 이 정도는 얘기할 수 있지? 수상한 사람이랑 어울리지 말라는 얘기. 지나친 참견이거나 그런 거 아니지?"

과하게 참견해 제리코에게 미움받거나 귀찮은 사람이란 인식을 주는 건 싫었던 모양이다. 세상 누구에게도 눈치를 보지 않던 샌시가 제리코의 눈치는 참 열심히 살폈다. 본래 가진 눈치가 보잘것없어서 그렇지.

"응, 적절하긴 한데."

고백받을 줄 알았다가 뜬금없이 마자리스의 종족 얘기가 튀어나와 잊고 있던 사실이 제리코의 뇌리를 강타했다. 제리코는 입술을 뻐끔거리다가 확신을 기하기 위해 샌시에게 질문했다.

"그럼 샌시, 마자리스 씨의 종족을 알려고 한 건 날 걱정해서야?"

"당연하지. 네 안전을 위해서가 아니면 뭐 하러 남자 손목을 잡고 피를 뽑겠어."

당당하게 남성을 차별할 줄 아는 남자 샌시. 그는 제리코에 대한 애정을 숨기지 않고 드러냈다.

"말했잖아. 하루 종일 네 생각만 했어."

제리코가 어디서 무얼 하든 샌시의 눈은 그녀를 향했다. 제리코는 친남매 간에도 나누기 힘든 순수한 애정에 놀라 순수하게 감상을 밝혔다.

"고, 고마워."

샌시의 눈이 가늘어졌다. 예쁘게 접히는 노란 눈동자에 제리코의 심장이 다시 쿵덕거렸다.

"샌시는 정말 예쁘게 웃는구나."

저도 모르게 본심이 흘러나왔다. 샌시는 저도 모르게 말버릇으로 답했다.

"반하지는 마."

'늦은 것 같은데.'

이걸 어쩌나. 소녀의 마음은 이미 흔들려 버렸다. 제리코가 딱히 속내를 감추지 않았기 때문에 검은 임시 주인의 마음을 읽고 못마땅해했다.

까악깍깍.

-진짜 샌시한테 마음 있어? 나 얘는 별론데.

'어허, 무생물이 생물 연애 본능에 간섭하는 거 아니야.'

잘 있던 까마귀가 난데없이 붉은 머리를 헤집으며 부리로 쪼자 샌시가 못마땅해했다. 얼마나 못마땅했는지 귀한 손을 직접 휘둘러 까마귀를 쫓으려 했다. 드슬이는 그게 마음에 들었는지 언제 그랬냐는 듯 얌전해졌다.

-너한테 잘하려고 노력하는 게 보기 좋긴 한데.

'에휴.'

기대가 크면 실망도 큰 법. 제리코는 다시 물을 끓였다. 한번 끓었던 물이라 금방 부글부글 끓어올랐다. 제리코는 투명한 크리스털 주전자에 마른 목련 봉오리를 넣고 뜨거운 물을 부었다. 봉오리가 너무 크고 단단해서 꽃이 잘 펴지기는 할까 걱정했는데 괜한 걱정이었다.

주전자 속 목련 봉오리가 뜨거운 물을 붓자 새하얗게 피어났다. 과장 조금 보태 어린아이가 두 손으로 들 만큼 큼지막한 백목련이 투명한 물속에서 매끈한 꽃잎을 자랑했다.

"와아!"

절로 감탄사가 흘러나왔다. 제리코가 놀란 건 꽃이 활짝 피어서가 아니다. 물속의 꽃은 차로 만들기 위해 건조 과정을 겪었다고 믿기 어려울 정도로 생생했다. 마치 방금 피어난 백목련 한 송이를 꺾어 물 안에 넣은 것 같았다.

'아니지. 꽃은 끓는 물을 부으면 곤죽이 되잖아. 그런데 이건 어쩜 저리 곱지?'

"세상에 이렇게 예쁠 수가!"

백목련이 피니 꽃송이에 코를 파묻은 것처럼 향기가 올라왔다. 제리코는 차를 어느 정도 우려야 하는지 갈피를 못 잡고 주전자 안을 구경했다. 보면 볼수록 예쁘고 신기했다.

"샌시! 봤어, 봤어? 정말 예뻐!"

"릴리에 공주님이 만든 꽃차네. 황자 저하께 받았어?"

여기서 릴리에 공주가 왜 나오지? 제리코가 금시초문이란 표정을 짓자 샌시가 크리스털 주전자를 가리켰다.

"제국 황가엔 꽃의 요정이 축복을 내렸어. 요정의 축복을 받은 이의 손을 거친 식물은 오랜 시간이 지나도 살아 있는 것처럼 생생하지. 나도 실물을 본 건 처음이야."

"로젠 같은 거야?"

"응. 그런 거지. 로젠처럼 몇 대에 한 번씩 등장하는데 릴리에 공주님이 축복을……."

술술 설명하던 샌시가 갑자기 입을 다물었다. 제리코를 향하던 눈이 스윽 옆으로 이동했다.

"방금 건 잊어."

"알려지면 안 되는 얘기구나."

"축복을 받은 이의 존재가 제국의 작황과 연관되어 있다는 사실이 밝혀졌거든. 황가에서도 직계에게나 알려주는 정보인데 하필 마녀 연구실에서 보고서를 보는 바람에."

하여간 도움이 안 돼. 샌시가 인상을 쓰고 투덜거렸다. 제리코는 축복받은 사람이 생존해 있는 동안 흉작이 들지 않는다는 얘기를 듣고 묘하게 납득했다.

"그러고 보니 할머니 할아버지들이 요 몇십 년은 계속 작황이 좋았다고 했었는데. 그게 요정의 축복 덕분이란 말이야? 사기잖아!"

그놈의 요정 어디 가면 만날 수 있단 말인가. 축복 안 받은 사람 서러워서 살겠나. 제리코가 흥분하자 샌시가 그녀의 흥분을 가라앉혔다.

"힘이 강한 요정이었겠지. 모든 요정이 그렇게 강한 건 아니야. 너도 하프 산맥에서 봤잖아. 보통은 약해."

샌시가 말한 요정은 용이 보여준 기억 속의 작은 요정일 것이다. 광기에 물들기 전 금빛으로 빛나던 용과 용을 웃게 만든 작은 요정. 광룡의 금빛 눈동자에 비친 작고 여린 요정이 빙글빙글 춤을 췄듯 물에 잠긴 목련꽃이 천천히 돌았다. 정말 신비롭고 아름다운 차였다.

마그노 황자가 선물로 준 꽃차는 릴리에 공주가 직접 꽃을 따고 말려 만든 거였다. 황실에서 공주에게 차를 만들라 강요할 리 없으니 공주가 직접 나서서 제작한 차일 터. 제리코의 안색이 물속에서 피어난 백목련처럼 하얗게 변색했다.

"그렇게 귀한 걸 주시다니……."

"저하께 받은 게 맞아?"

"응. 장미잼의 답례."

그놈의 영웅 장미잼. 제리코의 키보다 큰 항아리에 잔뜩 담아 바쳐도 이 찻물 한 잔의 가치는 될까.

제리코가 이렇게 귀한 차를 답례랍시고 준 황자의 저의를 추리하는 동안 샌시는 입술을 삐죽였다. 앞에 앉은 저를 두고 제리코가 다른 남자 생각을 하는 게 마음에 들지 않았다. 더 마음에 안 드는 건 마그노 황자와 어울리지 말라고 말할 근거가 빈약하다는 점이다.

샌시가 보기에 마자리스는 어울리지 않는 쪽이 현명했다. 하지만 마그노 황자는 친분을 쌓는 편이 이득이었다. 그렇기에 샌시 본인도 귀찮음을 무릅쓰고 황자에게 친절히 호문쿨루스에 대한 설명을 했지.

색이 진하고 건강한 소녀 옆에 지나치게 결백하여 병약한 인상을 남기는 황자를 세워두니 생각보다 그럴싸했다. 샌시의 미간 주름이 점점 더 깊게 팼다.

"혹시 마그노 황자님도 축복을 받은 건 아닐까?"

"축복은 직계로 이어지니까 아닐걸. 그리고 맞다면 마녀가 채혈 한 번으로 만족할 리 없지."

굉장히 설득력 넘치는 설명이었다. 제리코는 아들과 똑 닮은 공주님을 떠올리며 고개를 끄덕였다. 묘하게 사람을 홀리는 분위기가 있다 싶더니 꽃의 요정의 축복을 받았단다. 무릇 꽃이란 동물을 꾀는 마력을 지닌 식물. 그런 요정의 축복을 받았으니 사람이 홀리는 것도 당연했다.

─황족 직계만 아는 비밀을 마탑주가 어떻게 알고 있는지 물어봐 줘.

드슬이가 깊은 관심을 보였다. 제리코도 궁금했기에 바로 질문했다. 샌시는 어깨를 으쓱였다.

"나도 몰라."

이상형 제작에 도움되지 않으면 관심조차 두지 않는 샌시다웠다. 제리코는 샌시가 아카데미를 떠들썩하게 만든 마그노 황자의 결석도 모르고 있다는 데 전 재산을 걸 수 있었다. 안타깝게도 내기에 응해줄 상대가 없어 돈을 벌진 못하지만.

"어쨌든 비밀로 해줘. 괜히 마녀에게 불려 갈 트집 잡히기 싫어."

"그야 당연하지. 걱정하지 마, 샌시."

제리코는 샌시를 위로한 후 식어가는 꽃차를 잔에 따랐다. 물은 식었지만 피어난 백목련은 여전히 영롱했고, 중요한 차 맛은.

'맛은 별로네.'

평범했다.

"맛은 평범하네."

샌시도 같은 생각을 했는지 차에 대한 감상을 밝혔다. 제리코는 얼른 고개를 끄덕였다. 맛이 평범하면 어떠랴. 물속에서 생화가 피어나는 기적을 보았는데. 차를 따라 수위가 낮아진 주전자 속 백목련은 물에 반쯤 잠겼지만 여전히 갓 피어난 듯 생생했다.

제리코는 검지로 주전자를 톡톡 건드려 흔들리는 꽃을 감상했다.

"예쁘다……."

소녀가 요정의 축복에 푹 빠진 사이 마법사의 눈동자가 또다시 위태롭게 흔들렸다. 샌시는 멀찍이 치워진 검사지와 제리코가 시선을 떼지 못하는 꽃차를 보며 끄응 하고 앓았다.

 분명 제리코가 기뻐하리라 예상하고 찾아왔건만, 제리코는 샌시의 선물에 별다른 반응을 보이지 않았다. 대신 마그노 황자가 준 선물에 뒤늦게 푹 빠져 감탄하고 있을 뿐이다.

 '다른 선물을 줘야 하나. 뭘 좋아하지? 꽃이면 되는 건가?'

 십 대 소녀가 받고 기뻐할 선물이 뭐가 있을까? 평소 이상형을 완성하면 주겠다고 결심한 선물 목록이 있긴 하지만 개중 보석을 제외하면 제리코가 받고 기뻐할 만한 물품은 없었다. 왜냐하면 샌시의 '그녀'는 샌시와 마찬가지로 마법에 깊은 흥미를 보일 예정이기 때문이다.

 목록에서 마법서와 책, 논문을 제하면 보석류가 남는데 평시의 샌시면 모를까, 자금난에 시달리는 요즘엔 급히 보석을 마련하기가 어려웠다.

 게다가 제리코가 보통 소녀인가? 드래곤 슬레이어 소드를 후광처럼 업고 다니는 미베어 소공작이시다. 어중간한 보석은 눈에 차지 않을 터. 아니, 어중간한 보석을 선물하는 건 샌시의 자존심이 허락하지 않았다.

 '후안 말대로 골렘 설계도를 판매할까? 안 돼, 그런 미완성을 시장에 내놓을 수 없어. 진짜 대출받아야 하나?'

 어머니는 마탑주에 보모와 보부는 마탑의 마법사, 타고난 재능으로 어려서부터 천재 소리를 들었으며 성인이 되기 전에 이미 경제적으로 자립했다. 이렇게 금전적으로 쪼들리는 일 자체가 샌시에겐 낯설었다. 돈이 없어서 연구를 못 하고 선물도 못 한다니. 뭔가 이상했다.

 '아, 카모마에게 유산을 미리 당겨달라고 해? 친부인 걸 밝히는 건 내게 재산을 상속하고 싶다는 의미 맞지?'

 카모마가 아버지라는 사실을 몇십 분 전에 알았는데 샌시는 카모마의 재산이 남의 것 같지 않았다. 샌시는 작게 고개를 끄덕였다. 카모마가 알뜰살뜰 모은 돈은 샌시의 머릿속에서 그의 재산이 된 지 오래다.

 돈 걱정이 사라지니 남은 건 어떤 보석을 선물하느냐인데……

샌시의 머릿속에서 경종이 울렸다.

'내겐 그녀가 있는데.'

언젠가 완성할 그녀가 있는데 다른 여자에게 보석을 선물해도 괜찮을까? 샌시는 혼란스러웠다.

샌시는 언제나 완벽한 이상형을 꿈꿨다. 그는 양심이 있는 사람이기에 모든 처음을 이상형에게 바치기로 맹세했다. 그런데 보석류를 '그녀'가 아닌 다른 이에게 선물해도 괜찮은 것일까?

'제리코니까.'

이내 샌시는 적당한 변명을 끄집어냈다. 제리코는 샌시에게 누구보다 각별한 사촌 누이 같은 여성이다. 가족끼리는 보석을 선물해도 괜찮았다. 사심은 일절 담지 않은 순수한 호의니 '그녀'도 이해해 줄 것이다.

다른 사람도 아닌 제리코니까.

똑똑. 누군가 응접실 문을 두드렸다. 제리코는 바로 대답했다.

"소공작님, 로젠 스타즈 님이 오셨는데 응접실로 바로 모실까요?"

"로젠이요?"

로젠이 왔다는 얘기에 제리코는 샌시부터 보았다. 혹시 둘이 같은 날 방문하기로 약속했나 싶어서였다. 샌시는 열심히 먹던 스콘이 갑자기 떫은 감이라도 된 양 떨떠름한 표정을 지었다.

'아니구나.'

그 정도면 대답으로 충분했다.

"아니에요, 제가 내려갈게요."

로젠은 친하니까 바로 응접실로 오라고 해도 된다. 하지만 제리코의 어머니 요나와 아버지 존, 메렐 교수님이 말씀하시길 친할수록 예의를 지키라고 하셨다! 〈교양 검술〉 시간엔 스승과 제자이니까 더욱 예의를 지켜야 하고.

"어디 가지 말고 얌전히 먹고 있어."

제리코는 샌시에게 당부하고 하녀가 걱정하지 않도록 천천히 계단을 내려갔다. 로젠이 그녀에게 손을 들고 인사했다.

"안녕, 제리코!"

"로젠! 바쁜데 어쩐 일이야?"

까악! 제리코에 이어 그녀 어깨 위에 앉은 까마귀가 날개를 펴고 그를 반겼다.

-검기 발현에 성공했으니 하루하루 수련에 매진해도 모자랄 판에 여자를 찾아오다니!

드래곤 슬레이어 소드가 한 말이 웃겨서 제리코는 빵 터졌다. 로젠은 갑자기 저를 보고 웃는 제리코 때문에 당황하지 않고 같이 웃었다. 상대가 머쓱해하지 않도록 같이 웃고 울어준다는 점에서 그의 다정한 인품이 드러났다.

"아하하, 미안. 까마귀가 갑자기 웃기게 울어서."

"혹시 수련장의 그 까마귀인가?"

"그건 아닐 거야. 내가 밥 주는 다른 까마귀."

제리코는 계단 위를 가리켰다.

"마침 잘 왔어. 샌시도 와 있거든. 샌시 도망가기 전에 얼른 가자."

"샌시가?"

로젠의 얼굴에서 미소가 사라졌지만 제리코는 계단을 오르느라 몸을 돌려서 보지 못했다. 로젠은 볼을 몇 번 긁다가 제리코의 뒤를 따랐다.

제리코는 거짓말을 하지 않지만 샌시를 아는 사람이라면 샌시가 있다는 얘기에 반신반의하게 된다. 어지간해선 외출하지 않기로 소문이 자자하기 때문이다. 특히 졸업하지 않는 도망자 동지로서 샌시가 굶어 죽지 않도록 적당히 챙겨주던 로젠 입장에선 샌시의 외출이 반가운 한편 낯설었다. 로젠은 응접실에 앉아 스콘을 먹고 있는 샌시를 보고 복잡한 감정을 드러냈다가 금방 갈무리했다. 샌시는 로젠의 얼굴을 보면서 말 없이 스콘만 씹었다.

"네가 이렇게 자주 외출하다니."

"볼일이 있어서. 그러는 너는 어쩐 일?"

"나도 볼일이 있어서."

"어떤 건데?"

"오자마자 볼일부터 얘기하면 좀 그렇다."

로젠이 허허 웃었다. 샌시는 볼일만 얘기하고 헤어지는 게 귀중한 시 간을 아끼는 길임을 피력하려다 입을 다물었다. 볼일이 끝났음에도 불 구하고 응접실에 머물러 스콘을 씹어 먹고 있는 자신의 상태를 깨달았 기 때문이다.

"볼일이 있으면 어떻고 없으면 어때. 우리가 볼일이 있어야만 보는 사 이는 아니잖아."

제리코는 둘 다 볼일 없어도 자주 찾아오란 의미에서 말했다.

"둘 다 언제든 와도 좋아."

그래야 제리코도 둘을 언제든 찾아갈 여지가 생기지 않겠는가. 소파 에 앉은 로젠은 크리스털 주전자에 담긴 백목련을 보고 깜짝 놀랐다.

"황가의 꽃차잖아?"

"알고 있어?"

"황실 비전으로 극소량 제작되는 차잖아. 어떻게든 비슷하게 만들어 보려다가 수지 타산이 안 맞아서 포기했다고 들었어."

"로젠 조금만 기다려. 내가 꽃 피는 거 보여줄게."

"아니야, 괜찮아. 이건 부르는 게 값인데."

"로젠한테 주는 건 하나도 아깝지 않은걸."

부르는 게 값이래도 목숨값보다 귀할까. 하프 산맥에서 뒹군 조난자 동지에겐 천금도 아깝지 않았다.

하지만 로젠이 남은 차를 마시겠다고 부득불 만류하여 제리코는 새로 물을 끓여 뜨거운 차를 내주는 선에서 그쳤다. 재탕임에도 불구하고 백목련 향기가 그윽하니 로젠은 여러 번 감사의 말을 꺼내고 차를 마셨다.

"······맛은 평범하구나."

"그치?"

제리코가 까르르 웃고 동의했다. 샌시는 로젠이 온 뒤로 제리코가 더 경쾌하게 웃는 것 같아 로젠을 흘겨보았다. 흘겨보던 눈은 곧 위아래로 움직였다. 마력의 파장이 변한 것이다. 샌시 본인이야 검술에 문외한이니 로젠이 발전하든 말든 이제껏 관심을 두지 않았으나 마력이 변했다면 이야기가 달라진다.

"진전이 있었나 보지?"

"그렇게 티 나?"

새로운 경지에 발을 들이게 된 걸 타인이 알아차렸다면 기뻐할 일이다. 다만 로젠은 쉽게 기뻐할 수 없었다. 보자마자 알아채니 샌시와 자신의 수준 차이가 그만큼 현저하단 생각이 들었다.

'이놈의 자격지심.'

검기 발현에 성공했으니 나아질 줄 알았는데 마음에 잡음이 생겨서 그런지 수련 또한 지지부진했다.

"검기 발현에 성공했어."

"축하해, 소드 마스터."

축하하는 사람치고 표정은 심드렁했다. 로젠은 쓴웃음을 지었다.

"검기를 자유자재로 발현할 수 있어야 소드 마스터지."

"세간의 인식대로라면 넌 이미 소드 마스터야."

"세간의 인식이 없는 검기를 만들어주진 않지."

로젠이 어깨를 으쓱인 뒤 앞으로 갈 길이 멀었음을 밝혔다. 까마귀는 날개를 퍼덕이며 노닥거릴 시간에 훈련하라고 외쳤다.

까악! 까악! 까악!

"까마귀가 시끄럽네. 과자가 먹고 싶은가?"

로젠은 날개로 얼굴을 때릴 듯 달려드는 까마귀를 피하다가 과자를 주었다. 물론 그 까마귀는 과자가 필요 없는 까마귀이기 때문에 과자로는 달랠 수 없었다. 로젠은 까마귀가 만족할 만큼 떠들고 나서야 벗어날 수 있었다.

"하프 산맥에서 여름방학 때 남쪽에 가자고 했던 거 기억해?"

"응."

"내가 말을 꺼내놓고 미안한데 못 가게 될 것 같아서."

로젠이 만난 김에 약속 취소를 알리자 샌시는 고개를 끄덕였다.

"괜찮아. 나도 바쁠 예정이었어."

샌시는 방학 동안 바닥난 자금을 모을 생각이다. 카모마에게 유산을 생전에 증여해 달라고 우길 수 있게 되면서 그럴 필요까진 없어졌지만 그래도 연구 자금은 많을수록 좋았다.

"연구는 어때?"

로젠은 후안에게 들은 게 있어서 제리코보다 샌시의 재정 상태를 더 자세히 알고 있었다.

"요즘 많이 어렵다던데 돈 빌려줄까?"

샌시가 눈썹을 치켜들었다. 후안이 얼마나 앓는 소리를 했기에 스타즈 가문의 자제 입에서 돈 빌려준다는 소리가 나온단 말인가. 스타즈 가문은 제국보다 오래된 가문으로서 용에 비견되는 재력과 가훈을 충실히 지키는 구성원으로 유명했다.

스타즈 가문의 가훈은 돈을 빌려주지 않는 것. 스타즈 상회에서 금융업에 뛰어들지 않는 이유다. 로젠은 혹시 자존심 강한 친구의 자존심을 건드렸나 싶어서 부연 설명했다.

"너야 금방 갚을 능력이 되니까."

"그 정도로 위험하진 않아. 부회장이 '그녀'의 유지를 그만두라고 엄살 떠는 거야."

"유지비가 많이 나가긴 하더라."

"그것까지 얘기했어?"

샌시가 후안의 입방정을 탓하자 로젠은 자신이 엄연히 〈이만보〉의 투자자 중 한 명임을 상기시켰다. 샌시는 불만이 뚝뚝 떨어지는 목소리로 말했다.

"그 정도는 금방 벌 수 있어."

"그야 그렇지만 시간이 아깝다고 속상해하더라."

전망이 어둡다면 투자금을 아까워해선 안 된다. 특히 마법사인 샌시에게 시간은 금보다 귀했다. 샌시는 잔소리가 듣기 싫어 무시하려다 앉은 장소가 제리코의 응접실임을 깨닫고 말을 돌렸다. 정확하겐 본론을 꺼냈다.

"그래서 여긴 어쩐 일이야?"

백합관이 제집이라도 되는 듯한 태도였다. 로젠의 표정이 기묘해졌지만 금방 지웠다. 크흠. 로젠이 슬쩍 제리코의 안색을 살핀 뒤 작은 헛기침으로 시선을 모았다. 그는 밝은 표정으로 주머니에서 뭔가를 꺼냈다.

붉은 벨벳으로 감싼 상자였다. 제리코는 테이블 위에 상자를 올려둘 수 있도록 요령껏 찻잔과 주전자를 치웠고 샌시는 멀뚱히 보기만 했다. 로젠은 상자를 제리코가 앉은 방향으로 밀었다.

"열어봐."

"나 주는 거야?"

"응."

"와!"

상자의 크기는 그렇게 크지 않지만 겉에 씌운 벨벳의 부드러움이 제리코의 손가락에 찰싹 달라붙어 기대를 키웠다.

　제리코는 상자 안에 든 게 뭘까 고심했다. 상자의 크기를 보건대 간식은 아니다. 상자 안을 꽉꽉 채워도 간에 기별도 안 갈 테니까.

　-어떻게 벨벳 상자에 과자가 들어 있을 거란 생각을!

　검이 너 일부러 그러는 거지! 라고 외쳤다. 제리코는 알게 모르게 고개를 끄덕여서 일부러 그러는 게 맞음을 인정했다.

　작지만 비싸 보이는 각 잡힌 상자. 보통 이런 상자에 담기는 물건은 귀금속이다. 제리코는 손가락에 힘을 주어 상자를 열었다. 검에 다는 장식용 술이 들어 있었다.

　"가운데에 보석 보이지?"

　"응, 보여."

　제리코가 술 하나를 들어 올리자 로젠이 장식술 가운데에 달린 붉은색 보석을 가리켰다.

　"스피넬인데, 하프 산맥에서 주운 원석을 가공한 거야."

　"정말?"

　아닌 게 아니라 로젠은 하프 산맥에서 열심히 보석 원석을 주워 담으며 무사히 내려가면 이걸로 기념품을 만들자는 이야기를 했더랬다. 제리코가 그걸 까맣게 잊고 있었던 이유는 로젠이 용에게 주운 원석을 모두 바쳤기 때문이다.

　"용님에게 모두 바친 게 아니었어?"

　"하나는 남겨놨지. 품질이 그리 좋은 게 아니라 미베어 소공작에게 주기엔 조금 꺼려졌지만 그래도 기념 삼아……."

　"품질이라니! 세상에서 제일 큰 빨간 보석이 있어도 이거랑은 안 바꿀 거야!"

　제리코는 누가 뺏어 가기라도 할 것처럼 장식술을 두 손으로 감싸 가슴 쪽으로 끌어당겼다. 로젠이 그걸 보고 흐뭇하게 웃었다.

"다른 장신구도 생각해 봤는데 알이 너무 작다 보니 다른 보석을 추가하게 되면 주객전도인 것 같아서. 작은 알 하나만 쓸 수 있는 게 뭔가 생각하다가 장식술로 주문했는데, 마음에 들어?"

"들다마다! 이거 검 손잡이나 검집에 달면 되는 거지?"

"응. 이런 식으로 달면 돼."

로젠이 예시라는 듯 허리에 찬 검을 보여줬다. 로젠의 검 손잡이엔 제리코가 받은 술과 똑같은 술이 달려 있었다. 쓰인 실과 장식 매듭법, 보석까지 동일했다.

"스피넬을 둘로 쪼개서 두 개 만들었어. 둘이서 한 쌍이야."

보석 하나를 둘로 쪼개 만든 기념품이라니. 정말 낭만적이었다. 이럴 때가 아니지. 제리코는 벌떡 일어나 벽으로 걸어갔다. 벽에 걸어둔 드래곤 슬레이어 소드를 내려 손잡이에 술을 다니 참으로 보기 좋았다.

보기 좋다 여기는 사람은 제리코 혼자가 아니었다. 로젠은 방긋 웃었고 드래곤 슬레이어 소드는 신이 나서 환호했다.

까아아아악! 날개를 퍼덕이며 장신구가 추가된 걸 기뻐하는 까마귀를 보고 있자니 주객이 전도된 기분이 들어 제리코는 입맛을 다셨다.

'잠깐만. 받은 건 나인데 다는 건 드슬이면 내 선물이 아니라 드슬이 선물인 건가?'

―로젠이 나한테 선물을 줬어! 나랑 커플로 맞췄어!

제리코만 그렇게 생각하는 게 아니었다. 드래곤 슬레이어 소드는 선물을 받은 기쁨에 날개를 퍼덕이다 아예 응접실 천장에 붙어 날아다녔다.

로젠은 갑자기 까마귀가 흥분한 게 반짝이는 물건 때문이라 여겼는지 제리코에게 조심하라고 말했다. 제리코는 까마귀를 변호했다.

"이 까마귀는 영리해서 도둑질을 하지 않아."

한바탕 응접실을 휘저은 까마귀가 제리코의 어깨에 앉았다. 아예 까마귀 흉내를 낼 작정인지 대놓고 새처럼 말했다.

"선물, 고맙다, 선물, 고맙다."

아무리 주성분이 철이라지만 이렇게 철면피일 필요는 없는데. 제리코 는 기가 차서 항의했다.

'야, 그렇게 치면 로젠이랑 너랑 쌍으로 맞춘 게 아니고 로젠 검이랑 너랑 커플인 거거든?'

-저 검은 자아가 없잖아. 그러니까 로젠이 주지.

'그건 나랑 너랑 같이 있으면 네가 더 우선이라는 의미 같은데.'

-그건 당연한 거 아니야?

까악. 까마귀가 얄밉게 울었다. 제리코는 묶은 장식술을 뺏으려다 줬 다 뺏는 건 아닌 듯하여 관뒀다.

"선물 정말 고마워. 저번에 받은 장미 보답도 못 했는데 받기만 하네."

"무슨 소리야. 손수 만든 잼에 비하면 부족한 물건이라 내가 더 민망 한걸. 장미도 그렇고 장식술도 그렇고 내 손을 탄 게 아니라서……."

"아냐, 아냐! 잼 만드는 게 뭐 어렵다고! 잼 재료도 로젠이 준 장미인걸!"

장식술 만든답시고 손가락 움직일 시간이 있으면 그 시간에 명상을 해 소드 마스터에 가까워지는 게 모두에게 좋은 일이다. 제리코는 절대 로젠의 소중한 시간을 뺏을 생각이 없었다. 사람이 염치가 있지, 중요한 시기에 이렇게 선물을 주러 와준 것만으로도 고맙고 황송했다.

잡담을 하느라 흘려보낸 시간을 생각하니 제리코는 갑자기 죄책감이 들었다. 지금 실시간으로 흐르는 이 시간을 로젠은 좀 더 귀하게 쓸 수 있을 텐데 하는 후회가 제리코의 머리를 세게 치고 지나갔다.

너 지금 이렇게 내게 시간을 할애해도 괜찮냐. 제리코가 이 얘기를 둘 러 말하려는 순간, 상자가 열린 시점부터 내내 뚱한 표정이던 샌시가 불 쑥 입을 열었다.

"내 건?"

샌시가 한 말을 알아들은 사람은 한 명도 없었다. 하지만 샌시는 웅접실 안 모든 생물 및 무생물의 이목을 집중시키는 데 성공했다. 샌시가 다시 무심한 듯 시크하게 말했다.

"내 거는 없어?"

샌시의 고운 손가락이 자신을 가리켰다가 이어 장식술을 가리켰다. 손가락이 길어 허공을 긋는 선은 또 어찌나 예쁘던지. 제리코는 반짝이는 물건을 발견한 까마귀처럼 홀렸다가 샌시의 손이 멈추고 나서야 이성을 되찾았다. 샌시가 하는 말은 그러니까.

"내 기념품은?"

샌시의 주장은 타당했다. 그가 하프 산맥에서 고생한 걸 감안하면 마땅히 샌시 몫의 기념품도 있어야 했다. 제리코는 당연히 샌시 기념품도 있을 거라 생각하여 의기양양하게 로젠을 보았는데 로젠은 식은땀을 흘려 기대를 배신했다.

"그…… 샌시? 너 이런 거 챙기는 성격 아니었……."

"챙겨."

샌시 데이지. 그는 마법과 연구 외엔 대체적으로 무던하고 무심한 반응을 보이지만 자신에게 이득이 되는 것까지 무심히 흘려보내진 않았다. 로젠 또한 그걸 알고 있었고. 샌시는 몇 년 동안 지켜봐 놓고 새삼 무슨 소리냐는 표정으로 로젠을 응시했다.

"너는 개인적으로 꽃을 챙겼잖아."

"그건 기념품이 아니라 연구 자료."

샌시가 하얗고 고운 손을 대놓고 내밀었다. 빨리 내놓으라는 확실한 의사 표현이었다.

"샌시 넌 검도 안 쓰잖아. 장식술은 필요 없는 게."

"기념품은 실생활에 쓰라고 있는 게 아니야. 기념할 만한 거리를 추억하기 위해 있는 거지."

샌시가 훗날 하프 산맥에 대해 회상한다면 8할이 피요, 2할이 기절일

터. 어쨌든 샌시는 뒤늦게 합류했어도 명실상부 하프 산맥 극한 체험 패키지의 일원이었다. 기념품을 요구할 자격 요건이 충분했다.

사람이 호의로 해준 일이니 못 해주겠다고 말하면 되는 것을, 로젠은 맺고 끊는 게 확실하지만 때론 한없이 무른 위인이었다. 검술원 후배에게 호구 소리 들을 때부터 알아봤어야 하는데.

요구하는 샌시는 당당하고 호의를 베푼 로젠은 고개 숙였다. 제리코는 인간관계란 참 재밌다고 생각하며 검 손잡이의 매듭을 풀었다. 까마귀가 날개로 제리코의 얼굴을 쳤다. 매우 세게.

─야! 뭐, 뭐 하는 거야!

'가만있어 봐. 샌시가 자기만 따돌려서 삐졌잖아.'

셋이서 죽을 고생을 했는데 혼자만 쏙 빼놓고 기념품을 나누다니. 너무 잔인한 짓이었다. 마을의 소녀 장사이자 집안의 맏이인 제리코는 이럴 때의 해결법을 알았다. 괜찮은 사람이 양보하면 된다.

제리코는 장식술을 샌시의 고운 손 위에 살포시 올렸다. 그리고 두 남정네가 미안해하지 않도록 활짝 웃었다.

"난 괜찮으니까 샌시가 가져."

두 남정네는 격렬한 반응을 보였다. 샌시는 손 위의 장식술을 그대로 테이블 위에 내려놨다. 샌시가 진지하게 말했다.

"난 남자랑 같은 물건 쓰기 싫어. 징그러."

제리코가 장식술을 포기하면 로젠과 기념품을 나눠 갖게 되니 기분이 별로란다.

'그럴 거면 기념품은 왜 갖고 싶다고…… 이거 설마 질투인가?'

제리코는 설마 했는데 설마는 사람을 잡았다. 샌시는 제리코에게 보석을 선물해도 괜찮을지, 어떤 보석을 선물할지 치열하게 고민했던 자신을 바보로 만든 로젠에게 맹렬한 질투심을 품은 차였다.

다만 그것이 평소의 샌시와 거리가 먼 짓이라 로젠은 물론이고 제리코도 생각하지 못했다. 둘은 샌시가 자기만 쏙 빼놓아 삐졌다고 여겼다.

'질투면 좋은데. 좀 더 부추겨서 어차어차한 다음에 자빠뜨리면……'

–음란마귀가 가득하구먼.

'진짜 질투라도 아직까진 독점욕에 가까우려나.'

샌시가 자신에게 마음이 없는 건 아니나 사촌 오누이 관계에 연연하고 의지하는 걸 알고 있으니 무작정 질투를 키울 순 없었다.

어디로 튈지 모르는 공은 슬쩍 건드리고 밀면서 간을 봐야 한다. 제리코는 시간과 공을 들여 샌시를 공략할 마음을 품었다. 그러기 위해 지금은 기념품을 셋이서 사이좋게 가져야 했다.

"스피넬을 더 쪼개서 장식술을 하나 더 만들까?"

좋은 제안이라고 생각했는데 로젠이 단호하게 고개를 저었다.

"알이 너무 작아서 그렇게 쪼개면 의미가 없어. 샌시, 그냥 내가 최대한 비슷한 물건을 주문할 테니까……"

"그럼 지금 장식술은 나랑 제리코가 가질게."

제리코도 내심 그러고 싶었지만 보석을 주운 건 다름 아닌 로젠이라 선뜻 동의하기 어려웠다. 로젠은 그건 또 아니 될 말이라는 듯 고개를 젓고 계속 비슷한 말로 샌시를 설득했다. 로젠이 구구절절 애원하는 것에 비해 샌시는 간소하게 말했다. 내 건? 나는?

"네 말대로라면 내게 먼저 주고 넌 나중에 주문한 걸 가지면 되잖아. 왜 별거 아닌 일로 집착하고 그래."

"샌시 너야말로 평소 같지 않고 왜 이러는지 모르겠다."

두 남자가 첨예하게 대립했다. 대립하는 이유가 기념품처럼 치졸한 부분만 아니었어도 좋은 그림이 되었을 텐데. 아니지, 다르게 보자면 지금도 충분히 좋은 그림이 된다. 제리코는 두 손을 살포시 볼에 갖다 대었다.

'둘 다 나 때문에 싸우지 마.'

입 밖에 담지는 못하지만 생각하는 건 자유였다. 까악, 드래곤 슬레이어 소드가 영혼 없이 울고는 테이블 위로 포르르 날아갔다.

-너도 그렇게 생각하는구나.

'이번 일로 확실해졌지.'

로젠은 제리코에게 마음이 있다. 그가 제리코에게 건넨 선물을 보라. 처음은 장미, 두 번째는 보석. 장미는 존경하는 에라프가 떠올라 가져왔다는 좋은 핑계가 있고 두 번째의 보석 역시 하프 산맥 기념품이라는 그럴듯한 변명거리가 있지만 결론만 놓고 보면 붉은 장미에 보석이었다. 남자가 여자에게 주는 선물 목록치고 참 노골적이었다.

'혹시나 싶어서 일부러 잼으로 만든 건데.'

자신의 매력에 자신 있는 제리코지만 장미만으론 섣부르게 단정 지을 수 없었다. 그래서 제리코는 일부러 로젠이 준 장미로 잼을 만들었다. 혹시 제리코가 착각했다면 괜찮고, 착각이 아니라면 남자가 선물로 준 꽃을 설탕에 재워 끓인 뒤 주위에 나눠 주는 것으로 선물에 대한 답변이 되었다고 생각했다. 그런데 로젠은 붉은 장미에 대한 변명이 통했다고 생각한 걸까.

인간의 연애에 대해 무지한 검이 다른 견해를 밝혔다.

-로젠은 정말 사심이 없을 수도 있잖아.

'그럼 더 질이 나쁘지.'

제리코는 뭘 모르는 무생물에게 심드렁하게 대꾸했다. 사심이 없다면 그쪽이 더 질이 나빴다. 연인이 되고 싶지 않은 여성에게 장미와 보석을 선물한다니. 구제 불능의 바람둥이 아닌가. 누가 봐도 착각할 만한 선물을 줘놓고서 나중에 자긴 그런 의도가 아니었다고 억울해하려고?

만약 장미와 보석을 선물한 이가 샌시였다면 제리코도 변명을 문자 그대로의 의미로 받아들였을 수도 있다. 하지만 로젠은 아니다. 그는 최장 연애 기간이 3개월인 남자였다. 연애를 안 했으면 모를까, 연애 경험이 풍부한 사람이 그 정도 구분을 못 한다면 정말 문제가 많았다.

'음. 그게 최장 기록 3개월의 이유일지도 모르겠다.'

어쨌든 제리코가 여기서 확신할 수 있는 점은, 로젠이 말로는 최대한 비슷한 물건을 주문한다 한들 결과물은 그렇지 않을 거란 부분이다.

이 장식술은 제리코가 하나를 가짐으로써 의미를 가졌다. 대립하는 두 남자가 하프 산맥에서의 기억을 공유하고 싶은 건 붉은 머리 소녀지 붉은 머리 청년이나 연녹색 머리의 숲 요정 혼혈이 아니었다.

"왜 너답지 않게 고집을 부리는지 모르겠다. 루비처럼 귀한 보석도 아닌데. 샌시 네 건 루비로 맞춰줄게."

"아냐, 난 하프 산맥산이 갖고 싶어."

로젠과 샌시에게 양보란 없었다. 가만두면 해가 질 때까지 이러고 있지는 않을까 의심이 들 정도였다. 다행히 둘 다 그럴 생각은 없었는지, 정면이 아닌 측면으로 고개를 돌렸다. 제리코는 두 남정네가 갑자기 자신을 보는 바람에 조금 놀랐다.

"나는 왜?"

"이러지 말고 제리코가 정해주면 되겠다."

"그러게. 하나는 제리코 거니까 네가 누구 주고 싶은지 정해."

이런 말을 하면서 제리코를 응시하는데 기분 탓일까. 둘 다 제리코가 자신을 선택하리란 자신감이 보였다. 제리코는 머쓱해져서 볼을 긁었다.

먼저 로젠의 자신감 원인을 분석해 보자. 일단 장식술에 달린 스피넬 원석 자체를 로젠이 공급했고 장식술도 로젠이 주문한 기념품에 용도부터가 검에 다는 것이라 로젠에게 적합하다. 객관적으로 분석했을 때 로젠이 갖는 자신감은 타당했다.

그걸 알면서 당당하게 자신의 승리를 장담하는 샌시에게 도박사의 기질이 있는가? 그건 또 아니다. 불과 몇십 분 전. 샌시는 이 방에서 제리코에게 사촌 오누이처럼 가까운 관계란 확답을 받았다. 샌시에게 있어 사촌 오누이는 친남매 다음으로 가까운 사이였다. 외간 남자보단 장식술을 공유하기 적절한 관계.

-사촌이 그렇게 절친한 관계야?

'아니.'

가족이라고 있는 사람이 마탑주라 그런지 가족애에 대한 샌시의 환상이 대단했다. 샌시 본인에게만 근거 있는 자신감의 원천인 셈이다.

각자의 이유로 자신만만한 두 남자는 칼자루를 제리코에게 넘겼다. 제리코는 이 쓸데없는 시간 낭비를 멈추기 위한 특단의 조치를 내렸다.

"사실 기념품을 나눠 가질 이는 하나 더 있어. 둘 다 알고 있지?"

제리코는 드래곤 슬레이어 소드를 들어 올린 다음 두 남정네에게 보여줬다. 까마귀가 임시 주인의 의도를 알아채고 로젠의 허리춤으로 이동해 검에 매달린 장식술을 낚아챘다. 소드 마스터의 기로에 선 천재는 까마귀를 바로 붙잡았지만 제리코는 까마귀가 문 장식술을 챙겼다.

"드슬이가 자기도 갖고 싶대. 그러니까 이거 두 개는 그냥 나랑 드슬이가 가질게."

제리코는 장식술 하나는 손잡이에 묶고 남은 하나는 검집에 매달았다. 얼떨결에 똑같은 장식술 두 개가 주렁주렁 달렸지만 용사님의 검은 워낙 화려해서 장식술 두 개에 묻히거나 하진 않았다.

두 남자의 시선이 닭 쫓던 개에 빙의하여 장식술에 못 박혔다. 그러다 제리코가 누구 한 명을 선택하느니 검에게 뺏기는 게 낫다는 사실을 깨닫고 결과에 수긍했다. 깍! 깍! 깍! 깍! 깍! 최종 승리자인 드래곤 슬레이어 소드가 스타카토로 끊어 울며 패배자들 위를 빙빙 돌았다.

제리코는 수첩을 꺼내 로젠 항목에 새로운 정보를 추가했다.

날 좋아함.

까마귀가 그 대목을 부리로 쪼아 항의했다.

-확실한 거 아니잖아.

"꽃 받고 보석 받았으면 끝 아니야?"

하는 김에 제리코는 사심을 담아 샌시 항목에도 동일한 문장을 추가했다. 그리고 까마귀의 격렬한 항의를 받았다. 제리코는 부리로 머리를 쪼는 양심통에 패배해 문장 위를 북북 그어 지웠다.

마그노 황자 항목을 펼친 제리코는 펜을 입에 물고 고뇌했다.

목련을 싫어함. 백목련 차를 선물로 줌. 차는 릴리에 공주님 수제품.

마그노 황자는 목련을 싫어하지만 릴리에 공주는 목련을 좋아한다. 릴리에 공주가 아들이 싫어하는 걸 알면서 굳이 목련차를 선물로 주었을 리는 없다. 그러니 공주는 마그노 황자가 목련을 싫어한다는 사실을 모를 가능성이 높다.

"이 모자는 대화가 부족한 듯싶은데……."

어쨌든 이걸로 예상할 수 있는 것은.

"마그노 황자님이 목련차가 싫은데 어머니가 준 거라 버릴 수도 없는 차에 내게 떠넘긴 거지!"

까악!

"일 리가 없지!"

제리코는 까마귀의 공격을 받기 전 즉각 부정하여 공격을 피했다. 그녀는 펜을 질겅질겅 씹었다. 맛은 없었다.

-귀한 선물이긴 한데 너무 고민하는 거 아니야?

"마그노 황자님이 릴리에 공주님 손길이 닿은 차를 싫어하는 인간에게 선물할 리 없단 말이지."

보통 이럴 땐 마그노 황자가 널 좋아하나 보다, 싫어하지 않나 보다.

뭐 이런 대답이 돌아와야 한다. 하지만 드래곤 슬레이어 소드는 없는 입으로라도 그런 가능성을 말할 수 없었다.

"으으, 황자님. 어려운 남자."

제리코는 과제보다 어려운 남자 항목을 덮고 쉬운 남자 항목을 펼쳤다. 오늘 그녀에게 새로운 고민거리가 하나 추가되어 버렸지 뭔가.

"어떡하지⋯⋯."

-로젠이 네게 마음 있는 거? 좋은 거 아니야?

제리코는 작고 동글동글한 까마귀 머리를 검지로 쿡 찔렀다. 새로 변신했다고 진짜 새대가리가 되면 곤란했다. 심지어 까마귀로 변해놓고 닭대가리가 되면 곤란하지.

"에라프 님이 셋 중에 적어도 하나는 아들이라고 했잖아."

-응.

"내가 머리가 나빠서 셋 중 하나라고 생각하고 있었는데 말이야⋯⋯. 그 말 잘 생각해 보면 둘이거나 셋 전부일 수도 있단 얘기였어."

샌시는 친부가 밝혀졌으니 제외. 후보가 둘 남았고 마그노 황자의 주가가 천정부지로 치솟았지만 그렇다고 로젠의 주가가 내려간 것이 아니다.

둘이 합쳐 100%가 아니다. 둘이 합쳐 200%였다. 가능성을 따로따로 보아야 했다. 제리코는 뒤늦게 그 사실을 깨달았고 로젠은 여동생일지도 모르는 소녀에게 장미와 보석을 선물한 흑역사를 적립했다.

거기에 여동생에게 고백하는 흑역사를 추가 적립하게 만들 수는 없었다. 어떻게든, 로젠의 친부를 알아내야 했다.

여동생에게 고백이라니. 상상만 해도 오금이 저리는 흑역사였다. 로젠을 편애하는 드래곤 슬레이어 소드는 임시 주인과 함께 두려움에 떨었다.

24장
용사가 남기고 간 것

사람이 전부 죽어 전 세계에 제리코와 마그노 황자 단둘만 남아도 마그노 황자가 제리코에게 장미와 보석을 바칠 날은 오지 않을 것이다. 그런데 로젠은 장미와 보석을 선물해 버렸다.

언제는 황자님 걱정에 잠을 못 이뤘는데 이젠 로젠 때문에 밤에 잠이 오지 않았다. 제리코는 볼을 쓸었다. 과장을 보태서 조금 거칠어진 것 같았다.

"불면은 피부의 적인데."

어쩜 오빠 후보로 있는 사람들이 하나같이 여동생의 피부를 공격하는지. 제리코는 저도 모르게 혀를 찼다. 임시 주인보다 예비 소드 마스터를 좋아하는 드슬이가 로젠을 변호했다.

-로젠은 애인이랑 여자 사람 친구 구분이 서툰 순수한 청년일 뿐이야!

"로젠이 본인 입으로 구분한다고 했었거든. 어쨌든 더 이상의 흑역사는 쌓지 말아야지."

로젠이 제리코에게 이성적 호감이 없다 한들, 후에 남매라는 사실이 밝혀지면 지금의 행동들을 후회할 것이다. 장래가 창창한 청년이 한순간의 실수로 이불을 걷어차서야 쓰나. 그런 상황은 가능한 방지함이 마땅했다. 종류는 다르지만 이 또한 사랑이었다.

"일단…… 로젠의 태도가 바뀐 건 하프 산맥을 다녀오고 나서야."

-그래?

"응. 생각해 보니까 그때 이후로 태도가 변한 것 같아."

-나는 잘 모르겠던데…….

만인에게 친절한 사람은 이래서 문제다. 진실로 호감에서 시작된 친절인지, 평소 성격인지 분간이 어렵기 때문이다. 그런 점에서 로젠은 참 나쁜 남자였다.

-한동안 연애는 안 할 거라더니, 하프 산맥에서 새로운 경지에 도달한 것 때문에 연애하고 싶어졌나?

그래서 최근 친하게 지냈던 제리코를 연애 대상으로 보았다거나? 하프 산맥에서 생사를 넘나들며 쌓은 정이 있으니 꽤 그럴듯한 추측이었다. 제리코는 거기에 본인의 추측을 더했다.

"거기에 그 시기를 기점으로 내가 동생이 아니라는 생각을 했다는 거지."

로젠은 한때 에라프가 자신의 친부가 아닐지 의심했다. 제리코를 연애 대상으로 두기 전, 이 일을 확실히 알아봤을 가능성이 높았다. 로젠은 배다른 동생과 위험한 사랑을 할 만한 위인이 아니니까.

"로젠이 집에 다녀왔잖아. 그때 플라티나 님에게 뭔가 물어본 게 아닌가 싶은데."

-플라티나가 아니라고 확답했다면 그럴 수도 있겠다. 그런데 그 여자가 진실을 말했을까?

상인에게 정보는 곧 돈이다. 플라티나가 하는 말이 모두 진실이라 믿을 사람은 아무도 없을 것이다.

"아무렴 플라티나 님이 로젠에게 흑역사의 단초를 제공했을까 싶긴 한데……."

어린 아들을 놀려먹기 위해서면 모를까. 아들이 호감 가는 여성과 연애를 하기 위해 친부를 묻는데 거짓말을 하겠느냐만. 플라티나가 사실대로 말해서 로젠이 접근하는 것이라면 제리코로서도 다행스러운 일이다. 다만⋯⋯.

"문제는 로젠이 플라티나 님께 물어보지 않았을 경우야. 내가 봤을 때 그 집안도 모자 사이가 조금⋯⋯."

말하고 나니 슬픈 일이라 제리코는 눈을 깜빡였다.

-남매일 가능성이 있는데 접근한다고? 그건 좀 심했다.

제리코는 팔짱을 끼고 눈을 감았다. 안 돌아가는 머리로 여러 가능성을 생각하려니 머리가 아팠다.

"솔직히 말이야. 지나가는 사람 붙잡고 당신 아버지가 용사라고 말하면 누가 믿겠어?"

-아무도 안 믿지.

"게다가 우리는 에라프 님에게 아들이 있는 걸 알지만 로젠은 몰라. 일반인의 상식으로 우리가 남매가 아니라고 생각하는 게 더 쉽지."

아리보 공작가에 찾아온 사기꾼의 수를 보면 알 수 있듯, 우리의 용사님은 아랫도리가 가벼웠다. 어쩌면 알려진 세 후보 외에 아들이 더 존재할 가능성도 있다. 하지만 제리코는 지나가는 남자 중에 자신의 오빠가 있을까 의심하지 않는다. 그게 보통 사람의 인식이기 때문이다.

'지나가는 사람마다 혈연일 가능성을 걱정하면 못 살지. 암, 못 살고말고.'

로젠 또한 그렇다면? 그래서 안심하고 제리코에게 구애하려는 것이라면?

-그럼 로젠을 위해서 빨리 진실을 알려주자. 걘 지금 연애할 때가 아니야! 수련에 집중해야 해!

"그건 안 돼."

-왜!

로젠은 말이 통하니 제리코가 진실을 밝히면 마음을 접을 것이다. 그런데 제리코가 그럴 수 없다고 말하자 드슬이는 답답한 나머지 날개를 퍼덕였다.

제리코는 생물의 연약한 마음을 몰라주는 강철의 무생물을 힐난했다.

"아직 로젠에게 고백받은 게 아닌데 내가 먼저 나섰다가 아니면 창피하잖아!"

사람은 남의 중병보다 자기 고뿔이 더 심각한 법이다. 제리코는 용사의 딸이면서 타인의 고통을 등한시한 대가로 까마귀 날개에 볼을 맞았다. 하늘을 나는 새를 지탱하는 날개라 그런가. 꽤 아팠다.

"악! 악! 내 말 좀 들어봐. 그건 로젠도 창피할 거야. 동생인 줄 모르고 나한테 구애하는데 내가 사실 네가 오빠일지 모르니까 우리는 이어질 수 없다고 말하면 지난 과오가 떠올라서 괴로울 거 아니야. 그러니까 로젠을 위해서라도 내가 철벽을 치는 게 나아. 사전에 막아서 흐지부지하게 만들어 버리는 거야."

장미잼은 철벽의 일환이었다. 통하지 않았지만.

진정한 까마귀가 부리로 날개깃을 다듬었다. 철벽을 치겠다는데 별로 믿음이 가지 않았다.

–어떻게 철벽을 칠 건데?

제리코는 허리에 손을 얹고 자신만만하게 외쳤다.

"아주 간단해! 내가 남자를 만들면 돼!"

생물의 본능에 충실하겠노라 외친 소녀는 보무당당하게 〈이만보〉를 찾았다. 소녀의 목적은 분명했다. 연두색 머리에 노란 눈의 미남이 제리코의 목표였다.

"모두 안녕! 샌시 있어요?"

"회장은 외출했습니다."

동아리실을 방문하는 귀빈 담당 부회장 후안이 지하 3층에서 1층까지 올라와 제리코를 반겼다.

"저런."

가는 날이 장날이라더니. 어제 백합관에 방문했기에 한동안 연구실에 박혀 있을 줄 알았던 제리코로선 뜻밖의 상황이었다.

"언제 돌아올까요?"

"평소라면 곧 돌아올 거라 대답해 드리겠지만 오늘은 모르겠습니다. '그녀'의 관리를 부탁한 걸 보면 늦을 것 같기도 하고."

제리코는 어제 샌시가 받은 카모마의 편지를 떠올렸다. 카모마와 대화하기 위해 마탑에 갔다면 늦게 귀가할 듯싶었다. 위풍당당하게 〈이만보〉 문을 벌컥 연 것이 서글퍼 제리코는 애써 다른 용건을 찾았다.

"그렇구나. 송사리는 어때요?"

후안은 침통한 얼굴로 어깨를 늘어뜨렸다.

"어제랑 비슷합니다."

"어제는 어땠는데요?"

"엊그제랑 비슷했습니다."

이 패턴이라면 한 달 전에 어땠는지 묻기 위해 동일한 질문을 서른 번은 해야 할 판이다. 후안치고 논리성과 사교력이 결여된 대답이었다. 제리코는 그제야 후안의 안색을 살폈다. 눈가가 퀭한 것이 한 달은 밤을 새운 듯했다.

"그…… 많이 피곤해 보이네요. 괜찮아요?"

"회장이 방임주의라 회장 개인 연구에 참여하는 건 개인 자유거든요. 요즘 '그녀'를 관리하는 인원이 줄어서 교대를 못 했더니 약간 피곤하네요."

"그렇구나."

송사리는 유지비가 많이 들뿐더러 사람이 계속 붙어 있어야 해서 인력 낭비도 심한 듯했다. 제리코는 이런 와중에 외출한 샌시가 대단하다고 생각했다.

-오늘 당번이 여학생이었으면 외출 안 했을걸?

'정답.'

샌시. 당당하게 남자와 여자를 차별하는 남자. 여자를 두려워하고 피하는 것과 별개로 이성에게 잘해주는 본성은 지키는 그런 남자. 기껏 잘해줘 놓고 반하지 말라고 덧붙여 초를 치는 그런 남자.

그리고 그런 남자에게 사귀자고 말하러 왔다가 허탕 친 여자는 약간의 불만을 표출했다.

"샌시가 너무했네요."

"괜찮습니다. 회장은 너무 안 나가서 큰일이니까요. 소공작과 교분을 쌓기 시작하면서 외출 횟수가 늘어 다행이라고 생각하고 있습니다. 앞으로도 우리 회장 잘 부탁드려요."

언제나 생각하는 바지만 후안은 샌시에게서 금전적, 기술적 이득을 보겠다고 붙어 있는 사람치고 샌시에게 헌신적이었다. 샌시가 평소 보이는 행동거지를 감안했을 때 놀라운 인복이었다. 제리코는 〈이만보〉에 챙겨 간 간식을 뿌리고 돌아섰다.

'샌시는 인복이 참 좋아. 후안이 있고, 내가 좋아해 주잖아.'

드래곤 슬레이어 소드는 제리코의 자신감을 트집 잡기 전에 잔혹한 현실을 말했다.

-마탑주가 엄마니 인복 자체는 마이너스지.

'……부정할 수가 없네.'

샌시를 걱정하고 아끼는 주위의 사랑도 마탑주 한 명이 준 상처의 골을 메꾸기엔 역부족이었다. 이래서 사람을 상처 주지 않도록 조심해야 하는 것이지. 제리코는 사람을 사귀면서 벌어지는 여러 일에 대해 생각하며 고개를 끄덕였다.

제리코는 평범하게 수업에 들어갔다. 마그노 황자는 자체 휴강을 이어갔고, 로젠은 제리코를 찾아오지 않았다. 밤을 새운 것치고 참 평범한 날이었다. 평소와 다른 것이라면 백합관에 초대해 꽃차를 즐길 사람을 누구로 할지 고민하는 정도였다.

'스텔라가 평일에 시간이 있을까? 다 모이려면 주말이 나으려나?'

친한 몇몇을 떠올리며 백합관에 도착한 제리코는 침실로 올라가 책상 위에 놓인 편지를 발견했다. 아리보 공작가나 가족이 보낸 편지인 줄 알고 반색했는데 봉투 겉봉에 아카데미의 문양이 찍혀 있었다.

"기숙사 생활하는 사람에게 학교에서 편지를 보내다니!"

도대체 이게 뭐람! 제리코는 호기심에 바로 편지를 뜯어 내용을 확인했다. 편지는 루나 아카데미의 졸업생 기념관에서 미베어 소공작에게 보낸 것이었다. 소장품 중 미베어 소공작의 허가를 받아야 할 물건이 있어 직접 와주길 청하는 내용이었다.

"내 허락?"

-주인 물건인가 보네. 네가 주인의 상속자니까.

"저번에 본 전시품이 다가 아니었나 봐? 근데 내 허락이 왜 필요하지?"

-이전에야 네 존재를 아무도 몰랐으니 그냥 전시했지만 이제부턴 네 허락이 필요하게 된 거 아니야?

짚이는 게 없어서 제리코는 볼만 긁적였다. 언제 와주시면 좋겠다는 얘기도 없이 그냥 편하신 시간에 와주시면 감사하다는 문장만 적혀 있었다. 본래는 직접 찾아뵙고 허가를 받는 게 맞으나 소장품을 반드시 육안으로 확인해야 하기 때문에 찾아뵙지 못한다는 변명이 편지의 절반 이상이어서 더 볼 필요가 없었다.

"내일 수업 끝난 뒤에 가도 되나?"

제리코는 대수롭지 않게 생각하고 편지를 책상 위에 던졌다가 곧 그녀가 아는 최고의 미인을 떠올렸다. 졸업생 기념관은 마자리스의 일터였다.

까아. 마자리스를 떠올린 제리코는 두 손으로 뺨을 가리고 새된 비명을 질렀다. 눈에서 안 보이면 생각을 잘 안 하게 되는데 막상 한번 생각하면 마자리스에 대한 상념을 접기 어려웠다.

"마자리스 씨에게 목련차를 보여줘야겠어."

-가는 김에 초대하게? 그 남잔 네게 관심 없어서 부담스러워할 텐데.

"그런가."

하지만 세기의 미인과 꽃이 피는 순간을 공유하고 싶다는 욕심이 들었다. 공유하지 못하더라도 예쁜 사람에게 예쁘고 좋은 걸 보여주고 싶었다.

"예쁜 거랑 예쁜 걸 더하면 더 예쁜 게 되잖아!"

-단순하긴.

결국 제리코는 단지에서 꽃봉오리 두 개를 꺼내 병에 넣어 밀봉했다. 봉오리가 터지는 순간을 공유하진 못하더라도 박물학을 전공하는 이에게 아름다운 광경을 꼭 보여주고 싶었기 때문이다.

"마자리스 씨가 좋아해 주면 좋겠다."

-놀라서 기절하지 않을까.

타국에서 유학 온 고학생이 황실의 비전을 보고 놀라 기절하지는 않을지. 하지만 제리코 말대로 박물학을 전공하는 이에게 좋은 경험이 되긴 할 것이다. 제리코는 소풍 가기 전날 아이처럼 흥분했으나 곧 잠들고 말았다.

졸업생 기념관 직원이 모두 튀어나와 제리코에게 인사했다. 자세한 사정은 응접실에서 듣기로 했는데 설명하겠다고 들어오는 직원이 마자리스였다.

-인사는 모두 모여서 한 주제에 부담스런 귀빈을 비정규직 외국인 노동자에게 맡기다니!

용사의 검이 책임지지 않는 책임자들에 대해 깊은 유감을 표했다. 제리코도 동의했다.

'마자리스 씨 얼굴 봐서 좋긴 한데 너무하긴 했다.'

"안녕하세요, 제리코 씨. 잘 지내셨나요?"

마자리스는 변함없이 사람 좋은 미소를 머금고 인사했다. 겉으론 웃고 있지만 속으론 꽤 난처하지 않을까. 적어도 제리코라면 상사 욕을 바가지로 했을 터다.

"마자리스 씨! 마자리스 씨가 설명해 주시는 거예요? 그럼 저야 좋죠!"

-야. 네가 이렇게 달라붙으면 앞으로도 마자리스가 이런 일 떠맡게 되잖아.

'좋은 걸 어떡해.'

제리코는 방긋 웃었다. 로젠이나 마그노 황자 일로 상처받은 영혼이 치유되는 기분이 들었다. 세상에 오빠일 가능성이 제로인 미남이 존재하는 건 그 자체로 복된 일이었다.

제리코가 두 팔 벌려 환영하자 마자리스의 얼굴에서 미소가 사라지고 안색이 창백해졌다. 가엾은 유학생은 제국의 고위 귀족이 돈 벌겠다고 집을 나가 진짜 돈을 벌어 10년 만에 귀환한 오빠를 환영하듯 반겨주는 게 부담스러운 듯했다.

"하하하, 저를 이렇게 반겨주시니. 정말 감사합니다."

마자리스의 손엔 네모나고 각진 상자가 들려 있었다. 저 물품이 기념관에서 제리코를 부른 원흉임이 틀림없었다. 제리코는 마자리스에게 얼른 착석을 권했다. 마자리스는 테이블 위에 들고 있던 물건을 내려놓고 의자에 앉았다.

'금고?'

-금고네.

제리코는 테이블 위 상자를 관찰했다. 금속 재질에 자물쇠가 달린 상자. 평범한 금고였다.

"이것 때문에 절 찾으셨나요?"

"네, 그렇습니다."

"에라…… 아버지 물건인가 봐요?"

"얼마 전에 기념관 창고를 대대적으로 정리하던 차에 발견했습니다."

말이 대대적인 창고 정리지, 창고에서 일하는 직원은 마자리스 한 명밖에 없었다. 어쨌든 그 와중에 발견된 물건이라는데 어째서 기념관 측에서 제리코를 불렀나. 제리코는 여전히 이유가 궁금했다.

"제가 알기로, 공고 기간이 지난 물건은 아카데미가 주인이 되지 않아요?"

루나 아카데미는 졸업생이 두고 퇴실한 물품을 최장 10년 보관했다가 폐기한다. 재학생 전원이 기숙사 생활을 하다 보니 분실물과 유기품이 너무 많아 입학할 때 강조하는 사항이었다.

하물며 에라프는 졸업생도 아닌 자퇴생. 그의 물건은 모두 폐기되어 마땅했으나 그는 기숙사 퇴실 10년이 지나기 전 역대 어느 졸업생도 세우지 못한 업적을 쌓았다. 용을 잡은 것이다.

그렇게 에라프가 두고 간 물건들은 모조리 재발굴되어 졸업생 기념관에 전시되었다. 그런데 제대로 졸업하지 않은 자퇴생의 물건이다 보니 창고를 정리하면서 새로 찾은 물건이 있었단다. 그것이 이 금고라면 기념관에선 굳이 제리코의 허가를 받을 필요가 없었다.

"잘 알고 계시네요. 사실 이 금고의 주인은 아카데미가 맞습니다. 다만 그러니까."

마자리스가 입꼬리를 살짝 올리고 웃었다. 제리코는 마자리스가 기념관을 대표하여 말하고자 하는 바를 똑똑히 알아들었다.

'에라프 님 이름값이 부담됐구나.'

광룡을 쓰러뜨린 용사의 이름값을 무시할 수 없었던 모양이다.

보통 금고엔 귀중품이나 특별한 의미가 담긴 물건을 보관한다. 금고의 자물쇠는 이미 풀려 있었다.

-열쇠가 필요한 자물쇠가 아니고 암호를 입력하는 형식인데 용케 풀었네.

'원래 풀려 있던 거 아니야?'

자퇴하면서 두고 갔다면 금고라고 해도 그리 중요한 물건이 들어 있진 않을 것이다. 제리코는 금고를 건드렸다.

"어떤 게 들어 있는데요?"

"기록물과 편지, 그 외에 물품이 보관되어 있었습니다. 물론 기록물과 편지는 모두 외양으로 판단했고 내용물은 보지 않았습니다. 암호를 푼 걸 제외하면 창고에서 발견한 그대로입니다."

-빨리 열어봐.

주인 물건이라 그런지 조심하라는 경고는 하지 않았다. 제리코는 금고를 열었다. 수첩이 몇 개, 편지 뭉치와 지갑, 말라비틀어진 무언가와 접은 지도에, 하여간 자질구레한 물건이 가득했다. 제리코는 저도 모르게 말라비틀어진 무언가를 가리켰다.

"이건 뭘까요?"

'간식 먹다 넣어둔 건가?'

-주인이 너냐!

"이건 백합 구근입니다."

"왜 백합 구근을 금고에?"

"글쎄요."

고인의 뜻을 딸이 모르는데 일개 유학생이 어찌 알겠는가. 마자리스가 모호한 미소를 지었다. 제리코도 하도 어이가 없어 의문을 표한 거였기에 답을 바라진 않았다. 그녀는 편지 뭉치를 꺼냈다.

"편지와 기타 기록물은 고인의 사생활이 드러날 수 있기 때문에 기념관 측에선 제리코 씨의 허락을 구한 후 전시하려 합니다."

그러니까 유족인 제리코가 먼저 읽어본 다음, 전시해도 될 만한 기록물을 추려주면 좋겠다는 것이 졸업생 기념관에서 제리코를 부른 목적이었다.

"학업에 열중하시는 소공작의 시간을 뺏게 되어 죄송한 일이지만, 일단 소장품은 기념관 외부로 유출이 금지되어 있기 때문에……."

"아녜요, 저 시간 많아요! 아주 한가한 사람이에요!"

"오늘 다 보시기 힘드실 테니 편지와 기록물은 기숙사로 가져가서서 천천히 살펴보셔도 괜찮습니다."

"방금 소장품은 외부 유출 안 된다고 하지 않았어요?"

"일단 목록에 적힌 소장물은 '금고'니까요. 그래도 가급적 기숙사 내에 보관해 주셨으면 합니다."

눈 가리고 아웅이 제법이었다. 이럴 거면 그냥 백합관에 소포로 보냈어도 될 것을 왜 사람을 여러 번 일하게 만드는 것일까?

―책임 면피용이지. 형식이 중요하다는 거 아니겠어?

제리코는 혀를 차고 싶은 것을 참으며 편지 뭉치에서 하나를 빼냈다.

"연애편지네요."

예쁜 편지지에 동글동글한 글씨로 에라프에게 구애하는 문장이 쓰여 있었다. 마자리스가 상냥하게 말했다.

"미베어 공작님의 사생활이니 가급적이면 타인에겐 알리지 않으셨으면 합니다."

마자리스의 섬세한 마음 씀씀이에 검이 한탄했다.

―얼굴을 빼닮은 딸은 대놓고 연애편지 읽는데 피 한 방울 안 섞인 생판 남이 주인 사생활을 걱정해 주는구나.

'내가 뭘.'

제리코는 입술을 삐죽이고서 편지 뭉치를 주머니에 집어넣었다. 챙기는 김에 수첩과 기념관에서 확인해 주길 바라는 기록물 같은 것도 모두 챙겼다. 그러고 나니 자질구레한 물건이 금고에 남았다. 제리코는 가장 먼저 말라비틀어진 식물 뿌리를 꺼냈다.

"일단 이건 버리죠."

썩지 않고 말랐기에 망정이지 하마터면 썩으면서 주위 종이들을 함께 썩힐 뻔했다. 제리코가 유족의 권한으로 말라비틀어진 백합 구근의 폐기를 요청하자 마자리스가 뜻밖의 요청을 했다.

"하면 제가 가져도 되겠습니까?"

"가지시게요? 죽지 않았을까요?"

과연 이 말라비틀어진 백합 구근이 회생할 것인가. 되살아나려면 요정의 축복이 필요할 것 같은데. 고향에서 이웃의 밭농사를 도운 경험으로 보건대, 얘는 심으면 그대로 썩어버린다. 제리코는 확신했다.

"마침 다음 주부터 식물원으로 근무지가 변경되거든요. 식물원엔 마법사들이 만든 비료도 있으니 어떻게든 살아나지 않을까요."

"어쩜, 상냥하기도 하셔라."

말라비틀어진 식물 뿌리일지라도 생물이니 살려보겠다는 마음씨가 참 고왔다. 제리코는 백합 구근을 마자리스에게 넘겼다. 일단은 학교의 소유물이나 이 정도 월권은 괜찮을 듯싶었다. 말라비틀어진 무언가를 전시하는 것보단 백합 한 송이 예쁘게 피어나는 게 백배 나으니까.

"백합 좋아하세요?"

마자리스가 좋아한다고 답하면 냉큼 자신도 좋아한다고 말할 속셈이었다. 마자리스는 상냥하게 웃으며 대답했다.

"아주 싫어합니다."

"저도 아주 좋…… 싫어하세요?"

봄날의 햇살같이 웃으면서 싫어한다고 말할 수 있는 것도 재능이었다. 마자리스의 푸른 눈동자가 반짝였다. 제리코는 백합향처럼 진하고 달콤한 향을 맡은 듯한 기분이 들었다.

"네, 아주 싫어합니다. 개인적으로 제일 싫어하는 꽃이에요."

"그렇게 싫어하시는데 살려보겠다니……."

"식물엔 죄가 없으니까요."

그렇게 말하면 꼭 식물 외에 다른 무언가는 죄를 지었다는 얘기처럼 들리는데. 마자리스와 공감대를 형성해 보려던 제리코가 무안해하든 말든, 마자리스는 백합 구근을 손수건에 말아 품에 넣었다. 싫어한다는 사람치고 손길은 무척 세심하여 정중하게까지 느껴졌다.

제리코는 그제야 깨달았다. 꽃을 싫어하는 게 아니라 꽃과 관련된 무언가가 싫은 것일 수도 있음을. 예를 들면 추억이라거나, 사람이라거나. 개인적으로 무척 궁금했지만 이 온화한 사람이 대놓고 싫다 말했는데 캐묻는 건 실례. 제리코는 화제를 돌렸다.

"그러고 보니 샌시가 전에 마자리스 씨의 피를 뽑아 갔잖아요."

"네, 그러셨죠."

"이번에 검사 결과가 나왔다고 알려줬거든요. 축하해요, 마자리스 씨."

제리코는 긴장감 형성을 위해 잠시 뜸을 들이다가 말했다.

"마자리스 씨는 인간입니다!"

짜잔. 참 대단한 사실을 알려주니 마자리스라고 별다른 반응을 보이겠는가. 그저 늘 그렇듯 상냥하게 웃을 뿐이었다.

"하하하, 고마운 일이네요."

"그리고 뭐라더라? 수치가 많이 안 좋대요. 건강에 신경 쓰세요."

"제 건강은 위대한 분의 뜻에 달렸기에 제 뜻대로 되는 건 아니지만 명심하겠습니다."

제리코는 몸 상태가 좋지 않아도 상사를 신경 쓰느라 제대로 쉬지 못하는 마자리스 때문에 속으로 눈물을 삼켰다.

"어쨌든 그때 피 강탈은 정말 죄송해요. 샌시가 조금 사서 걱정하는 성격이거든요."

"아니요, 정말 괜찮습니다. 마법사니까요. 그럴 수 있죠."

"샌시 말로는 신뢰할 만한 기관 여러 곳에 의뢰해서 얻은 검사 결과래요. 이제 마자리스 씨는 어딜 가시든 당당하게 인간인 걸 증명하실 수 있게 되었어요."

"하하하하. 참 기쁜 소식이네요."

웃는 얼굴에 이런 얘기 하기 뭣하지만 크게 기뻐 보이진 않았다. 난데없이 피를 뽑혀서 '너는 인간이다!' 소리를 듣고 있으니 기가 찰 노릇이겠지.

"샌시는 왜 마자리스 씨가 인간이 아니라는 기막힌 생각을 했을까요……. 너무 아름다워서 그런가?"

"마법사의 생각을 저처럼 평범한 사람이 알 리 없지요."

"언제는 제게 마자리스 씨랑 피가 섞였냐고 물어보질 않나."

샌시는 제리코가 오빠 후보를 찾고 있음을 알고 있기 때문에 마자리스가 후보냐고 물어본 적이 있다. 제리코가 마자리스와 외양이 비슷했으면 마을의 미소녀가 아니라 지역의 미소녀로 널리 이름을 떨쳤을 터다.

마자리스는 제국의 대귀족과 피가 통했다는 의혹이 달갑지 않은지 애써 웃었다.

"하하하, 제가 소공작님과 혈연이 닿을 리 없죠. 다만 제게 피를 물려준 분 중에 제국민이 계십니다."

"아, 조상 중에 제국분이 계세요?"

"네. 후손을 자처할 정도의 연은 아니지만요."

제국인의 피는 아주 흐리다고 마자리스가 설명했다. 바다에 술 한 방울 떨어뜨린 것처럼 옅다나. 그래도 피를 물려받았음을 부정하진 않는다고 마자리스가 꽤 길게 말했다.

"그분이 아니었으면 전 존재하지 못했을 테니까요."

"그죠. 저도 조상님들께 언제나 감사한 마음을 갖고 있어요."

제리코는 싱거운 대화를 끝내고 선물을 꺼냈다.

"제가 마자리스 씨 드리려고 차를 가져왔거든요."

제리코는 목련차를 마자리스에게 건네주고 두 손을 모아 쥐었다.

"아주 귀한 차래요. 물 부으실 때 꼭 투명하고 큰 용기에 넣으세요."

마자리스가 놀라는 모습을 못 보는 건 안타까우나 이 자리에서 차를 마시자고 청하기엔 번거로우니 제리코는 깔끔하게 포기했다. 봉인된 병을 열고 내부를 확인한 마자리스의 안색이 또다시 새하얗게 질렸다.

"이, 이건! 이렇게 귀한 물건을 받아도 되는지 모르겠습니다."

"역시 마자리스 씨. 알고 계시는구나."

"릴리에 공주님이 직접 만드신 꽃차라니. 공주님께 직접 받으셨습니까?"

제국까지 유학 온 유학생답게 황가의 비전으로 만드는 꽃차도 보자마자 알아채고. 마자리스 씨는 참 대단하다고 추켜세우려던 제리코의 혀가 굳었다. 긴장한 건 제리코 혼자가 아니었다.

-샌시가 기밀이라고 했잖아. 어떻게 알고 있는 거지? 제리코, 날 잡아.

몰라야 할 일을 알고 있는 사람은 위험하다. 검이 당장 실체화하여 테이블을 뒤집을 태세로 으르렁거렸다. 제리코는 저도 모르게 검 손잡이에 손을 가져가려다 침착하게 호흡을 조절했다.

"마자리스 씨? 전 아무 말도 안 했는데 공주님이 만든 차인 걸 어떻게 아셨어요?"

제리코의 의심과 경계를 알아챈 마자리스가 두 손을 열심히 저었다. 아름다운 얼굴이 창백하게 질려 사색이 되었다.

"아, 아닙니다! 첩자 같은 게 아닙니다! 제국 황실 비법이 닿은 가공품은 단순히 말린 풀과 차이점이 있거든요! 키워주신 분이 알려주셨어요! 제 고향에선, 다 알고 있습니다!"

마자리스가 필사적으로 변명했다. 첩자가 아니라느니, 고향에 가면 모두 알고 있다느니 참 믿기 어려운 얘기였다.

-일단 포박해서 경비대에 넘기자. 결백하면 거기서 증명이 되겠지.

'과격하긴.'

검의 의견이 과하다고 여기면서도 제리코는 경계를 풀지 않았다. 마탑주 정도는 되어야 알 수 있는 기밀을 외국인 고학생이 알고 있다니. 시골 촌뜨기인 제리코가 생각해도 수상했다.

마자리스는 발을 동동 구르며 제 결백을 위해 있는 말 없는 말, 생각나는 모든 말을 꺼냈다.

"목련을 그냥 말리면 꽃봉오리가 이렇게 마르지 않습니다! 아시다시피 목련 봉오리란 것이 다른 꽃보다 겉이 두꺼워 말리다가 속은 썩게 마련이죠! 하지만 이 꽃차는 그런 흔적이 보이지 않고 마른 상태에서도 마른풀이 아닌 생화의 냄새가 나지 않습니까! 아마 차를 취급하는 전문가나 상인은 바로 차이를 알아차릴 겁니다! 꽃! 화훼 사업을 하는 사람도요! 그리고 본래 전승이란 것이 지역마다 차이를 보이게 마련입니다! 제국 내에선 황가의 권력이 닿아 관련 전승을 막았겠지만 외국은 그렇지 않습니다!"

-제리! 뭐 해! 네 손으로 잡기 싫으면 사람을 불러!

"정말 저는 첩자가 아닙니다! 제도에 온 것도 작년이 처음이고 제 돌아가신 아버지께 맹세코 그런 짓은!"

'으음.'

마자리스가 황가의 기밀을 알고 있는 건 정말 수상했지만 그의 변명은 꽤 그럴싸했다. 제리코가 직접 경험해 본 바가 있어 더욱 그랬다. 제리코의 고향 마을에선 친부 얘기를 한 번도 들은 적이 없는데 이웃 마을에서 실컷 들은 경험이 있으니까. 소문의 당사자 주변은 조용하지만 좀 떨어진 곳에서 시끄럽게 떠드는 일은 흔했다.

'그리고 누가 저렇게 튀는 미모를 첩자로 정하겠어.'

-누가 알아. 얼굴 밝히는 귀족 꼬시려고 저런 사람 보냈는지.

'나 같은 사람?'

-그래. 너 같은 사람. 말해놓고 보니 첫 만남부터 수상하네.

'어허, 너무 나갔어. 마자리스 씨는 피해자라고.'

드래곤 슬레이어 소드가 마자리스와 처음 만났던 마차 사고부터 재조명할 기세라 제리코는 얼른 고개를 저었다. 미베어 소공작의 박치기에 갈비뼈가 부러지기를 바라는 사람이 몇이나 있겠는가?

'애초에 첩자면 학교에 처박혀 있겠어? 여기가 알아주는 아카데미라고 해도 그래 봐야 학교인데.'

-너 있잖아, 너!

만약 마자리스의 정체가 정말 타국의 첩자이고 목표가 미베어 소공작을 염탐하는 것이라면 그는 누구보다 훌륭하게 직무를 수행하는 것이다. 목표물이 변호해 줄 정도로 호감을 샀으니 말 다했지.

"제발 부탁드립니다. 신고하실 거라면 학기가 끝난 다음 신고해 주세요! 방학 내에 조사가 끝나면 어떻게든…… 그래도 첩자 의심을 받았으니 퇴학 조치당하려나……."

제리코의 지속된 침묵에 마자리스는 차라리 방학이 되면 신고해 달라고 애걸했다. 결국 제리코는 결론을 내렸다.

"괜찮아요, 마자리스 씨. 전 마자리스 씨가 첩자가 아니라고 생각해요. 당연히 신고도 안 하죠."

"소공작님!"

마자리스는 감격하여 연거푸 고개를 숙였다. 검이 몸을 떨어 격렬하게 항의했다. 제리코는 검의 항의를 못 들은 척했다.

-이 안전불감증 환자야!

'아니, 마자리스 씨가 첩자라도 내 정보 알아 가서 뭐. 내가 에라프 님처럼 용사도 아니고.'

기껏해야 마른하늘에 날벼락을 맞아 벼락부자가 된 운 좋은 계집애가 아닌가. 타국에서 그녀의 정보를 알아봤자 써먹을 데가 없었다. 끽해야 신랑 후보를 찾을 때 '얼굴을 밝힘' 정보나 써먹겠지.

무엇보다 제리코와 마자리스의 대면은 언제나 제리코의 주도로 이어졌다. 검의 주장대로 마자리스는 제리코와 친분을 쌓고 싶은 마음이 없어 보였으니까.

마자리스가 결백하다면 경비대의 조사를 받고 풀려나겠지만 그로 인해 그의 학업은 막대한 지장을 받게 될 것이다. 어쩌면 고향의 후원자가 보내주는 후원이 끊길지도 모른다. 물증도 없이 의심만으로 신고하기엔 너무 미안했다.

"전 마자리스 씨를 믿어요!"

"소공작님…… 감사합니다. 정말 감사합니다."

마자리스는 바닥에 무릎 꿇고 절을 할 기세로 고개를 숙이다 제리코의 만류에 이성을 찾았다. 제리코는 한 사람의 평온한 삶을 지켰단 뿌듯함에 활짝 웃었다.

-네 인생의 평온이 우선이라고!

'내 인생은 내 몫이고.'

남의 인생에 평지풍파를 일으켜서야 쓰나.

"괜찮다면 마자리스 씨가 알고 있는 전승을 얘기해 줄래요? 어떻게 전해지는지 궁금해서요."

귀한 정보일 경우 샌시에게 알려주면 좋아할지도 모른다. 마자리스는 많이 놀랐는지 차 한 잔을 모두 비운 뒤에야 입을 열었다.

"소공작님은 용이라 하면 어떤 게 연상되시나요?"

"용이요?"

갑자기 용이 왜 튀어나온담? 용이라면 생각나는 게 참 많았다.

"용사, 드래곤 슬레이어 소드, 마법, 하프 산맥, 마물, 광룡……."

'은방울꽃은 얘기하면 안 되고 요정은 해도 되나? 그리고 또…….'

용 하면 떠오르는 것. 제리코는 적당히 단어를 고르며 답하다가 불쑥 뱉었다.

"공주님."

릴리에 공주나 코리달 공주가 아닌 그냥 공주님. 이유는 모르지만 용과 공주님은 잘 어울리는 조합이었다. 내내 제리코가 뱉는 단어를 듣고 있던 마자리스가 공주님 부분에서 고개를 끄덕였다.

"공주와 용의 조합은 동화나 설화로 널리 알려져 있지만 정말 용에게 납치된 공주가 누구인지 아는 사람은 없죠."

"네. 그냥 전설 같은 거니까요."

"제가 들은 이야기는 이렇습니다."

옛날 아주 먼 옛날. 어느 위대한 마법사가 용을 죽일 수 있는 마법을 만들었다. 마침 유난히 난폭한 용이 있어 인간들은 마법사에게 용을 해치워 줄 것을 부탁했다. 마법사는 고심했다. 위대한 마법엔 제물이 필요한 법이다. 용살 마법엔 그에 따른 위대한 제물이 필요했다.

고귀하고 아름다우며 타인으로 대체 불가능한 인간.

이에 마법사에게 용살을 청부한 무리의 대장이 제물이 되길 자처했다. 오래도록 인간 무리를 이끌었으니 고귀하고, 스스로 제물이 되길 자처하는 마음씨가 아름다우며, 강한 요정의 축복을 받아 대체가 불가능하니 제물의 요건을 충족했다.

마법사는 용살에 성공했고 제물의 자손은 자자손손 대대로 보호받으니, 그것이 제국의 시작이다.

제리코의 눈이 동그래졌다. 그녀가 알고 있는 건국 설화와 이야기가 많이 달랐다. 제국의 건국 설화에서 초대 황제는 언변이 좋은 남자였다. 난폭한 용이 등장하는 건 동일하지만 용은 죽는 대신 황제의 설득에 넘어가 하프 산맥으로 떠났다. 아무도 죽지 않는 평화로운 이야기였다.

마법사니 제물이니, 모두 처음 들었다.

'너는 알고 있었어?'

-나도 처음 들어.

'에라프 님은 알았을까?'

-알고 있었다면 주인이 나한테 얘기해 줬겠지.

제리코와 검이 당황하든 말든 마자리스는 계속 말을 이었다.

"실제로 벌어진 일이기 때문에 동대륙과 서대륙을 막론하고 관련 설화가 널리 퍼진 것이지요. 아이가 있는 중년 여성이 시간이 지나면서 어린 소녀로 변한 건 그쪽이 동정을 사기 좋고 극적이기 때문일 겁니다. 개인적으로 제일 흥미로운 부분은 제물로 써먹기 위해 보호받던 황실이 점차 권력을 쥐기 시작한 부분입니다만 이건 역시 대를 이어 이어지는 요정의 축복 덕분이라 추정하고 있습니다. 개인적 견해지만요. 제국 황가에 근친혼이 잦았던 것 또한 제물의 가능성을 염두에 두고 그랬던 게 아닌가 추측합니다."

제리코는 다른 건 몰라도 마자리스가 유죄인 항목이 하나 있음을 알았다. 황실 모독. 이건 부정할 수 없게 유죄였다.

'외국인에게도 해당하던가?'

-그게 중요한 게 아니잖아. 딴 나라까지 유학 올 정도라 그런가. 아는 게 많네.

마자리스는 참 아는 게 많았다. 아는 게 많아서 말도 많았다. 비 오는 날의 폭포수처럼 쏟아지는 말의 향연에 제리코는 조금씩 집중력을 잃었다. 전승의 내용은 충격적이었지만 이어지는 얘기는 순 학구적인 것이라 들어봐야 재미없었기 때문이다.

정신없이 얘기를 늘어놓던 마자리스도 그 사실을 깨달았는지 말을 제대로 마치지 않고 입을 다물었다.

"마자리스 씨는 정말 박식하시군요."

"아닙니다. 다 전해지는 지식이죠. 그리고 소공작님, 제가 한 얘기는 어디까지나 대륙 변방 소국의 일부 학자 견해인……."

"넵. 다른 사람에게 얘기 안 할게요. 마자리스 씨도 오늘처럼 흥분해서 얘기하고 그러지 마세요. 여긴 제국이잖아요. 저 말고 다른 사람이 들었으면 큰일 날 뻔."

첩자야 조사하면 무죄라도 뜨지. 황실 모독은 현행범에 유죄라 정말 감옥행이다. 마자리스도 뒤늦게 자신이 한 발언의 위험성을 깨달았는지 입술을 굳게 다물었다. 그가 다시 입을 연 건 제리코가 화제를 전환한 뒤였다.

"그런데 마자리스 씨는 매일 일만 하시는 것 같아요. 수업은 언제 들으세요?"

박물학이면 으레 박물관을 떠올리게 마련이지만 사실 전시실 관리와 기획, 전시품 관리는 박물학의 최종 코스다.

마자리스는 제국의 텃세에 시달리는 가엾은 외국인이었다. 그 사실을 모르는 제리코는 깨진 유리 조각보다 날카로운 질문을 던졌고 검은 없는 혀를 찼다.

"아하하, 식물원에 가는 다음 주부터 시작입니다. 연구실에 간신히 자리가 나서요."

"그렇구나. 그럼 다음 주부턴 지금보다 더 바빠지시겠어요."

"열심히 해야죠."

졸업생 기념관을 나서는 제리코를 마자리스가 현관까지 배웅했다. 제리코는 문득 떠오르는 게 있어 질문했다.

"그 전승에서 용을 죽인 마법사는 어떻게 되었어요?"

제리코가 아는 용살자는 몸이 산 채로 썩는 끔찍한 저주를 받았다. 머나먼 과거에 용을 죽인 위대한 마법사는 어떻게 되었을까? 그 용은 난폭한 용이지 미친 용이 아니니까 평범하게 살다 죽었을까?

마자리스는 평소처럼 온화한 미소를 짓고 대답했다.

"용의 저주를 받았습니다."

"저런."

하여간 용이란 생물은 얌전히 죽어줄 생각이 없나 보다.

"혹시 막, 몸이 썩는다거나. 전신의 구멍에서 피를 쏟는다거나."

"그런 저주는 아니에요. 다시는 같은 죄를 짓지 못하도록, 다시는 어느 누구도 용을 적대하지 못하도록 경고를 했죠."

"경고요?"

"마법을 쓸 때마다 마법사의 신체 일부가 사라지는 저주를 걸었대요."

"용을 죽이는 마법만요?"

"아니요. 세상에 존재하는, 위대한 자연이 허락한 모든 마법이요."

위대한 마법사는 용을 죽인 위업을 달성한 대가로 마법사로서의 인생을 잃게 되었다. 위대해질 가능성을 지닌 지성체에게 던지는 경고로 충분했으리라.

백합관에 도착한 제리코는 책상 위에 기념관에서 가져온 물건을 쏟아붓고 침대에 털썩 누웠다.

쿵쾅쿵쾅, 그녀의 심장이 시계의 초침 소리에 맞춰 시끄럽게 뛰었다. 마자리스를 만나면 언제나 심장박동이 거세졌지만 오늘은 유난했다.

'꼭 겁에 질린 것처럼.'

-마자리스가 한 얘기가 충격적이긴 했지. 나도 좀 뭐라고 할까. 흥분했거든.

마자리스의 미모는 위대하여 심장 없고 혈관 없는 검의 피도 끓게 만든다. 드래곤 슬레이어 소드는 오늘은 유독 흥분된다고 투덜거렸다. 제리코는 멍한 얼굴로 천장을 응시했다.

"평소에 마자리스 씨를 보면 돼지를 번쩍 들었을 때 주위 환호를 들은 것처럼 묘한 고양감? 그런 게 느껴졌거든. 그런데 오늘은."

-오늘은?

"모르겠어."

-제리, 나는 무생물이라 잘 모르지만 생물인 네 직감을 믿어보자. 안 좋은 느낌이면 마자리스를 감시하거나 신고하는 게 어때?

"그게 또."

소녀는 난처하여 빙그르 돌아 몸을 뒤집었다.

"마자리스 씨한텐 친근감이 든단 말이야. 뭣보다 눈이 따뜻해서 좋아."

제리코가 베개에 얼굴을 박고 웅얼거렸다. 발음이 부정확해도 검은 다 알아들으리라 믿는다.

"마자리스 씨 눈을 보고 있으면, 사람이 어쩜 눈이 저렇게 따뜻할까, 그런 생각이 들거든. 눈빛이 참 따뜻해. 그런 건 일부러 흉내 내려고 해도 잘 안 되는 거잖아. 눈은 마음의 창이라는데 그렇게 따뜻한 눈을 가진 첩자가 어딨겠어. 정말 사람이 좋고, 세계가 좋아서 그런 눈을 할 수 있는 거겠지. 난 그렇게 따뜻한 눈을 한 사람 본 적 없어."

제리코가 사랑하는 가족들도 한 따뜻함 자랑하는 눈을 가졌지만 마자리스는 조금 더 각별했다.

-난 본 적 있어. 그보다 따뜻한 눈을 가진 사람.

"누군데?"

-주인.

검이 만물 용사설을 주장한 게 하루 이틀이던가. 세상 좋은 건 모두 에라프 전용이다. 제리코는 반박하기 귀찮아서 뇌를 쓰지 않고 아무 말이나 했다.

"그럼 마자리스 씨는 용사님의 눈으로 세상을 보는 거네. 그런 사람을 의심하는 거야?"

-의심스럽잖아.

"자기도 마자리스 씨 미모에 푹 빠졌으면서."

-내가 흥분한 건 그런 느낌이 아니야! 좀 다른데 뭐가 다른지 모르겠지만 하여튼 달라.

"혹시 알아? 에라프 님이랑 눈빛이 비슷해서 흥분한 걸지?"

우연의 일치일까. 마자리스의 눈동자도 멋진 파란색이었다. 눈앞에 없을 땐 유독 떠올리기 힘든 마자리스지만 그의 온기 가득한 눈은 생생히 떠올랐다.

제리코는 세상에 대한 애정이 듬뿍 담긴 푸른 눈을 생각하다가 검이 주장하는 또 다른 파란 눈동자를 회상했다. 썩지 않고 남아 있던 파란 눈엔 애정이 담겨 있었던가.

제리코는 검집에서 검을 뽑아 검면에 얼굴을 비췄다. 친부를 빼닮았다는 외양에 눈빛도 포함되건만 파란 눈엔 생기만 넘치지 온기 같은 건 느껴지지 않았다.

제리코는 책상 위를 덮은 과제물을 상큼하게 무시하고 주머니에서 편지와 종이 뭉치를 꺼냈다.

"봐도 될까 몰라."

제리코는 편지를 멀찍이 치우고 제일 먼저 수첩처럼 보이는 걸 집었다. 드래곤 슬레이어 소드는 까마귀 형태로 현신하여 제리코의 어깨 위에 앉았다. 본래라면 과제 안 하냐고 잔소리할 테지만 주인 물건을 살펴본다는 명목이 있어서 조용했다.

에라프 아리보의 수첩입니다. 습득 시 학생 생활과에 맡겨주세요.

수첩의 첫 장엔 에라프가 정갈한 글씨체로 문장이 적혀 있었다. 뒷장엔 시간표가 그려져 있었다. 제리코는 생각보다 휑한 시간표에 고개를 끄덕였다.

"에라프 님도 나처럼 아카데미 놀러 다니셨구나."

—아니야! 주인이 그럴 리 없어! 주인은 남은 시간을 검술 수련에 매진

했을 거야!

까악! 까마귀가 용사를 의심하지 말 것을 요구했다. 꽤 어려운 요구였지만 제리코는 태양처럼 넓은 마음으로 수용했다.

"그래. 다른 땐 빽빽하게 수강하시다가 이 학기에만 조금 여유를 즐기셨을 수 있지."

-그래, 알았으면 됐어.

제리코는 검의 허락을 받아 종이를 넘겼다. 이후의 기록은 짤막한 일기에 가까웠다. 무심하게 페이지를 넘기던 제리코는 볼을 긁었다. 에라프의 수첩 안 기록은 그가 두고 간 금고 내부와 비슷했다. 실로 자질구레하여 중요한 기록이 없어 보인단 뜻이다. 제리코는 특히 인상 깊은 구절을 읽었다.

"오늘 식당 메뉴 맛있었다. 신난다. 고기가 최고야. 풀 싫어."

-……

"토미에게 1골드 빌려줬다. 꼭 받을 것."

-……

"마법학과 A양이 데이트 신청했다. 어제는 B양이 데이트하자고 했는데. 자랑했다가 포위당해서 밟힐 뻔했다. 다음부턴 자랑하지 말아야지."

-……

"보름 동안 생각해 봤는데 역시 치킨은 후라이드."

-……

"푸하하하하하하!"

제리코는 배를 잡고 뒤로 넘어갔다. 의자 다리가 묵직하지 않았다면 의자와 함께 넘어졌을 것이다. 드래곤 슬레이어 소드는 침묵으로 충격받은 심경을 대변했다. 하지만 그러면 뭐 하나. 임시 주인인 제리코는 검이 느끼는 참담함을 고스란히 전달받곤 더 크게 웃었다.

"아이, 아이고 배야. 에라프 님, 내 아빠 맞구나. 아이고, 아이고."

온갖 잡다하고 자질구레한 일을 적어놓은 수첩. 중구난방에 진솔한 문장은 제리코만 아니라 드래곤 슬레이어 소드에게도 익숙했다. 매일 밤 제리코가 하루 일을 정리하겠다며 수첩에 적어놓는 문장과 똑같았다.

"아, 아냐."

드래곤 슬레이어 소드는 보다 적극적으로 부정하기 위해 검은 머리 소녀로 모습을 바꿨다. 소녀는 소녀의 멱살을 잡았다.

"아니야!"

"아이고~ 에라프 님, 알면 알수록 매력이 넘쳐서."

"주인이 너 같을 리 없어!"

딸이 아버지를 닮은 게 뭐 그리 불만인지 드슬이가 제리코를 흔들었다. 제리코는 두개골 안에서 흔들리는 뇌를 구해주고 싶었지만 흔들리는 뇌는 생각한 걸 그대로 말했다.

"알고 보니 외모에 성격까지 닮은 거 아니야? 에라프 님도 사실은 나처럼 막 살고!"

"아니야!"

부정하면 뭐 하나. 증거물이 버젓이 남아 있는 걸. 제리코는 손에서 놓지 않던 수첩을 후루룩 넘겼다. 타고난 동체 시력이 빠르게 넘어가는 페이지 속 문장을 놓치지 않고 잡아냈다. 제리코는 개중 검을 괴롭힐 만한 부분을 찾았다.

"이거 봐봐! 연애편지 쓰는 법이래!"

"주인이 그럴 리 없어!"

"여길 봐! 자작시가 있어! 그것도 빨간 잉크로 썼어! 와와 〈너를 더 사랑하고 싶지 않다〉 이게 시 제목인가 봐."

"히익! 아, 아니야! 그럴 리 없어! 이건, 이, 이건, 이런 건 없는 거야! 존재하지 않아!"

당황한 검이 버젓이 존재하는 수첩을 부정했다. 이어 제리코에게서 수첩을 강탈한 다음 이로 질겅질겅 씹었다. 그래 봐야 수첩의 겉은 가죽이라 잇자국만 남았다.

제리코는 뺏긴 수첩에 미련을 두지 않고 연애편지로 눈길을 돌렸다. 금고에 보관된 연애편지이니 에라프가 타인에게 받은 편지일 것이라 생각했다. 한데 예상외로 절반은 에라프가 쓴 연애편지였다. 쓰기만 하고 보내지 못했는지 수신인 불명의 편지는 에라프의 절절한 연심을 담고 있었다.

"널 사랑하면 사랑할수록 난 시시한 남자가, 풉, 된다."

심지어 내용물은 빨간 잉크로 쓴 자작시와 비슷했다. 고작 한 문장 읽었을 뿐인데 제리코의 손가락과 발가락이 오그라들었다.

"드슬아, 내 손발 좀 확인해 줘. 손가락이랑 발가락이 열 개 다 있니?"

"주인이 그럴 리 없어!"

"이것이 사랑일 리 없다. 진정, 풉, 사랑, 푸풉, 이라면 이렇게 괴로울 리 없기에. 푸하하하하!"

드슬이가 수첩에 이어 편지 뭉치도 강탈했다. 제리코는 웃느라 진이 빠져 편지를 순순히 넘겼다. 드슬이는 편지 뭉치를 뒤져 에라프가 쓴 걸로 추정되는 편지는 모조리 긁어모았다. 드슬이의 표정은 생물이었다면 눈가에 눈물이 맺힐 정도로 절박했다.

"이것들은 다 압수야! 다 폐기 처분해야 해! 아주 위험한 물건이야!"

당장 밖으로 나가 깡그리 태워 버리자는 검의 의지를 전달받은 제리코는 너무 웃어 아픈 배를 잡고 허리를 세웠다.

"태우게? 그러지 말자. 아깝잖아."

"아깝긴 뭐가 아까워! 하나도 안 아까워! 이것들은 주인의 완전무결함을 해치는 사악한 음모라고! 주인이! 주인이 이런 걸 썼을 리가 없어! 다른 사람의 금고인데 주인 금고로 잘못 기재된 거야!"

주인에 대한 환상이 지나친 검은 현실을 부정했다. 제리코는 검에게 냉혹한 현실을 알렸다.

"그렇지만 필적이 똑같은걸."

"위조야!"

"저기, 너무 에라프 님을 완벽한 영웅으로 몰아가지 마. 에라프 님도 다른 사람들이랑 똑같이 배고프면 밥 먹고 졸리면 자고 마려우면 화장실 가는 사람인걸. 광룡을 때려잡긴 하셨지만 그래도 사람이야. 난 좀 좋은데. 재밌고 친근감 들잖아."

영웅이 아카데미 재학 중 쓴 자작시라니. 졸업생 기념관에 전시하기 적절한 기록물이다. 제리코의 생각을 읽은 검이 발작하듯 수첩을 물어 뜯었다.

"이딴 건 전시할 수 없어! 금지야! 모두 금지야!"

"난 친근감 들어서 좋다니까."

"주인의 명예에 해가 되잖아!"

"영웅의 인간적인 면모니까 좋아하지 않을까?"

"지금 당장은 그럴지 몰라도 후세엔? 좋은 점은 잊고 이런 안 좋은 점만 부각하면 어떡해? 주인은 말이야."

"광룡을 쓰러뜨린 인류의 영웅에 아주 좋은 분이지. 나도 알아."

흘러들어 오는 감정만 놓고 보면 드슬이가 편지와 수첩은 물론이고 백합관 전체를 전소시킬 기세라 검을 달랬다.

"알겠어. 엄밀히 따지면 학교 소유지만 유족의 의견을 존중한다고 했으니까 전시하지 말자고 하자. 그리고 괜찮으면 나한테 달라고 할게."

"당연하지! 이건 다 태워 버려야 해!"

"그래, 네가 원하면 태울게."

귀중한 기록물이 소실되는 건 안타까운 일이지만 고인을 사랑하는 유족검이 저렇게 원하니 적당한 선에서 처분해도 괜찮을 것이다. 그리고 제리코가 에라프 입장에서 생각해 보아도 빨간 잉크로 쓴 자작시와 연애편지가 공개되는 건 싫었다.

'왜 하필 빨간색이야. 그래서 더 웃겨.'

어쩌면 시를 쓸 당시 잉크가 빨간 것밖에 없어서라는 지극히 상식적인 이유가 존재할지 모르나 죽은 사람을 무덤에서 불러내 물어볼 수도 없는 노릇. 제리코는 한 음절 한 음절 마침표가 찍혀 있지 않은 것에 감사했다.

"꼭 태워야 해. 꼭이야!"

드슬이가 새끼손가락 거는 약속을 요구했다. 제리코는 순순히 새끼 손가락을 걸었다.

"어기면 자르기."

"손가락 없는 무생물이 막말하네."

머리카락과 눈동자 색만 다른 미소녀가 기묘한 집착에 가득 찬 얼굴로 요구하니 괜히 등골이 오싹했다. 제리코는 몸에 돋은 닭살을 벗겨볼 겸 현실을 부정하는 검에게 묵직한 사실 공격을 날렸다.

"솔직히 에라프 님 명예는 가벼운 아랫도리로 훼손된 지 오래거든? 아는 사람은 다 알던데. 완전무결한 용사님? 아랫도리 가벼운 용사님이겠지."

공식적으로 밝혀진 유일한 후계자가 신분을 숨긴 상태에서 평민 여성에게 얻은 사생아라는 점에서 용사의 명예는 박살 났다. 무엇이든 에라프에게 유리하게 해석하는 검이라 그걸 외면하고 있었을 뿐이다.

"영웅은 호색!"

"호색도 호색 나름이지!"

진정 영웅이라면 정체를 숨기지 않고 정정당당히 거느려야 할 것 아닌가! 제리코는 존재하지 않는 명예를 외치는 망념에서 벗어나라 말했다.

"에라프 님에 대해 몰랐던 사실이 밝혀지는 게 재밌지 않아? 그냥 나처럼 즐겨."

"주인은 용을 쓰러뜨렸어! 주인은!"

"응. 에라프 님은 광룡을 쓰러뜨려서 우리 모두를 구해주셨어. 그리고 학생일 적엔 릴리에 공주님을 따라다니다 차였지."

"끄응."

"쯧쯧."

에라프의 민망한 과거사가 나올 때마다 드슬이는 치질에 설사와 변비가 겹친 사람처럼 표독스럽게 굴었다. 그만큼 주인을 사랑한다는 증거였지만 계속 그럴 수는 없다.

아이는 부모가 완벽하지 않다는 걸 알면서 조금씩 성장한다. 검도 그럴 때였다. 에라프가 지나치게 완벽한 인간이었기 때문에 환상이 남들보다 길었을 뿐이다. 슬슬 환상에서 벗어나 홀로서기를 할 때였다.

'환상은 추억으로 남겨두면 돼.'

자기가 생각해도 멋진 말이라 제리코는 고개를 끄덕이다 수첩을 꺼냈다. 그리고 방금 생각한 그 문장을 적었다. 그 모습에서 에라프를 연상한 드슬이가 좌절하여 쓰러졌다.

제리코는 쓰러진 드슬이의 검은 머리카락을 빗으며 조곤조곤 말했다.

"그러지 말고, 잘 생각해 봐. 에라프 님이 나처럼 수첩에 이것저것 적는 습관이 있으셨다면 아카데미를 나간 이후에도 그러지 않으셨을까?"

드슬이의 귀가 쫑긋했다.

"주인의 아들 후보에 대한 내용이 적힌 수첩이."

"있을 수도 있다는 거지."

꽤 그럴듯했다. 하지만 드슬이는 수첩에 대해 주인에게 들은 바가 없었다.

"가출하시면서 안 적었을 수도 있는데 그래도 물어볼 가치는 충분해. 이번에 삼촌한테 편지 쓸 때 물어봐야겠다."

"그래…… 만약 있다면 아리보 공작가에 있을 가능성이 높지."

아들 후보에 대한 단서를 얻거나 새로운 자식 후보를 찾을 가능성이 열린다. 제리코는 드슬이의 정신이 딴 데 팔린 틈을 타 에라프가 쓴 나머지 편지를 살폈다. 대부분이 비슷한 내용이었다. 한마디로 에라프가 누군가에게 연서를 썼다가 부치지 못했다는 뜻이다.

제리코는 편지의 수신인을 추리했다. 당장 생각나는 사람은 한 명밖에 없었다.

"릴리에 공주님께 보내는 편지였을까?"

드래곤 슬레이어 소드가 다른 의견을 제시했다.

"노력해도 닿지 못하는 경지를 의인화한 걸 수도 있어."

"너 말하고 민망하지 않니?"

"전혀."

"진짜 철면피라 그런지 은근 뻔뻔하단 말이야."

다른 건 몰라도 에고 소드가 뻔뻔한 건 꼭 기록으로 남겨 후세에 길이 전해야 한다. 제리코는 혀를 차며 흩어진 편지를 정리했다. 대부분은 널 사랑해, 날 봐줘, 내가 잘할게, 뭐 이런 내용이었는데 극소수의 몇 장은 내용이 심각했다.

'애증이라.'

문장은 길지 않다. 붉은 잉크를 쓴 것도 아니다. 그러나 공작가 도련님다운 고운 글씨체로 적은 글귀가 담은 감정은 결코 가볍지 않았다. 깊고 밀도가 높았다. 가볍게 질척거린다 얘기할 수준을 넘어 수렁이라도 되는 것처럼 상대를 향한 사랑과 증오를 드러냈다.

'진짜 공주님에게 이런 감정을 품으셨던 건 아니겠지? 상대가 누구든 진짜 별로다.'

제리코는 이렇게 질척이는 남자는 질색이었다. 게다가 영웅에게 애증이라. 참 어울리지 않는 조합이 아닌가.

그리 생각하던 제리코의 머리를 무언가가 치고 지나갔다. 실제로 뭐가 맞은 건 아니지만 맞은 것과 비슷한 충격이 그녀에게 왔다.

제리코는 깨달았다. 용사 에라프의 환상에 갇힌 건 에고 소드만이 아니었다. 제리코 또한 용사 에라프란 환상에 붙잡혀 있었다.

사람은 누구나 타인을 미워하고 좋아할 수 있다. 두 가지 상반된 감정을 동시에 품는 것도 가능하다. 상대에게 해를 끼치지 않는다면 어떤 생각을 하든 개인의 자유 아니겠는가.

그러니 용사 에라프도 어떤 여인을 향해 집착의 감정을 품어도 된다. 그게 한창 피 끓는 십 대 시절의 추억이든, 죽는 순간까지 미련이 남을 일생의 사랑이든 모두 그의 자유였다.

용사 에라프는 인간이니까.

에라프 미베어는 인간이다. 그 또한 실수를 하고 잘못을 하고 실패를 하며 살아갔다. 그 당연한 사실을 어째서 이제껏 잊고 있었을까?

귀족이니까. 용사니까. 소드마스터니까. 산 채로 썩어가는 와중에도 17년을 버틸 정도로 강했으니까.

그러니까 용사의 마음을 헤아리지 않았다. 헤아리지 않아도 괜찮다고 생각했다.

에라프의 평범한 인간으로서의 면모를 알면 알수록 제리코가 범한 잘못이 부푼다. 제리코는 새삼 느꼈다. 만일 에라프가 평범한 귀족이었고, 똑같이 죽어가고 있었다면, 그가 숨을 거두기 전 최소 한 번이라도―

"제리코."

쌍둥이처럼 똑같이 생긴 소녀가 제리코에게 얼굴을 들이댔다. 검이 입술을 달싹이면 입술이 스치지 않을까 걱정이 들 정도로 가까운 거리였다.

'닿으면 어때. 어차피 무생물인걸.'

언제는 슬퍼하고 자책하다가 또 태평하게 이런 생각 하는 것 보라지. 제리코가 설핏 웃자 검은 무섭도록 투명한 검은색 눈을 크게 뜨고 말했다.

"주인은 네가 와서 기뻐했어."

"알아."

거울을 마주 보듯 똑같이 생긴 소녀. 붉은 머리 소녀의 입에선 따스

한 숨결이 나오는데 검은 머리 소녀의 입에선 소리 외에 아무것도 나오지 않는다.

"주인이 얼마나 기뻐했는지 내가 아무리 열심히 설명해도 넌 모를 거야."

"아니야, 알아."

정신을 차리는 일조차 힘겨운 상태였으면서 제리코가 하는 실없는 수다를 모두 들었다. 무시해도 될 질문에 답해줬고 제리코의 안위를 걱정했다. 에라프의 마음은 제리코에게 충분히 전해졌다.

톡. 드래곤 슬레이어 소드가 이마를 붙였다. 이것저것 생각하느라 머리에 열이 오른 제리코는 시원한 이마가 반가워서 웃었다.

"주말에 아리보 공작가에 들러볼까?"

"과제는 끝내고 갈 거지?"

"넵, 알겠습니다!"

까르륵. 제리코의 웃는 소리는 쾌활한 성격과 맞물려 맑고 경쾌했다. 반드시 아버지라 불릴 필요는 없다. 제리코가 기분 좋을 때 웃는 저 소리 하나로 족했으니. 제리코의 웃음은 에라프가 남기고 간 것 중 최고였다. 드래곤 슬레이어 소드는 그렇게 확신했다.

마자리스는 하루 만에 다시 찾아온 제리코 때문에 깜짝 놀랐다. 기록물의 양이 꽤 많았기 때문에 제리코가 밤을 새워서 내용을 확인하지 않았나 걱정해 줬다.

"설마 밤을 새우셨습니까?"

"아니에요, 그냥 대충 봤어요. 음, 그러니까…… 대충 봤는데 개인적인 얘기가 너무 많아서요. 공개할 수 없겠더라고요."

"역시 그렇군요."

마자리스는 제리코의 답변을 예상했다는 듯 천천히 고개를 끄덕였다. 금고 안에 들었던 기록물이니 공개할 수 없는 내용임을 짐작했을 것이다.

"그래도 이렇게 빨리 알려주지 않으셔도 괜찮은데……. 무리하진 않으셨죠?"

"다음 주에 식물원으로 옮긴다면서요! 그 전에 다시 뵙고 싶은 마음? 까르륵."

제리코가 애교 있게 웃자 마자리스는 높으신 분의 호감을 모르는 척하기 위해 열심히 웃었다.

"근데 금고는 어떻게 열었어요? 원래 열려 있었나요?"

수첩이야 그렇다 쳐도 연애편지는 타인에게 보여주기 참 싫은 물건인데 에라프가 자물쇠 잠그는 걸 잊었을 가능성은 낮았다. 만약 제리코였다면 금고를 제대로 잠갔는지 걱정되어 자다가 벌떡 일어났을 것이다. 그녀가 뒤늦게 보인 궁금증에 마자리스는 자신이 암호를 풀었음을 밝혔다.

"문자열이 네 개인 자물쇠라 적당히 글자 수가 4개인 단어를 넣다가 우연찮게 풀었습니다."

"그렇구나. 어떤 거였을까? 잠깐! 알려주시면 안 돼요! 제가 생각해 볼 거예요!"

고기(Meat), 불(Fire) 등등. 에라프가 정했을 만한 단어를 생각해 봤지만 마자리스는 설레설레 고개를 저었다. 드래곤 슬레이어 소드가 외쳤다.

-장미(Rose)다!

로젠을 편애하는 검다웠다. 아무렴 십 대 남학생이 암호로 꽃을 설정하진 않았을 것 같아 제리코는 검의 주장을 무시했다. 이래저래 머리를 굴리다가 결국 포기하고 검이 말한 단어를 말했다.

"설마 장미예요?"

"아깝네요. 비슷합니다."

제리코의 눈이 번개라도 맞은 듯 번쩍 뜨였다. 장미가 답과 비슷하다면 정답은 하나밖에 없었다. 제리코는 설마 했던 꽃의 이름을 말했다.

"설마 백합(Lily)이에요?"

"네, 백합입니다. 이것저것 조합해 보다 자물쇠를 풀어서 저도 깜짝 놀랐죠. 암호는 백합에 금고 안엔 백합을 넣어두시니, 미베어 공작께선 백합을 참 좋아하셨나 봐요."

"그, 그러네요."

엄청나게 질척이던 금고 속 연애편지가 떠올라 제리코는 태평한 표정을 유지하기 어려웠다. 에라프가 좋아한 게 과연 꽃이었을까? 꽃과 이름이 같은 공주님은 아니고? 에라프가 릴리에 공주에게 품은 마음은 제리코가 생각한 것보다 크고 깊었다. 드래곤 슬레이어 소드는 주인에게 들은 바가 없다며 당황했지만 제리코는 검만큼 놀라지 않았다.

용사는 그의 검에게 가능한 많은 이야기를 해주었지만 대부분 밝고 재밌는 이야기였다. 붉은 잉크로 자작시를 쓰게 만든 사랑 이야기는 감추고 싶었을 것이다.

제리코는 표정 관리에 실패하여 어설프게 웃다가 기념관을 떠났다.

마자리스는 제리코의 기척이 멀어지자 참고 있던 웃음을 터뜨렸다.

"우하하하!"

보기 드문 미모의 남자가 시원하게 웃는 모습이 사람의 시선을 붙잡을 만도 한데 기념관 직원 누구도 마자리스에게 시선을 던지지 않았다. 그들은 마자리스가 없는 사람인 양 움직였다. 마자리스의 시원한 웃음소리 또한 그들에겐 들리지 않는 것처럼.

한참을 웃은 뒤 마자리스는 혼잣말을 했다.

"아무렴. 백합을 사랑했지."

사랑해 마지않아 고백했고, 사랑해 마지않아 죽음을 각오했다. 마자리스는 고백의 결과를 알았다. 그 결과 자신이 태어났기 때문이다.

그의 피가 애증으로 들끓었지만 마자리스는 신경 쓰지 않았다. 이것은 마자리스의 감정이 아니었다. 피와 함께 물려받은 기억일 뿐이다. 마자리스가 아직 불완전하기 때문에 푸른 눈동자를 물려준 이가 남긴 감정은 독과 비슷했다. 실로 무익했다. 그럼에도 독처럼 마자리스의 내부에 침투했다.

마자리스는 새삼 소녀가 떠나간 자리를 응시했다. 웃는 모습이 유독 경쾌한 붉은 머리 소녀에게 유감은 없다. 다만 경고하기 위해선 그녀가 필요했다.

"흐음."

마자리스는 진지하게 고민한 뒤 생각을 정정했다.

붉은 머리 소녀에겐 갈비뼈만큼의 원한이 있었다.

제리코는 아리보 공작가에 편지를 보냈다. 주말에 아리보 공작저에 머물러도 되냐는 내용이었다. 답장은 다음 날 바로 도착했다. 언제든 환영이며 안전을 위해 호위를 보내겠단다.

"가는 김에 삼촌한테 릴리에 공주님 일도 물어봐야겠어."

–우리 생각보다 더 진지했지.

생각보다 무거운 애정이 소녀와 검에게까지 영향을 미쳤다. 둘은 주말이 빨리 오길 바랐다. 주말까지 특별한 사건은 벌어지지 않았다. 마그노 황자는 여전히 방 밖으로 나오지 않았으며 샌시는 어딜 그렇게 쏘다니는지 갈 때마다 길이 엇갈렸다.

주말을 앞둔 금요일. 제리코는 붉은 머리 미남자를 보고 혀를 찼다. 로젠의 감정을 확신하고 나니 그의 눈빛이 부담되었기 때문이다. 드래곤 슬레이어 소드는 보란 듯이 장식술 두 개를 달고선 검신을 떨었다.

공은 공, 사는 사.

수업 시간 중에 로젠은 자상하면서 엄격한 선생님이었다. 제리코가 펼치는 기초 검술을 지켜본 로젠이 진지하게 제리코의 진로를 고민했다.

"제리코 양은 검술학부로 전과할 거죠?"

"으음…… 아마도?"

자신의 인생이지만 확신이 없어서 제리코가 두루뭉술한 대답을 내놓았다. 로젠이 턱을 어루만졌다.

"제리코 양이 딱 20년만 저처럼 수련하면 지금 제 경지에 오를 수 있습니다. 제 검을 걸고 확신합니다."

네가 20년 동안 미친 듯이 수련하면 지금 내 경지에 오를 수 있다. 그러니 열심히 수련하도록 하여라. 다른 사람이 얘기하면 사람 놀리느냐 싶겠지만 말한 사람이 로젠 스타즈였다.

마법이든 검이든 어릴 때부터 시작해야 몸이 굳지 않는다는 걸 감안하면 놀라운 평가였다. 오죽 놀라운 일이면 주위 학생들이 감탄사를 뱉었고 드래곤 슬레이어 소드는 몸을 떨었다.

─우리 제리가 로젠에 필적하는 재능이 있다니!

제리코는 같이 수업 듣는 학생들의 시선이 부담스러워 몸을 비비 꼬았다.

"에이. 아무리 그래도 선생님 경지엔 못 갈 거 같아요."

"아닙니다. 검기 발현 여부는 제리코 양의 마음가짐에 달려 있겠지만 지금 제 수준까진 도달할 수 있을 겁니다."

로젠이 검기 발현에 성공한 걸 아는 사람은 제리코와 샌시뿐이니 로젠이 말하는 경지는 검명의 경지이다. 그만해도 범인은 평생 수련해도 도달하지 못할 드높은 경지였다. 제리코에겐 다른 사람이 밟지 못하는 벽을 오를 수 있는 재능이 있었다. 로젠처럼 미친 듯이 수련한다는 가정하에 말이다.

소문을 듣고 찾아온 검술학부 학생과 조교들이 제리코의 몸을 훑었다. 자질을 가진 자를 보고 감탄하는 시선보다는 축제 전날 돼지의 육질을 감정하는 시선에 가까웠다.

제리코가 재능 있다는 얘기는 계속 있었지만 말한 사람이 로젠이다 보니 더욱 주목받았다.

"생각이 있다면 제게 말해주세요. 빠르면 빠를수록 좋으니까요."

"넵."

그렇게 수업 시간에 재능 있는 학생에게 관심을 보이고 접근했던 로젠 선생님은 수업이 끝나자 호감 가는 소녀에게 관심을 보이고 접근했다.

"장식술 하나만 달 줄 알았는데 둘 다 달았구나. 조금 번잡하지 않아?"

두 개나 다는 건 번거로우니 하나를 여기서 자신에게 주지 않겠냐는 의사 표현이다. 제리코는 검을 로젠과 자신 사이에 세웠다.

"아니야. 우리 드슬이가 정말 마음에 들어 해서 둘 다 이렇게 달아도 괜찮대. 그치, 드슬아?"

검이 로젠을 편애하긴 하나 가계도가 확정되지 않은 상태에서 로젠 편을 들 순 없었다. 지금은 제리코의 철벽을 도울 때였다. 검은 몸을 떨어 줄 두 개가 출렁이도록 했다. 작은 보석이 빛을 받아 반짝였다.

"이것 봐. 마음에 든대."

"드래곤 슬레이어 소드 님의 마음에 들었다니, 영광인데."

함께 하프 산맥 관광을 한 사이임에도 불구하고 로젠은 검에게 존칭 붙이는 말버릇을 버리지 못했다. 무생물에게 보이는 경외는 사실 에라 프에게 품는 존경이 원류이다.

제리코는 로젠에게 에라프가 쓴 자작시를 한 수 읊어줄까 하다 그만 두었다. 로젠이라면 손발이 오그라드는 자작시도 멋있다고 따라 할 것 같았기 때문이다.

'로젠은 충분히 멋진 남자니까, 빨간색 잉크로 시 같은 거 안 써도 돼.'

"시간이 괜찮으면 아까 했던 얘기 이어서 하고 싶은데. 조금 이르지만 저녁 식사 같이할래?"

제리코의 시간은 남아돌지만 로젠에게 내줄 시간은 없었다. 제리코는 친구들과 저녁 약속이 있다고 둘러댔다.

"그렇구나. 주말엔 뭐 해? 난 외출해서 셋……."

로젠의 시선이 드래곤 슬레이어 소드에 닿았다.

"넷이 나눠 가질 기념품을 고르려고 했어. 혹시 기념품으로 원하는 물건 있어?"

"얘 건 안 챙겨도 될 것 같아."

사교적인 검사에 괴팍한 마법사, 활달한 소녀에 주인바라기 에고 소드 모두가 만족할 만한 물건을 찾으려면 현자를 불러와야 할 것이다. 제리코는 과감히 에고 소드를 제명했다. 드래곤 슬레이어 소드는 로젠이 준 장식술 두 개로 만족했기 때문에 불평하진 않았다.

"우리 셋이 나눠 가질 기념품인데 로젠한테만 맡기려니 미안하다. 그러지 말고 우리 같……."

하프 산맥에서 고생한 셋이 나눠 가질 기념품인데 로젠에게만 맡기려니 적잖이 미안했다. 제리코는 무심결에 같이 나가서 고르자고 말하려다 입술을 꾹 다물었다.

'로젠 이 선수 같으니!'

절대 같이 가자고 권하지 않는다. 대신 여자 쪽에서 자연스럽게 주도하게 만든다. 진로 상담을 빙자한 저녁 식사 초대도 그렇고 로젠은 참 고단수였다.

"……이 못 가겠다. 로젠 말대로 학교에만 있자니 너무 답답해서 주말 동안 아리보 공작가에 가 있기로 했거든."

데이트 신청이 거부당했는데도 로젠은 미소를 잃지 않았다.

"그간 답답했을 텐데 잘됐네! 그래도 혹시 모르니 아리보 공작가까지 에스코트해 줄게. 아리보 공작가의 경호원을 무시하는 건 아니지만 제도 내에서 나보다 뛰어난 검사는 없잖아."

검기 발현에 성공하면서 로젠은 부쩍 자신감을 되찾았다. 실제로 틀린 말은 아니었기에 제리코의 말문이 막혔다.

'어떻게 사양하지?'

장미와 보석을 선물할 때와 마찬가지로 로젠의 제안엔 언제나 적당한 핑곗거리가 포장지처럼 덮여 있었다. 결국 제리코는 로젠의 제안을 받아들이고 교문 앞에서 만날 시간을 알려주었다.

마차와 함께 등장한 아리보 공작가의 사람들은 로젠 스타즈의 등장에 방긋 웃었다. 소중한 아가씨의 안전이 확보되었다는 믿음이 생겼기 때문이다. 로젠은 자신의 말을 타고 제리코는 마차 안으로 들어갔다.

-널 경호할 거면 같이 마차에 타는 게 낫지 않아?

'내가 자기한테 철벽 치는 걸 눈치챈 거지.'

-흠. 그러게, 제리 네 말이 맞는 것 같다. 그런데 로젠이 남 싫다는 걸 강요할 성격은 아니잖아. 네가 철벽 치는 걸 알았는데 네 근처에서 얼씬거린단 말이야? 열 번 찍어 안 넘어가는 나무 없다지만 주인이 그거 다 거짓말이라고 그랬어.

'열 번이 뭐야. 로젠은 한 번만 쳐도 나무들이 우수수 쓰러질걸. 숲 하나 정복하는 건 일도 아니겠네.'

세상엔 열 번이 뭐냐, 천 번 만 번을 찍어도 넘어가지 않는 나무가 있는가 하면 한 번 스치기만 해도 밑동이 부러지는 나무가 있다. 나무의 차이라기 보단 베는 이의 차이가 아닐는지.

제리코는 어깨를 으쓱였다. 솔직히 그가 에라프의 아들 후보만 아니었어도 제리코는 옛적에 그의 포로가 되어 자빠뜨릴 궁리나 하고 있을 것이다. 생각해 보니 아까워서 제리코는 발을 동동 굴렀다.

'로젠! 잘생기고 몸매 좋고 성격 좋고 돈도 많고! 너무 아깝다! 그에게 설레지 않는 내가 너무 괴로워!'

한때 로젠을 대자연이 선물하신 천사로 여겼던 제리코다. 비록 심장을 콩닥이며 설레진 않으나 그 못지않은 애정으로 로젠을 아끼고 있는 제리코로선 로젠에게 혹시 모를 흑역사를 선사하고 싶지 않았다.

릴리에 공주를 향한 에라프의 연심이 무거웠음을 확인하면 뭐 하나. 아이의 유무는 감정의 크기에 영향을 주지 못하는 것을.

제리코가 발을 동동 구르는 사이 마차가 아리보 공작저에 도착했다. 제리코는 로젠의 손을 잡고 마차에서 내렸다. 제리코는 로젠을 위하는 마음에서 굳게 다짐하고 작별 인사를 던졌다.

"집까지 에스코트해 줘서 고마워, 로젠. 잘 가! 즐거운 주말 보내!"

"마땅히 해야 할 일인걸. 푹 쉬어!"

차 한잔 마시고 가라 청하지 않는 제리코의 냉정한 태도에 아리보 공작가의 사람들이 무안해질 정도였다. 한데 로젠은 개의치 않고 활짝 웃으며 돌아섰다.

제리코는 속으로 눈물을 흘리며 로젠을 향해 손을 흔들었다. 이게 다 로젠을 아끼기 때문이다. 언젠가 로젠도 제리코의 마음을 알아줄 날이 올 것을 믿어 의심치 않는다.

에라프의 기록물 때문에 한 외출이지만 오랜만에 아카데미 밖으로 나왔으니 가족과 시간을 보내는 건 당연한 일이었다. 미베어 공작저로 이사한 한슨 일가는 미리 연락받아 아리보 공작가에서 제리코를 기다렸다.

제리코는 오랜만에 만난 동생들을 숨이 막힐 정도로 끌어안아 준 다음 아버지 존에겐 반대로 끌어안겼다.

제리코가 목적한 물건을 받은 건 저녁 식사가 끝난 후, 늦은 밤이 되고 나서였다.

"공작가에 있는 건 이게 다란다."

아리보 소공작이 제리코에게 수첩과 공책이 든 상자를 건넸다. 제리코는 냉큼 받아 든 뒤 혹시나 하는 마음에 물었다.

"혹시 안에 읽어보셨어요?"

슬레이 아리보는 고개를 저었다. 그는 삼촌의 사생활을 존중하는 착한 조카였다.

"삼촌이 일기를 수첩 같은 곳에 적는 건 알고 있었어. 그래서 일부러 보지 않았지. 죽을 때 같이 태워달라고 부탁받았는데 너도 알다시피 그땐 경황이 없었지 않니."

에라프가 죽기 직전 제리코가 혜성과 같이 등장하는 바람에 아리보 소공작은 에라프의 부탁을 까먹을 정도로 정신이 없었다.

제리코는 깜짝 놀라서 상자를 잡은 손에 힘을 줬다. 하마터면 전부 불에 타 사라질 뻔한 귀중한 자료였다.

-주인도 태우길 바랐구나……. 우리도 다 읽은 다음 얻을 것만 얻고 태워 버리자!

연쇄 방화 살인 검이 싸그리 태워 버리겠다는 의지를 다졌다.

"한데 삼촌의 일기는 갑자기 왜 찾은 게야?"

"에라프 님에 대해 알고 싶어서요!"

정확하겐 에라프가 남긴 단서를 찾고 싶어서다. 어쨌든 결과적으로 에라프에 대해 알게 되는 것이니 거짓말은 아니었다.

사실을 모르는 슬레이는 흐뭇한 미소를 띠었다. 죽은 아버지에 대해 알고 싶어 하는 제리코의 의지를 갸륵히 여기는 듯했다.

"삼촌이 남기고 간 건 모두 네 것이니 네겐 읽어볼 자격이 있겠지. 혹시 내 얘기가 적혀 있거든 슬쩍 알려주렴."

제리코는 에라프 사후 그녀의 전용이 된 에라프의 방으로 돌아갔다. 테이블 위에 상자를 내려놓자 검이 제리코 모습으로 현신했다. 드슬이는 제리코보다 빨리 상자를 열고 내용물을 살폈다.

수첩과 공책이 열댓 권 정도 들어 있었다. 개중 열 권은 에라프가 아카데미에 입학하기 이전에 쓴 일기였다. 제리코는 용사님의 유년기가 궁금했지만 시간이 유한하기에 글씨체가 정돈되지 않은 공책을 치웠다.

"오, 이게 아카데미 자퇴 후에 쓰기 시작한 일기네."

제리코는 꽤 더러운 수첩에서 시간대를 짐작하게 하는 문구를 발견하고 읽었다.

"내가 다시 집에 돌아가면 성을 간다."

"……주인이 성을 갈긴 했지."

"꺄하하!"

에라프 아리보는 집으로 돌아와 용을 잡고 에라프 미베어가 되었으니 수첩에 적은 대로 이루어진 것이다. 물론 가출 당시의 에라프는 후에 성을 갈게 될 거라고 상상 못 했겠지만 말이다.

에라프는 아카데미를 자퇴한 후 용병 일을 하며 제국 내를 여행했다. 플라티나의 주장대로라면 둘은 용병과 의뢰인으로 만났다. 그러니 그에 대한 어떤 기록이 남아 있을 가능성이 높았다.

제리코는 금고 안 수첩처럼 시시콜콜하고 자질구레한 기록을 기대했지만 너덜너덜하고 더러운 수첩 안 일기는 날짜가 듬성듬성했다.

첫 문장이 전하는 느낌이 가벼웠기에 귀족 도련님의 신나는 가출 일지를 기대했는데 정작 다음 장에 적힌 문장은 이거였다.

죽고 싶다.

"무슨 일이 있었던 거야?"

대귀족가에서 곱게 자란 도련님이 마물이 들끓는 시기에 가출했으니 상당히 힘들었을 것이다. 그 점을 감안하더라도 세간에 알려지고 사람들이 추억하는 에라프 성격에 적을 만한 문장은 아니었다.

제리코는 혹시나 싶어 뒷장을 살폈다. 이번에도 한 문장이 달랑 적혀 있었다.

한심하다.

아카데미 재학 시절 썼던 일기와 비교해 보면 사람이 바뀌었나 의심이 들 정도로 온도 차이가 심했다. 필체가 똑같은데도 동일인인지 다시 생각해 보게 되었으니까. 제리코는 페이지를 후루룩 넘겼다. 계속 비슷한 구절이 이어졌다.

"에라프 님 이때 사춘기셨나? 어째 이렇게 우울하대?"

"주인은 이런 말 한 적 없는데……."

"에라프 님이 네게 말 안 한 게 한두 개니."

에라프도 사람이니 겉으로 티 내지 않고 울적한 기분을 품었을 수 있지만 막상 우울로 점철된 일기를 보고 있자니 읽기 괴로웠다.

제리코는 울적한 문장을 보고 우울이 옮은 검을 꼬옥 끌어안았다. 우울증은 사전에 예방해야 했다. 또 무생물에게 휘둘리는 건 사양이었다.

"주인은 가출한 다음 신나는 모험을 했다고 했어. 광폭화한 마물에게서 사람들을 구하고 여행자를 도와주고, 가지 못했던 곳을 가고 많은 사람과 만나고 어울렸다고…… 그랬는데……."

"우리 아직 다 안 읽어봤잖아. 이건 에라프 님이 유난히 우울했던 시기에 막 우울이 넘쳐서 쓴 부분일 수도 있어. 오, 여기서부터 페이지가 좀 꽉 차 있네."

크리스와 동행하기로 했다. 같이 마물을 해치웠는데 자기네 용병단에 오라고 했다. 물어보니 괜찮은 곳 같아서 등록하기로 했다. 크리스가 자기네 용병단 입단 시험이 어려우니 각오하라고 했다. 내 실력을 보여줄 때로군!

우울과 자기 비하로 점철되었던 에라프의 일기는 크리스의 등장과 함께 이전의 밝은 분위기를 되찾았다.

단장이 크리스 동생이냐고 물어봤다. 기분 나쁘다. 내가 어딜 봐서 크리스를 닮았다는 거지? 내가 훨씬 잘생겼는데. 단장님 −50점. 크리스는 −100점.

용병이 된 이후 에라프의 일기는 드래곤 슬레이어 소드가 알고 있는 그의 행적과 비슷해졌다. 사람을 사귀고 마물을 잡고 모험을 한다. 에라프는 이전의 활기를 되찾았고 일기엔 시장에서 산 간식 같은 시시콜콜한 기록이 기재되기 시작했다.

여행지에서 만난 여성과의 로맨스는 필수 요소였다. 에라프는 오는 여자 막지 않았고 가는 여자 잡지 않았다.

"아이고, 이게 몇 명이야. 드슬아, 내가 비명횡사해도 네 주인 후보 넘쳐나겠다."

"주인은 같이 즐겼다고 그랬거든! 피임도 성실히 했댔거든! 피임약 꼭꼭 먹었다고 했거든!"

부들부들 떨던 드슬이는 결국 제리코의 손에서 수첩을 빼앗아 페이지를 휙휙 넘겼다. 왼쪽 상단에서 오른쪽 하단으로 열심히 눈동자를 굴리던 드슬이가 수첩을 위로 번쩍 들었다.

"찾았다!"

"찾았어?"

드슬이가 제리코가 잘 볼 수 있도록 수첩을 쫙 펼쳤다. 스타즈 상회에서 에라프가 입단한 용병단에 상단 호위 의뢰를 했다는 문장이 똑똑히 쓰여 있었다.

찾던 구절이 나왔으니 둘은 누가 먼저랄 것도 없이 문장을 건성으로 읽으며 페이지를 휙휙 넘겼다. 용병단에선 의뢰의 난이도 문제로 의뢰 접수를 고사했던 듯, 플라티나 스타즈는 꽤 여러 페이지를 넘긴 다음에 야 등장했다.

의뢰인이 스타즈 상단주의 막내딸이었다. 소문만 들었는데 진짜 미인이다. 날 알 아보면 어쩌나 걱정했는데 만난 적 없어서 괜찮을 것 같다. 빨간 머리는 흔하니까.

"으아, 만났어, 만났어! 둘이 만났어!"

제리코는 연애 소설을 읽는 독자처럼 흥분했다. 남자 주인공(?)과 여 자 주인공(?)이 드디어 만났다. 19금이 예정된 관계라 그런가, 둘이 만났 을 뿐인데 제리코의 심장이 콩콩 뛰고 호흡이 빨라졌다.

플라티나가 나더러 크리스랑 형제냐고 물어봤다. 우리 둘이 하나도 안 닮았다 고! 내가 더 잘생겼는데! 크리스는 흔하게 생겼고 나는 잘생겼는데 왜 자꾸 사람 들이 물어보는지 모르겠네. 플라티나 -50점. 크리스는 -100점.

플라티나의 의뢰는 목적지까지 상행을 호위하는 것. 꽤 위험한 의뢰 인지 매 페이지마다 위험했다, 죽을 뻔했다 등의 문장이 빠지지 않고 등장했다.

수시로 마물이 습격하는 상황에서 한가하게 일기를 쓸 시간이 없었 던 모양으로, 수첩 후반부는 유독 너덜너덜하고 오염이 심했다.

문장은 다시 짧아졌다. 피곤하다, 졸리다, 마물 멸종했으면, 광룡 나 빠요처럼 간결한 문장이 일기의 전문이 되어버리다 피로 물든 페이지가 이어졌다. 피 때문에 위에 글을 쓰기 곤란했던지 에라프의 기록은 페이 지를 뭉텅이로 넘기고 난 다음에 재개되었다.

플라티나가 임신했다. 청혼했는데 거절당했다.

투명한 액체가 떨어졌는지 끝부분 잉크가 번져 있었다. 피는 아니었고 침도 아닐 것이다. 제리코는 눈물이라 확신했고 드슬이는 비나 땀이라고 우겼다.

더 볼 것도 없다. 제리코는 입을 꼭 다문 채 수첩과 공책을 정리해 상자에 수납했다. 그리고 주머니에서 자신의 수첩을 빼내 로젠 항목에 추가했다.

오빠 확정. 별표 100개!

별을 백 개 그리기 귀찮았기 때문에 제리코는 별 10개 분량에 해당하는 왕별을 10개 그렸다. 제리코가 큼지막한 왕별 10개를 그리는 동안 드슬이는 흥분을 가라앉히기 위해 노력했다.

"로젠이 날 들고 휘두를 수 있어! 마물 다 죽이고! 나쁜 놈도 다 죽이고!"

태어난 이후 줄곧 욕구불만에 시달렸던 살인 검은 편애하던 천재 검사가 자신을 쥘 자격이 있다는 얘기에 흥분을 주체하지 못했다. 제리코는 원하던 주인을 얻게 된 드슬이에게 축하의 박수를 날렸다.

"축하해요."

"날 들고 검기를 발현하면 얼마나 짜릿할까!"

"뭔지 모르지만 멋있네!"

흥이 나서 부들부들 떠는 검과 다르게 제리코는 약간 맥이 빠져 입술을 오리처럼 내밀었다. 동경하던 플라티나가 거짓말을 한 게 제리코는 조금 서운하고 슬펐다.

플라티나야 황금의 요정에게 축복받은 장남을 미베어 공작가에 홀랑 뺏기기 싫어서 그런 것이겠지만 어쩜 입술에 침도 안 바르고 그렇게 태연히 거짓말을 하는지.

"으으, 인간 불신 걸릴 것 같아."

"세상에 믿을 사람은 주인밖에 없어. 너도 알아두도록 해."

제리코는 그 주인님이란 양반이 작년에 돌아가셨다는 부분은 접어두고 생존해 있어도 믿을 만한 양반이 못 됨을 알렸다.

"그 주인님이 네게 허풍 떤 건 기억 안 나나 봐?"

"날 즐겁게 해주려고 그런 거잖아."

"플라티나 님도 본인이 즐거우려고 그러신 거야."

자신을 위해서든 타인을 위해서든 세상에서 거짓말을 하지 않는 사람은 없다. 제리코는 새삼 그 점을 깨닫고 인생의 경험치를 추가 적립했다는 뿌듯함을 만끽했다. 이렇게 어른의 길로 가는 계단을 하나 더 밟았다. 열심히 밟다 보면 언젠가 어른이 되어 있겠지.

플라티나처럼 멋진 어른이 되고 싶었던 제리코지만 거기에 조금 더 욕심내기로 했다. 플라티나처럼 멋지고 조금 더 솔직한 어른이 되자고.

"이제 어떡할까? 로젠에게 이 수첩 보여주고 널 넘길까?"

세 명의 후보 중에서 에고 소드가 가장 마음에 들어 하던 후보였다. 꾸준한 편애를 보여주며 총애를 쏟았는데 그런 로젠이 에라프의 아들임이 밝혀졌다.

제리코는 로젠의 흑역사를 끝낼 겸 빨리 알리는 게 좋겠다고 생각했다.

"로젠이 에라프 님 아들인 게 밝혀지면 다들 로젠이 널 갖는 게 낫다고 말할 거야. 나보단 로젠이 드는 게 더 어울리니까. 그럼 너희 둘이 원하는 대로 모험을 하고 나는…… 음…… 성실하게 미베어 공작이 되어야지."

제리코는 성실한 공작이 되겠다는 각오를 다졌다. 제리코가 드슬이를 넘겨줄 적절한 시점이 언제일까 고민하는데 고운 손이 그녀의 손목을 잡았다. 제리코가 고개를 들자 까맣고 반질반질한 눈이 그녀를 응시했다.

"왜?"

"바로 알릴 필요는 없잖아."

"로젠 오빠를 위해서 빨리 알려야지! 그래야 흑역사가 좀 덜지!"

"알리는 건 그렇다 쳐도 날 빨리 넘길 필요는 없어."

"하루라도 빨리 넘겨야 로젠이 하루라도 더 많이 널 휘둘러 주지."

"그러니까, 제리. 예전에 샌시가 했던 말 기억 안 나? 사람들은 널 주인의 후계자로 인식했어. 내가 네게서 떨어지면 넌 더 위험해진단 말이야."

손목을 잡은 손에 힘이 들어갔다. 사람의 온기는 없으나 손목을 누르는 압박이 온기를 대신했다.

"네 안전이 확보된 다음에, 그런 다음이면 모를까 지금은 안 돼. 넌 혼자선 아무것도 못 하잖아. 딱히 네가 걱정되어서 이러는 건 아니야. 넌 애가 워낙 맹하고 부족해서 죽어버리면 곤란하니까 그런 거야. 로젠은 내가 없어도 되지만 넌 내가 없으면 안 되잖아."

인간이 아니고 인간 흉내를 낸 검이라, 제리코를 닮은 얼굴엔 홍조가 없었다. 그러나 굳이 얼굴을 붉히지 않더라도 드슬이의 진심은 제리코에게 충분히 전해졌다. 제리코는 밀려오는 감동을 이기지 못하고 두 손을 한데 모았다.

"드슬아, 솔직히 말해봐."

"뭘?"

"로젠보다 내가 더 좋지?"

드슬이의 고운 얼굴이 구겨졌다.

"무슨 소리야! 어떻게 로젠과 널 비교해! 로젠은 검술의 천재에 성격이랑 사고방식도 주인을 닮았고 여러모로 완벽하지만 넌 덜떨어졌잖아! 맨날 노는 것만 좋아하고! 사람 의심할 줄도 모르는 안전불감증에 남자 보는 눈도 별로인데! 당연히 로젠이 더 좋지!"

"에이."

드래곤 슬레이어 소드가 정색하고 사실을 말했지만 제리코는 기죽지 않았다. 도리어 십 대의 풋풋함에 어울리지 않는 능글거리는 미소를 띠고 드슬이의 허리를 두 팔로 감쌌다.

"왜 이래~ 우리 사이 말하지 않아도 아는 그런 사이잖아. 네 마음, 이 언니가 다 안단다. 우쭈쭈, 우리 드슬이. 언니가 그렇게 좋아요? 많이 좋아요?"

"어디 허리를 더듬어! 손 떼! 안 떼?"

"어차피 내 몸 베긴 거면서 튕기기는~"

제리코가 나무를 휘감고 올라가는 뱀처럼 드슬이에게 달라붙었다. 검은 고양이 모습일 때보다 더 끈적이는 손길에 드슬이가 기겁했다. 결국 검이 임시 주인의 볼을 꼬집어 한차례 응징한 후에야 제리코는 능글거리는 미소를 지웠다.

"그나저나 이렇게 쉽게 찾으니 뭔가 허탈하다. 삼촌이나 아리보 소공작님이 에라프 님의 일기를 읽어봤으면 사기꾼들이 죽는 일도 없었을 테고 로젠은 존경하는 용사님이 아버지라 행복하고 에라프 님은 말년에 아들과 함께 살아서 행복하고, 하여간 모두 좋았을 텐데."

쉽게 끝날 일을 질질 끌었을뿐더러 사상자까지 내버렸으니. 쯧. 제리코는 산사태가 나 사람 여럿 죽었다는 소식을 들은 노파처럼 혀를 찼다.

"에라프 님이 한마디만 했어도……."

"청혼 거절당했잖아. 주인도 말하기 뭣했을 거야."

"잠깐만."

제리코는 무언가 찝찝해져 대화에 제동을 걸었다. 제리코가 아는 에라프는 알면 알수록 매력 넘치는 사람이고 광룡을 무찌른 용사였다. 사람이다 보니 완벽할 수 없고 아랫도리가 지독히 가벼운 남자였지만 나쁜 사람보단 좋은 사람에 가까웠다.

그런 좋은 사람이 아들이 있는 걸 인지하고 있으면서 사기꾼들이 불타 죽게 내버려 둔다?

은혜를 원수로 갚는 사기꾼들이 죽은 것이야 자업자득이니 그렇다 치자. 하지만 에라프는 친자식인지 불분명한 제리코의 목숨을 걱정해 줄 정도로 착한 사람이었다. 드래곤 슬레이어 소드를 물려줄 확실한 후계자가 존재한다면 최소한 가족인 아리보 공작에겐 정체를 알렸을 것이다.

"그러지 않았다는 건……."

제리코는 청혼 대목에서 멈추고 넘기지 않았던 뒷장을 펼쳤다. 거기엔 검과 소녀가 성급한 축배를 들었음을 암시하는 문장이 떡하니 적혀 있었다.

애 아빠가 나였으면 좋겠다. 크리스보단 내가 낫지.

모르면 좋았을 걸 알아버렸다. 제리코는 얼굴을 감싸고 비명 비슷하게 플라티나의 이름을 외쳤다.

"플라티나 님!"

스타즈 가문의 가훈이 가는 사람 안 잡고 오는 사람 안 막는다일 때부터 알아봤어야 했는데. 제리코는 추락하는 우상에 눈물을 쥐어짰다. 심정을 이해하는 검이 훌쩍이는 소녀를 다독였다.

"플라티나 님도 마탑주님처럼 자유분방하셨구나."

"아니라고 생각했어?"

"이혼을 자주 하긴 하셔도 꼬박꼬박 결혼했으니까 단기간에 여러 사람과 어울릴 거라곤 생각 못 했어……. 마탑주님은 이종족이란 느낌이 강해서 별생각 안 드는데 플라티나 님은 충격이 크네."

"너무 상심하지 마, 제리. 주인이 그랬는데 마물이 한창 날뛰던 시기엔 사람들 번식 본능이 강해졌는지 괜찮다 싶으면 잠자리로 꼬시는 일이 잦았대."

언제 어떻게 죽을지 모른다는 위기감 때문에 사람들 마음이 조급해져서 열심히 연애했단다.

사람이 여유가 있으면 느긋하게 쟤랑 사귈까, 얘랑 사귈까, 아니면 사귀지 말고 혼자의 시간을 즐길까 고민할 수 있지만 시간이 없으면 일단 사귀고 본다나?

친부의 활약 덕분에 평화로운 시대에 나고 자란 제리코는 이해하기 어려운 사고방식이었다. 하지만 제리코는 이내 다른 방식으로 납득했다. 공포와 불안을 사랑으로 달랬다면 이해할 수 있었다.

"어쨌든 에라프 님은 로젠이 아들인지 확신하지 못했던 거야. 그래서 아무한테도 말하지 못한 거지."

샌시는 친아들이 아니니까 제외. 로젠은 불분명하니까 제외. 그렇게 되면 세 명의 아들 후보 중 에라프가 확신했던 아들은 마그노 황자라는 이야기가 된다.

"주인이 확신한 아들이 마그노 황자라면 아리보 공작이나 다른 사람에게 얘기하지 못한 것도 이해가 되네. 황족이라 어떤 일이 벌어질지 모르잖아."

"응. 플라티나 님이나 마탑주님은 에라프 님과 결혼해야 한다고 해도 아무렇지 않게 하거나 이용해 먹을 것 같은데, 공주님은…… 에라프 님이 엄청 따라다니고 공주님이 찼다고 하니까 말할 수 없었겠지."

아이가 생긴 걸 빌미로 강제로 결혼을 요구하는 것이나 마찬가지인데 에라프 성격에 그런 일을 시도했을 리가 없다. 공주 측에서 요구하면 모를까 에라프는 공주가 침묵하니 따라서 침묵했을 것이다.

그것이 제국의 공주를 임신시켜 놓고 등장하지 않은 나쁜 놈의 전말이었다.

"라고 끝내기엔 에라프 님 편지며 자작시가 마음에 걸린단 말이지……."

"그건 잊자, 제리. 세상에 존재하지 않는 거야. 백합관으로 돌아가면 다 태워 버려!"

검은 제리코에게 그 흉측한 기록물을 소각해 버리자고 애걸복걸했다. 제리코는 묵묵부답으로 검을 안달복달하게 했다. 어쩔 수 없었다. 머릿속에 떠다니는 잡생각이 장마철 먹구름보다 많았다.

'피임 열심히 해놓고서 공주님이랑 잘 땐 피임 안 한 것도 이상해. 공주님이라도 피임할 수 있었을 텐데 왜 안 한 거지? 쉽게 안 생길 거라 생각해서? 에라프 님이 드슬이에게 해준 말이 사실이라면 하룻밤의 일이니 확률이 낮긴 하지만 그래도 일기를 보면 피임은 철저하게 하던데.'

제국의 공주와 공작가 도련님이 피임을 허술하게 한 이유가 궁금해지고,

'그나저나 공주님은 왜 에라프 님과 잔 거지? 나오는 증거로는 공주님이 에라프 님을 싫어한 게 분명한데, 싫어한 게 아닌가? 몇 년 지나서 다시 만나니 마음이 바뀌었나?'

공주와 에라프가 자게 된 경위는 더욱 궁금했다.

펑 터질 것 같은 의문은 추가 정보 없인 풀리지 않을 테니 접어두기로 하자. 제리코는 의문점들을 수첩에 정리하고 원점으로 화제를 돌렸다.

일단 소녀와 검은 궁리 끝에 로젠에겐 계속 비밀에 부치기로 결정했다. 아빠 후보인 에라프가 확신하지 못했는데 괜히 로젠에게 친부 얘기를 할 필요는 없었다. 로젠을 괴롭힐 흑역사는 제리코가 어떻게든 처리해 보기로 결론지었다.

"하마터면 로젠 스타즈 방화 살인범이 될 뻔했어."

로젠에게 달려가 드슬이를 쥐어 주면 어떻게 되었을지. 제리코는 상상만으로도 끔찍해 몸을 부르르 떨었다.

제리코는 아리보 공작에게 목련차를 선물했다. 전날 가족 앞에서 선보인 뒤 친구끼리 마실 걸 제하고 나니 아리보 공작에게 보여주는 게 마지막이었다.

"황실의 꽃차구나."

"네, 이게 마지막이에요."

"미베어 공작가에 가면 더 있을 거란다."

제리코는 아리보 공작이 릴리에 공주가 받은 축복에 대해 알고 있는지 궁금했지만 물어보지 않았다.

"스타즈 선생님이 그러는데 제가 검술에 재능이 있대요."

"하핫."

아리보 공작은 대놓고 좋아했다. 제리코는 내친김에 검술학부를 전공해도 좋은지 의논했다. 아리보 공작은 뭐가 됐든 제리코가 원하는 걸 하면 된다고 간단하게 진로를 정리했다.

"에라프의 일기를 찾았다더니."

"네. 아카데미에서 에, 아버지의 일기를 하나 발견했거든요. 그래서 더 있을까 궁금해서 여쭤봤어요."

"에라프가 일기는 한 문장이나마 꼬박꼬박 썼단다. 어머니가 일기 쓰는 습관을 들이도록 노력하셨거든."

제리코는 그제야 에라프의 친모, 즉 자신의 친할머니에 대해 아는 게 하나도 없다는 사실을 깨달았다. 선대 아리보 공작 부인은 선대 공작의 후처로 들어가 나이 차가 많이 났기 때문에 아직 살아 있을 가능성이 높았다.

제리코는 아리보 공작에게 물어보기 부끄러워 검 옆구리를 찔렀다.

'살아 계셔?'

–마물이 날뛸 때 돌아가셨어.

'그렇구나.'

그놈의 광룡 때문에 죽은 사람이 한둘이 아니었다. 용이 미쳐 마물들이 폭주했고 그로 인해 선대 아리보 공작 부인이 사망했으니 에라프는 어떻게 보면 인류를 구하고 자신의 복수도 성공한 것이다.

"일기를 좀 읽어봤는데 아카데미에서 재밌게 지낸 것 같더라고요."

"원체 성격이 좋았으니 말이다. 따르는 친구도 많았지."

"그래서 말인데…… 아버지가 왜 아카데미를 자퇴했는지 알고 계세요?"

세간에 알려진 바로 에라프는 선대 아리보 공작과 대차게 싸운 후 아카데미를 자퇴하고 가출했다고 한다. 그렇지만 아카데미에는 어차피 기숙사가 있다. 집 나온 로젠과 샌시만 하더라도 당당하게 가출하고 아카데미를 다니고 있다. 에라프가 굳이 아카데미까지 뛰쳐나갈 이유가 없었다.

"네가 왜 이 차를 가져왔나 했더니…… 다 알고 있구나."

"네?"

아리보 공작은 뜬금없는 말로 제리코를 당황시켰다. 알긴 뭘 알아? 아는 게 없는데? 그리고 에라프의 자퇴와 꽃차가 무슨 상관?

제리코는 당황하고 검은 대충 감을 잡았다. 검이 제리코에게 설명해주기 전 아리보 공작이 먼저 입을 열었다.

"그래, 네가 아는 대로 릴리에 공주님 때문에 자퇴한 게 맞다."

제리코는 입을 쩍 벌렸다. 아리보 공작은 제리코가 에라프의 자퇴 사유를 알고 있으면서 원인인 릴리에 공주의 꽃차를 가져와 슬쩍 떠본다고 생각해 버린 것이다. 검이 알고 제리코가 알고 모두가 알다시피 제리코는 그렇게 고단수가 못 된다. 그녀는 그냥 목련차를 보여주고 싶어 들고 왔는데 아리보 공작은 미끼 없는 낚싯바늘을 덥석 물었다.

'아니, 이분이 이럴 분이 아닌데.'

노회한 공작은 지나치게 깊게 생각한 나머지, 혹은 조카인 제리코를 너무 과대평가한 나머지 헛발을 짚었다. 제리코는 공작의 오해를 풀지 않았다. 어쨌든 이걸로 아리보 공작이 릴리에 공주의 축복에 대해 알고 있음을 파악할 수 있었으니까.

"릴리에 공주님이……."

"그래, 솔직히 그 건은 아버지가 잘못하셨어. 에라프가 아무 이유 없이 그럴 아이가 아닌데 무작정 에라프를 추궁하고 변명도 들으려 하지 않으셨지. 혹시 네가 에라프에 대해 오해할까 말해주지만 에라프는 절대 함부로 여성의 손목을 잡아채고 폭언을 퍼부을 사람이 아니란다. 우리가 모르는 어떤 일이 있었던 게 분명해."

'드슬 씨. 들으셨습니까?'

제리코의 시선이 흔들렸다.

─들었습니다.

'에라프 님이 릴리에 공주님 손목을 강하게 잡고 폭언을 퍼부었다, 이 얘기 맞지요?'

-그런 것…… 같…… 네…….

뭐든지 주인에게 유리하게 해석하는 검뿐만 아니라 제리코도 의아해 지는 과거사였다. 에라프가 여자 손목을 강하게 잡아채고 폭언을 했다 고? 믿기 어려웠다. 심지어 피해자가 릴리에 공주?

'스토킹이 과해서 폭력으로 진화했나?'

-주인은 그럴 사람이 아니야! 분명 그럴 만한 이유가 있었을 거야!

그럴 만한 이유가 있었든 없었든 에라프가 릴리에 공주에게 폭행에 가까운 행동을 한 건 사실이다. 그 결과 선대 아리보 공작은 대로했고 에라프가 릴리에 공주에게 2차 폭행을 가하지 못하도록 아카데미 자퇴 와 자택 근신을 명했다. 에라프는 이에 반발해 가출. 소드 마스터의 경 지에 오른 후에야 아리보 공작가에 돌아왔다.

용사님의 과거치곤 실로 불량했다. 에라프를 존경하는 사람이라도 난 색을 표할 만한 과거였다. 거기에 에라프가 릴리에 공주에게 반해 따라 다녔다는 사연을 덧붙이면 어마어마한 진상이 탄생한다.

제리코는 충격을 받아 감정을 있는 그대로 표출했다. 검도 마찬가지 였다. 그런 제리코를 보고 무슨 생각을 했는지 아리보 공작이 다정한 어 조로 말했다.

"너무 염려하지 말거라, 제리코. 에라프가 잠시 릴리에 공주님을 사모 했던 건 사실이지만 그 일로 마지막이었단다. 오히려 네 어머니야말로 에라프가 사랑한 마지막 여인이고말고. 에라프가 네 모친에게 증표로 준 신분증은 그 아이의 진짜 신분증이야. 사랑했으니 진짜 신분증을 증 표로 준 것 아니겠니."

메렐 교수가 순진한 이야기를 늘어놓더니 아리보 공작까지 비슷한 얘 기를 꺼낼 줄은 몰랐다! 순진한 공주님에 이어 순진한 공작님이 등장했다.

덕분에 제리코는 충격과 공포에서 벗어나 얼굴 근육을 수습할 수 있었다.

'사랑의 결실 아니어도 되는데.'

본인들은 사랑의 결실이 아니어도 어린아이에겐 '넌 사랑의 결실이란다'라고 거짓말하는 게 어른의 사명이라도 되는 것일까. 제리코는 메렐 교수에게 했던 것처럼 열심히 웃고 고개를 끄덕였다.

루나 아카데미로 돌아가는 마차 안에서 드래곤 슬레이어 소드가 앞으로의 일에 대해 물었다.

-로젠은 어떡할 거야?

'쉬워. 전에 말했듯이 내가 다른 사람이랑 사귀면 돼.'

로젠은 제리코를 포기하고 제리코는 연애를 해서 행복해지니 모두가 웃는 좋은 결말이다. 제리코는 모두가 웃는 좋은 일에 샌시를 끼워줄 결심을 했다.

-난 걔 별론데.

'별로든 말든 사귀는 건 나거든?'

일요일에도 아리보 공작가에서 자는 바람에 새벽에 일찍 일어나 마차를 탔더니 꽤 피곤했다. 제리코는 손으로 입가를 가리고 하품했다. 상쾌한 아침 공기를 들이마시며 미소 짓던 그녀는 멀리서 새하얗고 눈부신 뭔가를 발견했다.

일주일 내내 수업을 빠진 마그노 황자가 인파에 둘러싸여 교정을 걷고 있었다. 낙제할 생각은 없는지 이번 주부터 다시 수업을 듣는 모양이었다.

마그노 황자의 주변이 무단결석의 이유를 묻는 사람으로 북적였다. 황자는 언제나 쓰던 웃는 가면을 쓰고 그들을 상대했다.

둘 사이의 거리가 상당한데도 제리코와 황자의 눈이 마주쳤다. 황자는 하얗고 제리코는 빨가니, 둘 다 멀리서 알아보기 쉬워 당연한 일이었다.

제리코는 마그노 황자에게 하고 싶은 말이 많고 듣고 싶은 말도 많은데 마그노 황자는 어떨지 모르겠다. 황자는 수업 종이 치기 전 건물 안으로 들어갔다.

　제리코는 황자를 닮은 공주님을 좋아한 남자의 심정을 생각해 보다가 볼을 붉혔다.

　"있잖아."

　–뭔데?

　"에라프 님은 릴리에 공주님 손목 잡고 폭언해서 쫓겨났잖아."

　–그렇지.

　제리코는 엄지손톱 끄트머리를 뜯었다.

　"난 황자님 멱살 잡고 폭언했는데…… 괜찮겠지?"

　–증거 없잖아. 만약 황자가 고발하면 내가 위증해 줄게.

　의리 빼곤 시체인 검 같으니! 제리코는 드래곤 슬레이어 소드를 열정적으로 끌어안고 뽀뽀를 날렸다. 모르긴 몰라도 용사가 남기고 간 것 중엔 이 검이 최고였다.

25장
샌시의 그녀

마그노 황자의 일탈로 떠들썩했던 아카데미는 황자의 일상 복귀로 다른 의미에서 시끌벅적해졌다. 추리 대결이 펼쳐진 것이다.

갇혀서 공부만 해 심심한 학생들은 황자의 일탈에 대해 갖가지 해석을 내놓았다.

심하면 황족 모욕 수준부터 너무 평이해서 개도 하품할 만한 수준까지 온갖 추리가 난무했으나 미베어 소공작의 이름은 학생들 입에 오르내리지 않았다. 대부분은 마그노 황자가 조기 졸업 준비와 기숙사장 일을 병행하다 과로해 병이 났다고 여겼다. 남들보다 색이 옅어 병약한 이미지가 강한 황자라 그런지 다들 이쪽을 진실로 생각했다.

답은 황자 본인과 오딜론, 제리코만 안다. 무생물을 끼워주자면 용사의 검도 알고 있다.

인생 최고 난도 퀘스트를 끝낸 제리코는 일상으로 복귀한 황자에게 접근하지 않았다. 제리코가 할 일은 끝났다. 그녀는 최선을 다했다. 둘의 인연이 이어질지 끝날지는 전적으로 마그노 황자의 의지에 달렸다.

그러니까 제리코는 마그노 황자 걱정을 홀가분하게 떨쳐 버리고 청춘 사업에 열중하기로 결심했다.

어떤 사업이냐고?

연애 말이다.

-공부는? 검술 수련은?

드래곤 슬레이어 소드가 청춘에서 빼먹으면 큰일 나는 사업을 강조했지만 그래 봐야 소귀에 경 읽기였다. 제리코에겐 적당한 핑곗거리가 있었다.

"말했잖아. 플라티나 님에게 가서 물어보느니 그냥 내가 샌시랑 사귀는 게 빠르다니까?"

로젠이 제리코에게 이성적 호감을 품었다 한들 이미 사귀는 사람이 있는데 뭘 어쩌겠는가. 수문장 있다고 문 못 여는 건 아니나 대부분의 사람은 수문장의 존재를 확인하면 진입을 포기한다. 특히 로젠은 선량한 청년이다. 애인이 있는 여자에게 미련을 보일 성격이 아니었다.

"미련을 보여도 꼬시진 않겠지."

-꼭 샌시일 필요가 있어?

"샌시가 뭐 어때서!"

자꾸 이러면 화장실 뚫어뻥 대용으로 쓴다!

제리코가 오랜만에 검을 협박했다. 자아를 가진 검은 더럽고 치사해서 없는 입을 다물었다.

'더럽고 치사해서. 샌시 이름 부를 때마다 귀여운 척할 때 알아봤어야 하는데.'

제리코 본인이 자각하고 있는지 모르지만 검이 지켜봤을 때 제리코는 샌시를 부를 때면 꼭 귀여운 척을 했다.

샌시. 그 짧은 이름을 일부러 길게 늘여 부르질 않나, 두 음절밖에 안 되는데 강조하질 않나. '샌'은 길게 늘이고 '시'는 짧게 끊는데 꼭 입맞춤이라도 조르는 것처럼 보였다.

미리미리 알아봤어야 하는데 하필 제일 마음에 안 차는 놈을 고를 줄은 몰랐지. 드래곤 슬레이어 소드는 없는 혀를 찼다.

샌시는 어디서나 주목받는 앞길 창창한 청년이지만 검의 취향과 정반대의 인물이었다. 마법의 천재면 뭐 하나. 손가락 상할까 봐 무거운 물체는 들 생각을 않는데.

경지에 오른 소드 마스터를 주인으로 둔 덕분에 용을 벨 수 있게 된 검은 마법에 대한 평가가 박했다. 검에 내장된 마법들이 소소한 데다 도움이 될 만한 마법이래 봐야 방어 마법 정도라서 마법을 무시하는 인식이 더욱 강했다.

그러니 검의 천재 로젠과 마법 천재 샌시, 의외로 숙달된 검술을 선보인 마그노 중에서 샌시의 평가가 제일 박할 수밖에.

굳이 셋 중 하나를 꼽지 않더라도 루나 아카데미엔 남자가 많았다. 제리코에게 잘 보이려고 기웃거리는 놈이 한둘이어야지. 검술원에 가면 제리코에게 말 한번 붙여보려고 눈치 보는 남자가 수두룩한데 샌시라니! 손 예쁜 거 빼고 볼 거 없는 샌시라니!

'그래도 제리코에게 잘하려고 노력하는 게 가상하긴 해.'

노력이 가상하면 뭐 하나. 엄마 때문에 미운털이 박혀 버린 것을.

연애하는 사람은 제리코인데 그녀 등에 업힌 검이 혼자 북 치고 장구를 쳤다. 제리코는 머릿속으로 흘러들어 오는 검의 생각을 상큼하게 무시하고 힘차게 〈이만보〉 문을 열었다.

"모두 안녕! 샌시 있어요?"

제리코는 저번 주 내내 〈이만보〉 동아리실에서 샌시를 찾았지만 길이 계속 엇갈렸다. 오늘은 샌시를 만날 때까지 〈이만보〉에서 기다릴 작정을 했는데 어째 동아리실 분위기가 이상했다.

제리코를 보고 반갑게 인사해 줄 부회장과 회원들 낯빛이 안 좋았고 회장과 회원 중엔 새빨갛게 부은 눈을 비비는 사람도 있었다. 몇몇은 구석에 처박혀 쭈그리고 앉아 있기까지 했다.

제리코는 힘차게 인사한 게 무안해져 목소리를 낮췄다.

"무슨 일 있어요? 헉, 혹시 송사리가?"

죽을 날 받아놓은 호문쿨루스가 명을 달리했나 싶어 제리코가 숨을 집어삼키자 회원들이 일제히 고개를 저었다.

제리코는 가슴을 쓸어내렸다. 송사리는 문외한인 그녀 눈에는 냇가의 잡어와 별다를 게 없어 보였지만 그래도 죽지 않았으면 하는 게 솔직한 심정이었다.

"송사리 문제로 회장과 부회장이 언쟁을 벌이고 있습니다."

'언쟁?'

듣자 하니 부회장인 후안은 송사리 유지에 반대하는 입장이라고 했다. 그 문제가 또 불거진 걸까? 제리코가 눈을 깜빡이며 의문을 표하는 사이 눈 밑이 퀭한 회장파 회원이 말했다.

"부회장이 나빠. '그녀'를 포기하라니."

"폐기해야지. 이미 충분한 데이터를 얻었잖아."

부회장파 회원의 말에 회장파 회원들의 눈이 돌아갔다.

"폐기라고? 어떻게 그런 심한 말을!"

"사과해! 우리의 '그녀'에게 사과해!"

단어의 적절치 못한 사용으로 인해 말을 한 부회장파 회원이 회장파 회원에게 둘러싸였다.

제리코는 서로 대립하는 〈이만보〉 회원들을 보고 깜짝 놀랐다. 평소에 회장파 회원들이 부회장파 회원들에게 기죽어 살았기 때문에 회장파 회원이 보이는 폭력성이 신기했다.

'평소 억눌려 있던 분노의 표출?'

―아니. 그냥 자기 관심 분야라 그렇겠지.

동아리 〈이만보〉는 회장인 샌시가 사사로운 개인의 이익을 위해 만든 단체다.

처음 〈이만보〉에 가입한 회원들은 진짜 이상형 만들기가 목적이었지만, 회장인 샌시 본인이 워낙 불세출의 마법사인 데다 동아리 회원들에게 아낌없이 자원과 연구 결과를 공유하면서 옆에 들러붙어 콩고물을 주워 먹는 회원이 후발대로 추가되었다.

동아리의 설립 이념에 충실한 게 회장파라면 이상형을 만드는 과정에서 떨어지는 부산물과 이상형 제작이 성공했을 시 그에 수반되는 연구 결과를 노리는 것이 부회장파. 목적이 다르기에 호문쿨루스를 대하는 태도 또한 상이했다.

회장파는 송사리를 진짜 송사리, 혹은 그 이상으로 진짜 살아 있는 생물로 취급했다. 부회장파는 그와 다르게 송사리가 특정 목적을 위해 설계된 '인공' 영혼임을 잊지 않았다.

회장파가 호문쿨루스를 인공 '영혼'으로 생각한다면 부회장파에게 호문쿨루스는 어디까지나 '인공' 영혼일 수밖에 없었다.

–인식의 차이지. 진짜 살아 있는 동물도 애완용으로 키우는 사람과 가축으로 키우는 사람의 인식이 다른데 실험실 속 호문쿨루스야 인식이 엇갈리는 건 당연한 결과 아니겠어.

'호문쿨루스 만들 때마다 이런 식이면 곤란하지 않을까?'

–샌시나 다른 마법사들이 자랑한 대로 송사리는 말을 하잖아. 난리 피웠던 거 보면 전무후무했던 일 같은데 그래서 더 특별하고 정이 들었겠지.

움직이지 않는 식물보단 움직이는 동물에 더 정이 들게 마련이다. 넓은 수조 안을 헤엄치며 말을 따라 하는 송사리는 〈이만보〉 회원들에게 애완동물 이상의 인기를 구가했다.

적어도 〈이만보〉와 마법학부 학생들에겐 고기가 없으면 접근을 허락하지 않는 아카데미 근방의 들고양이보다 더 인기가 좋았다.

"송사리는, 흐윽, 내게 처음으로 친절하게 대해준, 흑, 여성이에요."

'나는 뭔데.'

세상이 그를 버리지 않았거나 주위에 여자가 없거나 본인 인성에 심각한 결격 사항이 없는 한 친절하게 대한 여성이 아예 없을 리 없는데 말이다. 제리코만 해도 간식을 주거나 상냥하게 말을 건 기억이 있건만?

그렇게 반문하고 싶은 걸 꾹 참고 제리코는 회장파 회원의 등을 토닥였다. 손수건을 건네자 회원이 고맙게 받았다. 평소라면 피 안 통한 여자 앞이라고 입술만 꾹 다물고 눈치만 살살 살폈을 양반이 손수건을 받아 드는 것을 보니 송사리의 죽음을 앞두고 상심이 큰 듯했다.

"회장이랑 크흡! 부회장은 아래에, 4층에 있습니다. 내려가 보세요. 엉엉."

"싸우고 있다는데 내려가도 괜찮아요?"

"괜찮을 겁니다, 흑흑."

그렇다면야. 제리코는 여차하면 싸움 말릴 준비를 하고 조심스럽게 계단을 내려갔다. 지하 1층에 이어 2층에도 비탄에 잠긴 회원이 즐비했다.

제리코는 그들을 자극하지 않도록 발걸음 소리를 죽이고 3층으로 내려갔다.

모두를 비탄에 잠기게 한 원인이 3층에 있는 만큼 3층은 눈물바다일 것으로 예상했는데 예상과 다르게 3층엔 아무도 없었다. 제리코는 4층으로 내려가기 전 수조 안을 들여다보아 송사리를 찾았다.

마력이 담긴 푸른 물은 변함없이 신비로운 빛을 자아내고 물그림자를 바닥에 드리웠다. 하지만 거대한 수조 안에서 신명 나게 헤엄쳐야 할 작은 송사리는 기운 없이 둥둥 떠 있었다.

'자극해도 되나?'

-해봐.

제리코는 손톱으로 수조를 두드렸다. 사람이 근처에 있으면 뽀르르 헤엄쳐 오던 송사리가 잠잠했다.

"안녕?"

혹시나 싶어 말을 걸어보았지만 송사리는 따라 하지 않았다. 가끔 송사리를 보던 제리코까지 슬프고 기운이 빠지는데 애지중지 송사리를 관리하던 회원들과 직접 만든 샌시는 오죽할까. 제리코는 괜히 시려오는 눈가를 비볐다.

-넌 참 눈물이 헤퍼.

'눈물이 나는 걸 어떡해.'

-누가 뭐래? 잘 울고 잘 웃으니까 좋다고.

제리코는 찡한 눈가를 손등으로 눌러 진정시킨 다음 4층으로 내려갔다. 4층 문을 열어놓고 다투는지 계단을 중간쯤 내려가니 둘의 대화 소리가 들렸다.

"이 이상은 낭비입니다. 알잖아요."

"유지비는 해결됐잖아."

"웬일로 외출하나 했더니 돈이나 빌려 오고! 빌려 온 돈 다 쓰면 어쩌려고요!"

"의뢰 있으면 몰아달라고 했어. 당분간 열심히 하면⋯⋯."

"그 시간이 더 아까워요! 마력은 어떻고요? 회장 마력 쪽쪽 빨려서 고갈 직전이잖아요! 지금이라도 수조 밖으로 빼내 자료를 모으는 게⋯⋯."

"작게 말해. 그녀가 듣잖아."

샌시는 언제나 '그녀' 편이었다. 샌시가 잘 뻗은 검지를 들어 입술에 붙였다.

'상냥하기도 하지.'

이미 눈에 콩깍지를 얹은 제리코에겐 한없이 상냥한 태도였으나 후안에겐 아니었던 모양이다. 후안은 깊은 한숨을 내쉬더니 역으로 언성을 높였다.

"들으라지! 어차피 이해할 수 있는 지능도 없는데!"

'어머어머, 매정한 것 보게. 그렇게 안 봤는데.'

제리코는 둘 사이에 끼지 않고 계단 벽에 붙어 동태를 살폈다. 송사리가 후안을 가장 잘 따랐는데 후안이 송사리에게 저런 말을 하니 속이 상했다. 괜히 콩고물을 노리고 샌시 옆에 붙은 부회장이 아니었다.

제리코 내부에서 후안의 재평가가 이뤄지자 무생물이 자신의 의견을 밝혔다.

-아니지, 후안이 현실 파악을 잘하는 거야. 송사리는 죽는 게 뭔지도 모를걸?

제리코가 세모눈을 뜨고 검을 노려보았다.

'그렇게 치면 아기는? 아기도 죽는 게 뭔지 모르지만 아기 앞에서 죽으라고 말하는 사람은 없어.'

-인공적으로 제작된 호문쿨루스잖아. 잠깐 만들어서 쓰고 버리는 건데 어떻게 사람이랑 비교하냐?

우연의 일치일까. 후안과 샌시도 그와 비슷한 대화를 시작했다.

"처음 제작한 호문쿨루스도 아니지 않습니까! 이전 개체는 연구가 끝나면 폐기해 놓고 왜 '그녀'만 특별 대우인데요! 물론 '그녀'가 올해 상반기 연구의 중심이었던 건 저도 압니다. 하지만 이 연구는 끝난 지 오래예요! 더 붙들고 있는 건 자원 낭비입니다!"

"난 호문쿨루스의 수명이 끝나기 전에 먼저 폐기한 적 한 번도 없어. 연구 기록을 보면 알잖아. 그리고 낭비된다고 주장해 봐야 내 돈이고 내 마력이야."

"회장!"

수조를 나온 호문쿨루스의 수명은 매우 짧다. 샌시는 수조 밖에서 호문쿨루스를 가장 오랫동안 생존시킨 기록을 갖고 있었지만 그래 봐야 한 달이었다. 그것도 최대한 수조 밖 생존에 적합하도록 설계한 호문쿨루스의 기록이다. 지능에 초점을 맞춰 설계한 송사리는 수조 밖으로 나오면 일주일도 버티지 못할 것이다.

송사리의 연구 결과를 토대로 수조를 비우고 새 호문쿨루스를 설계하자. 후안의 주장은 마법사로서 지극히 타당했다. 연구자로서도 타당했다. 다만 샌시의 목적과 후안의 지향점이 달랐을 뿐이다.

후안은 진심으로 안타까워 탄식했다. 후안이 봤을 때 샌시는 말도 안 되는 고집을 부리고 있었으니까.

"회장의 마력이고 회장의 재산이고 회장의 시간이죠! 하지만 그 시간과 연구비, 마력을 들여서 다른 연구를 하면 얼마든지 유의미한 결과를 낼 수 있어요! 회장도 아는데 고집부리는 거잖습니까!"

"네 말대로 '그녀'의 수명은 얼마 남지 않았어! 수조 안에서 편안히 죽게 해주겠다는 게 그렇게 낭비야? '그녀'가 널 얼마나 잘 따랐는데 이 배신자!"

"그 얼마 남지 않은 시간에 소모되는 마력과 재화가 아깝지 않습니까? 이만하면 되었으니 수조를 비워 새 연구를 시작하는 게 나아요."

"싫어."

샌시가 어린아이처럼 고개를 돌렸다. 더는 대화에 응하지 않겠다는 태도였다.

"이건 내 연구야. 뭘 연구할지는 내가 정하고 연구 종료도 내가 선언해. 송사리는 아직 살려둘 가치가 있어."

"회장! 지능 있는 호문쿨루스 프로젝트를 끝내면 생체 골렘 연구를 재개하기로 했잖아요!"

"응. 프로젝트 끝내면."

후안은 하고 싶은 말이 참 많았지만 샌시는 대화를 종결했다. 남들보다 발달한 샌시의 청각이 지루한 대화를 이어가던 와중 유의미한 발걸음 소리를 들었기 때문이다.

제리코는, 그 사랑스러운 붉은 머리 소녀는 웃음소리는 물론이고 발걸음 소리까지 쾌활했다. 숨을 죽여 사뿐사뿐 계단을 밟는다 해도 샌시는 언제 어디서든 제리코의 발걸음 소리를 구분해 낼 자신이 있었다.

"안녕, 제리코. 오늘도 예쁘네."

벽에 찰거머리처럼 달라붙어 있던 제리코의 눈이 크게 떠졌다. 놀라는 모습도 귀여웠다. 샌시는 남자와의 말다툼 같은 무가치한 기억은 모조리 소각해 버리고 눈앞의 소녀에게 집중했다.

"들어갈래? 말해줄 게 있는데."

"으응."

샌시가 앞장서서 제리코를 4층 연구실로 안내했다. 제리코는 문 앞에 서서 샌시를 노려보는 후안을 죄인의 마음으로 지나쳤다.

샌시의 연구실은 좋은 의미로든 나쁜 의미로든 여전했다. 눈에 띄는 변화는 보이지 않았다. 샌시가 쉬는 시간에 끼적인 낙서가 굴러다니고 정체를 알 수 없는 실험 재료가 허술하게 보관되어 있는가 하면, 하프 산맥에서 캐 온 은방울꽃은 시일이 제법 지났음에도 불구하고 꽃망울을 갓 터뜨린 꽃처럼 싱싱했다.

눈에 띄는 변화라면 연구실이 아닌 샌시에게 있었다. 제리코는 오랜만에 재회한 마탑의 로브를 입은 샌시를 지긋이 응시했다. 새까만 로브를 다시 걸치니 처음 만났을 때 모습 같아서 조금 가슴이 설레었다.

"마탑에서 또 준 거야?"

"아니."

"그럼?"

"카모마 거야."

샌시가 입꼬리를 벌리고 히죽 웃었다. 진심으로 기분 좋아서 웃는 모양새였다. 친아버지인 걸 알게 되었는데도 반말을 하는 말본새는 뒤로하고, 제리코는 혹시나 싶어 다시 질문했다.

"그럼 카모마 씨는 로브가 또 있는 거야?"

"아니."

그 말인즉 이젠 카모마 씨가 샌시처럼 로브 없이 돌아다닌다는 소리 아닌가. 잠시 설레었던 소녀의 심장에 금이 갔다.

제리코는 기가 막혀서 입을 쩍 벌렸다. 세상에 자식 된 도리로 부모님께 옷 한 벌 해드리진 못할망정 있는 옷도 뺏어 오다니!

─제리, 정말 얘랑 연애할 거야?

정의감 투철한 용사의 검도 기가 막혔는지 이런 질문을 날렸다. 뺏은 건 샌시인데 부끄러움은 제리코의 몫이었다. 제리코는 달아오르는 볼을 식히며 애써 변명을 주워 삼켰다.

'샌시니까 어쩔 수 없지.'

다른 사람은 몰라도 가족은 없을수록 좋다던 샌시다. 어릴 때부터 교류가 있었던 카모마가 갑자기 정체를 밝혀봐야 그에겐 별다른 느낌이 와닿지 않았을 것이다. 오히려.

'생판 남이 때려서 재수 없었는데 알고 보니 친아버지? 일반 폭행에서 가정 폭력으로 심화됐어! 더 재수 없잖아! 이렇게 생각할지도.'

─엄청난 설득력이다. 샌시를 잘 파악하고 있구나. 진짜 마음 있는 거였어!

'내가 그럼 마음 없는 사람이랑 연애하겠다고 발품 팔겠니.'

아무렴 빛을 사랑하는 소녀가 마음 없는 남자 만나겠다고 지하 4층까지 발걸음을 하겠느냐 이 말이다.

샌시는 자랑스럽게 손으로 로브 겉면을 쓸었다.

"그건 네가 가져. 사망 시 마탑에 반납만 하면 돼."

'물려받았다고 생각하자. 카모마 씨가 아들에게 물려준 거야!'

"그, 그래? 고마워, 샌시."

─너도 로브 반납할 생각 없구먼.

방수, 방한, 방열보단 주머니에 딸린 공간 마법에 매료된 제리코는 그렇게 샌시의 로브를 꿀꺽했다. 카모마의 로브를 꿀꺽한 샌시가 흐뭇하게 웃었다.

샌시가 꿀꺽한 건 로브 말고 더 있었다.

"마침 잘됐어. 이것 좀 보고 있어."

샌시는 책상 위에 놓인 묵직하고 커다란 책자를 가리켰다. 혹시라도 손목이나 손가락에 무리가 갈까 봐 직접 들어서 건네지 않는 모양이 훌륭한 마법사다웠다. 아쉬운 제리코가 직접 몸을 움직여 책자를 펼쳤다.

"보석 카탈로그네?"

"카모마는 전공이 마법 물품 제작과 부여라 아는 보석상이 많거든. 마음에 드는 거 있어?"

"보석이야 다 마음에 들지."

남자가 여자에게, 아니, 사람이 다른 사람에게 뭔가의 카탈로그를 보여주면서 마음에 드는 게 있느냐 묻는 용건은 딱 두 가지다.

'약 올리거나 선물하려거나.'

샌시가 제리코에게 보석 자랑을 해서 뭐 하겠는가. 그러니까 선물한다는 쪽이 정답일 것이다.

'로젠이 장식술 준 거에 자극받았나?'

제리코가 판단했을 때, 샌시는 그녀와 가장 친한 남자라는 위치에 집착하고 있었다. 로젠이 제리코에게 보석 선물 선빵을 날렸으니 샌시는 그보다 더 좋은 선물을 줘야 현재 위치에서 밀려나지 않는다고 판단한 것이다.

"혹시 나 주려고 고르라는 거야?"

"응. 아무거나 골라. 다 골라도 돼. 카모마 이름 달고 사면 할인해 준댔거든."

샌시가 자존심 상해할까 봐 묻고 싶지 않았지만 어쩔 수 없이 돈 얘기가 튀어나왔다.

"돈은……?"

"부모는 적으면 적을수록 좋다고 생각했는데 물려줄 유산이 있는 부모는 나쁘지 않더라. 생각보다 괜찮아."

샌시가 히죽 웃었다. 노란색 눈이 가느다랗게 변하는 모양이 꼭 심술 궂은 고양이 같았다.

"마녀 재산이 많아도 내가 먼저 죽을 거니까 내 돈이라는 생각이 안 들었거든. 그런데 카모마는 나보다 먼저 죽잖아? 그럼 그 돈이 다 내 거잖아. 아버지가 있는 것도 나쁘지 않네."

카모마가 들으면 눈물이 철철 흐를 충격 발언이었다. 제리코는 대자연께 간절히 빌었다. 제발 카모마 씨가 죽는 날까지 샌시의 속내를 모르게 해주세요.

"샌시, 유산이라는 건 유언장을 어떻게 쓰냐에 따라 다른 사람에게 물려줄 수도 있는 거고. 샌시에게 물려주는 건 카모마 씨 마음이니까 다 네 돈은 아니야. 벌써부터 과소비를 해버리면."

혹여나 샌시가 카모마 앞에서 유산 타령할까 봐 제리코가 샌시에게 이것저것 주의를 주는데 샌시가 활짝 웃었다.

"다 내 돈이야. 법정에서 카모마 편 들어주는 대가로 절반을 생전 증여받았어."

제리코가 대자연에게 했던 기도는 소 잃고 고치는 외양간보다 무용했다.

샌시가 원하는 걸 선물받은 아이처럼 눈을 반짝였다. 그는 노래 부르듯이 카모마의 재산 목록을 읊었다. 듣는 제리코의 귀가 솔깃해질 정도로 재산이 많았다.

"결혼 안 한 양반이 쏨씀이가 야박해서 어쩌나 했더니 다 나에게 물려주려고 그러는 거였어! 진짜 알토란같이 모아뒀더라고!"

부자 엄마를 두었지만 물려받지 못할 재산이라 실감이 안 나다가 덜 부자 아빠가 생기니 실감이 확 났나 보다.

샌시는 덜 부자 아빠가 생긴 기쁨을 숨기지 않고 표출했다. 제리코가 열심히 먹인 보람을 증명이라도 하듯이 얼굴에서 광이 났다.

"그러니까 다 골라."

"어…… 음……."

제리코는 천천히 보석 카탈로그를 덮었다. 카모마 씨에게 미안해서라도 보석 선물은 받을 수 없었다.

"음…… 샌시? 네가 횡재한 건 기쁘지만 유산은 유산대로 남겨두고 샌시가 직접 번 돈, 그런 돈으로 산 선물이 난 더 좋아."

"이런. 나 방학 때까지 의뢰 안 받을 건데."

골렘 설계도와 제작법, 샌시가 개발한 마법 특허로 사용료를 받고 있긴 하지만 카탈로그에 있는 보석을 모두 사주기엔 모자랐다.

제리코가 원하는 만큼 마음껏 보석을 사줄 돈을 모으려면 최소 1년이 필요했다. 방학 동안 의뢰를 받아 돈을 벌면 한 달 만에 모을 수 있지만 그렇게 되면 다음 학기 연구비가 모자라진다.

제리코에게 하루라도 빨리 선물을 주고 싶은 마음과 다음 학기 연구비 여유분.

샌시가 치열하게 갈등하는 동안 제리코는 슬쩍 샌시에게 손을 뻗었다. 제리코의 손가락 끝이 샌시의 손등에 닿았다.

샌시는 손등에 닿은 제리코의 손가락에 움찔 몸을 떨었다. 제리코는 작은 새를 어르듯 샌시의 손등을 쓸었다. 샌시의 피부는 아기 피부처럼 부드럽고 매끈했다. 제리코는 샌시가 도망가지 않도록 주의하며 그에게 시선을 고정했다.

"샌시, 꼭 보석을 고집할 필요는 없어."

"간지러워……."

고작 손가락이 오갈 뿐인데 어째서 손등이 참기 어려울 정도로 간지러운 것인가. 샌시는 치를 떨 정도로 당했던 온갖 수작에 비해 턱없이 강도가 약한 제리코의 개수작에 혼란스러워했다.

'이제 그만해야지.'

여기서 더 강도가 심해지면 성추행이다. 샌시는 이런 쪽에 슬픈 과거가 있으니 순수한 마음으로 간질이는 선에서 그쳐야 했다. 제리코는 손가락을 떼고 샌시의 손등 위에 손을 포개 예쁜 손을 꼬옥 잡았다.

검이 제리코의 개수작에 조언했다.

—살살 잡아. 마법사는 악수 세게 하면 폭행으로 고소해.

'그럼. 우리 샌시는 갓 태어난 병아리처럼 연약하니까.'

—방금 건 못 들은 걸로 할게.

무생물이 지켜보는 상태에서 개수작을 걸자니 조금 민망하지만 어쩌겠는가. 드래곤 슬레이어 소드를 후광처럼 업고 다니려면 이런 일도 감오해야 하는 법이다.

어쨌든 제리코는 풀어지려는 마음을 다잡고 가능한 은근하게 웃었다. 수줍은 듯하면서 꿍꿍이속이 분명히 존재하는 그런 어른의 미소를!

—평소 웃는 거랑 똑같은데 어른의 미소?

'어허. 산통 깨지 말고.'

검이 방해해도 제리코의 미소는 깨지지 않았다. 사실 검의 말대로 평소 웃는 모습이랑 비슷해서 깨질 어른도 없었다.

"난 네가 길가의 들국화를 꺾어 줘도 기쁠 거야."

제리코는 샌시가 주는 것이라면 무엇이든 다 좋았다. 다른 여자랑 결혼한다는 청첩장 빼고 모두 다. 그런 제리코의 진심이 어떻게 전해졌는지 샌시의 안색이 파랗게 변했다.

"아직 국화가 피려면 멀었는데 국화과 다른 식물은 안 돼?"

—저런.

번식 본능 없는 무생물의 탄식과 함께 제리코의 미소에 금이 갔다.

"식물원에 가면 들국화가 있나? 화원에 물어봐야 하나? 그런데 꼭 길가에 핀 들국화여야 해? 들국화가 길가에 피었던 건 어떻게 증명해? 내가 꺾은 장소를 지도에 표시해 주면 되는 거야? 꼭 직접 꺾어야 하는 거야? 원에 가위로 자르면 안 돼? 제리코 네게 꽃을 꺾어 주기 싫다는 게 아니라 손가락에 상처가 나면 안 되니까."

샌시는 제리코와 포개지 않은 다른 손을 물끄러미 바라보더니 이를 악물었다.

"제리코 네가 원한다면 직접 꺾어볼게."

"어머나."

제리코는 감격에 겨워 손을 입으로 가져갔다. 고작 꽃 한 송이 꺾어 주겠다는 말이 이렇게 낭만적으로 들리는 날이 올 줄이야. 그녀 생에 이보다 더 낭만적인 대사가 있을지 모르겠다.

―헐.

검은 다른 의미에서 감탄해 감탄사를 뱉었다. 샌시의 인성은 참으로 이기적이고 흉흉하나 제리코를 향한 정성 하나는 실로 지긋하니 이건 인정할 수밖에 없었다. 응, 인정. 네 진심 인정.

"샌시, 말이 그렇다는 거지 나는 네가 날 위해 주는 거라면 다 기쁘다는 거야. 꼭 들국화일 필요 없고 꼭 네 손으로 꺾지 않아도 돼. 내게 꽃을 주느라 네 예쁜 손이 다치면 난 마음이 너무너무 아플 거 같아."

"다행이다. 네가 직접 꺾은 들국화만 좋아하면 어쩌나 했어. 난 네게 가능한 좋은 것, 가치 있는 것을 주고 싶거든. 그게 내 마음이야."

제리코는 그 마음 하나로 충분했다. 샌시는 내친김에 더 말했다.

"전에 네가 용건 없이 언제든 찾아와도 된다고 했잖아. 난 그게 정말 기뻤어."

기쁘기만 했을 뿐, 샌시는 무엇을 더 어째야 할지 몰라 가만히 있었다. 그가 제자리에서 어영부영하는 사이 약삭빠른 로젠은 제리코에게 장미를 한 아름 선물하고 추억을 공유하는 보석을 선물했다. 그제야 샌시는 인간 사회의 법칙을 깨달았다.

샌시가 누군가로 인해 기쁨을 느꼈다면 샌시 또한 그 사람을 기쁘게 해줘야 한다. 그래야 그 사람과 가장 가까운 위치에서 그 사람을 선점할 수 있었다.

"로젠은 언제나 핑계를 대서 선물했지만 난 네게 핑계 없는 선물을 주고 싶어. 내가 주고 싶다. 그게 선물을 주는 이유의 전부이고, 네가 기뻐했으면 좋겠다. 그게 선물의 명분이면 좋겠어."

'오늘부터 1일인가?'

뜻밖의 고백에 제리코가 정신을 못 차리는 동안 샌시가 고개를 푹 수그렸다. 흘러내리는 연두색 머리카락 사이로 붉게 물든 그의 두 볼이 드러났다.

"우리…… 그래도 되는 사이잖아. 그렇지?"

"아, 아무렴 샌시. 우리는 오늘부터."

"사촌 같은."

……그놈의 사촌. 세상에 저런 마음을 주고받는 사촌이 어딨다고. 만약 있다면 그 사촌 오누이는 금단의 사랑을 하고 있는 게 틀림없었다.

-야, 빨리 고백이나 해.

'재촉 안 해도 할 거거든!'

"저기 샌시, 우리 슬슬 사촌 오누이보다 더 친해질 때가 되지 않았어?"

"헉."

샌시의 볼이 잘 익은 홍옥처럼 발그레해졌다. 그는 잔뜩 흥분해서 말을 더듬었다.

"서, 서, 서, 설마."

"응!"

"치, 치, 친남매처럼 친한 오빠 시켜주는 거야?"

"쯧쯧."

제리코는 검지를 까딱였다. 뭘 모르는 순진한 총각에게 그보다 더 친밀한 사이가 있음을 일러줄 차례였다. 제리코의 눈이 음흉하게 빛났다.

"그보다 더 친근한 사이가 있는데."

"친남매보다 더 친근한 사이…… 설마 부녀지간?"

제리코는 아빠를 셋이나 둘 생각은 없었다.

"아니~ 그보다 더 친근한 사이."

"부녀보다 더 친근한 사이가 있다고?"

샌시에게 있어 남녀 친분의 끝판왕은 모자 혹은 부녀지간이었다. 그런데 그걸 뛰어넘는 관계가 있다니. 혹시 그게 이란성 쌍둥이냐 물으려는 순간 제리코가 정답을 외쳤다.

"여보, 자기 하는 사이! 샌시, 우리 사귈까?"

-여보! 자기!

마침내 제리코가 지하 4층까지 내려온 목적을 밝혔다. 검은 제리코의 감정에 영향받아서 신이 나 외쳤다.

사랑은 좋은 것이고, 좋은 것은 쟁취함이 마땅하기에 제리코는 먼저 고백하는 것에 연연하지 않았다. 샌시! 넌 내 남자야!

다만 제리코의 고백을 들은 샌시의 표정이 요상했다. 요상하다는 표현 외엔 달리 어울리는 말이 없을 정도로 요상했다. 얼굴이 시뻘게졌다가 푸르뎅뎅해졌다가 다시 시뻘게졌다. 샌시는 몇 번이나 대답하려는 듯 입술을 벌렸다가 다물었다.

"아, 안 돼."

"왜?"

샌시는 제리코를 좋아한다. 샌시가 그녀에게 보이는 호감과 관심이 가족이나 친구에게 보이는 친애와 우정이라면 세상 가족과 친구는 다 얼어 죽었다.

샌시가 제리코에게 보이는 호감은 명명백백 이성에게 보이는 애정인 것을 샌시는 부득불 본인의 감정을 무시하고 다른 관계에 집착했다.

"사촌끼리는 사귀는 거 아니야!"

"우리는 진짜 사촌도 아닌걸?"

"사촌처럼 친근한 사이잖아! 그러는 거 아니야!"

'젠장. 육촌에서 멈췄어야 하는 건데.'

제리코가 그렇게 지난날의 후한 승급을 후회했다. 어쨌든 제리코는 당당하게 굴기로 했다. 어차피 둘은 친사촌이 아닌 피 한 방울 안 섞인 남이다. 게다가 제리코가 당당하게 굴 이유가 하나 더 있었다.

소녀가 음흉하게 웃었다. 지하실에 들어오고 두 번째였다.

"샌~ 시~ 나랑 사귀면 안 되는 이유가 고작 그것뿐이야?"

"당연하지! 우, 우리는 사촌처럼 친한 사이야! 사귈 수 없어!"

"내 생각만 하고 내 걱정 때문에 다른 일이 손에 안 잡히고 내게 좋은 걸 선물하고 싶지만 사귀기는 싫다는 거야?"

"사귈 수 없다는 거야!"

"왜에?"

제리코는 대놓고 길게 늘여서 말했다. 아무것도 모르겠다는 순진무구한 표정을 지으니 샌시가 엄숙하게 선언했다.

"우린 사촌 오누이 같은 사이잖아."

'걸렸다, 요놈.'

제리코는 회심의 미소를 지었다. 샌시는 이미 그녀의 어장, 아니, 어장이 뭔가, 그녀의 어항에서 퍼덕이는 잡힌 생선이었다.

"언젠가 완성할 '그녀' 때문이 아니라?"

마법사가 조종을 멈춘 골렘처럼 샌시의 동작이 멎었다. 동공이 한계까지 확장되었다가 수축되었다.

제리코의 말대로다. 샌시가 제리코를 거절하기 위해 가장 먼저 외쳐야 할 말은 '난 내 이상형에게 모두 바칠 거야!'지 '우린 사촌이잖아!'가 아니었다.

샌시 데이지가 제리코 미베어에게 홀려 이상형을 잊었다. 떠올리지 못했다. 그것이 어떤 의미인지 샌시가 모를 리 없었다. 그저 인정하고 싶지 않아 부정하고 외면했을 뿐이다.

왜냐하면.

'사귀면 헤어질지도 모르잖아.'

사촌 오누이같이 친한 사이는 헤어질 염려를 하지 않아도 된다. 하지만 연인은? 연인은 헤어진다. 평범하게 헤어져 좋은 친구가 되는 경우도 있지만 그보단 철천지원수가 되거나 데면데면해지는 사이가 더 많다.

샌시는 로젠이 최장 3개월 단위로 애인을 갈아치우는 걸 수없이 지켜보았다. 헌신했던 사람이 헌신짝처럼 차여 엉엉 우는 것도 보았다.

애정은 남녀를 엮는 가장 얄팍한 끈이었다. 그렇게 치면 샌시가 만드는 이상형 또한 언젠가 헤어질지 모르는 거 아니냐 묻는 이가 있겠지. 그래서 샌시는 이상형을 '만들기'로 한 것이다. 그가 이상형의 제작자인이상 부모 자식이라는 또 다른 연이 발생하니까.

샌시의 눈이 떨렸다. 샌시는 어쩔 수 없이 인정했다. 그는 눈앞의 소녀를 볼 때면 항상 신체의 어딘가가 떨렸다. 때로는 눈이, 때로는 핏줄이, 때로는 위장이, 때로는 호흡이, 때로는 심장이, 귀하게 여기는 손끝까지.

이 떨림이 전신으로 퍼지기 전 도망가야 한다. 샌시는 인생 최고의 속도로 수인을 맺어 이동 마법을 완성하고 도망쳐 버렸다.

"앗! 도망갔다!"

혼이 빠져나간 듯 멍하니 있는 얼굴이 귀여워서 지켜보고 있었더니 샌시가 도망가 버렸다.

제리코는 샌시가 있던 자리에 남은 마력의 잔혼을 보며 입맛을 다셨다. 마법이 완성되기 전에 확 잡아버렸어야 했는데 반응 속도가 느린 게 아쉬웠다.

-이게 다 수련을 게을리해서 그래. 샌시가 나비처럼 도망가면 넌 벌처럼 잡았어야지!

"어휴, 요즘 돈 없다고 이동 마법 안 쓰더니 돈 들어왔다 이거지!"

말은 이렇게 해도 샌시가 도망가는 건 제리코가 예상한 반응이었다. 자매품으로 '어멋, 치한이야!'를 외치며 도망가기와 '마녀에게 넘어간 거야? 믿었는데!'를 외치며 도망가기가 있다.

-전부 도망가는 거잖아.

"제일 좋은 건 샌시가 내게 홀라당 넘어오는 거였는데 말이지."

안타깝게도 샌시는 제리코의 예쁜 얼굴과 도발적인 붉은 머리에 홀라당 넘어간 주제에 도망을 쳤다.

제리코는 혀를 쯧쯧 차며 고개를 설레설레 저었다. 마탑주에게 당한 것이 많으니 제리코가 이해해야 했다.

"금방 돌아올 거야. 송사리가 여기 있으니까."

제리코의 미색에 홀려 '그녀'를 까맣게 잊어버리긴 했어도 '그녀'의 생명까지 잊을 위인은 아니다. 제리코가 아는 샌시는 제가 책임진 것은 철저하게 보살피는 사람이었다.

-친부의 재산과 옷을 뺏는 불효자지만.

"카모마 씨가 동의한 일이니까. 호호!"

주인 없는 연구실에 있어봤자 재밌는 일도 안 생긴다. 제리코가 문을 열고 3층을 지나 2층으로 올라가자 상반된 분위기의 학생들이 보였다. 회장파는 송사리의 생명 유지가 기쁜 듯 웃고 있었고 부회장파는 송사리 연구가 지속된다는 얘기에 난색을 표했다.

"이게 끝나면 생체 골렘 아니었어?"

"자동화 골렘이 아니라?"

"뭐가 됐든 골렘 연구를 하기로 했는데 이래서야…… 언제 다음 연구를 시작하게 될지 미지수네. 부회장, 회장이 갑자기 어디서 후원금을 받아 온 건지 짐작 가는 곳 있어요?"

"회장 성격에 어디서 돈을 빌려 오진 않았을 텐데."

혼란에 빠진 부회장파를 보아하니 두 가지 추측이 가능했다.

하나, 부회장파는 골렘 연구를 하고 싶어 한다. 호문쿨루스는 돈이 안 되나 보다.

둘, 부회장파는 샌시가 카모마에게 재산 일부를 생전 증여받은 사실을 모르고 있다.

의자에 앉은 후안은 수심이 깊어 보였다. 그가 깊은 한숨을 내쉬며 머리를 쓸어 올렸다.

"빌린 곳은 나도 몰라. 회장 성격에 고리대금을 빌리지는 않았겠지만……."

돈 많은 친인척의 등장은 모두의 꿈과 희망이지만 현실에서 벌어질 확률은 극히 낮다. 다들 샌시가 친모보다 약간 덜 부유한 친부를 찾았다는 가능성을 떠올리지 못했다. 부회장파는 평범하게 가능한 다른 이야기를 꺼냈다.

"로젠한테 빌렸나?"

"말도 안 돼! 스타즈 가문 가훈 몰라?"

"그래. 로젠 스타즈가 금보다 검을 택하긴 했어도 스타즈 가문을 버린 건 아니야. 가문의 가르침에 충실하던걸."

"로젠 선배면 돈을 그냥 줬겠지. 잠깐, 진짜 로젠이 돈 준 거 아니야? 회장이 달리 아는 사람도 없을 텐데."

"마탑의 마법사가 후원금을 내줬을 가능성은? 회장 업어 키운 분 몇 계시잖아."

"그쪽과 관련된 거면 어떻게든 우리에게도 소문이 났을 텐데 조용하잖아."

"소문이 나려면 시간이 필요하니까. 뭔가 알아내기엔 정보와 시간이 너무 부족해."

저들이 저렇게 좋은 머리 굴려가며 추리하지 않아도 카모마가 법원을 찾아가 마탑주의 친권 상실 소송을 걸면 끝날 이야기였다.

제리코는 그때가 언제일지 궁금했다. 다른 건 몰라도 상속분의 절반을 미리 증여했으니 조만간이지 않을까.

'그때 꼭 샌시의 애인 자격으로 증인석에 설 수 있으면 좋겠네.'

—꿈도 야무져라.

"하아."

땅이 꺼져라 한숨을 쉬던 후안은 종소리가 들리자 벌떡 일어나 위로 올라갔다. 제리코가 저 사람 어디 가냐는 의문을 담아 검지로 가리키자 누군가 대답했다.

"편지 가지러 가는 겁니다. 옥상에 골렘이 가까이 오면 종이 울려서 알려주거든요."

다른 사람이 해도 될 일을 왜 굳이 바쁜 부회장이 가는 것일까? 제리코의 의문이 풀리지 않은 걸 눈치챈 학생이 웃으면서 대답했다.

"슬슬 부회장의 약혼녀분이 보낸 편지가 도착할 날이 되었거든요. 그래서 직접 가는 걸 겁니다."

"오호라."

골렘이 편지를 어떻게 배달하나 궁금해하자 다들 옥상에 올라가서 구경하라고 권했다. 제리코는 사양하지 않고 후안의 뒤를 따라 올라갔다. 후안은 따라오는 제리코를 말리지 않고 친절히 에스코트하려 했으나 제리코가 사양했다.

"괜찮아요."

"드래곤 슬레이어 소드도 있는데 힘들지 않으십니까."

"이게 다 수련이죠!"

건물 옥상까지 올라가면서 숨차하는 남자에게 에스코트를 부탁할 순 없지 않은가. 물론 후안은 나름 체력 단련에 힘쓰는 마법사였기 때문에 제리코 앞에서 헉헉대는 추태를 보이진 않았다.

옥상에 올라가니 새 모양 골렘이 하늘을 날다가 편지를 투하했다. 제리코는 하나도 놓치지 않고 다 허공에서 잡았다.

후안이 존경의 의미로 박수를 쳤다. 마법학부 학생들은 보이기 힘든 몸놀림이었다.

제리코가 새 모형 골렘을 보면서 신기해하는 동안 후안은 편지 더미에서 약혼자가 보낸 편지를 보고 살포시 미소 지었다. 보는 제리코도 웃게 만드는 훈훈한 장면이었다.

"약혼자분이랑 사이가 좋은가 봐요?"

"네. 오래되었거든요. 저희는 그러니까, 태중 약혼한 사이라."

"태중 약혼이요?"

"서로 배 속에 있을 때 가문에서 혼약을 맺은 사이입니다. 성별이 같았다면 동생에게 약혼이 미뤄지고 그런 식입니다."

"아하, 하긴. 아저씨나 아줌마들이 서로 사돈 맺겠다고 예약하고 그러는 거 보긴 했어요. 그럼 약혼자분과는 동갑?"

"네, 동갑입니다."

떠올리기만 해도 좋은지 후안은 침울했던 기운을 던져 버리고 살포시 웃었다. 제리코는 밀려오는 달달함에 몸을 비비 꼬았다. 자기 연애도 재밌지만 남의 연애도 재밌었다. 특히 사이가 좋은 커플은 더욱 좋았다.

–제리, 후안이 몇 살인지 알아?

'물어본 적 없는데. 로젠보다 많을걸?'

루나 아카데미 수국관엔 전설이 있다. 졸업하지 않는 학생에 대한 전설.

후안은 전설의 학생 중 하나였다.

–그럼 약혼 기간이 꽤 기네? 그렇게 오래 약혼한 사이면서 아직도 결혼을 안 한 거야?

달달함에 취하지 않은 검이 눈치 없이 초를 쳤다. 제리코는 오랜만에 검의 옆구리를 두드렸다.

'연애는 오래, 결혼은 짧게가 인생 계획일 수도 있지.'

─근데 약혼자 엄청 악필이다. 네가 발로 써도 저거보다 낫겠는데.

검의 지적대로 편지 겉봉에 적힌 글씨는 엄청난 악필이었다. 막 글을 배운 아이가 쓴 게 저것과 비슷할까 싶을 정도로 지독했다.

후안은 그런 편지를 세상 제일가는 명필의 글씨라도 되는 양 흐뭇하게 응시하다 안주머니에 챙겨 넣었다. 둘의 사랑은 고작 악필 따위에 흔들리지 않는 듯했다.

"회장과 더 대화를 나눌 생각입니까?"

후안은 제리코가 〈이만보〉를 떠나면 샌시와 재차 대화를 나눌 생각인 듯했다. 제리코는 얼른 샌시의 부재를 고했다.

"제가 사귀자고 했더니 마법으로 도망갔어요."

"그렇군요. 미베어 소공작처럼 아리따운 숙녀분이 먼저 교제를 신청했는데 제대로 된 대답 없이 도망부터 가다니. 제가 꼭 회장에게 한마디 단단히 해두…… 방금 뭐라고요?"

습관적으로 사교성 멘트부터 던진 후안이 문장을 거의 끝낸 뒤에야 정신을 차렸다. 제리코는 뻔뻔하게 응수했다.

"그러니까요. 저처럼 예쁘고 도발적인 붉은 머리가 유혹했는데 도망갔다니까요. 꼭 한마디 해주세요."

"이런 말씀 드리기 죄송하지만 진심이십니까?"

"네."

"제가 회장을 잘 부탁드린다고 말하긴 했는데 왜 그런 남자를? 혹시 반반한 외모가 마음에 드신다면 속지 마세요. 회장은 성격이 더러워요."

"왜냐고 물으신다면 그런 남자이기 때문이라고 대답해 드릴게요."

"그런 남자?"

후안이 구구절절 설명하지 않아도 제리코는 샌시의 성격이 더러운 걸 잘 알았다. 물론 제리코는 초반 몇 번을 제외하고 샌시의 더러운 성격을 접할 기회가 별로 없었다. 제리코가 샌시의 취향에 꼭 맞는 미소녀이기 때문이다.

대신 다른 사람을 대하는 태도로 짐작하건대, 샌시는 참 성격이 별로였다. 남자랑 여자를 대놓고 차별하지, 자신에게 이득이 될 만한 사람이 아니면 철저하게 무시하지, 자신에게 호의를 품고 다가오는 친부를 이용해 먹을 생각만 하고 있지.

"성격이 나쁘지만 그래도 천성 자체는 좋잖아요. 억만금보다 모르는 사람의 생명이 귀한 걸 알고 실천할 줄 아니까."

"그렇기야 하지만……."

샌시가 사람 목숨 귀한 걸 아는 사람인 건 후안도 인정하는 바이나 미베어 소공작과 교제하기엔 여러모로 부족한 게 많았다. 아니, 부족하진 않다. 다만 샌시가 가진 장점과 강점이 연애 시장에서 똑같이 통하지 않을 뿐이다.

'혹시.'

제리코의 지위상 그럴 리는 없지만 후안이 혹시나 싶어 물었다.

"혹시 마탑주님께 부탁받았습니까?"

"아니에요. 진짜 좋아서 그러는 거예요! 샌시 귀엽잖아요."

"소공작의 취향이야 제 눈에 안경이니 그러려니 하겠지만…… 그…… 아시다시피 회장은 이상형 제작에 인생을 걸었습니다."

"아, 그건 걱정 마세요. 샌시는 이미 제게 홀딱 빠졌거든요. 사랑의 포로죠."

우후후. 제리코가 대승한 장군처럼 호탕하게 웃었다. 샌시는 이미 어항 속 물고기요, 제리코는 어항의 주인이니 이 전쟁은 개전 전부터 이미 승자가 정해져 있었다.

-와, 샌시보다 네 낯짝이 더 두꺼워.

'고마워. 너한테 배운 거야.'

생물이 무생물을 본받아 진정한 철면을 깨우친 순간이었다. 얼굴 가죽이 남들보다 두꺼운 후안이지만 가죽은 철을 이길 수 없다. 후안이 미세하게 정색하는 것이 느껴져 제리코가 빠르게 부연 설명했다.

"제가 샌시에게 사귀자고 했더니 샌시가 뭐랬게요?"

"속지 않는다, 마녀의 하수인?"

"아닙니다."

"마녀가 얼마를 준다고 했든 내가 배로 내겠습니다?"

"아닙니다."

"치한이야! 라고 온 힘을 다해 외쳤나요? 아니지, 그러면 위에 층까지 소리가 울렸을 텐데…… 비상벨이 작동하지 않은 걸 보면 비상벨도 안 눌렀나 보네요."

과연 후안이었다. 샌시의 곁에 오래 있다 보니 답하는 가짓수가 많았다. 제리코가 모두 아니라고 고개를 젓자 후안이 작게 인상을 찌푸렸다.

"그럼 몸과 마음을 바칠 예정인 이상형이 있어서 안 된다고 했습니까?"

"그것도 아니랍니다. 샌시는 우리가 사촌처럼 가까운 사이니까 그러면 안 된다고 했답니다!"

후안은 샌시의 반응을 듣고 제리코의 과한 표현을 인정했다. 사랑의 포로는 표현이 과하긴 했지만 샌시가 제리코를 사랑하는 건 틀림없어 보였다.

"그렇군요. 혹시 미베어 소공작이 회장에게 연구비를 빌려주었습니까?"

"어머, 사람을 뭘로 보고. 제가 좋아하는 사람에게 돈을 퍼다 줄 사람으로 보이세요?"

—넌 그냥 아는 사람한테도 오지랖 떨잖아. 좋아하는 사람한텐 간이랑 쓸개도 빼 줄 듯.

'어허. 간이랑 쓸개 없는 무생물한텐 발언권 없어.'

늘 곁에서 제리코를 지켜본 검은 정확한 판단을 내렸지만 제리코가 내숭 떠는 모습을 자주 본 후안은 그러지 못했다. 후안은 다시 수심에 젖어 혼잣말을 했다.

"소공작도 아니면 대체 누가 돈을……."

제리코가 샌시에게 고백했다는데 후안은 다시 화제를 연구비로 끌어갔다. 샌시의 연애는 개인 사정이다. 제리코가 샌시에게 마음이 있는 걸 구실로 후원자로 영입할 수 있다면 좋은 것이고 아니면 마는 것이고. 지금 당장 후안에게 중요한 건 다음 연구가 언제 시작되느냐. 바로 이것이었다. 그 외엔 다 쓸모없었다.

"샌시가 돈을 많이 가져왔나 봐요?"

후안이 대략적인 금액을 밝혔다. 제리코는 깜짝 놀라는 척 연기했다. 카모마가 샌시에게 미리 증여한 금액에 비하면 그렇게 크지 않았다.

'암암. 샌시는 미래를 생각할 줄 아니까. 가진 돈을 모두 연구비로 쓰는 그런 낭비벽은 없지.'

―모두 연구비로 썼다가 혼쭐났던 게 얼마 전이잖아!

'에이. 솔직히 이번 학기 예산 부족은 나 때문이잖아.'

친자 감별 마법에 마자리스의 피 검사, 하프 산맥을 오가면서 쇠한 기력과 마력을 보충하기 위한 마법 약까지. 이번 학기 샌시의 금전난은 전적으로 제리코가 원인이었다.

제리코는 그런 걸 감안해 보면 〈이만보〉에 투자하거나 후원하는 게 나쁘진 않다고 생각했다.

'일단 이건 나중 일이고.'

"와아, 돈이 정말 많네요! 그 정도 금액이면 송사리가 얼마나 더 살 수 있을까요?"

"수명이 끝나가는 호문쿨루스의 생명을 늘리는 건 말 그대로 황금의 싸움입니다. 회장이 가져온 금액이면 겨울방학까지 무탈하게 버틸 겁니다."

"그래요? 기왕 사는 거 좀 더 살아서 1년 버티면 좋을 텐데."

"큰일 날 소리를!"

문외한인 제리코가 다분히 감성에 충실한 소감을 밝히자 후안이 발끈했다. 후안은 연구 데이터를 모두 뽑아낸 호문쿨루스를 유지하는 것이 얼마나 큰 낭비인지 목에 핏대를 세워가며 역설했다.

"본인 돈 낭비하는 것이야 내 돈이 아니니 괜찮아요! 하지만 돈은 다시 벌 수 있어도 지나간 시간은 돌아오지 않습니다! 가만 보면 회장은 숲 요정 피를 믿고 한 200년은 살 것처럼 구는데 보고 있으면 재수 없어요!"

수명도 짧은 주제에 하라는 결혼은 안 하고 호문쿨루스처럼 쓸데없는 것이나 연구한다고 샌시를 구박하던 마탑주가 후안에게 겹쳐 보였다.

그 분야의 최고 권위자부터 학생까지 이렇게 공통적인 의견을 내다니. 호문쿨루스 연구를 고집하는 샌시가 대단해 보일 지경이다.

"호문쿨루스 연구가 그렇게 별로예요?"

"골렘에 비하면 그렇죠. 평소라면 예산에 맞춰 몇 주 유지하다 포기했을 텐데 이번엔 어디서 그렇게 돈을 왕창 가져와서는……. 그 돈이 있으면 골렘 연구비에 보태면 좋을 텐데!"

"에이. 샌시가 지금은 송사리가 안쓰러워서 이러는 거지 곧 적정선을 찾을 거예요."

"그야 그렇죠."

송사리의 탄생 직후 곁을 지키지 못한 아쉬움에 평소보다 조금 더 집착할 뿐, 샌시가 곧 송사리의 죽음을 인정하리라는 것을 후안도 알고 있었다. 결국 후안을 재촉하는 것은 후안 자신이었다. 샌시야 급할 일이 없으니 느긋하게 제 속도에 맞춰 연구하겠지.

후안의 기분이 다시 가라앉았으나 그는 옆에 제리코가 있음을 잊지 않았다. 후안은 애써 웃었다.

"회장과는 다시 잘 얘기해 봐야겠습니다. 하는 김에 소공작이 하신 고백 얘기도 꺼내봐야겠어요."

"조심하세요. 샌시 또 도망갈지도 몰라요."

"하하하. 주의하겠습니다."

"전 내일 다시 올게요. 저 온다는 소리에 샌시가 도망가면 꼭 잡아두서야 해요, 선배."

"물론이죠!"

후안은 웃는 낯으로 제리코에게 손을 흔들다 목소리를 낮췄다.

"그런데 정말 회장이랑 사귈 생각이에요?"

후안은 천재 마법사가 취향이라면 마법적 재능은 샌시만 못해도 미모는 비슷한 다른 마법사가 있으니 잘 생각해 보라는 사족을 남기고 떠났다.

"세상엔 미남이 많아. 좋은 일이야."

샌시를 뛰어넘는 천재 마법사는 없으나 샌시와 비슷한 급의 미모를 지닌 마법사는 존재한다. 후안이 알려준 고급 정보는 제리코를 뿌듯하게 했다. 소개해 주겠다는 말은 더 뿌듯했다. 뭘 먹지 않았는데 배부른 기분이 들었다.

-잘나고 잘생긴 사람 많다는 얘기에 네가 왜 뿌듯해?

'원래 그런 거야. 세상에 잘난 사람이 많고 그 사람들이 악인이 아니라면 그냥 뿌듯한 거야. 그리고 나도 어떻게 보면~'

제리코는 재능과 미모를 두루 갖춘 이들이 넘쳐나는 현실에 좌절하지 않았다. 왜냐하면 제리코 본인도 재능과 미모를 두루 갖춘 미소녀이기 때문이다!

'나도 두루 갖춘 잘난 사람 아닐까?'

-크윽. 반박하고 싶은데 부정할 수 없는 현실이 슬프다.

"후후, 나는야 마을의 소녀 장사. 돼지도 번쩍, 용살검도 번쩍, 내 눈에 든 남자도 번쩍번쩍."

검과 돼지야 그렇다 쳐도 남자를 번쩍 들어 보쌈하면 범죄 아닌가. 검이 의문을 표해도 제리코는 노랫말인데 뭐 어떠냐며 본인이 작사, 작곡한 이상한 노래를 불렀다.

그래도 미베어 소공작의 명예를 지키기 위해 주위에 사람이 지나갈 때 입을 꾹 다물었다. 드래곤 슬레이어 소드는 어쩔 수 없이 제리코의 내숭을 도왔다.

　-전방에 인간 출현.

　'이쪽 길에? 경비 오빠가?'

　사람이 많이 오가는 중앙 길과 기숙사로 가는 길목을 지나 백합관으로 가는 인적이 드문 길. 드나드는 사람은 백합관 거주자가 대부분이다.

　제리코는 주위 사물과 동화되지 못하는 새하얀 인물을 포착했다. 그녀는 진심으로 아쉬워 한탄했다. 지금이 겨울이고 눈이 내렸다면 못 본 척 지나갈 수 있었을 것을.

　'윽, 황자님.'

　백합처럼 하얗고 장미처럼 빨간 황자님이 녹음이 우거진 그늘에서 제리코를 기다리고 있었다.

　-일부러 널 기다린 것 같아.

　'나도 알아.'

　그늘에 서 있긴 하지만 자연계에서 보기 드문 완벽한 흰색과 검은색이다. 새하얀 황자님은 발견 못 하는 게 더 어렵다. 인기척을 느낀 마그노 황자가 고개를 돌려 제리코를 주시했다.

　제리코와 황자의 눈이 마주쳤다. 침묵이 맴돌았다. 제리코는 침묵을 견디지 못하고 검과 농담을 주고받았다.

　'주위에 암살자 없지?'

　-있으면 내가 다 대신 맞아줄게.

　'위증해 준다고 했던 건?'

　-똑똑히 기억하고 있어.

　'아유, 유능하고 의리 있는 우리 착한 검.'

　무생물이나마 완벽한 자기편이 있으니 마음이 한결 편해진다. 제리코는 조금 홀가분한 마음으로 황자에게 인사하려 했다.

　하려고 했는데 놀랍게도 마그노 황자가 먼저 제리코에게 인사했다.

"안녕하십니까."

놀란 건 놀란 것이고 습관은 습관이다. 제리코는 조건반사적으로 활짝 웃었다. 밝은 톤의 인사는 언제나 따라붙는 덤이었다.

"안녕하세요!"

"오늘도 기분이 좋아 보이는군요."

"저야 어지간해선 기분이 좋죠!"

어디 사는 하얀 총각이 같이 불행 자랑이나 사생아 배틀하자고 찾아오지 않는다면 제리코는 언제나 행복하다.

"제게 용건이 있으시죠? 백합관으로 함께 가실래요?"

"아니요, 괜찮습니다. 그렇게 긴 이야기도 아닙니다."

'아싸.'

마그노 황자가 초대를 거절하자 제리코는 속으로 쾌재를 질렀다. 하지만 마그노 황자가 말을 바꿨다.

"하지만 짧은 시간이라도 숙녀분을 세워두는 건 예의가 아니니 폐가 되지 않는다면 백합관까지 에스코트하겠습니다."

-저런. 안됐네.

'어쩔 수 없지. 황자님 말마따나 황자님을 세워둘 수도 없으니까.'

마그노 황자가 제리코에게 팔목을 내밀었다. 날이 덥든 춥든 항상 장갑을 끼는 황자가 웬일로 맨손이었다. 소매 끝부터 드러난 손은 안에 입은 셔츠보다 희고 눈부셨다. 옷은 여전히 피부를 드러내는 곳 없이 길었다. 검은색 큰 양산을 맵시 있게 동여매 언뜻 지팡이처럼 보였다.

성격 빼고 흠잡을 데 없는 미청년이 더없이 정중하게 제리코에게 에스코트를 청했다. 황제의 명령을 받고 아리보 공작가를 찾아왔을 때보다 더 정중한 태도였다.

제리코는 그때와 다르게 덥석 황자의 팔목을 잡았다. 마그노 황자가 무슨 생각을 하는지 너무 궁금했다.

마그노 황자는 그 난리를 쳤음에도 서슴없이 자신의 팔목을 잡고 팔짱을 끼는 소녀를 기이한 생물을 보듯 응시했다. 용사의 딸답게 성격 참 대범했다.

제리코야 마그노 황자가 오빠일 가능성이 높아져 저도 모르게 마음이 너그러워져 그런 것이지만 황자가 알 길이 있나. 제리코가 예상하지 못한 부분에서 그녀에 대한 평가가 올라갔다.

황자의 팔짱을 끼고 돌아온 주인으로 인해 두 하녀는 함박웃음을 머금고 다과를 준비했다.

"소공작님이 진짜 기숙사장 되시려나?"

"어쩜. 우리 소공작님 유능도 하셔라."

"요즘 공부하신다고 저녁 식사 이후엔 위층에도 올라오지 말라 하시더니."

"맞아. 검술 수련하신다고 옥상에도 자주 올라가시지."

저녁 식사 시간 이후 침실이 있는 방에 올라오지 못하게 하는 건 드슬이와의 원활한 대화를 위해서, 옥상에 올라가는 건 드슬이가 신나게 놀게 해주려고 그런 것이지만 제리코가 진실을 알려줄 생각이 없으니 보이는 것을 제 좋을 대로 해석하는 일 또한 하녀들 자유였다.

제리코는 일부러 가장 비싼 차를 부탁했다. 보고 즐기는 꽃차 종류가 아니라 그런지 차는 아주 맛있었다.

제리코가 주는 것이라면 차 한 모금 입에 대지 않던 황자님이라 차가 아깝지 않나 걱정했는데, 걱정과 다르게 마그노 황자는 찻잔을 들어 입에 가져갔다. 뿐인가. 같이 나온 과자를 먹더니 하녀가 구운 것이냐 묻기까지 했다.

"그런데요."

"솜씨가 좋군요."

"맘에 드시면 가실 때 가져가실래요? 저희 주방에 넘쳐나는 게 간식이에요! 제가 많이 먹거든요!"

"주신다면 사양하지 않겠습니다."

"어머나, 언니들이 좋아하겠네."

─언제까지 눈치만 살필 거야?

소득 없는 대화에 질린 검이 임시 주인을 재촉했다. 제리코는 벽에 걸어둔 검을 흘겨보았다.

─뭘 저자세로 나가고 그래. 권력으로 네가 이기니까 그냥 먹살 잡고 물어봐. 왜 찾아왔냐고.

'아빠는 공주님 손목 잡아서 자퇴하고 딸은 황자님 먹살 잡아서 자퇴하고. 진짜 신나겠네.'

심지어 아빠가 손목 잡은 공주님이랑 자서 생긴 아이가 황자님일 수도 있다. 제리코는 이 기묘한 인연에 침음을 삼킬 수밖에 없었다.

에라프가 릴리에 공주에 대한 연심을 한결같이 드러낸 것에 반해 릴리에 공주가 에라프를 좋아했는지는 확실하지 않다.

에라프의 스토킹과 가출 사유만 보면 릴리에 공주가 에라프를 싫어했을 가능성도 높았다.

만약에. 아주 만약에. 아주아주 만약에 에라프가. 용사 에라프가 용 잡으러 가는 걸 핑계로 공주에게 하룻밤을 요구했다면 말이다. 릴리에 공주가 어쩔 수 없이 그걸 허락했고 그렇게 생긴 아이가 마그노 황자라면······.

─제리! 주인이 그랬을 리 없잖아!

'에이, 그냥 그렇다는 얘기지.'

분노한 검이 벽에서 웅웅 검신을 떨었다. 그것이 나름의 신호가 되어 마그노 황자가 입술을 뗐다.

"먼저 제가 소공작께 끼친 폐와 그릇된 행동을 사과드리고 싶습니다. 정말 죄송합니다, 미베어 소공작."

마그노 황자가 의자에서 일어나 제리코에게 허리를 숙였다. 식도를 지나가던 차가 역류해 제리코는 입을 가리고 캑캑거렸다.

"제가 소공작께 보인 행태는 모두 하찮은 화풀이에 불과했습니다. 시간을 들여 천천히 반추해 보니 소공작 말씀대로 어린아이도 하지 않을 응석이었습니다. 소공작께선 호의로 제게 다가와 주시고 먼저 말을 걸어주셨는데 저는 말도 안 되는 이유로 소공작의 마음을 오해하고 의심하며 곡해했고, 그도 모자라 소공작의 진심까지 시험하려 들었으니 지은 죄가 큽니다."

"쿨럭, 쿨럭."

"사레가 심하게 드셨군요. 등을 두드려 드려도 되겠습니까?"

"케헥, 괜찬, 괜찮아요."

지금 제리코의 심정을 표현하자면 8할이 공포요, 2할이 경악이었다. 설마하니 마그노 황자에게 이런 식으로 사과받을 줄 몰랐던 그녀이기에 당황이 끼어들 새도 없었다.

벽에 걸린 검도 주인 모욕에 부들부들 떨던 걸 잊고 놀라서 움직임을 멈췄다.

-쟤가 일주일 동안 반성만 하다 왔나?

우리 황자님이 달라졌어요!

달라진 수준이 사람이 바뀐 수준이었다. 제리코는 나쁜 마법사가 변신 마법이라도 써서 자신을 놀리는 게 아닌지 의심했지만 그런 기미는 보이지 않았다.

"제가 그간 적반하장으로 굴었으니 놀라시는 게 당연합니다. 죄를 지은 자로서 용서를 청하진 않겠습니다. 제가 사과하는 것 또한 보기 싫으시다면 오늘을 마지막으로 눈에 띄지 않을 테니."

사과가 진심인데 너무 과했다. 제리코는 억지로 기침을 억누르고 도가 지나친 황자를 말렸다.

"너무, 너무 앞서 나가셨어요! 계속 제 눈에 띄셔도 되거든요! 제 생활

반경 공유하셔도 되거든요! 그보다 용서해 드릴 거거든요!"

"네?"

마그노 황자의 붉은색 눈이 놀라 동그래졌다. 제리코가 보기에 조금 귀여웠다. 그림책 속 토끼 같았다.

"황자님의 사과가 진심인 것 같으니 용서해 드릴게요!"

"제 사죄는 이제 막 시작했습니다만."

다 듣지 않고 무조건 용서하겠다는 소공작의 태도가 마음에 안 들었을까. 마그노 황자가 일순 미간을 좁혔다가 의식하여 주름을 폈다. 사과하는 입장에서 제리코에게 이런저런 요구를 해선 안 된다고 생각한 듯했다.

"혹여 말로만 이뤄지는 사과라 마음에 안 드신다면 정식으로 사과문을."

"없어도 괜찮아요! 말로 잘못했으니 말로 사과받는 거죠! 전 정말 괜찮아서 용서한다고 말한 거예요!"

마그노 황자의 눈에 이채가 서렸다. 의심 많은 황자답지 않게 제리코의 말을 믿고 심지어 그녀의 배포에 감탄한 눈치였다.

-저 말을 다 믿어?

의심이 부족한 임시 주인 때문에 느는 게 의심과 불신이었다.

'갑자기 이렇게 사과하는 게 황자님답지 않은 건 황자님 본인이 더 잘 알고 계실 테니까. 진짜겠지.'

일주일이나 방에 틀어박히는 기행을 벌였으니 제리코는 믿어보기로 했다.

-넌 너무 사람을 잘 믿어.

검이 결국 불만을 표출했다. 제리코는 속으로 고개를 저었다. 사람을 의심할 기력이 있으면 좀 더 생산적인 곳에 쓰는 게 그녀 취향이었다. 이왕이면 연애라든가. 연애라든가. 중요하니까 세 번 채우자면 연애라든가.

"애초에 황자님이 제게 잘못하신 건 별로 없어요. 제 어머니와 아버지에게 잘못하셨죠."

-호구인가 싶었더니 그런 생각을!

'당연하지. 난 내 욕은 참아도 가족 욕은 안 참아.'

혹여 마그노 황자가 그렇게 신분이 낮은 이들에겐 사과할 수 없다고 말할까 봐 두려웠지만 다행히 그는 고개를 살짝 끄덕였다.

"마땅한 말씀입니다. 먼저 소공작께 사과를 드리고 허락을 받은 후 미베어 공작가의 가묘와 아버님을 찾아 직접 사죄드리려 했습니다."

"제게 사과해 주신 걸로 충분해요. 아버지와 어머니껜 제가 전해 드릴게요."

묘에 안치된 요냐야 아무것도 모르니 괜찮다. 멀쩡히 살아 있는 존이 황자를 만난다면? 만난 것도 황송해서 얼음이 될 지경인데 사과까지 받는다면? 부인을 잃고 크게 상심한 존의 정신 건강에 해가 될 게 분명했다.

'심장에 충격이 갈지도 몰라. 아빠 나이는 슬슬 조심해야 해.'

존은 슬슬 아침에 마시는 냉수 한 잔이 위험한 중년이 되었다. 제리코는 효심으로 황자의 사과를 대신 받았다. 사정을 알면 역시 우리 큰딸이 최고라고 허허 웃겠지.

"……."

원고지 200매에 달하는 기나긴 사과를 준비해 온 마그노 황자는 너무 일찍, 너무 쉽게 용서받자 기분이 나빠지는 적반하장의 감정에 시달렸다. 그는 무언가 항의하기 위해 입술을 달싹이다 포기했다. 제리코는 그 모습을 모두 지켜보았다. 용서를 구하기 위해 하는 사과인데 쉽게 용서받으면 기분이 묘해진다니. 사람 마음이란 게 참 복잡했다.

"제가 너무 쉽게 용서해 드려서 화나셨어요?"

"그런 게 아닙니다."

"그럼요?"

"용서가 쉬울 리 없습니다. 저라면 하지 못했을 일을 쉽게 해내시는 소공작께 감탄과 질투를 느꼈습니다."

그리 어려운 말이 아닌데 마그노 황자는 말을 하는 내내 여러 번 숨을 고르고 단어를 골랐다. 생각한 그대로를 타인에게 진솔히 이야기하는 대화가 낯설기 때문이었다.

세상엔 의심이 많은 자가 있다. 이게 일종의 병증이고 천성이라 일주일 폐관 수련으로 없애는 건 어림도 없는 소리였다.

제리코의 침묵을 어떻게 이해했는지 마그노의 안에서 의심이 고개를 쳐들었다.

'내 말을 거짓이라 여겨 쉽게 용서해 준 것이면 어쩌지.'

황자와 척지는 것이 싫어 사교를 위한 표면적인 용서면 어떡하나. 제발 저린 마그노는 어쩔 수 없이 이런 의심을 품었다. 그로서도 어쩔 도리가 없었다. 평생을 이렇게 살아왔으니까.

그나마 다행히도 마그노 황자는 제리코에게 진실을 전하기 위해 최선을 다할 생각이었다.

"혹시 제가 의심되신다면 어쩔 수 없음을 압니다. 그동안 제 처신이 소공작 보시기에 마땅치 않았음을 이해합니다. 이런 대화가 불편하실 걸 알면서도 사과를 드리는 것은."

"저하."

제리코가 마그노 황자의 말을 중간에서 끊었다. 그녀가 보기에 마그노 황자는 상당히 집요하고 끈질겼다. 그냥 내버려 두면 끝도 없이 자책의 말을 늘어놓을 것 같았다. 그러니까 황자에겐 옆에서 단호히 그의 말을 끊어줄 사람이 필요하다. 가끔 이상한 말을 했을 때 멱살 잡고 폭언을 날릴 수 있는 담력 있는 자는 더욱 환영이다.

"믿어요. 그러니까 걱정 그만하세요."

누군가 자신의 말을 끊었는데 괘씸하단 생각보다 믿음직스럽단 기분이 드는 건 처음이었다. 마그노는 알면 알수록 제리코가 신기했다.

"절 찾아온 이유는 사과가 전부인가요?"

"그렇지 않습니다."

사과문이 200장이고 인성 개조 계획이 200장이다. 마그노 황자는 준비한 사과문을 다 말하지 못한 대신 나머지 200장 분량의 인성 개조 계획을 말하기 위해 입술을 차로 축였다.

"불행해지고 싶어서 안달 난 사람 같다는 말을 듣고 곰곰이 생각해 보았습니다. 모두, 소공작님의 말대로라는 사실을 부정할 수 없었고 크게 느끼는 바가 있어 앞으론 소공작님의 말씀대로 살고자 합니다."

"제 말대로요?"

"솔직히 살고, 행복하게 살려 합니다."

여전히 속내를 그대로 밝히는 게 힘든 듯 마그노 황자가 작게 혀를 찼다.

일주일 동안 방에 틀어박혀 고민한 걸로는 오랜 기간 들인 습관을 버리기 힘들 것이다. 본인에게 솔직해지는 일은 일주일 내내 다듬은 사과처럼 준비하고 연습할 수 없으니까.

"이제껏 누구도 제 멱살을 잡아가며 행복해지라 요구하지 않았습니다. 황자니까, 아름다우니까, 주위에 좋은 사람이 많으니까 당연히 행복하리라 여기고 그러지 않더라도 관심을 갖지 않았다고 생각합니다. 제 행복을 바라는 고마운 분이 계셨지만 그분들은 저를…… 너무 곱게 다루셨죠."

가족을 나쁘게 말하는 건 마그노 황자가 절대 하지 않을 행위였다. 저게 뭐 나쁘게 말했냐는 수준이겠지만 마그노 황자에겐 그러했다. 여기서 말을 끝내면 가족 탓으로 오인할 가능성이 있기 때문에 마그노는 빠르게 말을 이었다.

"그분들이 나쁜 게 아닙니다. 그 마음을 이해하지 못한 제가 나쁘고 꼬인 것입니다. 영민한 소공작의 말대로."

드래곤 슬레이어 소드가 깜짝 놀라 외쳤다.

-방금 쟤가 너더러 영민하대!

'진지한 얘기 중이잖아. 시끄러워!'

누구는 살아온 평생을 고백하고 있는데 하는 일은 벽에 걸려 있는 것 뿐인 검이 말이 많았다. 제리코는 꼭 중요한 대화에서 맥을 끊는 검을 노려본 후 황자에게 집중했다.

"전 제가 제일 불행하다고 생각했습니다. 이 불민한 믿음을 깨주신 소공작께 진심으로 감사드립니다."

마그노 황자가 또 의자에서 일어나 납죽 허리를 숙였다. 제리코는 엉거주춤 일어서 어이구만 반복했다.

"아이구, 안 이러셔도 되는데."

둘이 의자에 착석하자 이야기가 계속되었다.

"전 제가 세상에서 제일 불행하다고 생각했습니다. 정확하겐…… 세상에서 제일 불행한 사람이 되어야 한다고 생각했습니다."

"어째서 그런 생각을 하셨어요?"

"죄송하기 때문입니다."

주어가 빠진 답변에 바로 떠오르는 질문은 '누구에게?'였다. 물론 제리코는 빠진 주어가 누구인지 묻지 않았다. 누구인지 물어봐야 돌아오는 답은 공주님 하나요, 그 대답에서 떠올릴 공주는 릴리에 공주뿐이었다.

어째서 자식이 어머니에게 죄책감을 갖는가. 어째서 행복해지고 싶단 인간의 본능을 무시하고 불행하려 애썼는가.

따지고 보면 마그노 황자가 지닌 모든 문제의 시작은 릴리에 공주에게 있었다. 용사도 홀려 버린 아름다운 공주님. 속내를 짐작할 수 없는 무접점의 공주님.

제리코는 릴리에 공주 얘기를 꺼내지 않았다. 릴리에 공주는 마그노 황자에게 너무 큰 존재라 선불리 얘기를 꺼냈다간 죽도 밥도 안 됐다.

대신 제리코는 마그노 황자가 더는 그러지 않겠다고 말한 부분에 무게를 뒀다.

"그럼 이제부턴 안 그러실 거죠?"

"네. 일주일 동안 천천히 자신을 돌아보았습니다. 스스로의 모순을 발견했고 소공작을 비롯한 많은 사람에게 폐를 끼쳤음을 알았습니다. 그동안 저는 불행을 오만처럼 두르고 있었던 겁니다."

스스로가 가장 불행하다 주장하면서 동시에 오만하다. 이토록 모순적일 수가 있나. 마그노 황자가 일주일 내내 지었던 쓴웃음을 재차 지었다. 그가 어리석어 생긴 모순의 기억은 앞으로 그를 수없이 고소하게 할 것이다.

"자기 잘못을 알기 참 어려운데 해내셨군요. 대단하세요!"

감격한 제리코가 마그노 황자에게 불쑥 손을 내밀었다. 황자는 반항하는 기색 없이 얌전히 손을 내주었다. 제리코는 황자의 손을 꽉 잡았다. 눈처럼 희어 차가울 것 같은 황자의 손은 언제나 따뜻했다.

'내가 한 말이 다 맞는 말은 아닌데 황자님이 내 말대로 한다니 기분이 좋다. 나 속물적인 인간인가요?'

-단순한 인간이야.

마그노 황자가 이렇게까지 말한다니 앞으로 황자를 걱정할 일은 없을 것 같다. 제리코는 마그노 황자를 걱정하는 많은 이를 떠올리고 기분이 좋아졌다. 뭔가 이뤘다는 뿌듯함이 제리코의 가슴에 자리했다. 실제로 한 일은 멱살 잡고 폭언을 퍼부은 게 전부지만 이렇게 가시적인 결과가 나오니 보기 좋았다.

-멱살 잡고 폭언 퍼부은 게 전부라니! 소거법, 소거법 외치면서 괴로워한 건 기억 안 나? 너 자꾸 이러면 호구 된다!

'에이. 마그노 황자님은 오빠일 수도 있잖아.'

-너만 아는 관계잖아!

언제는 아는 사람 목록에서 지우려고 하더니 사과 좀 받았다고 용서하는 게 검은 꼴 보기 싫었다. 말로는 뭘 못 하냐고 화내고 싶지만 그러지 않는 것은 제리코가 말한 '말로 잘못했으니 말로 사과받는다'가 마음에 들었기 때문이다.

하늘을 찌르는 검의 자존심상 죽어도 하지 못할 얘기였다. 검은 그냥 용서가 성급해 진실성이 부족해 보인다고 제리코를 구박했다.

'아니, 무슨 용서가 세 번 찾아와 머리를 조아려 빌어야 해주는 거라고 정해진 것도 아니고. 내가 하고 싶은데 왜 네가 난리야?'

-보기 답답하니까 그러지.

'내 맘이거든! 누가 에라프 님처럼 호군 줄 알아? 내가 다 사람 보는 눈이 있어서 황자님이 진짜 변하려고 결심한 게 보이니까 용서해 준 거야.'

-가족 몫까지 사과받는 걸 보면 호구는 아닌데…….

'그래. 나 하면 하는 사람이야.'

소녀와 검이 만담을 이어가는 동안 마그노 황자는 잡힌 손을 빼낼 타이밍을 놓쳐 제리코의 눈치만 살폈다. 제리코는 뒤늦게 어마 깜짝이야를 외치며 손을 풀었다.

"죄송합니다. 제가 고의는 아니고 생각할 게 있어서 그만."

"아니요, 괜찮습니다. 제가 소공작께 지은 잘못에 비하면 아무것도 아닙니다."

'아…… 말투…… 너무 극진해서 기절할 것 같아.'

제리코가 마그노 황자의 사과를 진심으로 받아들인 데엔 황자의 존댓말도 크게 한몫했다. 이전보다 더 공손해서 듣는 제리코의 간이 쪼그라들 지경이었다.

"제가 용서해 드렸으니 이제 말투를 편히 하심이."

"제 예상보다 용서를 빨리해 주셔서 이 말을 꺼내도 될지 모르지만……."

마그노 황자가 사과를 할 때보다 더 결연한 의지를 담고 제리코에게 공손히 청했다.

"벗은 많으면 많을수록 좋다는 이야기가 있지만 제겐 해당되지 않습니다. 다만, 이런 저라도 벗이 갖고 싶다 느껴 청하오니, 소공작께서 허락하신다면 벗의 연을 이어가고 싶습니다."

길목에서부터 백합관에 오기까지 마그노 황자를 내내 떨게 한 건 이 부탁이었나 보다. 솔직히, 아주 솔직히 제리코는 선뜻 그러마 대답할 수 없었다.

평소의 그녀였다면 깊은 고민 없이 바로 고개를 끄덕였을 터다. 너, 내 친구가 되어라! 라는 오만 방자한 명령이라도 망설임 없이 친구가 되겠다고 했을 것이다. 하지만 마그노 황자에게 워낙 당한 게 많기 때문일까? 선뜻 고개가 끄덕여지지 않았다.

마그노 황자와 친구가 되어달라 부탁했던 사람들의 면면이 제리코의 머리를 스치고 지나갔다. 1황자, 2황자, 메렐 교수, 오딜론까지. 고개를 끄덕이면 그들의 부탁도 들어주고 마그노 황자와 친구가 될 수 있으니 일석이조일 텐데 왜 이렇게 고민이 되는 것일까.

'살면서 친구 되자는 말에 이렇게 고민하긴 처음일세.'

-언제는 믿는다더니.

'믿는 건 믿는 거고 친구는 친구지.'

-하기야. 네가 당한 걸 생각해 봐. 친구 하기 싫을걸.

굳이 따지면 일방적으로 당하기만 한 사이는 아니다. 당하고 당한 사이지.

황자가 답을 기다리고 있다. 제리코가 얼른 대답을 해줘야 한다는 조급증에 시달리는데 그녀보다 여유 있던 검이 생각지 못한 부분을 꼬집었다.

-근데 쟤는 말 시작마다 꼬박꼬박 허락을 붙이네. 허락 안 받으면 죽어?

'……그러게.'

검의 지적대로 마그노 황자는 무슨 말을 할 때마다 허락을 받겠다는 얘기부터 꺼냈다. 친구 하자는 얘기 정도는 허락을 붙이지 않아도 될 텐데. 그렇게 생각하니 또 마음이 안 좋았다.

동정은 아니다. 마그노 황자가 어디 누구에게 동정받을 만한 사람인가? 그저 한없이 애잔하고 이유 없이 답답할 뿐이다.

에라, 인간아. 그래. 이 알 수 없는 감정은 '에라, 인간아'로만 표현이 가능했다.

'그래. 나같이 다 가진 사람이 친구를 안 해주면 누가 해주겠어. 내 친구들은 다 성격이 좋으니까 황자님처럼 성격 나쁜 사람이 하나 추가돼도 괜찮아.'

-차라리 동정을 해.

마그노 황자가 들으면 정색하고 친구 신청을 거절할 만한 괘씸한 생각이었다. 괘씸한 생각과 달리 제리코의 표정은 한없이 순진무구했다.

-샌시도 성격 나쁘잖아.

'걔는 남자 친구가 될 예정이잖아. 빈 샌시 자리에 황자님 넣어주자.'

작게는 에스코트부터 크게는 존을 만나겠다는 의사까지. 일일이 제리코에게 허락을 구하는 마그노 황자의 태도는 그의 불안을 잘 드러냈다. 제리코는 가능하다면 마그노 황자의 변심을 돕고 싶었다. 계기가 그녀이니만큼 더더욱.

"제가 드릴 말이네요. 우리 친구 해요."

그녀가 침묵을 끈 시간이 길어 거절을 각오하고 있던 마그노 황자의 눈이 살짝 커졌다. 생각보다 기뻤던 모양인지 그의 새하얀 얼굴에 홍조가 맴돌았다. 황자는 제리코가 내민 손을 잡고 흔들었다.

"정말 감사합니다."

미소를 억누르지 않고 제리코를 보는 눈빛이, 살아 있는 에라프를 만난 로젠과 흡사했다. 제리코를 대단히 너그러운 마음씨의 소유자로 착각한 게 틀림없었다.

-제리, 좀 더 대인배 흉내를 내봐. 주인이 얘기해 준 모험담에서 자주 나온 상황이야. 이제 마그노 황자가 널 형님으로 모시겠다고 할 거야.

여동생에게서 형님의 기상을 느끼는 오빠라니. 너무 슬픈 얘기다.

제리코는 그런 슬픈 일이 벌어지는 걸 원치 않기 때문에 내숭을 조금 버렸다.

"친구에서 자기 되는 거 흔한 일이지만 저한테 반하면 안 돼요. 저 진지하게 만나는 남자가 있거든요."

내숭을 버린 효과는 광장했다. 샌시 흉내를 냈을 뿐인데 황자의 눈에 담겨 있던 존경이 바닥으로 떨어졌다. 모르긴 몰라도 황자의 내부에서 제리코의 주가가 바닥을 치고 검이 제리코에게 그러하듯 황자의 내면이 '정말 얘여야 해? 대답해 봐! 사람이 그렇게 없어?' 외치고 있을 것이 뻔하다.

그래도 뭐 어떠랴. 둘은 악수를 했고 친구를 무를 수도 없는 것을.

마그노 황자의 눈이 싸늘하다 못해 비수처럼 꽂혔다. 황자가 다른 의미에서 미소를 머금고 대답했다.

"걱정하지 않으셔도 제가 죽으면 죽었지 소공작을 그런 눈으로 보는 일은 없을 겁니다."

"어머나, 정말 감사해요!"

아무렴. 그런 눈으로 보면 다시는 잊지 못할 흑역사를 쌓게 되리라.

제리코는 괜시리 기분이 좋아 잡은 손을 슬쩍슬쩍 흔들었다. 의미 없는 귀찮은 행동이지만 마그노 황자는 손을 빼지 않았다.

제리코는 퀘스트 〈황자와 친구가 되어줘〉를 달성했다. 본래 보수가 없는 의뢰였던지라 제리코가 얻은 건 마그노 황자의 진심뿐이었다. 다행히 제리코는 무형의 감정이 가진 가치를 잘 아는 인간이라 진심 하나로 충분했다.

제도엔 샌시의 피난처가 여러 곳 존재한다. 그중 샌시가 가장 애용하는 곳이 바로 수국관 지하 4층 연구실이다. 여러 해에 걸쳐 샌시가 자신 위주로 꾸민 공간이기 때문에 제집처럼 안락했다. 샌시는 실제로 수국관 지하 4층을 반쯤은 자신의 집으로 여겼다. 나머지 반은 수국관 지하와 마찬가지로 무단으로 점거한 마법학부 연구동의 개인 연구실이 차지한다.

샌시 소유의 집이 있긴 하지만 짐을 보관하는 창고에 가깝다. 집은 마녀에게 노출된 대표적인 장소이기 때문에 샌시는 어지간해선 집에 발을 들이지 않았다.

샌시는 다른 실험실이나 집으로 도망가지 않았다. 그럼 제리코에게서 도망간 샌시가 어디로 향했느냐. 이동 마법의 목적지는 마탑이었다. 사랑스러운 소녀에게서 도망쳐 간 곳이 마녀가 있는 탑이라니 아이러니하지만 샌시에게도 나름의 이유가 있었다.

'어차피 지하에서 안 나올 테니.'

마탑주는 어지간한 일이 아니면 지하 연구실을 나서지 않는다. 수국관 지하에 지박령처럼 서식하는 샌시와 습성이 크게 다르지 않았다.

이에 몇몇 마법사와 생물학자는 숲 요정이 아니라 땅 요정 혼혈이 아닌지 의심했다는데 마탑주와 샌시는 숲 요정 혼혈이 맞다. 그냥 지하실이 좋을 뿐이다.

어쨌든 수국관 지박령 소리를 듣는 샌시나 마탑의 마녀 소리를 듣는 마탑주나 그게 그거였음에도 불구하고, 샌시는 일방적으로 마탑주의 욕을 하며 경계를 늦추지 않았다.

'이 마녀가 순진한 애한테 이상한 사탕발림을 한 건 아니겠지.'

소녀의 고백은 샌시의 머릿속에서 연구에 대한 생각을 일거에 소각해 버렸다. 후안과 다툴 때만 해도 제리코의 안전이 보장되고 연구비 문제가 해결되었으니 이제 성실하게 연구에 집중할 수 있으리라 여겼건만. 제리코가 샌시에게 뻗치는 영향력이 대단했다. 그리고 샌시는 그게 싫지 않았다.

'그렇다고 사귈 수는……'

제리코는 참으로 사랑스러우나 그녀와 사귀는 건…….

약간 불만이 있긴 하나 샌시는 지금의 관계에 크게 만족하고 있었다. 제리코와 가장 친한 또래 남자로서 자긍심이 흘러넘쳤다. 제리코도 그러리라 믿었건만 그녀는 관계의 변동을 원했다. 인간관계에서 무조건 안정을 외치는 샌시가 따라가기 힘든 행보였다.

'사귀자니…… 그럴 수 없어.'

제리코와 사귀지 않아도 사촌처럼 친한 관계는 유지된다. 제리코와 사귀게 되면 헤어지냐 마냐에 따라 미래가 크게 바뀐다. 계속 사귀게 된다면야 더는 바랄 것이 없지만 헤어지면 사촌처럼 친한 관계도 파국이었다. 괜히 위험을 감수할 필요가 없었다. 샌시가 택할 선택지는 딱 하나였다.

'현상 유지.'

한쪽이 고백한 순간 현상 유지는 서산 너머로 날아간 것을 모르는 마법사는 고양이 같은 눈을 빛내며 의지를 다졌다. 제리코가 아무리 사랑스러워도 꼭 이겨내고 말겠다고.

'여자가 치근거리는 건 많이 겪어봤잖아. 버틸 수 있어. 제리코가 제일 귀엽지만 그래도 버틸 수 있어. 제리코가 제일 예쁘지만 버틸 수 있을 거야. 무엇보다 내겐 그녀가 있으니까.'

언젠가 완성해 샌시의 손을 잡아줄 그녀는 현상 유지를 하고 싶은 샌시의 든든한 정신적 버팀목이 되어줄 것이다. 그야말로 완벽한 이상형 만만세였다. 그 이상형의 외형이나 성격이 제리코를 빼닮은 것은 제쳐두자.

기왕 마탑에 온 김에 샌시는 카모마의 작업실로 이동했다. 카모마에게 얼굴 보러 들렀다고 말하면 순진한 아저씨는 감동받아서 용돈을 쥐여 줄지도 모르니까. 이동 마법 수수료를 메꿀 좋은 기회였다.

'돈 많은 아빠는 좋구나!'

그야말로 부자 아빠 만만세였다. 가는 김에 더 뜯을 만한 게 없을까 고심하던 샌시는 익숙한 마력에 오만상을 찌푸렸다.

'이 마녀가.'

마탑 지하에 처박혀 외출을 삼가는 마녀가 웬일로 연구실을 박차고 나온 것이다. 카모마에게 볼일이 있었는지 둘은 카모마의 작업실 앞에서 마주쳤다. 외나무다리에서 원수를 만난 형국이었다.

"샌시? 아빠 만나러 왔니?"

마탑주의 질문에 샌시는 놀라지 않았다.

"역시 알고 있었군."

"당연하지. 친자 감별 마법의 모든 결과는 나에게 전송되니까."

"제리코가 물어봤을 땐 모른다고 했잖아."

"하루에 전송되는 결과가 몇 갠지는 아니? 일부러 찾아보지 않으면 나도 몰라. 최근에 카모마가 또 마법을 써서 뭔가 하고 봤더니 너랑 카모마더라."

가장 최근 실시한 검사 마법이라면 샌시도 알고 있었다. 카모마가 편지로 자신이 샌시의 친부임을 고백하는 바람에 샌시가 증거를 요구했기 때문이다. 카모마는 즉석에서 샌시와 그의 피로 친자 감별 마법을 시행했고, 마법은 둘이 부자지간임을 인증했다.

마탑주는 샌시와 마찬가지로 최근에야 샌시의 친부를 알았다고 주장했다. 샌시는 마녀의 말이라 믿지 않았지만 진실인 듯했다. 마탑주의 시선이 샌시를 위아래로 훑고 지나갔다.

"카모마를 닮은 구석은 별로 없네. 넌 날 닮아서 다행이야."

"외형과 마법적 자질은 나도 동의해."

"지능도 포함해야지."

"포함할게."

모자가 쌍으로 카모마가 들으면 비통하게 울 대화를 나눴다. 샌시는 의심스러운 눈초리로 마탑주를 응시했다. 마탑에 드나드는 사람은 모두 마탑주가 확인할 수 있다. 카모마의 작업실 앞에서 마주친 게 우연일 리 없었다. 이게 우연이라면 정략결혼은 운명의 사랑이다.

"이번엔 무슨 속셈이지?"

"뭐니, 정말. 엄마가 하는 일마다 눈에 쌍심지를 켜고. 밥은 먹고 다니니? 배가 고프니까 신경이 날카로워지는 거란다."

샌시가 아직 성장기라 주장하는 마탑주는 샌시를 볼 때면 항상 뭔가를 먹이려 들었다. 마탑주가 로브 주머니에서 과자 단지를 꺼냈다. 그녀가 샌시를 주려고 늘 굽는 꿀과자였다. 샌시는 꿀과자를 거부하려다 제리코가 떠올라 그냥 챙겼다.

"배가 많이 고팠구나! 네가 과자를 다 받고."

"제리코가 좋아해."

제리코를 위해서라면 샌시는 마녀가 주는 과자도 받을 수 있었다.

"에라프의 딸이? 그래도 네가 남을 챙기고 내일은 해가 서쪽에서 뜨려나. 어머, 혹시 그 아이를 좋아하니? 둘이 사귀는 거야? 결혼은 언제 할 거야?"

"안 해."

"결혼은 안 해도 아이는 가질 수 있잖아. 제리코 미베어는 개인적으로 추천하고 싶지 않지만 네가 좋다면 어쩔 수 없지. 그 아이는 건강하니까 분명히 건강한 아이를 낳을 거야."

"제리코에게 쓸데없는 소리 하면서 접근할 생각, 꿈에도 하지 마. 마녀."

또다. 또 아이 타령이었다. 저 마녀의 아이로 태어났다는 죄로 샌시의 인생이 얼마나 보통에서 멀어졌던가. 비슷한 결과를 초래할 생각이 없기에 샌시는 단단히 경고했다. 또 가까운 여성과 멀어지는 건 사양이었다.

"제리코는 나와 사촌 오누이 같은 사이야. 제리코를 건드리면 용서하지 않을 거야."

"그게 누구든?"

"당연하지."

"막강한 힘을 가진 인간이라도?"

"당연하지."

"용이라도?"

"당연하지."

"이제껏 등장한 적 없는 마물이라도?"

"당연하지."

"네가 늘 노래 부르고 다니는 '그녀'라도?"

"나의 '그녀'는 내 의사와 교우 관계를 존중하기 때문에 제리코를 해치지 않아."

거침없던 샌시의 답변이 길어졌다. 그게 누구든 샌시를 제치고 제리코에게 해를 끼칠 수 없을 것이다. 마탑주가 일부러 '그녀' 얘기를 끄집어냈지만 제리코를 해치려 드는 '그녀'는 샌시의 '그녀'일 수 없으니 말장난으로도 불가능한 이야기였다.

마탑주가 박수를 치며 웃었다.

"사랑이네, 사랑이야. 결혼식 날짜는 언제 잡을 거니? 하객은 몇이나 부를 거야? 성은 미베어로 바꿀 거지? 샌시 미베어 괜찮다~"

진지한 얼굴로 쓸데없이 진지한 분위기를 조성하더니, '그녀' 얘기를 꺼내 샌시 속을 박박 긁어놓고 결론은 결혼이었다. 아이는 많으면 많을수록 좋다는 얘기가 또 튀어나오기 전 샌시가 재차 못 박았다.

"쓸데없는 소리 하지 마! 난 제리코랑 결혼 안 해! 난 내 이상형과 결혼할 거야!"

샌시와 마탑주의 대화는 늘 제자리걸음이었다. 진척을 모르는 연구처럼, 한번 빠지면 아무도 나갈 수 없는 수렁처럼 샌시의 발목을 잡고 질질 끌어당겼다.

"그 쓸데없는 호문쿨루스! 네 살아생전 도마뱀 지능의 인공 영혼이라도 제작할 수 있을까? 그런 쓸데없는 연구에 평생을 걸면 결혼은 언제하고 애는 언제 낳아!"

"연구를 완성해야 낳는다고! 정 그렇게 내 애를 보고 싶으면 호문쿨루스 연구를 도와!"

"싫어! 내 전공 아니야!"

"그럼 손자도 없어!"

이기적이고 유치한 대화의 극치였다. 카모마 혼자 쓰는 층이라 행인이 없어서 다행이지 오가는 사람이 많은 1층이었다면 모두 부끄러워 고개를 들지 못했을 것이다.

샌시가 제일 잘하는 게 남 탓이요, 마탑주가 제일 잘하는 것 또한 남 탓이었다.

닮은꼴 모자는 열심히 서로의 탓이라 외쳤다.

"애초에 엄마가 쓸데없는 짓만 안 했으면 내가 이렇게 안 컸어!"

"쓸데없다니! 쓸데없다니! 네가 하는 연구보다 더 널 생각하는 엄마의 마음을 왜 몰라주니! 넌 앞으로 길게 살아야 100년밖에 못 사는데 빨리 결혼해서 애를 낳아야지! 너는 내 유일한 가족이야. 몸 건강히 늙어 죽을 때까지 잘 살면서 손자와 증손자, 현손자까지 잔뜩 안겨줄 의무가 있어. 그렇게 내 남은 천 년을 보장할 의무가 있단 말이야!"

시작은 자식을 생각하는 엄마의 마음이었는데 문장의 끝은 노후를 생각하는 이기적인 엄마의 마음이었다.

"듣자 듣자 하니까 애한테 못 하는 말이 없어!"

작업실 문이 열리면서 카모마가 뛰쳐나왔다. 카모마의 참전에 샌시와 마탑주가 동시에 이렇게 말했다.

"다 들렸다고? 작업실 방음 마법 안 걸었어?"

"응? 마탑 작업실 방음이 이렇게 시원찮았나?"

"사람이 문 앞에 오면 영상을 송출해 주는 마법을 설치했다. 지금 그게 중요한 게 아니잖아!"

중요하지 않다면서 설명부터 해주는 카모마도 똑같았다. 카모마가 샌시에게 손짓했다. 가라는 표현이었다.

"샌시, 가라. 있어봐야 좋은 얘기 못 듣는다."

"나는 그러니까."

용돈을 바라고 왔는데. 과자는 얻었는데 중요한 돈은 받지 못했다. 샌시가 어물거리든 말든 카모마가 샌시와 마탑주 사이를 가로막았다.

"카모마. 이제라도 생물학적 부친 노릇을 해주고 싶은 모양인데, 진짜 부양자라면 아이가 나쁜 길로 엇나가지 않도록 참견해야 하는 것 아니야?"

"마스터! 실패가 예견돼 있더라도 아이의 시도를 막는 건 나쁜 교육법이에요!"

"척 봐도 망할 길로 가고 있잖아! 그걸 어떻게 두고 봐!"

"한 20년 꼴아박으면 스스로 깨닫겠죠!"

"20년이면 애를 열은 낳을 수 있겠다!"

"샌시가 애를 낳든 말든, 미혼으로 살든 말든, 호문쿨루스 파다가 망하든 말든 제 원하는 대로 살게 내버려 두세요! 마스터는 너무 과하게 참견해요!"

"내가 엄마니까 해도 돼!"

카모마가 샌시를 뒤돌아보면서 엄지를 치켜들었다. 마탑주는 본인이 막아줄 테니 샌시는 이만 가보라는 얘기 같았다. 자기 딴엔 아빠 노릇 한다고 생각했는지 얼굴엔 뿌듯함이 꽉 차 있었지만, 샌시는 카모마와 마탑주 둘 다 물에 빠져 죽었으면 좋겠다고 생각했다.

'……그러니까 카모마도 내가 이상형 제작에 실패할 거라 생각한다 이거지.'

때리는 사람보다 말리는 사람이 더 밉다더니. 망하든 말든 알아서 깨닫게 내버려 두라는 카모마의 마음이 샌시의 자존심을 송곳으로 푹푹 찔렀다. 그냥 찌르기만 하면 다행이다. 찌른 다음 안에서 휘저었다.

샌시는 어금니를 악물었다.

"치사해, 카모마! 내 아이를 뺏어 가려 하다니! 내가 널 얼마나 좋게 봐줬는데! 내가 연구 도와줬던 거 다 토해내!"

"도와주긴 뭘 도와줘요! 엉뚱한 말 하고 가서 사람 더 헷갈리게 했으면서! 그리고 샌시는 내 아들이기도 하니까 내게도 자격이 있습니다!"

너는…… 또…… 가능…… 나는…… 불…… 무리…….

샌시의 몸을 마력이 감싸자 둘의 대화가 군데군데 막혀 떠듬떠듬 들렸다. 중요한 말이 아닐 게 분명하기 때문에 샌시는 어금니를 악물고 앞으로의 계획을 전면 수정했다.

'그렇게 생각한다 이거지.'

부모라는 작자들이 아들의 꿈을 그렇게 평가한다면 자식 된 도리로 뭔가를 보여 드려야 하지 않겠는가.

〈이만보〉 지박령들이 돌아온 회장을 반겼다. 샌시는 연구 일정을 적어놓은 칠판 앞으로 다가가 변경된 일정을 적었다.

변경된 일정을 확인하기 위해 하나둘씩 칠판 앞으로 이동했다.

"저 일정이 가능해?"

"강행군하면 가능하긴 하겠지만 내 수명과 이상형을 등가 교환할 것 같은데……."

"동지! 이상형에게 바치는 수명이라니! 청춘이지 않은가!"

"그, 그렇군! 말 그대로 청춘이군! 내 생각이 짧았네, 동지!"

"아니야, 이 미친놈들아. 저건 미친 일정이잖아!"

"맙소사. 회장이 중심인 연구실이지만 너무하잖아."

회장파와 부회장파를 가리지 않고 칠판 앞으로 몰려든 회원들의 얼굴에 수심이 가득 드리워졌다.

"오늘은 좋아한다고 말해야겠어. 생각해 보니 어젠 사귀자고만 하고 좋아한단 말을 안 했지 뭐야."

－선후가 바뀌긴 했네. 그런데 좋아하니까 사귀자고 하잖아. 말하지 않아도 알지 않을까?

"나도 그렇게 생각하는데 가끔 당연한 걸 말하지 않아서 꼬이는 연애가 있다더라고. 마그노 황자님을 봐. 단순한 걸 비비 꼬잖아. 직설적으로 말해도 못 알아듣는 사람이 있으니까 마음은 내 입으로 확실히 전해야지!"

제리코는 인기가 많았지만 정식으로 누군가와 교제한 적은 없다. 그런 제리코의 인생 첫 연애였다. 제리코는 첫 연애가 실패할 여지를 남겨 두기 싫었다.

제리코는 거울 앞에서 고개를 갸웃거리며 이상하거나 흐트러진 부분이 없는지 확인했다.

"몸매 좋고, 얼굴 좋고, 표정 좋고, 목소리 좋고."

까르륵. 소녀의 웃음소리가 맑고 선명하게 공기를 타고 흘렀다. 어제 마그노 황자와 친구가 되기로 한 후, 제리코는 평소보다 공들여 목욕했다. 말린 후 빗질해 땋아놓고 잔 머리카락을 푸니 머릿결이 파도처럼 넘실거렸다. 제리코는 머리카락 일부를 들어 좋은 냄새가 나는지 확인했다.

"완벽해."

거울 속 소녀가 자신만만한 미소를 머금었다. 소녀의 자신감은 펑퍼짐하고 거무튀튀한 마탑의 로브를 걸치면서 미세하게 하락했다.

－어차피 샌시랑 단둘이 있을 때 고백할 거잖아. 연구실 들어가면서 벗어.

"샌시가 바로 도망갈까 봐."

독특한 모친을 둔 덕분에 옷 벗고 덮치려 하는 여성에게 시달린 적 있는 남자다. 샌시의 피해망상은 제리코에겐 적용되지 않지만 밀실에서 둘만 있는데 의심할 만한 상황은 피하는 게 좋았다.

"내가 사귀자고 말하기 전이면 괜찮았을 텐데 이젠 아니니까. 괜히 샌시를 자극할 필요는 없지."

-걔도 참 부모 잘못 만나서.

샌시의 고난은 검도 인정하는 부분이다. 검이 애도를 표하고 제리코는 준비를 마쳤다.

"후안이 샌시랑 얘기 잘 나눴으려나?"

둘 다 만족하는 타협점을 찾았으면 좋겠다고 태평하게 생각한 제리코였으나…….

다시 찾아간 〈이만보〉는 아수라장이었다.

"히익."

수국관 지하로 내려가는 길목에 사람이 가득했다. 〈이만보〉가 송사리를 발표했을 때의 인파에 필적하는 수준이었다. 그땐 다들 질서를 지켜 줄을 서기라도 했지. 지금은 그냥 혼돈의 장이었다.

고백하러 온 제리코로선 마른하늘에 날벼락이 떨어진 꼴이었다.

'저 사람들은 다 뭐야? 왜 여기 모여 있어?'

-일단 정보부터 수집하자.

어떤 상황인지 모르면서 틈바구니를 파고드느니 일단 무슨 일인지 파악하는 게 중요했다. 제리코는 작게 수군거리는 대화 내용을 엿들었다.

"쟤네 불법 증축으로 몇 층까지 팠지?"

"소문으론 10층이었는데."

"건물 안 무너진 게 다행이네."

"아니야. 내가 물어봤는데 4층이랬어."

"4층? 좀 작은데……."

"작긴 뭘 작아. 이번 일로 〈이만보〉 없어지면 지하 1, 2, 3, 4층이 통째로 비는 거야! 이걸로 동아리 설립 허가가 좀 더 쉬워지면 좋겠는데."

"맞아. 동아리실 부족해서 유지 인가받는 것도 너무 깐깐했어."

제리코가 헛숨을 집어삼켰다.

'〈이만보〉가 없어져?'

어제까지 멀쩡했던 동아리가 갑자기 왜 없어진다는 걸까?

"난 수국관 지하보단 연구동 연구실이나 돌려줬으면 좋겠던데. 여긴 동아리 회원이 같이 쓰기라도 하지. 거긴 진짜 연구실을 혼자 독점하고 있잖아!"

"에이, 솔직히 샌시 선배 정도면 연구동 한 동은 혼자 점유해도 되지."

"교수님으로 오면야 그래도 되지! 그런데 학생으로 입학해서 이게 뭐냐고!"

들려오는 대화 중에 익숙한 목소리가 있었다. 제리코는 목소리가 들려온 쪽으로 고개를 돌렸다. 제리코가 살면서 본 중 가장 예쁘고 독특한 머리칼이 머리들 사이에 점처럼 찍혀 있었다.

"스텔라!"

"어? 어디서 날 부르, 아, 제리코. 안녕?"

가장자리에 모여 샌시 험담을 하고 있던 스텔라가 제리코를 반갑게 맞이했다.

"이게 도대체 뭔 일이래?"

"샌시가 한 방 먹었지!"

스텔라는 샌시가 한 방 먹은 게 기뻐죽겠다는 듯 배를 잡고 웃었다. 그러다 기숙사장으로서의 위엄을 상기하고 표정과 목소리를 가다듬었다.

"크흠. 샌시가 좀 무리한 연구 일정을 잡았다나 봐. 동아리 회원 전원이 반대하는데도 강행하겠다고 해서 단체 파업에 들어갔대."

"아…… 어제 싸운 게 잘 안 끝났구나."

"후안 선배가 어떻게 잘 중재해 보려고 했는데 샌시 성격 알잖아. 남의 말 안 듣는 거. 고집부리다 끝나는 거지."

"끝난다면 어떻게?"

"둘 중 하나겠지. 샌시가 고집을 꺾거나, 동아리가 없어지거나."

샌시가 한 방 먹은 것에 기쁨을 표출하던 것과 별개로 스텔라는 한숨을 쉬며 걱정했다.

"고생하는 후안 선배를 위해서라도 샌시가 고집 좀 꺾어줘야 할 텐데……. 도대체 몇 년째 사람을 비서처럼 부려먹는 건지……."

대충 상황을 전해 들은 제리코는 깊은 고민에 빠졌다.

인파를 헤집고 들어가느냐 마느냐.

-어쩔 거야, 제리?

'샌시랑 다른 사람들이 걱정되는데…….'

샌시야 그렇다 치자. 샌시가 뭘 시키든 군말하지 않고 성실히 따라온 회장과 회원이 파업을 선언할 정도라니. 도대체 샌시가 그들에게 무엇을 요구했는지 궁금해질 지경이었다. 중재하고 있다는 후안도 걱정되긴 마찬가지였다.

'동아리 일이라 외부인이 끼긴 그런데, 다들 아는 사람이니까 끼고는 싶고.'

-후원을 했으면 후원자 자격으로 당당하게 끼는데.

'이럴 줄 알았으면 후원이든 투자든 할 걸 그랬어.'

이제 와서 후회하면 뭐 하리.

"……그래. 결심했어."

-뭘?

"뻔뻔해지기로."

제리코는 당당하게 사람들 틈바구니를 파고들었다.

"잠시만요, 지나갈게요."

"〈이만보〉 가려고? 외부인이라 안 들여보내 줄 텐데. 아까는 문 열려 있었는데 지금은 잠겼어."

"괜찮습니다. 저는 명예 회원이거든요!"

미베어 소공작이란 이름값과 샌시의 허락 덕분에 제리코는 수국관 지하를 마음대로 드나들 수 있었다.

"지나가요, 지나갑니다. 내려갈게요, 계단 비켜주세요. 위험해요."

'듣기만 하자.'

뭘 모르는 사람이 섣불리 끼어들 경우 꺼져가는 불씨에 기름을 붓는 꼴이 될 수도 있다. 제리코는 어디까지나 상황만 파악하고 함부로 나서지 말자는 일념을 품고 계단을 내려가 문을 열었다.

가능한 조용히 문을 연다고 열었는데 안에서 들려오는 소리가 범상치 않았다.

"싫으면 나가."

'히익.'

제리코에게 한 소리가 아니었다. 제리코는 문을 최대한 조금 열고 담넘어가는 구렁이처럼 그 틈을 비집고 안으로 들어갔다. 그리고 내부 상황 은폐를 위해 문을 닫았다. 문 근처에 있어서 그 광경을 처음부터 지켜본 키리케가 양 엄지를 치켜들었다.

밖에선 샌시와 회원들이 대립한다고 하더니 안에 들어와 보니 샌시와 후안 둘이서만 싸우고 있었다. 그사이에 상황이 바뀌었거나 외부에 잘못된 정보가 퍼진 듯했다. 제리코는 까치발로 키리케에게 접근했다.

"뭐야? 무슨 일이야?"

"우리 동아리는 원래 골렘과 호문쿨루스를 순차적으로 연구하는데 회장이 호문쿨루스 연구가 아직 끝나지 않았다고 우겼어. 그건 괜찮은데 새로 짠 일정이 빡빡했거든. 부회장파야 당연히 반대하고 우리도 너무 심하다 싶어서 반대했는데 회장이 좀…… 감정적으로 구네."

없느니만 못한 친모에 얼마 전 관계를 안 친부까지 샌시의 꿈을 무시한 탓에 자존심이 상한 상태지만 〈이만보〉 회원들이 알 게 뭔가. 애초에 말해주지 않아 아무도 몰랐다. 그저 다들 오늘따라 회장이 유난히 감정적이구나, 까칠하구나, 재수 없구나, 미쳤구나 생각할 뿐이었다.

"평소라면 부회장이 잘 달래봤을 건데 오늘은 어째 부회장 상태도 안 좋아서……"

제멋대로 감정을 휘두르던 사람과 옆에서 달래던 사람. 일방적인 관계는 한쪽이 거부하는 순간 파탄 나게 마련이다.

"분명 동아리 설립자와 회장은 회장이 맞지만 동아리는 회장의 사유기관이 아닙니다. 회원들과 함께 꾸리는 곳이에요. 이런 독단은 따를 수 없습니다."

"그러니까 싫으면 나가."

샌시가 만년 한설보다 차가운 눈빛으로 문을 가리켰다. 제리코는 조금 쫄았는데 후안은 어깨를 으쓱였다.

"나가라면 못 나갈까 봐요? 우리가 다 나가면 동아리 인원이 부족해서 〈이만보〉가 폐부되는 건 알죠?"

"나 혼자 연구하면 돼."

"뻔히 보이는 거짓말에 안 속아요. 회장이 동아리를 만든 이유는 알고 있습니다. 회장 혼자서 그 많은 일을 처리하고 후원자와 투자자를 유치하고 학회에 기고까지 하면 연구에 쓸 수 있는 시간이 하루에 몇 시간이나 될까요? 그런 일들을 처리할 사람이 필요해 동아리를 설립한 거잖아요."

ㅡ와, 나쁜 새끼.

뜻을 함께하는 동지를 모으겠다는 게 아니라 공짜로 부려먹을 수족이 필요해 동아리를 만들었다는 이야기다. 드래곤 슬레이어 소드가 드물게 진심을 담아 감탄했다.

ㅡ제리, 난 다른 남자를 추천한다.

'아니, 뭐…… 원래 내가 하기 귀찮은 일은 할 수 있으면 외주를 주는

거고. 그, 그리고 이득이 없으면 사람들이 이렇게 모였겠어?'

제리코가 급하게 주워섬긴 변호 그대로였다. 샌시는 눈썹 하나 까딱하지 않고 말했다.

"이득이 없는 건 아니었을 텐데?"

"있었죠. 있었으니까 괜찮았어요. 하지만 지금부터 회장이 하자는 대로 따르면 더는 이득이 생기지 않으니 이러는 겁니다. 송사리 유지에 호문쿨루스 추가 제작이라니 그게 말이나 됩니까! 국가에서 연구비를 지원받는 연구소도 호문쿨루스를 2체나 동시에 유지하진 않아요!"

"연구비는 내가 내잖아."

"연구비의 문제가 아닌 걸 알잖아요!"

"그러니까 싫으면 나가라는 거야."

마법사는 이성과 논리로 무장된 직업군이나 지금의 샌시는 지극히 감정적으로 움직였다. 후안은 이성과 논리를 버리고 감정적인 호소로 교섭을 시작했다.

"회장, 유난히 지지부진한 호문쿨루스 때문에 답답한 건 알아요. 하지만 회장은 골렘 제작의 선두 주자예요. 여기서 연구를 중단해 버리면 누가 회장을 이어 연구를 하겠어요."

"네가 그렇게 말해도 생체 골렘 연구는 재개하지 않을 거야."

후안은 샌시를 달래가며 교섭하려 했으나 생체 골렘 얘기가 나오자 두 주먹을 꽉 쥐었다. 손을 아끼는 마법사로서 해선 안 될 행동이었다.

"호문쿨루스 연구는 지지부진하지만 생체 골렘은 아니잖아요!"

"지지부진하니까 호문쿨루스에 집중할 거야."

"생체 골렘을 완성하고 나면 연구비와 재료를 모으는 것도 지금보다 배는 쉬울 거예요! 호문쿨루스 연구에도 도움이 될 거라고요!"

후안이 흥분했다. 그답지 않았다. 샌시는 그런 후안을 물끄러미 바라보았지만 상처 난 자존심에 타협은 없었다. 샌시는 원래 이기적인 인간이니까.

"정 그렇게 골렘 연구가 하고 싶으면 네가 하면 되잖아. 아무도 안 말려. 계획서 제출하면 연구비도 대줄게."

"그게 안 되니까! 내가 회장이었다면……!"

재능을 가진 자와 그렇지 못한 자. 재능 없는 자의 절규는 채 마무리 지어지지 못했음에도 연구실 사람들의 심장을 쥐어짜듯 흔들었다.

후안의 좌절이 모두의 눈에 보여 다들 후안이 교섭을 포기할 거라 생각했다. 하지만 후안은 보기 안쓰러워질 지경이 되어도 교섭을 포기하지 않았다.

"회장, 정 그렇다면 내년까지만 호문쿨루스 연구에 집중해 보고 내후년에."

제리코의 안구가 축축해졌다. 제리코는 눈물을 참기 위해 고개를 돌렸다.

'후안 선배 너무 저자세야!'

─누가 보면 약혼녀 인질로 잡힌 줄 알겠다.

지금 장면만 보면 샌시가 악당이었다. 남의 의견은 귓등으로도 듣지 않고 남의 사정은 깔끔하게 무시하는 게 훌륭한 악당의 귀감이라 드래곤 슬레이어 소드가 재차 정말 쟤랑 사귈 거냐는 질문을 하려던 그때.

샌시가 무표정한 얼굴로 말했다.

"네 약혼녀에게 달아줄 예쁜 손은 네가 만들어."

"어떻게 그런 말을!"

제리코와 드래곤 슬레이어 소드를 제외한 전원이 이구동성으로 외쳤다. 제리코 옆에 앉아 있던 키리케가 침을 튀기며 삿대질했다.

"회장 어떻게 그런 심한 말을!"

"뭐, 뭐야. 무슨 일인 거야?"

자세한 전후 사정은 모르지만 모두의 반응만 보아도 샌시가 엄청 심한 말을 했다는 건 확실했다. 특히 후안의 표정은 소심한 사람이 보면 눈물이 찔끔 나올 정도로 흉흉했다.

"그걸 말이라고!"

후안이 샌시의 멱살을 잡았다. 당장에라도 한 대 후려칠 기센데 〈이만보〉 회원들은 후안을 응원했다. 회장파와 부회장파가 한마음 한뜻이 되는 순간이었다.

"부회장! 갈겨 버려요!"

"때려줘요!"

"어떻게 그런 심한 말을! 회장 너무해요!"

"모르면 이해라도 하지! 알고 있으면서 연구 중단하자고 한 거야? 회장님 밉습니다!"

〈이만보〉에 샌시 편은 없었다. 전후 사정을 모르는 제리코는 샌시가 한 말이 얼마나 심한 말인지 짐작하기 힘들었지만 그냥 얌전히 있기로 했다. 정보가 부족한 사람이 함부로 끼어들면 화를 키울 수 있으니 얌전히 있기로 결심했던 걸 잊지 않았기 때문이다. 지금은 오지랖을 발휘할 때가 아니었다.

모두를 경악하게 한 주제에 샌시는 당황했다. 제 말이 타인에게 끼칠 여파에 대해 짐작하지 않았거나, 뻔뻔하거나, 의사 전달에 오해가 있는 듯했다.

"내가 무슨 심한 말을 했다는 거야!"

샌시가 억울함을 토로하자 멱살을 잡은 후안의 손에 힘이 더 들어갔다. 샌시는 힘으로 멱살을 풀어볼까 했지만 바로 포기했다. 그러다 손가락 관절에 통증이 생기면 곤란하기 때문이다. 대신 샌시는 후안의 손등을 손톱으로 할퀴었다. 손톱 손질을 잘해서 그런지 별 효과는 없었다.

"난 날 사랑해 줄 이상형을 원해! 그러니까 만들 거야! 넌 네 약혼녀의 예쁜 손을 원하잖아! 원하면 직접 만들어! 내가 만들길 기다리지 말고!"

샌시 딴엔 원하는 게 있으면 직접 만들라는 문장 그대로의 의미였으나 받아들이는 입장에선 그러지 못했다. 실제로 〈이만보〉 전원이 모욕적인 언사로 받아들였으니 샌시의 잘못이었다.

후안의 낯이 벌게지고 샌시가 물러서지 않자 둘 근처의 사람들이 움직였다. 그리고 둘을 떼놓기 위한 관계자의 움직임은 제리코에게 참견을 허락하는 신호와 같았다. 나서봐야 마법사. 마법으로 막는 게 아니면 다들 손가락이 다칠까 봐 제 몸을 사렸기 때문이다. 제대로 몸을 던져 막는 이가 없었다.

제리코는 혹시 모를 폭력 사태를 막기 위해 후다닥 튀어 나갔다.

"그만! 그만, 그만! 둘 다 진정해요!"

마을의 소녀 장사는 힘으로 둘 사이를 갈랐다. 미베어 소공작의 붉은 머리가 후안의 가출한 이성을 돌려보냈다. 후안은 극도의 인내심을 발휘해 화를 참았고 샌시는 그에게 축객령을 내릴 때처럼 정적인 눈빛을 유지했다.

샌시는 자신의 가슴팍에 닿은 제리코의 손을 부드럽게 떼어낸 다음 입술을 삐죽였다. 제리코에게 상냥하게 인사하고 싶은데 감정이 상해 그러지 못하는 게 싫었기 때문이다. 그의 속사정을 알 길 없는 제리코는 힘이 과했나 싶어 손가락을 비볐다.

"〈이만보〉는 앞으로도 호문쿨루스 연구에 집중할 거야. 불만 있는 사람은 나가. 안 잡을 테니까."

말을 마친 샌시는 계단으로 내려갔다.

회장의 일방적인 선언에 회원들은 분통을 터뜨렸다.

'으아.'

제리코는 어쩔 줄 몰라 계단과 후안을 번갈아 보았다. 샌시를 따라가기엔 분위기가 심상치 않고 그렇다고 가지 않으면 단단히 삐질 것 같고. 사랑에 빠진 마음이야 당연히 샌시에게 가라 외치고 있지만 당장 가까이 있는 사람에게서 등 돌릴 수도 없는 노릇이었다.

"그…… 괜찮아요?"

사정을 모르면서 불쑥 위로의 말부터 꺼내는 게 오판인가 싶었으나 이대로 후안을 두고 볼 수 없었다.

"후우."

후안이 한숨을 쉬었다. 길고 깊은 한숨에서 그의 깊은 고뇌가 전해졌다. 후안은 애써 웃었다.

"못 볼 꼴을 보여 드렸네요. 미안합니다, 소공작."

샌시의 멱살을 잡을 만큼 흥분했으면서 감정 수습은 재빨랐다. 그가 아무 일도 없었다는 듯 웃었지만 제리코는 따라 웃을 수 없었다. 제리코만이 아니다. 〈이만보〉 회원 전원이 웃지 못했다. 몇몇은 아예 울상을 지었다.

"괜찮긴 뭐가 괜찮아. 후안 형, 괜찮아?"

"내가 내려가서 회장 끌고 올까?"

"어떻게 뚫린 입이라고 그런 말을!"

"부, 부, 부, 부회장…… 괜찮아?"

회장파와 부회장파를 따지지 않고 다들 한마음이 되어 후안을 위로했다. 후안은 능숙하게 괜찮다고 말하더니 여전히 당황한 기색이 역력한 제리코를 챙기는 여유까지 부렸다.

"회장 보러 오셨죠? 얼른 가보세요. 늦으면 삐질지도 몰라요."

"아니, 그게 아니고."

"저랑 회장이 싸운 건 그렇게 걱정하지 말아요. 말은 저렇게 해도 며칠 삐져 있다 말거든요."

지금 중요한 건 후안이지 샌시의 화가 아니다. 제리코는 후안이 계속 저자세를 유지하는 이유를 이해할 수 없었다. 진짜 드슬이 말마따나 약혼녀를 인질로 잡힌 듯한 모양새가 아닌가.

"잘은 모르지만 샌시가 잘못한 거 맞죠?"

"회장이 잘못하진 않았죠. 회장 말대로 〈이만보〉는 회장이 만들었고 회장이 주축이니까요."

"아니요, 연구 주제 말고 아까 그 말이요."

전후 사정을 모르는 제리코로선 샌시가 한 말이 후안의 약혼녀를 모욕한 게 아닌가 추측하는 게 한계였다. 추측이 맞다면 샌시는 뺨을 맞아도 싼 짓을 저질렀다. 싸우는 당사자끼리 해결을 볼 것이지 애먼 약혼녀는 왜 끌어온단 말인가?

제리코의 추측이 틀리지 않았는지 곳곳에서 샌시가 잘못했다는 이야기가 들려왔다. 하지만 후안은 고개를 설레설레 저었다.

"그것도 회장 잘못은 아니에요."

후안이 씁쓸한 미소를 머금었다. 멱살까지 잡았으면서 계속 샌시를 두둔하는 게 제리코에겐 이상하게 비쳤다.

"솔직히 깜짝 놀랐네. 회장이 안나에 대해 알고 있을 줄이야."

제리코는 귀를 의심했다.

'샌시가 후안의 약혼녀 자랑이 지나치다고 투덜거린 적이 있는데 모를 리가?'

샌시가 지나가듯이 하는 본인 이야기 중에 후안이 종종 튀어나왔기 때문에 제리코는 로젠보단 후안이 샌시와 더 친하다고 생각했다. 아무리 샌시가 임자 있는 여성에게 관심이 없다 한들 졸업을 미루고 몇 년째 곁에 있는 후안의 약혼녀를 모르겠는가.

더 놀라운 건 그에 동조하는 회원들의 반응이었다.

"그러게. 나도 알고 있을 줄은 몰랐네."

"사실은 도네타 영애 이름도 알고 있는 거 아니야?"

"설마. 회장은 임자 있는 여자 이름은 안 외워."

"남자는?"

"남자는 아예 이름을 안 외우지."

"몰랐어? 회장이 남자는 학번으로 부르잖아."

학번은 기억하면서 이름은 기억에서 지우는 괴팍한 성질을 고려해도 이들이 하는 말은 제리코가 아는 상식과 많이 어긋났다.

자세한 사정을 묻고 싶지만 후안 본인의 일도 아니고 약혼녀의 일이라 하니 제리코는 호기심을 억눌러야 했다. 후안은 씁쓸한 미소를 유지한 채 자신의 손을 살폈다.

"예쁜 손인가……."

후안 또한 마법사의 길에 정진하고 있기에 어릴 때부터 온갖 노동에 시달리고 검을 잡기 시작한 제리코보다 손이 매끈하고 고왔다. 객관적이든 주관적이든 예쁜 손이다.

후안이 자신의 손에서 시선을 떼지 못하는 동안 제리코는 불편한 분위기에 식은땀만 삐질삐질 흘렸다. 그런 제리코를 구원해 준 이는 키리케였다.

"후욱."

"히익."

"따라와."

키리케가 제리코의 귓가에 바람을 부는 바람에 제리코는 깜짝 놀랐다. 보통은 손가락으로 옆구리나 등을 쿡쿡 찌를 텐데 마법사라 그런지 손가락을 쓰긴 싫었던 모양이다.

평소라면 검이 경고해 주지 않아도 제리코가 알아서 접근을 눈치챘을 텐데 당황한 나머지 알아채지 못했다. 안전불감증 소녀는 등줄기에 돋은 소름을 검 탓으로 돌렸다.

'암살자면 어쩔 뻔했어!'

─키리케가 계속 너한테 눈짓하는데 네가 못 본 거잖아.

검은 당당했고 소녀는 입술만 삐죽였다.

키리케가 제리코를 데리고 간 곳은 〈이만보〉에 있는 수면실이었다. 숙식을 전부 동아리실에서 해결하는 죽순이 죽돌이가 많다 보니 칸을 나눈 수면실이 따로 구비되어 있었던 것이다. 샌시가 회원을 배려해 방음 마법도 걸었기 때문에 수면실 내부와 외부는 소리가 차단되었다. 키리케가 제리코를 수면실로 데려온 이유도 그래서였다.

"정신없어 보여서."

키리케는 질문이 있으면 뭐든 대답해 주겠다는 태도를 취했다. 바라던 바였다. 제리코는 냅다 궁금한 것부터 질문했다.

"샌시가 왜 후안 선배 약혼자 얘기를 꺼낸 거야?"

태어나기 전에 약혼부터 했지만 사이가 좋은 커플. 글씨가 지렁이 기어가는 악필인 걸 빼면 제리코가 후안의 약혼녀에 대해 아는 정보는 전무했다.

키리케는 뭐부터 말해야 할지 난감한 듯 허리에 손을 얹었다.

"그러니까, 뭐부터 말해야 하나. 일단 부회장이 〈이만보〉에 입부한 건 약혼녀인 안나 도네타를 위해서야."

이상형 제작에 일생을 건 미친 마법사 옆에 붙어 콩고물을 주워 먹는 것과 약혼녀의 상관관계는?

제리코는 바로 답을 찾지 못해 헤맸다. 평소라면 머리 굴리기 싫은 지식의 구도자로서 질문부터 던졌을 테지만 어쩐지 제리코의 촉이 함부로 얘기하지 말라는 듯 예민하게 반응했다.

'생각을 해보자, 제리.'

〈이만보〉에 있으면서 콩고물을 노린다는 듯 이야기했던 후안. 약혼자를 위해 입부했다는 후안. 약혼자 얘기가 나오니 예민하게 반응했던 후안. 그리고 샌시가 말한 '예쁜 손'.

'후안 선배가 예민하게 반응한 건 약혼자 얘기가 아니라 약혼자의 손 얘기였지.'

—후안은 생체 골렘 연구에 집착하고 있고 샌시가 바라는 이상형 제작에 인간과 닮은 생체 골렘은 필수지. 그러니까 이건!

드래곤 슬레이어 소드는 제리코와 동일한 결론에 도달했다. 제리코는 저도 모르게 입부터 막았다. 얼굴도 모르고 이제 막 이름을 안 사람이다. 함부로 입에 담기 어려운 주제였다. 잘 모르면서 화제로 삼는 게 꺼려졌다.

누가 듣는 것도 아닌데 제리코는 한껏 목소리를 낮췄다. 그리고 키리케만 들을 수 있도록 속삭였다.

"혹시 그분 손이……."

입에 담기 어려운 건 키리케 또한 마찬가지였다. 그녀는 진지하게 고개를 끄덕였다.

"응. 안나 도네타는 양손이 없어."

느닷없이 광폭화한 마물 앞에서 귀족과 평민은 평등했다. 죽음이 신분을 차별하지 않듯, 마물의 공격 또한 신분을 가리지 않았다. 비극이 시작된 초기, 방어진이 갖춰진 도시에 거주했던 이들은 운이 좋았고 도시 밖에 거주하거나 나갔던 사람은 불행했다.

양손을 잃은 대신 목숨을 건진 안나 도네타는 스스로를 운이 좋은 사람이라 칭했다. 마물에게 양손을 뜯긴 아이가 할 만한 말은 아니었다. 후안은 안나의 의견에 동의하지 않았다. 안나가 양손을 잃은 건 충분히 불행한 일이었다.

"회장은 인체와 동일하게 작동하는 생체 골렘을, 정확하게는 왼손을 제작해서 마탑의 마법사로 인정받았어. 부회장은 그걸로 약혼녀의 의수를 만드는 게 가능하지 않을까 생각한 거지."

의수나 의족은 제리코도 몇 번 본 적이 있다. 존의 직업인 목수는 위험한 직종이다. 목수와 교류가 많은 나무꾼 또한 위험한 직종이었다. 나무를 쓰러뜨리는 위치를 잘못 계산하면 사람이 깔릴 수 있기 때문이다.

존이 그렇게 다친 이들을 위해 목발을 만들거나 의족을 제작한 걸 제리코는 똑똑히 기억하고 있었다. 마물이 지역을 차별해 제리코의 고향은 비교적 평화로웠다지만 불행한 사건, 사고는 어디에나 있는 법이었다.

제리코는 자신이 알고 있는 의수와 의족을 떠올렸다. 의수는 대부분

손의 기능을 하지 못하고 겉으로 보기 좋으라는 용도다. 의족은 그나마 실용적이었다. 인체에 부담되지 않도록 가능한 튼튼하고 가벼운 나무를 깎아 만든 의족만 보고 자란 제리코는 후안의 목적을 이해하기 힘들어했다. 감을 못 잡는 그녀를 위해 키리케가 부연했다.

"동아리 1층에 있는 손 모양 골렘 봤지?"

"손 뼈대만 잡힌 거?"

"응, 그거. 그거 진짜 사람 손처럼 조작할 수 있어. 피아노를 치거나 바느질을 하는 것도 가능해."

제리코의 입이 떡 벌어졌다.

"그게 가능해?"

"회장의 목적은 이상형 제작이잖아. 인간을 닮고 인간처럼 움직이지 않으면 이상형이 될 수 없지. 장기는 어떻게 할지 모르겠지만 사지는 대충 골격이 잡혔다고 들었어. 회장이 직접 말했으니 확실하겠지."

머리부터 발끝까지 완벽한 인체를 제작하는 것보단 손만 제작하는 게 더 간편하다는 건 말할 필요도 없다. 이론적으로 타당했다. 후안이 샌시 옆에 붙어 무상으로 노동력을 제공할 이유가 충분한 것이다.

다만 제리코는 한 가지 의문이 들었다. 〈이만보〉를 드나들며 곁다리로 이것저것 주워들은 그녀가 알고 있는 상식과 어긋나는 부분이 있었다.

"골렘 조종은 마법사만 가능한 거 아니야?"

그렇기 때문에 섬세한 동작이 가능한 골렘 설계와 주체적 사고가 가능한 골렘 설계에 마법사들이 목을 매는 것 아닌가. 물론 후안은 그런 중요한 사실을 잊고 투자하는 사업가가 아니었다.

"안나 도네타는 마법사의 자질이 있거든. 그래서 더 안타까운 거지."

마법사에게 손과 혀는 생명과 같다. 두 다리가 없어도 마법을 쓸 수 있지만 두 손이, 아니, 한 손만 없어도, 열 개 있는 손가락 중 하나만 없어도 마법 시전이 불가능하기 때문이다.

"골렘 조작은 마법사의 자질이 있는 사람이라면 거의 가능해. 그래서 부회장이 〈이만보〉에 입부한 거야. 골격은 이미 완성되었으니 그 위에 겉가죽을 씌우면 그럴싸하잖아. 게다가 회장은 이상형도 마법사였으면 좋겠다는 생각에 골렘에 마력 회로도 추가했거든. 그래서 이론대로라면 도네타 영애가 수인을 맺어 마법을 시전하는 것도 가능할 거야."

"정말로?"

제리코의 입이 더 벌어졌다. 다들 샌시를 천재라 말하지만 마법에 문외한인 제리코에겐 먼 나라 이야기였다. 제리코에게 있어 샌시는 천재 마법사보단 성미 괴팍한 괴짜에 가까웠다. 그런데 키리케가 하는 얘기만 들으면 그냥 요정이었다. 요정의 축복처럼 사기였다!

샌시의 연구가 성공적으로 끝난다면 후안이 사랑하는 약혼녀는 제 의지로 움직일 수 있는 양손을 얻을뿐더러 마법을 쓸 수 있게 될지도 모른다.

─후안이 괜히 저자세인 게 아니었구나.

검 또한 샌시의 재능에 경악했으니 제리코의 놀라움이야 말할 것도 없다.

'마법이 뭐야! 열 손가락 관절 모두 구부러지기만 해도 감지덕지한데!'

후안의 마음이 딱 그러했다. 제리코는 제 일도 아닌데 흥분해 외쳤다.

"샌시가 입학한 건 꽤 예전 일이잖아! 그럼 완성됐어야 하는 거 아니야?"

"회장이 만든 건 왼손의 뼈대뿐이야. 회장이 설계도를 공유하긴 하지만 전부 공유하는 건 아니고 무엇보다 회장은 호문쿨루스가 골렘을 조종할 걸 상정해 골렘을 설계하니까 그 부분도 수정해야 하지. 생체 골렘 연구에만 집중했으면 부회장이 바라는 성과를 얻었을지도 모르지만……."

생각한 대로 진도가 척척 나가는 생체 골렘과 지지부진한 호문쿨루스.

샌시는 생체 골렘 연구를 중단하고 호문쿨루스 연구에 집중하기 시작했다. 샌시의 연구가 끝나길 기다리던 후안으로선 청천벽력 같은 일이었다. 조금만 있으면 사랑하는 이에게 양손을 선물할 수 있을 것 같은데 그게 중간에서 끊겼으니 얼마나 답답할까.

제리코는 후안이 생체 골렘, 골렘, 노래하는 이유를 이해했다.

동시에 샌시가 후안에게 한 말의 수위를 깨닫고 식은땀을 흘렸다. 마그노 황자 멱살을 잡고서 사생아 불행 자랑하자고 외쳤던 발언에 버금가는 막말 아닌가. 후안이 멱살만 잡고 끝낸 게 용할 지경이다.

-나라면 죽였어.

이번만큼은 제리코도 네가 연쇄 방화 살인 검이라 그렇게 폭력적인 생각을 하는 거라고 비난할 수 없었다. 그녀였더라도 주먹부터 나갔을 막말이었다.

"샌시가 너무했네."

좋아하는 사람을 변호하고 싶은 마음은 굴뚝같지만 이건 정말 샌시가 잘못했다. 샌시의 의도야 문장 그대로, 단어 그대로의 뜻이었다 한들 듣는 후안에겐 그렇지 않았을 테니.

의외로 키리케는 샌시 편을 들었다.

"회장이 잘못하긴 했는데 부회장도 잘못이 있어."

-양비론?

'키리케는 회장파니까 샌시 편을 드러나?'

미모 출중하고 사교성이 좋다고 해서 모두 부회장파라는 편견을 가져선 안 된다. 회장파에도 키리케와 같은 예외가 소수나마 존재했다. 이상이 턱없이 높거나, 샌시의 열정에 감화되었거나, 취향 특이한 그런 사람이.

"회장이 설립한 초기의 〈이만보〉는 정말 열정을 가졌거나 사람 상대하는 걸 힘들어하는 마법사의 집합이었어. 지금처럼 체계적인 연구 진행은 무리였어도 회장 아래에서 이것저것 배워가며 좋아하는 걸 실험해볼 수 있었는데 부회장이 들어오면서 많이 바뀌었거든. 부회장이 일을 잘하는 건 좋은데, 솔직히 너무 키웠어. 회장도 부담됐을 거야."

후원금을 끌어오고 투자자를 유치하고 학회에 정식으로 발표한다. 연구에 도움이 되는 건 분명하지만 이상형 제작이 지극히 개인적인 사안임을 생각하면 모순적이었다.

"회장이 골렘 설계와 제작 분야의 선구자인 건 확실한데, 부회장이 그걸 너무 잘 포장해서 호문쿨루스 연구 중단 압박이 심해졌어. 회장이 투자자나 후원자 말을 귓등으로도 안 듣는 게 그나마 다행이지, 다른 마법사였으면 스트레스로 연구 중단했을 거야."

후원자와 투자자의 말은 무시할 수 있지만 동료 마법사의 말은 무시하기 힘들다.

샌시는 마탑의 마법사들이 공동으로 업어 키웠다는 특이한 유년기를 보내 아는 마법사가 많았다. 그리고 샌시를 한 번이라도 안아주거나 업어주거나 젖병을 물려준 경험이 있는 마법사는 무조건 샌시에게 잔소리를 퍼부었다.

"너 요즘 뭐 한다고 했지? 호문쿨루스? 그걸 아직도 붙잡고 있어?"

"샌시, 요즘 대세는 골렘이라더라. 그 분야는 네가 꽉 잡고 있으니까 그냥 한 우물만 파. 두 우물 파다가 골로 간다."

"계속 마스터 아래에서 수학하지 그래? 마스터 말로는 네게 가르칠 게 아직 많은 듯하던데."

말하는 사람이야 한 번 하고 마는 잔소리지만 샌시에겐 마탑에 속한 마법사 전원이 퍼붓는 잔소리다.

인원이 적다 한들 쉰 명을 넘기고 하나하나가 탑이 인정한 동종 업계의 선배이자 원로이니 무턱대고 무시할 수도 없는 노릇이었다.

"그렇다곤 해도 회장 성격도 참. 안나 도네타의 사정을 알면서 연구를 늦추다니. 나는 회장이 하도 당당하게 호문쿨루스 연구에만 집중해서 모르고 있을 거라 생각했거든."

샌시가 후안을 위해 생체 골렘 연구에 집중할 의무는 없다. 하지만 아예 모르는 사람도 아니고 샌시 대신 동아리며 대외 활동을 모두 처리하는 후안이다.

한두 해 본 것도 아니고 5년 넘게 함께했는데 알면서 무시했다니. 키리케가 혀를 내둘렀다.

"성격이 그래서야 이상형 제작에 성공해도 차일 게 분명해."

성격과 타인에 대한 호감을 인위적으로 조절할 수 없다면 차일 게 분명하다. 키리케가 확신을 담아 고개를 끄덕였다.

그런 샌시에게 고백하러 온 제리코는 차마 동의해 주지 못하고 입꼬리만 살짝 올려 웃었다. 평소 웃는 모양새에 비해 억지웃음인 게 훤했으나 키리케는 보지 못했다. 검 혼자 심각하게 의문을 품었다.

─진짜 샌시가 좋아?

무생물은 생물의 연애에 관여해선 안 되지만 이쯤 되면 뜯어말려야 하는 게 아닐까. 드슬이가 진지하게 고민하고 제리코는 애써 화제를 전환했다.

"샌시가 진짜 너무했네. 이번 일 때문에 후안 선배가 〈이만보〉를 나갈까?"

"내 생각에 부회장이 동아리를 탈퇴하진 않을 거야. 요즘 골렘 학계에선 회장이 없으면 얘기가 안 된다고 할 정도로 기여분이 크거든."

"하지만 샌시가 나가라고 했는데……."

"회장이 안나 도네타에 대해 몰랐다면 진짜 나가라고 한 말이겠지만 그녀의 장애를 알고 있잖아. 못 나갈 걸 아니까 해본 말일 거야. 와, 성격 진짜 더럽다."

세상엔 알면 알수록 매력적인 사람이 있는가 하면 알면 알수록 더러운 성격에 감탄하게 되는 사람이 있다. 제리코가 생각하기에 샌시는 전자인데 후자도 해당되었다. 인간은 참 이중적인 존재이지 않은가.

-이중적이니 마니로 허물 덮을 수준은 지나지 않았어?

'그, 그래도 우리 샌시가 천성은 착해.'

제리코는 애써 손이 예쁜 마법사를 변호했다. 드슬이가 즉각 비아냥 거렸다.

-내 보기에 양심을 마탑주 배에 남겨놓고 나온 것 같은데.

'아하하.'

웃는 게 웃는 게 아니었다. 키리케 덕분에 대강의 사정을 파악한 제 리코는 지하로 내려갔다.

-진짜 고백할 거야?

'오늘은 날이 아닌 듯해.'

-네가 바라는 날은 영원히 오지 않을 듯해.

'그만 비아냥거려. 일단 샌시랑 대화를 해봐야겠어.'

샌시는 많이 괴팍해도 생명의 소중함을 아는 마법사였다. 그런 샌시 가 일부러 후안의 약혼녀 문제를 방치할 리 없다.

물론 샌시가 후안을 위해 시간과 공을 들여 손 골렘을 제작할 의무가 있는 건 아니다. 분명 샌시에게도 나름의 이유가 있을 터.

-샌시에게만 합당한 이유?

'그만 비아냥거리라니까!'

4층 문 옆에 달린 초인종을 누르기에 앞서, 제리코는 거울을 꺼내 옷 매무새를 정돈했다. 공들여 빗은 머리카락은 인파를 헤집고 들어오면 서 엉키고 헝클어져 다시 빗어도 백합관을 나올 때처럼 예쁘지 않았다.

머리가 조금 헝클어져도 여전히 몸매 좋고, 얼굴 좋고, 목소리 좋고, 미소는 더욱 좋은 제리코였으나 시기는 최악이었다. 제리코는 오늘이 날이 아님을 다시금 곱씹고서 초인종을 눌렀다.

"샌시, 나 제리콘데 들어가도 될까?"

대답 대신 문이 열렸다. 제리코는 조심스럽게 4층 안으로 발을 들였다. 꽁해 있거나 삐져 있거나 분을 삭이고 있을 것이란 예상과 다르게 샌시는 작은 어항을 들고 있었다.

"안녕, 제리코. 아까는 상황이 안 좋아서 인사를 못 했어. 미안."

"아니야, 아니야. 인사는 나도 못 했잖아."

샌시는 위에서 벌어진 일에 대해 대화를 나눌 생각이 없어 보였다. 제리코가 얘기를 꺼내면 되지만 시작부터 그러면 샌시의 속내를 알기 더 어려워질지도 모른다. 제리코는 일단 다른 화제를 꺼냈다. 당장 눈에 들어오는 것부터.

"그건 어항이야?"

"응."

"물고기 키우게?"

"'그녀'를 여기로 옮길 거야. 수조를 비워야 하니까."

3층에 있는 대형 수조와 비교하면 턱없이 작은 크기의 어항이었다. 송사리의 크기를 감안하면 이쪽도 컸지만 말이다.

송사리가 그렇게 거대한 수조를 독점하는 건 많은 마력이 필요하기 때문이라고 들은 제리코가 의아해하자 샌시가 설명했다.

"생명 유지 자체는 그렇게 많은 마력이 필요하지 않거든. 그리고 이 어항은 마력 집약 마법을 부여했어. 아직 발표는 안 했는데 특허는 신청했어. 사용 허가는 내리지 않아서 나만 아는 신기술이니까 비밀로 해줘."

"혹시 그 어항으로 송사리를 옮기면 지금보다 돈이랑 마력이 적게 드는 거야?"

"응."

"그걸 모두에게 말해줬으면 다들 송사리 생명 유지에 찬성하지 않았을까?"

"그럴 수는 없어."

샌시가 눈을 지그시 감더니 고개를 저었다. 왜 그럴 수 없다는 것일까?

제리코는 다양한 이유를 생각했다. 제일 그럴싸한 건 대형 수조에서 어항으로 옮겨도 절약되는 유지비와 마력이 지금과 별 차이 없다는 쪽이다.

－공간 절약은 되겠네.

공간이 필요하면 땅을 파거나 다른 건물을 무단 점거하면 되는 〈이만보〉에서 제일 쓸데없는 절약이었다.

제리코가 대놓고 궁금해하자 샌시가 친절하게 이유를 말했다.

"마녀가 자긴 비장의 한 수가 없어 이 꼴 났다고 언제나 본실력은 숨겨두랬어. 그래서 연구 진도의 3할은 숨겨둬."

듣도 보도 못한 참신한 논리였다. 제리코가 선뜻 대답하지 못하고 우물거리는데 샌시는 한술 더 떴다.

"마녀는 마녀지만 그래도 오래 살아서 그런지 가끔 현명한 얘기를 하거든. 마녀의 처세술은 유용해. 좋은 건 배워야지."

샌시는 상종 못 할 마녀지만 논리가 그럴듯하면 겸허히 받아들이는 자신을 피력했다.

"그, 그래. 싫어하는 사람이 하는 말을 실천하는 건 어려운 일이니까."

그게 또 제리코 눈엔 귀여워 보이지 뭔가. 제리코가 저도 모르게 헤실헤실 웃자 드래곤 슬레이어 소드는 본검에게 눈이 없고 눈물샘이 없는 현실을 한탄했다. 임시 주인의 눈에 강력한 콩깍지가 박혀 떨어지지 않았다.

'그렇지만 귀엽잖아!'

저 예쁜 노란 눈으로 칭찬을 바라는 듯한 눈빛을 보내는데 어떻게 외면한단 말인가! 저 요망한 눈망울을 보라고! 어항은 왜 계속 들고 있는 거야! 귀엽잖아! 손가락 그만 꼼지락거려! 더 귀엽잖아!

검에겐 다행히 요망한 눈망울에 계속 홀려 있는 건 제리코로서도 바라는 바가 아니었다.

제리코는 진지한 얘기를 하기 위해 샌시를 테이블 쪽으로 오도록 했다. 샌시는 제리코를 마주 보고 앉기에 앞서 테이블 위에 과자 단지를 올렸다.

"꿀과자?"

"좋아하잖아. 안 받으려고 했는데 네가 좋아하니까 받았어."

이번엔 딱히 칭찬을 바라지 않는다는 듯 샌시가 수줍게 웃었다. 제리코는 가슴께를 부여잡았다.

'귀여워!'

싫어하는 사람이라도 옳은 말을 하면 인정하고 따르는 건 알아봐 달라고 피력한다. 싫어하는 사람이 주는 걸 받아 오는 건 뻐기지 않는다.

왜냐하면 후자는 제리코를 위해 한 일이기 때문이다. 제리코를 위하는 건 당연한 일이기에 칭찬받을 만한 사안이 되지 않는다. 이것이 샌시의 논리였고 그 사실을 기적처럼 알아챈 제리코는 얼굴을 가렸다.

'사귀기 싫다면서 이러기 있기 없기?'

–샌시가 너한텐 세상에서 제일 착한 사람인 건 인정한다.

본래 성질머리가 어떻든 제리코에 한해선 아낌없이 주는 나무 저리가라 할 정도다. 거의 퍼 주는 나무 수준이었다.

"정말 고마워, 샌시."

제리코의 얼굴이며 목덜미가 홧홧해졌다. 이전 같았으면 과자 단지를 받자마자 개봉해 하나를 입에 가져가고 하나는 집어서 샌시에게 건넸을 테지만 이제는 부끄러워 그럴 수가 없었다.

제리코는 샌시가 어항을 잡고 꼼지락거렸던 것처럼 과자 단지를 두 손으로 잡고 검지로 문댔다.

샌시는 단지를 만지는 제리코의 손길에서 어제 그녀가 벌인 개수작을 연상했다. 유난히 간지러웠던 손길이 이번엔 그의 심장을 간질였다. 샌시는 이를 악물었다. 가슴을 갈라 심장을 꺼내 긁고 싶다는 생각이 일 정도로 몸 안쪽이 가려웠다.

문지르는 건 겉면이 매끈한 과자 단지인데 달아오르는 건 샌시의 얼굴이라. 제리코는 그걸 못 보고 히죽히죽 정신 나간 사람처럼 웃고 샌시는 심장 뺏긴 기분으로 얼굴 근육을 굳혔다. 서로에게 깊은 호감을 품은 청춘이 마주 앉아 있으니 당연하다면 당연한 결과였다.

조금씩 안정을 되찾는 제리코와 다르게 샌시는 점점 좌불안석이 되었다.

'위험해.'

제리코가 위험했다. 누구보다 위험했다. 홀딱 벗고 안으려던 여성보다, 야한 속옷을 입고 유혹하던 여성보다, 진실로 샌시를 좋아하는 척 연기하던 여성보다, 샌시가 접한 여성 중 누구보다 위험했다.

마녀와 카모마에 대한 분노와 상처받은 자존심, 호문쿨루스로 가득 찼던 샌시의 머릿속이 책상 위에 올려둔 어항처럼 텅 비었다. 그리고 빈자리는 붉은 물결이 가득 채웠다.

해가 수평선 너머로 사라질 때 수면과 하늘이 붉은 노을로 가득 차듯 샌시의 머릿속도 제리코로 가득 찼다. 수면이 일렁일 때 반사되는 빛처럼 샌시의 시선을 잡고 놓아주지 않았다. 제리코가 미세하게 움직여 생기는 머리카락의 작은 흔들림도 모두 놓치지 않을 정도로, 샌시는 그 붉은 색채에서 시선을 떼지 못했다.

"아까 말이야."

"으응?"

제리코의 정수리에 정신이 혼미해져 있던 샌시가 과민하게 반응했다. 제리코라는 걸출한 강태공이 낚은 물고기는 살기 위해 퍼덕였다. 순간 제리코의 눈빛이 음흉해졌으나 제리코는 곧 오늘은 날이 아님을 되새겼다.

"내가 너무 세게 밀지 않았나 해서."

"아니야, 아니야, 아니야. 부드러웠어. 아주 부드러웠어. 솜털보다 더 부드러웠어."

둘의 거리를 벌리기 위해 힘을 제법 썼으니 솜털보다 부드러울 리 없다.

"뭔가 불쾌했다거나."

"아니야, 아니야, 아니야. 불쾌하지 않아. 그럴 리 없어."

"샌시는 다른 사람이랑 닿는 걸 싫어하니까."

"제리코 너랑 닿는 건 언제든 좋아."

"그렇구나. 난 말리느라 손이 닿아서 마음에 안 들었나 하고 걱정했거든."

"그럴 리가 없잖아."

"음…… 후안이랑은 얘기가 잘 안 되었던 거야? 후안도 그렇고 다른 회원들도 그렇고, 샌시 뜻에 반대하는 것 같던데."

샌시가 입을 삐죽였다. 삐지긴 삐졌던 것이다.

"너무 걱정하지 마. 내가 다 이겨."

"이기고 지는 게 중요하기보단…… 왜 싸우게 되었는지가 궁금해서."

실제로 제리코는 승패를 중요하게 여기지 않았다. 샌시가 이겨도 문제고 져도 문제였다. 샌시는 연구 일정에 반박하는 무리가 문제라고 투덜거렸다.

"하지만 샌시, 너무 빡빡한 일정이라 힘들다는 건 모두의 공통된 의견이야."

"목적을 이루려면 그만한 노력을 해야지."

–지극히 당연한 말씀.

주인 잘 둔 덕에 노력 없이 용을 벨 수 있게 된 무생물이 샌시의 말에 동조했다. 제리코는 돌아가서 두고 보자는 의사를 전달하고 가능한 상냥한 말씨를 유지하도록 유의했다.

"노력은 당연한 거지만 샌시의 노력은 너무 과해. 다른 사람의 기준보다 샌시의 기준이 중요한 걸 알아도 내가 봤을 땐 과하게 느껴져. 식음을 전폐하고 연구에만 몰두하는 건 장기적으로 봤을 때 건강에 좋지 않은걸."

"난 정말 괜찮아."

"그래도 샌시. 샌시가 〈이만보〉를 만든 게 사람들 말처럼 귀찮은 일을 떠맡길 사람이 필요해서야?"

"그렇지 않아."

이 부분은 꽤 억울했던 듯 샌시가 빠르게 부정했다. 귀찮은 일을 맡길 사람이 필요하긴 하지만 그보단 뜻을 같이하는 동료가 필요했다.

"난 나처럼 이상형을 원하는 동료를 위해 〈이만보〉를 만들었어."

"그럼 동료의 의견에 귀를 기울이는 건 어때?"

이상형을 제작하겠다는 큰 꿈을 품은 이후부터 지금까지 샌시는 내내 전력으로 질주했다. 큰 꿈에 동조해 함께 달리기 시작한 동료들은 따라잡기 어려운 속도에 진저리를 치거나 지친 상태다.

제리코가 넌지시 잠시 쉬거나 속도를 늦추는 게 어떻느냐 의향을 묻자 샌시는 단호하게 고개를 저었다.

"싫어. 나는 나고 걔네는 걔네야."

의향을 물은 제리코마저 상심할 만한 단호한 대답이었다. 제리코 안에서 샌시 점수가 하락할 상황이었으나 천만다행히도 샌시는 무엇이 중요한지 아는 사람이었다.

"난 목표 지점에서 기다릴 거야. 그때가 되면 지름길을 알려줄 수도 있겠지."

앞서가 기다려 준다. 제리코가 바란 답은 아니었지만 그녀는 만족했다. 그것이 샌시의 답이기 때문이다.

"방금 그 말을 모두에게 해주면 다들 감동할 거라고 생각해."

"참고할게."

무리한 연구 일정으로 인한 파업 문제는 이걸로 해결했다 치고. 이제 정말 중요한 사안이 남았다.

"음…… 그리고 이건 내가 말할 자격이 없는 걸 알지만."

"해도 돼."

정말 중요한 사안이라 어렵게 얘기를 꺼내려는데 샌시가 재빠르게 말을 끊었다. 말해도 된다니 엄밀히 말해 끊은 건 아니었지만.

샌시는 제리코가 어떤 얘기를 꺼내든 경청하겠다는 자세를 취했다. 그는 그럴 의사를 숨기지 않았다.

"넌 무슨 말이든 해도 돼. 내 앞에서 우물쭈물할 필요 없어. 하고 싶은 말이 있으면 다 해. 네가 정의고 법이야. 위대한 대자연의 법칙에 위배되지 않는 한 네 말이 다 옳아."

제리코라면 그러지 않는다. 틀리면 틀렸다고 분명히 얘기할 것이다. 그것이 제리코의 방식이니까.

샌시는 이야기를 계속했다. 틀려도 옳다고 우긴다. 이것이 샌시의 방식이었다.

"내가 그렇게 만들어줄게. 그러니까 하고 싶은 말이 있으면 다 해."

요정의 축복 못지않게 든든한 지지 선언이었다.

-사람 망치기 딱 좋은 애정 표현일세.

검의 말대로다. 연인이든 친구든 스스로를 절제할 줄 모르는 사람이라면 해가 될 수 있는 사랑의 방식이었다. 평소의 제리코라면 바꾸는 게 좋지 않겠느냐 말할 만한 사고였다. 하지만 이상하게 기분이 좋았다.

제리코의 손안에 든 단지 속 꿀과자는 마탑주가 직접 구웠다. 동일한 레시피로 재현한 과자점이 있지만 맛은 다르다.

샌시는 마탑주가 과자에 수상한 약을 탔을 거라 의심하지만 제리코는 마탑주의 마음이 담겨 있기 때문이라고 생각했다. 손을 끔찍이 아끼는 마법사가 자식을 위해 손수 과자를 구웠다. 샌시에게 보이는 방식이 많이 엇나가긴 했어도 마탑주는 샌시를 사랑했다.

방식이 엇나가는 건 모전자전인지 샌시도 비슷하다. 그럼에도 그 감정은 사랑이었다. 제리코는 단지에 담긴 샌시의 마음이 기뻤다.

"그럼 샌시."

"응."

"입 맞춰도 돼?"

놀란 샌시가 벌떡 일어나다가 의자 다리에 발이 꼬여 중심을 잃었다. 뒤로 넘어가는 샌시의 앞섶을 강한 힘이 붙들어 고정했다. 샌시를 붙잡느라 빠르게 움직인 반동으로 제리코의 붉은 머리칼이 샌시의 위로 쏟아졌다.

테이블 위로 뛰어오르느라 숨을 멈췄던 제리코가 숨을 몰아쉬었다. 샌시는 여전히 숨을 쉬지 못했다. 제리코가 너무 가까웠다. 숨을 마시면 그녀와 호흡이 섞일 게 분명했다.

제리코가 너무 가까웠다. 샌시는 저도 모르게 천천히 눈꺼풀을 내렸다. 이대로 입술이 부딪치는가, 그리 생각하는데 앞섶을 붙들던 힘이 빠지고 부드러운 머릿결이 그를 떠나갔다. 가까워졌던 온기가 멀어지자 무엇과도 비교할 수 없는 상실감이 샌시를 덮쳤다. 머물렀던 기간이 짧았음에도 흔적은 길었다.

샌시가 생전 처음 겪는 강렬한 허탈감에 빠져 눈을 뜨자 그를 숨 막히게 만든 소녀는 의자에 앉아 머리를 정돈하고 있었다. 눈이 마주치자 제리코가 생긋 웃었다. 샌시는 저도 모르게 아쉬움을 담아 말했다.

"그대로 입 맞출 거라 생각했어."

"거의 그럴 뻔했는데."

제리코는 제리코대로 아쉬움을 담았다.

"허락 안 해줬으니까."

제리코는 턱을 괴고는 눈웃음쳤다.

"하는 게 좋았을까?"

"아니. 하면 안 돼."

안 된다고 말하는 주제에 고양이를 닮은 노란 눈엔 미련이 뚝뚝 떨어졌다. 제리코는 보란 듯이 입술을 쭈욱 내밀었다. 샌시의 얼굴이 삶은

문어처럼 붉어졌다.

"왜에? 사촌 오누이 같은 사이라?"

"내, 내 처음은 모두 그녀에게 바칠 거야! 우린 이러면 안 돼! 이러면 안 되는 거야! 불, 불법이야!"

샌시는 두 팔을 허우적거리고 제리코는 웃으면서 샌시를 놀렸다. 제리코가 놀리는 건 둘째 치고 샌시 본인이 본인의 욕망을 제어하기 힘들었기 때문에 샌시는 말 잘못 배운 앵무새처럼 그럼 안 된다는 말만 반복했다.

이 광경을 처음부터 끝까지 모두 지켜본 드래곤 슬레이어 소드가 총평을 날렸다.

-잘들 논다.

드슬이는 잘 노는 생물들을 기막혀했다.

-왜? 오늘은 날이 아니라며?

'날은 기다리는 게 아니야. 만드는 거지.'

말은 그렇게 했지만 제리코는 샌시 놀리기를 그만두었다. 더 놀리면 샌시가 도망갈지도 모르니까. 무엇보다 오늘은 날이 아니라고 여러 번 다짐하지 않았던가. 너무 변덕스러운 건 제리코 취향이 아니었다.

"불법 아니지만 샌시가 싫다니까 어쩔 수 없지. 오늘은 그만할게."

당황해 불법과 이러지 마세요를 반복 재생하던 샌시가 입을 다물었다. 달아오른 얼굴이 식긴 했는데 어째 표정이 뚱했다.

-좋다는 거야, 싫다는 거야.

'아쉽다는 거지.'

제리코가 그만둔다니 아쉬운 모양이다. 그러면서 입으로는 계속 안 된다고 말하니 참 괘씸한 입방정이었다.

'뭐, 괜찮아. 나중에 저 괘씸한 입을 내 입으로 때려주면 돼.'

금슬이 좋은 부부 아래에서 자랐고 자기애가 충분한 데다 욕구에 충실해서인지 제리코는 애정 표현에 적극적이었다.

드래곤 슬레이어 소드는 설마 에라프도 저런 생각을 하며 이성과 교제했을까 상상해 보고 두려움에 검신을 떨었다.

"어쨌든 말해도 된다니까 말할게. 후안 선배한테 어제오늘 너무 심했어."

제리코가 화제를 전환하자 샌시가 움찔 어깨를 떨었다. 그는 간식 빼앗긴 강아지처럼 슬픈 눈빛을 보냈다. 자신이 무엇을 놓쳤는지 깨닫고 절절히 후회하지만 돌이킬 수 없음에 좌절하니, 이 또한 청춘이다.

"연구실이 싫으면 연구자가 떠나야지."

"그런 게 아니잖아. 샌시한테 후안은 그렇게 보내고 말 사람이야?"

"아니."

그러기엔 후안이 너무 유능했다. 샌시가 공짜로 부려먹는 인력 중 S급이라고 할까. 다른 S급이라면 샌시도 적당히 비위를 맞춰주었을지도 모른다. 하지만 후안에겐 그럴 필요가 없었다.

샌시가 의기양양하게 말했다.

"괜찮아, 후안은 〈이만보〉 못 나가."

"후안 선배 약혼녀가 누군지 알고 있어?"

"안나 도네타."

"도네타 양의 장애에 대해서 알고 있고?"

"응."

"후안 선배가 〈이만보〉 가입한 목적도 알고 있겠네?"

"응. 그래서 후안은 못 나가."

-와, 진짜 약혼녀를 인질로 잡고 있었네.

샌시가 눈을 빛냈다. 칭찬을 바라는 눈빛이었다. 드래곤 슬레이어 소드가 비명을 질렀다.

-나 애 때려도 돼?

"그러니까 걱정하지 않아도 돼, 제리코."

'아냐, 샌시. 걱정해야 해.'

제리코는 특히 샌시의 도덕성과 양심에 대해 진지하게 고민해 볼 필요성을 느꼈다. 샌시가 다 알고 일부러 그랬다면 애써 그를 변호하던 제리코의 노력과 신뢰는 어떻게 되는가. 휴지 조각이 되어 사라진다.

여기서 싫다고 말하는 게 제리코의 방식이었다. 제리코는 고민할 것 없이 본인의 방식을 충실히 이행했다.

"후안이 〈이만보〉를 못 나가니까 막 부려도 되는 거야?"

"막 부린 적 없어."

"샌시, 난 네가 타인의 약점을 쥐고 잇속을 챙기는 사람인 걸 알아. 알지만 말하지 않은 건 네가 잇속을 챙기는 대신 적정선을 지킬 줄 안다고 생각했기 때문이야. 그런데 이번 일은 적정선을 벗어난 게 아닌가 자꾸 걱정이 돼."

샌시의 고개가 좌측으로 10도가량 기울었다. 제리코가 하는 말의 의미를 파악할 수 없다는 행동이었다. 의기양양한 미소에 금이 가다가 샌시가 뒤늦게 제리코가 하고자 하는 말을 이해했다.

"틀렸어!"

고작 몇 분 전에 제리코가 하는 말이 법이고 정의라더니 순식간에 말을 바꾼다. 드래곤 슬레이어 소드가 샌시 욕을 바가지로 하려는 찰나 샌시가 다급하게 해명했다.

"도네타 양에겐 작년에 골렘을 넘겼어!"

-뭐?

"뭐라고?"

제리코에게 냉혈한, 인간 말종으로 오해받는 건 죽기보다 싫은 일이었다. 샌시는 부족한 말재간을 총동원해 소녀의 오해를 풀기 위해 애썼다.

'손 부위는 제작 완료했어! 마력 회로 이식은 인체 실험이 불가능해 적용하지 못했지만 나머진 인체와 동일하게 작동하고 내구성도 뛰어나! 관절

부위 마모도 걱정하지 않아도 되고, 그러니까 도네타 양에겐 작년에 이미 완성품을 넘겼어. 공식 발표하지 않은 제품이라 비밀 유지를 부탁했고!"

이건 또 무슨 소린가. 의수를 이미 완성했고 안나 도네타에게 넘겼다니? 그럼 약혼자에게 손을 선물해 주기 위해 샌시 밑에서 무보수 봉사하고 있는 후안은 뭐란 말인가?

당황한 샌시가 또 말 잘못 배운 앵무새처럼 도네타 양과 손은 이미 줬다를 반복했다. 제리코는 사건의 시간순 정리의 필요성을 느끼고 샌시가 하는 말을 수첩에 옮겨 적었다.

"그러니까, 샌시는 작년에 생체 골렘의 왼손, 오른손을 완성했다."

"완성만 한 게 아니야. 도네타 양이 조종할 수 있도록 설계도를 수정해야 했거든."

"그리고 도네타 양에게 의수를 선물했다."

"선물이 아니야."

샌시가 단호하게 부정했다. 샌시에게 선물을 받을 수 있는 여자는 세상에 딱 두 명 존재했다. 눈앞의 붉은 머리 소녀와 언젠가 샌시가 완성할 '그녀'다.

"실생활에서 골렘이 제대로 작동하는지 알아보기 위한 실험이야. 마침 적임자가 있어 부탁한 거고 생활하면서 불편한 점이 있으면 보고받기로 했어."

안나 도네타는 눈에 잘 띄는 장애로 인해 외출을 즐기지 않는다. 후안은 후안대로 약혼녀와 편지 교류를 이어가고 있지만 〈이만보〉 일 때문에 바쁘니 약혼녀와 만날 시간이 부족했다. 안나 도네타야 집안 식구들 입단속을 시키고 외출할 때 골렘을 떼어두면 되니 비밀 유지가 간편했다.

샌시가 후환을 두려워하지 않고 후안에게 막말을 날린 이유가 거기에 있었다. 샌시의 양심에 손을 얹고 찔리는 구석이 하나도 없었기 때문이다. 샌시가 이미 안나 도네타에게 예쁜 손을 건넸기 때문에.

"그럼 도네타 양이 보내는 편지는 그 손 모양 골렘으로 쓴 거란 말이야?"

"응. 도네타 양은 어릴 때 손을 잃어 손 없이 산 시간이 더 길기 때문에 조종이 아직 미숙해. 차차 나아질 거라고 보고 있어."

작년부터 필체가 엉망인 것은 사랑하는 약혼녀가 새로 고용한 하녀가 어마어마한 악필이기 때문이라 생각하는 후안의 뒤통수를 때리는 진실이었다. 도네타 양의 명예를 위해 첨언하자면 도네타 양은 펜을 입에 물고 예쁜 필기체를 구사할 수 있다.

마탑주 배 속에 두고 온 줄 알았던 샌시의 양심은 그의 안에서 멀쩡히 살아 숨 쉬고 있었다. 샌시가 제리코의 믿음에 부응했으니 기뻐해야 할 텐데 제리코는 마냥 기뻐할 수 없었다.

"다들 네가 생체 골렘 연구를 일부러 미루고 있다고 생각하던데!"

"알아. 그렇지만 아까 말했듯이 난 내 연구 진도의 3할에서 5할을 숨겼을 뿐이야."

―5할이나!

마탑주를 싫어하는 것치고 가르침은 참 성실히 따르고 있지 않은가.

제리코는 이마를 짚었다. 후안의 고생과 고민, 번뇌와 인내는 도대체 무엇인가 싶어 그녀의 속이 타들어가기 시작했다.

"도네타 양에게 골렘을 건넨 걸 왜 비밀로 하는 거야?"

"후안이 아카데미를 졸업해서 〈이만보〉를 나갈 테니까. 그럼 못 부려 먹잖아."

"샌시, 후안 선배가 네게 고마워서라도 네 일을 도와줄 거란 생각은 안 해봤어?"

"이득 볼 게 없는데 타인을 돕는 건 여유가 있을 때나 가능한 거야. 도네타 양에게 골렘을 준 걸 알면 후안은 그녀의 재활을 돕기 위해 그녀 곁에만 붙어 있을걸? 그러면 내 일을 도울 시간이 생기겠어? 사람을 부리려면 은혜를 베풀기보다 약점을 붙들고 있는 게 더 편하고 효율적이야."

이것이 인생의 진리라는 양 샌시의 얼굴에 뿌듯한 미소가 맴돌았다. 왠지 제리코의 칭찬을 바라는 눈빛이라 제리코는 슬며시 시선을 회피했다. 샌시가 이런 사람인 줄 아는 것과 칭찬을 해주는 건 별개의 영역이었다.

드래곤 슬레이어 소드는 길게 말하지 않았다. 그저 제리코의 순수한 푸른 눈동자 위 콩깍지 두께를 한탄하며 물어봤을 뿐.

-제리, 더는 묻지 않을게. 정말 쟤야?

이번만큼은 제리코도 대답하기 어려웠다. 무생물에게조차 설명하기 어려우나 마음이 저이에게 향하는 것을 어쩌란 말인가. 아무래도 검 말대로 눈에 콩깍지가 씐 것이 확실했다.

'그 콩깍지의 색은 연두색이야.'

색은 고운 연두색이고 안에 든 콩알은 동글동글 귀여운 완두콩일 게다. 그러니 콩깍지 씐 제리코의 눈에 온통 귀여운 연두색 샌시만 보이겠지.

"그럼 계속 후안 선배에게 비밀로 할 거야?"

"후안에겐 무조건 비밀이지. 비밀 지켜줄 거지?"

"그러긴 할 건데…… 생체 골렘 진척도를 사실대로 알려주면 다들 기뻐하지 않을까?"

"귀찮아. 막바지에 다다른 걸 알면 상용화하자고 난리 칠걸."

아무리 그래도 후안에게 계속 비밀로 하려니 꺼림칙한 건 사실. 제리코는 혹시 샌시가 골렘 제공을 빌미로 안나 도네타에게 비밀 유지를 강요했나 싶어 확인차 물어봤다. 샌시는 그런 일 없었다고 말했다.

"도네타 양은 후안이 계속 결혼 미루는 것 때문에 화가 났거든. 흔쾌히 승낙했어."

"아. 결혼 아직 안 한 게 그래서였구나."

"후안의 아집이지."

멋지게 포장하자면 약혼자에게 예쁜 손을 선물하기 전까진 결혼을 미루겠다는 의지. 나쁘게 말하면 아집. 제리코식대로 말하자면 똥고집.

그래도 제리코는 후안의 의지를 똥고집으로 평하기 싫었다.

"너무 그렇게 말하지 마. 샌시 네가 '그녀'를 위해 뭐든 할 수 있듯이 후안 선배도 선배의 그녀를 위해 노력하는 거잖아."

"난 후안과 다르게 '그녀'가 원하는 걸 뭐든 해줄 능력이 있으니까."

또다. 또 샌시가 칭찬을 바라며 으스댔다. 말로는 '그녀'를 얘기하면서 정작 눈으로 보고 있는 건 제리코였다. 제리코가 원하는 건 뭐든 해주겠다는 듯.

그 의지를 시험해 보고자 제리코는 살포시 눈을 감았다.

"그럼 샌시, 나한테 입 맞춰줄래?"

제리코는 눈을 감고 숫자 100을 세었다. 100을 세는 동안 아무 일도 벌어지지 않았다. 어둠 속에 홀로 갇혀 있던 그녀가 눈을 떴을 때 샌시는 흔적도 남기지 않고 사라진 상태였다.

"뭐야, 뭐든 해준다더니."

눈을 감고 입맞춤을 기다리는 소녀를 두고 도망갈 줄은 몰랐다. 역시 오늘은 날이 아니었다.

'그냥 오늘 계획대로 좋아한다고 말하거나 사귀자고 할 걸 그랬나?'

날이 아닌 걸 알지만 충동적으로 시험해 본 것인데 도망을 가다니! 일부러 느긋하게 100을 세면서 오래오래 기다려 주었는데 실망이 컸다. 제리코는 이 모든 상황을 지켜본 검에게 상황 보고를 요청했다.

"언제 도망갔어?"

-네가 89까지 셌을 때.

"네가 보기에 어땠어?"

어땠냐고? 샌시는 제리코가 눈을 감자마자 얼굴이 상기되어 숨을 못 쉬고 헐떡이다, 몽롱한 눈빛으로 자리에서 일어서더니 이내 제정신을 차린 듯 볼을 꼬집었다. 어찌나 강하게 잡고 비틀던지 신음 한 번 안 낸 게 용했다.

샌시는 눈을 감고 입맞춤을 기다리는 소녀를 위대한 대자연이 내려준 천사라도 되는 양 바라보다 끝내는 유혹을 이기기 위해 제 팔목을 깨물었다. 이 또한 그냥 깨무는 수준이 아니고 작정하고 깨물어 피가 나진 않았는지 궁금하다.

이 모든 일이 60을 셀 때까지 이루어지고 나머지 29를 세는 동안엔 이동 마법을 시전했다. 평소라면 3초면 끝낼 시전이 집중이 흐트러져 계속 실패한 건 애교였다.

-하아.

검이 가볍게 한숨을 쉬고는 심드렁하게 대꾸했다.

-샌시는 오늘 너한테 입 안 맞춘 게 억울해서 눈물을 흘릴 것이다. 축하해, 제리. 네가 좋아서 우는 남자가 생겼네.

과장 조금 보태자면 샌시는 오늘 밤 기회를 놓친 게 원통해 잠을 못 이룰 것이다. 제리코의 호언장담대로 샌시는 사랑의 포로이고 어항 속 물고기였다.

잡힌 물고기는 언제쯤 자신이 잡혔다는 사실을 인정할 것인가. 제리코는 쉽게 풀릴 듯하면서 풀리지 않는 연애와 더불어 비비 꼬인 샌시의 인성을 한탄하며 계단을 올랐다.

"다 잡은 물고긴데 왜 이렇게 어렵지?"

-네가 이상한 물고기를 잡았으니까!

샌시는 좀 특이한 물고기지 이상한 물고기가 아니라 항변하며 계단을 오르던 제리코 위에 그림자가 드리워졌다.

놀라 고개를 들어 올리니 후안이 방글방글 웃는 낯으로 서 있었다. 그가 〈이만보〉에 득이 된다 싶은 귀빈을 만났을 때 보이는 접대용 미소였다.

'후원하라는 말 하려고 그러나?'

"이렇게 아리따운 숙녀분이 혼자 계단을 오르게 둘 수는 없지요."

후안이 물 흐르듯 매끄러운 손동작으로 제리코에게 손을 내밀었다. 제리코는 순순히 손을 내밀었다가 내밀 손이 없는 후안의 약혼녀를 떠올렸다.

'후안 선배는 약혼자분과 이런 평범한 행위를 공유하고 싶은 거구나.'

그런 생각을 하니 심장이 조이듯 아팠다.

'말해주고 싶다! 샌시가 이미 골렘을 전해줬다고 알려주고 싶다!'

그럼 후안은 신이 나서 안나 도네타에게 달려가 사실을 확인할 것이다. 뜻대로 움직이는 의수를 단 약혼녀를 끌어안고 엉엉 울지도 모른다. 그리고 샌시를 찾아와 오해해서 미안하다고 사과하겠지. 모든 오해가 풀리고 해피 엔딩을 맞이하는 순간이다. 제리코는 입방정을 떨지 않도록 입술을 오므렸다.

-확 말해 버리고 편해지지?

'샌시가 말하지 말랬으니까.'

제리코가 생각 없이 비밀을 발설하지 않도록 주의하는 동안 후안은 계속 그녀 얼굴에 금칠을 했다. 이대로 계속 얼굴에 금이 칠해지면 두꺼운 황금 가면이라도 쓰게 될 것 같았다.

"후안 선배, 그만하시고 본론을 말해요. 후원? 투자? 샌시 설득?"

"굳이 고르라면 마지막 게 가깝습니다. 아, 물론 앞선 두 가지 역시 사양하지 않겠습니다."

"샌시 설득은 제가 열심히 해봤는데요…… 역부족이었다고 해야 하나……."

진정 후안과 〈이만보〉를 위한다면 눈 감고 입술 내밀 시간에 한마디라도 더 해야 하지 않았을까. 늦은 후회와 반성이 제리코를 부끄럽게 했다.

"소공작의 고견을 귀담아듣지 않는다니, 회장이 잘못했네요."

"으아아, 이러다 제 얼굴에 금가루 떨어지겠어요. 목적이 뭐예요. 빨리 말해요."

가뜩이나 미안한데 얼굴에 계속 금칠을 하려 드니 제리코는 진심으로 닭살이 돋아 몸서리쳤다. 후안은 제리코에게서 몇 발짝 떨어져 그녀를 위아래로 살폈다.

"인류의 영웅을 닮은 고귀한 붉은 머리칼! 총명하고 깊은 푸른 눈동자에 오똑한 코! 다물고 있으면 조그맣지만 웃으면 아름답게 벌어지는 입술! 검술에 재능이 있을뿐더러 재능을 받쳐주는 아름다운 육신! 회장을 마음에 품은 너그러운 취향까지!"

"그만하라고!"

대낮에 이게 무슨 수치인가. 제리코가 더 말하면 멱살을 잡아 흔들어 주겠다는 의지를 다지는데 후안은 계속 말했다.

"심지어 회장이 봐도 도망가지 않고 접촉을 허락하는 유일한 이성! 완벽해, 완벽합니다!"

"하고 싶은 말이 있으면 제대로 하라고요!"

"소공작! 회장의 '그녀'가 되어주지 않겠습니까?"

후안이 마침내 제 목적을 밝혔다. 제리코는 멱살을 잡기 위해 뻗었던 손으로 본인을 가리켰다.

"저더러 골렘이나 호문쿨루스가 되라고요?"

"아니, 아닙니다. 회장의 마음을 사로잡아 골렘과 호문쿨루스로 만든 이상형 따위 인생에서 치워 버리자는 얘깁니다!"

샌시가 호문쿨루스 제작에 연연하는 건 이상형을 완성하기 위해서다. 그가 인간에게 반한다면 이상형을 제작할 필요가 사라진다.

여자를 보면 바로 도망가 버리는 과거의 샌시에겐 불가능한 이야기다. 하지만 지금은? 샌시에게서 잠시 '그녀'를 잊게 하는 살아 있는 소녀가 있다. 샌시와 평범하게 대화하고 샌시와 평범하게 접촉하고 심지어 샌시가 직접 찾아가는 소녀가!

제리코와 샌시가 이어지면 모든 문제가 사라진다. 결국 세상 모든 문제의 해답은 사랑이 품고 있었음에 후안이 전율했다. 제리코도 전율했다. 다른 의미로.

'현실주의자라고 생각했는데 샌시보다 더한 낭만주의자였어!'

약혼자에 대한 사랑이 지긋하더라니. 후안은 사랑 만능주의 신봉자였다. 제리코는 팔뚝에 돋은 닭살을 벅벅 긁었다.

샌시가 이상형을 제작하려는 이유는 이성에 대한 불신이 깊기 때문이다. 세상에 믿을 사람 하나도 없으니 내가 사랑할 사람은 직접 만들겠다고 나선 것. 그러니 사랑하는 사람이 생기면 이상형 제작을 그만둘 것이라는 게 타당한 추측이었다.

하지만 샌시는 굳이 이상형과 연인 관계가 되지 않아도 괜찮다고 말한 적이 있다. 관계가 어찌 되었든 이상형에게 샌시의 존재가 유일하고 특별하다면 그걸로도 괜찮다는 의미였다.

그걸 모르는 후안이 아닐 텐데 그의 주장은 성급했다.

'나가도 너무 나갔지.'

제리코가 아는 후안은 이렇게 성급하고 안일한 사람이 아니었다. 약간은 계산적이면서 능글맞은 구석이 있는 잇속 밝은 사람이었다. 사랑이 무엇이기에 멀쩡한 사람을 이렇게 만드나 싶어 짠한 생각도 들었다.

"후안 선배, 정신 차려요. 샌시는 이미 제 사랑의 포로지만 이상형 제작을 포기하지 않은걸요."

조금 더 당기면 끌려올 것 같단 얘기는 접어두도록 하자.

"그리고 제가 봤을 때 저랑 사귄다고 샌시가 이상형 제작을 그만둘 것 같지는 않은데……."

"그만둘 겁니다!"

"어째서 그리 확신하는 건데요?"

"일단 들어주세요."

제리코는 일단 후안이 권하는 대로 의자에 앉았다. 도대체 무슨 말을 하려나 들어나 보자는 심사였다.

"계획은 간단합니다. 소공작이 회장과 사귄다. 회장이 이상형 제작을 그만둔다. 간단하죠?"

들을 가치가 없는 계획이었다. 의자에 앉느라 굽힌 무릎 관절 연골이 아까웠다. 제리코가 빵 먹다 돌 씹은 얼굴로 일어나려 하자 후안이 열심히 입을 놀렸다.

"조금만 더 들어주세요! 일단 회장의 이상형엔 치명적 결함이 있어요! 아이를 낳을 수 없습니다!"

"낳을 생각이었으면 그게 더 무서워요!"

제리코가 의자에 앉으려다 펄쩍 뛰었다. 후안은 2세 생산이 불가능한 이유에 대해 전문용어를 섞어 설명했다. 제리코는 한 귀로 듣고 한 귀로 흘렸다. 2세 생산이 가능하다면 모를까, 불가능하다는데 들어둘 필요는 없어 보였다.

하나는 분명했다. 샌시는 마탑주에게 시달린 부작용으로 여자 못지 않게 아이를 무서워한다. 가족이 적으면 적을수록 좋다는 지론은 아이에게도 적용되었다.

마음에 쏙 드는 이상형을 제작해 아이 없이 알콩달콩 잘 사는 건 샌시의 숙원이자 마탑주에게 하는 복수였다. 눈물 없이 듣기 힘든 샌시의 과거를 경청한 경험이 있는 제리코로선 샌시가 자신과 사귄다고 하여 숙원을 포기할 거란 생각이 들지 않았다.

사람에겐 누구나 절대 포기할 수 없는 게 존재한다. 후안만 해도 약혼녀의 손 때문에 샌시 밑에서 비서처럼 부려지고 있다. 세간에서 후안의 사랑과 정열은 미담이라 칭송하고 샌시의 숙원과 집념은 기분 나쁘다 손가락질할망정 둘 중 하나가 우월하거나 더 낫다고 평가해선 안 됐다.

"저보다 샌시와 더 오래 알고 지냈으니 알겠지만, 샌시가 저랑 사귄다고 이상형 제작을 그만둘 것 같진 않거든요."

"아니요. 그만둘 겁니다."

"어째서요?"

뭘 믿고 저리 확신한단 말인가! 제리코가 진심으로 의아해서 되묻자 후안이 호언장담했다.

"돈이 필요하니까!"

'엄청난 설득력이다!'

제리코는 자세를 고쳐 앉았다. 후안이 기다렸다는 듯 말을 이었다.

"회장은 본인이 좋아하고 관심 있는 분야엔 시간과 재화를 아끼지 않습니다. 그런 회장이 연애를 하면? 지금처럼 밑 빠진 독인 호문쿨루스 연구는 접으려 하겠죠. 그리고 연구하는 데 들어가는 시간은? 시간은 금을 주고도 살 수 없죠."

샌시가 이렇게 말했다. 안나 도네타에게 골렘을 넘긴 걸 알면 후안은 약혼녀에게 찰싹 달라붙어 떨어지지 않을 거라고.

후안은 이렇게 주장한다. 샌시는 사귀는 사람이 생기면 찰싹 달라붙어 떨어지지 않을 거라고.

공통점이라곤 성별과 직업밖에 없던 두 남자의 또 하나의 공통점이 밝혀지는 순간이었다.

"음…… 그래도 글쎄요. 솔직히 샌시가 저랑 사귄다고 당장 연구를 그만둘 것 같지는 않은데."

"기분 나쁘다고 한마디만 해주시면 됩니다."

"윽. 너무 잔인해요."

솔직히 처음 들었을 땐 기분 나빴다. 그건 인정한다. 하지만 샌시의 트라우마 가득한 과거와 이상형에게 일편단심인 순정 때문에 초기의 혐오감이 희석되었다. 아직 완성되지 않은 무생물이라도 한 가지에 그토록 순수한 애정을 보일 수 있다면 그 또한 사랑이라 여겼기 때문이다.

"회장에겐 잔인해도 됩니다."

'글렀다. 이 선배 눈 돌아갔어.'

평소 멀쩡한 사람이 눈 뒤집히면 더 무섭다더니. 후안이 딱 그 짝이었다.

"샌시와 사귀는 거야 저도 바라는 바지만 평생 하던 연구를 중단시키라니. 전 못 해요. 샌시를 위한 일도 아니고 저만 나쁜 사람 되는 거잖아요."

"연구를 중단하라 말하지 않아도 됩니다! 소공작이 샌시의 '그녀'가 된다면 모두 해결될 일이니까요!"

'아니라니까 그러네.'

눈이 뒤집힌 후안은 제리코와 샌시가 사귀면 샌시가 이상형 제작을 중단하리라 광신했다. 제리코가 왜 이러시느냐 몇 번을 되물어도 비슷한 대답이 돌아왔다.

과거 샌시의 인간관계와 정신 건강을 위해 친하게 지내달라 부탁한 사람과 동일인 맞는지. 제리코가 본인의 기억을 의심했다.

-사랑 앞에서 우정은 무의미하다더니.

'참던 게 이번에 터져서 그런가.'

후안의 손을 붙잡고 샌시 때문에 많이 힘드시죠? 동감할 수 있으면 좋으련만. 제리코는 샌시와 비밀을 공유하는 사이가 돼버렸다. 이름만 아는 안나 도네타 씨가 새로 생긴 손으로 삐뚤삐뚤 쓰는 편지를 알아버렸다.

이 비밀을 밝히면 모두가 행복해진다. S급 노동력을 잃는 샌시 빼고.

제리코의 입이 다시금 근질거렸다. 제리코는 송곳니로 강하게 혀를 깨물었다. 그녀가 하는 말이 다 옳다는 샌시라도 가벼운 입까지 정의라 해주진 않을 터다.

-비밀을 홀라당 밝혀서 샌시의 애정을 시험해 보자!

간악한 검이 뱀의 혀 놀림을 시도했다. 제리코에겐 먹히지 않았다. 타인의 마음을 시험하는 건 정말 쓸모없는 일임을 알기 때문이다. 그럴 시간에 그 사람이 좋아할 일을 하고 말지.

'애정은 보답하는 거지 시험하는 게 아니라고!'

"선배 얘긴 못 들은 걸로 할게요. 전 자유로운 마음으로 샌시랑 사귈 거예요."

"소공작은 분명 회장의 '그녀'가 될 수 있을 겁니다! 생체 골렘과 호문 쿨루스 조합이 어떻게 소공작을 이기겠습니까!"

"아이참, 저는 진짜 순수한 흑심으로 샌시랑 사귈 거거든요!"

"그래도 혹시나 싶어 말하는데, 회장의 취향이 궁금하지 않습니까?"

'전혀 궁금하지 않아요! 왜냐하면 샌시의 취향은 날 만나기 전과 후로 나뉘니까!'라고 말해야 하는데. 그렇게 말하고 자리를 떠야 함을 아는 데 제리코의 귀가 쫑긋했다.

'지금 샌시 취향은 나지만 옛날 취향은 궁금하니까. 그래, 어떤 사람이 취향인지 궁금하니까. 참고할 게 있으면 좋고, 알아둬서 나쁠 건 없으니까.'

들어봐서 제리코가 맞춰줄 수 있는 부분, 예를 들면 선호하는 헤어스타일이나 옷 취향이 있다면 맞춰주면 누이 좋고 매부 좋은 일 아닌가.

─구구절절 애쓴다. 듣고 싶으면 그냥 들어.

듣는 검 입장에선 차라리 당당하게 '좋아하는 사람 취향 듣는 게 뭐 어때서!'라 외치는 쪽이 지켜보기 편했다. 제리코는 검의 응원 아닌 응원에 힘입어 의자에서 반쯤 떨어졌던 엉덩이를 붙였다.

"사실 회장의 이상형은 가변적입니다. 정해진 형태와 성질이 없죠."

'뭔 소리야.'

제리코는 샌시의 취향을 들으려는 거지 이런 이상한 얘기를 들으려고 엉덩이를 의자에 붙인 게 아니다.

"회장은 얼핏 봐선 굉장히 깐깐한 사람 같지만 은근슬쩍 자기가 유리한 부분에선 좋은 게 좋은 거란 태도를 보이죠."

"네, 그건 알아요."

"이상형도 마찬가지입니다. 딱히 이거다 싶은 외형이 없습니다. 그때그

때 발견하는 미인을 참고한다고 자료만 잔뜩 모아뒀지 아직까지 확실한 외모는 정하지 않았습니다. 성격도 마찬가지입니다. 어쩔 땐 이런 성격이 좋겠다, 어쩔 땐 저런 성격이 좋겠다 말만 많지 확신을 둔 게 없습니다."

어차피 완성 전엔 무엇이든 될 수 있기에 샌시의 이상형은 제대로 된 형체를 갖추지 않았다. 태어나면 무엇이든 될 수 있는 엄마 배 속 태아와 비슷하다고 해야 할까?

지나치게 열린 가능성으로 인해 샌시가 말하는 '그녀'는 그때그때 달랐다. 그래서 샌시가 말한 이상형을 모두 조합하면 경력 있는 신입과 같은 모순이 발생한다. 그런 설정 충돌은 〈이만보〉 회원이 샌시를 놀려먹을 수 있는 몇 안 되는 기회였다.

"후후, 설마 이걸 외부인에게 공개하게 될 줄이야."

"마탑주님의 의뢰를 받은 여성들이 이것을 보여달라 찾아왔지만 한 번도 외부에 공개한 적 없었지."

"이것만 그대로 따르면 회장의 마음은 당신의 것입니다!"

후안이 손가락을 튕기자 〈이만보〉 회원 몇이 의미심장한 미소를 지으며 다가왔다. 놀랍게도 부회장파가 아니고 회장파였다.

"앗! 샌시를 배신할 참?"

"아닙니다! 배신은 회장이 먼저 했어요! 마탑주님의 사주가 아닌데 이런 미소녀에게 먼저 고백을 받다니! 회장은 배신자야!"

"믿어 의심치 않았는데 우릴 먼저 배신했어!"

"마탑주님의 사주를 받았을 거라고 한 놈 나와! 진심이라잖아!"

"우리를 송사리에 묶어놓고 자기는 혼자 연애를 하겠다 이거지! 치사하다!"

"현실의 이성에게 관심 없다는 얘기 다 거짓말이었어! 이래서 남자란!"

"너도 남자잖아!"

"그래! 나도 현실 여자가 좋다!"

"나는 남자가 좋아!"

회장파 회원이 저들끼리 울며 떠드는 동안 제리코는 눈을 가늘게 떴다. 샌시에게 고백한 사실은 분명 후안에게만 말했는데 어느새 〈이만보〉 회원 전원이 알고 있었다.

범인은 가까이에 있었다.

"딱히 비밀로 할 건 아니지만 이렇게 금방 퍼뜨리다니! 후안 선배 실망이에요!"

"죄송합니다. 회장파를 끌어들이려다 보니 어쩔 수 없이……."

대다수의 회장파가 샌시의 막말에 흥분했지만 후안의 편으로 돌아선 건 아니었다. 후안은 회장파를 회유하기 위해 어제 들은 따끈따끈한 소식을 알렸다. 내용이 내용인지라 소문은 빛보다 빠르게 회원 사이에 전파되었다.

우리가 잠도 못 자고 일하는 동안 회장은 연애를 하고 있었다!

이 충격적인 소식은 샌시의 단호한 태도에 파업을 그만두고 일터로 돌아가려던 회장파를 일으켜 세웠다.

눈물을 흘리는 회장파 회원이 제리코에게 두꺼운 노트 세 권을 건넸다.

"받으세요! 이거 읽고 그대로 해서 회장을 사로잡은 다음 확!"

"확?"

"차버려요!"

"맞아! 회장은 차여야 돼!"

제리코는 찰 생각이 없는데 왜 멋대로 차버리라 난리인가. 황당한 나머지 말문이 막힌 와중에 제리코의 손은 착실하게 공책을 챙겼다.

"어리석은 놈!"

샌시를 차버리라 목이 터져라 외치는 회원을 다른 회원이 발로 찼다.

"너무 잔인하잖아! 회장이 우리를 배신했다 한들 그가 우리의 동지였던 과거는 바뀌지 않아!"

"회장이 먼저 우릴 배신했잖아!"

"비록 배신자이나 그의 행운을 빌어줌이 과거의 동지를 대하는 올바른 태도이고 청춘이야! 나는 그렇게 생각해!"

"그, 그런! 내 생각이 짧았군! 그게 바로 청춘이지!"

"그래! 그게 바로 청춘이야!"

제삼자의 연애를 응원하며 불태우는 것 또한 청춘이려니. 더 지켜보면 정신이 혼미해질 것 같아 제리코는 회장파에서 눈을 떼고 부회장파에 눈길을 주었다.

부회장파는 제리코가 샌시와 사귀면 돈이 될 만한 연구에 집중하리란 후안의 말을 믿는 듯했다.

"그런데 정말 회장이 좋으십니까?"

진지하게 제리코의 취향을 의심하는 사람도 있었고.

"협박받으셨다거나…… 혹시 마탑주님께 약점이라도?"

제리코의 안위를 걱정해 주는 사람도 있었으며.

"벌칙 게임은 아니죠?"

나아가 샌시의 안위를 걱정해 주는 사람도 있었다.

누군가를 좋아하는 마음을 의심받는 건 참 기분 나쁜 일이었다. 듣기 좋은 꽃 노래도 한두 번이지, 의심도 계속 받으니 기분 나쁘다. 제리코가 볼에 공기를 넣어 빵빵하게 부풀리자 그녀의 마음을 의심한 회원 몇이 도망쳤다.

제리코는 조금 비뚤어진 마음으로 〈이만보〉를 훑어보았다. 진실이 어찌 되었든 문제는 해결되지 않았다. 샌시는 모두에게 인성 파탄자 내지는 피도 눈물도 없는 냉혈한으로 인식되었고 파업은 지속될 것이다.

후안이 마음을 바꾸면 모를까, 샌시가 먼저 후안의 금기인 약혼녀를 언급해 버렸으니. 진실을 모르는 후안은 절대 마음을 바꾸지 않을 것이다.

―어쩔 수 없지. 이번엔 샌시가 잘못했어. 건드려선 안 되는 걸 건드렸잖아.

'그렇지만.'

한숨 쉬면 복 달아난다던데, 자꾸 나오는 한숨을 막을 수가 없었다. 제리코는 한숨을 팍팍 쉬었다. 그렇게 치면 후안 또한 샌시의 금기를 건 드렸으니 피장파장인데.

이 연애의 시작이 순탄치 않으리란 예감이 제리코를 자꾸 슬프게 했다.

머릿속이 복잡할 땐 단순노동이 최고다. 다만 아카데미 내엔 그녀가 할 수 있는 단순노동이 없기 때문에 제리코는 검술원을 찾았다. 평소라면 백 합관 건물 옥상에서 드슬이의 잔소리를 들어가며 검술 연습을 하겠지만 슬슬 그늘이 없는 옥상 활동이 힘들어지는 계절이 되었다. 드슬이가 정신 이 해이해진다며 수련 중엔 마탑의 로브를 못 입게 하기에 더욱 그렇다.

-그럼 더울 때나 추울 때나 똑같아야지 덥다고 검 못 들고 춥다고 검 못 들면 말이 돼?

'힘들어야 수련이라는 구시대적 생각은 버려주세요!'

-수련은 원래 그런 거야! 미래가 되어도 바뀌지 않아!

검술학부로 진로를 결정한 이상 검에게 자비란 없었다. 제리코가 한 가한 시간엔 수련과 훈련부터 외쳤다.

인간이면 귀 막고 도망이라도 치지. 귀를 막아도 머릿속에서 울리는 소리 아닌 무언가의 울림은 제리코가 과제는 빼먹어도 그날 치 훈련은 빼먹지 않도록 하는 좋은 채찍질이 되어주었다.

'밤새워 가며 떠들다니. 사기야.'

검술 훈련 앞에선 호수 밑바닥 관광이나 바다 관광, 오물통과 두엄 더 미 관광 협박도 먹히지 않았다.

본래 초보가 하는 훈련은 체력 단련과 단순 반복 행동이 주가 된다. 그런 의미에서 제리코는 운이 좋았다. 따로 검술 사범을 찾거나 선배에 게 부탁하지 않아도 그녀의 자세를 보고 교정해 줄 검이 있었기 때문이 다. 용사의 검은 눈이 저 하늘 끝에 닿아 있어서 완벽하지 않으면 용납

하지 않았다. 덕분에 제리코의 단순 베기는 자세가 완벽했다.

-형을 완성했다고 자만하지 마. 그게 시작이니까.

"다음은 뭔데?"

-검을 느끼고 실체를 깨닫는 거야.

"뭔 소린지 모르지만 에라프 님 말씀이라는 거지?"

-그래.

제리코의 자세를 봐주기 위해 까마귀 모습으로 현신한 드슬이가 깍깍 울었다. 제리코는 게슴츠레한 눈으로 까마귀를 흘겨보았다. 솔직히 에라프가 검에게 해준 훈련 일화 중엔 믿기 힘든 얘기가 많았다.

'하루에 만 번을 어떻게 휘둘러.'

용사의 허세는 끝이 없어, 검이 기억하는 대로 따르면 마을의 소녀 장사가 쓰러져 죽을 판이다. 검 또한 위대한 업적을 이룩한 주인과 임시 주인의 신체적 차이를 고려해 하루 만 번 휘두르기 같은 고행을 강요하진 않았다. 대신이라기엔 뭣하지만 제리코를 한계까지 몰아붙였다.

-힘들지 않으면 수련이 아니야!

"헥헥."

제리코의 얼굴에서 땀이 비 오듯 흘렀다. 달리기와 체조로 몸을 풀고 횡으로 베기, 종으로 베기와 같은 단순한 동작만 했는데도 바닥에 드러눕고 싶을 정도로 힘들었다.

드슬이는 이렇게 사지의 힘이 쭉 빠진 상태에서 검술 연습을 해야 효과가 좋다고 우겼다. 그런 이유로 제리코는 후들거리는 팔다리를 이끌고 〈교양 검술〉 수업 때 배운 기초 검술을 수련했다.

기초 검술을 배우려는 사람에게 시범을 보여도 좋을 정도로 완벽했다. 평소라면 뭐라도 하나 꼬투리를 잡을 검이 조용하자 제리코는 슬그머니 바닥에 드러누웠다.

"헉헉. 아이고, 죽겠다."

-갑자기 누워서 쉬면 몸에 안 좋거든!

"예이, 알겠습니다."

갑자기 몸에서 긴장을 풀면 안 좋다는 잔소리가 이어졌다. 제리코는 건성으로 대답하며 일어났다.

'검을 휘두를 때 손맛이 끝내줬어.'

재능이 있어도 본인이 자각하지 못하는 불행한 경우가 가끔 있지만 제리코는 본인의 재능을 자각한 운 좋은 쪽에 속했다. 혈류가 손가락 끝까지 몰려들어 손끝이 저릿저릿했다.

"나 이러다 소드 마스터 되는 거 아닐까?"

-가능성이 없진 않지.

"정말?"

-네 해이한 정신 상태로는 죽었다 깨나도 무리라고 말하고 싶지만…… 소드 마스터가 되기 어려운 건 마력 운용이 어려워서인데 너는 내 덕분에 계속 마력을 소모하고 있어. 아마 다른 사람들보단 마력의 흐름이 순조로울 테니 가능성은 남들보다 높아.

"오오!"

칭찬에 약한 소녀가 두 주먹을 불끈 쥐고 좋아하자 검이 바로 일갈했다.

-애초에! 지금 이 땅을 딛고 사는 인간 중에서 너보다 좋은 조건인 사람은 없어! 소드 마스터인 아버지에게 물려받은 재능에 황금! 알아서 찾아오는 좋은 스승! 남아도는 시간을 모두 수련에 쓸 수 있는 여유까지!

"그렇게 말할 건 없잖아."

제리코가 투덜거리자 까마귀가 훌쩍 날아올라 제리코의 머리를 부리로 쪼았다.

-너와 비슷한 조건의 로젠은 필사적으로 노력하는데 너는 의지가 부족하잖아! 의지가! 소드 마스터가 되지 못할 바엔 죽겠다는 결심이 부족해!

"악! 저리 가! 저리 안 가?"

-죽기 살기로!

실내 수련장에 울리는 까마귀 울음소리에 근로 학생이 새총을 들고 온 뒤에야 드슬이는 공격을 멈췄다.

"웬 새총?"

"까마귀 대책. 까마귀한테 털린 애들이 한둘이 아니야. 너도 조심해."

"아직도 그래?"

"요즘은 괜찮긴 한데 이게 우리가 반짝이는 물건을 안 가져와서 그런 지 까마귀가 개심해서 그런지 모르겠어."

근로 학생이 뒤통수를 긁었다.

"그래도 진짜 비싼 건 로젠 선배 머리 위에 떨어지니까 다행이야. 어지간히 값나간다 싶은 건 다 주인 손에 돌아갔거든."

"하하하."

피해자의 대다수가 검술원 소속이었기 때문에 로젠은 아예 분실물 공고를 검술학과에 맡겨 버렸다. 검술원에서 먼저 주인을 찾은 뒤, 나타나는 주인이 없으면 그때 본관에 있는 학생 생활과에 맡기는 식이다.

"집중하고 있는데 머리에 뭐가 떨어지면 엄청 신경 쓰이겠다."

"그래. 선배도 그것 때문에 고민하더라고."

평소엔 부러운 축복이지만 조절이 안 되니 이럴 땐 저주 같기도 하다. 제리코에게 시원한 차를 주고 잡담을 주고받던 근로 학생이 반색했다. 호랑이도 제 말 하면 온다더니 로젠이 문을 열고 들어온 것이다.

"로젠 선배, 오랜만이에요!"

뒤를 돌아보니 정말 로젠이 있었다. 제리코는 웃는 얼굴로 손을 흔들었다. 로젠은 평소처럼 여유로운 미소를 지으며 가볍게 손을 흔들었다.

"둘 다 안녕."

"어째 얼굴 보기 힘듭니다? 개인 수련장에만 박혀 있지 말고 가끔 여기도 와주세요. 올해는 선배가 없어서 그런가 검술원 전체에 한기가 도는 게."

근로 학생이 허풍을 떨며 몸을 부르르 떠는 시늉을 했다. 후배의 애교 아닌 애교에 로젠이 피식 웃었다.

"과사에 간식 주문해 뒀으니까 가서 받아."

"너무하시네. 제가 간식 때문에 이럽니까? 어쨌든 잘 먹겠습니다, 선배님."

"후배를 거둬 먹이는 건 선배의 기쁨이지. 주는 대로 다 잘 먹으니 고맙습니다, 후배님."

외진 곳이다 보니 외출하지 않으면 품이 많이 드는 디저트를 먹기 힘들다. 졸업하지 않는 아카데미의 망령 로젠은 상대적으로 한가하다 보니 그런 후배들을 위해 외출할 때마다 간식을 사 오는 편이었다. 모두에게 다 줄 수는 없으니 어쩌다 마주친 선착순 몇몇이 내리사랑의 수혜자가 된다.

로젠이 제리코를 보더니 햇살처럼 따스하게 웃었다. 후배를 아끼는 선배의 미소로 위장하고 있으나 실상은 어떨는지.

하라는 수련은 안 하고 외출하다 돌아왔는지 단정하게 입은 차림새가 무척 멋졌다. 제리코의 마음이 샌시에게 기울지만 않았어도 입에서 침을 질질 흘릴, 아니, 그놈의 피만 아니었어도 침을 질질 흘릴 법한 외견이었다.

"마침 잘됐다, 제리코. 애플파이 좋아해? 한 판은 내가 먹으려고 챙겨뒀거든."

로젠이 애플파이가 든 상자를 슬쩍 들어 올렸다. 그냥 봐도 잘생긴 남자가 웃으면서 먹을 걸로 꼬신다!

제리코의 두 눈이 사시나무 떨리듯 흔들렸다. 검이 요구하는 대로 있는 힘껏 수련에 열중했기 때문에 배가 고팠다. 더군다나 애플파이는 제리코가 제일 좋아하는 간식 중 하나다.

사실 애플파이를 챙기면서 로젠을 따돌리는 방법이 있기는 했다. 상자만 들고 도망가면 된다. 이른바 먹튀. 너무 비양심적인 행동이라 생각하는 것만으로도 제리코에게 위장 통증을 선사했다.

'아, 진짜. 거절하자니 아깝고 같이 먹자니 로젠에게 흑역사를 주는 거고.'

-뭐 그리 어렵게 생각해. 그냥 같이 먹으면서 샌시에게 고백했다는 얘기 해버려.

'우리 드슬이는 천재야.'

로젠이야 파이 먹던 입맛이 뚝 떨어지겠지만 어차피 제리코가 샌시에게 고백한 건 로젠을 위해서기도 했다. 마음이 편해진 제리코가 두 손을 모아 외쳤다.

"나 애플파이 진짜 좋아해!"

"다행이네."

-네가 뭘들 안 좋아하겠냐.

둘은 근로 학생을 뒤로하고 로젠의 개인 수련장으로 이동했다. 백합관까지 가자니 너무 멀고 검술원에 있는 학생 휴게실을 가자니 로젠이 듣는 귀가 없는 곳에 가자고 말했기 때문이다.

"오늘은 수련하러 온 거야?"

"응. 로젠은 어디 갔다 와?"

"어머니 소환령에 따랐지."

'로젠은 크리스란 사람에 대해 알고 있을까?'

플라티나 얘기가 나오니 자연스럽게 로젠의 친부 후보인 크리스가 떠올랐다. 에라프는 닮은 구석이 없다고 주장했으나 주위 사람이 보기엔 닮았다는 인물.

'어떤 사람이었을까?'

-주인과 친했던 걸 보면 좋은 사람이었을 거야.

궁금한 게 많지만 꾹꾹 눌러 담기로 하고, 제리코는 자연스럽게 대화를 이어받았다.

"그렇구나. 집으로 돌아오라서?"

"그 용건이었으면 안 갔지. 장미 농장 일 때문에 부르신 거라 어쩔 수 없이 가야 했어."

"장미 농장이면 '영웅' 품종이 있다는 거기?"

"응. 사실 내가 농장주거든. 장미로 하는 사업은 모두 스타즈 상단 소유지만 농장 자체는 내 거야."

장미가 장미 농장 주인이란다. 제리코는 터지는 웃음을 참지 못했다. 로젠이 볼을 살짝 붉혔다.

"원래는 다른 작물을 심을 예정인 부지였는데 내가 축복을 받은 게 밝혀지면서 급하게 바꾸다 보니 장미를 심게 되었어."

"토양에 그 작물이 안 맞았어?"

"아니. 원래 스타즈 상회는 요정의 축복을 받은 사람이 있는 대엔 몇 가지 사업을 접도록 되어 있는데 밀, 보리 등의 곡물 사업이 그중 하나 거든. 선대부터 내려온 규칙이지."

그것 때문에 관련된 사업은 타인에게 맡긴다나 뭐라나.

"어째서?"

황금의 요정이 내린 축복은 축복을 받은 이에게 재화를 선사한다. 길을 걸으면 금화를 줍고, 하프 산맥을 관광하면 보석을 줍는다. 하늘에선 까마귀가 귀금속을 떨어뜨리고 복권을 사면 무조건 당첨.

그런 이치로 따져봤을 때 축복을 받은 이가 곡물 사업을 시작하면 농사가 대풍이지 않을까.

제리코는 단순하게 생각했다가 금방 고개를 저었다. 농사는 지나치게 풍년이 와도 망하는 법이다. 가격이 떨어지니까.

'그럼 품질이 뛰어난 작물이 자란다거나…… 그렇게 되나?'

제리코는 그렇게 생각했지만 로젠의 말을 듣고 지나치게 단순한 생각이었음을 깨달았다.

"축복이 어떻게 작용할지 모르거든. 몇 대 전 일이야. 축복을 받은 사람이 가훈을 어기고 곡물 사업에 뛰어들었어. 그 해엔 대풍년이 들었기 때문에 곡물가에 변동이 없을 거란 생각이었겠지. 그런데…… 그 해 제국 최대의 곡물 창고 지구에 불이 나서 스타즈 상회 창고를 제외한 모든 창고와 곡물이 전소했어."

"축복이 그런 식으로도 작용하는 거야?"

"응. 곡물가는 폭등하고 외국에서 식량을 급하게 수입해도 굶는 사람이 속출했지. 그대로 팔았으면 큰 이익을 봤겠지만 그분은 책임을 인정하고 곡물을 염가에 풀었다고 해."

"복잡하구나……."

"그 외에도 전해지는 몇 가지 가훈이 있어. 해양 무역을 금하거나, 이건 풍랑으로 스타즈 소속의 배를 제외한 모든 배가 돌아오지 못했기 때문이고. 금융업을 금지하는 것도 돈 빌려준 사람의 사업이 망해서 이자가 계속 올랐기 때문이라거나. 다양해."

무슨 짓을 해도 돈이 벌린다는 건, 그로 인해 손해를 보는 사람이 생길 수도 있다는 이야기다. 로젠의 조상은 대대로 누적된 경험을 바탕으로 가능한 타인에게 손해를 끼치지 않는 선에서 황금을 모았다.

"대신 어떻게 해도 이득을 못 볼 것 같은 사업이나 가격이 올라도 괜찮은 사업은 모두 내 몫이지."

타 농장의 장미가 시들었다고 해서 사람들이 굶어 죽진 않는다. 다행히 로젠이 장미 농장의 주인이 된 후 다른 꽃 농장의 꽃들이 일제히 병사하거나 시드는 비극은 발생하지 않았다.

그저 로젠이 주인인 농장의 장미가 유난히 아름답고 싱싱하며 화훼업자의 마음을 사로잡는 변종이 많이 나올 뿐.

스타즈 상회가 대륙 최고의 유통망을 자랑하다 보니 곡물 운송 자체를 외면할 수는 없어 별도의 자회사가 따로 존재한다는 등, 경제에 관심이 있다면 솔깃할 만한 이야기가 오간 끝에 둘은 숲속 평화로운 수련장에 도착했다.

로젠이 음료를 준비하는 동안 제리코는 로브 주머니에서 돗자리를 꺼내 펼쳤다. 놀랍게도 상자에서 꺼낸 애플파이는 갓 구운 것처럼 따끈따끈했다. 로젠이 파이 위에 보란 듯이 바닐라 아이스크림을 올렸다. 제리코는 저도 모르게 감탄했다.

'로젠! 이 완벽한 남자!'

누가 채갈 건지 부러워 미칠 지경이다.

마법과 재력의 힘으로 카페에서 먹는 것처럼 완벽한 간식상이 차려졌다. 제리코는 이르다 싶은 사과의 존재에 의문을 품었다.

"저장 사과인가?"

"사 온 게 아니고 집에서 만든 거야. 흠집 난 사과는 판매할 수 없으니까 집에서 먹거든."

"과수원도 있구나."

"동생 거야."

일순 제리코는 불길함을 느끼고 조심스럽게 물었다.

"설마 그 동생 이름이……"

빨갛고 동그라며 과육이 단단해 한입 깨물면 아삭거리는 식감이 끝내주고 배어 나는 새콤달콤한 과즙은 더욱 끝내주는 과실의 이름은 아니겠지?

로젠은 대답하지 않음으로써 제리코의 질문에 답했다. 장미에 이은 사과의 등장에 제리코는 찔끔 나온 눈물을 훔쳤다.

"머리카락 색이 잘 익은 사과 같다고……"

"으앙."

"이름은 가능한 단순하게 지어야 장수한다는 게 어머니 지론이라."

로젠이 어깨를 으쓱였다. 생각하면 할수록 원망이 커지는 작명 솜씨이나 자식의 장수를 기원하는 어머니의 마음이 담겨 있다.

'아무리 그래도 장미가 뭡니까!'

본명으로 불릴 때마다 낯이 뜨거워지는 로젠이었다. 로젠은 헛기침을 했다.

"크흠. 바로 그 장미 농장 일 때문에 백합관에 방문할 생각이었는데 이렇게 마주쳐서 잘되었어."

"농장이 왜?"

고백이라도 할 줄 알았더니 갑자기 농장 얘기가 나왔다. 로젠이 천천히 설명했다.

"네가 만들어서 선물한 장미잼이 사교계에서 상당한 화제가 되었거든. 그래서 상품 가치가 없는 영웅 품종 장미를 팔지 않겠냐는 문의가 폭주했대. 어머니가 이참에 아예 상품화를 해보자고 하셨는데 내 생각에도 괜찮은 것 같아. 일단 내년 장미 철이 오기 전까지 상품 기획을 짜고."

"그냥 잼 만들어서 팔면 되는 거 아니야? 내가 들어야 하는 거야?"

제리코가 의아해져 눈을 깜빡였다. 장미 농장이며 장미며, 귀하다는 영웅 품종도 모두 스타즈 상단의 것인데 제리코가 왜 끼어든단 말인가. 로젠은 그렇지 않다고 고개를 가로저었다.

"이 잼의 상업성을 높이는 건 영웅 품종 장미가 아니라 너와 에라프 님이야. 일단 상품명은 지금처럼 영웅 장미잼이나 용사의 잼으로 하는 게 좋다는 의견이 나왔고 아리보 공작가에서 잼을 만드는 법이 있다면 되도록 그 방식을 따라서 잼을 만들려고 해. 잼 포장지엔 미베어 공작가의 문장을 넣는 식으로 하려고."

에라프나 제리코의 이름을 삽입하지 않지만 사람들은 영웅 하면 에라프를 떠올린다. 눈 가리고 아웅 하느니 아예 미베어 공작가와 연계해 대놓고 팔아먹어 보겠다는 의도다. 영웅은 돈이 된다! 어마어마하게!

"장미 수량에 한계가 있으니까 소량 생산하는 진(眞)영웅 장미잼과 영웅 품종 장미와 일반 품종 장미를 혼합한 일반 영웅 장미잼으로 차별을 둬서 귀족과 그 외 계급을 모두 노려보자는……."

일평생 검술에 매진했지만 자라온 환경이 환경이다 보니 로젠은 상인의 자질도 갖추고 있었다. 몇몇 경우를 제외하고 결코 손해는 보지 않는 그가 제리코에게 자신 있게 이 상품은 대박이 날 것이라 예언했다.

"상품 품질이야 특별히 더 신경을 쓸 거니 염려할 것 없고, 미베어 공작가와 에라프 님, 네 명예에도 흠집이 가지 않을 거야. 개인적으로 계약금을 받는 것보다 지분을 받는 쪽을 추천해. 이쪽 사업은 내 지분이 상당해서 망할 일은 없거든. 절대 안 망해."

제리코는 홀린 듯이 로젠의 말에 귀를 기울였다. 알아듣기 어려운 부분도 있었지만 들으면 들을수록 이 사업은 진짜라는 생각이 확고해졌다. 드슬이도 마찬가지였는지 제리코를 부추겼다.

-뭐 해! 얼른 사인해!

계약서만 있었어도 옛날에 사인하고 도장을 쾅쾅 찍었을 것이다. 제리코는 옛적에 넘어갔는데 로젠은 상도덕을 준수하기 위해서인지 설명을 멈추지 않았다.

"앞으로 3, 4년은 장미 수확량이 부족해 큰 수입을 기대하기 어렵겠지만 농장 인근 부지를 매입해 규모를 확충하면 이후엔 지속적인 수입을 기대할 수 있을 거야. 일단 사업 계획서는 여기."

로젠이 서류 봉투를 꺼내 제리코에게 건넸다.

"이렇게 마주칠 줄 몰라서 사본이 하나밖에 없어. 내일 다섯 부를 더 줄 테니까 아리보 공작님과 아리보 소공작님, 존 한슨 씨, 미베어 공작가에 남은 두 부를 보내서 의향을 물어봐 주지 않을래? 다들 찬성할 거라고 생각해."

제리코는 두 손으로 공손하게 서류 봉투를 받았다. 접어야 로브 주머니에 집어넣을 텐데 구김 없는 봉투를 접는 게 황송하여 그냥 옆에 고이 모셔두었다. 로젠의 머리는 빨갛고 눈은 초록인데 얼굴에서 황금이 번쩍이는 것 같아 바로 볼 수 없었다.

'으윽, 로젠 얼굴에서 황금빛 광채가 번쩍번쩍!'

-이렇게 일을 잘하니 플라티나가 놔주길 싫어하지.

이렇게 일 잘하고 검술에도 매진하는 사람이 검술에 진전이 없었다고 의기소침해 있었다니. 죽기 살기로 노력하라는 드슬이의 말이 처음으로 마음 깊숙이 와닿았다.

"어머니가."

일 얘기를 끝낸 로젠이 작게 웃었다.

"재화는 돌고 돌아야 하는데 미베어 소공작께선 너무 절약하시는 거 아니냐고 걱정하시더라."

"그래서 말인데, 〈이만보〉에 후원을 해볼까 하거든."

"투자가 아니고 후원?"

"응. 로젠은 투자했지?"

"나는 소액이고 진짜 투자자는 상회지만, 좋은 생각이야. 골렘 분야는 순수학문이면서 상업적 발전 가능성이 높은 분야거든. 연구할 가치가 높은 분야이고 사회에 기여하는 부분이 크니까."

그러면서 또 후원하기 좋은 단체와 적정 금액을 줄줄 읊는데 어째 로젠이 제리코보다 미베어 공작가의 자산 현황을 잘 파악하고 있었다.

"후원에 관심이 있다면 지금은 아카데미 학생 신분이니까 기숙사 주도로 행해지는 기부 행사에 참여하는 것도 좋을 거야. 스텔라만 해도 외부 기관과 연계해서 빈민을 위한 마법 치료와 재활을 위한 기금을 모으거든."

마법사라 학과 진도 따라가기에 벅찬 스텔라가 기숙사장을 맡은 이유도 거기에 있었다. 루나 아카데미 기숙사장쯤 되면 선배와 후배들에게 후원금을 받고 행사를 주최하기 쉽기 때문이다.

'스텔라 기숙사장도 열심히 사는구나.'

낯선 환경에 적응하고 오빠를 찾는다는 핑계로 지나치게 안일하게 시간을 소모한 건 아닐까. 제리코는 앞으로 좀 더 열정적인 태도로 나서겠다고 다짐했다.

'그런 의미에서.'

로젠을 위한 노력에도 박차를 가해보고자 한다.

"이번 달 마지막 주 주말에 고아를 위한 자선 파티가 열리는데 같이 가지 않을래? 후원에 관심이 있다면 여기저기 얼굴을 비추는 것도 괜찮을 거야. 굳이 후원할 생각이 없어도 일단 미베어 소공작이 관심을 보이면 다른 사람들이 관심을 보일 테니까. 안전 때문에 걱정된다면 나도 있고 우리 상회와 계약한 용병단에 협조를……."

"사실은 약간 사심이 섞인 후원이거든."

"하하하. 후원은 다 자기만족이니까 괜찮아."

"샌시한테 사귀자고 한 김에 겸사겸사."

꺄아, 부끄러워. 전혀 부끄럽지 않지만 제리코는 부끄러운 척 볼을 감쌌다. 고개를 숙이고 상체를 흔들면서 꺄아아 하고 새된 비명을 지르자 드슬이가 그녀가 보지 못하는 로젠의 상태를 전달했다.

─로젠 얼굴 굳었다. 오, 다시 웃는다. 표정 관리 엄청 잘하네.

"……샌시한테?"

호감 가는 이성이 친구이자 라이벌로 은근히 의식하고 있던 동성에게 고백했다고 한다. 제리코라면 이럴 때 억지웃음을 쥐어짜고 헤어지자마자 배를 잡고 바닥을 굴렀을 것이다. 로젠은 어떠했냐면.

"그렇구나. 샌시한테……."

한없이 진지한 얼굴로 고개를 끄덕이며 샌시의 이름을 반복해 읊조렸다. 로젠의 눈이 가늘어졌다. 절반 이상 가린 눈빛이 꽤 서늘한 것이 샌시와 본인의 차이를 점검하는 듯했다.

"제리코는 샌시 같은 남자를 좋아했구나. 몰랐네……."

제리코의 취향이 본인 같은 남자인 줄 알았다는 어투였다. 실로 그러했기 때문에 제리코는 부정하지 않았다.

"아니야. 굳이 따지면 로젠이 딱 내 취향이지."

실처럼 가늘어지던 눈이 번쩍 뜨였다. 약간 가라앉았던 로젠의 얼굴에 화색이 돌았다.

"그래?"

"그런데 좋아하는 마음과 취향은 별개로 움직이더라고."

로젠의 표정이 다시 가라앉았다. 그는 제리코에게 사업 계획을 설명할 때와 마찬가지로 약간 사무적인 태도를 취했다. 동요하는 마음을 표현하지 않기 위한 노력의 일환이었다.

"그래…… 좋아하는 마음은 어쩔 수 없지. 둘이 사귀는구나. 자, 잘됐네. 잘 어울려. 샌시에겐 제리코 너처럼 활발하고 상냥한 사람이 딱이지."

내 눈에 좋아 보이면 다른 사람 눈에도 좋아 보인다. 로젠은 제리코와 샌시의 교제가 고백 직후 시작된 걸로 여겼다. 샌시가 제리코의 거절을 고백하리란 생각을 못 한 것이다.

제리코는 정정하지 않았다. 조만간 사실이 될 게 확실하고 로젠의 마음을 위해서라도 오해를 풀지 않는 편이 나았다.

"매일 이상형을 만들 거라는 둥, 허황된 꿈 얘기만 하더니 잘됐네."

–순조롭네.

사회의 법규와 도덕을 준수하는 선량한 인물답게 로젠은 순순히 제리코의 고백 얘기를 받아들였다. 충격이 없지는 않으나 시간이 지나면서 금방 사라질 것이다.

제리코는 뿌듯한 마음에 입꼬리를 올렸다. 이걸로 로젠은 이불을 뺑뺑 차지 않아도 된다.

'일일 일선이라더니.'

오늘치 선행을 달성한 기분이 들었다.

뿌듯한 건 뿌듯한 거고, 당사자만 느낄 수 있는 어색한 분위기가 맴돌았다. 로젠은 어떻게 하면 자연스럽게 웃을 수 있을까 연구했고 제리코는 어떤 얘기를 꺼내야 자연스럽에 이 자리를 파할 수 있을까 고민했다.

다행히 대자연은 제리코의 편이었다. 멀지 않은 곳에서 까마귀가 울었다.

까악. 깍깍.

경고의 의미를 담은 소리가 둘에게 쏟아졌다. 자주 봐서 익숙한 인간보단 제리코의 어깨 위에 앉은 동족에게 보내는 경고였다.

"까마귀가 시끄럽네. 얘 때문인가."

"영역을 침범해서 화가 났나 보다."

"하긴 새끼를 키우고 있으니까."

"거의 다 자랐어."

"정말?"

"응. 솜털이 빠지고 깃이 나기 시작했더라."

로젠이 까마귀 둥지를 올려다보았다.

"새끼가 독립하면 둥지를 뒤져서 분실물 찾으려고 해."

"까마귀가 아직도 수련 방해한다고 들었는데 그건 괜찮아?"

"그거 생각보다 많이 신경 쓰이더라. 검기를 발현하기 전엔 괜찮았는데……."

'자연스러운 화제 전환 좋았어!'

로젠은 하늘에서 낙하한 금귀고리가 정수리를 강타해 집중이 깨지는 고통에 대해 토로했다. 제리코는 열심히 고개를 끄덕이며 그의 불평을 들어주었다.

"지금이 제일 중요한 시간데. 정말 힘들겠다."

"하필 황금의 요정이라 좀 그러네. 검의 요정이 내려준 축복이면 좋았을 텐데."

"검도 요정이 있어?"

"아니. 검은 인공물이잖아. 요정은 자연 그 자체니까 있을 리가 없지.

그냥 말이 그렇다는 거야."

황금 알을 낳는 거위처럼 세상에 존재하지 않는데, 있으면 좋겠다고 공상하는 것이 있지 않은가? 로젠은 그처럼 검의 요정이 있으면 좋겠다는 희망 사항을 밝혔다.

"축복을 받지 못해도 좋으니 있으면 좋겠다."

그리 말하는 로젠의 눈엔 검에 대한 애정이 가득 차 있었다. 누구든 저런 눈빛을 받으면 사랑에 빠지지 않곤 못 배길 것이다. 그러나 슬프게도 로젠 허리에 달린 검엔 눈이 없었다.

로젠에게 수련 열심히 하라고 자연스럽게 헤어진 제리코 등에서 드슬이가 징징거렸다.

–검의 요정은 없어도 요정 비슷한 거라면 여기 있는데!

"그래, 그래. 샌시가 너더러 검의 요정이나 호문쿨루스 비슷한 거라고 하긴 했지. 근데 넌 축복을 못 내리잖아."

–크윽. 내가 진짜 요정이었으면 로젠에게 축복을 내렸을 거야.

"암. 검에 대한 재능이며 태도며. 로젠이 일등이지."

–네가 로젠처럼 의욕을 보이면 내가 로젠의 검을 질투할 필요가 없잖아!

"염려 붙들어 매! 나 이제부터 아주 열심히 노력할 거거든!"

소녀가 두 주먹 불끈 쥐고 열심히 살겠다 하니 까마귀는 두 날개를 번쩍 들고 환호했다. 그리하여 소녀는 즐거운 나의 기숙사로 돌아가자마자 주머니에서 〈이만보〉 회원이 준 샌시의 이상형 정리본을 꺼냈다.

까악?

–그걸 왜 꺼내?

"죽을 각오로 연애를 해보겠어!"

적을 알고 나를 알면 백번 싸워도 패하지 않는다. 전승은 무리여도 무패의 답이 여기 있으니!

샌시의 이상형 정리본은 시간순이기 때문에 맨 마지막 권 뒷장만 확인하면 되겠지만 제리코는 당당하게 첫 장부터 펼쳤다. 과거 샌시의 취향이 궁금했다.

드슬이도 흥미를 갖고 정리본 쪽으로 다가왔다. 여자를 그렇게나 무서워하면서 좋아하는 샌시의 취향이 궁금했기 때문이다. 제리코보다 읽는 속도가 빠른 무생물은 순식간에 1페이지를 읽고 다짜고짜 총평을 날렸다.

-사람이 아닌데?

이게 이상형을 적은 건지 세상에 존재할 수 없는 완벽한 인간을 적은 건지 알 수가 없었다.

이후는 더 가관이었다. 특정 소설의 주인공에 대한 묘사를 그대로 본떴나 하면, 그다음 해에 인기를 끈 소설의 주인공 묘사가 떡하니 적혀 있었다.

앞선 소설의 주인공이 단발에 활달한 여성이었다면 다음 해의 주인공은 청순가련한 성격이다. 성격이나 외형적 결함이 있는 주인공이 유행한 시기엔 각 작품 주인공의 장점만 긁어모아 사람 형상을 구성하는 콜라주 기법이 돋보였다.

샌시의 이상형은 그때그때 사회에서 유행하는 스타일과 문학의 총집합이었다.

"오, 나 이 소설 알 거 같아. 나도 읽었어."

-나는 이 묘사 뭔지 알 거 같아. 이때 모 화가가 그려서 대박 난 그림 속 여자가 이렇게 생겼대.

"이건 이때 유행했다는 연극인가? 친구한테 들었어."

-이상형을 만들겠다는 거야, 표절을 하겠다는 거야.

"옷차림 같은 것도 적어둬서 재밌다. 제도에서 유행한 10년 동안의 스타일을 한 번에 볼 수 있어. 미용법도 적어뒀잖아. 어지간한 잡지보다 재밌네."

미용법은 왜 적어뒀는지, 이상형이 얼굴에 바르는 제품이 왜 계속 바뛰는지 알 수 없지만 그때그때 유행을 곧바로 반영해 뒀기 때문에 읽는 재미가 있었다.

물론 모든 유행을 반영하면서도 인간이 범접할 수 없는 영역의 초인 임은 변하지 않았지만.

"중간쯤 읽으니까 대충 알 것 같아. 샌시는 그 시기 가장 인기 있는 스 타일을 이상형으로 잡고 있어."

샌시의 이상형은 그 시기 사람들이 가장 이상적이라 말하는 여성 그 자체였다.

세상에 존재하지 않고 오직 활자와 그림, 극과 노랫말 속에서만 존재할 것 같은 여성을 이상형으로 삼는 사람이야 많다지만 그게 이렇게 수시 로 바뀌어서야 이상형을 만들어도 진짜 사랑에 빠질지 의심이 들었다.

-이래서야 올해 이상형 완성할 경우 내년엔 이상형이 아닌데?

"올해는 무슨. 하반기만 되어도 유행이 지나거든."

-이상형이 뭐 이래! 이상형이면 변하지 않는 확고한 취향 같은 게 반 영되어야 하잖아!

샌시의 이상형에서 완벽함을 제외하고 겹치는 게 하나도 없었다. 그 나마 일괄적이다 싶은 부분이라면 이상형의 지능 정도였다. 샌시 본인 이 마법사다 보니 이상형 또한 마법사면 좋겠다고 생각하는 것이 정리 본에서 언뜻 드러났다.

-더 읽을 것도 없네. 그냥 요즘 제일 유행하는 머리 모양이 샌시 취향 이고 요즘 제일 유행하는 옷이 샌시 취향이야.

"으음."

샌시의 이상형 정리본에서 보이는 인물상은 오직 이상형이 마법사였 으면 좋겠다는 어렴풋한 희망 딱 하나였다.

제리코는 침대 위에 양반다리로 앉아서 팔짱을 끼고 골똘히 생각했 다. 좋아하는 사람을 알면 그 사람이 어떤 사람인지 알 수 있다는데 이상형 정리본엔 샌시가 없었다.

'그녀'는 아직 존재하지 않지만 샌시가 무조건적인 애정을 보였기에 샌시의 의사가 확고하게 반영된 이상형일 거라 생각했다. 그런데 이상형 안에 샌시가 없으니 이래서야 이상형 제작에 집착하는 이유가 사랑보단 마탑주에 대한 복수가 목적이 아닌가 싶다.

"결국 샌시는 마탑주님의 영향을 받지 않고, 외부의 영향을 받지 않았지만 자길 사랑해 주는 이성이 이상형인 건가?"

-자길 좋아해 주는 사람이 이상형이라니. 엄청 샌시답네.

"그러면서 본인을 좋아하는 사람의 마음은 안 믿었고."

마탑주의 활약에 힘입어 샌시는 이성의 고백을 불신하게 되었다. 의심이란 게 무서워서 한번 사로잡히면 눈에 뵈는 게 사라진다.

-더 읽을 거야? 그냥 맨 뒤나 보자.

이상형이 부정형 마물처럼 계속 바뀌는데 과거를 봐서 무엇 하겠는가. 참조할 게 하나도 없었다.

드슬이의 재촉에 따라 제리코는 맨 마지막 장을 펼쳤다.

"웃는 소리가 은쟁반에 방울 구르듯 맑음."

-웃는 얼굴이 태양처럼 찬란함.

"타인을 배려하는 성숙하고 고운 마음씨의 소유자."

-적을 단칼에 베어버리는 냉철한 이성과 판단력.

"이상적인 몸매를 보유했으며, 여기의 이상적인 몸매는 요즘 유행하는 몸매인가?"

-이성에게 인기 있음. 그렇겠지. 세상에서 제일 예쁨은 뭐야. 갑자기 뭐 이런 걸 적어놨……. 굽이치는 빨간 머리. 아주 치명적.

그러고 싶지 않았지만, 정말 그러기 싫었지만 드슬이의 고개가 제리코 쪽으로 돌아갔다. 제리코는 의미심장한 미소를 지으며 자신의 빨간 머리칼을 흔들었다. 눈앞에서 시뻘건 게 휙휙 지나가는 것이 아주 치명적이었다.

"우후후."

-아닐 거야.

"맞는 것 같은데?"

-아닐 거야……. 그래! 색만 마음에 든 걸 거야! 네가 주인 닮아서 머리카락 색 하나는 진하고 선명해서 아주 곱잖아!

"샌시가 자기가 본 머리카락 중에서 제일 예쁜 건 스텔라 머리라고 그랬다, 뭐."

더군다나 빨간 머리는 요즘 유행이 아니다. 제리코는 치명적인 빨간 머리 아래 문장을 손가락으로 짚었다.

"만년설이 녹아내린 듯 투명하게 반짝이는 푸른 눈동자. 끝났네. 끝났다. 아이참, 이런 거 볼 시간에 피부 관리나 할걸."

-이게 다 너라고?

"그 아랫줄을 읽어볼래? 조난당해도 지치지 않는 체력 안 보여?"

-원래 동물은 튼튼한 짝을 찾고 싶어 해! 그게 본능이야!

"응. 나 엄청 튼튼해. 샌시도 번쩍번쩍 들 수 있어."

-그건 힘이 센 거지 튼튼한 게 아니야!

"네가 요구하는 수련에 맞춰줄 정도로 튼튼하답니다. 어머머, 이걸 어째. 나 지금 웃고 있니?"

-아까부터 엄청 바보처럼 실실 쪼개고 있어.

"아이참, 샌시 앞에서도 이렇게 웃으면 안 되는데. 아니다. 상관없으려나? 샌시 이상형 정리본에 생글생글 잘 웃는다는 구절이 추가되려나?"

제리코가 뒤로 벌러덩 넘어갔다. 그녀는 좋아서 실실 웃었다. 웃음을 참기 힘들었다. 굳이 이상형 정리본 같은 걸 읽을 필요가 없었다. 현재 샌시의 이상형을 사람으로 구현하면 제리코가 나오기 때문이다.

"샌시도 참. 내가 이렇게 좋으면서 도망치기는."

자만해선 안 되는데 콧대가 높아지는 게 실감 났다. 제리코는 까르륵 웃으며 침대 위를 데굴데굴 굴렀다. 얼굴이 붉어지고 심장 언저리가 간질간질한 것이 낯설면서 기분 좋았다.

"꺄아아, 나 어쩜 좋니. 이래서 내일 샌시 얼굴을 어떻게 보지? 샌시 보자마자 와락 끌어안고 번쩍 들 거 같은데 내가 참을 수 있을까? 꺄악 꺄악, 어쩜 좋아. 어쩌면 좋으니."

무생물은 생물의 연애에 참견하는 게 아니랄 땐 언제고 제리코는 괴상한 비명을 내지르며 침대 위를 좌우로 굴렀다.

"샌시랑 사귀면 손잡고 다녀야지. 팔짱은 샌시가 순수하니까 안 돼. 내가 맞춰줘야 해. 진도는 가능한 느리게 빼고, 그렇지만 입은 맞추고 싶은데! 드슬아! 넌 사귀기 시작하고서 며칠 만에 입 맞추는 게 느린 진도라고 생각해? 나는 사귀고 바로 맞추는 게 좋거든? 아, 여기서의 입맞춤은 입술만."

–무생물은 입술이 없어서 그런 거 몰라.

"생각해 보니까 사귀면 사촌 오빠보다 가까운 거잖아. 손잡는 거랑 포옹은 사촌 오빠이던 시절에 모두 끝냈으니까 사귀면 바로 입 맞춰도 되겠다. 그러네. 내가 생각했지만 엄청 논리적이야. 사람이 사랑에 빠지면 바보가 된다더니 난 원래 머리가 안 좋아서 반대인가 봐!"

–아냐. 더 바보가 되었어.

앞으론 좀 더 열심히 살겠다더니 열심히 바보가 되어가고 있었다. 무생물인 검은 팔다리머리어깨무릎가슴심장눈코입혀입술이 없고 있는 거라곤 영혼뿐인데, 그 영혼이 빠진 대답을 들려주고 있는데도 제리코는 실실 웃기만 했다.

아주 아프게 부리로 찍어버릴까? 불쑥 심술부리고 싶은 생각이 들었지만 드슬이는 꾹 참았다. 꼴 보기 싫긴 해도 제리코가 행복해하니 어쩔 수 없지 싶었다.

'사고만 안 쳤으면 좋겠는데.'

자만할 만하지만 자꾸 자만하는 꼴이 저러다 사고라도 치지 않을까 걱정된다. 드슬이의 이런 마음이 고스란히 전해질 텐데도 제리코는 깨끗하게 무시하고 까르르 웃기만 했다.

'에휴. 내가 뭘 알겠냐. 알아서 잘하겠지.'

연애는 생물의 영역. 베고 찌르고 죽이는 것밖에 모르는 검이 무얼 알겠나. 드슬이는 까마귀로 현신한 모습을 없애고 본체로 돌아갔다.

다음 날. 어제와 마찬가지로 제리코는 공들여 머리를 빗었다. 이 치명적인 빨간 머리가 어떻게 하면 샌시에게 더 치명적일지 궁리하며 이래저래 다양한 방식으로 묶어보기도 했다.

아침 일찍 일어나 거울 앞에서 떠날 줄 모르는 임시 주인을 보며 드슬이는 그녀의 노력을 인정해 주기로 했다.

그래. 정성이 갸륵하니 필사적으로 연애에 임하겠다는 마음을 인정해 주마.

"양 갈래로 묶어볼까? 너무 어려 보이려나?"

─머리 색이 어떻든 가장 치명적인 순간은 물기에 젖었을 때라고 주인이 그랬어.

"헉, 역시 에라프 님. 뭘 좀 아시는구나. 그럼 어쩌지. 머리 이미 다 말렸는데. 샌시한테 가기 전에 한 번 더 감고 갈까?"

치명이 지나쳐 샌시를 죽일 기세다.

─아무렇게나 하고 가. 샌시는 다 좋아할걸?

"그래도 가장 좋은 모습을 보여주고 싶은 게 사람 마음이지. 난 그런데."

제리코는 결국 풍성한 머리채를 하나로 올려 묶었다. 삐져나오는 잔

머리를 누르려니 품이 많이 들었지만 완성해 놓고 나니 늘 풍성한 머리채에 가려 있다 드러난 뒷덜미가 희었다.

"이건 어때?"

-오늘부터 샌시 이상형은 포니테일.

"까르륵."

그냥 두면 거울 앞에서 하루 종일 죽치고 있을 것 같아 겁이 먹고 죽으란 식으로 던져준 칭찬에 제리코는 좋아죽었다.

"9시 되자마자 가야지."

남들은 오전 수업이 있어 준비하고 나가는데 누구는 오전 내내 공강이라 연애질할 생각에 히죽거리니 생물은 생물이기에 참 불평등하지 않은가.

'가만. 그럼 무생물은 모두 평등해서 좋은 걸까?'

겁이 '무생물의 평등이 무엇일까, 그것이 평등하단 것을 무생물들이 알기는 할까?' 등의 철학적인 고뇌를 하는데 종이 9번 울렸다. 제리코가 자리에서 벌떡 일어났다. 그와 동시에 하녀가 침실 문을 두드렸다.

"소공작님, 손님이 방문하셨습니다."

튀어 나가려던 제리코의 얼굴에 실망의 그림자가 내려앉았다. 밤손님이 아닌 이상 손님을 박대할 수 없는 노릇. 제리코는 표정 관리를 하고선 문을 열었다.

"누군데요?"

"스타즈 공자님이세요. 어제 얘기한 관련 서류를 가져왔다고 하시네요."

'빨라!'

서류 사본을 보내준다더니 다음 날 바로 가져다줄 줄이야. 하라는 수련은 안 하고 서류 심부름이나 한다고 드슬이 시끄럽게 땍땍거렸다. 제리코는 겁을 챙기면서 입술을 삐죽였다.

'왜 나한테 땍땍거려? 로젠한테 해.'

-개한테 말하면 네가 아직도 내 임시 주인인 거 들키잖아.

계단으로 내려가 현관을 바라보니 로젠이 손을 흔들었다. 하루 사이에 마음 정리가 상당 부분 끝났는지 오전에 어울리는 상큼한 미소가 돋보였다.

"안녕, 제리. 좋은 아침이지? 어제 말했던 서류 사본 가져왔어."

-부지런한 로젠을 본받아! 읽으라는 사업 계획서는 안 읽고 샌시 이상형 정리본이나 보고서 시시덕거리질 않나!

'진짜 너무하네. 입이 없으니까 말 바로바로 바꾸는 거야?'

언제는 수련은 하지 않고 서류 심부름을 하냐고 잔소리를 퍼붓더니 이제는 로젠은 저렇게 성실한데 너는 왜 그렇지 않냐고 잔소리를 퍼붓는다.

결국 잔소리엔 이유가 없다. 하고 싶으면 얼마든 꼬투리를 잡을 수 있는 게 잔소리였다.

'우리 엄마도 나한테 잔소리 안 했는데.'

무생물에게 잔소리 듣는 서러움을 하소연할 데도 없고. 제리코는 애써 웃으며 로젠과 함께 응접실로 올라갔다.

서류만 받고 바로 백합관을 나가고 싶었지만 로젠이 비싸고 귀한 몸 이끌고 직접 왔는데 바로 보내는 건 너무 예의 없는 짓이었다. 제리코의 양심으로도 그런 나쁜 일은 할 수 없었다.

"내가 너무 이른 시간에 온 건 아니지? 제리코 네가 오늘 오전 공강인 게 생각나서 지금 왔는데."

"아냐, 괜찮아. 나 일찍 일어나는 거 알잖아. 로젠이야말로 이렇게 시간 내게 해서 미안해. 그냥 우편으로 보내줘도 되는 건데."

"미베어 공작가와 공동 사업을 하게 될지 모르는데, 신경 써야지."

응접실에 도착하고 하녀가 다과를 가져왔다. 제리코는 로젠이 사업 계획서를 읽어보았냐고 질문할까 봐 도둑이 제 발 저려 눈치를 살폈다. 로젠은 그런 제리코와 눈이 마주치자 싱긋 웃었다.

"오늘은 머리를 평소와 다르게 묶었네. 하녀들이 해준 거야?"

"아니야. 나 혼자 묶었어. 잘됐지?"

제리코가 강하게 고개를 흔들자 길고 풍성한 머리채가 출렁였다. 와아 하고 로젠이 작게 입을 벌려 감탄했다.

"손재주가 있구나. 포니테일이 보이는 것만큼 간단하지 않다던데. 뒷머리도 정말 깔끔하게 정돈되어서 난 누가 묶어준 줄 알았어. 뒤는 안 보이잖아."

'검이 대신 봐줬지.'

제리코는 진실을 알려주는 대신 시답잖은 농담을 했다.

"뒤에도 눈이 있다고 할까? 까르륵."

"그렇구나."

하하하, 호호호. 사교성 좋은 두 사람의 조합이다 보니 대화는 순조롭게 이어졌다. 이젠 제리코가 로젠의 흑역사를 신경 쓸 필요도 없기 때문에 더욱 그렇게 느껴졌다.

"사실 오늘 이렇게 방문한 건 사업 계획서 말고 다른 용건이 있어서야."

"어떤 건데?"

"내가 혼자서 적당한 기념품이 뭘까 생각해 봤거든."

제리코와 샌시가 사귀게 되면서 제리코와 나눠 갖는 기념품엔 의미가 사라졌다. 그런데 굳이 기념품 얘기를 꺼내다니?

'이미 사버린 건가?'

이미 사버린 거라면 어쩔 수 없지. 동일한 물건을 세 개나 가질 필요는 없으니 말이다. 또한 하프 산맥에서 셋이 함께 개고생한 과거는 오래도록 간직할 만한 추억이기도 했다. 제리코는 잠자코 로젠이 하는 이야기를 들었다.

"기념품이라고 하지만 실용성이 결여된 물건이면 창고에 보관되거나 어딘가에 놓여 먼지가 쌓이기 일쑤지. 그렇게 되면 하프 산맥에서 함께 고생하고 죽을 고비를 넘긴 경험이 희석되는 것 같아서 실용적인 물건이 좋을 거라고 생각했어."

"응응. 동감이야."

"그러면서 남녀가 사용해도 이상하지 않고."

"응응."

"누구나 쓸 수 있으면서 실용적이고 늘 소지할 수 있는 물건이 좋지 않을까 생각한 끝에."

"응응."

대륙에서 가장 많은 품목을 취급한다는 스타즈 상회의 도련님이니 물건 고르는 안목이 남다를 터. 제리코와 드슬이는 로젠이 어떤 물건을 꺼낼까 은근히 기대했다. 그리고 로젠이 꺼낸 물건은.

"단검?"

그것도 평범한 단검이 아니다. 드래곤 슬레이어 소드의 레플리카 단검이었다.

-내 짝퉁?

'대박. 가능한 샌시가 안 들고 다닐 만한 물건으로 골랐잖아?'

그렇다 처도 왜 하필 단검일까. 제리코는 의아해하는 한편 벽에 걸린 검에게 얌전히 있으란 눈짓을 보냈다. 짝퉁의 등장으로 마음 상한 진퉁에게 심심한 위로의 마음도 전했다.

"왜 단검일까 놀랐을 거야. 일단 하프 산맥에서 우리는 에라프 님이 광룡을 상대한 장소에 방문해 깊은 감명을 받았잖아. 심지어 용을 만나 대화를 나누기도 했지. 우리 셋이 공통적으로 동일한 경험과 감동을 느꼈으니 거기에 걸맞은 물건이 어떤가 생각했어. 그러니 자연스럽게 드래곤 슬레이어 소드 님이 떠올랐고. 드래곤 슬레이어 소드 님 관련 상품은 시중에 많으니까 적당한 물건을 골라 사면 되겠다고 생각했지만 실용성을 고려하다 보니 단검만 한 게 없더라. 단검은 한 자루 정도 소지하고 다니면 좋잖아. 시골에선 아이들도 단검 한 자루씩 차고 다닌다며?"

"응, 그렇긴 한데."

"마침 새 단검이 필요했고 제리코 네게 드래곤 슬레이어 소드 님 말고 다른 검이 없는 걸 알고 있었으니까. 샌시는 보호 장갑이 없으면 아예 과도도 안 드니 당연히 단검이 없을 테고."

그래서 단검으로 정했다는 이야기다. 제리코는 난감한 마음을 감추고 테이블 위에 올라온 드슬이 레플리카 단검을 내려다보았다. 질투심 강한 검이 무려 본검이 편애하는 로젠이 가져온 짝퉁을 인정할까?

부르르.

아니나 다를까. 제리코가 간절히 진정하라는 눈짓을 주었음에도 불구하고 드래곤 슬레이어 소드가 미약하게 떨기 시작했다. 강렬한 진동으로 소리를 내기 전에 수습해야 했다.

"그리고 사심을 담아 고백하자면."

로젠이 의미심장한 대사를 읊었다. 드슬이가 로젠의 얘기에 집중하느라 진동을 멈추었다.

"네게 검을 선물해 주고 싶었어. 임시 강사 주제에 지나친 참견인가 싶지만 그래도 일단은 네 검의 기초를 봐줬으니까."

제리코가 걱정한 종류의 고백이 아니었다. 제리코는 안도의 한숨을 내쉼과 동시에 꽤 진지한 로젠의 어조에 주의를 기울였다.

검사로서 검을 가르친 제자에게 비록 단검이나마 진짜 날이 선 진검을 선물하는 건 상당한 의미를 내포했다. 스승으로서 제자를 인정한다거나 믿고 있다거나.

"본래는 종강할 때 주고 싶었는데, 그러면 다른 수강생과 차별하는 것 같아서 어쩔까 망설이다 이 기회를 놓치지 않기로 했지."

재능 있는 수강생을 둔 검술 선생으로서 충분히 품을 법한 생각이었다. 제리코는 벽으로 고개를 돌려 드래곤 슬레이어 소드의 의향을 살폈다. 로젠이 이렇게 말하지 않는가. 그녀는 솔직히 받고 싶었다.

'하필 드슬이 레플리카라.'

질투 많은 검이 자신을 본떠 만든 단검이 로젠의 품으로 들어가는 걸 용납할 수 있을 것인가! 들을 것 다 들은 드슬이가 격렬한 진동으로 본 검의 불편한 심기를 드러냈다.

우우우우우우웅. 덜덜덜덜덜.

용사의 검이 거무튀튀한 마력을 내뿜으며 검신을 떨기 시작했다. 진 동이 얼마나 센지 벽을 넘어 바닥을 타고 전해져 테이블 위의 찻잔이 달 그락거렸다. 제리코는 쏩 하고 검에게 경고를 보냈다. 드슬이는 굴하지 않았다.

—빼애애애애애액. 제리 네가 그 단검 갖는 것도 싫고 로젠이 준 건 더 싫어! 빼애애애애애애액.

'로젠은 네가 좋아서 네 레플리카를 가져온 건데!'

—로젠이 나를 배신했다아아아. 예쁜 보석 선물해 줄 땐 언제고 날 배 신했어! 역시 구제 불능의 바람둥이, 나쁜 남자야!

누가 들으면 상당한 오해를 품을 발언이었다. 정작 실상을 따지자면 드슬이가 받았다고 주장하는 보석은 본래 제리코에게 주려던 것이고 로 젠은 나쁜 남자일지언정 바람피운 적은 없다.

제리코는 식은땀을 흘리며 질투쟁이 검 대신 변명의 말을 주워섬겼다. "미안, 로젠! 알다시피 우리 드슬이가 질투가 심해서 내가 다른 검 드는 걸 못 참아. 특히 이번 건 모양새가 자기를 닮아서 더 마음에 안 든다네. 드슬이 레플리카 말고 다른 단검으로 바꾸면 안 될까? 아니면 로젠이랑 샌시는 그 단검을 갖고 나는 이미 장식술을 받았으니까 그걸로……."

"그럴 수 없어."

본인이 불편하더라도 가능한 다른 사람의 편의를 봐주는 호인이 정 색하고 거절했다. 로젠은 제리코의 시선을 자신 쪽으로 돌렸다.

"내가 네게 검을 선물해 주고 싶었던 건 드래곤 슬레이어 소드 님 때문이기도 해."

"우리 드슬이가?"

"네가 본격적으로 검을 잡겠다고 했으니까. 제리코 너는 가능한 많은 검 자루를 잡아봐야 해."

"그, 그런 거야?"

제자를 가르치는 엄한 스승에서 상냥하게 웃는 청년으로 낯을 바꾼 로젠이 제리코에게 부탁했다.

"괜찮으면 드래곤 슬레이어 소드 님을 가져와 줄래?"

제리코는 얼른 벽으로 이동해 마력을 수습하는 드래곤 슬레이어 소드를 챙겼다. 그녀가 테이블 위에 검을 올려놓자 로젠은 세상에 둘도 없는 명검에 다시금 감탄했다.

"드래곤 슬레이어 소드 님은 두말하기 입 아픈 명검이고 넌 그런 명검의 주인이야. 이 검은 절대 부러지지 않고 무엇이든 벨 수 있으며 크기 조절도 가능하지. 이렇게 훌륭한 검이 있는데 왜 다른 검을 써봐야 하나? 그런 생각이 들 거야."

"으응."

"바로 그래서야. 드래곤 슬레이어 소드 님은 지나치게 잘 들어."

드래곤 슬레이어 소드는 광룡의 심장을 가르면서 용의 피를 머금었다. 용살자 에라프가 드슬이로 용을 죽였기 때문에 드슬이는 대자연에게서 용을 벨 수 있는 검으로 인정받았다. 또한 세상 무엇이든 용보다 약한 것이라면 무조건 벨 수 있는 명검이 되었다.

로젠이 걱정하는 건 바로 그 점이었다.

"하프 산맥에서 마물을 상대하는 네 모습을 보고 느낀 건데 마물을 벨 때와 종이를 벨 때, 바위를 가르고 나무를 자를 때 실질적으로 필요한 힘은 모두 동일해. 단단한 물체를 벨 땐 무의식적으로 힘을 더하지만 드래곤 슬레이어 소드 님을 다루는 데 능숙해지면 주입하는 힘도 줄어들겠지."

"듣고 보니……."

"검을 잡는 이는 검으로 무언가를 베는 감각에 익숙해져야 해. 보통은 생명을 죽이는 각오를 뜻하지만 제리코 너는 경우가 다르지. 네 각오가 부족하다는 게 아니야. 피부를 지나 근육에 이어 뼈를 자르는 감각. 어디에서 더 힘을 줘야 하고 어디에서 힘을 빼야 하는지, 어떤 마물이 더 단단하고 사람의 어느 신체가 더 단단하고 연약한지. 그걸 느끼고 알아야 해. 그러지 않고 휘두르는 검은 그냥 어린아이 장난일 뿐이야."

닭을 토막 낼 때 모든 부위를 동일한 힘으로 조각내는 사람은 없다. 뼈가 약한 날개 부위는 가볍게, 뼈가 단단한 부위는 힘을 주어 칼을 휘두른다.

무엇이든 벨 수 있는 검은 모든 검사의 꿈이지만 초심자에겐 스스로를 상처 입히는 양날의 검이 될 수도 있다.

"제리코 넌 일반 검으로 뭔가를 베는 감각을 익혀야 해. 먼저 거기에 익숙해진 후 드래곤 슬레이어 소드 님으로 사물을 베는 감각을 익혀야 하지. 차이가 극명한데 너 말곤 느낄 수 있는 사람이 없으니 가르쳐 줄 수 있는 사람도 없어. 그러니 하다못해 일반 검으로 물건을 베는 법을 먼저 알았으면 좋겠어. 그건 네게 가르쳐 주고 조언을 해줄 수 있는 사람이 존재하니까."

무엇이든 부드럽게 자르는 전설의 검을 들고 힘을 낭비하는 건 어리석은 노릇이요, 그 검에 익숙해져 일반 검을 들었다가 아무것도 베지 못하고 쩔쩔매면 더욱 어리석은 노릇이다.

"드래곤 슬레이어 소드 님은 네 첫 검이고 마지막 검이 되겠지만 그렇다고 해서 다른 검을 들어보지 않는 건 어리석은 짓이야. 다양한 칼자루를 잡고 다양한 걸 베어야 네게 도움이 될 거야. 드래곤 슬레이어 소드 님이 질투하시겠지만 잘 말씀드려 보자. 나도 같이 부탁드릴게. 제리코 널 위해서니까."

로젠이 필요하다면 무릎을 꿇겠다고 말했지만 그럴 필요는 없었다.

드래곤 슬레이어 소드는 진동을 멈추고 숙연해진 지 오래였다.

 -로젠 말이 다 맞아. 내가 나 잘난 거에 취해서 네가 체험할 귀중한 경험을 뺏고 있었어. 내가 네 성장을 막고 있었어!

 '드슬아……'

 내가 제일 잘났으니 나 말고 다른 검은 안 된다는 검의 생떼를 논파할 수 있을 줄이야. 역시 진지하게 소드 마스터를 목표로 정진하는 사람은 달랐다.

 이러다 또 우울 검이 되면 어쩌나. 제리코는 검을 부드럽게 쓰다듬는 한편 로젠을 보았다.

 새삼 말하기 그렇지만 로젠은 정말 멋있었다. 그의 올곧으며 선량한 눈동자를 보고 있자니 제리코의 가슴이 조금 설렜다. 맹세코 아주 조금!

 '이러다 내가 흑역사를 쌓겠어!'

 로젠에게 설렌 건 꽤 오랜만이었다. 제리코는 콩닥거리는 심장을 진정시키기 위해 이것저것 떠올렸다.

 '정신 차려! 로젠은 오빠 후보야! 그리고 내겐 이미 섄시가 있어!'

 귀여운 섄시를 생각하니 제리코의 심신에 평화가 돌아왔다. 제리코는 열심히 자기합리화를 했다. 멋진 사람에게 두근거리는 건 관성 같은 거다. 절대 바람이 아니었다.

 "정말 감사합니다."

 로젠이 진지하니 이쪽도 진지해야 할 것 같아 제리코는 꾸벅 고개를 숙였다. 단검을 집어도 드슬이는 반응하지 않았다. 로젠은 그 모습을 흐뭇한 미소로 지켜보았다.

 내친김에 제리코는 단검으로 종이와 과자를 잘라보았다. 진지한 대화에 이어 단검을 산 곳에 대한 이야기를 나누다 보니 시간은 순식간에 흘러 점심시간이 다가왔다.

 '슬슬 밥때인가. 섄시랑 같이 먹으려고 했는데.'

식사 시간을 앞두고 손님을 보내는 건 나쁜 일일까. 흉년이 든 시기엔 식사 시간에 맞춰 타인의 집에 방문하는 게 예의 없는 짓이라던데.

"점심은 어디서 먹을 거야? 학생 식당?"

"샌시랑 같이 먹을 생각이었어."

"아, 맞아. 둘이 사귀지."

'좋아.'

함께 백합관을 나서서 헤어지면 될 것 같다. 제리코가 싱글벙글 웃는데 로젠이 그녀의 생각과 다른 이야기를 꺼냈다.

"그럼 같이 가면 되겠다. 샌시에게도 단검을 전해 줘야지."

"그러네……."

"응. 점심은 매점에서 사 갈 거지? 같이 먹으면 되겠다."

틀린 말이 아닌데 어쩐지 기분이 이상했다. 로젠의 흑역사 생성을 막았는데, 막은 게 틀림없을 텐데 어쩐지 로젠의 태도가 이전과 동일하게 느껴졌다.

'설마 내가 거하게 설레발을 쳤던 건가? 로젠은 나에게 마음이 없었는데 내가 혼자 막.'

만약 그렇다면 이건 유통기한 몇 년짜리 흑역사일까. 겉으론 웃으면서 속으로 끙끙 앓는 임시 주인을 보다 못한 검이 우울한 마음을 던져 버리고 발언했다.

─아냐, 제리. 네 촉이 맞아. 네가 아는 로젠이 커플이 밥 먹는 데에 굳이 끼겠다고 할 사람이야?

'아니지.'

알아서 자리를 비켜주면 모를까 그럴 사람이 절대 아니었다. 그럼 지금 로젠의 이 태도는 무엇일까. 제리코는 필사적으로 머리를 쥐어짠 끝에 하나의 생각에 도달했다.

너무 별로인 생각이라 설마 그건가 싶고, 로젠이 방금 전 믿음직스러운 연장자의 모습을 보여줬기에 더더욱 아니란 생각이 들지만.

'설마……?'

-뭔가 짚이는 게 있어?

'설마 우리 연애도 길어야 3개월이라고 생각하는 건 아니겠지?'

-너와 샌시가 금방 깨질 거라 생각하고 너에 대한 마음을 유지하고 있단 소리야?

부정해야 하는데 너무 그럴싸했다. 제리코는 입술을 깨물었다. 기껏 오빠 후보의 흑역사 생성을 방지했나 했더니 실시간으로 흑역사가 쌓이고 있었다.

'나 그냥 연애만 하고 싶은데!'

남들 다 하는 연애하기가 왜 이리 어려운가! 용사의 딸은 굴곡 많은 인생을 한탄하며 속으로 엉엉 울었다.

로젠은 제리코보다 오래 〈이만보〉에 드나든 식량 공급자이자 투자자다.

유형으로 구분하자면 회장파가 제일 대하기 꺼려 하는 타입이었지만 회장파도 얻어먹는 것이 있어 어색하게나마 인사하고 부회장파는 반가이 맞이하는 귀빈이시다.

하지만 오늘 〈이만보〉는 손님을 반길 상황이 아니었다.

제리코와 로젠은 개미 한 마리 보이지 않는 1층과 2층을 확인하고 시선을 교환한 뒤 3층으로 내려갔다.

3층에서 샌시는 〈이만보〉 회원과 대치하고 있었다.

"그래서 계속 파업한다고?"

"네!"

"맞아요!"

"회장이 우릴 배신한 건 괜찮아요! 그럴 수 있어!"

"회장이 미베어 소공작과 룰루랄라하는 것도 괜찮아요! 그럴 수 있어!"

"하지만 부회장에게 한 말은 너무 심했어요! 그건 용서 못 해!"

"맞아! 용서 못 해!"

"송사리 유지엔 찬성할게요! 대신 부회장에게 한 말을 사과하는 의미에서 이번엔 골렘을 연구해요. 그게 우리의 복귀 조건임!"

"맞아!"

"말을 싸가지 없게 했으면 책임을 져라!"

"부회장은 재수 없지만 안나 양은 아니니까 책임져라!"

"부회장을 설레게 한 책임을 져라!"

"부회장이 아직도 결혼 안 하는 게 누구 때문인데! 회장이 만든 손 모형 때문이잖아요!"

오랜 기간 누적된 불만과 해결되지 않는 갈등으로 인해 파업을 선언한 동아리 회원들은 샌시의 똥고집을 누구보다 잘 알기 때문에 타협안을 내놓았다.

송사리 유지에 동의하는 대신 골렘 연구를 하자는 절충안이었다. 사실 골렘을 연구하든 호문쿨루스를 연구하든 다 좋은 회장파가 파업에 참여한 건 샌시의 발언이 도를 넘어섰기 때문이다.

평소 경원시하는 부회장이라 해도 나름 미운 정이 쌓였고 부회장이 〈이만보〉에 기여한 바를 알고 있다. 그런데 샌시가 막말을 했으니 이건 꼭 사과해야 할 부분이었다.

어지간한 사람이라면 본인이 잘못했다는 생각이 들지 않더라도 사태를 무마하기 위해 거짓 사과라도 늘어놓았을 것이다.

샌시는 그러지 않았다. 세상에서 제일 당당한 얼굴로 입술을 쭈욱 내밀었다.

"……너희 다 미워. 내가 뭘 잘못했다고 그래."

회원 몇이 목덜미를 잡고 뒤로 넘어갔다. 가장 혈압이 치솟을 후안이 부드럽게 말했다.

"샌시, 방금 발언 못 들은 걸로 해줄게요. 그러니까 깔끔하게 끝내요. 우리 한두 해 보고 지낸 사이 아니잖습니까."

샌시는 오묘한 눈빛으로 후안을 응시하다 갑자기 부회장파 회원에게 시선을 돌렸다.

"재네야 나처럼 순진하고 순수해서 후안 말발에 넘어갔다 쳐."

-재가 말하는 순진하고 순수한 애들이 회장파 애들은 아니겠지.

'응, 그거.'

"너희는 왜 후안 편 들어? 후안이 요구하는 생체 골렘은 당장은 돈이 될지 몰라도 장기적으론 수익률이 떨어지는 걸 알잖아."

마력을 다루지 못하는 사람은 골렘을 조종하지 못한다. 몇 가지 방법이 있긴 하지만 단순한 동작밖에 구현할 수 없고 사람의 신체 일부를 대신하는 의지용으론 부적합했다.

그렇기 때문에 후안이 목표로 하는 장애인을 위한 생체 골렘의 고객은 마법사의 재능을 가진 자로 한정된다. 지금이야 광룡과 마물로 인해 장애를 입은 사람의 수가 많고 개중 마력을 다룰 수 있는 능력자 수가 적지 않으니 수요가 있고 상업성이 있다지만 시간이 지나면서 점점 수요가 줄어들 것이다.

돈 보고 가입한 거면서 왜 돈이 안 되는 일을 돕느냐. 샌시가 묻자 부회장파가 대답했다.

"돈보다 중요한 게 있으니까요."

샌시의 눈이 가늘어졌다. 샌시는 부회장파의 대답이 마음에 들지 않는다는 표정으로 한마디 뱉었다.

"위선자."

"인성이 파탄 난 회장만 할까요."

"그러면 너네는."

샌시가 고개를 살짝 돌려 회장파 회원의 낯을 살폈다. 부회장파를 볼 때보다 더 불만 가득한 표정이었다.

"세상에 아직 존재하지 않는 진정한 사랑을 만들어보자고 한 결의는 어떻게 된 거야?"

회장파는 어깨를 으쓱였다.

"회장, 존재하지 않는 이상형보단 산 사람이 중하죠."

"저는 회장 편이에요! 그런데 회장이 부회장한테 말을 너무 심하게 했어요. 사과하는 의미에서 이번만 져줍시다."

"동감."

설마 이렇게까지 말하는데 똥고집을 부릴까. 모두가 그렇게 생각한 모양이지만 단 한 명, 진실을 알고 있는 제리코는 그러지 못했다.

'글렀다. 이대로라면 영원히 평행선이야.'

잘못한 거 하나도 없다는 얼굴로 입술만 불퉁하게 내미는 샌시를 보라. 자기는 이미 안나 도네타 양에게 골렘을 건넸기 때문에 문제 될 게 없다는 태도다.

하지만 제리코는 알고 있었다. 내가 결백하다고 하여 타인에게 진실을 말해주지 않으면 더 큰 오해와 상처를 초래할 수 있음을.

안나에게 골렘을 건넨 샌시는 〈이만보〉 회원들이 자기에게 너무하다 생각하고 있고, 〈이만보〉 회원과 후안은 샌시가 정말 너무했다고 생각하고 있다.

이 슬픈 오해를 풀기 위한 방법은 딱 하나. 샌시가 진실을 밝히는 것이었다.

'내가 말해 버려야 하나?'

더 이상의 분쟁과 오해, 샌시가 열심히 적립하고 있는 마음의 상처를 막기 위해서라도 제리코가 나서야 하는 건 아닐까. 사교성이 결여되고 사회성이 부족한 샌시는 남들보다 정신력도 약했다. 어떤 면에선 철벽보다 강하지만 어떤 면에선 금방 만든 치즈보다 무르고 연약하다 이 말이다.

'그래. 어쩔 수 없지.'

로젠은 이전 날의 제리코처럼 사태를 파악하기 위해 가만히 상황을 관망하고 있었다. 여차하면 끼어들 생각인지 표정이 진지했다. 제리코는 큰 소리로 외쳐 본인의 왕림을 알렸다.

"잠깐만요! 제가 할 얘기가 있어요!"

제리코의 등장에 회원들이 자리를 좁혀 길을 터줬다. 제리코는 당당하게 중앙으로 걸어가 후안 옆에 섰다.

"후안 선배, 그러니까."

"미베어 소공작, 마침 잘 오셨습니다. 소공작께서도 회장에게 한마디 해주세요!"

"저는 샌시가 아니라 여러분께 진실을 밝히려고 해요. 사실 샌시는!"

"회장! 소공작이 회장이 이상형 만드는 거 기분 나쁘대요!"

누군가가 외친 뜬금없는 소리에 당황한 제리코가 입을 쩍 벌렸다. 싸우고 있는 거 말리러 왔더니 갑자기 웬 이간질? 제리코는 샌시를 보고 고개를 열심히 저었다.

"아냐! 나 그런 말 한 적 없어! 샌시! 나 믿지?"

'누군지 봤어?'

─물론.

'똑똑히 기억해 둬. 피의 응징을 해줄 거니까.'

어디 할 짓이 없어서 이제 막 꽃피려는 사랑에 이간질인가. 제리코는 이를 박박 갈았다가 표정을 싹 바꾸고 샌시를 향해 순진한 미소를 날렸다.

"정말 아니야! 나 믿지?"

다행히 샌시는 덤덤하게 고개를 끄덕였다. 제리코는 안도한 마음에 가슴을 쓸어내렸다. 제리코는 난데없는 이간질에 치솟았던 분노를 담아 외쳤다.

"정말이지! 다들 너무하잖아요! 샌시가 잘못하긴 했지만 샌시 성격 알면서 이러면 역효과인 거 몰라요? 샌시가 보고 있기 민망할 정도로 뻔뻔한 건 저도 인정해요! 하지만 샌시는 이유 없이 저러는 사람이 아니잖아요! 화를 키우는 뻔뻔함과 당당함이 어디서 기인하는지, 샌시가 뭘 믿고 저러는지 생각해 본 사람이 정말 아무도 없어요?"

지나치게 흥분해 제리코의 얼굴이 달아올랐다. 사태를 관망하고 있던 로젠이 움직여 제리코의 어깨를 토닥였다.

"제리코, 너무 흥분했어. 진정하자. 숨 천천히 마시고, 내쉬고, 마시고, 내쉬고."

"쓰읍, 후우. 쓰읍, 후우."

섣부른 개입은 더 큰 화를 초래할 수 있기에 관망하고 있던 로젠이나 다수가 소수를 핍박하는 걸 더는 두고 볼 수 없었다. 로젠이 제리코의 옆에 서서 샌시와 회원 사이를 갈랐다.

"무슨 일이 있었는지 모르겠지만 다들 진정하자. 감정에 치우쳐선 아무것도 해결되지 않아."

제리코와 나란히 선 로젠을 본 샌시가 눈을 가늘게 떴다. 로젠이 자신을 위해 나서는 건 중요한 일이 아니었다. 중요한 건 제리코와 로젠이 사이좋게 같이 〈이만보〉를 방문했다는 사실이다. 특히 자연스럽게 제리코의 어깨를 어루만지는 손길이 매우 보기 싫었다.

대강의 사정을 전해 들은 로젠이 긴 한숨을 내쉬었다. 그는 미세한 비난을 담아 샌시를 보았다.

"샌시."

동생을 탓하는 장남 같은 어조에 샌시는 대답하지 않았다. 예쁜 누나면 모를까, 잘생긴 형님은 언제나 사양이었다.

"네가 도네타 양을 모욕할 의도로 그런 말을 했다고는 생각하지 않아.

하지만 표현 방식이 잘못되었어."

샌시에게 엄하게 말한 로젠은 다시 회원들에게 말했다.

"알다시피 샌시는 마탑주님 외의 여성에겐 모욕적인 언사를 하지 않습니다. 그때야 모욕받았다는 생각에 흥분했겠지만 이제는 다들 샌시가 그럴 의도가 아니었다는 걸 알 겁니다. 그렇죠?"

"회장 말투가 원래 그런 건 우리도 알아요, 로젠 선배!"

"그렇지만 무심코 던진 돌에 개구리는 맞아 죽습니다! 의도가 어쨌든 사과는 해야 해요!"

"들었지, 샌시? 나도 동감해."

모두의 눈빛이 말하고 있었다. 샌시만 사과하면 끝날 일이야.

샌시는 그들의 눈빛을 외면하고 이를 악물었다. 뭔가 하고 싶은 말이 있는지 입술을 오물거렸지만 아무 말도 하지 않았다.

"그러니까 사실은!"

참다못한 제리코가 진실을 밝히려 하자 샌시가 외쳤다.

"아니야, 제리코! 말하지 마! 난 상처받았어!"

검이 기가 막힌 나머지 중얼거렸다.

─자업자득이면서 왜 피해자인 척하는 거야!

'나도 몰라!'

─너 진짜 이 꼴을 봐도 샌시가 좋아?

'좋은 걸 어떡해!'

샌시는 기운이 쪽 빠진 모양새로 비척거렸다. 그가 향한 곳은 송사리가 헤엄치는 대형 수조였다. 샌시는 수조 옆에 둔 어항에 물을 붓더니 송사리를 어항으로 옮겼다. 회원들이 깜짝 놀랐다.

"회장! 송사리를 죽일 셈……! 이 아니네? 멀쩡하네?"

샌시는 세상에서 제일 소중한 물건이라도 되는 듯 어항을 꼬옥 끌어안았다. 거대한 수조에서 작은 어항으로 보금자리가 바뀐 송사리는, 제

크기에 걸맞은 어항 속 세상이 더 마음에 든다는 듯 활기차게 헤엄쳤다.

샌시는 부상당한 새끼 사슴처럼 가련하게 몸을 떨었다. 말하기 위해 입을 열자 앞니가 부딪칠 정도였다.

"너희, 다, 너무해. 나는, 크흡, 나는."

"회장이 송사리를 인질로 잡았다!"

"송사리가 왜 멀쩡한 거지?"

"보나 마나 회장이 뭔가 해뒀겠지!"

"지금 기술상 저렇게 적은 양의 물로는 마력 공급이 안 될 텐데?"

"신기술이다!"

"회장 또 뭔가 개발했구나!"

샌시가 이를 갈며 고개를 저었다.

"너희가 하도 뭐라 그래서, 끅, 마법진 새로 만들었는데, 안 알려줄 거야."

샌시는 어항을 고쳐 안고 슬금슬금 계단 쪽으로 걸었다. 내려가는 계단이 아니라 올라가는 계단이었다. 회원들은 샌시를 붙잡으려 했지만 송사리가 잘못될까 봐 샌시를 건드리지 못했다.

"다들 뭐 하는 거야! 어차피 시한부인 호문쿨루스인데!"

"송사리 상태를 봐! 움직임이 활발하잖아! 오래오래 살 수 있는데 우리가 괜히 자극을 주는 바람에 악화되면 안 되잖아!"

회장파는 덜덜 떨며 샌시에게 길을 내줬고 부회장파는 회장파가 말리는 바람에 샌시를 막지 못했다. 샌시는 콧물을 훌쩍이며 계단에 발을 디뎠다. 그가 비틀거리자 회장파 몇이 비명을 질렀다.

"회장! 우리가 잘못했어요! 제발 어항 내려놔요!"

"회자아아앙! 그렇게 무겁고 겉면이 매끈한 걸 어떻게 들고 계단을 오르겠다고 그래요! 내려놓고, 내려놓고 얘기합시다!"

송사리를 인질로 잡은 샌시는 대적할 상대가 없는 무적이었다. 유일한 적이라면 무거운 걸 들어본 적 없는 손이 부들부들 떨리는 것 정도?

보는 사람을 불안하게 만드는 샌시의 섬섬옥수는 인질이 처한 위험을 생생하게 전달하고 있었다.

"회장, 송사리를 동아리 밖으로 반출하려는 겁니까?"

"안정성은 내가 보장해."

"송사리는 〈이만보〉의 공동 연구물입니다. 회장 멋대로 행동하면 안 돼요!"

"제작 시작할 때, 다들 연구 동의서에 서명했잖아."

샌시가 주도한 〈이만보〉의 공동 연구 결과물은 모두 샌시 데이지의 소유가 된다. 이상형 제작이 목적이니만큼 이상형이 완성되었을 때, 모두가 자기 이상형이라 주장하지 못하도록 샌시가 기재한 필수 항목이었다. 그걸 이렇게 써먹을 줄 몰랐던 후안이 이마를 짚었다. 그는 침잠한 목소리로 물었다.

"정말 이러깁니까?"

"너야말로."

샌시는 있는 힘껏 후안을 노려보더니 계단을 밟고 위로 올라갔다.

"젠장!"

후안이 주먹으로 벽을 후려쳤다. 마법사가 죽을 만큼 화나도 보이지 않는 행동에 모두가 경악했다.

"하아."

로젠이 깊은 한숨을 내쉬고 후안은 고개를 숙여 표정 관리가 안 되는 얼굴을 감췄다. 제리코는 멀거니 천장을 올려다보다 급한 불부터 끄기로 했다. 제리코가 손가락을 튕겨 모두의 이목을 집중시켰다.

"자아, 여러분. 제가 할 얘기가 있습니다. 들어주세요. 사실 샌시는 안나 도네타 양에게 골렘을 건넸답니다. 언제? 작년에. 이유는? 말로야 실험자의 증언이 듣고 싶어서라고 하지만 진짜 이유는 다들 아시리라 믿고요. 그 놀라운 사실을 여러분에게 비밀로 한 이유는 바로바로!"

충격적인 진실에 절망하듯 주저앉았던 후안이 퍼뜩 고개를 들어 올렸다. 죽기 직전에 내려온 구원의 손길을 믿기 힘들다는 표정이었다.

"목적을 달성한 후안 선배가 부회장직을 그만둘까 봐 그랬다네요! 사랑하는 약혼자분께 날아가서 돌아오지 않을까 봐 그랬다고 합니다!"

진실이 밝혀진 시기가 너무 늦어 미안하단 마음보다 기막히다는 마음이 더 컸다. 후안을 포함한 회원 전원이 귀를 의심하고 인상을 찌푸렸다. 샌시에게 미안해야 하는데 그다지 미안하지 않아서 미안했다.

"그게 정말입니까, 소공작?"

"샌시가 거짓말한 게 아니면 사실이겠죠? 덤으로 선배가 받는 편지는 약혼녀분 친필이에요."

"나는…… 안나가 신입 하녀에게 귀족 문자를 가르치느라 그런 악필 답장을 보내는 거라고…… 그렇게 생각했는데."

"가장 중요한 오해가 풀렸으니 파업 건은 다시 고려해 주시기 바라고요, 저는 그럼 샌시한테 가볼게요!"

충격을 받은 후안이 비틀거리다 벽에 기댔다. 제리코는 계단을 두 칸씩 성큼성큼 올랐다. 남들과 다른 샌시의 성격상 삐지면 어떻게 풀어줘야 할지 감이 잡히지 않았다. 더 늦기 전에 빨리 샌시를 찾아 기분을 풀어줘야 했다.

"제리코!"

뒤에서 로젠이 불렀지만 제리코는 속도를 높였다.

"빨리 잡아야 해! 어항을 들고 있으니 멀리 못 갔을 거야!"

-샌시가 이동 마법 썼으면?

"헉."

샌시가 손에 무거운 물건을 들고 발품을 팔 리 만무하다. 그 간단한 생각을 못 한 제리코가 제자리에 돌처럼 굳었다.

"이, 일단 건물 밖까지만 가보고."

만약 샌시가 이동 마법을 사용했다면 목적지를 모르는 이상 말짱 도루묵이다. 제리코는 일단 수국관 1층까지 올라가 건물 밖을 살펴보기로 했다. 다급해 보이는 그녀의 모습에 학생 몇이 찾는 게 있냐며 친절하게 물어왔다.

"혹시 샌시 못 봤어?"

"샌시 선배? 그분이라면 저쪽으로 가던데."

다행히 샌시는 마법을 사용하지 않고 도보 이동을 택했다. 목격자는 살면서 그런 해괴한 광경은 처음 봤다는 표정을 지었다.

"마법사가 손에 책보다 무거운 거 들고 있는 모습 처음 봤어. 그리고 그 선배 울고 있던데."

"정말 고마워."

울면서 걷고 있다니. 뚱한 표정은 지어도 울고 있진 않으리라 생각했는데 오산이었나 보다. 제리코는 목격자가 알려준 방향으로 이동했다.

샌시는 평소 연구실에 틀어박혀 살기 때문에 온갖 소문과 악평이 득세해도 실제로 그의 실물을 본 학생은 드물다. 다만 그는 숲 요정 쿼터이기 때문에 이질적인 느낌이 들고 흔하지 않은 머리 색과 늘 걸치고 다니는 마탑의 로브로 인해 한눈에 알아보기 쉬운 유명인에 속했다.

덕분에 제리코는 간편하게 목격자를 구할 수 있었다. 샌시가 이동했다는 방향을 되짚어가니 곳곳에 목격자가 산재했다.

"〈이만보〉 회장이 어항을 끌어안고 껑껑 울고 있던데?"

"마법사가 무겁고 미끄러운 물건을 들고 있어서 들어주겠다고 했더니 거절당했어."

"깨지는 물건을 들고선 주위 신경 안 쓰고 엄청난 속도로 걷고 있더라. 위험하지 않겠냐고 말했더니 무시당했어."

총 열 명의 목격자 중에서 마법사가 무거운 물건을 들고 있으니 들어주겠다고 친절을 베푼 사람이 다섯 명이나 되었다. 제리코는 이 세상이 살 만한 곳임을 깨달으며 생각보다 빠른 샌시의 이동 속도에 당황했다.

"무거운 걸 들고 울면서 걷는 주제에! 평소엔 피죽도 못 얻어먹은 것처럼 느리게 걸으면서! 여긴 숲이 아니라 이동 속도 보정도 안 받는데 왜 이렇게 빠른 거야!"

그것은 아마도 싫은 일이 벌어진 장소에서 조금이라도 빨리 멀어지고 싶은 샌시의 마음이 빚어낸 속도가 아닐까.

목격자들이 지적한 대로 울면서 깨지는 물건을 들고 걸으면 위험하다. 평소 무거운 물건을 들어 버릇하지 않은 마법사라면 더욱 그렇다. 제리코는 샌시의 이동 경로를 토대로 목적지를 추려했다.

"이 방향이면 마법학부가 있는 곳인데…… 샌시가 멋대로 점거했다는 연구동의 연구실로 가는 걸까?"

―걔가 학교에서 갈 만한 데가 없으니 거기 맞겠지.

샌시의 목적지가 마법학부 연구동이라면 이미 절반쯤 온 상황이다. 바로 뒤를 쫓았다고 생각했는데 샌시의 이동 속도가 너무 빨랐다.

"앞뒤 안 보고 막 달린 거 아니야?"

―혹시 알아. 학교 주변이 숲이니까 이동 속도 보정을 받았을지.

"그럼 여태껏 속도 보정 받아놓고 그렇게 느릿느릿 걸었단 말이야?"

생각보다 빠른 이동 속도 때문에 연구동까지 가야 하나 걱정했으나 제리코가 샌시를 발견한 곳은 의외의 장소였다.

수령이 오래되어 보이는 아름드리나무 그늘 아래에 샌시가 앉아 있었다.

"샌시다!"

딱히 보호색으로 위장한 것도 아닌데 나무 아래에 있는 샌시는 묘하게 사람의 시선을 흩뜨렸다. 아마 혈통발이나 뭐 그런 것일 터. 드래곤 슬레이어 소드가 샌시를 발견한 제리코의 눈썰미에 감탄했다.

―용케 찾았다?

'사랑의 힘이지!'

제리코는 살금살금 샌시에게 다가갔다. 샌시는 무릎에 얼굴을 묻고 어깨를 떨고 있었다. 샌시 옆엔 송사리가 든 어항이 얌전히 놓인 상태였다.

"샌시……."

목격자의 증언대로 샌시는 울고 있었다. 목격자들이야 세상에서 제일 해괴한 걸 보았다는 표정이었지만 제리코는 그저 안쓰러웠다.

"끄흡."

제리코의 목소리를 들은 샌시가 고개를 들었다. 진짜 〈이만보〉를 나가는 순간부터 내내 울었는지 얼굴은 눈물과 콧물로 범벅이었고 빛을 쐬지 않아 창백한 피부는 불그스레했다.

샌시는 제리코를 보고도 별다른 반응을 보이지 않았다. 제리코는 샌시 옆에 앉았다.

"읍."

샌시가 제리코에게 뭔가 말하려다 울음이 튀어나와 입을 막았다. 그는 손으로 입가를 가리고 계속 큽큽거렸다. 한창 우는 와중 옆에서 온기가 느껴지니 더 서러웠나 보다. 제리코는 샌시의 어깨에 팔을 두르고 토닥였다.

–저번에 너 때문에 울던 것보다 더 서럽게 운다.

'나 때문에 언제?'

–만나는 여자마다 관심 없다 소리 100번 들었을 때.

'그러게. 그때보다 서럽게 우네.'

모르는 여자에게 갑자기 듣는 험담보다 〈이만보〉 회원에게 듣는 비난이 더 마음 아프기 때문일 것이다. 샌시는 아닌 척하지만 생각보다 〈이만보〉에 정이 담뿍 들어 있었다. 같이 끼니를 거르며 연구하는 동료들인데 정이 안 들 수가 없겠지.

"샌시, 코랑 눈 헐겠다. 그만 울어."

"끅, 안, 안 울어. 나 안 울어."

샌시가 현실을 부정했다. 제리코는 손수건을 물에 적셔 샌시의 얼굴을 닦았다. 능숙한 손길에서 동생이 넷이나 딸린 장녀의 면모가 돋보였다. 제리코의 손길에서 자길 어린아이 취급한 게 느껴졌는지 샌시가 얼굴을 붉히고 손수건을 잡아 직접 얼굴을 닦았다.

제리코는 바로 〈이만보〉 얘길 꺼내는 대신 어항을 지목했다.

"진짜 여기까지 직접 들고 온 거야?"

"그래."

"여긴 왜 앉았어?"

"지나가는 사람이 그러다 놓치면 위험하다고 말해서. 타당한 의견이라 받아들였어."

"누구한테 들어달라고 부탁하지."

"'그녀'를 타인에게 맡길 순 없어."

"이동 마법은?"

"이제 막 어항으로 옮겼는데 이동 마법처럼 마력의 흐름이 거친 마법은 '그녀'에게 무리가 가니까."

"그렇구나. 그럼 목적지는 어디야? 연구동에 있다는 연구실?"

"응."

"그럼 내가 거기까지 들어줘도 될까?"

샌시는 '그녀'를 아무한테나 맡길 수 없다는 이유로 타인의 호의를 거절했다. 그렇다면 제리코는? 제리코는 어떨까?

샌시는 여성에게 짐을 떠넘기면 안 된다는 자신의 상식과 타인의 호의를 거절하면 안 된다는 상식 사이에서 갈등하다 붉은 머리 소녀가 항상 업고 다니는 휘황찬란한 검을 발견했다.

목검으로 만든 모형이라 해도 상당한 무게일 장검을 제리코는 솜 인형보다 가볍게 휘두르고 다녔다. 덕분에 샌시는 충돌하는 상식 사이에서 이번 사건에 해당하는 답을 찾았다.

"들어주면 고맙겠어. 솔직히 위험했거든."

그렇게 말한 샌시는 제 손을 만지작거렸다. 엉엉 우는 통에 화가 얼굴에 쏠려 목덜미와 얼굴은 뜨끈뜨끈했지만 정작 신체의 일부인 손은 얼음장처럼 차가웠다. 차갑기만 하면 다행이지. 식은땀까지 나는 통에 겉면이 매끈한 어항을 놓칠 뻔하여 이렇게 쉬고 있었던 것이다.

제리코는 군말 없이 송사리가 든 어항을 들었다. 하는 김에 어항 속 송사리에게 인사했다.

"안녕."

"아녀."

송사리는 이전처럼 명료하게 제리코의 말을 따라 하진 못했다. 하지만 말을 따라 한다는 것만으로도 상태가 호전된 게 느껴졌기 때문에 제리코는 싱긋 웃었다. 갑자기 환경이 바뀌고 바깥세상에 나왔으니 놀랐을 텐데 다행히 상황 변화를 판단할 지능이 없어서 그런지 행복해 보였다.

"그럼 얼른 가자."

제리코가 먼저 일어나 샌시에게 손을 내밀었다. 샌시는 물끄러미 제리코의 손을 응시하다 살포시 자신의 손을 올렸다.

'손이 얼음장 같아.'

제리코는 샌시의 차가운 손에 대해 아무 말도 하지 않고 힘을 주어 샌시가 일어나는 걸 도왔다. 하프 산맥에서 부축할 때도 느꼈는데 여차할 때 번쩍 들기 적당한 무게였다.

–보쌈은 하지 마라.

'안 하거든.'

손을 잡고 걸으며 온기를 전해 줄 수 있으면 좋으련만, 떨어뜨리면 위험한 어항을 한 손으로 들기가 좀 그랬다. 무겁진 않으나 겉이 매끈하니 만전을 기해야 해서 제리코는 두 손으로 송사리가 든 어항을 들었다.

샌시와 함께 걸으면서 제리코는 빠른 이동의 실체를 알아냈다. 이동 속도 보정이나 전력 질주가 아니라 잔디를 마구마구 밟아주는 일직선이 답이었다. 제리코가 잔디를 밟지 마시오란 경고판을 가리키자 샌시는 당당하게 주장했다.

"풀은 적당히 밟아줘야 더 잘 자라."

입학 초 아카데미 내부 지리를 위해 학교 곳곳을 쏘다닌 이후 마법학부 쪽에 오는 건 처음이었다. 교수와 학생을 위한 연구실이 모여 있는 연구동에서 샌시가 홀로 독점하는 연구실로 이동하니 앞에 대자보와 쪽지, 각종 우편물이 즐비했다.

제리코는 붉은 글씨로 선명하게 쓴 대자보를 읽었다.

"죽어라, 샌시."

-연구실은 모두의 것. 연구실을 돌려줘.

"다 같이 학비 내는 처지에 독점이 말이 되나."

-부조리를 방치하는 아카데미. 이대로 괜찮은가.

마법학부가 샌시에게 품은 원한은 선배에서 후배에게 내리사랑처럼 전해지고 있었다. 제리코는 그나마 긍정적인 부분을 발견했다.

"그래도 쓰레기는 없네."

"청소부가 치워주거든."

"저런."

샌시에게 죽으라고 하는 대자보는 일단은 대자보 형식이라 치워주지 않는 모양이다. 심약한 사람이면 읽고서 눈물을 펑펑 흘릴 저주가 가득했지만 샌시는 눈 하나 까딱하지 않았다. 그는 발로 우편물을 슬슬 밀치더니 작은 주문을 읊조려 연구실 문을 열었다.

문을 연 샌시는 한참을 머뭇거리다 제리코에게 말했다.

"들어와."

누가 보았다면 샌시가 대낮에 엉엉 울며 어항을 안고 길을 걷는 광경보다 이 광경이 더 놀랍다 말할 것이다. 샌시가 이제껏 누구도 들이지 않은 금단의 구역에 제리코를 초대한 것이다.

연구동 연구실은 샌시의 인권을 배려해 주지 않는 마탑주조차 마법사의 실험실이란 이유로 출입하지 않는 금역이다. 샌시의 식생활을 책임진 몇몇(로젠이나 후안 외 이만보 회원)이 출입을 허가받은 수국관 4층과 다르게 이제껏 누구의 출입도 허락하지 않은 샌시만의 장소.

그런 장소에 제리코를 들이게 되었는데 생각보다 내적 반발이 적었다. 샌시는 이 상황을 기이하게 여기며 제리코보다 한발 앞서 연구실로 들어갔고, 이후 자신의 판단을 후회했다.

"안 되겠다. 들어오면 안……."

"여기는 4층이랑 어떻게 다른가~"

샌시의 후회보다 제리코의 행동이 빨랐다. 제리코는 냅다 연구실에 발을 들였고 이내 시야에 들어오는 내부 전경에 말을 잃었다.

"야한 그림?"

인체 비율 일대일의 누드화가 실험실 정면에서 제리코를 반겼다. 샌시가 다급하게 제리코의 시야를 가렸다.

"아니야! 이건!"

"야한 그림!"

"야하지 않아! 건전해! 건전한 그림이야!"

"여자가 홀랑 벗고 있는 정면을 그렸잖아! 야한 그림이지!"

"야하지 않아!"

제리코의 위로로 눈물을 그쳤던 샌시의 눈가에 다시 눈물이 그렁그렁 맺혔다. 샌시는 제리코가 목을 쭉 빼 그림을 살펴보자 아예 그림 쪽으로 달려갔다.

그는 벽에 걸어둔 그림을 거칠게 뜯어내고 비슷한 크기의 다른 그림을 가져와 제리코 앞에 펼쳤다.

"이거야! 이거라고! 야하지 않아! 나쁘지 않아! 건전해!"

샌시가 가져온 새 그림은 일대일 비율의 인체 골격도였다.

흐음. 제리코가 미묘한 표정을 짓자 샌시는 추가로 뼈 위에 근육이 붙은 새 그림을 가져왔다. 샌시는 구겨 버린 누드화와 인체 골격도, 인체 근육 해부도를 번갈아 가리키며 외쳤다.

"이게 이거! 다 똑같, 동일해! 똑같은 거야!"

"오호. 다 똑같아서 쏙 빼놓고 누드화만 걸어놨구나."

"아니야! 이건 건전해! 가장 이상적인 골격과 이상적인 근육에 피부와 지방을 덧씌웠을 뿐이야! 그러니까 이건 이상형의 체형을 그린!"

"알겠어. 샌시는 이런 몸매가 좋구나?"

"그렇지 않아! 내 호오를 떠나 이건 인간의 가장 이상적인 체형이 어떤 건가 오랜 연구 끝에 도출해 낸 통계 결과를 바탕으로!"

더 놀리면 샌시가 울먹이다 진짜 울어버릴 기세였다. 제리코는 샌시 놀리기를 중단했다. 문 열고 들어오자마자 머리 없는 여자 알몸이 보이는 바람에 깜짝 놀라긴 했지만 진짜 야한 그림이라고 생각한 건 아니었다. 샌시를 놀리기 위해 연기했을 뿐이다.

'야한 그림이랑 해부도? 뭐 그런 용도 그림은 느낌이 다르니까.'

"진짜 이상한, 그런 이상한 거 아니야! 남자 것도 있어! 남자 싫지만 남자 알몸도 있어!"

샌시는 억울함을 토로하며 남성 인체도도 가져와 결백을 주장했다. 남녀 차별을 칼같이 하는 샌시가 남자의 누드화를 갖고 있으니 누구라도 그의 결백을 의심하지 못할 것이다.

"알아, 알아. 이런 거 약방에서도 봤어. 그림 그리는 사람이랑 의사 선생님들도 하나씩 갖고 있더라."

이상형의 영혼과 신체를 직접 제작하겠다는 연구자라면 마땅히 가져야 할 필수 품목 아닐까.

'굳이 입구 정면에 걸어둔 건 좀 그렇지만.'

샌시 본인이야 제작 목표로 정해놓고 연구실에 들어올 때마다 목적을 상기하기 위해 입구에 걸어둔 것이겠지만 다른 사람은 이상한 오해를 할 여지가 충분하다.

샌시가 이 연구실엔 개미 한 마리 들이지 않는다는 사실을 모르는 제리코는 샌시가 어디서 변태로 소문난 건 아닐지 걱정되었다.

-직접 그린 것 같은데?

"이거 전부 샌시가 그린 거야?"

"으응…… 뼈부터 그렸어! 이상하지 않아!"

샌시는 골격부터 구상해 근육과 피부, 지방층을 입혔음을 알리고 재차 본인의 결백을 주장했다. 그가 결백을 증명하기 위해 전신화를 씹어 삼킬 기세였기 때문에 제리코는 샌시를 말리느라 애먹었다.

샌시가 진정된 후에야 제리코는 손에 든 어항을 내려놓을 수 있었다. 샌시가 지정해 준 장소에 송사리를 내려놓은 후 제리코는 연구실 내부를 살폈다.

샌시는 인체화에 크게 덴 여파로 인해 어딘가로 사라져 버렸다.

'아마 남이 보기에 위험한 물건을 치우러 간 거겠지.'

개인적인 공간에 이성을 초대하려면 사전 준비가 필수이거늘. 충동적인 초대로 샌시는 평생 잊지 못할 창피한 기억을 간직하게 되었다.

제리코는 쯧쯧 혀를 차며 이곳저곳을 구경했다. 수국관 4층보다 더 전문적이고 해괴해 보이는 물건이 많았다.

'뭔지 모를 동물 뼈에…… 이상한 게 많네.'

-저기 가보자!

적어도 스무 명이 넘게 공동으로 사용하는 연구실을 혼자 독점하고 있으니 공간에 여유가 있을 줄 알았는데 이게 웬걸. 온갖 정체를 알 수 없는 물건으로 남는 공간 없이 꽉꽉 채워져 있었다.

제리코는 드슬이가 가자는 방향으로 이동했다. 송사리가 헤엄치던 대형 수조와 비슷한 크기의 수조가 여기에도 있었다. 속은 비어 있었다.

"텅 비어 있네."

"거기에 새 호문쿨루스를 제작할 거야."

"음⋯⋯."

제리코는 묻고 싶은 게 있는데 샌시는 또 어딘가로 사라져 버렸다. 제리코는 수조를 꽉 채웠던 신비로운 물과 다 죽어가는 몰골로 수조에 매달리던 〈이만보〉 회원들을 떠올렸다.

'샌시 혼자 가능할까?'

-가능하니까 하겠다는 거겠지.

'솔직히 가능은 해도 힘들 것 같거든. 사람이 괜히 분업하는 게 아니잖아.'

지금이 얘기를 꺼낼 시기인 것 같아 제리코는 목청껏 샌시의 이름을 외쳤다.

"샌시!"

"이쪽으로 오지 마! 오면 안 돼!"

"안 갈 테니까 그냥 듣고만 있어! 일단 샌시! 미안해! 말하지 말라고 했는데 후안에게 말해 버렸어!"

제리코는 잠시 숨을 죽이고 샌시의 대답을 기다렸다. 샌시가 조그맣게 괜찮다고 답변했다.

"이제 어떻게 할 거야?"

"나갈 사람은 나가라고 해. 나 혼자 여기서 만들면 되니까."

'옛날처럼. 처음처럼.'

제리코의 시야가 미치지 않는 곳에서 샌시는 다시 훌쩍였다. 샌시는 콧물을 훌쩍이며 변명했다.

'이건 우는 게 아니야. 콧물이 나오는 거야. 이건 눈물이 아니야. 콧물이 눈으로 나오는 거야.'

"후안 선배 별로 기뻐하지 않더라."

"기뻐하지 않아?"

샌시는 후안이 당연히 기뻐할 거라고 생각했기에 곧바로 의문을 표했다.

"샌시한테 미안한 것 같지도 않았어."

"괘씸하긴."

약혼자에게 예쁜 손을 증정했으면 무릎 꿇고 절을 해도 모자랄 판에 미안해하지도 않는다니. 이래서 여자에게 인기 좋은 남자 따위 믿으면 안 되는 건데. 샌시가 작게 이를 갈았다.

"저기 말이야, 샌시! 나 솔직히 이번 일은 샌시가 잘못했다고 생각해! 샌시가 도네타 양의 손에 대해 함부로 언급한 걸 비난하는 게 아니야. 내가 잘못했다고 생각하는 건 샌시가 모두에게 비밀로 했다는 부분이야."

제리코가 후안과 〈이만보〉 회원에게 진실을 밝혔을 때, 후안은 기뻐하지 않았다. 사랑하는 약혼자에게 원하던 선물이 주어졌음에도 불구하고 후안은 기뻐할 수 없었다.

회장이 보인 예상치 못한 호의를 회원들 또한 달갑게 받아들이지 못했다.

이유는 분명하다. 샌시가 비밀로 했기 때문이다.

'세상에 비밀로 할 게 따로 있지.'

샌시는 본인이 이번 일의 피해자인 척 굴지만 파고들어 보면 샌시는 피해자인 동시에 가해자다. 제리코의 소견으론 가해자에 가까웠다.

후안을 좀 더 잘 부려먹기 위해 손 골렘의 존재를 감춘 건 이해한다. 그렇다 치자. 하지만 본인 혼자 도네타 양의 문제를 해결했다는 생각에 그녀의 장애를 들춘 건, 그것도 결혼을 미루면서까지 생체 골렘 제작에 매진하는 후안 앞에서 그 얘길 꺼낸 건 용서받기 힘든 잘못이었다.

샌시 혼자 당당하면 뭐 하나. 다른 사람들이 보기엔 아닌 것을.

샌시의 태도를 보고 있자면 그가 어떤 생각을 하는지 알 수 있었다.

샌시는 그로서는 아주 드물게 지인이자 친구인 후안을 위해 선심을 썼고 그로선 아주 드문 일이었던 만큼 생색을 내고 싶었다. 생색을 내다 못해 사골까지 우려먹고 싶었다. 그래서 당당했고 진실을 모르는 후안이 화를 내니 적반하장이란 생각에 더 안하무인격으로 굴었다.

샌시 입장에서야 후안을 위해 밤잠을 쪼개가며 추가 연구, 추가 제작을 했는데 매도당하니 화가 난다. 하지만 후안은? 진실을 모르는 후안은 화가 날 수밖에 없다.

"진실은 초반에 밝혀야 했어. 파를 갈라가며 실컷 싸워놓고 감정 다 상한 다음에 진실을 밝혀봐야 시기가 늦었는걸. 원래대로라면 샌시한테 고맙다고 절했을 후안 선배는 순순히 고마워할 수 없게 되고 샌시에게 실망했던 회원들 마음도 이전으로 돌아가지 않아. 샌시는 회원들에게 상처받았다지만 샌시도 그 사람들을 마음 아프게 했잖아."

고생이란 고생은 다 하고 정당하게 인정받지 못하니 이런 비극이 또 있을까. 그 비극을 자초한 게 본인이라 더 큰 문제다.

후안은 후안대로 또 무슨 날벼락인가. 감정이 상할 대로 상해 샌시와 교우 관계를 끝낼 각오로 화를 냈는데 사랑하는 약혼녀는 이미 손을 받았다고 한다. 샌시에게 화를 낸 걸 후회함과 동시에 순수하게 고마워할 수 없는 현실에 혼란스럽지 않을지.

"샌시가 잘못했어. 제대로 말하지 않아서 손해만 봤잖아. 〈이만보〉는 폐부 직전이지, 샌시랑 회원 사이에 골만 깊어졌지, 후안은 고마워하지도 않지. 후안 약점 잡아서 부려먹는 것보다 손해가 더 크지 않아?"

긍정의 답 대신 콧물 훌쩍이는 소리가 들렸다. 제리코는 소리가 들린 방향으로 걸어갔다. 샌시는 소리를 참기 위해 입술을 부들부들 떨면서 눈물만 죽죽 흘리고 있었다.

"내가 아는 샌시는 자기 시간 뺏기는 걸 엄청 싫어하는데 일부러 설계도를 변경해 도네타 양을 위한 골렘을 만들었어."

"실생활에 적용한 자료가 필요해서."

"비비 꼬지 말고. 직설적으로 말하자. 후안을 위해 그런 거잖아."

누가 그런 낯 뜨거운 얘기를 할까 보냐. 샌시의 얼굴에 불만이 번졌으나 눈물에 가려 사라졌다. 제리코는 샌시를 위해 표현을 정정했다.

"후안 선배한테 생색내고 싶어서 그런 거잖아."

"응."

"그런데 생색은 하나도 못 내고. 선배 놀란 얼굴이랑 기뻐하는 얼굴도 못 보고."

"그건 후안 잘못이야. 자꾸 결혼식 미뤄서 도네타 양이 이럴 거면 파혼하자고 화내니까 지레 찔려서 날 재촉하잖아."

-죽을 때까지 남 탓만 할 놈이야.

샌시는 눈물 젖은 얼굴로 당당하게 남 탓을 계속했다.

"후안은 바보야. 멍청해. 결혼식장에서 도네타 양의 의수에 당당히 반지를 끼워주고 싶대. 왜 꼭 반지를 고집해? 사람은 손이 없어도 살고 발이 없어도 살아. 그렇지만 머리가 없으면 죽어. 그러니까 결혼 예물은 반지가 아니라 목걸이나 티아라로 하면 되는걸."

"그리고 후안을 위해 손 골렘을 제작했지."

"후안을 위해서가 아니라 가련한 도네타 양을 위…… 도네타 양을 위해서도 아니야. 내가 만들고 싶어서 만든 거야. 자료가 필요하니까."

솔직하게 해주고 싶어서 해줬다고 말해도 괜찮은데 말이다.

제리코는 가련하게 떨고 있는 샌시의 양손을 잡았다. 가엾게도 손은 여전히 얼음장처럼 차가웠다. 제리코가 잡아끌자 샌시가 홀린 듯 따라왔다.

"그러니까 말을 했어야지. 후안에게 말하고 그렇게 생색냈으면 후안 선배가 황제처럼 모셨을 텐데."

"훌쩍."

"결혼식에서 신랑 들러리도 서고."

눈물 젖은 샌시의 눈이 커졌다. 미처 그 생각은 못 해봤단 표정에 제리코는 쓴웃음을 지었다.

"바, 밥만 먹고 오려고 했는데."

-갈 생각은 있었구먼.

사교 활동은 전무하지만 후안 결혼식은 갈 생각이었나 보다.

"모두에게 솔직하게 얘기하자. 연구 계획 못 따라와도 기다려 주겠다고 말하고 생체 골렘도 사실은 거의 막바지라고 얘기하고. 사과도 하면 좋겠지만 그건 샌시가 내키면 해. 진심에서 우러나온 사과가 아니면 의미가 없으니까."

"훌쩍."

"그러니까 이제 그만 울어. 눈가가 부었잖아."

제리코는 주머니에서 새 손수건을 꺼내 샌시의 눈가를 꾹꾹 눌렀다. 물기 어린 호박색 눈동자를 보고 있으니 그 안에 빨려 들어가듯 입 맞추고 싶어졌고 거의 그럴 뻔했으나 가까스로 참았다.

'장하다!'

-코 안 부딪치려고 고개도 틀었으면 그냥 비벼. 사람이 검을 뽑았으면 치즈라도 썰어야지.

검이 잔소리를 퍼붓는 사이 샌시는 또 숨을 쉬지 않아 안색이 시퍼레졌다. 제리코는 샌시의 생명을 위해 호흡이 닿을 정도로 가까워졌던 얼굴을 떼어냈다.

눈물에 젖어 촉촉한 샌시의 눈동자가 입맞춤을 바라고 있는 듯 보인다면 제리코의 자만일까.

"있지, 샌시. 우리 엄마가 좋아하는 사람 눈물 그치게 하는 방법으로 이게 최고라고 알려준 비법이 있는데, 해봐도 돼?"

"……응."

"그럼 눈을 감아줄래?"

샌시가 기다렸다는 듯 눈을 감았다. 제리코는 떨리는 심장을 진정시키며 천천히 고개를 비틀었다.

-가랏! 가는 거다!

뒤에서 분위기 망치는 검은 냅다 떼어서 샌시 옆 천으로 덮은 공간에 밀어 넣었다. 좋은 구경거리를 놓친 검이 격렬하게 항의했으나 제리코는 무시했다. 소중한 첫 키스를 무생물에게 관람거리로 제공하라니. 생물 사전에 있을 수 없는 일이다.

입술이 닿자 감은 눈꺼풀이 움찔 떨렸다. 제리코는 실눈을 마저 감아 버리고 닿은 입술을 꾹 눌렀다. 그녀의 손을 마주 잡아오는 힘이 무척 사랑스럽고 아찔했다.

샌시에게선 풀을 막 짓이긴 듯한 생생한 풋내가 났다. 제리코는 그 냄새가 좋아졌다. 샌시는 숨 쉬면 죽을 사람처럼 호흡을 멈췄고 입가는 긴장한 나머지 입술 외 부위가 딱딱하게 굳어 있었지만 제리코는 그게 좋았다.

샌시는 그 자체로 사랑스럽고 세상은 아름답다! 입술을 뗀 제리코가 샌시와 세상을 찬양하는 사제가 되어 축문을 외웠다. 축문은 까르르 웃음소리면 족했다.

"꺄아, 어쩜 좋아."

소녀가 첫 입맞춤의 풋풋함에 얼큰하게 취해 발을 동동 구를 때, 괴팍한 성질머리의 청년은 눈을 뜸과 동시에 폭포수 같은 눈물을 흘렸다.

"윽, 샌시. 여기서 울면 내가 어떻게 돼?"

"이러, 이러면 안 되는데. 흐윽."

"샌시, 울지 마. 울면 안 되지. 울지 말라고 뽀뽀했는데! 허락해 놓고 왜 울어!"

'이러면 꼭 내가 나쁜 사람이 된 것 같잖아!'

순진한 총각 희롱한 성추행범이 된 기분이다. 제리코가 당황해 어쩔 줄을 모르자 샌시도 눈물을 그치려 노력했다.

그는 쏟아지는 눈물을 섬섬옥수에 받아내며 눈물의 이유를 말했다.

"정말 이러면 안 되는데. 내겐 '그녀'가 있는데 널 거부할 수가 없었어. 다 내 잘못이야. 내가 좀 더 처신을 잘했어야 하는데 네게 여지를 주는 바람에 제리코 네가 나한테 반해서……."

조금이나마 미안했던 마음을 싹 사라지게 해주는 훌륭한 망언이었다. 제리코는 샌시에게 너는 그렇게 마성의 남자가 아니라고 말해주고 싶었다.

'오히려 내가 마성의 여자 아니야?'

제리코에게 반한 남자가 현재로선 둘밖에 없긴 하다. 하지만 그녀가 딱히 청춘사업에 골몰한 것도 아닌데, 반한 남자의 질로 따져보면 하나는 로젠이요, 하나는 샌시다. 로젠이야 박애 정신이 넘치니 그렇다 치고 샌시를 반하게 한 건 대단한 성과였다.

"제리코, 너는 정말 예쁘고 매력적이고 사랑스러워. 네가 세상에 살아 숨 쉬고 있다는 것만으로도 기쁘고 행복한 일이야."

샌시가 어깨를 움츠렸다.

"네가 나한테 이러는 게 정말 꿈만 같은, 꿈에서도 겪어본 적 없는 황금 같은 기회고 이걸 놓쳐선 안 된다는 걸 아는데. 정말 아는데. 너와 사귀면 나마저 '그녀'를 배신하게 되잖아. 네가 너무 좋아서 네게 안주해 버릴까 봐 두려워. '그녀'가 없어도 괜찮다고 생각하게 될까 봐 무서워."

후안이 지닌 초조함의 원인은 더 늦추기 힘든 결혼 날짜였고 샌시가 가진 초조함의 원인은 길이 보이지 않는 호문쿨루스 연구 진도였다.

마탑주가 호언장담하고 카모마가 실패가 예정된 꿈이라고 말한 대로 이상형 제작은 샌시가 이제껏 접한 적 없는 거대한 벽에 가로막혀 있었다.

그 벽은 이제껏 아무도 넘지 못한 거대한 벽이다. 시도한 사람이 없어 참고할 과거의 연구는 전무하고 도움을 구하고 싶어도 자원과 시간이 아깝지 않냐며 돕지 않는다. 어떻게든 홀로 길을 개척했지만 슬슬 한계에 다다르고 있음을 샌시 본인도 조금 실감한 차였다.

평생을 건 숙원이 불가능하다는 걸 인정하고 싶은 사람이 어디에 있을까.

"호문쿨루스의 지능과 사고를 내가 원하는 수준까지 끌어올리려면 내 수명으론 부족해. 마녀 수준이면 모를까, 나처럼 100년밖에 못 살면 죽어도 못 만들어. 처음엔 마녀가 무작정 반대하는 줄 알았는데 이젠 진짜 안 된다는 걸 알아. 그렇지만 포기하고 싶지 않아. 포기하기 싫어! 내가 '그녀'를 포기하면 '그녀'는 내 실패한 꿈이 되어버리니까!"

사람에겐 누구나 절대 포기할 수 없는 게 있다. 제리코에겐 가족이고, 후안에겐 약혼자이며, 샌시에겐 '그녀'이다.

샌시의 그녀는 단순한 이상형이 아니었다. 샌시의 꿈이요, 숙원이요, 삶이요, 복수의 방법이자 부족한 사회성과 상처받은 마음을 치유하기 위한 수단이었다. 샌시의 인생에서 그녀를 빼면 아무것도 남지 않는다.

제리코가 좋지만 제리코를 선택하면 그녀를 포기해야 한다. 실제로 샌시의 안에서 그녀보다 제리코가 차지하는 지분이 더 커지고 있었다. 그게 너무 가슴 아파 샌시는 주르륵 눈물을 흘린 것이다.

"흑, 제리코. 방법은 하나뿐이야. 네가 나 말고 다른 남자를 좋아하면 돼. 로젠은 안 돼. 걔는 절대 안 돼. 걔는 재수 없어. 가능하면 로젠보다 잘난 남자를…… 너무 잘난 남자랑 만나면 기분이 묘해지니까 나랑 비슷하면서 나보다 잘난 남자랑…… 아냐, 아냐! 네가 다른 남자랑 사귈 거라고 생각하면 위장이 뒤틀려서 토할 것 같…… 우엑."

토할 것 같다던 샌시는 진짜로 토했다. 그가 토사물 대신 피를 토하는 걸 몇 번 보았던 제리코는 토사물에 피의 흔적이 없다는 데 안도했다. 제리코는 상냥하게 샌시의 등을 토닥였다.

"제리코, 나 말고 다른 남, 우엑."

"샌시도 참. 마음에 없는 소릴 하니까 토를 하지."

뽀뽀 좀 했더니 펑펑 울고, 토하고. 난리도 아니었다. 사람이 연애 좀 하겠다는데 이게 대체 무슨 일인가 싶어 제리코는 한숨을 팍팍 쉬었다.

'얘는 왜 이렇게 조용해.'

천에 덮여 보이진 않아도 소리는 전해지고 있을 텐데 이상하게 검이 조용했다. 입이 없고 입술이 없고 혀가 없어서 남들보다 100배는 시끄럽게 떠들어도 멀쩡하고 참견하기 좋아하는 검이 이렇게 조용하다니? 동생들만 남겨놓고 외출했는데 조용한 집 안에 불안감이 엄습했다. 꼭 폭풍이 불기 전 고요한 밤 같았다.

근거 없는 불안감이 아닌 야생의 감이었을까. 제리코와 샌시 옆의 천이 하늘로 불쑥 치솟았다. 제리코는 샌시의 등을 토닥이던 손으로 그를 잡아 함께 피신했다.

공중으로 치솟은 천이 펄럭이며 아래로 떨어졌다. 그 사이에 사람의 살결이 비쳤다. 언뜻 보였으나 나신이었고 굴곡으로 보건대 여자가 틀림없었다.

천이 천장에서 바닥으로 떨어지는 짧은 시간. 알몸 여성이 두 팔을 들었다. 둘을 덮치려는 듯 보였다.

"말도 안 돼!"

"뭐야? 뭐야? 왜 갑자기 알몸 여자가?"

이게 말로만 듣던 마탑주의 사주란 말인가! 설마 했는데 정말 여자를 보내서 알몸으로 덮치게 만들다니!

'내가 샌시를 지켜줘야 해!'

알뜰살뜰 아끼느라 아직 뽀뽀밖에 못 해봤는데 다른 사람이 덮치게 둘 순 없다. 제리코는 성추행범에게 자신과 샌시가 사귀는 사이임을 밝히기 위해 샌시 앞에 섰다.

펄럭.

치한이 팔을 휘둘러 제 몸 위로 떨어진 천을 치웠다. 어딘지 어색한 실루엣과 어색한 팔놀림에 의문을 표할 틈도 없었다.

당당하게 알몸을 드러낸 범죄자의 신체는 아주 아름다웠다. 피부는 백옥 같고 흔한 흠 하나 없었으며 골격은 대자연이 직접 빚어낸 듯한 조형미와 균형미가 느껴졌다. 아름다운 뼈를 덮은 근육은 실험실 입구에서 본 그림처럼 완벽했다.

하지만 완벽한 그녀에겐 아주 중요한, 사람으로서, 그리고 생명체로서 가장 중요한 것이 부족했다.

가늘고 곧은 목. 그 위에 있어야 할 머리가 부재했다. 한마디로 머리가 없었다.

기기긱. 머리 없는 여자가 관절을 기괴하게 꺾으며 한 발짝 걸었다. 제리코는 전신의 털이 삐쭉 솟았다.

"히이이이이이익."

끼익끼익. 사람 관절에서 나면 안 되는 소리고 실제로 그런 소리가 난 것은 아니다. 다만 머리 없는 괴물의 움직임이 녹슨 금속 물체처럼 이상했다. 꺾여선 안 되는 방향으로 꺾이고 부드럽고 빠르게 움직이는가 하면 난데없이 동작이 멎었다.

"어, 언데든가?"

머리 없는 여자가 비틀거리며 바닥을 디뎌 중심을 잡았다. 삐거덕삐거덕, 절도 있는 관절의 움직임에 제리코의 등줄기를 타고 소름이 올랐다.

상대가 누군지, 정체가 무언지 하나도 모르지만 지금 이 순간 제리코가 할 일은 하나였다.

썩어가는 에라프 옆에서 몇 날 며칠 수다를 떤 것만 보아도 알 수 있듯, 제리코는 담이 세다.

단기간이나마 충실히 받은 검술 수업과 드래곤 슬레이어 소드의 학대에 가까운 수련, 하프 산맥에서 대충 다져진 실전 경험에 친부에게 물려받은 재능을 더해 제리코는 위기 상황에 재빠르게 대처했다.

제리코는 등 뒤로 손을 가져갔다가 아차 했다. 늘 한 몸처럼 몸에서 떼어놓지 않았던 검이 없었다.

'아까 저기에 뒀지!'

하필 제리코가 애검을 둔 자리는 머리 없는 괴물이 벌떡 일어난 그곳이었다. 제리코는 다급하게 검을 찾았다. 휘황찬란해서 어디에 있어도 눈에 잘 띄어야 할 검이 보이지 않았다.

'천 밑에 깔렸나?'

바닥을 훑던 제리코는 괴물을 견제하기 위해 시선을 위로 올렸다가 흠칫 놀랐다. 괴물의 손에 들린 건 바로 그녀가 찾고 있던 검이었다.

'언데드는 안 타는 거야?'

산 사람은 신나게 태우면서 죽은 사람은 못 태우니! 이 못난 검! 무능 검!

언데드가 당당하게 용사의 검을 잡고 있는 것에 놀랄 때가 아니었다. 제리코는 아쉬운 대로 로젠이 선물해 준 단검을 빼 들었다.

"샌시! 빨리 신고, 신고! 언데드 나오면 무조건 신고! 왜 네 연구실에 언데드가 있는 거야!"

설마 언데드도 실험이나 연구에 필요한 건가? 마법사의 연구실엔 언데드가 하나씩 구비되어 있는 건가? 저렇게 생생한 시체 구하기도 힘들 텐데.

제리코가 마법사란 직업군에 대한 막대한 편견과 오해를 쌓기 전에 샌시가 힘겹게 입을 열었다. 그는 너무 놀라 머리 없는 괴물에게서 눈을 떼지 못한 상태였다.

"저건 언데드가 아니라……."

내내 제자리에 서서 중심을 잡기 위해 상체와 하체를 기괴하게 움직이던 괴물이 둘이 있는 방향으로 한 발짝 걸음을 옮겼다.

"꺄아아악!"

제리코는 있는 힘껏 괴물의 복부에 발차기를 날렸다. 중심을 잡지 못하고 있던 시체(?)는 물건을 흩뜨리며 뒤로 넘어졌다.

공격이 성공했지만 제리코의 얼굴이 굳었다.

'동물을 때린 느낌이 아니야!'

움푹 들어가는 느낌은 동물의 살점을 닮았으나 그 내부에 존재하는 바위처럼 단단한 무언가가 제리코의 발차기를 튕겨냈다. 넘어진 건 괴물인데 밀어 찬 제리코의 발목이 시큰거렸다.

"샌시! 이 언데드 엄청 센 언데든가 봐!"

"저건 언데드가 아니야!"

"사람 몸뚱이에 머리가 없는데 움직이면 그게 언데드지 다른 게 언데드야?"

시체 주제에 피부가 묘하게 싱싱하고 근육이 생동감 넘쳐서 더 혐오스러웠다.

넘어진 괴물이 일어나기 위해서인지 팔을 허우적거리다 바닥에 붙었다. 바닥 위에서 대중없이 꼼지락거리는 손가락이 시체에서 꾸물거리는 번데기 급으로 혐오스러웠다.

"드슬아! 뭐 해! 확 태워 버려! 너 그거 잘하잖아!"

이 급박한 상황에서 아무 일도 하지 않는 친구 검의 침묵이 답답한 나머지 제리코는 비통하게 검의 이름을 외쳤다. 그 순간 내내 잠잠하던 드래곤 슬레이어 소드가 임시 주인의 부름에 답했다.

─뭐야, 이거. 왜 움직여져?

"뭐?"

─이거. 이거 생체 골렘 맞지? 내가 조종할 수 있는데?

머리 없는 시체(?)가 검을 든 손을 불쑥 쳐들었다. 드래곤 슬레이어 소드가 본신을 떨어 건재함을 알렸다.

─이거 시체 아니야. 너희 대화 듣고 있으니 열 받아서 확 때려줬으면 좋겠다고 생각하는데 갑자기 이게 움직이잖아.

샌시는 제리코가 여전히 주인인 걸 알고 있으니 감출 생각이 없다는 듯 드래곤 슬레이어 소드가 샌시에게도 들리도록 말했다.

-와, 이거 조종 까다롭네. 내가 몸이 없어서 그런가.

인간의 몸으로 현신이 가능한 검이지만 실체를 지닌 진짜 몸뚱이는 느낌이 달랐다.

검은 조종이 어설프다고 말하더니 관절 꺾이는 온갖 자세 끝에 생체 골렘을 세우는 데 성공했다.

-제리! 이거 봐! 이거, 이걸로 나 운반할 수 있어! 나 들 수 있어!

검은 흥분으로 제정신이 아니었다. 무엇이든 벨 수 있는 본체를 검집에서 뺀 다음 붕붕 휘두르기 시작한 것이다. 제리코가 뒷걸음질 쳐 거리를 벌리지 않았다면 불귀의 객이 되었을 것이다.

"그러니까, 저거…… 골렘인 거지?"

겉으로 보기엔 정말 사람 같았다. 머리까지 달려 있으면 정말 사람이라고 착각할 법했다. 하지만 골렘에겐 머리가 없었고 알몸이었으며 몸매는 이상하리만치 완벽해서 오히려 부담스럽고 무서웠다.

제리코는 골렘의 완벽한 몸매에서 입구에서 보았던 누드화를 상기했다. 그림 속 몸매가 실체화된다면 딱 저런 몸매일 것 같았다.

'설마.'

"막바지라더니 다 만든 거였어?"

제리코가 혹시나 싶어 샌시에게 묻자 샌시는 여전히 골렘(?)에게서 시선을 떼지 못한 채 고개를 저었다.

"아니…… 저건 너무 욕심을 낸 바람에 실패작인데."

"욕심을 내서 실패작?"

-제리! 내가 날 혼들고 있어!

해맑게 웃는 드슬이는 그렇다 치자. 뒤를 돌아보니 샌시의 두 눈이 초롱초롱했다. 샌시는 주머니에서 노트와 펜을 꺼내 열심히 생체 골렘 형상을 스케치하더니 필기체로 뭔가를 적었다.

"감각은 어때? 촉감이 느껴져?"

-느껴진다! 우하하하! 에잇!

드래곤 슬레이어 소드가 실험실 기물을 파손했다.

-느껴져! 기물을 파괴하는 이 느낌! 내 몸과 골렘 둘 다 느껴져!

"오오오오오. 발바닥은? 손 말고 다른 부위는?"

주인인 샌시가 허락하니 드슬이는 더욱 광분하여 주변을 파괴하기 시작했다. 닭 쫓던 개처럼 파괴 현장을 지켜보던 제리코는 엄습해 오는 현기증에 이마를 짚었다.

'두통이!'

파괴되는 연구실과 그걸 보며 좋아하는 샌시에 머리 없이 칼 들고 난동 부리는 알몸 여자의 형상을 한 골렘.

"언제까지 발가벗고 있을 거야! 천으로라도 가려!"

야하기보단 섬뜩한 광경이지만 샌시의 수첩에 누드화가 늘어가는 걸 지켜볼 순 없었다.

버럭 화를 낸 제리코는 느닷없이 눈앞이 점멸하는 걸 느끼고 비틀거렸다. 송곳으로 찌르는 듯한 편두통이 닥쳐오더니 속이 뒤집혔다.

"우, 우엑."

-아, 마력! 이거 조종하는 데 마력이 드는구나!

제 몸 휘두르는 데 정신이 팔려 임시 주인 살피기를 게을리한 검이 뒤늦게 사태를 파악했으나 때는 늦었다.

제리코는 샌시가 토한 장소 바로 옆에 알뜰살뜰 속을 게워내고 쓰러졌다. 쓰러지면서 팔로 머리를 감싸 머리를 보호하는 걸 잊지 않은 게 그녀가 기억하는 마지막이었다.

붉은 머리 소녀가 천천히 바닥으로 쓰러졌다.

-제리이이이이!

검이 절규했다.

고양되었던 정신은 찬물을 끼얹은 듯 얼어붙었다. 신이 나 본체를 흔들던 힘이 소녀를 쓰러뜨린 원인이었다.

검은 공포에 질려 이성을 잃었다.

-어떡, 어떠, 어떡…….

늘 잘난 척하고 식견 있는 척해도 방구석 장식품이었던 검이다. 검이 지닌 지식과 상식, 식견은 견문이 넓은 전 주인과 서가에 꽂힌 책에 국한된 오래된 지식이고 타인의 연륜이었다.

드래곤 슬레이어 소드는 샌시의 존재를 무시하고 소녀의 형상으로 현신해 제리코에게 달려갔다.

제리코에게 달려가려던 샌시는 그보다 앞서 제리코에게 향한 소녀에게 가로막혔다. 흑발의 소녀는 바닥에 쓰러진 붉은 머리 소녀와 생김새가 똑같았다. 쌍둥이처럼 닮은 소녀가 어디서 튀어나왔을까. 하늘에서 떨어졌나 땅에서 솟아났나.

갑자기 등장한 불가사의한 소녀는 샌시가 감히 손을 대지 못하는 제리코의 볼을 두드렸다.

"제리! 눈을 떠봐!"

찰싹찰싹, 드슬이의 손이 가볍게 제리코의 볼을 두드렸다. 기절한 제리코는 미동도 하지 않고 색색 숨만 내쉬었다.

제리코가 깨어날 기미를 보이지 않자 검과 소녀를 둘러싼 마력의 기세가 더욱 강렬해졌다.

제리코의 기절과 갑자기 등장한 미지의 소녀로 인해 제자리에 굳어 있던 샌시는 빠르게 이성을 되찾았다. 마력 고갈로 기절하는 사람을 접할 기회가 많았고 갑자기 등장한 흑발 소녀의 정체를 대충 짐작했기 때문이다.

샌시는 일단 흥분한 소녀부터 진정시켰다.

"진정해, 드래곤 슬레이어 소드."

샌시의 짐작이 맞았는지 흑발 소녀가 흘끗 샌시를 돌아보았다. 아주 잠깐이었다.

"제리이이이!"

"억지로 깨우지 마. 마력이 갑자기 부족해져 기절한 것뿐이니까."

그의 희고 고운 손가락이 바닥에서 덜덜거리며 검집에서 빠져나오려 애쓰는 검을 가리켰다.

"그러니까 마력 낭비하지 말고 얌전히 있어."

드슬이가 고개를 돌려 샌시를 올려다보았다. 검이 우는 게 가능했다면 눈가가 물에 젖어 축축했을 것이다.

드슬이는 이를 악물더니 애써 흥분을 가라앉히고 본체로 돌아갔다. 안개처럼 피어나던 검은 마력은 3분 정도 지나자 흩어져 사라졌다.

'에고 소드라더니.'

샌시는 물리적 간섭이 가능한 검의 능력에 대해 고뇌했다. 그러다 더 중한 일이 있음을 깨닫고 제리코에게 다가갔다. 세상 그 어떤 신비도 제리코보다 중요하지 않았다.

샌시는 깨끗한 천에 물을 묻혀 제리코의 입안을 닦았다. 그러곤 골렘을 조작해 누워 있기 편한 장소로 옮겼다.

입안에 이물질이 남았는지 확인하고 맥박과 호흡이 정상임을 확인하고 나니 그제야 멎어 있던 심장이 거세게 뛰었다.

누군가가 온 힘을 다해 샌시의 심장을 쳤다. 쿵, 쿵, 아찔한 울림과 현기증이 일어 샌시는 제리코를 눕힌 장의자 가장자리에 걸터앉았다. 쓰러진 사람은 제리콘데 죽는 사람은 본인 같았다. 아닌 게 아니라 느낌이 이상해서 손을 내려다보니 두 손이 덜덜 떨리고 있었다.

'이럴 때가 아니지.'

욕심 같아선 이대로 쉬고 싶지만 제리코가 깨기 전에 할 일이 있었다.

샌시는 일어나기 전에 다시 제리코의 상태를 확인하고 골렘을 조종해 바닥의 토사물을 치웠다. 어지간한 일로는 열지 않는 창문을 열어 냄새를 빼고 드래곤 슬레이어 소드가 멋대로 움직인 생체 골렘을 제자리로 옮겼다.

샌시는 육체를 가진 생물이 할 수 있는 일을 찾아 분주하게 움직였다. 본체가 있으나 움직일 수 없는 검은 그 모습을 질시하듯 지켜봤다.

-제리는 괜찮아?

"괜찮아. 금방 깨어날 거야."

-확실한 거야?

성대가 없어 귀가 아닌 머릿속에 직접 전달되는 검의 말에 불안한 기색이 역력했다.

샌시는 검의 불안을 풀어주는 대신 자기 생각에 빠졌다.

'어떻게 움직인 거지? 아냐, 그것보다⋯⋯.'

샌시에게 '그녀'와 제리코를 두고 하나를 선택하라면 단연코 제리코가 우선이다. 그건 어쩔 수 없다. '그녀'는 아직 존재하지 않는 데다가 만일 '그녀'를 완성했다 해도 살아 있는 사람과, 하물며 제리코와 비교할 수 없으니까.

그러니 지금도 제리코의 안전이 우선이었다.

샌시는 바닥에 두기엔 황공한 검을 보았다. 용사의 검이 광룡의 피를 흡수해 자아를 얻어 에고 소드가 되었다는 이야기는 숱하게 들었다. 하지만 그 검이 광룡의 마력을 지니고 있다는 얘기는 금시초문이었다.

'피엔 영혼과 마력이 녹아 있으니 피를 흡수했으면 마력을 흡수한 것도 당연하지만 깊게 생각해 보지 않았어.'

관심 밖의 일이라 생각해 보지 않았다.

늦었지만 이제부터라도 생각해 봐야 할 일이 되었다. 생체 골렘을 조작할 때의 흥분이야 놀라운 일이니 그럴 수 있다 치자. 제리코가 쓰러졌을 때 검이 보인 반응은 지나치게 과민했다.

'폭주할 것 같았지.'

–정말 괜찮은 거냐!

"괜찮아."

검이 제리코를 소중하게 여기는 것은 짐작할 수 있었다. 하지만 물리력 행사가 가능한 현신과 광룡의 마력이 샌시를 언짢게 했다.

마법검이니 내재된 마력의 총량이 늘어난 것은 좋은 일이다. 그러나 방대한 마력의 태반은 광룡의 마력이고 정화되지 않은 광기를 담고 있다.

용의 이성을 앗아 갈 만큼 강한 광기다. 검에 깃든 자아는 얼마나 저항할 수 있을까?

제리코의 안전을 위해 검에서 손을 떼지 말라고 한 과거의 발언이 후회되는 순간이었다.

'두고 다니라고 하면……'

하프 산맥에서 귀환한 후 했던 말과 모순되거니와 갑자기 얘기를 꺼내면 검과 주변 사람들이 의심할 수 있었다.

'시간을 두고 말해봐야겠어.'

그 전까진 신중하게 지켜봐야겠다고 생각하며 샌시는 골렘을 조종해 마법 약 재료를 챙겼다. 깨어날 제리코를 위해 마력 회복에 도움되는 마법약을 제조할 생각이었다. 그러나 샌시는 마도구 앞에 선 순간 침음을 삼켰다.

"……"

임시 주인의 기절로 당황한 검이 뿜은 마력에 마도구가 오염된 것이다.

망가진 마도구가 주인에게 작별을 고했다.

실험에 사용하는 마도구는 외부 마력에 예민하게 반응한다. 여러 사람이 오가는 〈이만보〉의 실험실에는 외부 마력이 간섭하지 않도록 조치를 해두었다. 다만 연구동의 실험실은 샌시 혼자 사용하는 공간이라

방비를 해두지 않았다.

유비무환이라더니 이렇게 실감하게 될 줄이야.

훌쩍.

샌시는 말없이 눈물을 훔쳤다. 검의 시야에서 보이는 그의 뒷모습은 그 어느 때보다 쓸쓸했다.

기절이라. 참 본인과 어울리지 않는 단어다. 제리코는 느릿하게 의식이 돌아오는 중 어렴풋이 그렇게 생각했다.

'솔직히 이번엔 기절할 만했어.'

머리 없는 시체 비슷한 게 기괴하게 관절을 틀며 움직이는 걸 목격했으니까 이번 기절은 인정해 줘야 한다.

눈꺼풀이 천근만근이었다. 눈꺼풀은 본래 천하장사의 천적인 만큼 마을의 소녀 장사도 들기 버거웠으나 어떻게든 드는 데 성공했다.

깜빡. 제리코는 가장 먼저 시야에 들어온 연둣빛에 눈을 깜빡였다. 눈을 뜨자마자 샌시의 얼굴이 보이니 꿈인 듯싶었다.

'좋은 꿈이다.'

각도를 보아하니 무릎베개로구나. 드러누워 실실 웃는 제리코의 이마에 차갑고 축축한 물체가 올려졌다. 물수건이었다. 샌시는 물에 젖은 제 손을 보란 듯이 들었다.

"깼어?"

"내가 오래 기절해 있었어?"

"평균적인 마력 회복 시간이니까 걱정하지 않아도 돼. 오히려 평균보다 약간 빠른 편이야."

"그렇구나. 드슬이는?"

-죽을죄를 지었습니다.

멀지 않은 곳에서 웅웅거리는 소리가 들렸다. 제리코는 누운 채로 고개만 돌렸다. 바닥에 쓰러져 있을 줄 알았는데 시야가 높은 걸 보니 샌시가 다른 곳으로 옮긴 듯싶었다. 무릎베개까지 해주다니 서비스가 좋았다. 기왕 누리는 호사를 계속 유지하고 싶었기 때문에 제리코는 샌시의 허벅지에 뒷머리를 비볐다. 공들여 묶은 머리가 풀린 게 조금 아쉬웠다.

바닥에 놓인 드래곤 슬레이어 소드가 슬슬 진동을 내었다.

-이 미천한 소검이 제리코 님 말씀대로 있는 게 없는 검이라 갑자기 몸 같은 게 생긴 바람에 너무 놀란 나머지 주제도 모르고 날뛰었습니다.

흥분한 나머지 비록 임시이나 주인을 마력 고갈로 쓰러뜨렸으니 무기로서 지은 죄가 컸다.

드래곤 슬레이어 소드가 진심을 표현하기 위해 정열적으로 검신을 떨었다. 전해지는 감정으로 충분한데 그치질 않았다.

-내가! 이 무뇌 검이! 너를 생각하지 못하고! 제일 중요한 게 너인데 그만!

"워워. 진정해, 무뇌 검. 흥분하면 그럴 수도 있어. 너의 죄를 사하노라."

샌시의 무릎베개를 포기하기 싫어서 누운 채로 대답하는데 머리가 살포시 들렸다.

푹신한 것으로 무릎을 대체한 샌시가 저린 다리를 주무르며 일어났다.

제리코는 떠나가는 남자를 잡기 위해 팔을 휘저었다.

"샌시, 많이 저려서 그래? 내가 목에 힘주고 있으면 되는데!"

"토했잖아. 물 마셔야지."

물 정도야 마법으로 만들거나 주머니에서 물통을 꺼내면 되는데 샌시가 일부러 소녀의 동그란 머리를 포기한 데엔 다 이유가 있었다.

샌시는 뜨거운 물과 차가운 물을 섞어 온도를 맞춘 후 소금과 설탕, 제리코가 기절한 사이 제조한 마력 회복약을 혼합했다.

제리코는 약을 건네는 샌시의 손이 물에 젖은 게 안타까워 말했다.

"나랑 사귀면 손에 물 한 방울 안 묻히게 해줄 생각이었는데!"

"그렇지 않아, 제리코. 널 위해서라면 손에 물을 묻히고 수건의 물을 짜내는 것쯤은 얼마든지 할 수 있어."

수건을 물에 적셔 비틀어 짜는 행위. 그 단순한 행동조차 손목에 무리가 간다고 하지 않는 샌시지만 제리코를 위해서라면 모두 가능했다.

약 때문인지 물맛이 매우 미묘했기 때문에 제리코는 오만상을 찡그렸다. 샌시가 섞은 약이 동일 무게의 금보다 비싸단 얘기에 컵을 깨끗하게 비워냈지만.

달고 짜고 맵고 시큼털털하고 꽤 느끼한 물을 마시니 정신이 명료해지는 기분이 들었다.

"빠른 마력 회복의 부작용이야."

"그렇구나. 갑자기 머리가 좋아진 기분이야. 이 상태에서 공부하면 머리에 쏙쏙 들어올 느낌."

공부를 잘할 것 같은 기분도 들었겠다, 검은 여전히 바닥에서 설설 기고 있겠다, 무릎베개는 강 건너로 날아가 버렸으니 제리코가 할 일은 하나였다.

"그래서. 이게 어떻게 된 거야?"

설마설마하는 거지만 물어볼 수밖에 없었다.

"숨겨놨던 5할이라는 게 골렘은 완성했는데 진척도를 절반이나 숨겼던 거야?"

조종자의 실력이 미숙해서 그렇지 겉으로 보기엔 사람과 동일한 생체 골렘이다. 제대로 작동하는 걸 확인했으니 제리코가 봤을 땐 완성품에 가까웠다.

제리코를 기절초풍하게 한 생체 골렘은 원래 있던 자리로 돌아갔다. 천도 덮어둔 상태였다.

'저 천은 원래 덮어두던 걸까 아니면 나 왔다고 급하게 덮은 걸까?'

참 궁금한 일이지만 이에 대해 물으면 샌시는 이렇게 답하겠지.

'야하지 않아! 건전해!'

그러니까 이 의문은 그냥 묻어두기로 하자.

제리코가 일어나자 검은 벌벌 떨며 용서를 구했다. 지은 죄가 있기 때문에 제리코는 검을 무시하기로 했다.

검 대신 생체 골렘에게 향하려던 그녀의 어깨가 움찔 떨렸다. 골렘을 찼던 쪽 발목이 시큰거렸다.

"도대체 뭐로 만들었는데 밀어 찬 내 발목이 시큰거려?"

"다쳤어?"

제리코가 발목 통증을 호소하자 샌시가 평소 움직임의 10배는 될 법한 속도로 움직였다.

그는 꽤 묵직해 보이는 약 함을 들고 왔다. 오늘 하루 샌시가 책보다 무거운 물건 드는 걸 두 번이나 목격하는 역사적 순간이었다. 샌시의 무수한 법칙은 제리코란 예외 앞에서 무효화된다.

제리코는 상체를 일으키면서 생체 골렘 진척도 같은 쓸데없는 생각을 치워 버리고 진짜 중요한 걸 고민했다.

'꾀병을 부리느냐 마느냐.'

샌시가 제리코의 발목 상태를 확인하기 위해 그녀 앞에 무릎 꿇는 순간 제리코는 꾀병에 올인했다.

"어느 쪽 발목? 여기였나?"

"응, 거기. 아아, 아파라."

―아파? 다쳤어? 으아아아아. 죽을죄를 지었습니다, 생물님!

내내 방치당하던 드슬이가 제리코의 부상 소식에 엄청난 진동을 선보였다. 제리코는 얼른 무생물이 낄 영역이 아님을 밝혔다.

'쓱. 용서해 준다니까. 지금 중요한 순간이니까 끼지 마.'

빈말이 아니고 정말 중요한 순간이었다. 샌시가 조심스럽게 제리코의 오른발을 살피다가 발을 잡고 살짝 비틀었다. 제리코는 몸을 비틀며 비명을 질렀다.

"아파!"

꾀병이 아니라 진짜 아프다는 사실이 밝혀진 중요한 순간이었다.

사랑이란 마약이 제리코의 통각을 잠시 둔화시켰을 뿐이다.

제리코의 눈가엔 눈물이 핑 돌았고 샌시는 신중한 진찰 끝에 발목을 접질렸음을 고지했다.

"접질린 것 같아. 진통제를 발라주고 붕대로 고정해 줄게."

살포시 제리코의 발을 만지는 샌시, 얼굴을 붉히는 남녀, 스치는 눈빛과 야릇한 분위기를 기대했던 소녀는 비정한 현실과 몰려오는 통증에 울상 지었다.

제리코는 작은 주걱으로 약을 펴 바르는 샌시를 보고 작게 투덜거렸다.

'약 정도는 손으로 살살 발라줘도 되잖아.'

─언제는 손에 물 한 방울 안 묻히게 해줄 거라더니.

'약은 물이 아니거든요. 너 이제 안 미안한가 보다?'

─죄송합니다, 인간님. 저를 죽여주십시오.

"이럴 때 쓰는 마법은 없어?"

"마법은 마법사가 필요하거나 수요층이 많아야 개발에 착수하는데 이런 일로 마법사를 찾는 사람은 없으니까."

마법사는 인건비가 비싸니 이런 소소한 일로 마법사를 찾는 사람은 없다. 그래서 염좌를 치료하는 마법도 없었다.

약은 주걱으로 펴 발랐지만 붕대는 손으로 감아야 했다. 샌시의 손이 바삐 움직이며 붕대로 발목을 칭칭 감았다.

그 광경이 제리코가 상상한 것과 얼핏 비슷해 제리코는 심히 만족했다.

샌시는 늦게나마 소녀의 발목과 종아리에 얼굴을 붉혔고 제리코는 스치듯 지나가는 그의 손길을 만끽했다. 약간 감질나긴 했지만 만족스러웠다.

"그래서 샌시, 저건 뭐야?"

"너무 과한 건 덜하느니만 못하다의 증례."

제리코가 자세한 설명을 요구하는 눈빛을 보냈다. 샌시가 천천히 설명했다.

"네 말대로 골렘 쪽은 거의 완성 단계에 접어들었어. 저건 내가 폭주하는 바람에 재료를 날린 실패작이야. 저기에 날린 재료만 아니었어도……. 재료비가……. 구하기 힘든 건데……. 더 구하고 싶은데 물량이……."

날린 재료를 생각하면 아직도 마음이 아픈지 샌시가 음울하게 중얼거렸다.

지나치게 본인 위주의 해석이었기 때문에 제리코는 좀 더 친절한 설명을 요구했다.

"기왕 이상형을 만드는 김에."

"만드는 김에?"

"허약한 이상형보단 튼튼하고 건강한 이상형이 낫다고 생각했어."

"응응. 건강이 최고지."

"그리고 약한 이상형보단 강한 이상형이 낫다고 생각했지."

"응응. 나도 강한 사람이 좋아. 생물의 본능이지."

"강하게 만들다 보니까 어디까지 가능한지 한계가 궁금해져서 나도 모르게 폭주한 나머지……."

용사의 딸이 밀어차기를 날려 역으로 발목을 삐는 무적 골렘이 탄생했다.

"마물의 분골을 섞은 합금으로 뼈대를 만들었어. 탄성과 강도 모두 인간의 뼈를 능가하지. 근육은 합성 근섬유고 피부는."

백문이 불여일견. 샌시는 골렘의 피부를 손톱으로 긁었다. 꽤 강하게 할퀴었는데 골렘 겉면엔 흠집 하나 나지 않았다.

"어지간한 무기로는 상하지 않아."

"촉감은 사람 피부 같던데 강도는 갑옷 같은 거야?"

"응."

놀라운 성능에 제리코는 입을 쩍 벌렸고, 샌시는 침통한 얼굴로 고개를 떨궜다.

"여기에 재료를 다 써서 남은 게 없어……."

"좋은 거 아니야? 샌시 말대로 튼튼하고 강하면 좋잖아."

"이 상태대로라면 파괴마가 될 뿐이야. 섬세한 힘 조절이 필요한데 호문쿨루스가 그걸 학습하려면 10년은 넘게 걸릴 거야."

강하고 아름다운 이상형의 꿈은 그렇게 좌절되었다. 설계 단계에서 충분히 예상 가능한 일이었지만 폭주해 버린 것을 어쩌랴. 샌시가 이상형 제작을 위해 알뜰살뜰 모은 귀중한 재료들은 모두 골렘에 쓰여 재활용도 불가능하게 되었다.

재료라는 게 돈이 있어도 구하지 못하는 종류가 있다 보니 골렘 제작은 반강제적으로 연기되어 버렸다.

"그럼 골렘 연구는 안 해도 되는 거였구나."

"그건 아니야. 반복 연구는 중요하고 다른 사람과 함께 연구하면서 내가 놓친 부분을 살필 수 있으니까."

어쨌든 기동 가능한 생체 골렘 시제품은 완성했으니 호문쿨루스 연구에 매진하려는 샌시가 이해되었다. 그로선 끝낸 것이나 마찬가지인 골렘 연구보다 호문쿨루스 쪽에 매진하고 싶었을 것이다.

"모두에게 비밀로 한 거야?"

"겨울방학 동안 제작했어. 일부러 학교에 사람이 없는 시기를 골랐지."

더 캐물어보니 시기가 이러했다.

안나 도네타 양에게 넘긴 손 골렘의 제작 완성 시기는 에라프의 장례식 때. 생체 골렘 시제품의 완성 시기는 입학식 때.

모두 샌시가 유난히 피곤해 보였던 날이었다.

'어쩐지 다 죽어가더라니.'

불쌍한 〈이만보〉 회원들은 이 사실도 모르고 있겠지.

제리코가 묘한 감상에 젖어 있는 동안 샌시는 생체 골렘을 덮은 천을 살짝 걷었다. 말로는 실패작이라 했지만 자랑하고 싶은 눈치였다.

제리코는 찬찬히 골렘을 훑어보았다. 골렘이라는 걸 알고 있지만 여전히 머리 없는 시체처럼 보여서 소름 끼쳤다. 진짜 시체면 그러려니 할 텐데 생체 골렘은 살아 있는 인체처럼 생기가 돌고 있어서 더 꺼림칙했다.

"골렘인데 샌시가 조종할 순 없는 거야?"

"이건 호문쿨루스가 조종한다는 가설을 바탕으로 설계한 거라 마력 회로가 다른 골렘과 달라. 마법사가 조종하는 건 불가능해."

샌시가 손가락을 꼼지락거렸다.

"이론상으로 움직일 거라 확신했지만 실제 기동은 먼 훗날에나 가능할 거라고 생각했어. 그런데 오늘 움직였지."

두 사람의 시선이 바닥에서 아직까지 용서를 빌고 있는 검에게로 향했다. 드래곤 슬레이어 소드는 떨던 것을 멈추고 다시 해명했다.

─제리, 네가 날 천 아래로 숨겼잖아. 그래서 골렘과 닿아 있었는데 멋대로 움직인 거야!

"네가 조종해 놓고 멋대로라니."

─움직이더라고! 놀라서 날 잡았더니 내가 잡히는 거야! 그래서! 그래서!

"워워. 진정해, 마검."

─마검이라니!

"주인 마력을 쪽쪽 빨아서 기절시켰으면 마검 맞지!"

검이 재차 흥분하자 제리코는 흥분으로 인해 벌어진 결과를 지적했다. 검은 다시 덜덜 떨며 제리코의 자비를 빌었다.

─죽지도 못하는 주제에 죽을죄를 지었습니다, 생물이시여. 이 하찮은 무생물을 용서해 주십시오.

"네 반성하는 자세가 갸륵하니 이번 일은 용서하겠다만 다음에 다시 이런 일이 반복되거든 내 너를 기필코 똥간에 갖다 둘 것이다."

-역시 제리코 님! 자비로우십니다!

제리코가 용서한다고 말했음에도 내내 바닥을 기던 검은 그제야 진동을 멈췄다.

"호문쿨루스만 조종이 가능한데 드슬이 의지대로 움직이다니. 전에 샌시가 말한 대로 드슬이는 호문쿨루스 친척이 맞나 봐!"

"역사 속에 등장한 몇몇 마검이 생물의 신체를 장악해 멋대로 조종했다고 하니까……. 그것과 연관 지어서 생각하면 불가능한 건 아니었지만 목도하니 더 놀랍네."

샌시의 눈이 반짝였다. 반짝이다 못해 번뜩였다. 막혀가던 연구의 실마리를 찾았다고 여긴 것일까.

'그렇게 보기엔 안색이 좀 어두운데.'

착각이었을까. 샌시는 드슬이가 골렘을 조종할 때의 스케치를 살피고는 이것저것 캐묻기 시작했다.

"어떻게 조종했는지 설명 부탁해."

-어떻게라니. 그렇게 부탁해도 몰라. 그냥 움직일까? 했더니 움직여졌어.

"더 세밀한 조작은 불가능한 거야?"

-하다 보니까 점점 쉬워진 걸 보면 계속 연습하면 더 세밀한 동작도 가능할 거야. 일단 처음에 서는 게 난관이라 그렇지 내 몸을 잡는 건 쉬웠거든. 그보다 나야말로 묻고 싶은 게 있다, 마법사. 이 골렘은 어떻게 내 몸을 들 수 있는 거지? 다른 골렘들은 날 들자마자 불이 붙었는데?

"그야 당연히 이 골렘을 조종하는 건 네 의지니까."

용사 본인과 용사의 후손이 아닌 생물이 드래곤 슬레이어 소드를 소유하거나 옮기려 들면 위대한 대자연이 의도를 판정해 불을 붙인다.

그게 드래곤 슬레이어 소드가 주인에게 의리를 지키고자 대자연에

한 맹세였다. 생체 골렘을 움직이는 건 드슬이의 의사니 불이 붙을 리 없었다.

―게다가 감각이 느껴졌어! 촉각이 느껴졌다고! 저 골렘 온도가 인체와 비슷한 데다 뭔가 만지면 전부 그대로 다 느껴졌단 말이야!

"감각이 느껴졌다라."

샌시는 뜻밖의 실험체가 해주는 증언을 모두 받아 적었다. 제리코는 소외된 기분이 들어 붕대를 감은 발을 까딱였다. 보는 사람이나 검이 없어 쓸모없는 짓이었다.

"전부터 궁금했는데 네가 소비하는 마력은 주인, 내재된 마력, 흡수한 광룡의 마력순인가?"

―기본적으론 제리의 마력을 먼저 소비하고 있어. 신경 쓰면 내 마력부터 사용하는 것도 가능하지.

샌시만 일방적으로 질문하진 않았다. 드슬이도 궁금한 게 많았다.

―골렘 조작이라는 건 전부 이렇게 마력 소모가 심해?

"숙련도의 차이야. 내가 계산한 대로라면 예상 마력 소비량은 이 정도인데 아마 네가 골렘 조작이 미숙해 이런 일이 벌어진 거겠지."

"아이, 발이 시큰거리네."

검과 마법사는 둘만의 세계에 빠져 소녀를 등한시했다. 발목 약간 삔 거야 건드리지 않으면 그리 아프지도 않지만 제리코는 괜히 통증을 입에 담았다.

혼잣말을 한답시고 너무 작게 말한 탓일까. 제리코의 아프단 얘기에 사색이 되어 돌아봐야 할 샌시인데 미동조차 하지 않았다.

―조종? 이걸 말로 설명하려니 어렵네…… 그냥 되던데.

"다시 조종해 보면 설명이 가능해?"

―그게 애매하단 말이지.

드슬이는 방구석 먼지 쌓인 검에서 벗어날 희망을 보았고 샌시는 막혀 있던 연구에 숨통을 틔워줄 희망을 보았다.

샌시를 못마땅해하던 드슬이가 샌시에게 적극 협조하는 건 좋다지만 사람을 소외시키는 건 다른 문제였다.

제리코는 목소리를 높였다.

"이 사람과 이 검아! 나 좀 신경 써주지?"

그녀가 크게 외치고 나서야 검과 마법사의 이목이 제리코에게 집중되니 참으로 황송할 노릇이다.

제리코는 보란 듯이 발목을 까딱였다. 무시할 땐 언제고 샌시가 바로 다가와 종처럼 무릎 꿇었다.

"무슨 일이야, 제리코? 붕대가 허술해? 부목을 대줄까?"

"그건 아닌데."

"속이 메슥거려? 물을 더 줄까? 아니면 뭐라도 먹을래? 비상식이라 맛은 없지만 마력 회복엔 도움이 될 거야. 아니면 의자가 불편해? 혹시 통증이 심하면 의사를 불러올까?"

몰아치는 질문에 제리코는 흡족하여 웃었다. 그래. 바로 이런 게 제리코가 바란 관심이다. 자식 많은 집 장녀로 태어나 부모의 관심은 동생과 공유했다. 그러니 애인의 관심은 제리코가 독점하는 게 세상의 옳은 이치였다.

"다 괜찮아."

"다행이다. 그런데 제리코."

"응, 왜?"

"내가 드래곤 슬레이어 소드를 연구하는 걸 허락해 주지 않을래?"

제리코가 거절하리라 생각했는지 질문하는 태도가 조심스러웠다. 제리코는 흔쾌히 고개를 끄덕였다.

"좋아."

"저, 정말?"

"응. 드슬이가 허락한다면."

─골렘 조종 관련 연구인 거지? 나나 관심 있어! 할게!

드슬이가 몸을 떨어가며 적극적으로 의사를 밝혔다.

"드슬이가 좋다 그러네. 그럼 나도 좋아. 중요한 건 드슬이의 의지지 내 허락이 아니니까."

"그래도 네가 주인이잖아."

"글쎄. 주도권은 검이 쥐고 있어. 나는 위대한 드래곤 슬레이어 소드 님의 검생에 스쳐 지나가는 임시 주인에 불과하지."

─당연하지! 내 주인이 되려면 100년은 멀었어! 주인이었다면 고작 그 정도 마력 고갈로 기절하지 않았을 거야! 정신력으로 버텼을 거야!

"들었지?"

"그렇구나."

샌시는 진지하게 방금 전의 대화 또한 수첩에 기록했다. 드슬이에 관한 거라면 무엇이든 '그녀' 제작에 도움이 될 거라 여기는 듯했다.

무언가에 열중하는 사람은 아름답다. 제리코는 샌시의 긴 속눈썹과 발그레한 눈가, 가늘게 뜬 노란색 눈동자를 음미하다가 그의 볼에 손을 얹어 고개를 돌려 자신을 보게 했다.

"샌시."

샌시는 제리코가 그대로 입 맞추려는 줄 알았던 듯 살포시 눈을 감았다.

제리코는 요망한 입술 대신 운 흔적이 남은 눈가에 꾹꾹 입술 도장을 찍었다. 샌시의 목덜미와 귓가가 다시 붉어졌다.

"아까 했던 얘기로 돌아가서."

"응."

"난 네가 '그녀' 제작을 계속했으면 좋겠어. 굳이 나와 '그녀' 사이에서 고민할 필요는 없다고 생각해. 샌시가 말했잖아. 사랑하는 '그녀'가 반드시 애인이지 않아도 된다고."

제리코는 히죽 웃으며 자신을 가리켰다.

"애인은 나로 하고 '그녀'는…… 음…… 그래! 동생! 동생이나 딸, 나이 차가 더 벌어지면 손녀 삼으면 되잖아. 샌시가 나 때문에 '그녀'를 포기하는 건 나도 싫은걸. 샌시가 만드는 '그녀'도 보고 싶고."

"제리코."

감동이 과해서일까. 샌시가 제리코의 이름만 부르더니 말을 잇지 못했다.

제리코는 이참에 못 박아두자는 심정으로 가장 중요한 주제를 꺼냈다.

"그러니까, 샌시. 우리 사귀는 거다?"

샌시의 속눈썹이 파르르 떨렸다. 그의 볼이 점점 뜨끈해지나 싶더니 살짝 고개를 끄덕였다.

제리코는 활짝 웃고 샌시는 바닥으로 흐물흐물 녹아내렸다.

"……태어나길 잘했어."

오늘 하루 너무 많이 울어 더 나올 눈물이 없다고 생각했는데 오산이었다. 인생에 지금보다 행복한 날이 또 있을까. 샌시의 눈에서 눈물이 방울방울 떨어졌다.

연구실 밖으로 나오니 석양이 지고 있었다. 제리코는 샌시의 부축을 받아 백합관으로 이동했다. 본래 느릿하게 걷는 샌시와 보폭을 맞추다 보니 속도는 실로 느긋했다.

낮에는 엉엉 울었던 샌시가, 저녁엔 여자와, 그것도 무려 미베어 소공작과 팔짱을 끼고 걷는 걸 발견한 사람들이 환각 증세를 호소하며 눈을 비볐다. 이제 막 연애를 시작한 커플 중 한 명은 세상이 아름다워 활짝 웃고 다른 한 명은 사서 걱정이라 마냥 기뻐하지 못했다.

"제리코, 만약에 마녀가 널 찾아오면 드래곤 슬레이어 소드를 배에 푹."

"애인에게 친모 살인 청부를 하는 거야?"

"괜찮아. 마녀는 그 정도로 안 죽어. 그러니까 마녀가 뭐라 하기 전에 드래곤 슬레이어 소드를 푹."

샌시가 이성을 멀리하고 이상형을 만들겠다고 나선 계기가 무엇인가. 첫째도 마탑주요, 둘째도 마탑주요, 셋째도 마탑주였다. 마탑주의 과한 참견과 오지랖, 어긋난 애정이 아니었다면 샌시 데이지는 지금처럼 괴팍한 어른으로 크진 않았을 것이다.

특히 샌시는 자신과 엮인 여성에게 마탑주가 행한 만행을 똑똑히 기억하고 있었다. 카모마가 샌시의 친부임이 밝혀져 제리코와 남매 같은 사이라고 둘러댈 수 없는데 공식적인 교제까지 시작했으니 마탑주가 무슨 짓을 할지 불 보듯 뻔했다.

"마녀가 뭘 주든 먹지 말고 폐기해 버려. 폐기할 땐 반드시 다른 사람에게 시키고 함부로 태우는 것도 위험하니까 마법학부의 폐기물 처리실을 이용해야 해. 모르는 사람에게 편지와 소포가 오면 직접 개봉하지 말고 꼭 다른 사람을 시켜. 그리고 마녀가 부르면 가지 말고 마녀가 찾아와도 만나지 말고. 마녀가 권력으로 밀어붙이려 들면 잊지 말고 드래곤 슬레이어 소드로 푹."

"어허."

제리코가 엄중히 경고했다.

"샌시, 마탑주님과 네 사이가 안 좋다는 건 잘 알아. 하지만 나한테 살인 청부를 하진 말아줘. 내 예쁜 손에 피가 묻는 걸 보고 싶은 거야?"

"그렇지 않아! 맞아, 너한테 그런 흉측한 일을 시킬 수는 없지. 내가 당장!"

샌시는 당장 마탑주를 찾아가 입에 담기 어려운 흉악한 범죄를 저지를 기세였다. 제리코는 샌시의 팔을 잡은 손에 힘을 줘서 그가 어디 가지 못하도록 막았다.

"농담으로라도 그런 말 하지 말아줘. 샌시도 알지만 난 어머니와 에라프 님을 잃은 지 얼마 되지 않았는걸. 샌시와 마탑주님의 관계가 나와 엄마 같지 않은 걸 알지만 그래도 그런 얘기를 들으면 슬퍼."

제리코가 슬프다고 말하자 샌시는 즉각 사과했다. 머리가 좋으니 앞으로 제리코 앞에서 존속 살해 의사는 표현하지 않을 것이다.

제리코는 샌시가 처음 만났을 때 했던 말을 새삼 떠올렸다.

'맞는 말이었지.'

-맞는 말?

'처맞는 말.'

샌시의 주둥이는 실로 흉악하여 본심이 어떠하든 주위 사람에겐 반감과 적의를 심어준다. 어지간하면 사람과 교류하면서 스스로 깨닫고 고칠 텐데 샌시는 만나는 사람이 없고 교류가 없다 보니 고칠 기회를 놓친 듯싶었다.

-저건 기회가 없는 게 아니라 고칠 생각이 없는 거야.

'이번 일을 계기로 고쳤으면 좋겠는데.'

이런저런 생각을 하는 사이 사람 둘과 검 한 자루는 목적지인 백합관에 도착했다. 제리코는 샌시에게 저녁 식사를 하고 가겠느냐 권했다. 샌시는 아쉬워하면서 할 일이 있다는 이유로 거절했다.

"그럼 잘 가, 샌시. 부축해 줘서 고마워."

"갈게."

"여기까지 바래다줘 놓고서 그냥 가려고?"

제리코는 얌전히 작별을 고하는 샌시의 손목을 잡아당겨 볼에 뽀뽀를 해주고 냉큼 현관문을 닫았다.

제리코는 닫힌 현관문에 등을 기대고 장난스럽게 키득거렸다.

-언제는 샌시를 배려할 거라더니.

'날 슬프게 하는 말을 한 벌이야.'

저 못된 입방정, 어떻게든 고쳐야 할 텐데 말이다.

상인지 벌인지 애매한 기습 뽀뽀를 하고 나니 남겨진 샌시가 어떤 표정을 하고 있을지 정말 궁금했다.

─발목 다쳤으면서 날쌔기도 하지.

"사실 별로 안 아파."

하룻밤 자면 나을 경미한 부상이다. 몇 번 주무르면 나을 것을 약을 치덕치덕 바르고 붕대를 감았으니 아플 리가 있나.

다만 사람은 시각에 현혹되는 동물이라 두 하녀와 경비원은 발목의 붕대를 보고 경악했다.

"별로 안 아파요. 그냥 살짝 삐었어요."

"그래도요! 세상에, 제가 부축해 드릴 테니 얼른 침실로, 아니지. 계단 오르기 불편하실 테니 제가 업어드릴게요! 찜질 준비를 해두겠습니다."

의사를 부르겠다고 야단법석인 백합관 식구를 말리느라 진땀을 빼는데 초인종 소리가 들렸다. 경비원이 나가 방문객을 확인하고 현관문을 열었다.

제리코는 방문객을 보자마자 환영 인사를 날렸다.

"스텔라!"

"안녕, 미베어 소공작. 다쳤다는 얘기 듣고 찾아왔어."

스텔라가 손에 든 약 함을 들어 올리자 모두가 반색하고 그녀를 안에 들였다. 둘은 응접실 대신 침실로 이동했다. 스텔라가 자신은 기숙사장이니 굳이 손님 대접할 필요가 없다고 사양했기 때문이다.

"식당에서 식사하고 있는데 네가 다쳤다는 얘길 들어서 얼마나 놀랐는지 몰라. 그래서 찾아왔지."

"크게 다친 건 아니고 그냥 가볍게 삔 거야."

"기숙사생의 안전과 건강은 기숙사장의 의무지. 그리고 내 전공이 치료 마법과 마법 약이잖아. 교내에 환자가 있는 곳은 어디든 가."

-제리, 감동하지 마. 실험체가 있는 곳은 어디든 간단 소리야.

'후후. 역시 무생물. 생물을 따라잡으려면 한참 멀었군.'

드슬이는 좋은 마음에서 진실을 꼬집었는데 제리코는 그런 검을 비웃었다. 검은 살짝 마음이 상했다.

'무슨 소리야?'

'손목이나 발목 삔 실험체는 검술원에 잔뜩 있는걸. 스텔라 기숙사장이 온 이유는! 흔해 빠진 환자 때문이 아니라 샌시와 내 사이가 궁금해서야!'

제리코의 발목 부상을 보았다면 제리코를 부축하는 샌시 또한 목격했을 터. 눈에 띄는 유명 인사 조합이 붕대보다 먼저 주제로 올랐을 것이다.

아닌 게 아니라 스텔라의 치료는 약을 덧바르고 붕대를 조금 더 강하게 묶어주는 선에서 그쳤다.

"오는 길에 샌시를 봤어."

"그래?"

"무슨 일이 있었는지 넋 빠진 사람처럼 걷던데? 내가 인사했는데도 도망가지도 않고 흐느적흐느적 길만 걸어가더라."

뽀뽀의 영향력이 지대했던 모양이다. 제리코는 음흉하게 웃었다.

"샌시가 여기까지 부축해 줬다면서? 대단해. 아무도 해내지 못한 위업을 마구마구 달성하고 있어."

그렇게 말하는 스텔라의 눈이 호기심으로 반짝였다. 제리코는 의미심장한 미소를 지어 그녀의 호기심에 답했다. 스텔라가 작게 꺄아 하고 감탄사를 뱉었다.

"진짜?"

"오늘부터 1일입니다!"

꺄아아. 제 일도 아닌데 스텔라는 손뼉을 치며 흥을 북돋웠다. 제리코는 신이 나서 어깨춤을 춰 스텔라의 성원에 보답했다.

"세상에. 아무도 안 믿을 거야."

"훗훗, 걱정하지 마. 내가 모두 믿을 수 있게 해줄 테니까."

"세상에 웬일이니, 웬일이니."

죽을 때까지 연애 한 번 못할 것 같았던 남자가 연애하는 것도 놀라운데 상대가 제리코 미베어란다.

스텔라는 이제까지 자신이 알고 있던 샌시와 연애를 하는 샌시가 다른 사람처럼 느껴지는 인지부조화를 겪었다.

"언제부터 샌시가 이성으로 느껴졌어?"

"언제부터냐 물으시면 대답해 드리는 게 인지상정! 가랑비에 옷이 젖듯이 나도 모르게 마음이 갔다고 해야 하나. 꺄아아, 솔직히 샌시는 귀엽잖아."

"그, 그치. 귀엽지."

샌시에게 악감정이 많은 스텔라는 바로 맞장구치기 어려워했다. 제리코는 그게 웃겨서 배를 잡고 웃었다.

"깔깔, 미안, 미안. 내 눈에만 귀여운 거 나도 알아. 너무 안 맞춰줘도 돼."

"아냐, 나도 알아. 잘생겼잖아. 머리도 좋고. 마법학부생 중엔 샌시에게 한 번쯤 호감을 느낀 여학생이 꽤 돼. 나도 그랬고."

─실체를 알고서 다들 정나미가 떨어진 게로군.

신문 기사와 학회지, 논문엔 인성이 드러나지 않는다. 천재 마법사에 대한 환상을 품고 입학했다가 샌시를 실물로 접하고 콩깍지가 벗겨진 여성이 꽤 존재했다. 재밌고 신나는 연애 얘기를 하다가 스텔라가 동조해 주지 못하는 바람에 흥이 빠른 속도로 식어버렸다.

기왕 흥이 식은 것, 스텔라는 현실 얘기를 꺼냈다.

"그럼 이상형 제작은 그만둘 거래?"

"그건 계속하기로 했는데."

"어머, 그래도 괜찮아?"

제리코는 어깨를 으쓱였다.

"원래 샌시는 이상형을 제작해도 꼭 사귈 거라는 생각은 안 했대. 그래서 제작은 그대로 하기로 했어."

"그래도 연구를 지속하려면 만날 시간이 부족하지 않을까?"

"그건 천천히 조율해 봐야지. 다행히 나는 남는 게 시간이야."

-자랑이다.

"하긴. 연애 초기니까."

스텔라는 납득한 표정을 지었다가 금방 미묘한 얼굴을 했다.

〈이만보〉 파업의 원인이 샌시의 말실수 때문인 건 알고 있는 거지?"

제리코와 샌시가 사귄다고 하니 축하해 주었으나 제리코가 샌시의 나쁜 주둥아리의 실체를 모르고 사귀는 게 아닐까 걱정되었던 모양이다.

일단 동감하고 동조해 준 후 본심을 드러낸다는 점에서 바람직한 청자의 자세가 느껴졌다.

제리코는 대답하기에 앞서 스텔라가 어디까지 알고 있는지 확인했다. 스텔라는 딱 어제 벌어진 일까지만 알고 있었다. 제리코는 샌시가 주둥이가 나빴지 양심은 살아 있음을 알렸다.

"아아, 그럼 안나 양에게 골렘을 전해준 거구나."

스텔라는 날짜를 셈해보더니 쓴웃음을 지었다.

"이래서야 이번엔 샌시가 나쁘다고 못 하겠네. 후안 선배 잘못이 커."

선배가 마음이 급하긴 급했나 보다며 스텔라는 재차 고개를 흔들었다.

여기 마물에게 두 손을 잃은 여자아이가 있다. 상당히 큰 장애이니만큼 여자아이는 약혼자인 남자아이에게 파혼 의사를 밝혔다. 여자아이를 사랑한 남자아이는 파혼을 거절했다.

둘은 자라 소녀와 소년이 되었고, 더 성장해 성숙한 어른이 되었다. 그대로 결혼하면 훈훈한 미담이 되었을 것이나 어른이 된 남자는 결혼 얘기가 오가던 중 어느 천재 마법사의 골렘을 보게 된다.

남자는 생각했다. 저 골렘으로 사랑하는 약혼자에게 예쁜 손을 달아

줄 수 있겠구나.

남자는 고심 끝에 약혼녀에게 골렘 얘기를 꺼내고 결혼 날짜를 미뤘다. 약혼녀는 흔쾌히 남자의 의견에 동의했다.

그렇게 한 해 한 해 결혼이 늦춰졌다. 여자의 부모님은 애가 타기 시작했고 자세한 사정을 모르는 사람들은 쑥덕이기 시작했다.

'정 때문에 파혼 못 하는 거 아니야?'

'저런 건 예의상 여자 쪽에서 파혼을 강력하게 요구해야지.'

'계속 날짜 미루는 거 보면 남자 쪽 거절 의사가 확실하네.'

'남자 쪽에서 먼저 파혼 얘기 꺼내기 좀 그렇잖아. 여자 측에서 확실하게 끊어줘야지 왜 질질 끄는 거람?'

둘의 사랑이 깊으니 제삼자의 쑥덕임은 괜찮다고 치자.

스텔라가 추리한 안나 도네타가 화난 진정한 이유는 따로 있었다.

"내가 알기로, 후안 선배랑 안나 양이 마지막으로 데이트한 게 작년이야."

"어머, 완전 의외다. 후안 선배 사랑꾼이라 주말마다 나가서 만날 줄 알았는데."

"입학 초엔 그랬대. 그런데 〈이만보〉 일에 집중하면서 점점 외출이 뜸해지더니 편지 교류만 정기적으로 하게 된 거지. 안나 양은 그것 때문에 화가 나지 않았을까. 안나 양이 주최하는 파티도 불참했다니까."

주최자는 안나 도네타지만 그녀가 파티에 참석하진 않는다. 보통은 안나 도네타의 동생들이 파티의 호스트 역할을 했으며 약혼자인 후안은 매해 빼먹지 않고 참석했다.

"딱 재작년까지."

그러니까 안나 도네타는 골렘에 집착한 나머지 진짜 중요한 걸 등한시하는 약혼자를 매의 눈으로 주시하고 있었다 이 말씀이다.

샌시가 연구 일정을 수정해 이번 사건이 벌어지지 않았다면 후안은 계속 〈이만보〉 일에 집중했을 테고 어쩌면 작년에 이어 올해 자선 파티에도 결석했을지 모른다.

"만약 그렇게 되었다면 후안 선배가 받는 건."

"파혼장이지."

그런 의미에서 샌시는 둘의 파경을 막아준 사랑의 요정이었다. 지금이 시각 후안은 주말 외출 신청서를 작성 중이었으니.

"후안 선배는 어땠어?"

"허둥지둥 나오느라 제대로 못 봤지만 당황하고 미안하고 그런데 화가 안 풀리는 온갖 감정을 다 느끼고 있었어."

"샌시는?"

"샌시는 일단 후안 선배에게 사과하라고 말해놓긴 했는데 바로는 안할 것 같아."

"하여간 마법사들. 죄다 옹졸해서는."

스텔라는 본인이 속한 직업군의 편견을 스스로 입에 담았다. 덕분에 제리코를 배를 잡고 폭소했다.

'꿈을 꾸나.'

샌시는 몽롱한 표정으로 느릿느릿 걸었다. 얼굴은 시뻘겋고 몇 발자국 걸을 때마다 발을 헛디디는 것이 꼭 술 취한 사람처럼 보였다.

샌시는 본인이 취한 사람임을 솔직하게 인정했다. 술이 아닌 제리코에 취했다. 고작 술 따위와 제리코를 비교하는 게 말이 안 되지만 술에 취한 듯 정신이 혼미했다.

'태어나길 잘했어.'

지면은 단단한데 샌시에겐 구름 위를 걷는 것처럼 폭신하게 느껴졌다. 신뢰보다 의심을 먼저 배운 그인지라 지금 이 상황을 의심해 볼 법하건만 당장은 그러고 싶지 않았다. 조금 더 오래 취해 있고 싶었다. 가능한 오래 이 기분을 누리고 싶었다. 세상에서 제일 달콤한 사탕도 입에 넣고 굴리다 보면 언젠가 끝이 난다. 사랑에 마냥 취해 있기에 세상은 샌시에게 지나치게 각박하고 불공평했다.

"안녕, 샌시."

샌시는 세상이 불공평함을 증명하는 대표적인 인물의 등장에 떫은 감 씹은 표정을 지었다. 행복에 취해 있다 현실과 마주하니 달았던 입안이 소태처럼 썼다.

서쪽으로 기운 해에 그림자가 길게 늘어졌다. 평소보다 더 큰 남자의 그림자는 그의 존재감을 드러내는 듯했다.

샌시의 발치에도 평소보다 길게 늘어진 그림자가 있건만 샌시의 눈에 자신의 그림자는 보이지 않았다. 앞에 선 이의 그림자만 눈에 들어올 뿐이다.

노을이 비추는 붉은 머리는 샌시가 사랑하는 소녀와 동일하다. 하지만 제리코의 머리와 다르게 로젠의 머리는 죽는 날이 찾아와도 좋아지지 않을 것 같았다. 샌시는 건성으로 인사했다.

"응, 안녕."

바쁘고 귀한 몸이 굳이 으슥한 곳에서 지나가는 마법사를 잡아 세운 건 용건이 있기 때문일 터. 샌시는 꽤 삐딱한 자세로 로젠이 용건을 말하길 기다렸다.

"무슨 일이야?"

"너무하네. 우리가 용건이 있어야만 대화하는 사이는 아니잖아."

'그거 맞는데.'

무슨 생각에선지 로젠은 샌시에게 비슷한 또래의 천재의 고충을 나누는 동지 의식과 우정을 느끼는 모양이지만 샌시는 로젠에게 동지 의식이나 우정을 느끼지 못했다. 느끼는 것이라면 질투 하나뿐이었다.

잘생기고 부유하고 능력이 있고 성격까지 좋은데 귀여운 동생이 한가득. 로젠은 다 가졌고 샌시는 가지지 못했다. 로젠은 밝고 샌시는 어둡다. 로젠은 인기 있고 샌시는 인기가 없다.

로젠은 꿈에 그리던 소드 마스터에 한 발짝 다가섰고 샌시는.

'그녀를 포기해야지.'

'그녀'를 포기했다.

평생의 목표를 포기했지만 상실감은 적었다. 새로운 목표가 생겼기 때문이다. 마탑주는 샌시가 장수하지 못한다는 이유로 인내를 가르치지 않았으나 샌시는 살아가면서 자연스럽게 인내를 체득했다.

삶에는 우선순위가 필요하고 더 소중한 걸 위해 덜 소중한 걸 포기해야 할 때가 있다. 샌시의 '그녀'는 대적 못 할 세기의 강적을 만나 순위에서 밀려났다. 아마 '그녀'도 이해해 줄 것이다.

'제리코니까.'

'그녀'와 제리코를 저울질하는 일은 제리코의 안전이 확보된 상태에서나 가능한 사치임을 깨달은 차다.

제리코는 샌시의 우선순위에서 영구 불멸한 1위를 차지했다. 그 반짝이는 존재감을 곱씹기도 모자란 판에 로젠을 상대하고 싶지 않았다.

로젠은 심히 불량한 샌시의 눈빛을 보다 못해 한숨을 쉬고 단검을 꺼냈다. 평소라면 그가 나서서 샌시의 기분을 풀어주기 위해 노력했겠으나 오늘은 그러기 힘들었다.

"일단 이거 받아."

"먹는 거?"

"음. 찾아보면 드래곤 슬레이어 소드 모양 간식을 파는 과자점이나 사탕 가게가 있을지 모르겠지만 이건 무기점에서 산 무기니까 먹으면 안 돼, 샌시."

"필요 없어."

"하프 산맥 기념품이야. 갖고 싶다고 했잖아."

샌시가 갖고 싶다 투정 부린 것은 제리코와 사이좋게 공유하는 장식술이지 단검이 아니다.

드래곤 슬레이어 소드가 제리코의 안전을 위협할 수 있음을 알게 된 직후 레플리카 단검을 봐서 그런지 기분이 저조했다. 그 사실을 알 리 없는 로젠은 제리코에게 그러했듯이 샌시에게도 기념품으로 드래곤 슬레이어 소드 레플리카 단검을 선택한 이유를 줄줄 읊었다.

어쨌든 제리코가 단검을 받았고 로젠이 단검을 갖고 있으니 샌시가 단검을 거절하면 제리코와 로젠이 커플 단검을 쓰게 된다. 샌시는 오직 그 이유 때문에 얌전히 단검을 받아 주머니에 쑤셔 넣었다. 늘 그렇지만 카모마의 로브를 받아 오길 잘했다는 생각이 들었다.

"용건은 이게 끝? 그럼 안녕."

가볍게 지나치려는 샌시를 로젠은 수월하게 따라잡아 길을 막았다. 잘나신 로젠 스타즈 님이 무슨 얘기를 하려나 들어보니 〈이만보〉 파업에 관한 샌시의 말투와 태도에 대한 심려였다.

로젠이 하는 말의 주제는 제리코가 샌시에게 한 얘기와 동일했다. 다만 샌시는 남녀가 유별함을 알고 로젠은 남자 중에서도 가장 꺼리는 인물이기에 그가 하는 말을 곧이곧대로 듣지 않았다.

"마녀에게 관심 있어?"

"마탑주님?"

"내 계부가 되고 싶은 거야? 그게 아닌데 왜 잔소리?"

말을 해놓고 보니 돈 많은 새아빠가 생기면 꽤 좋을 거란 생각이 스치듯 지나갔다.

샌시는 저도 모르게 마녀와 로젠의 사이를 응원했다.

"주선해 줘? 마녀는 내가 부르면 바로 탑에서 나오는데."

"아니야, 샌시. 마음만 받을게. 난 지금 마음에 품은 사람이 있거든."

친구에게 어머니를 소개해 준다니. 얼핏 들으면 엄청난 우정 같지만 현실은 정반대다.

샌시는 돈 많은 새아빠의 꿈을 가볍게 접었다. 한동안 연애를 자제하겠다던 로젠에게 좋아하는 사람이 생겼다니 누구라도 귀가 솔깃할 이야기였다. 그 좋아하는 사람이 제리코가 아니었다면 샌시도 빈말이나마 응원의 말을 해줄 수 있었을 것을.

"제리코와 사귄다고 들었어."

"응."

로젠의 성격이면 축하한다는 말이 덧붙을 만하건만 아무리 기다려도 뒤 문장이 나오지 않았다.

'하긴.'

샌시가 아는 로젠은 위선자가 아닌 진정한 선인이며 타인을 위해 선의의 거짓말을 하지만 본인의 감정을 무시하진 않았다. 좋아하는 사람인 제리코라면 모를까, 샌시에게까지 축하한다는 거짓말을 하기는 싫을 것이다.

"이상형 제작은 계속할 생각이야?"

"호문쿨루스 연구는 중단하지 않아."

"샌시, 적어도 제리코와 사귀는 기간엔 이상형 연구를 접는 게 도리 아닐까? 제리코와 사귀면서 이상형 제작을 하겠다니. 언행이 불일치하잖아. 모름지기 연인의 교제란 서로 외에 다른 상대가 존재해선 안 된다고 봐. 그게 예의고."

잔소리, 잔소리, 잔소리. 다 옳은 말이지만 말하는 사람이 로젠이니까 모두 잔소리. 이미 알고 있는 얘기를 하고 있으니까 당연히 잔소리.

샌시가 대답하지 않자 로젠은 귀에 꽂히지 않고 허무하게 흩어지는 말을 하는 것에 지쳐 입을 다물었다.

노을이 지고 땅거미가 내리기 시작했다. 로젠이 힘겹게 입을 열었다.

"왜 너일까."

좋아하는 사람에게 선택받지 못한 자들이 가장 먼저 하는 말이었다.

샌시는 선택받은 기쁨을 가감 없이 표출했다.

"고마운 일이지."

"너무 자만하진 마, 샌시. 연애와 전쟁은 최후의 승자가 진정한 승자잖아."

"라고 아는 오빠가 말했다."

"윽."

의미심장하게 최후 운운해 보아야 로젠은 제리코의 아는 오빠고 샌시는 제리코의 자기다. 그 생각을 하니 기분이 좋아져 샌시는 로젠을 지나갔다. 로젠은 순순히 길을 내줬다. 샌시는 로젠을 스치면서 입꼬리를 씨익 올리는 걸 잊지 않았다.

'이겼다.'

샌시는 동지 의식이나 우정을 불태우는 대신 라이벌 의식을 활활 불태웠다.

26장
진전 (1)

　스텔라가 떠나고 제리코는 늦은 저녁을 먹었다. 그녀를 과보호하고 싶은 하녀들의 강권으로 일찌감치 침대에 누워 발목 찜질을 하고 있자니 잠이 솔솔 몰려왔지만 제리코는 감기는 눈꺼풀에 힘을 빡 줬다.

　많은 일이 있었던 하루기에 아직 해야 할 일이 남아 있었다.

　검 또한 임시 주인의 의견에 동의했다. 제리코는 검을 꽉 끌어안고 소감을 말했다.

　"많은 일이 벌어진 하루였어."

　여기에 '참 보람찬 하루, 재밌는 하루, 잊지 못할 하루' 등등을 붙이면 일기장에 쓰는 상투적 마지막 문장이 된다.

　"샌시는 눈이 붓도록 울지, 난 후안이랑 〈이만보〉 사람들에게 진실을 밝혔지, 뒷수습 하나도 안 하고 샌시를 찾아 사귀기로 했잖아!"

　눈물을 구슬피 흘리는 샌시에게 한 입맞춤을 떠올리니 제리코의 입이 양 끝으로 찢어졌다.

　제리코는 드슬이를 꽉 끌어안고서 물고기처럼 몸을 퍼덕였다.

거기에서 끝났다면 샌시와의 교제가 베드 토크의 주된 화제일 것인데, 무척 충격적인 일이 발생해 제리코의 소중한 연애담이 묻혔다.

'왜 난 행복할 수 없어!'

스텔라와 대화한 것처럼 침대에 누워 사랑하는 드슬이와 첫 뽀뽀의 짜릿함과 샌시의 귀여움, 첫 연애의 설렘을 공유하고 싶다.

하지만 지금 해야 하는 얘기는 그게 아니었다. 담대한 용사의 딸을 기절초풍하게 한 생체 골렘이 오늘 잠자리 수다의 주제였다.

제리코는 대양처럼 넓은 마음으로 주제를 받아들였다.

'그래. 생체 골렘 조종이 드슬이에겐 내 첫 키스처럼 짜릿했을 거야.'

아닌 게 아니라 제리코가 마력 고갈로 기절하기 전까지 검은 내내 흥분 상태였다. 흥분이 지나쳐 생물이었다면 과호흡이나 고혈압이 오거나, 심장이 너무 빨리 뛰어 기절했을 것이다.

내내 참았을 검을 위해 제리코가 먼저 대화의 포문을 열었다.

"골렘 조종해 보니 기분이 어땠어?"

–어…… 너무 짧아서 모르겠어. 근데 제리.

"응?"

–샌시가 천재긴 천잰가 봐.

언제는 저 비실비실한 마법사 꼴도 보기 싫다더니 한번 겪어봤다고 천재성을 인정한다. 제리코는 검의 변심이 웃겨서 작게 웃었다.

–어떻게 움직일 수 있었던 건지 아직도 잘 모르겠어. 사실 생물 조종은 가능하다고 짐작하긴 했지만 시도해 볼 수 없었거든.

"으음."

진지한 얘기가 나올 것 같아서 제리코는 자세를 고쳤다. 그래 봐야 옆으로 누워 팔로 목을 괴는 정도였지만.

"전설 속 마검처럼 사람을 조종할 수 있는 거야?"

–가능할 거란 느낌은 있었지. 하지만 시도하고 싶지 않아. 일단 그

러려면 내가 그 사람의 이지를 짓누르고 파괴해야 한다는 감이 왔거든.

미친 마물에게서 사람을 구하기 위해 죽음을 무릅쓰고 광룡을 쓰러뜨린 용사를 주인으로 둔 검으로서 해선 안 될 나쁜 일이었다. 그래서 드래곤 슬레이어 소드는 주인을 도울 수 있는 육신에 대한 갈망을 품으면서도 생물 조종 쪽엔 관심을 두지 않았다.

"만약에 널 든 사람이 네게 몸을 빌려주겠다고 하면? 그래도 그 사람에게 정신적으로 해를 끼치는 거야?"

―그 사람이 허락한다면 그렇게 큰 피해는 없을 테지만……. 날 들 수 있는 사람은 현재 너밖에 없어. 내가 몸을 갖고 싶은 건 너를 지키, 아니, 모험을 하고 싶어서인데 네 몸을 빌려 쓰면 의미가 없잖아.

드슬이는 제리코의 모습으로 현신해 손을 뻗었다. 손이 제리코의 볼에 닿았다. 드슬이는 부드럽게 제리코의 볼을 어루만졌다.

제리코는 고개를 숙여 손길이 머리와 볼을 넘나들도록 유도했다. 손길은 부드러웠으나 체온은 금속 재질의 본체 온도와 동일해 시원했다. 겉으로 보기엔 사람 손과 같지만 만지는 순간 인간이 아님을 알 수 있는 차이가 존재했다.

샌시가 만든 골렘은 어떠했던가. 그 머리 없는 골렘은 사람과 똑같은 체온을 갖고 있었다. 피부는 부드럽고 살은 말캉했으며, 강한 이상형을 추구한 나머지 인간을 뛰어넘는 강도를 지녔으나 장기를 제외한 부위는 인체와 동일했다.

"내가 생각해 봤는데, 샌시가 만든 골렘이 있으면 내 단독 행동이 가능할 것 같아."

"응. 나도 그 생각 했어."

즐겁고 신나는 모험을 하고 싶다는 검의 꿈이 샌시의 골렘을 통해 이뤄질지도 모른다.

제리코는 제 몸을 등에 짊어지고 대륙을 여행하는 에고 소드의 모험을 상상해 보고 뿌듯한 미소를 지었다. 꼭 동화나 전설 같았다.

"조금 안심이 된다. 네가 혼자선 움직이지 못하는 것 때문에 늘 답답했거든. 너 혼자 남으면 어쩌나, 실수로 어디 널 떨어뜨리면 어쩌나. 우리 검은 외로움을 잘 타는데 혼자 어디 다니지도 못하니 이걸 어쩌나."

드래곤 슬레이어 소드가 생체 골렘만 얻게 되면 제리코의 걱정이 모두 끝났다. 그러나 기대가 크면 실망도 큰 법. 드슬이는 애써 기대를 억눌렀다.

"아직 확실하지 않으니까."

"내일 가서 또 조종해 보자."

-그래야지.

그러기 위해선 마력을 아껴야 하는 법. 드슬이는 제리코의 마력 잔량을 확인한 후 현신을 없애고 본체로 돌아갔다. 제리코는 검이 해준 것처럼 부드럽게 검 자루를 쓸어내렸다.

"만약에 조종이 가능하면 하나 만들어달라고 그러자. 애인 할인으로 싸게 해달라고 하면 해줄 거야."

놀랍게도 이 골렘은 외형도 취향에 맞춰 주문할 수 있다. 아직 확정된 것도 아닌데 제리코는 설레발치며 어울리는 외형을 상상했다.

"외모는 어떻게 할까? 남자? 여자? 남자 여자 둘 다 만들까? 나나 에라프 님 닮게 해서 에라프 님 또 다른 자식이라고 속이는 것도 괜찮겠다. 그럼 당당하게 네 본체를 업고 다닐 수 있잖아."

드슬이가 조종하는 골렘은 검의 본체를 들어도 불이 붙지 않는다. 검이 검을 드는 대국민 사기극이 가능한 것이다.

-얼렁뚱땅 공작위 넘길 생각은 하지 말고.

"날 뭐로 보는 거야? 내가 무생물 따위에게 작위와 재산을 넘길 생물로 보여?"

그렇게 보인다. 제리코는 제가 한 농담이 웃겼는지 까르르 웃고서 베개에 얼굴을 묻었다. 제리코의 눈가에 졸음이 뚝뚝 떨어졌다.

"몇 년이 걸리든, 얼마가 들든 포기하지 않을 테니까⋯⋯."

소중한 친구가 꿈을 이룰 수 있는 기회가 찾아왔다. 제리코는 이 기회를 절대 놓치지 않으리라 다짐하며 잠들었다.

둘뿐인 방에서 소녀가 잠들자 또다시 검 홀로 버텨야 할 밤이 돌아왔다. 검은 소녀의 숨소리만 들려오는 방 안에서 어둠 대신 상상을 노려보았다.

상상 속 검은 제가 원하는 곳 어디든 발길 닿는 대로 움직였다. 길을 걷다 적을 만나면 쓰러뜨리고 길동무를 만나 인사한다. 낯선 이와 웃고 떠들고 싸우고 화해하고. 그렇게 세상의 끝에서 끝까지 얼마든지 모험을 한다면 얼마나 좋을까.

이 상상은 이제까지 검이 하던 상상과 비슷하면서 큰 차이를 보였다. 과거의 상상에선 검이 아닌 검의 주인이 상상의 중심이었다. 상상 속 검은 언제나 보조에 불과했다. 세상에서 제일가는 칼이면 뭐 하나. 혼자 움직일 수 없는 무기의 한계가 명백한 것을.

오늘의 상상에서 검은 홀로 움직였다. 본체는 결국 허리춤에서 달랑거렸지만 그 허리춤은 검이 조종하는 생체 골렘이었다.

―풉.

우습게도 상상 속 골렘은 주인이 아닌 제리코의 얼굴을 하고 있었다. 새까만 머리에 차돌처럼 까만 눈동자가 다를 뿐 나머지는 전부 현실의 제리코와 동일했다.

'내가 제리코에게 익숙해지긴 했구나.'

에라프는 얼굴이 멀쩡했던 기간보다 피부가 짓무르고 벗겨진 후의 기간이 더 길다. 에라프가 운신이 가능했던 시절의 황금빛 추억은 영원히 잊지 못할 것이나 점점 현재와 멀어지는 것이 사실이다.

드슬이는 오랜만에 에라프의 모습으로 현신했다. 기왕 생체 골렘을 조종해 모험을 떠날 거라면 팔다리가 길고 남성인 에라프가 더 유리할 텐데 어째서 제리코의 외형부터 떠올렸는지.

혹시나 싶어 본체를 건드렸으나 본체는 미동도 하지 않았다. 물리력을 행사할 수 있으면서 어째서 본체는 움직일 수 없는가. 이것이 대자연이 지정한 도구의 한계라면 대자연은 홀로 움직이길 욕망하는 검을 괘씸히 여기고 있진 않을까?

광룡의 피를 마시고 태어나 처음으로 눈을 뜬 이후 즐거운 일이 많았지만 슬프고 괴로운 일은 더 많았다.

산 채로 썩어가는 주인을 지켜봐야만 하던 때, 주인을 위해 아무것도 해줄 수 없는 무력감과 패배감에 시달리며 홀로 견뎌야 하는 밤에 검은 무수히 생각했다.

차라리 그냥 검이었다면.

이지도 이성도 자아도 없는 평범한 검이었다면 얼마나 좋았을까. 그냥 날이 잘 선 검이라면, 그냥 단단한 검이었다면. 아무것도 모르는 무생물이었다면 행복도, 불행도, 슬픔도, 분노도, 상실과 허무 모두 몰랐을 텐데.

불쑥불쑥 찾아오는 우울을 비대한 자긍심으로 포장했다. 덜컥 포장이 벗겨질 때면 드러나는 우울에 금속인 본체가 시릴 정도로 괴로웠다.

그러나 끝없는 자책에도 불구하고, 검은 지금이 좋았다. 자아를 잃기 싫었다. 무로 돌아가고 싶지 않았다. 생물식으로 표현하자면 죽고 싶지 않았다. 거기까지 생각한 드슬이는 피식 웃었다.

'죽기 싫다니. 이걸로 생물의 기준을 충족했는데?'

하여간 고독은 검의 천적이다. 검은 씁쓸하게 자신의 약점을 인정했다.

다음 날 제리코는 붕대를 풀어 발목 상태를 확인했다. 아주 약간 시큰거리지만 붕대를 풀어도 괜찮을 듯싶었다. 하지만 제리코를 과보호하고 싶어 하는 사람이 있었으니.

"습관성이 되면 위험하니까 완치될 때까지 붕대를 푸시면 안 돼요."

"오늘 수업은 쉬시는 게 어떨까요, 소공작님."

백합관의 두 하녀는 제리코가 부엌에 들어오거나 침실 청소를 직접 하는 일에 대해선 별말을 하지 않는 대신 제리코의 건강에 대해선 극히 예민한 반응을 보였다.

"소공작님께 무슨 일이라도 생기면 저희는 살아서나 죽어서나 에라프 님을 뵐 낯이 없을 거예요."

"맞아요."

죽은 용사에게 과잉 충성하는 하녀 덕분에 제리코는 별로 아프지도 않은 발에 붕대를 동여맸다.

제리코는 붕대를 다시 매는 대신 수업을 쉬라는 권유는 받아들이지 않았다. 하프 산맥 이후에야 어쩔 수 없이 자체 휴강을 했다지만 거기서 더 휴강 일수를 늘릴 수는 없었다.

'내가 얻을 점수는 출석 점수뿐이야!'

제리코는 기초 학교 재학 시절에도 성적은 하위권이지만 결석은 하지 않았다. 고작 발목을 삐었다고 수업에 빠지는 건 제리코 사전에 있을 수 없는 일이었다.

아침 식사를 하면서 제리코는 중대 발표를 했다.

"샌시랑 사귀기로 했어요. 마탑주님 아들이요."

마법학부 학생이 아닌 사람들에게 샌시에 대한 인식은 천재 괴짜 마법사 정도였다. 그래서 하녀들의 반응은 온건했다.

〈이만보〉 회원들이 약점 잡혔거나 샌시를 갖고 놀 속셈이냐 물었던 것과 대조적으로 혹시 진지한 관계로 발전할 가능성이 있느냐 묻는 게 전부였다.

제리코는 실험실로 이동하며 하녀의 질문을 되새겼다.

"진지한 관계라."

첫 연애를 시작하면서 듣기엔 조금 무거운 이야기였다. 드슬이가 가볍게 말했다.

-마법사에 검사니까 조합이 좋긴 해.

"모험하는 게 아니잖아."

마법사에 검사. 가장 기본적인 모험가 파티 조합이긴 하다. 물론 어디까지나 이야기 속 파티가 그렇다는 거다. 마법사가 귀하고 인건비가 비싸기 때문에 현실의 모험가 파티는 검사만 수두룩한 경우가 흔했다.

아침 식사 시간이라 그런지 마주치는 사람은 모두 식당이나 매점으로 향했다. 소문이 하루 만에 빠르게 번졌는지 제리코와 친분이 있는 사람은 백이면 백 그 소문 진짜냐 물었다. 제리코는 오뚜기처럼 고개를 끄덕였다.

드슬이는 말을 거는 사람의 성별을 분석한 후 여학생의 수가 월등히 많음을 지적했다.

-아직 남학생들 사이엔 소문이 덜 퍼졌나 본데.

"여학생 쪽은 어제 스텔라가 진위를 알려줬을 테니까."

제리코는 멋쩍은 마음에 볼을 긁었다.

"첫 연애가 이렇게 관심을 받다니 황송한 기분이네."

-네 지위를 생각하면 어쩔 수 없지.

미베어 소공작과 데이지 소공작의 교제다. 데이지 공작인 마탑주가 정치 쪽엔 얼씬도 하지 않으니 정치적 파장은 무시하더라도 제국 최고 권세가끼리의 만남이었다. 일부러 맞선을 보게 해도 이렇게 만나기 힘든 조합이었다.

"이것저것 생각하면서 만나는 게 아닌데 말이지."

조건 따지면서 만날 거였다면 더 좋은 사람이 있었다.

"나는 샌시랑 뭘 어떻게 해야겠다는 생각에 사귀는 게 아니고 그냥 샌시가 좋아서 사귀는 거니까. 우리 장래에 대해선 흘러가는 대로 두고 싶어."

연애하는 당사자가 그렇다는데 무생물이 할 말이 있나. 검은 애정을 담아 대답했다.

ㅡ네 마음대로 해.

제리코는 앞으로도 마음의 이끌림에 충실하자고 다짐했다.

ㅡ그런데 제리.

"응, 왜 그래?"

ㅡ전방에 마그노 황자가 출현했는데 앞으로 경고를 해줘, 말아?

제리코는 단호하게 대답했다.

"당연히 해줘야지."

ㅡ이제 친구잖아.

"세상엔 마음의 준비를 한 후에 만나는 게 좋은 친구도 있거든."

반은 농담이고 반은 진심이었다. 의도한 만남은 아니었는지 제리코와 눈이 마주친 마그노 황자가 멈춰 서서 가볍게 인사했다.

아름다운 얼굴에 당황한 기색이 머무른 것 같아 제리코는 황자에게 다가갔다.

"무슨 일이세요?"

"아니요, 그것이."

마그노 황자가 모자챙을 눌러 얼굴을 가리려 애쓰다 포기하더니 솔직히 털어놓았다.

"발목을 다치셨다 들었는데 드래곤 슬레이어 소드를 장비하신 것이 어울리지 않아……."

ㅡ웃겼구나.

발목엔 보란 듯이 붕대를 감아놓고 등엔 묵직한 장검을 짊어졌으니 어이가 없으면서 동시에 웃겼던 모양이다.

"크게 안 다치고 살짝 삐었어요. 혹시 몰라 감아둔 붕대니까 걱정하지 마세요."

"그래도 소공작께선 본인을 좀 더 귀중히 여기셔야 합니다. 폐가 되지 않는다면 목적지까지 부축해 드리고 싶습니다."

마그노 황자가 손을 내밀어 제리코의 허락을 구했다. 황자가 먼저 내민 손길이니 제리코야 반갑게 잡고 싶지만 문제가 하나 있었다.

"지각하시는 거 아니에요?"

잠시 마그노 황자를 쫓은 경력으로 인해 제리코는 마그노 황자의 시간표와 생활 습관을 모두 알게 되었다. 지금 황자가 이곳에 있으면 1교시는 지각 확정이다.

마그노 황자는 본인처럼 시간이 남아도는 사람이 아닌데 괜히 말문을 텄나 싶어 제리코가 후회하려는데 황자가 고개를 저었다.

"수강을 취소해서 괜찮습니다. 심려치 않으셔도 됩니다."

마그노 황자는 일주일의 자체 휴강 후 조기 졸업을 포기했다고 말했다. 학점을 꽉꽉 채울 필요가 없어졌으니 자연스럽게 수업 몇 개를 취소했다. 빈틈없이 꽉꽉 채워져 있던 황자의 하루에 숨통이 트인 셈이다.

"그럼 사양하지 않고."

제리코는 마그노 황자의 팔꿈치를 잡으면서 양산이 만든 그늘로 들어갔다. 마그노 황자가 상냥하게 물었다.

"목적지가 어디십니까?"

"마법학부 연구동이요. 샌시를 보러 가요."

"미베어 소공작께서 샌시 데이지 소공작과 정식으로 교제를 시작하였다는 소문은 들었습니다."

"사실이에요."

"혹시 일전에 언급하셨던 마음에 담은 이가."

"네, 맞아요. 샌시예요."

"원하던 이의 마음을 얻으셨군요. 축하드립니다."

친구가 되었는데 마그노 황자는 여전히 저자세를 고수했다. 황자님이 보여주시는 극진한 태도에 제리코의 숨이 턱턱 막혔다. 대화 내용만 놓고 보면 크게 진지한 내용도 아닌데 마그노 황자는 제리코가 천하제일의 인재라도 얻은 것처럼 축하했다.

"남학생들 사이엔 아직 안 퍼진 것 같던데 빠르네요."

"소문에 잽싼 벗이 있습니다."

마그노 황자가 누구라 말하지 않았지만 제리코는 그게 누군지 바로 알아차렸다. 오딜론이라면 아카데미 내의 화제에 가장 해박한 학생 중 하나일 것이다.

"오딜론 선배도 친구신 거군요."

"소공작을 찾아뵙기 전 먼저 벗이 되어달라 청했습니다. 흔쾌히 허락해 주어 고마울 따름입니다."

내심 본인이 마그노 황자의 첫 번째 친구라 자신했던 제리코의 자만을 두 동강 내는 충격 발언이었다.

'내가 처음이 아니었다니!'

─양심이 있어봐라. 오딜론은 황자 옆에서 몇 년을 버텼거든! 어딜 날로 먹으려고!

'아니, 원래 이런 건 결정적 계기가 된 사람이 첫 번째고 그런 거잖아!'

냉정하게 현실을 따져보았을 때 몇 년 동안 곁을 지켜온 동성 친구와 갑자기 튀어나와 일갈을 날린 이성 친구 사이엔 상당한 심리적 거리가 존재하게 마련이다. 제리코는 알면서도 내심 시무룩해졌다.

용사의 딸은 스스로 달았던 〈황자의 첫 번째 친구〉 칭호를 반납하고 〈두 번째 친구〉 칭호로 갈아 끼웠다.

"혹시 다른 친구분은 더 안 계시나요?"

"협소한 인간관계로 인해 더 부탁드릴 분이 계시지 않았습니다. 또한 소공작님을 포함한 두 분 벗만으로도 제겐 과분합니다."

'좋아. 두 번째 친구는 지켰어.'

제리코는 〈황자의 두 번째 친구〉 칭호가 떨어지지 않도록 쾅쾅 못을 박았다. 드슬이는 오랜만에 없는 혀를 찼다.

"허락해 주신다면 어쩌다 다치셨는지 여쭙고 싶습니다."

다른 사람이라면 제리코의 연애에 관심이 많을 텐데 마그노 황자는 친구의 연애보단 부상에 관심을 기울였다. 생체 골렘 이야기는 비밀이기 때문에 제리코는 적당히 둘러댔다.

"17 대 1로 싸웠어요."

제리코는 눈을 부릅뜨고 못을 박았다.

"제가 1이었죠."

마을의 소녀 장사는 결코 여럿이서 한 명을 포위해 때리는 비겁한 싸움을 하지 않는다. 정정당당한 일대일 승부를 하거나 고독한 한 마리 늑대가 될 뿐이다.

드슬이가 한숨을 팍팍 쉬었다.

ㅡ늑대가 무리 지어 다니는 건 알지? 고독한 늑대는 무리에서 쫓겨난 늑대야.

'내가 17명 중 하나라고 말하는 게 더 재밌을 뻔했나?'

ㅡ어느 쪽이든 헛웃음만 나온다.

드슬이는 헛웃음이라도 나온다고 말해줬는데 마그노 황자는 거짓 미소 한 자락 비치지 않았다. 제리코가 엉뚱한 말을 하면 예의상 미소 짓던 황자님이 아니었다.

'혹시 친구가 되면 예의상 지어주는 미소가 없어지는 건가?'

드슬이는 자꾸 엉뚱한 생각을 하는 제리코가 사랑 때문에 정말 바보가 된 건 아닐까 진지하게 걱정했다. 제리코가 에고 소드의 지능 지수가 주인을 따라가는 게 아닌지 걱정하던 것과 비슷했다.

마그노 황자의 발걸음이 멈췄다. 그는 이보다 더 진지할 수 없는 태도로 질문했다.

"암살자에게 습격받으셨습니까?"

이에 대한 해석으로 제리코의 앞엔 두 가지 선택지가 놓였다.

하나, 마그노 황자가 농담을 받아쳤다.

둘, 진심이다.

설마하니 두 번째는 아니라고 생각하지만 설마는 언제나 방심한 사람을 잡는다. 마그노 황자가 연이어 비슷한 질문을 날렸다.

"배후는 알아내셨습니까? 암살자의 처리는 어떻게 하셨죠? 황가엔 언제 알리실 겁니까?"

"농담이었는데요. 음…… 저기 그러니까 17 대 1이라는 건 어디까지나 이런 상황에서 흔히 쓰이는."

"저도 알고 있습니다."

"그죠. 황자님 책 많이 읽으시니까 보셨겠죠. 그런데 왜 그런 질문을…… 헉, 설마 제가 농담을 진담으로 받아들인 건가요?"

진지하게 용이 보낸 암살자였다고 농담할 타이밍을 놓친 걸까?

제리코는 낙관적이었지만 마그노 황자가 아는 현실은 그렇게 낙관적이지 못했다. 마그노 황자는 고심 끝에 자신이 알고 있는 진실의 일부를 고했다.

"소공작을 향해 이뤄진 몇 번의 암수가 있었습니다. 미차와 하프 산맥."

"네네."

"아직 범인은 잡히지 않았습니다만."

"수사관분들이 발바닥에 땀 나도록 힘내주고 계시죠."

추가 보고가 없는 걸 보면 성과는 없는 것 같지만 말이다.

"조사 도중 두 사건과 관계는 없으나 소공작을 해하려는 몇몇 흉계가 사전 발각되었습니다."

제리코는 두 귀를 의심했다. 자신을 향한 흉계가 하나도 아니고 무려 몇 개나 발각되었다는 사실이 충격적이었다.

세상에 누군가가 자신을 해하려고 작전을 꾸몄다는 얘기를 듣고 기분 좋아질 사람은 없다. 마그노 황자는 제리코의 고운 마음씨가 다치지 않도록 가능한 공적인 어투로 말했다.

"그러니 조심하셔야 합니다, 미베어 소공작. 귀하신 몸이지 않습니까."

"잠시만요! 저 금시초문인데요! 제가 피해자인 얘긴데 왜 저는 지금 처음 듣는 거죠?"

"배후를 파헤치며 추가로 발견한 사건이라 별개로 분류되어 그렇습니다. 아리보 공작가와 미베어 공작가에 요청하시면 상세한 사건 보고서를 받으실 수 있을 겁니다."

하프 산맥과 마차 건은 제리코가 원하니 그녀에게 보고를 하지만 그녀가 모르는 다른 사건은 보고하지 않는다는 기막힌 논리였다. 취지야 제리코를 위해서라지만 서운한 건 어쩔 수 없었다.

제리코의 심기 변화는 얼굴만 보아도 쉽게 알아차릴 수 있었다. 마그노 황자는 제리코의 법적 보호자들을 변호했다.

"소공작께서 미성년자이기 때문에 범죄 보고를 하지 않는 것입니다. 소공작께서 성년이 되시면 원하지 않으셔도 보고를 받으셔야 할 겁니다."

"그래도요. 제 일인데 다른 사람에게 사후 보고를 듣는 건 싫어요."

"아버님도 동의하셨다 들었습니다."

"아빠가요?"

세상에 딸을 죽이려는 나쁜 사람이 있다는 걸 딸에게 알려주고 싶은 부모는 없다. 존이 동의했다는 이야기에 제리코는 마지못해 수긍했다.

"그런데 저하는 어떻게 알고 계세요?"

"공주님께서 알려주시며 소공작을 보호해 드리라 말씀하신 적이 있습니다. 그래서 알고 있었습니다. 소공작께 일부러 은폐한 것은 아닙니다."

"그렇구나."

저 공주가 메렐 교수는 아닐 테니 릴리에 공주일 터. 릴리에 공주가 생판 남인 제리코를 걱정해 아들에게 당부하는 일엔 또 어떤 사연이 있는 것인지.

제리코는 마그노 황자를 안타깝다는 눈빛으로 바라보다 복잡한 심정을 못 이기고 고개를 숙였다.

어째서 릴리에 공주는 친아들인 마그노 황자보다 타인에 불과한 제리코에게 더 많은 관심을 쏟는 것일까? 또한 관심을 보이면서 직접 나서지 않는 이유는 무엇일까?

제리코가 릴리에 공주와 엮이는 유일한 교차점은 에라프다. 이것도 많이 이상한 것이 공주님과 에라프가 진짜 서로 간에 오가는 무언가가 있었다고 하자. 애정이든 증오든 뭔가가 있었다 치자. 그렇게 생각해도 릴리에 공주가 제리코에게 보내는 관심은 이상했다.

좀 더 자세히 묻고 싶었지만 연구동에 도착해 버렸다.

샌시의 실험실 앞에서 후안이 서성였다. 제리코와 마그노 황자를 발견한 후안이 고개 숙여 둘에게 인사했다. 후안은 둘의 조합에 놀란 눈치였으나 제리코의 발목을 보고 홀로 납득했다.

"이렇게 이른 시간에 무슨 일이세요?"

"회장의 골렘이 식당에 음식을 가지러 가는 시간이거든요. 문이 열리면 들어가서 대화를 하려고 했는데."

후안이 우아한 손짓으로 실험실 문에 붙은 팻말을 가리켰다. 부재중 팻말이 걸려 있었다.

"설마 외출했을 거라곤 생각하지 못했습니다. 어딜 간 걸까요."

당연히 샌시가 실험실에 콕 박혀 있을 거라 생각하고 찾아왔는데 부재중이다. 부쩍 잦아진 샌시의 외출을 반겨야 할지 말아야 할지. 후안의 얼굴엔 근심 걱정이 가득했다.

"어제 교내에서 헤어졌는데. 혹시 〈이만보〉 4층에 간 거 아닐까요?"

"회장이 동아리실에 왔으면 제게 먼저 연락이 왔을 겁니다."

"짐작 가는 곳은요?"

"마탑이나 재료상에 갔을 것 같은데……."

과거 제리코가 샌시를 찾아 〈이만보〉를 방문했을 때 후안은 자신 있게 샌시가 금방 돌아올 것이라 말했다. 후안은 과거의 자신감을 상실하고 주저했다.

"요즘 회장이 예전 같지 않아 언제 돌아올지 모르겠습니다……. 예전 같지 않은 건 저일지도……."

후안의 쓴웃음에 제리코가 안쓰러운 마음을 품은 그때, 다른 의미에서 난처한 상황에 놓인 이가 있었으니 바로 마그노 황자다.

발목을 다친 친우를 목적지까지 부축했는데 그 목적지에 사람이 없는 상황. 샌시가 돌아오는 시간이 가깝거나 정확하지 않은데 제리코만두고 제 갈 길 갈 수도 없는 노릇이었다.

결국 마그노 황자는 제리코의 결단을 기다리기로 했다. 마그노 황자가 이런저런 생각을 하며 침묵하는 동안 제리코는 후안을 따라 〈이만보〉에 가기로 결정했다.

후안이라면 믿을 만한 남성이었기에 마그노 황자는 정중한 작별 인사를 남기고 떠났다. 후안은 황자에게 넘겨받은 막중한 임무의 무게를 알아차리고 정중하게 에스코트를 청했다. 제리코는 손을 휘저었다.

"저 별로 안 아파요. 혼자 걸어도 돼요."

"경미한 부상이 쌓여 중상이 되게 마련입니다."

몸이 불편한 약혼자를 두었기 때문일까. 후안은 타인의 부상에 민감하게 반응했다.

제리코는 결국 후안이 내민 팔 위에 손을 얹었다. 후안의 품행은 약간 과장된 부분이 있지만 그게 또 극적인 맛을 살려 기품 있고 우아한 멋을 느끼게 했다. 황실의 우아함을 갖춘 마그노 황자 못지않은 단정한 자세에 제리코는 절로 감탄했다.

"늘 생각하는 건데 후안 선배가 이럴 때마다 로맨스 소설에 나오는 남자 주인공 같아요."

"방금 전까지 마그노 황자 저하의 에스코트를 받은 소공작께서 그런 칭찬을 해주시다니. 몸 둘 바를 모르겠네요. 과찬이십니다."

후안은 혼자 파티나 무도회에 참석했을 때 책잡히지 않기 위해 필사적으로 노력했다. 그 결과가 지금의 세련된 몸가짐이다.

파트너가 없다고 주눅이 들어선 안 된다. 타인의 시야가 미치는 곳에서 약혼자와 함께 참석하지 못해 안타깝다는 의사를 표현하면 안 된다. 소심하고 안타까운 이는 후안인데 정작 모든 화살이 약혼자인 안나에게 돌아가기 때문이다.

"마그노 황자 저하께선 메렐 교수님도 극찬하시는 황궁 예법의 화신이시죠. 두 분이 걸어오시는 걸 보고 무척 잘 어울리는 한 쌍이란 생각이 들었습니다. 사이가 좋아 보이시던데요."

"친구 하기로 했거든요."

"어쩐지. 사이좋은 남매처럼 보였어요."

후안은 입방정을 떤 대가로 하향 조정된 자신의 평판을 올리기 위해서인지 제리코의 얼굴에 2차 금박 도배를 시작했다. 제리코가 샌시에게 마음 있는 걸 몰랐으면 둘이 연인처럼 잘 어울리는 한 쌍이라 치켜세웠을 것이다.

"저하의 외모가 워낙 뛰어나시니 어지간한 분은 그 곁에 있으면 존재감이 희미해지게 마련이죠. 그런데 소공작께선 황자 저하 옆에서도 존재감이 빛을 발했습니다."

─존재감이 선명한 건 내 덕분이지.

장검을 무장한 인간과 비무장인 인간. 무장한 인간의 존재감이 묻히면 생존 본능 자체를 의심해 봐야 한다. 제리코는 후안의 입을 막기 위해 투덜거렸다.

"그렇게 말해도 소문낸 거 용서 안 해줄 거거든요."

"하하."

"저랑 샌시 사귀기로 한 건 들었어요?"

"네, 들었습니다."

"저랑 사귀어도 호문쿨루스 연구는 계속한다고 했어요."

후안은 아무 말도 하지 않았다. 그는 묵묵히 정면을 응시하다가 고개를 숙여 포석을 바라보았다.

"안나에게 편지를 보냈더니 답장이 바로 날아왔습니다. 회장을 당장 찾아가 사과하라고 화를 냈죠."

"……."

"안나에게 골렘을 건네면서 선물이 아니라 연구의 연장선이니 흑심이나 보답해야겠다는 귀찮은 마음 품지 말라고 했답니다. 제게도 말하지 말라고 해서 안나가 진짜 말하면 안 되냐고 물었더니 샌시가 뭐라고 대답했냐면."

후안이 입을 다물었다. 이렇게 결정적인 부분에서 말을 끊은 덕분에 많은 투자자가 그에게 낚여 투자 서류에 서명했다.

제리코는 투자 서류 대신 강렬한 눈빛을 쏴주었다.

"샌시가 이렇게 말했다더군요. 후안에게 말하지 말라고 했지 보여주지 말라고는 안 했다고."

샌시는 후안이 깜짝 놀라 자신에게 엎드려 절하기를 기대했다. 안나는 골렘을 본 약혼자가 함께 기뻐하며 손을 잡아주길 기대했다. 후안은 둘의 기대를 배신했다.

핑계는 다양했다. 아카데미에 제출할 동아리 보고서가 있어서, 학회가 있어서, 투자 설명회에 참가해야 해서, 투자자와 후원자에게 배부할 정기 보고서를 작성하느라.

시간이 지나갈수록 그의 마음이 조급해졌고 〈이만보〉 활동에 전력으로 매진하는 것이 골렘 개발 진도를 빠르게 하는 방법이라 과신했다. 정작 후안이 예쁜 손을 달아주고 싶었던 약혼녀가 자필로 쓴 데이트 신청은 거절한 주제에.

"그래서 사과하려고 연구동에 간 거군요."

"네…… 그렇습니다."

"혹시 괜찮으시면 사과를 좀 늦출 수 없을까요?"

"네?"

사과는 빠르면 빠를수록 좋은 것 아닌가? 정반대의 의견을 제시한 제리코 때문에 후안이 당황했다.

"농담이십니까?"

"전 지금 진지해요. 저랑 샌시랑 사귀기로 했으니까 제 얼굴에 침 뱉는 기분이라 선배한테만 말하는 건데."

말하기 전에 제리코가 후안을 잡은 손에 힘을 꾹 주었다. 폭행죄로 고소당할까 봐 힘은 적당히 주었다.

"이번 얘기도 소문내면 재미없어요."

"죄송합니다. 앞으론 같은 실수를 반복하지 않겠습니다."

"말로만?"

"안나의 이름을 걸고."

로맨티시스트가 약혼자의 명예를 걸었으니 제리코는 다시 한번 후안을 믿어보기로 했다.

제리코는 주위에 새나 쥐가 없는 걸 확인한 후 작은 목소리로 말했다.

"샌시가 저랑 처음 만난 건 에, 프프, 아버지의 장례식장에서였어요. 마탑주님이 샌시를 억지로 끌고 오셨죠. 그때 샌시가 제게 뭐라고 했게요?"

"삼가 조의를 표합니다는 아닐 테고……."

최근 평소와 다른 행동을 보이는 샌시 때문에 자신이 알고 있는 샌시에 대한 자신감이 사라진 후안이다. 후안은 최대한 샌시가 할 법한 언동을 추린 후 대답했다.

"피 좀 주세요?"

마탑주 아들답게 특이한 혈통을 지닌 사람에겐 무조건 피를 청하는 샌시의 수집벽을 노린 답변이었다. 제리코는 고개를 설레설레 저었다.

"피차 부모 잘못 만나 고생이 많네였어요."

당시 제리코의 혼이 쏙 빠진 상태였고 그녀가 에라프에게 가족애가 없기에 망정이지 요나의 장례식이었다면 불 주먹이 날아갔을 어마어마한 폭언이었다.

회장의 망언에 당황한 후안이 수습하기 위해 진땀을 흘렸다.

"회, 회장이 일부러 그런 말을 한 건 아닐 겁니다. 그러니까 아시다시피 회장이 성격이 더러워도 사람 자체는 나쁘지 않은, 아니, 그러니까, 에라프 님이나 소공작을 모욕하려는 것이 아니고."

"알아요. 저도 알아요. 샌시는 마탑주님 때문에 부모에 대한 인식이 남과 달라서 모욕할 생각 없이 그런 말 했다는 거 알아요. 하지만 그때도 그렇고 이번에도 그렇고, 샌시는 너무 말을 함부로 해요."

자신의 상식과 세간의 상식이 일치하지 않는 걸 알면서 입을 함부로 놀리는 그 입방정! 몹쓸 입방정! 말하고 있자니 입방정을 꼭 어떻게든 해야겠다는 확신이 강해졌다.

"이번만 해도 그래요. 후안 선배 아직 샌시한테 화났잖아요."

"그것은……."

"솔직히."

"그것은…… 소공작께서도 아시다시피 사람 마음이라는 것이 자로 잰 듯 딱 떨어지지 않는 영역이기에."

진실이 밝혀지고 오해가 풀리면서 화가 물에 탄 설탕처럼 사르르 녹을 수 있다. 그리고 물에 들어간 것이 똑같이 달달하지만 잘 녹지 않는 사탕일 수도 있다.

후안의 마음엔 아직 풀리지 않은 앙금이 남았다. 시간이 해약이겠으나 고작 하루가 지났으니 풀려봐야 얼마나 풀렸겠는가. 분노의 크기는 별 차이 없었고 비슷한 크기의 미안함이 추가되었을 뿐이다.

후안이 샌시에게 사과하고 싶은 것은 사실이다. 다만 지금 당장 바로는 아니었다. 후안에게도 혼란스러운 마음을 수습할 시간이 필요했다. 약혼녀의 편지에 무거운 발걸음을 떼었건만 샌시가 부재중이라 후안은 만감이 교차했다.

"제 마음과 별개로 사과는 빠르면 빠를수록 좋은 거라고 생각합니다."

"그건 저도 동의하거든요. 그러니까 기다리죠."

"무엇을?"

"샌시가 사과하러 오는 걸요."

용사의 딸은 불가능한 일을 너무 쉽게 입에 담았다. 저도 모르게 부정의 말을 꺼내려던 후안은 용사의 딸이 이미 한 번의 불가능을 가능으로 바꾸었음을 떠올렸다.

후안이 알고 있는 샌시의 법칙은 제리코 앞에서 폐기되었다. 후안이 알고 있는 불가능은 제리코에겐 가능이었다.

"소공작이라면 가능하겠지만 제게도 그럴지 모르겠습니다."

"사과하러 올 거예요! 후안 선배는 샌시의 소중한 친구니까요!"

―그게 친구면 세상 친구 다 얼어 죽었어.

'어허. 나 말고 친구 없는 무생물은 발언권이 없어.'

세상에 친구가 딱 한 명뿐인 검이 서글프게 없는 입을 틀어막았다.

"자신을 가져요! 샌시가 손 골렘 얘기를 하지 않은 건 선배가 떠나는 걸 걱정해서니까요!"

말로는 무급으로 부려먹을 인적자원을 놓치기 싫어서라고 했지만 그런 사람이 결혼식 초대받을 생각을 하진 않을 것이다.

샌시의 선물은 후안이 약혼자를 찾아가는 순간 밝혀질 비밀 아닌 비밀이었다.

샌시는 후안이 자신 곁을 떠날 것을 각오하면서까지 후안을 깜짝 놀라게 하고 싶었던 것은 아닐까. 예상치 못한 선물을 받은 후안이 활짝 웃으며 '정말 고맙다!'고 외치길 기다렸던 것은 아닐까.

─너무 샌시에게 유리한 해석 아니야?

'있어봐.'

드슬이는 지나치게 호의적인 해석이 아니냐 의문을 품었다. 후안의 의견은 달랐다. 후안은 제리코의 말을 듣고 곰곰이 무언가를 생각하더니 말했다.

"손 골렘이 완성되면 아카데미를 졸업할 거라고 가끔 말하긴 했죠. 그렇다고 회장을 돕는 걸 그만두겠다는 건 아닌데."

생각할 게 많은지 후안의 눈동자가 돌아갔다.

"앞서 보여 드린 투자자용 보고서를 읽으셨다면 아시겠지만."

'넵. 안 읽었어요.'

─난 읽었어. 잘 썼더라. 내가 돈만 있으면 투자하는 건데.

"회장의 연구가 일단락되면 그걸 기반으로 진행될 사업이 꽤 많습니다. 전 졸업 후에 〈이만보〉와 연계되는 외부 연구소를 설립할 생각이었거든요."

"그 말은 그러니까."

"졸업한 후에도 회장을 도와 일할 계획입니다. 너무 당연하다고 생각해서 회장에게 따로 말한 적이 없는데 회장은 제가 졸업하면 바로 교류를 끊을 거라고 생각한 것 같습니다."

목적을 달성할 때까지 교류를 유지하다 목적을 달성하자마자 관계를 단절하는 건 너무 염치없는 짓이다. 보통 사람은 그런 생각을 하지 않을 텐데, 아니, 못 할 텐데 샌시의 사고는 너무 비범해서 그런 생각을 해버렸다.

"아무리 그래도 그렇지 내가 몇 년을 같이……."

후안이 진심으로 허탈한 듯 궁얼거렸다. 샌시가 사춘기 소년이던 시절에 만나 청소년기에 청년기의 일부까지 공유했거늘 그런 생각을 하고 있었다니. 서운함이 해일처럼 밀려왔다.

"샌시는 눈치가 없잖아요."

"그러게요. 당연하다고 생각해 말하지 않은 제 잘못도 있는 것 같습니다. 덤으로 초심도 잃었죠."

처음 만났을 때부터 지금까지 샌시는 초심을 잃지 않았다. 샌시는 늘 한결같았다. 변한 건 후안이었다. 순수했던 초심을 잃고 저 멀리 있는 꿈이 아닌 꿈으로 가는 길목만 내려다보기 급급했다.

그리 생각하니 당장 샌시를 찾아가 사과하고 싶어지지 뭔가. 후안은 부끄러운 마음에 입을 다물었다.

"일주일을 기다려 보고 회장이 오지 않으면 제가 다시 사과하러 가겠습니다."

"네, 그렇게 해요."

회장과 부회장이 없는 〈이만보〉에선 남은 회원들이 수조를 비우고 있었다.

"조심, 조심."

"물 때문에 손이 거칠어졌어."

"나 손끝에 거스러미 생겼잖아. 최악."

"어흐, 끔찍해."

"섬세한 작업이라 골렘 시킬 수도 없고."

매일 손에 물 묻히는 사람이 들으면 목을 조르고 싶어질 발언은 마법사에게 허락된 특권이다.

제리코와 후안을 발견한 회원 중 한 명이 다가왔다.

"부회장, 회장에게 사과함?"

"못 했어. 부재중이더라."

"부회장이 사과했다고 하면 나도 사과하러 가려고 했는데."

회장파 회원이 동시에 침울한 표정을 지었다. 일단 후안을 척후로 보내 동태를 살핀 후 순서대로 찾아가 진심 어린 사과를 하겠다는 회장파의 계획이 틀어져 버렸다.

"회장은 뒤끝이 길어서 빨리 사과해야 하는데……"

"그거 말인데, 미베어 소공작이 회장이 먼저 사과하러 오길 기다려 달라 부탁하셨어."

후안은 제리코의 말을 회원들에게 간단히 전달했다. 샌시가 입방정을 고쳐야 한다는 의견엔 모두가 동의했다. 동시에 샌시가 먼저 사과하러 오길 기다리잔 말엔 떨떠름한 표정을 지었다.

"회장이 먼저 사과할 리가 없는데."

"이번 한 번만 샌시를 믿어봐요. 여러분은 샌시한테 소중한걸요."

"소중한 인력인 건 아는데."

"회장은 제 이름도 모른다니까요."

"사실은 알아."

"헉."

"회장 정도 지능이면 외우기 싫어도 강제로 외워질걸. 그냥 남자랑 이름 부르는 사이가 되고 싶지 않아서 학번이나 야, 너로 부르는 거지."

"애초에 우리가 회장을 회장으로 부르는 것도 샌시라고 부르면 귀 썩는단 표정을 지어서 회장이라고 하는 건데."

새로운 사실이 밝혀졌지만 반신반의하는 건 여전했다. 후안이 대화를 정리했다.

"소공작께서 이렇게 말씀하시니 일주일만 기다리자. 진심으로 사과 못 할 것 같거나 퇴부하고 싶은 사람은 그 안에 정리하고. 하반기 연구 일정은 회장의 제안대로 호문쿨루스에 집중할 거니까 그게 싫은 사람은 개인 연구 계획을 세워서 계획서 제출해."

"알겠어!"

대화가 정리되자 회원들은 다시 멈췄던 수조 물을 빼고 옮기는 작업을 시작했다. 골렘 조작에 능숙한 회원이 골렘으로 물통을 옮겼다. 제리코는 손에 물 묻는다고 우는 그들을 위해 적당히 일손을 도우며 물었다.

"물 재사용하면 안 돼요?"

"해도 되긴 하는데…… 기분 문제라."

"기분 문제?"

"이 물은 호문쿨루스 입장에서 보면 양수잖아. 양수 재활용은 좀…… 그렇지 않아?"

-인정.

'응, 인정.'

회장파 회원이 기분을 이유로 들자 부회장파가 반박했다.

"소공작께 이상한 정보 알려 드리지 마. 소공작님, 이 물엔 마력이 녹아 있습니다. 우리가 정제한 마력과 송사리의 마력도 같이 함유되어 있지요. 정제 마력은 괜찮지만 송사리의 마력이 새 호문쿨루스에게 어떠한 영향을 끼칠지 모르기 때문에 물을 가는 겁니다. 변수 통제는 중요하니까요."

-그러네. 연구하려면 이런 것부터 철저히 해야지.

호문쿨루스 연구엔 막대한 양의 돈과 시간, 마력이 필요하다. 새 프로젝트를 시작하려면 변수가 발생하지 않도록 제작 환경을 철저하게 통제해야 했다.

〈이만보〉는 현재 시점에서 대륙을 통틀어 가장 다양한 호문쿨루스 제작 레시피를 갖춘 연구 기관이었다. 이렇게 뺀 물은 아주 비싸고 그냥 하수구에 버리면 벌금이 부가되기 때문에 필요한 곳에 기증해 재활용한다. 〈이만보〉는 주로 아카네미 내부 식물원에 마력이 녹은 물을 기증했다.

"마법에 사용하는 재료를 기르는 데 필요하거든요."

"약초 물 뿌려 약초 키우는 기분이 드네요."

"비슷하다고 볼 수 있습니다."

식물원 얘기가 나오니 절로 떠오르는 인물이 마자리스였다. 제리코는 마자리스가 식물원으로 근무지를 옮긴 후 한 번도 찾아가 보지 않았다는 사실을 떠올렸다.

'잘 지내는지 한번 찾아가 봐야겠어.'

-연애 시작했으면 한 남자에게 충실하자.

'순수한 걱정과 관심이니까 걱정 붙들어 매.'

비정규직 외국인 노동자가 바뀐 근무지에서 잘 적응하고 있는지, 비범한 용모로 인해 따돌림이나 성추행 및 곤란한 상황에 엮이진 않았는지 걱정이 될 뿐 흑심은 없었다. 그 부분은 검 또한 인정하는 부분이라 반박하지 않았다.

'연구동 바로 옆이 식물원이니까 샌시 보러 가는 김에 겸사겸사 들러야겠어.'

-졸업생 기념관 때처럼 식물원으로 옮겨서도 조용한 걸 보면 알아서 잘하는 모양이지만.

'그러게.'

그 외모, 그 성격이면 하루 만에 소문이 퍼질 만한데 이렇게까지 말이 나오지 않다니 신기할 정도의 처세술이었다.

샌시는 실험실에 도착하자마자 송사리의 상태를 확인했다. 내내 혼자 있던 송사리는 갑자기 등장한 사람이 반가운지 수면 위로 헤엄쳐 올라왔다.

뻐끔. 송사리가 작은 입을 뻐끔거렸다. 샌시는 작게 인사했다.

"안녕."

"안녕, 안녕."

빠르게 화답하는 목소리는 참 귀여웠다. 송사리는 눈에 띄게 상태가 호전되었다.

샌시는 어제 실험실을 초토화시킨 드래곤 슬레이어 소드의 마력을 떠올렸다.

어항에 외부 마력 차단 마법을 걸어뒀기에 망정이지 하마터면 송사리를 골로 보낼 뻔했다. 안정을 위해 이동 마법도 사용하지 않았는데 그렇게 흉흉한 마력에 고스란히 노출되었다면 어떻게 되었을지.

외부 마력이 호문쿨루스에게 미치는 영향은 자료가 부족해 이론을 바탕으로 상상에 가까운 추측을 하는 게 고작이었다. 다행히 송사리는 무사했다.

송사리의 상태를 자세히 살펴볼 수 있다면 좋겠지만 그럴 수 없었다. 샌시에게 새로운 골칫거리가 생겨 버렸다.

"들어봐."

"들어봐."

"아무래도 카모마가 미친 것 같아."

"가타."

샌시는 어미를 따라 하는 송사리를 붙잡고 하소연을 시작했다.

오늘 샌시는 카모마를 찾아갔다. 부자의 정을 돈독히 하겠다는 의미는 아니다. 필요한 게 있어서 찾아갔더니 카모마는 엉뚱한 소리를 했다. 너무 엉뚱해서 샌시는 체온계로 카모마의 체온을 재봤다. 정말 생뚱맞은 소리였다.

"카모마가 마녀랑 화해하래. 이게 말이 돼?"

언제는 마탑주에게서 샌시의 친권을 가져오겠다며 소송 준비를 하더니 갑자기 화해하란다. 샌시는 카모마가 사악한 마녀에게 세뇌라도 당한 건 아닌지 걱정했는데 카모마의 정신 방비는 탄탄했다.

"소송도 안 하겠다고 하고. 혹시 마녀의 꼬드김에 넘어간 걸까?"

"걸까."

"너도 이제 성인이 되었으니 부모를 이해하려는 노력을 해봐라라니. 언제부터 부모 노릇 했다고."

역시 부모는 많으면 많을수록 비극이다. 샌시는 부자 아빠에게 혹했던 마음을 다잡았다. 중요한 건 돈이지 아빠가 아니었다. 아빠의 돈은 좋아해도 아빠는 좋아해선 안 된다. 조금 경계를 풀었더니 바로 역습해 오는 걸 보라.

"마녀를 이해하라고? 마녀가 날 방치한 건 이해해. 육아는 귀찮고 주위에 키워줄 손이 많았으니까. 나도 처음부터 마녀가 싫었던 건 아니야. 꽤 멋있다고 생각했어. 훌륭한 삶의 지혜를 많이 알고 있는 바람직한 엄마라고 여겼다고."

샌시는 자신을 업어주는 탑의 마법사들보다 제 거처에 틀어박혀 나오지 않는 마탑주가 더 좋았다. 샌시가 마법에 재능을 보일 때마다 역시 내 자식이라고 웃는 얼굴이 좋았다. 샌시를 위해 매일매일 간식을 만들어주는 게 좋았다.

세상에서 가장 위대한 마법사가 오직 샌시 한 명만을 위해 바구니 가득 꿀과자를 구워놓고 학교가 끝나길 기다리는 게 좋았다.

똑똑하고 이기적이고 제멋대로 살아도 누구 하나 훈계할 수 없는 권력을 지닌 이가 세상에 하나뿐인 가족이란 사실은 샌시의 자부심이었다.

잠들기 전 꼬옥 끌어안아 주는 포근함은 없다. 겉으로 보기엔 삭막해 보이는 가정이었을지도 모른다. 다른 사람 눈에는 아동 학대처럼 보였을 수도 있다. 하지만 샌시에겐 그게 유일한 가정이었고, 가족이었고, 안심할 수 있는 집이었다.

샌시가 기초 학교에서 친한 여학생이 있다고 보고하기 전까진 그랬다.

"원래 제멋대로에 악랄한 건 알았지만 나한텐 안 그러니까 괜찮았어. 내게 악랄할 때도 가끔 있었지만 이유가 있으니까 이해할 수 있었어. 하지만 그딴 짓을 어떻게 이해하란 거야? 게다가 화해? 난 잘못한 게 없는데!"

"엄는데!"

"카모마가 왜 갑자기 태도를 바꾼 걸까. 치매인가? 마법사는 치매에 잘 안 걸리는데."

"치매!"

덕분에 샌시는 치매 및 정신 질환과 세뇌 마법에 관한 책을 몇 권 구입했다. 단골 서점에 주문을 넣어뒀으니 실험실로 배송될 것이다.

샌시는 쥐꼬리만큼 믿었던 카모마의 배신에 치를 떨었다. 본래는 카모마에게 필요한 자료를 받고 겸사겸사 함께 살피면서 이것저것 자문을 구할 계획이었는데 그의 배신 때문에 자료만 받아서 돌아와 버렸다.

"오래 산 어른이라는 이유로 잔소리하려면 마녀처럼 300살은 넘겨야 한다고 생각해. 너도 동의하지?"

"동의."

"그래. 고마워."

부자 아빠의 배신과 얄미운 친모에 대한 걱정은 잠시 접어두도록 하자. 샌시에겐 그보다 중요한 일이 닥쳤으니까.

샌시는 복잡한 심기를 무표정으로 숨기며 미끄럼 방지 장갑을 꼈다. 그는 바위에 박힌 마법 검을 뽑듯 신중하게 어항을 들어 올렸다. 달라진 높이에 송사리가 제자리에서 빙글빙글 돌았다. 샌시는 구부정한 어깨와 허리를 바로 펴고 실험실을 나섰다.

샌시가 사과하러 올 것이라는 제리코의 말을 반신반의하던 〈이만보〉

회원은 어항을 들고 나타난 샌시를 보고 아무 말도 하지 못했다. 부실에 남아 있던 회원은 수업이나 기타 사유로 외출한 회원을 다급히 소환했다.

너희 다 밉다는 유치한 말을 마지막으로 부실을 나갔던 회장이 돌아왔다. 그것도 끼고 나간 인질도 데리고 찾아왔다. 사과든 폐부 선언이든 나 혼자 부를 꾸리겠다는 선언이든 간에 중대 발표가 있으리란 직감이 들지 않는가?

그리고 놀랍게도, 정말 놀랍게도 샌시는 모두가 보는 앞에서 고개를 숙였다.

"미안해."

연두색 정수리는 잠시 후에 모두의 시야에서 사라졌다. 짧은 순간이었으나 연두색 정수리가 남긴 파장은 상당했다.

"내가 너무 내 위주로 생각했어. 말도 함부로 했어. 사과할게."

우리 애가 사과하러 왔어요. 제리코는 남들보다 빠르고 헤프게 흐르는 눈물을 단속하기 위해서 눈가를 꾹꾹 눌렀다.

"나가고 싶은 사람은 나가도 좋아. 하지만 너희가 남아줬으면 좋겠어. 난 너희를 인적자원으로 필요하다고 생각하고 또 동료로서도 필요하다고 생각해! 단순히 인적자원만 필요한 거였다면 무능하고 멍청한 놈들 다 내쫓았을 거야."

말을 해놓고서 또 입방정을 떨었다는 사실을 자각했는지 샌시가 손을 휘저었다.

"아니, 아니! 무능하고 멍청해도 좋으니까, 아니이, 그런 게 아니고. 중요한 건 의지니까. 중요한 건…… 너희가 떠나지 않았으면 좋겠어."

"왜?"

당연하다면 당연한 질문이었다. 샌시는 즉답을 주저하다 간신히 답했다.

"너희가 필요하니까."

"그러니까 회장. 혼자서도 잘할 수 있잖아. 우리가 왜 필요한 건지 설명해 줘."

설명을 요구하는 회장과 회원의 옆구리를 다른 회원이 팔꿈치로 찔렀다.

"야, 회장이 기껏 사과하는데 뭘 캐묻고 그래."

"가만히 있어봐."

"너 어젯밤에 회장한테 미안하다고 한숨도 못 잤잖아."

"쉿!"

"집단 지성은 내가 놓친 부분을 보충해 줄 수 있는 중요한……."

설명하란다고 또 몰라도 좋을 정보를 늘어놓으려던 샌시가 말을 끝내지 않고 입술을 다물었다.

지금 그는 회원들이 필요했다. 그러니 필요한 만큼의 성의를 보임이 마땅하다. 샌시는 창피를 무릅쓰고 솔직하게 고백했다.

"너희들이 없으면 싫으니까."

"왜 싫은데요?"

"있다가 없어지면 허전하니까."

샌시의 화법에 익숙한 회원들이 해석한 바에 따르면 저 말은 '너희가 좋다'는 뜻이다. 청춘 좋아하는 회원이 작게 말했다.

"크으, 이것이 청춘이다."

"우리는 지금 청춘을 구가하고 있어."

샌시의 사과를 받아들이는 태도는 제각각이었다.

본래 〈이만보〉에 남을 생각이었던 키리케를 위시한 회원은 어깨를 한 번 으쓱이고 말았다. 샌시의 폭언에 실망했던 학생 중 사과에 만족한 학생은 샌시에게 몰아붙여 미안하다는 사과를 전했다. 사과에 만족하지 않은 학생도 천하의 샌시가 먼저 사과하러 왔다는 점을 높이 사동아리 잔류를 결정했다. 샌시가 사과를 하든 말든 연구 환경이 좋다는 이유로 퇴부할 생각이 없는 학생도 있었다.

부회장파 회원 몇이 퇴부 의사를 철회하지 않았지만 낯을 붉히는 일 없이 조용히 퇴부했다.

파란을 넘긴 〈이만보〉 회원은 할 말이 남은 두 사람을 위해 눈치껏 흩어졌다. 눈치가 부족한 사람은 다른 사람의 손에 이끌려 사라졌다.

제리코는 둘의 시야가 닿지 않는 곳으로 이동하려다 샌시의 간절한 부름에 붙잡혔다.

"둘만 두고 가지 말아줘, 제리코."

"동의합니다, 소공작."

"둘이서만 할 얘기 있는 거 아니에요?"

"남자와 단둘이서 대화하느니 혀 깨물고 죽을 거야."

"굉장히 민망한 대화가 오갈 예정이지만 기왕 간섭하신 거 끝까지 지켜보고 가세요."

후안은 늘 짓는 사교용 미소 대신 어색한 미소를 지었다.

그는 샌시가 그랬던 것처럼 고개를 숙여 사과했다.

"내가 잘못했어, 샌시."

"나도 잘못했어. 도네타 양에게도 편지로 사과할게."

"제발 부탁이니 그러지 말아줘. 네가 사과했다간 안나가 날 가만두지 않을 거야."

후안은 나이와 체면을 버리고 그보다 나이 어린 천재 앞에서 엄살을 떨었다. 샌시는 안나가 후안을 가만두지 않을 거란 부분에서 저도 모르게 고개를 끄덕였다.

"내가 잘못했어. 내가 널 몰아세우고 부당한 요구를 했지. 널 돕기 시작한 이유는 그게 아니었는데."

후안이 마탑에서 손 모형 골렘을 발견하고 제작자인 천재를 찾아갔을 때, 〈이만보〉는 주먹구구식으로 운영되고 있었다.

연구 자체야 건실하고 수준이 높았으나 샌시와 몇 없는 회원은 마력

주입을 한답시고 아까운 시간을 낭비하는 중이었다. 그리고 여러 기관에서 받을 수 있는 지원금과 보조금의 존재도 모르고 있었다. 연구비가 떨어지면 각자 부업을 해서 돈을 모은다. 목표한 연구비가 쌓이면 연구 재개. 아카데미에 제출해야 하는 보고서를 제때 내지 않아 동아리의 존폐가 위험해지는가 하면 뭇 마법사의 찬사를 받을 만한 연구를 해놓고도 제대로 된 학술지에 발표하지 않아 학계에서 그런 게 있는지도 모르는 연구가 부지기수였다.

게다가 악명은 얼마나 높은지. 고작해야 사춘기를 막 지난 청소년 주제에 아카데미 내에 눈이 마주치자마자 침 뱉고 시비 거는 사람이 속출했다.

도저히 연구에 몰두할 환경이 아니었는데 신기하게도 샌시는 연구 결과를 쏙쏙 내놓았다.

질투했다. 동시에 동경했다. 후안은 샌시가 보다 더 나은 환경에서, 더 좋은 환경에서 연구에 집중하길 원했다. 그래서 샌시를 돕기로 결정했다.

멀쩡히 수업 잘 듣다가 갑자기 아카데미에 입학하겠다는 제자를 스승은 얌전히 보내줬다. 샌시 등쌀에 못 이기고 금방 돌아올 거라 생각했다는 사실은 반년 뒤에 알았다.

양심이 있어 사심이 없었다곤 말하지 못한다. 하지만 동시대에 존재하는 천재의 연구를 일부나마 도울 수 있다는 사실이 얼마나 자랑스러웠는지 모른다.

"안나의 손과 별개로 난 계속 널 보좌하고 싶어. 처음부터 지금까지 그 마음은 진심이야. 네가 내게 정이 떨어졌다면 어쩔 수 없지만…… 이 부족한 날 용서해 주겠니?"

민망한 대화가 오갈 거라더니 정말 제리코의 눈물샘을 터뜨리는 대화가 오고 있었다. 제리코는 손수건으로 눈물을 콕콕 찍었다. 검은 마찬가지로 감동해 우정과 동료를 외쳤다.

샌시는 코를 훌쩍였다. 귀중한 인재가 앞으로도 계속 무급으로 노동력을 제공해 주겠다고 하니 감동한 나머지 눈물이 나올 것 같았다. 절대 후안이랑 화해해서 안도한 나머지 울고 싶어지는 게 아니다. 미소와 눈물은 모두 사랑하는 여인에게 바치기로 12살에 결심했기 때문에 이 눈물은 절대 후안 때문에 흐르는 게 아니었다.

"청첩장 준다고 약속하면 용서해 줄게."

"친구 중엔 제일 먼저 줄게. 들러리도 설래?"

"그건 귀찮을 것 같아서 싫어."

친화력 좋은 후안은 화해한 기념 삼아 포옹하려고 두 팔을 벌렸다. 샌시는 질색하고 거리를 벌렸다.

"남자랑 끌어안는 취미는 없거든. 떨어져."

참으로 샌시다운 발언에 후안이 허허 웃었다.

"애인과 끌어안는 취미는 있지?"

제리코가 혹시나 싶어 두 팔을 벌리자 샌시는 하프 산맥에서보다 빠른 속도로 달려와 그녀를 품에 가뒀다.

한 몸이 된 것처럼 찰싹 달라붙은 커플을 보고 흐뭇해하는 사람이 있는가 하면 질색하며 저주를 퍼붓는 사람이 있다.

후안은 샌시가 제리코 미베에라는 어마어마하게 훌륭한 여자 친구가 생겨 흡족한 마음에 둘이 오래오래 행복하기를 축복했지만 몇몇 회원은 저주 또는 눈물을 흩뿌렸다.

"회장, 사귀는 건 응원하겠지만 부실에서는 그러지 말아줘. 부탁이야."

"이상하다. 왜 자꾸 눈에 물기가 차오르지? 안구에서 땀이 나나?"

제리코와 샌시 둘 다 마탑의 로브를 걸쳐 새까맣다 보니 한 쌍의 바퀴벌레가 따로 없었다.

샌시는 품 안의 소녀가 전해주는 감촉에 푹 빠져 외부 소리를 듣지 못했고, 제리코는 제리코 나름대로 샌시의 등을 쓰다듬을까 말까 고민 중이었기 때문에 가엾은 회원들을 신경 쓸 겨를이 없었다.

"부원들의 사기가 저하되니까 두 분 연애는 나가서 해주겠어요?"

결국 후안이 부드러운 미소와 함께 〈이만보〉 회원의 견해를 전달했다.

계속 달라붙고 싶으면 나가든가, 〈이만보〉에 있을 거면 떨어지든가. 둘 중 하나를 택하라는 후안의 부드러운 권고에 제리코는 힘을 주어 샌시의 허리를 끌어안고 가슴팍에 얼굴을 박았다.

스읍. 하아. 샌시의 몸에선 청량하고 풋풋한 향기가 났다. 봄의 초목보단 늦여름의 풀을 으깨었을 때 나는 쓴 내가 제리코의 코와 뇌를 자극했다.

'숲 요정 피가 섞여서 그런가? 어쩜 체취가 이렇게 싱그럽지?'

-쯧쯧. 코에도 콩깍지가 끼었구나. 저걸 어쩐담.

떨어지기 전에 한 번 꽈악 안아본 다음에야 제리코는 미련을 떨치고 샌시를 안은 팔에 힘을 풀었다.

'견갑골과 등뼈는 나중에 만져봐야지!'

-쟤 자세가 구부정하던데 휜 곳 없는지 꼭 확인해 보자.

제리코는 펑퍼짐한 로브 속에 가려진 샌시의 가느다란 신체에 일일이 순서를 정해두었다. 다음에 만질 곳은 견갑골이고 그다음에 만져볼 곳은 등뼈다. 샌시에게 관심이 많아진 드슬이는 나중에 두피 마사지를 핑계로 두개골도 만져보자며 부추겼다.

검과 소녀가 마법사의 전신을 훑어보며 진도 뺄 순서를 정하는 동안 샌시는 후안과 호문쿨루스 촉매 조합에 대해 의논했다.

"이 조합대로 가자."

"초기 형태네요."

"확인해 보고 싶은 게 있어."

"좋아요. 재료는 이미 있고 저 혼자서도 충분하니 소공작과 놀다 오세요."

그렇게까지 말하는데 사양하는 사람은 호구다. 그리고 샌시는 호구가 아니었고 호구가 될 생각도 없었다. 기왕이면 호구를 등쳐먹는 삶이 샌시가 생각하는 바람직한 인생상이니까.

샌시는 후안의 배려가 마땅히 누릴 권리인 양 뒤돌았다가 기어들어가는 목소리로 말했다.

"고마워."

"별말씀을."

배려도 받았겠다 샌시는 한결 가벼운 마음으로 제리코에게 돌아갔다. 제리코는 둘이 대화하는 내내 샌시를 끈적끈적한 시선으로 훑어보다 샌시가 몸을 돌림과 동시에 눈빛을 초롱초롱하게 바꿨다.

'깨끗하게, 맑게, 자신 있게!'

순수하고 순진한 소녀인 척 구는 건 자신 있었다. 왜냐하면 제리코 미베어는 실제로 순수하고 순진한 소녀이기 때문이다!

–네가 요즘 생각이 덜 읽힌다고 자꾸 기만하려 드는데, 강하게 생각하는 건 다 들리거든!

드슬이가 제리코의 뇌를 점령했던 야한 생각을 비난했다. 발랑 까진 편이라고 으스댈 땐 언제고 새삼스레 순진한 척이람?

제리코는 발끈하여 응수했다.

'난 지금 생식 활동이 가장 활발할 시기거든? 번식의 최적기에 야한 생각 하는 건 당연한 거야! 좋아하는 사람이랑 다양한 활동을 함께하고 싶은 것도 당연하잖아!'

–다 침대에서 하는 활동이잖아!

'가끔은 침대가 아닌 곳도 좋지!'

–히익! 야, 다 좋은데 그런 점은 주인 안 닮아도 돼!

어디까지나 먼 미래의 이야기다. 제리코는 막 연애를 시작한 풋풋함을 마음껏 누리고 싶었다. 그러니 드슬이의 걱정은 시기상조였다.

샌시는 날아갈 듯 가벼운 발걸음으로 제리코에게 다가왔다.

"제리코, 혹시 하고 싶은 거나 가고 싶은 곳이 있어?"

"음…… 오늘은 딱히 없는데. 일단 실험실로 가자. 골렘 연구 돕기로 했잖아."

샌시는 바쁘고 제리코는 한가하다. 그러니 샌시의 일정을 먼저 들어본 후 데이트할 시간이나 옆에서 치근거려도 되는 시간 등을 확인하고 싶었다. 그의 생체 골렘 연구를 돕기로 했으니 그에 대한 이야기도 나눠야 했다.

"둘이서만 있고 싶기도 하고."

제리코가 눈꼬리를 접으며 눈웃음쳤다. 샌시의 입이 벌어지나 싶더니 침 대신 눈물이 떨어졌다.

"왜 울고 그래."

"살아 있길 잘했다 싶어서."

"아이참, 샌시도."

또 자신들만의 세계에 빠지려는 한 쌍의 바퀴벌레로 인해 〈이만보〉 회원들은 극심한 시력 감퇴와 혈압 상승, 부정맥 증상을 호소했다. 후안은 마지막까지 웃는 얼굴로 둘을 내쫓았다.

팔짱을 끼고 길을 따라 걷던 커플은 갈림길에 도달했다. 포석이 깔린 길은 외길이라 누가 봐도 갈림길이 아니었건만, 세상엔 길 아닌 곳을 제 길이라 주장하는 이가 있었다.

제리코는 당연하다는 듯이 최단 거리로 이동하려는 샌시를 잡아끌었다.

"잔디는 밟지 말자."

"여기로 가는 게 최단 거리야."

세상이 정해준 길이 아닌 자신이 정한 길을 걷겠다는 저 곧은 눈빛을 보라. 제리코는 샌시의 눈빛 공격에 넘어가지 않고 포석이 곱게 깔린 길을 가리켰다.

"그냥 여기로 가자."

"제리코 넌 지금 다리가 아프잖아. 딱딱한 길보단 푹신한 풀 위를 걸어야지."

"붕대만 감았지 하나도 안 아파."

"절뚝거리는데."

아프지 말라고 감은 붕대가 보행을 방해하고 있으니 이것이 바로 모순이다. 샌시는 제리코가 절뚝이는 모습만 보아도 심장이 떨어져 나갈 듯 아프다는 표정을 지었다.

"붕대가 발목을 고정하고 있어서 보행이 원활치 않아 후에 근육통이 올 수도 있어. 거리를 줄여야지."

ㅡ논리적이다.

'그러게.'

제리코가 평소와 조금 다르게 걸었다고 근육통이 찾아올 마법사였다면 수긍할 논리였다. 검의 괴상한 훈련을 소화하느라 전신의 근육을 고루 쓰는 제리코에겐 말도 안 되는 논리였다.

"언제는 내가 하는 말이 다 옳다더니 말 바꾸기야?"

정곡을 찔린 샌시가 당황했다. 샌시는 당황해 손가락을 꼼지락거리다가 뜬금없는 말을 했다.

"제리코 넌 다른 사람과 동시에 위험에 처하면 다른 사람부터 구하라고 하겠지."

"난데없이 위기 상황?"

"그래도 난 너부터 구할 거야. 진리와 정의보다 네가 더 중요하니까."

잔디를 밟는 것 또한 그 일환이란다. 예시가 참 극단적이었다.

제리코는 샌시의 기백과 극단적인 예시에 밀려 저도 모르게 풀을 밟았다. 확실히 단단한 돌바닥보단 푹신한 풀을 밟는 쪽이 기분은 더 좋았다.

"만약에 그런 상황이 오면 잘 부탁드려요."

"저만 믿어주세요."

주변에 식물이 있으면 미모가 상승하는 애인과 팔짱을 끼자 흥이 솟았다. 제리코는 샌시의 팔을 꽉 끌어안고 어깨에 볼을 비볐다. 신난 그녀는 오늘 오전 중 자신이 쌓은 업적을 자랑했다.

"아침엔 마그노 황자님에 후안 선배에 지금은 샌시까지. 어쩜 좋아. 오늘 하루 신세 진 신사분만 셋이나 되네."

'아차.'

말을 해놓고 나니 말실수를 했나 싶어 제리코는 샌시의 눈치를 살폈다. 후안이야 죽고 못 사는 약혼자가 있으니 상관없지만 마그노 황자 얘기를 한 것이 신경 쓰였다.

"으음, 샌시? 나랑 마그노 황자님은 그냥 친구이고 아무 사이도 아니니까. 남녀 사이에 친구는 존재할 수 없다, 뭐 이런 생각을 하는 건 아니지? 내가 좋아하는 사람은 샌시인걸."

"응, 괜찮아."

질투하거나 상심할까 봐 걱정한 것이 무색하게 샌시는 태연했다. 혹시 억지로 감추는 게 아닌가 싶어 제리코는 다시 캐물었다.

"질투하고 그러진 않아?"

"그럴 리가 없잖아. 마그노 황자님은 후보니까."

이 후보가 라이벌 후보는 아닐 터. 애초에 샌시가 제리코에게 꺼낼 후보는 하나밖에 없었다. 오빠 후보다.

"헉."

어떻게 알았는지 궁금한데 밖에서 할 얘기는 아니었다. 제리코는 걸음을 서둘러 실험실로 이동했다.

"안에 아무도 없지?"

"응."

제리코는 문을 잠그고서 실험실 내부를 쏘다니며 창문이 닫혀 있는지 확인했다. 샌시는 바삐 움직이는 그녀의 발목이 걱정되어 졸졸졸 뒤를 따라다녔다.

둘밖에 없는데도 남의 귀에 들어가면 안 되는 얘기라서일까. 아니면 그냥 샌시의 귓가에 대고 속삭이고 싶어서였을까. 제리코는 작은 목소리로 소곤소곤 얘기했다.

"마그노 황자님이 후보인 거 어떻게 알았어?"

"그냥 보고 알았는데."

"우리가 닮은 구석이 있었어? 그런 거 없던데?"

"아냐, 꽤 일치하는 특징이 있어."

"지, 진짜? 보면 알 수 있는 수준이야?"

"응. 볼래?"

샌시는 종이와 펜을 꺼내 무언가를 그리기 시작했다. 제리코는 긴장한 나머지 침을 꼴깍꼴깍 삼키며 그림이 완성되길 기다렸다.

"다 그렸다."

샌시가 그린 것은 사람 두개골이었다.

"봐봐, 일치하는 부분이 있지?"

까만 건 선이요, 하얀 건 종이이며 까만 구멍은 눈구멍과 콧구멍이라.

"……미안 샌시. 내 눈엔 뭐가 다른지 구분이 안 돼."

─나도.

눈에 불을 켜고 찾아봐도 뼈만 봐선 일치하는 특징을 찾기 힘들었다. 아니. 샌시가 그린 두 두개골 중에 어느 쪽이 자신의 두개골이고 어느 쪽이 황자의 두개골인지 짐작하는 것조차 불가능했다.

"왼쪽이 제리코고, 오른쪽이 황자야."

"그래도 모르겠어. 근육이랑 피부 좀 붙여줄래?"

─색칠도 부탁해.

평소 두개골을 볼 일 없는 사람과 겁이 극심한 안구 통증을 호소했다. 샌시는 두개골 위에 근육을 덧그리다 펜을 치웠다.

"근육을 붙이면 알아보기 더 힘든데. 여기 눈구멍과 눈구멍 사이의 넓이와 이마에서 코 뿌리의 넓이 비율을 비교해 보면 비율이 동일해. 두 사람의 비율이 네 아버지 두개골의 비율과 일치하거든. 제리코 네가 오빠 후보를 찾는다고 해서 이 사람 저 사람 초상화를 비교해 보다 알게 되었어. 릴리에 공주님 두개골은 이렇게."

샌시가 설명을 돕기 위해 두개골을 두 개 더 그렸다. 제리코가 보기엔 네 두개골이 모두 똑같은데 놀랍기도 하여라. 사람을 볼 때 내부의 근육과 뼈 형태에 관심을 가져야만 분간할 수 있는 차이였다.

"후보 맞지? 두개골 비교해 보는 거 꽤 재밌었어."

"대단해, 샌시. 정답이야."

샌시가 칭찬을 바라기에 제리코는 아낌없이 칭찬을 날렸다. 샌시는 잠시 우쭐하는 표정을 지었다.

"로젠은 뭐 없어? 콧대가 비슷하다거나."

"안타깝지만 뼈에서 공통점을 찾진 못했어. 그런데 로젠은 너랑 머리카락 색이 똑같으니까."

"아주 멋진 빨간색이지."

엣헴. 제리코가 도발적인 붉은 머리를 손에 잡고 흔들자 샌시의 눈이 강아지풀을 발견한 고양이처럼 흔들렸다.

"제도와 근교엔 빨간 머리가 흔하지만 이처럼 훌륭한 붉은 머리는 드물어. 붉은 머리는 유전될 확률이 높으니 꽤 눈에 띄는 공통점이지."

"맞아, 맞아. 에라프 님, 나, 로젠이 뒤돌아서 있으면 한 가족 같아 보일걸?"

─그러게.

"혹시 마자리스 씨가 오빠 후보냐고 물었던 것도 외관상 닮은 데가 있어서 그랬던 거야?"

"눈이."

"눈? 내 눈이 그 예쁜 눈이랑 닮았다고?"

마자리스의 눈은 하늘의 별을 따다 박은 것처럼 반짝반짝 빛났다. 그런 눈과 닮았다고 말하니 듣는 제리코는 아주 부끄러웠다.

샌시는 제리코가 부끄러워하든 말든 진지하게 대꾸했다.

"네 눈이 더 아름다워."

"아잉. 더해줘."

"제리코 네 매력은 외견에 국한되지 않지만 원한다면 얼마든지. 제리코가 세상에서 제일 아름다워."

"꺄앙. 샌시도 매력 있어."

"부족한 부분이 있으면 알려줘. 너처럼 매력적인 사람 곁에 머무르려면 내가 노력해야 하니까."

제리코와 사귀는 사람이 로젠이었다면 제리코에게 내기에서 졌냐는 반응이 돌아오진 않았을 것이다. 샌시는 냉정하게 현실을 직시했고 문제를 해결하고 싶어 했다.

"샌시는 샌시만의 남다른 매력이 있으니까 자신을 갖자. 만나는 여자마다 반하지 말라고 하던 자신감을 잃지 마! 결국 내가 반했으니까 자긍심을 갖자!"

"응. 그래도 바로 알려줘. 일단 피부 관리는 어제부터 시작했거든."

"어머나."

제리코가 두 볼에 손을 얹어 찢어지려는 입가를 진정시켰다.

-그런 것치고 티는 안 난다.

"피부 관리는 오랜 시간 공을 들여야 하는 거야. 낙숫물이 바위를 뚫듯이 시간을 들여야 해. 하루아침에 이뤄지는 게 아니라고."

"향수도 뿌리고 비누도 바꿀 생각인데 좋아하는 향이 있어?"

"지금 샌시 냄새로도 좋은걸. 풋풋한 풀 내음."

"미안. 그거 소독약 냄새일 거야."

샌시는 로브를 들어 체취를 맡더니 다시 고개를 끄덕였다.

"소독약 냄새 맞네."

–푸하하하하하하!

"으윽."

제리코의 설레발을 알고 있는 검이 웃음을 터뜨렸다. 하여간 주인과는 다르게 하루를 빼먹지 않고 무생물을 웃기는 재주가 있는 임시 주인이었다.

–숲 요정 혼혈이라 풀 냄새가 난다느니 하더니만.

"으아악! 사생활 보호!"

그런 말을 하려면 제리코에게만 들리도록 해야 하는데 이놈의 검은 그런 배려가 부족했다. 역으로 눈치 없다 소리를 종종 듣는 샌시가 제리코를 배려해 화제를 전환했다.

"마그노 황자가 오빠인 거지?"

"응. 물증만 없다 뿐이지 거의 확실해. 그리고 로젠도."

"로젠도 오빠인 거야?"

"그럴 가능성이 높아."

"아는 오빠에서 진짜 오빠가 되는 거니 로젠이 좋아하겠네."

"그렇지?"

실제로는 무척 슬퍼하고 좌절할 걸 알고 있는 두 사람이지만 진실을 묻어버리고 히죽 웃었다. 그 모습이 실로 사이좋은 커플이라 드슬이가 감탄한 건 당연지사였다.

"으아, 드슬이 말고 비밀을 아는 사람이 더 늘었어. 나 정말 기뻐."

제리코는 책상 위에 엎드려 버둥거렸다.

"황자님이랑 친해지는 거 진짜 힘들었거든. 진짜에 정말에 진짜루."

열심히 힘낸 덕분에 마그노 황자를 짓누르던 짐을 조금 덜어낸 것 같아 뿌듯한 건 사실이다. 그러나 제리코가 힘들었던 것 또한 사실이었다.

"피를 좋아하는 새 주인을 찾아주는 거였지? 그럼 로젠으로 낙점이네."

'아, 맞다. 샌시에겐 그렇게 둘러댔지.'

제리코는 과거에 드래곤 슬레이어 소드가 좋아할 만한 새 주인을 찾기 위해 오빠를 찾고 있다고 샌시에게 둘러댄 적이 있었다. 그런 점에서 고려하면 마그노 황자보단 로젠이 검의 새 주인에 적합했다.

"용사 타령하더니 검을 물려받게 되면 엄청 기뻐하겠어. 인생의 승리자로군."

평소라면 위대한 대자연이 로젠을 편애한다고 투덜거렸을 텐데 오늘은 그럴 마음이 들지 않았다. 인생의 승리자라는 표현도 비꼬기 위해서가 아닌 순수한 감탄이었다.

제리코와 사귀고 있으니 샌시의 삐딱한 마음도 조금은 곧아진 것이다. 물론 승자의 여유도 한몫했고.

"드슬이 얘기가 나왔으니 말인데."

제리코는 드래곤 슬레이어 소드를 들었다.

"생체 골렘 연구에 정식으로 투자하는 대신 드슬이를 위한 생체 골렘을 주문 제작하고 싶어. 아무래도 남이 휘둘러서 보는 피보단 직접 휘둘러서 보는 피가 좋잖아."

-표현이 어째 이상하다?

"피와 살육을 좋아하는 검은 입 다무세요."

검에게 골렘을 주려면 연구가 선행되어야 한다. 본격적인 연구가 시작되었다.

제리코가 드래곤 슬레이어 소드를 생체 골렘 위에 얹자 골렘의 손가락이 움직였다. 골렘은 팔을 괴상하게 흔들며 검을 잡기 위해 움직였다.

"제리코, 어때? 괜찮아? 현기증이 나고 그러진 않아?"

"아직은 별 느낌 없어. 무슨 일 있으면 바로 얘기할게. 그리고 나보단 골렘을 봐야 하는 거 아니야?"

"영상을 기록해 두고 있으니 괜찮아."

둘이 대화를 나누는 동안 드슬이는 골렘을 일으키기 위해 필사적으로 노력했다. 머리 없는 골렘은 사지를 퍼덕였고 그런 와중 검을 놓쳐 제리코가 주워 골렘 옆에 갖다 두는 일이 여러 번 반복되었다.

-섰다!

골렘, 대지에 서다.

제리코는 짤깍짤깍 박수를 쳤다. 사지 없는 물고기처럼 바닥을 퍼덕이던 골렘이 직립보행을 하는 과정을 모두 지켜본 그녀의 눈가엔 눈물이 고였다. 정말이지 인간, 아니, 검 승리였다.

-내 마력부터 쓰려니까 어렵네.

"나 조금 어지러워."

-미안, 제리.

골렘 조종이 미숙한 검은 여전히 샌시가 설계한 양 이상의 마력을 소모했다.

샌시는 제리코에게 마력 회복약을 건네주는 한편 연구 계획을 일부 수정했다. 일단 드래곤 슬레이어 소드가 골렘에 익숙해지는 게 우선이었다.

"당분간은 눕혀두거나 앉혀두고서 감각에 대한 실험을 하는 게 나을 것 같아."

골렘이 드래곤 슬레이어 소드를 들고 휘청거리는 바람에 부서진 가구를 샌시가 아련한 눈빛으로 전송했다.

샌시는 골렘을 조종해 부서진 가구를 치웠다. 제리코는 수첩에 샌시와 조율한 일정을 끼적인 후 흡족한 마음에 활짝 웃었다. 매일 저녁을 같이 먹기로 한 부분이 특히 마음에 들었다.

'너무 내 생각만 했나? 그래도 샌시는 하루 한 끼라도 제대로 먹어야 하니까.'

아침은 샌시가 아침형 인간이 아니라 제외, 점심은 수업 때문에 시간이 일정치 않을 때가 있으니 제외. 결국 남는 게 저녁이었다.

제리코는 당장 오늘부터 함께할 저녁 시간이 기대되어 볼을 붉혔다.

'남자 친구랑 저녁 먹는 거 처음이야.'

─뭔들 처음 아니겠어.

둘 다 첫 연애이니 서툴고 낯선 일이 가득했다. 제리코는 앞으로의 연애에 지침 삼을 만한 게 뭐가 있나 궁리하다 샌시의 의사를 물었다.

"샌시는 나랑 사귀면서 하고 싶은 거 없어?"

"남들 하는 건 다 하고 싶어."

"적극적으로 반영할게."

이상형은 좋아 보이는 걸 죄 집어넣더니 연애도 남들 하는 건 다 하고 싶단다. 참으로 샌시다운 의견이었다. 좋게 말하면 욕심이 많고 나쁘게 보자면 줏대가 없었다.

이상형의 형상이 명확하지 않으니 연애하는 모습이 명확할 리 있나. 샌시의 상상은 언제나 남이 하는 연애에 자신과 이상형을 투영하는 데에 그쳤다. 이게 좋다라고 확실하게 말할 만한 소망이 없었다.

"제리코는?"

"나는 있잖아, 애인이 생기면……."

'찰싹 달라붙을 생각이었는데.'

찰거머리처럼 달라붙어 떨어지지 않을 생각이었다. 샌시가 이성에 대한 슬픈 기억이 많아 자제하고 있다 뿐이지 마음 같아선 샌시를 끌어안고 싶은 제리코였다.

─어제 한 뽀뽀는?

'그건 입 잘못 놀린 처벌이니까 묻어두자.'

샌시는 이성에 대해 슬픈 추억이 많다. 가끔 여자가 나오는 악몽을 꾼다고 했으니 말 다 한 수준이다.

'어쨌든 아주 조심해야 해. 샌시는 갓 태어난 송아지처럼 섬세하니까.'

─글쎄다. 어제 뽀뽀할 때도 그랬고 안기라니까 납죽납죽 안기는 걸 보

면 그냥 네 편한 대로 만져도 될 것 같은데.

갓 태어난 송아지는 자력으로 일어나 젖을 물지 못하면 생존에서 도 태된다. 드슬이는 무생물이지만 샌시가 이번 연애에서 생물의 본능에 충실하지 않겠느냐는 의견을 제시했다.

'오, 엄청난 설득력.'

귀가 얇은 용사의 딸은 바로 시험해 봤다.

"샌시, 나는 남자 친구 생기면 맨날 끌어안고 싶었는데."

"얼마든지."

샌시는 다소곳이 제 몸을 바쳤다. 제리코는 샌시의 가슴에 얼굴을 묻고 히죽히죽 웃었다.

"불편하고 그런 거 아니지?"

"내 몸은 이미 네 거야."

"와, 나 주는 거야?"

"머리부터 발끝까지 모두 네 거야. 담보 설정해도 돼."

"정말?"

"응."

─축하해, 제리. 돈 필요할 때 담보로 맡길 애인이 생겼네.

"꺄아, 그런 일이 없도록 도박엔 손도 안 댈게. 나만 믿어, 샌시! 난 노동의 가치를 아는 사람이야!"

육체노동의 가치를 광신해 공부는 쟁기 들 힘 없는 놈들이나 하는 거라던 소녀 장사의 발언이라 신뢰도가 매우 높았다.

"근데 샌시, 내 몸은 내 거라 샌시한테 못 줄 거 같아."

"그건 당연한 거야. 바치고 싶은 사람이 바쳐야지. 제리코 몸은 당연히 제리코 거야."

"꺄륵. 샌시 정말 좋아."

제리코가 옷 위니까 괜찮을 거란 생각에 샌시의 가슴팍에 연거푸 입술을 붙였다. 얌전히 제리코에게 몸을 맡기던 샌시의 몸이 갑자기 굳었다. 샌시는 파리한 안색으로 제리코에게 이만 놓아줄 것을 요청했다.

"제리코, 이제 그만……."

"알겠어."

-웬일?

잡고서 오랫동안 안 놔줄 것 같던 제리코가 순순히 물러나니 의심스러웠다. 제리코는 검의 의문을 뒤로하고 콧노래를 부르며 샌시에게서 시선을 거뒀다.

샌시가 이때다 싶은지 연구실 구석으로 이동하는데 검이 보기엔 꼭 도망가는 것처럼 보였다.

-너한테서 도망가는데?

'어허. 무생물은 끼는 거 아니야.'

샌시는 동화 속 너구리처럼 구석에 머리를 처박더니 음울한 목소리로 말했다.

"제리코, 우리가 사귀기로 했지만 밀실에서 단둘이 있을 때 이렇게 과한 신체 접촉은 지양하자."

"왜에?"

제리코가 다 알면서 하나도 모르겠다는 듯 톤을 높여 질문했다. 검이 몸을 부들부들 떨었다.

-헉, 가증스러워.

샌시는 솔직하게 대답했다.

"난 원래 피가 머리로 쏠리는데."

"으응?"

"아래로 쏠려서 힘들어."

"자연스러운 현상인걸."

포옹 한 번으로 이 난리인가 싶지만 순정과 사랑을 단 한 명의 사람에게만 바치겠다던 순정남으로서 지극히 당연한 결과였다.

제리코 입장에선 남매애와 집착의 연장선이 아닌 한 사람의 이성으로 봐준다는 느낌이라 기분이 나쁘고 그렇진 않았다.

"아니, 정말로. 원래 이게 이렇게 말을 안 듣는 기관이 아니었는데."

"그 기관이 말을 알아들으면 놀라운 일이 벌어질 거야."

서라 할 때 서고, 죽어라 할 때 죽는 착실한 그곳이라니. 놀라운 일 아닌가. 고향 마을 빨래터에서 이 대화를 주고받았으면 온 동네 여자들이 뒤집어졌을 것이다.

제리코는 꽤 아깝단 생각을 하며 언젠가 반드시 이 농담을 써먹을 것을 다짐했다.

─넌 농담을 해도 꼭.

'돼지 접붙이는 거 도와드리고 그랬는데.'

마을의 소녀 장사는 아련한 눈빛으로 짭짤한 용돈 벌이가 되어준 수퇘지를 회상했다. 번식기를 맞아 암퇘지를 향해 저돌적으로 달려가는 수퇘지를 막는 일은 참 보람차고 재밌었다. 그에 비교해 보면 샌시가 보이는 반응은 무척 얌전했다.

─발정 난 돼지랑 비교하면 뭔들 안 얌전하겠어.

'정숙' 하면 샌시 아닌가. 누군가 제도의 마당발에게 제도에서 가장 정숙한 남자가 누구냐 물으면 고개를 들어 샌시를 보라 할 판이다. 야한 그림 한 장 본 적 없다 자부하는 샌시라 그런지 그는 처박은 고개를 아예 구석에 고정시켰다. 제리코는 갈 길이 멀다 느끼면서 한편으론 풋풋함에 전율했다.

'크으, 풋풋하다. 이 맛에 연애하는구나.'

오직 첫 연애에만 누릴 수 있는 풋풋함 아닌가. 제리코도 처음이고 샌시도 처음이라 그런지 풋풋함이 배가되어 풋내에 눈물이 날 지경이었다.

어지간하면 가라앉을 때가 되었는데 샌시는 밀실에 제리코와 단둘이 있다는 부분에 꽂혀 버렸는지 구석에서 나올 생각을 안 했다. 이대로 가면 샌시의 하루가 홀랑 날아갈 지경이라 결국 제리코가 후퇴 선언을 했다.

"샌시, 난 이만 가볼게."

"잠깐만 기다려! 데려다줄게!"

"아냐. 이따 저녁 식사하러 올 거지? 그때 또 볼 건데 뭐."

"다쳤잖아!"

"스텔라 기숙사장이 약 발라줬어!"

고개 돌린 샌시의 얼굴에서 다급함이 조금 가셨다. 스텔라의 마법 약 제조 솜씨를 믿고 있는 듯했다.

'스텔라한테 꼭 얘기해 줘야지.'

스텔라는 샌시를 꺼리는 만큼 인정하고 있으니 실력을 인정받고 있다는 얘기를 해주면 참 좋아할 것이다. 그렇게 제리코는 샌시를 피해 실험실에서 도망쳐 나왔다.

"붕대 얼른 풀어버려야지, 만나는 사람마다 환자 취급을 하니 영 못쓰겠네."

제리코는 그렇게 투덜거리며 식물원으로 걸어갔다. 식물원 직원에게 마자리스를 찾아왔다고 말하니 직원이 안절부절못했다.

"참으로 송구하오나 현재 일손이 부족해 마자리스 씨를 데려올 수 없는데 잠시 기다려 주시거나 나중에 와주시겠습니까?"

"다들 바쁜가요?"

"각별한 주의를 요하는 기증물이 들어왔는데 창고에 자리가 부족해서 짐을 빼고 새로 옮기느라 직원들이 모두 거기에 가 있어서요. 마자리스 씨가 지금 시간에 일하고 있는 곳과 거리가 꽤 되는데 저도 지금 일을 도우러 갈 참이라……."

"아아, 그렇군요."

"네, 정말 송구합니다. 마력이 깃든 물은 햇볕을 오래 쬐면 마력이 날아가 버리기 때문에 기증 전에 반드시 미리 연락을 달라 부탁하는데 이놈의 동아리는 툭하면! 아이, 죄송합니다, 소공작님. 쓸데없는 말을 했습니다."

"외부인 출입이 가능한 곳이면 제가 알아서 찾아갈게요. 방향만 알려주세요."

"그러서도 괜찮을까요?"

"네. 혹시 건드리면 안 되거나 그런 건 없죠?"

"사람 손이 닿으면 안 되는 독초와 알레르기 유발 가능성이 높은 식물은 따로 키우고 있으니 괜찮습니다."

직원이 알려준 장소는 식물원에서도 후원에 해당하는 후미진 장소였다.

-외국인이라 왕따를 시키는 것인가, 외모 때문에 구설수에 시달리지 않도록 일부러 배려한 것인가. 그것이 문제로다.

'그건 가서 살펴보면 되겠지.'

마자리스의 외모만 따지고 보면 외국인이라 왕따를 당할 걱정이 덜어지지만 혹 모르는 일이다. 외모가 뛰어나다고 외국인 차별에서 제외되리란 생각도 차별이고 편견이었다.

-잘한다, 잘한다!

제리코가 용사의 피를 이은 사람으로서 바람직한 생각을 하자 검이 응원했다.

제리코가 움직이자 그녀를 상대하느라 일손을 놓고 있던 직원이 발을 동동 굴러 뛰어갈 태세를 갖췄다. 제리코는 마지막으로 말했다.

"아카데미 직원분들은 다들 입이 무거우신가 봐요. 마자리스 씨 얘기가 안 도는 걸 보면."

"네? 네네, 저희는 개인 정보를 소중히 여깁니다. 그럼 소공작님! 저는 이만!"

"넵!"

직원은 영문을 모르겠다는 표정을 지었다가 대충 얼버무리고는 창고

쪽으로 뛰어갔다.

-어째 직원 표정이 묘했는데.

'바쁜데 내가 너무 오래 잡고 있었나 봐.'

제리코는 바쁜 사람을 오래 잡고 있었단 죄책감에 볼을 긁었다.

농사짓고 양 치던 마을에서 자라 그럴까. 제리코는 식물원에서 먹을 수 있는 식물만 귀신같이 찾아냈다. 초록은 잎이요 갈색은 나뭇가지와 기둥이며 그 외 다른 색은 꽃 아니면 열매라고 생각하는 검에겐 어려운 구분이었다.

-넌 진짜 어디 가서 굶어 죽진 않을 거야.

"글쎄. 우리 동네에서 자라는 식물 아니면 모르는걸. 예를 들어 저런 애들은 어떤 게 먹을 수 있는 건지 모르겠어."

식물원이 어떤 곳인가. 기후와 지형을 막론하고 다양한 식물을 한자리에서 볼 수 있는 장소다. 제리코는 머리털 나고 처음 보는 식물 구성을 살피며 걷다 조금씩 인상을 찌푸렸다. 식물에게서 난다고 믿기 어려운 비릿한 냄새가 그녀의 코를 자극했다.

"뭐야, 이거. 비린데 생선은 아니고……."

생선의 비린내와 느낌이 다른 비린내와 부패한 악취가 함께 풍겨왔다. 제리코가 목적지에 다다를수록 악취가 심해졌다. 제리코는 코를 막고 전진했다.

'이건!'

-차별이다! 나 이상하게 몸이 부들부들 떨려!

얼마나 화가 나면 검신이 격렬하게 떨리냐 이 말이다. 외국인에 계약직이라고 너무하는 거 아닙니까! 제리코와 검이 사회의 비정함에 분기탱천했다. 제리코는 분노를 연료 삼아 걸음 속도를 높였다.

아름다운 마자리스가 악취의 한가운데에 서 있었다. 쓰레기장에서도 나지 않을 법한 악취 속에서 마자리스는 고고히 피어난 꽃처럼 이질적이었다.

제리코는 코를 틀어막고 코맹맹이 목소리로 마자리스의 이름을 외쳤다.

"마자리스 씨!"

"앗, 안녕하세요. 여기까진 어쩐 일로."

"마자리스 씨만 여기서 근무하다니, 너무해요! 부당한 일이 있으면 제게 알려줬어야죠! 우리가 어떤 사인데!"

−어떤 사인데?

'알고 지내는 사이.'

마음만 먹으면 하늘을 나는 새도 떨어뜨릴 수 있는 미베어 소공작과 알고 지내는 사이라니. 이렇게 달콤한 울림이 또 어딨단 말인가.

"그으…… 뭔가 착각하시는 듯한데, 아하하. 이곳 근무는 당번제입니다. 돌아가며 하고 있어요."

"정말요?"

"네. 보시다시피 이런 곳이라."

이런 곳이란 말에 제리코는 주위를 살폈다. 악취 속에 피비린내가 풍긴다. 악취는 바닥에서 올라오고 있었다. 정확하게는 식물이 자라는 화단 쪽에서.

"식물엔 여러 종류가 있죠. 곤충을 먹고 자라는 식물이 있는가 하면 마물을 먹고사는 식물도 있고, 여기서 재배하는 식물처럼 짐승의 피를 양분으로 자라는 식물도 있어요."

"그럼 이 냄새는 흙에서 나는 거군요?"

"네, 그렇습니다. 저쪽에 보이시는 왼쪽 화단은 돼지 피, 오른편은 말의 피를 뿌려줍니다. 그리고 지금 서 계신 이 화단엔 사람 피를 뿌리죠. 이것도 직원들이 돌아가며 제공하고 있습니다."

"헉. 피를요?"

"물에 희석해 주기 때문에 많은 양이 필요하진 않습니다. 치료 약에 쓰이는 주재료이기 때문에 의술원의 식물원에선 학생과 교수진이 모두

피를 제공하고 있다고 들었습니다만 루나 아카데미는 약학과가 없으니까요. 식물원 직원으로 충분합니다."

흙이 머금은 피가 썩어 악취와 비린내가 동시에 풍겼던 것이다. 제리코는 자리에 없는 식물원 직원들에게 심심한 사과의 말을 전했다.

'오해해서 죄송합니다.'

ㅡ멋대로 단정 지어 미안합니다.

"그럼 차별 대우 같은 건 없는 거죠?"

"하하하, 네."

"저는 또 마자리스 씨에 대한 소문이 안 나니까 어디 구석진 곳에서 외롭게 일하시나 하고 착각했지 뭐예요."

"그렇진 않습니다. 아카데미 내에서 떠도는 소문도 제대로 듣고 있고요. 샌시 공자님과 교제를 시작하셨다고 들었습니다. 축하드려요."

"우와, 소문 빠르시네."

"전에도 말씀드렸듯 주위 소문엔 언제나 귀를 기울이고 있습니다."

"여기저기 말하고 다녔고 숨길 생각이 없기도 했지만 소문 도는 속도가 참 빠르네요. 마자리스 씨에 대한 얘기가 조용한 것과 너무 비교되는 것 같아요. 비법이 뭐예요?"

마자리스는 말없이 웃었다. 나름의 처신법인데 너무 캐물으면 대답하라고 강요하는 것 같아 제리코는 더 묻지 않았다.

악취 때문에 두 번 다시 오고 싶지 않은 곳이었기 때문에 기왕 온 것 확실하게 둘러보잔 마음에 제리코는 화단에 꽂힌 팻말을 읽었다. 외상 치료제의 주재료라는 설명이 적혀 있었다.

"피에는 혼이 녹아 있다고 하던데 피를 먹고 자란 식물이 치료 약의 주성분이라는 걸 보니까 돌고 도는 느낌이네요."

"혼이 녹아 있나요?"

"아, 마법사가 그렇게 말하더라고요."

"그렇군요. 절 키워주신 분께선 피엔 기억이 녹아 있다고 하셨습니다."

"기억이……."

"네. 부모에서 자손으로 피를 통해 기억을 물려주고 받는 것이죠. 그렇게 대를 이어가는 겁니다."

제리코는 두 손을 모아 감탄했다.

"낭만적이에요."

"소공작님껜 죄송하지만 그렇게 낭만적인 이야기는 아닙니다. 피를 온전히 이어받지 못한 자손은 기억에 공백이 생기니까요. 마법사의 얘기대로라면 혼에 결함이 있다는 뜻이 되겠죠."

"그래도요. 부족한 부분은 직접 살아가면서 채우면 된다고 생각해요."

"네. 그것이 인간의 방식이죠. 하하하, 건방지게 들리실지 모르지만 소공작님다운 답변이라 안도가 된다고 해야 할까요? 소공작님은 언제 뵙든 늘 활기차고 쾌활할뿐더러 올곧으신 분이라 뵙고 나면 미소가 절로 나옵니다."

그렇게 말하며 제리코를 훑어보던 마자리스가 뒤늦게 붕대를 발견했다.

"정말 죄송합니다."

마자리스는 눈치 없이 환자를 세워둔 것을 사과했다. 그가 의자든 지팡이든 가져오겠다고 주위를 살피자 제리코는 서둘러 고개를 저었다.

"살짝 삐었고 하나도 안 아프니까 괜찮아요. 진짜 아프면 돌아다니지도 않죠. 드래곤 슬레이어 소드는 어떻고요? 얘가 얼마나 묵직한데요!"

"그래도……."

"진짜예요! 정말로!"

참다못한 제리코는 결국 그 자리에서 붕대를 풀었다. 붕대를 풀고 제자리에서 폴짝폴짝 뛰는 그녀 때문에 마자리스가 깜짝 놀란 건 말할 것도 없다.

"믿겠습니다! 믿을게요!"

"후후."

"발목이 정말 괜찮으시다면 드릴 것이 있습니다."

"저한테요?"

둘은 악취와 피비린내 가득한 후원을 벗어나 식물원 관리실 건물로 들어갔다. 드래곤 슬레이어 소드는 후원을 벗어난 뒤에야 진동을 멈췄다.

마자리스는 작은 화분을 가져와 제리코 앞에 내밀었다.

"금고에 들어 있던 백합 구근이 싹을 틔웠습니다."

"아, 그 말라비틀어진!"

곰팡이 안 핀 게 다행이었던 구근을 떠올린 제리코가 감탄사를 뱉었다. 뭘 어떻게 해도 회생의 희망이 보이지 않던 구근이었는데 싹을 피우다니 그저 놀라웠다.

"세상에! 그게 싹이 터요? 살리려고 무리한 건 아니죠?"

"아니에요. 생각보다 살리기 쉬웠습니다."

"아무리 봐도 쓰레기통행이었던 게 이렇게 자라다니."

제리코는 신기한 마음에 싹을 손가락 끝으로 콕콕 찔렀다. 동시에 백합 구근에게 미안하단 생각이 들었다. 이렇게 훌륭히 자랄 수 있는 것을 몰라주고 버리려 하다니.

"마자리스 씨가 아니었다면 버려 버렸을 거예요. 애한테 미안하네요."

제리코는 괜히 에라프 탓을 했다.

"에라프 님도 참. 어디 심어주기라도 하지."

"금고에 넣기 전에도 이미 마른 상태였으니까요."

"네? 그걸 어떻게 아세요?"

"그렇지 않았다면 금고 내 다른 물품에 영향을 주지 않았을까 해서요."

"그렇죠, 참."

─주인은 식물도 아껴주거든!

'금고에 구근 방치했잖아!'

-주인이 일부러 그랬을 리 없어!

'자질구레한 물건 잔뜩 있더만! 내 책상 서랍이랑 비슷한 상태였잖아! 같이 봐놓고 딴소리는!'

"실은 이 구근을 키우면서 떠오른 옛이야기가 있습니다."

"오오, 뭔가요?"

제리코는 옛이야기를 좋아했다. 그녀는 초롱초롱 눈을 빛내며 성실한 청자가 될 자세를 갖췄다. 마자리스는 천천히 입을 열었다.

"옛날에 아주 아름다운 소녀가 살았습니다."

'크으, 시작 좋고.'

100점 만점에 90점을 깔고 들어가는 서두였다.

"그런데 그녀는 성격이 별로 안 좋았어요."

-삐익. 감점 10점.

'엥, 왜?'

-옛이야기에서 등장인물의 성격은 외모와 정비례해야 한다, 몰라?

'우와, 나빴어. 난 성격 나쁜 미인도 좋거든요?'

"그런 소녀에게 구애하는 소년이 있었습니다. 소녀는 소년의 마음을 이용해 소년을 갖고 놀았습니다. 고백을 받아들였다가 거절하고, 장난이었다고 말했다가 다시 거절했죠. 그런 행동을 반복하니 소년의 마음속에 증오가 싹텄죠."

-감점 30점!

'넌 좀 조용히 해! 흔한 이야기가 아니라 엄청 재밌단 말이야.'

"소년 내면의 악마가 속삭였습니다. 저 증오스러운 여자를 죽여 버리자. 소년은 거절했습니다. 그는 여전히 소녀를 사랑했기 때문입니다. 선량했던 소년은 자신 안에 있는 증오와 악의에 깜짝 놀랐습니다. 그리고 그걸 일깨워 준 소녀를 더욱 사랑하고 미워하게 되었습니다. 결국 소년은 소녀를 떠나 멀리 여행을 가기로 했습니다. 소년은 소녀를 사랑하지 않게 되는 순간 증오 또한 사라질 것을 알고 있었던 것이죠. 그런데 소년이 여행을 결심한 날, 소녀가 소년을 찾아왔습니다. 소년은 깜짝 놀랐습니다. 소녀가 소년을 먼저 찾아온 건 처음이었기 때문이죠."

"오오오."

―설마 소녀도 소년을 사랑했다, 그래서 서로의 마음을 확인한 둘의 사랑이 이루어졌다 이런 얘긴 아니겠지?

'좀!'

잠을 못 자기 때문에 잠들기 전에 옛이야기를 듣는 꿀맛을 누리지 못해서 그런지 검에겐 바른 청자의 자세가 부족했다.

"소녀는 소년에게 꽃씨를 건네고 말했습니다. 이 씨를 틔워 꽃을 피우면 널 사랑해 줄게. 소년은 꽃씨를 받아 들판에 던졌습니다. 소녀가 준 씨는 붉은 씨였거든요. 소년은 소녀가 마지막까지 자신을 놀린다고 생각했죠."

―감점 20점!

90점에서 시작한 점수가 밑도 끝도 없이 하락했다. 물론 제리코에겐 여전히 90점짜리 이야기였다. 나머지 10점은 끝까지 들은 다음 추가할 예정이고.

"소년은 소녀를 향한 사랑이 식길 기대하며 여행을 떠났습니다. 그해, 소년이 꽃씨를 뿌린 들판엔 꽃이 한가득 피어났죠."

"네? 어째서요?"

"소녀가 준 꽃씨는 사실 붉은 꽃씨가 아니었거든요."

"그럼 소년이 착각한 거군요. 소년은 그걸 나중에라도 알게 되었을까요? 소녀는 소년을 사랑했던 걸까요?"

"글쎄요. 제가 말씀드릴 수 있는 이야기는 이게 전부입니다."

확실한 게 없이 의문만 남긴 결말이라 제리코는 10점을 추가하지 못하고 90점으로 확정했다. 이야기 자체는 흥미진진했으나 결말의 미진함이 마음에 들지 않았기 때문이다.

검은 뭐 이런 이야기가 있냐고 악다구니를 썼다.

'마자리스 씨에게 들리지 않아 다행이야.'

"옛이야기답지 않은 신기한 얘기였어요. 외국이라 그럴까. 정서가 많이 다르네요."

"네. 입에서 입이 아닌 피에서 피로 전해진 기억이라 그럴지도 모르겠습니다."

어쨌든. 마자리스는 운을 떼며 제리코에게 화분을 건넸다.

"기왕 이렇게 싹이 텄으니 본래 주인인 에라프 님께 바치는 게 좋겠단 생각이 들었습니다. 보잘것없는 공물이라 죄송하지만 부디 에라프 님의 묘에 바쳐주세요."

제리코는 열성적으로 고개를 저었다.

"부족하다뇨! 그 말라비틀어진 무언가를 이렇게 훌륭히 키워내셨는데요! 분명 에라프프프, 아버지도 좋아하실 거예요!"

─이제 슬슬 아버지 소리에 익숙해질 때 안 됐냐?

'미안.'

4권에서 계속…